KB253062

백 치 Ⅱ

도스토예프스키

일신서적출판사

□ 차　　례 □

제 3 편

1

우리 나라에는 전문적인 사람이 없어서 곤란하다는 말을 자주 듣게 된다. 예를 들면, 정치를 한다는 사람들도 많고, 장군이니 뭐니 하는 사람들 역시 그 수가 적지 않다. 그리고 각 부의 기관장 같은 사람도 언제든지 그 수효를 충족시키고도 남을 만큼 충분하다. 그러나 전문적인 실무가는 거의 없다고 할 정도로 적다고, 많은 사람들이 한탄하고 있는 형편이다. 많은 사람들이 입을 모아, 철도 종업원 하나도 제대로 쓸 만한 사람을 구할 수 없다고 한다. 모 상선 회사에서는 상당히 능력 있는 간부진을 편성하려 해도, 그것 역시 엄두도 못낼 형편이라 한다. 최근 새로 개통된 어느 철도에서는 기차가 충돌했다느니, 철교에서 기차가 굴러 떨어졌다느니 하는 소문이 들려 오는가 하면 또 한편에서는, 눈 덮인 광야에서 여객 열차가 하마터면 동결될 뻔했다는 신문 기사가 눈에 띈다. 열차가 시발역을 떠나 몇 시간인가 달리더니, 갑자기 고장이 나서 닷새 동안이나 눈 속에 꼼짝 못 하고 묶여 있었다는 것이다. 또 어떤 곳에는 수만 관에 달하는 화물이 이삼 개월씩이나 한 군데* 쌓여 있어, 오늘 내일하고 발송을 기다리다가 썩기 시작했다는가 하면, 또 다른 곳에서는 사실 이 얘기는 곧이듣기가 어렵지만, 어느 상점의 점원이 한 행정관에게, 정확하게 말해서 어느 감독관에게 귀찮을 정도로 화물의 발송을 부탁하자, 그 감독관은 화물의 발송은커녕 점원에게 『따귀 처분』을 행사했다는 소문도 있다. 더욱이 그 감독관은 자기 자신의 그런 행정적 행위를, 『약간 흥분한 탓』이라는 말 한마디로 일축해 버렸다고 한다. 현재 우리 나라의 관청 수는 어마어마하게 많다. 엄청난 수의 관리들이 그 곳에서 근무했고, 현재도 근무하고 있으며, 또 근무하기를 원하고 있다. 그런데 이만한 인재를 가지고 있으면서도 능률적인 상선 회사 하나 정도도 조직할 수 없다는 건 이해하기 힘든 일이 아닌가?

　이 의문에 대해서는 거의 믿을 수 없을 정도로 아주 간단하게 대답하는 사람들이 있다. 그들의 말을 빌리면, 사실 우리 나라에는 많은 사람들이 각 요소요소에서 사무를 보아 왔고 또 사무를 보고 있다. 그리고 이 상태는 거의 2백 년 이상이나, 고조부 때부터 고손자에 이르기까지, 가장 능률적이라고 하는 방식에 따라 계속되고 있다. 그러나 이러한 사무가들이란 아주 비현실적인 사람들이어서, 그 결과, 최근에 이르러서는 실제적인 지식의 추상적인 경향과 그 결여가 그들 사무가 자신들에 의해서 가장 훌륭한 장점이나 되는 것처럼 여겨지게 되었다는 것이다. 그러나 필자는 공연히 사무가의 얘기를 꺼낸 것 같다. 실은 실제적인 인물에 대해 몇 마디 이야기하고 싶었을 따름인데. 사실 오늘날까지 우리 나라에서는 창의성이 없고 소심한 인물들을 중요하고도 훌륭한 사람처럼 여겨 왔고, 지금도 역시 그렇게 여기고 있음은 의심할 여지도 없는 것이다. 그렇다고 해서 꼭 우리 러시아만을 비난할 이유는 조금도 없다——물론 이것은 앞서 말한 의견을 비난으로 간주하는 경우에 한해서 하는 말이지만——창의성의 결여라는 것은 세계 어느 나라를 막론하고 옛부터 오늘날에 이르기까지 언제나 전형적인 사무적 인물, 실제적 인물의 첫째 가는 자격 내지는 최량(最良)의 장점으로 간주되어 왔다. 적어도 99퍼센트까지의 사람들은——이것은 가장 적게 잡은 수이지만——항상 이러한 사고 밑에서 행동하고 있는 것이다. 다만 나머지 1퍼센트만이 언제나 이와는 다른 견해를 품어 왔고, 또 품고 있을 뿐이다.

　발명가니 천재니 하는 사람들은 처음 얼마 동안——아니, 그 중의 대다수는 만년에 이르기까지——사회에서 바보로 취급되지 않은 사람이 거의 없는 것이 통례로 되어 왔다. 이것은 이미 누구에게나 잘 알려져 있는 평범한 사실이다.

　예를 들면, 지난 수십 년 동안 모든 사람이 자기의 돈을 은행에 맡겨 놓고 4분의 이자를 위해 수십 억이나 되는 큰 돈을 적립하고 있었다. 그런데 은행이라는 것이 없었다면 제각기 독자적인 사업을 시작해서, 그 수십 억이나 되는 돈은 증권 시장을 과열시켰거나, 아니면 사기꾼의 손에 걸려 탕진되고 말았을 것이다. 그러나 여기서도 예의와 도의는 필수적인 것으로 요구되었다. 이처럼 도의에 어긋나지 않는 소심증과 예의에 어긋나지 않는 창의성의 결여가 착실한 사무적 인물의 필수적 조건이라는 것이 사회적 일반적

의견이라 한다면, 지나치게 특이한 인간이 된다는 것은 비단 질서를 파괴한다는 결과가 될 뿐 아니라, 심지어는 비도덕적인 것으로 간주될 것이다. 예를 든다면, 자기 자식을 진정으로 사랑하는 어머니라면, 자기 자식들이 비정상적으로 탈선하는 것을 보았을 때 놀람과 두려움으로 앓아눕지 않는 사람은 거의 없을 것이다. 그리고「창의성이니 뭐니 하는 그런 것은 없어도 좋으니 제발 유복하게 살아 주었으면!」하고 세상의 모든 어머니들은 자기의 아이를 안고, 천편일률적으로 이렇게들 말할 것이다. 거기에다 우리 나라의 유모들도 아기를 잠재우면서 이와 같은 노래만 되풀이하고 있을 뿐이다.〈금갑옷 입은 장군이 되어라!〉그러고 보면 우리 나라 사람들은 유모들까지도 장군이라는 지위가 러시아 인에게는 최대의 행복한 자리인 것처럼 생각하고 있음에 틀림없다. 따라서 기복 없는 평온한 행복이란 것이 가장 보편화된 국민적 이상이라는 결론이 나온다. 사실 보통의 성적으로 시험에 합격하여 35년쯤 근속하게 되면, 만년에 들어서는 누구나 각하가 되어 상당한 연금을 은행에 예금해 놓을 수 있게 되는 것이다.

이런 식으로 해서 러시아 인은 거의 아무런 노력도 기울이지 않고도 결국에 가서는 사무적이고 실제적 인물이라는 평판을 받게 되는 것이다. 사실 말이지 러시아에서 각하가 되지 못하는 사람은 창의성이 있는 인간, 다시 말해서 기발한 인간뿐이다. 이렇게 말한다면 지나칠지 모르지만 이것이 일반적인 사실이다. 뿐만 아니라 사회가 그런 식으로 실제적 인물의 이상을 정의한 것은 지극히 당연한 일이기도 하다. 그건 그렇고 쓸데없는 이야기가 너무 길어진 것 같다. 그것도 사실은 우리들에게 이미 낯익은 예판친 장군 댁 가정에 관해서 몇 마디 설명을 덧붙이고 싶었기 때문이다. 이 집 사람들이란, 아니 정확하게 말해서 이 집에서 가장 분별 있는 사람들이란, 이 가정에서 공통적인 하나의 분위기 때문에 끊임없이 괴로워하고 있다. 그 성질이란 앞에서 말한 덕성(德性)들과는 정반대의 것이었다. 사실은 정확하게 판단하지도 못하면서 —— 기실 정확하게 이해한다는 것이 힘든 일이긴 하지만 —— 그들은 자기네 집에서 일어나는 모든 일들이 남의 가정의 경우처럼 순조롭지 못한 것으로 생각하는 것이었다. 다른 집에서는 만사가 척척 원만하게 잘되어 가는데, 자기 집에서만은 어쩐지 잘 안 되어 가는 것만 같다. 남들은 모두 정상적인 궤도를 따라 잘 움직이고 있는데, 자기들은 자꾸만 탈선하고 있다. 남들은 항상 도의적인 소심증에 얽매어 있는데, 자기

들은 그렇지가 못하다. 리자베타 프로코피예브나로 말하면, 지나치게 안절부절못하는 편이다. 그렇다고 해서 그것이, 그들이 바라보고 있는 도의적인 소심증도 아닌 것이다. 이렇게 불안에 떨고 있는 것은 어쩌면 리자베타 프로코피예브나 부인 한 사람뿐인지도 모른다.

　딸들은 예민한 통찰력을 가진 처녀들이긴 하지만 나이가 젊었고, 장군도 어느 정도의 통찰력을 가지고 있다고는 하나──하기는 융통성이 없는 통찰력이었다──곤란한 문제에 직면하면「으음!」하고 뜻 모를 신음 소리만 한 번 낼 뿐, 결국은 리자베타 프로코피예브나에게 전적으로 모든 것을 내맡기는 것이 보통이었다. 이러한 형편이었으므로 자연히 모든 책임은 리자베타 프로코피예브나 혼자서 짊어지게 마련이다. 이 가족은 유난히 창의성이 풍부하기 때문에, 그리고 기발한 것에 대한 의식적인 애착 때문에 줄곧 궤도에서 탈선하는 걸까? 만일 그렇다고 한다면, 그것은 지극히 무례한 이야기가 될 것이다. 그래서 결코 그렇지는 않다고 해야겠다. 실제에 있어서 그런 경향은 전혀 없었던 것이다. 그렇지만 예판친 장군 댁은 더없이 존경받을 가정임에도 불구하고, 일반적으로 존경받는 다른 모든 가정과는 근본적으로 다른 데가 있었다. 요즘의 리자베타 프로코피예브나는 모든 일에 있어서 자기 한 사람만을 즉, 자기의『불행한』성격만을 탓하게 되었고 그로 말미암아 그녀의 고민은 한층 더해 갔다. 그녀는 자신을 쉴새없이『못나고 우둔한 괴짜』라고 자탄하는가 하면, 한편으로는 의구(疑懼) 때문에 괴로워하면서 대수롭지 않은 문제를 가지고 그 해결책을 찾지 못해 허둥거리기도 했다. 그럴 때면 으레 자신의 불행을 과장하는 버릇이 있었다.

　우리는 이 이야기의 첫머리에서 예판친 댁 사람들이 일반적으로 사회의 존경을 받고 있다는 것을 말한 바 있다. 비천한 계급 출신의 이반 표도로비치 자신도 어디를 가나 어김없이 존경을 받아 왔다. 사실 그는 존경을 받을 만한 자격이 있었던 것이다. 첫째로는 돈 많고『시대에 민감한』사람으로서, 둘째로는 재치 있는 편은 아니지만 성실한 인물이라는 것으로써였다. 그러나 그리 영리한 편이 아니라는 점은 거의 모든 사무가가──이 표현이 지나치다면 성실한 저축가라고 하자──꼭 지녀야 할 성질이라고 할 수도 있다. 그밖에도 언어와 동작이 점잖고도 겸손하여, 비난 장군으로서뿐만 아니라, 결백하고 고상한 하나의 인간으로서도 자신의 권위를 남에게 침해당하는 일이 없었다는 점이다. 그러나 무엇보다도 중요한 것은 그가 무시

못 할 유력한 배경을 가지고 있다는 사실이었다. 리자베타 프로코피예브나로 말할 것 같으면 앞에서도 말한 바와 같이 이른바 명문 출신이었다. 물론 우리 러시아에서는 그 어떤 특별한 인척 관계가 없는 한, 집안 같은 것은 별로 주의를 끌 만한 대상이 못 되는 모양이다. 그러나 리자베타 프로코피예브나는 아주 유명한 인척들이 있었다. 그리고 이처럼 명문의 친척들이 그녀를 아끼고 존경해 주었으므로, 다른 사람들도 그녀를 존경하는 것이 당연한 것처럼 되어 있었다. 따라서 가정에 관한 그녀의 고민이라는 것은 극히 하찮은 것이며, 아무런 근거도 없는 것인데도 불구하고 그녀는 그것을 우스울 정도로 과장하곤 했다.

그렇지만 만약에 누구든지 코 위에나 이마 한가운데 사마귀가 있다고 한다면, 어쩐지 모든 사람이 자기의 사마귀를 보고 웃는 것처럼 여길 것이고, 비록 자기가 신대륙을 최초로 발견한 사람이라 할지라도 단지 그 사마귀 때문에 사람들이 자기를 손가락질하는 것같이 생각할 수도 있는 일이다. 사실 세상 사람들이 리자베타 프로코피예브나를 『괴짜』라고 생각하는 것은 의심할 여지가 없지만, 또 그녀를 존경하고 있다는 것도 틀림없는 사실이었다. 그러나 리자베타 프로코피예브나는 마침내 사람들이 자기를 존경하고 있다는 것을 믿지 않기 시작했다. 여기에 그녀의 모든 불행이 도사리고 있었던 것이다. 딸들을 볼 때면, 자기가 그녀들의 출세를 방해하고 있지나 않은가 하고 번민하는가 하면, 또한 그 성격 때문에 남편과 딸들을 원망하며 그들과 말다툼을 매일같이 벌이다시피했다. 그러면서도 한편으로는 남편이나 딸들에게 헌신적인 애정을 쏟고 있었다.

그러나 무엇보다도 그녀를 괴롭힌 것은, 딸들이 자기와 똑같은 『괴짜』가 되어 가는 것이 아닌가 하는 생각이었다. 저만한 처녀들도 이 세상에는 없을 거야, 아니, 있을 수가 없지! 정말 하나같이 니힐리스트가 되어 버리고 말았다! 그녀는 늘 마음속으로 이렇게 생각했다. 지난 1년 동안에, 특히 최근에 와서 이런 서글픈 생각은 점점 그녀의 마음속에 깊이 뿌리박기 시작했던 것이다. 『도대체 어쩌자고 저 애들은 시집 갈 생각을 안 하는 것일까?』하고 그녀는 날마다 자문자답했다. 『아마 이 어미의 마음을 괴롭혀 주려고 그러는 걸 거야. 저 애들은 그것을 일생의 목적으로 삼고 있음에 틀림없어. 왜냐하면 그것은 소위 새로운 사상이라는 그 저주받을 놈의 『여성 문제』라는 것이지! 아글라야가 반 년 전에 그 탐스러운 머리채를 잘라 버리려 한 것도 실은 그 때문이 아닌가? 아아, 나는 한창 때에도 그렇게 훌륭한 머리를 가져 보지 못했었는데! 그때 가위를 손에 들고 있는 것을 내가 무릎을 꿇고 빌다시피하여 간신히 말리긴 했지만! 아무튼 그 앤 이 어미를 괴롭히려는 짓궂은 심보에서 그 따위 짓을 했던 게 분명해. 원래가 짓궂고 버르장머리가 없는데다가, 남의 말이라면 코방귀도 뀌지 않는 아이니까! 그런데 그 뚱뚱보 알렉산드라까지 그 흉내를 내어 자기 머리를 잘라 버리려 한 건 도대체 이해가 안 가는 일이야! 알렉산드라의 경우는 결코 짓궂은 마음이나 변덕 때문이 아니라, 머리채가 없으면 잠자기가 편하고 머리도 아프지 않다고 하는 아글라야의 꼬임에 넘어간 것뿐일까! 그건 그렇다고 치더라도 지난 5년 동안에 그 애들 앞에 나타난 신랑 후보자는 얼마나 많았던가? 더욱이 그 가운데는 훌륭한, 좀처럼 만나기 어려운 신랑감도 있지 않았던가? 도대체 그 애들은 누굴 기다리고 있는 것일까? 왜 시집들을 빨리 가지 않을까? 단순히 이 어미를 골려 주려고 그럴 거야. 그밖의 특별한 이유라고는 있을 수 없어, 암, 없구말구!』

　그러나 마침내는 어머니로서의 그녀의 마음속에 희망이 비쳐 오기 시작했다. 세 딸 중의 하나, 즉 아젤라이다만이라도 곧 시집을 보내게 될 것 같았다. 「아아, 하나만 치워도 어깨가 한결 가벼워지겠군.」 리자베타 프로코피예브나는 어떤 기회에 자기의 심정을 이렇게 표현하기도 했다. 물론 마음속으로야 훨씬 상냥한 말씨를 썼겠지만. 더욱이 만사가 훌륭하고도 원만하게 진행되어 갔기 때문에 사교계에서도 여기에 대해서는 경의를 표하기까지 했다. 신랑감은 명망 있는 공작으로 사람됨이 훌륭하고 재산도 많을 뿐더러 아젤라이다와는 모든 면에서 잘 어울렸다. 그 이상 더 무엇을 바라겠는가? 그러나 리자베타 프로코피예브나는 처음부터 아젤라이다에 대해서는 다른 딸들에 대해서처럼 걱정하지 않고 있었다. 아젤라이다의 예술적 편협성은 사사건건 의심이 많은 부인의 마음을 이따금 괴롭힐 때도 있었지만, 그대신 성격이 쾌활하고 누구 못지않게 분별이 있는 처녀이므로, 절대도 타락할 염려는 없다고 부인은 안심하고 있었다. 그녀가 제일 염려한 것은 아글라야였다. 이왕 말이 나왔으니 말이지만, 맏딸 알렉산드라에 대해서는 걱정을 해야 할지 말아야 할지, 도저히 갈피를 잡을 수가 없었다. 어떻게 보면 『이미 희망이 없는 딸 자식』인 것같이 생각되기도 했다. 벌써 나이가 스물다섯이나 되었으니 앞으로도 노처녀 신세를 면키 어려울 것이다. 『그만한 미모를 가지고 있으면서도…….』하고 생각하면서 리자베타 프로코피예 브나는 딸 때문에 밤이면 눈물을 흘리기까지 했다. 그러나 바로 그러한 밤에도 본인인 알렉산드라 이바노브나는 무사태평하게 잠만 자고 있을 뿐이었다. 『대체 그 애는 어떻게 되어 먹은 아일까. 니힐리스트일까, 아니면 단순한 바보일까?』하지만 털끝만큼도 바보라고는 생각되지 않았다.

부인은 알렉산드라의 의견을 매우 존중하여 언제나 그녀와 의논하기를 즐겼다. 그러나 『줏대가 없는 아이』라는 사실만은 의심할 여지가 없는 것 같았다. 『그런데 어쩌면 저렇게 태연할 수가 있을까! 줏대가 없는 사람이라면 저렇게까지 태연할 수가 없을 터인데. 정말 저 애는 어떻게 되어 먹은 것인지 짐작조차 할 수 없다니까!』리자베타 프로코피예브나는 알렉산드라에 대해, 귀염둥이 아글라야에 대한 것 이상으로 그 어떤 연민의 정을 품고 있었다. 그렇지만 그녀의 짜증 섞인 괴상한 말씨도, 이것이 어머니로서의 고민과 동정의 표현이지만 바로 곧 덤벼들어서 주먹다짐이라고 할 것 같은 기세도, 『뜨물을 뒤집어쓴 암탉』이니 뭐니 하는 욕설 같은 것도 알렉산드라를 웃기는 것 이상의 효과는 없었다. 그래서 나중에 가서는 미친 듯이 화를 내게 되었다. 예를 든다면, 알렉산드라는 누구보다도 잠을 많이 잤고, 또 꿈을 많이 꾸었다. 그런데 그 꿈이라는 것이 마치 예닐곱 살 먹은 아이들의 꿈처럼 하나같이 순진하고 싱겁기 짝이 없는 것이었다. 그런데 무슨 이유에서인지 이 꿈의 순진성이 어머니의 짜증을 자극하기 시작했던 것이다. 하루는 알렉산드라가 아홉 마리의 암탉 꿈을 꾸었는데, 그걸 가지고 모녀간에 큰 싸움이 벌어졌다. 그러나 무엇 때문에 싸웠느냐고 묻는다면 그 이유를 설명하기는 곤란하다. 언젠가는 한 번, 그것도 단 한 번, 정말 색다른 꿈을 꾸었다. 어딘지 몰라도 어두운 방에 수도자 한 사람이 앉아 있는데 그녀는 왜 그런지 몹시 무서워서 그 방에는 들어갈 수가 없었다는 것이다. 이 꿈 이야기를 지체없이 두 동생이 호들갑을 떨면서 자랑삼아 리자베타 프로코피예브나 부인에게 보고했다. 그러자 부인은 이번에도 버럭 화를 내면서 세 딸을 모조리 바보 같은 것들이라고 욕했다.

『바보가 아니고서야 저렇게 태연할 수가 있담! 하지만 어딘지 그늘진 데가 있긴 해. 어떤 때 보면 사뭇 수심에 싸인 표정이니까. 무슨 슬픈 일이라도 있는 걸까?』그녀는 때로는 이러한 의문을 가지고 이반 표도로비치한테까지 신경질을 부리곤 했다. 더욱이 그녀는 언제나처럼 신경질적이고도 위협적인 어조로 남편에게 즉각적인 대답을 요구하는 것이었다. 이반 표도로비치는「으흠!」하고 미간을 찌푸리며 어깨를 한 번 흠칫해 보인 다음 천천히 두 손을 벌리며 간단히 판단을 내렸다.

「신랑이 필요한 거야!」

「아이구, 맙소사! 그 애한테는 제발 당신 같은 사람이 걸리지 않았으면 좋겠어요!」하고 리자베타 프로코피예브나는 발칵 성을 냈다. 「그 애한테는 당신같이 우유부단한 사고 방식을 가진 남편은 필요 없단 말이에요. 이반 표도로비치, 당신처럼 퉁명스럽거나 우락부락하지 않은 남편이 필요하단 말이에요. 이반 표도로비치…….」

이 정도가 되면 이반 표도로비치는 곧 뺑소니를 쳐버리기가 일쑤였고, 리자베타 프로코피예브나도 이러한 감정의 폭발 다음에는 곧 마음의 평정을 회복하곤 했다. 그리고 그 날 저녁이 되면 그녀는 이반 표도로비치에게, 『퉁명스럽고 우락부락한』 남편에게 자상하고도 상냥하며, 조용하고도 존경 어린 태도를 취하기 마련이었다. 그러니까 그녀에게 있어서 이반 표도로비치는 선량하고 사랑스럽고 존경할 만한 남편이었던 것이다. 그도 그럴 것이 부인은 한평생 이반 표도로비치를 사랑했을 뿐 아니라 완전히 반했다고 해도 과언이 아니었다. 이반 표도로비치도 이것을 잘 알고 있었으므로, 아내인 리자베타 프로코피예브나를 지극히 위해 주고 있었던 것이다.

그러나 그녀에게 한시도 떠나지 않는 가장 큰 걱정거리는 아글라야였다.

『어쩌면 그렇게도 나를 꼭 닮았을까? 하나에서 열까지 나와 똑같으니.』 리자베타 프로코피예브나는 이렇게 중얼거리는 것이었다. 『무엇이든지 제 마음대로 해치워 버리려는 마귀 새끼야! 니힐리스트고 괴짜인데다가 미치광이야! 거기에 또 그 짓궂은 성미란! 아아, 그 애는 장차 얼마나 불행하게 되려는 걸까!』

그러나 앞에서 기술한 바와 같이 부인의 마음속에 떠오른 희망은 잠깐 동안이나마 모든 것을 환하게 비추어 부드럽게 한 것같이 보였다. 리자베타 프로코피예브나가 근심 걱정을 털어 버리고 정말 마음 편히 숨쉴 수 있었던 것은 일생을 통하여 최근의 단 1개월뿐이었다. 머지않아 있을 아젤라이다의 결혼과 관련하여 아글라야에 대해서도 여러 곳에서 혼담이 오가기 시작했다. 그 동안 아글라야는 어디를 가든지 몸가짐이 훌륭했고 침착했으며, 재기 있고 자신만만한, 어느 면에 있어서는 거만하기까지 했으나, 그것이 오히려 그녀에게는 잘 어울렸던 것이다. 그뿐 아니라 지난 한 달 동안 어머니한테도 전에 없이 상냥하고 친절했다.

『정말이지 그 예브게니 파블로비치라는 사람을 좀더 신중히 관찰하여 어떤 위인인지 분명히 알아봐야 할 필요가 있어. 게다가 아글라야도 그 사람을 그다지 탐탁하게 여기고 있지 않은 것 같으니…….』하고 리자베타 프로코피예브나는 마음속으로 다짐하곤 하였다. 아무튼 아글라야가 근래에 와서 갑자기 몰라 볼 만큼 훌륭한 처녀가 된 것만은 사실이었다. 정말 어쩌면 저렇게도 아름다워졌을까! 날이 갈수록 눈부시도록 아름다워지니 말이다! 아아, 그러던 것이…….

그러던 것이, 그 밉살스러운 공작이, 그 지지리도 못생긴 백치가 나타나자 별안간 모든 것이 뒤죽박죽이 되어 버렸고 집안의 분위기가 확 바뀌어 버리지 않았는가 말이다.

도대체 이게 무슨 꼴이람?

물론 다른 사람에게는 아무렇지도 않게 보일는지 모른다. 그러나 리자베타 프로코피예브나는 다른 사람들과는 다른 점이 있다. 지극히 평범한 사건들의 퇴적 속에서 그녀는, 특유한 『불안한 감정』을 통하여 언제나 그 어떤 가공할 만한 것을 발견해서 이끌어 내는 괴이한 성질이 있었다. 그럴 때마다 그녀는 무엇인가 표현할 수 없고 참을 수 없는 무서운 전율을 느끼는 것이었다. 이러한 형편이었으므로, 지금 특별한 이유도 없는, 어처구니없을 정도로 사소한 사건에 얽혀 중대성을 띤 듯싶은, 아니 어쩌면 절망과 불안과 의혹을 불러일으킬 듯싶은 것이 언뜻언뜻 보이기 시작했을 때 부인의 심정이 어떠하였겠는가는 가히 상상하고도 남음이 있으리라.

『게다가 나한테까지 그런 익명의 편지를 보내서 그년의 얘기를……. 아글라야가 그년과 연락을 취하고 있다는 말을 써보내다니. 어디라고 감히 이 따위 짓을 하느냐 말이다!』리자베타 프로코피예브나는 공작을 자기 집으로 데리고 오는 동안 몇 번이나 마음속으로 생각해 보았다. 집에 돌아와서 온 가족이 빙 둘러앉은 둥근 테이블에 공작을 앉히면서도 여전히 같은 생각만 하고 있었다.

『어떻게 그 따위 짓을 하려고 했을까! 얼마나 얼굴이 뜨거운 일인가? 내가 그 말을 털끝만큼이라도 믿었다면, 그래서 아글라야에게 그 편지를 보여 주었더라면, 나는 차라리 죽어 버리는 편이 나을 뻔했어. 그것은 우리 예판친 집안을 모욕하려는 속셈임이 틀림없어! 그러고 보면 이것도 모두가 당신 때문에 생긴 일이란 말이에요, 이반 표도로비치 당신 때문이에요! 아아, 엘라긴(네바 상하의 조그만 섬)으로 피서를 갔던들 이런 일은 없었을 텐데. 그러기에 내가 엘라긴이 좋다고 하지 않았느냐 말야! 어쩌면 이 편지는 바랴가 보냈는지도 몰라. 그렇지 않으면…… 아무튼 모든 잘못은 이반 표도로비치한테 있어! 장군을 골탕먹이려고 과거를 들추어내 가지고 꾸며 낸 연극임에 틀림없어. 언젠가 장군이 그녀한테 진주를 선물로 가지고 갔을 때, 장군을 천생 바보로 취급하며 마구 코를 잡아 비틀듯이 하면서, 허리를 잡고 웃어 댔다더니, 이번에도 그때처럼 장군을 희롱하려는 속셈이었음이 틀림없어……. 결국은 우리가 그년의 연극에 말려들어가고 만 거야. 당신의 딸들도 역시 말려들어갔단 말이에요, 이반 표도로비치. 어엿한 상류사회의 처녀들이, 곧 결혼을 해야 할 젊은 아가씨들이 이런 수치스러운 곳에서 이런 불결한 수작들을 죄다 들어 버렸단 말이에요. 그래도 당신은 아무렇지도 않단 말이지요. 그렇지만 이 공작인가 뭔가 하는 사내도 결코 용서할 수는 없어요. 암, 용서할 수 없구말구요! 그런데 아글라야는 또 무엇 때문에 사흘 동안이나 히스테리라도 일으킨 듯이 언니들과 싸우려고만 들지? 언제는 손에다 키스까지 하며 어머니 못지않게 따르던 큰언니 알렉산드라에게까지도 마구 대든다는 건 아무래도 이상하지 않은가? 그리고 또 무엇 때문에 그 애는 사흘 동안 줄곧 알 수 없는 소리만 지껄이는 걸까? 가브릴라 이볼긴과 이 일과는 과연 어떠한 관계가 있는 걸까? 그 애가 어제와 오늘, 가브릴라 이볼긴을 편들어 그를 극구 칭찬한 나머지, 나중에는 울음까지 터뜨리다니, 이게 도대체 어찌된 셈일까? 그리고 아글라야는 공작한테서 받은 편지를 언니들한테 보이지도 않았는데, 그 익명의 편지에 『가난한 기사』에 대한 것이 씌어 있는 것은 도대체 어찌된 영문일까? 그리고 또…… 그리고 또 나는 무엇 때문에 공작한테 고양이처럼 달려가서 일부러 여기까지 이렇게 끌고 왔단 말인가? 아아, 정말로 머리가 돌지 않고서야, 어떻게 내가 그 따위 짓을 할 수 있었단 말인가! 젊은 녀석을 붙잡고 자기 딸의 비밀을 털어놓다니……. 더욱이 그것도 상대방 자신에게 직접 관계되는 비밀이 아닌가! 하기는 이 사내가 백치이고…… 우리 집안의 친구여서 다행이긴 하지만……. 아글라야는 이 백치 같은 사내가 정말 마음에 들었단 말인가! 아니, 내가 미쳤지. 이런 불길한 생각을 다하고! 어쩌면 우리는 이렇게 제각각일까……. 우리는 모두, 특히 나 같은 건 우리 속에 가둬 놓고 세상 사람들에게 구경을 시키면 좋을 거야. 1인당 10코페이카씩 입장료를 받고……. 그리고 어쨌든 절대로 당신을 용서할 수는 없어요. 이반 표도로비치! 그건 그렇고, 어째서 지금은 저 애가 공작을 골려 주려 하지 않을까! 단단히 혼을 내주겠다고 벼르고 있었던 게 언젠데! 저런, 저것 좀 봐, 공작을 빤히 쳐다보면서도 말 한 마디 못 하고 있으니! 꼼짝 않고 서 있는 걸 보니, 나갈 생각도 않고 있어. 제 손으로 오지 말라고 편지를 써보낸 걸 잊었단 말이지……. 저 사람은 얼굴이 새파랗게 질려서 앉아 있구면. 그런데 저 밉살스런 수다쟁이 예브게니 파블로비치가, 혼자서 지껄이고 있구나! 홍, 잘도 지껄인다! 다른 사람은 입도 열지 못하게 혼자서만 지껄여 대는군……. 그렇지만 어떻게 해서든지 대화를 교묘하게 이끌어 모든 진상을 캐내야 할 텐데…….』

공작은 거의 새파랗게 질린 채 둥근 테이블 앞에 앉아 있었다. 그는 극도의 공포에 떨고 있었으나 이따금 까닭 모를 감격에 휩싸이곤 하는 것이었다. 아아, 그로서는 자기를 뚫어지게 보고 있는 낯익은 까만 두 눈동자 쪽으로 시선을 돌리기가 얼마나 두려웠는지 모른다. 그러나 한편으로는 아글라야한테서 그러한 편지를 받고 난 다음에, 또다시 이러한 사람들 사이에 끼어 앉아서 낯익은 그녀의 음성을 들을 수 있게 되었다고 생각하니, 행복감에 젖어 심장이 마비될 것만 같았다. 『아아, 이제 그녀의 입에서 무슨 말이 나오겠지!』이렇게 생각하며 공작은 한 마디도 입을 열지 않고 예브게니 파블로비치의『요설』에 열심히 귀를 기울이고 있었다. 이 날 저녁 지극히 만족스런 표정으로 떠드는 예브게니 파블로비치는 보기 드물게 기분이 좋은 것 같았으나, 공작은 그의 얘기를 오랫동안 들으면서도 무슨 소리를 하는지 거의 한 마디도 알아들을 수가 없었다. 아직 페체르부르그에서 돌아오지 않은 이반 표도로비치를 제외하면, 그밖의 사람들은 모두 모여 있는 셈이었다. S공작 역시 자리를 같이하고 있었다. 그들은 조금 있다가, 차가 준비될 때까지 음악 연주를 들으러 가려던 참이었다. 지금의 대화는 공작이 오기 조금 전에 시작된 모양이었다. 얼마 후에 콜랴가 어디로 들어왔는지 갑자기 테라스에 나타났다. 『그러고 보니, 여전히 이 집에 드나들고 있는가보군.』하고 공작은 속으로 생각했다.

예판친 댁 별장은 스위스의 산장을 본떠서 사면을 꽃과 푸른 수목으로 장식한 호화로운 곳이었다. 그리 크지는 않아도 아담하게 꾸며진 꽃밭이 주위를 둘러싸고 있었다. 공작의 집에서와 같이 사람들은 모두 테라스에 나와 있었다. 그러나 이 집의 테라스는 좀더 넓고 화려했다.

　지금 진행되고 있는 이야기의 주제는 대부분의 사람들에게 탐탁하게 여겨지는 것 같지는 않았다. 이 대화는 격렬한 논쟁의 결과로 발단되었으나 일동은 화제를 바꾸고 싶어하는 눈치였다. 그러나 예브게니 파블로비치는 자기의 장광설이 다른 사람들에게 주는 인상 같은 것은 아랑곳하지 않고 더욱 열을 올리고 있었다. 공작의 내방이 그를 한층 더 흥분 속에 몰아 넣었다. 리자베타 프로코피예브나는 무슨 말인지 잘 이해하지 못했지만 그래도 잔뜩 찌푸린 얼굴로 귀를 기울이고 있었다. 아글라야는 끝내 자리를 뜨지 않고 한쪽 구석에서 굳게 입을 다물고 있었다.

　「미안하지만, 나는 구태여 자유주의에 반대하려는 건 아닙니다.」하고 예브게니 파블로비치는 열띤 어조로 계속했다. 「자유주의란 결코 해로운 것이 아닐 뿐더러, 오히려 어떤 통일체를 조직하는 데 필요한 일부분이어서, 그것이 없으면 그 통일체는 무너져 버리든가, 아니면 멸망해 버리든가 합니다. 자유주의는 가장 온건한 보수주의와 똑같이 이 세상에 존재할 권리를 보유하고 있습니다. 내 공격의 화살은 우리 러시아에 있어서의 자유주의지요. 다시 말해서, 러시아의 자유주의는 러시아적 자유주의자가 아니라, 비러시아적 자유주의자라는 점을 나는 비관한단 말입니다. 만일 순수한 러시아적 자유주의자가 있다면 나에게 보여 주십시오. 나는 당장에 여러분이 보는 앞에서 그 사람에게 키스를 하겠습니다.」

　「그 사람이 당신에게 키스하시기를 원하는 경우에 한해서겠죠?」이 날 따라 유난히 흥분한 알렉산드라 이바노브나가 이렇게 말을 받았다. 그녀의 두 볼은 여느 때보다 한결 빨갛게 상기되어 있었다.

　『아니! 저 애는,』하고 리자베타 프로코피예브나가 마음속으로 생각했다. 『밤낮 빈둥빈둥 먹고 자기만 하다가도 1년에 한 번쯤은 불쑥불쑥 나타나서 깜짝 놀랄 만한 엉뚱한 소리를 한 마디씩 한단 말이야.』공작은 재빨리 눈치 챘다. 이처럼 심각한 문제를 얘기하는 예브게니 파블로비치의 태도는 어떻게 보면 몹시 열을 띤 것처럼 활기가 있는 것 같기도 하고, 또 어떻게 보면 그저 농담을 하고 있는 것 같기도 한 것이 알렉산드라의 마음에 못마땅한 모양이었다.

「나는 말입니다, 공작, 당신이 오시기 직전에 이렇게 주장했던 겁니다.」
하고 예브게니 파블로비치는 계속했다. 「여태까지 우리 나라의 자유주의
자는 다만 두 사회층에서만, 즉 이전의 지주 계급——지금은 이미 쇠퇴해
버린——과 신학생층에서만 배출됐지요. 그러나 지금은 양쪽이 모두 일반
국민으로부터 완전히 유리된 일종의 특수 계급으로 변해 버렸단 말입니다.
이러한 경향은 세대의 교체와 더불어 날이 갈수록 더욱 심해져 갑니다. 따
라서 그들이 과거에 한 일들, 그리고 현재 하고 있는 일들은 모두가 비국민
적인 것이라 할 수 있지요…….」

「뭐라구요? 그럼 여태까지 이루어져 온 일들 중에서 러시아적인 것은 하
나도 없었다는 말인가요?」하고 S공작이 반박했다.

「비국민적이란 말이지. 설사 러시아적이었다 하더라도 국민적인 것은 아
니었어. 자유주의자도 러시아적이 못 되고, 보수주의자도 러시아적이 못
된다는 거야. 그밖의 모든 것은 송두리째 다 그렇지……. 그래서 나는 이
렇게 단언하고 싶단 말이오. 일반 국민은 지주나 신학생들이 하는 일을 일
체 인정하려 하지 않는단 말야. 지금도 그렇거니와 앞으로…….」

「거 참 재미있군! 어떻게 당신은 그 따위 억설을 고집할 수 있단 말이
오. 만일 그것이 진심으로 하는 말이라면, 러시아의 지주에 대한 그 따위
모욕적인 발언을 나는 간과할 수 없소. 당신 자신도 러시아의 지주가 아니
었던가요!」S공작은 흥분된 어조로 다시 반박했다.

「아니, 나는 당신이 생각하는 것처럼 그런 뜻으로 러시아의 지주를 논한
게 아닙니다. 나 자신이 거기에 속해 있다는 것만으로도 지주 계급은 존재
할 수 없게 되었으니 말입니다…….」

「그럼 문학 분야에서도 국민적인 것은 아무것도 없었단 말씀인가요?」하
고 알렉산드라 이바노브나가 말을 가로챘다.

「나는 문학에 대해서는 잘 모르지만, 나의 의견으로는 로모노소프와 푸시
킨과 고골리를 제외하면 러시아의 문학은 전혀 러시아적인 것이 아니라고
생각합니다.」

「그만하면 그리 적다고도 할 수 없군요. 더구나 그들 가운데 한 사람은
민중 속에서 나왔지만——로모노소프를 일컬음——나머지 두 사람은 지
주 출신이 아네요?」아젤라이다 이바노브나가 웃으며 이야기했다.

「그렇죠, 그렇다고 너무 의기양양해 할 건 없습니다. 여태까지 러시아 문

학가 중에서 오직 이 세 사람만이 무엇이든 자기 자신의 말을, 아무에게도 빌려오지 않은 자기의 말을 할 수 있었을 뿐이니까요. 이 세 사람이 대번에 국민적인 문학가가 된 것은 바로 이 때문입니다. 누구든지 러시아 인 중에서 무엇이든 자기 자신의 말을, 누구에게서도 채용해 오지 않은 엄연한 자기의 말을 하든가, 쓰든가, 실행하든가 한다면, 그 사람은 반드시 국민적인 존재가 될 겁니다. 비록 그 사람이 러시아 말조차 제대로 하지 못하는 위인이라고 하더라고 말입니다. 이것은 너무나도 명백한 이치지요. 그렇지만 우리가 이야기하려는 것은 문학이 아니고 사회주의를 논하려던 것이니까, 다시 본체로 돌아가기로 합시다. 내가 알아본 바로는, 우리 러시아에는 단 한 사람의 사회주의자도 없다는 사실입니다. 과거에도 없었고 현재에도 없습니다. 그 이유는 러시아 내의 사회주의라는 사람은 모두가 한결같이 지주 내지는 신학생 출신이기 때문입니다. 우리 나라의 이름 있는 사회주의자는 국내에 있는 사람이건 외국에 있는 사람이건 모두가 농노제 시대의 지주 출신인 자유주의자에 지나지 않습니다. 당신들은 웃고 있군요? 내게 그들이 쓴 책을 주십시오. 그 사람들의 학설이나 수기가 있다면 제시해 보십시오. 나는 문예 비평가는 아닙니다만, 가장 권위 있는 문학적 비평문을 써보이겠습니다. 그리고 그들의 저서·팜플렛·보고문 등의 한 페이지 한 페이지가 이전에 러시아의 지주에 의하여 씌어졌다는 것을 일목요연하게 증명해 드리겠습니다. 그들의 분노, 그들의 불평과 풍자는 모두가 다 지주적입니다! 그것도 파무소프(그리보예도프의 희극 《지혜의 슬픔》에 나오는 지주) 이전의 지주란 말입니다! 그들의 환희, 그들의 눈물은 어쩌면 성실한 것인지도 모르겠습니다만, 역시 지주적인 것만은 사실입니다! 지주적이 아니면 신학생적입니다……. 당신들은 또 웃으시는군요. 아니, 당신도 웃고 계십니까, 공작? 역시 내 말에 찬성할 수 없단 뜻이군요?」

사실 일동은 웃고 있었다. 공작도 피식 웃었던 것이다.

「나는 아직 찬반을 단적으로 말할 수는 없습니다만,」 공작은 곧 웃음을 거두고, 장난을 하다가 들킨 소년처럼 얼굴을 붉히며 이렇게 말했다. 「그러나 당신의 주장을 듣고 커다란 만족을 느끼고 있는 것만은 사실입니다…」

이렇게 말하면서도 그는 거의 숨이 막힐 지경이었다. 이마에는 땀방울까지 맺혀 있었다. 지금 이 말이 그가 여기 와서 입밖에 낸 첫마디였다. 그는 좌중을 둘러보려 했으나, 웬일인지 그럴 용기가 나지 않았다. 예브게니 파블로비치는 재빨리 공작의 표정을 눈치 채고 싱긋 웃었다.

「여러분, 나는 여러분에게 한 가지 사실을 말하고자 합니다.」 그는 전과 같은 어조로 진담인지 농담인지 분간하기 어려운 어조로 계속했다. 「그 사실, 그 관찰과 그 발견의 영광은, 적어도 나 한 사람만이 영위할 수 있는 것이라 생각합니다. 왜냐하면 여기에 대해선 아직 누구도 말한 바 없으며, 또 아무데도 씌어 있지 않으니까요. 이 사실 속에는, 내가 이야기하고자 하는 러시아의 자유주의의 전모가 드러나 있기 때문입니다. 첫째로, 자유주의를 현존하는 생활 질서에 대한 공격으로 보지 않는다면——이것이 합리적인 것인지 아닌지는 별문제로 치더라도——일반적으로 말해서, 자유주의란 대체 무엇일까요? 내가 말하고자 하는 사실이란 바로 이것입니다. 즉 러시아의 자유주의는 현존하는 생활 질서에 대한 공격이라기보다는 우리 나라의 생활 질서의 본질에 대한 공격입니다. 단순한 생활 질서, 러시아의 생활 질서에 대한 공격이 아니라 러시아 그 자체에 대한 공격입니다. 우리 나라의 자유주의자는 러시아를 부정하기에, 즉 자기 어머니를 저주하고 채찍질하기에 이른 것입니다. 러시아에 무슨 불행이 있거나 실패가 있을 때마다 그들은 그것을 조소하고 그렇게 함으로써 일종의 환희를 느낀단 말입니다. 그들은 우리 나라의 국민적 풍속과 습성, 역사, 그리고 그밖의 모든 것을 증오하고 있습니다. 그들을 위한 무슨 변명이 있다면, 그것은 다만 자기들이 무엇을 하고 있는가를 그들 자신이 모르고 있다는 점, 그리고 러시아에 대한 증오가 가장 유익한 자유주의라고 잘못 생각하고 있다는 점이겠지요. 사실, 다른 사람들한테서 갈채를 받고 있기는 하지만, 그들은 어처구니없을 만큼 얼빠진, 우둔한, 그리고 위험한 보수주의자들입니다. 게다가 자기 자신이 그걸 전혀 모르고 있으니 참으로 한심한 일입니다! 바로 얼마 전까지만 해도 우리 나라의 일부 자유주의자들은 러시아에 대한 이 증오가 마치 진지한 애국심인 것처럼 착각하고 있었고, 자기들이야말로 애국심의 본질을 누구보다도 잘 알고 있다고 자부심을 가지고 있었습니다. 그런데 요즘에 와서는 더욱 노골화하여 『조국애』라는 말조차 부끄러운 것으로 간주하게 되었고, 그 개념까지도 유해하고 부질없는 것이라 하여 머릿속에서 추방해 버렸단 말입니다. 이것은 사실이에요. 나는 이렇게 주장합니다…… 언젠가는 사실을 사실대로, 노골적으로 말해야 할 필요가 있으니까요. 그러나 이것은 또한 유사 이래 세계 어느 국민 사이에서도 볼 수 없었던 사실입니다. 따라서 이 사실은 우발적인 것이어서, 언젠가는 잊혀져 버릴는지도 모릅니다. 그 점에는 나도 이의가 없습니다. 사실, 자기 조국을 증오하는 그 따위 자유주의란 어디에도 있을 수 없는 것입니다. 이 문제를 우리 나라에서는 어떻게 설명하는지 아십니까? 뻔하지요. 전에도 역시 그런 자들이 있었다느니, 러시아의 자유주의자는 아직은 러시아적 자유주의자가 아니기 때문이라느니라고 말입니다. 내가 보기에는 이밖에 별다른 설명 방법은 없습니다.」

「나는 당신이 한 말을 죄다 농담으로 돌리겠소, 예브게니 파블로비치.」 하고 S공작은 정색을 하고 말했다.

「나는 자유주의자란 사람들을 모조리 다 만나지 못했기 때문에 뭐라고 단정을 내리지 못하겠어요.」 이번에는 알렉산드라 이바노브나가 한 마디 했다. 「그렇지만 당신의 이론에는 찬성할 수 없어요. 당신은 극히 일부분을 전체적인 원칙인 것처럼 주장하셨단 말예요. 그러니까 당신은 우리 나라의 자유주의자들을 모욕한 것밖엔 안 되는 셈이죠.」

「부분적인 예라구요? 호오! 말씀이 좀 과한 것 같습니다.」 하고 예브게니 파블로비치는 얼른 말을 받았다.

「공작, 당신은 어떻게 생각하십니까. 내가 과연 부분적인 경우의 예만 들었을까요?」

「글쎄요……. 나 역시 견문이 좁고 자유주의자들과는 접촉한 바가 별로 없어서…….」 하고 공작은 대답했다. 「그렇지만 내가 보기엔, 당신의 의견은 어느 정도 옳은 것 같습니다. 당신이 말한 것처럼 러시아의 자유주의는 실제에 있어 우리 나라의 생활 질서뿐만 아니라 러시아 그 자체를 증오하는 경향이 없지는 않으니까요……. 물론 그것을 모든 사람에게 적용될 수 있는 진리라고는 할 수 없습니다만!」

그는 당황하며 말을 제대로 끝맺지 못했다. 그는 몹시 흥분해 있었지만, 그래도 이 대화에는 상당히 흥미를 느끼는 눈치였다. 공작에게는 남다른 일면이 있었다. 그것은 그의 흥미를 불러일으키는 대화에 귀를 기울이고 있을 때면, 그리고 남의 질문에 대답할 때면 나타나는 놀랄 만한 진지함이었다. 그의 얼굴뿐 아니라 몸의 자세에도, 자기에 대한 조소나 풍자 같은 것을 전혀 눈치 채지 못하는 어린이다운 순수함이 나타나 있었다. 예브게니 파블로비치는 처음부터 그 어떤 야릇한 태도로 공작을 대하고 있었으나, 지금 그로부터 이러한 대답을 듣자 금방 정색을 하고 공작의 순수하고 천진스런 얼굴을 바라보았다.

「그래요……, 하지만 아무래도 좀 이상하군요.」하고 예브게니 파블로비치는 말했다. 「지금 당신은 나한테 진심으로 그런 대답을 하신 건가요? 아니면, 날 추어올리려는 저의에서인가요? 그렇잖으면 여기 모인 여러분들이 당신의 고견에 수긍하기를 바라서인가요?」

「천만에 말씀입니다, 저는 전혀 당신을 놀리려고 대답한 것은 아닙니다.」라고 공작은 진실되게 말했다. 「그렇다면 당신은 진정으로 질문를 하신 게 아니었나요?」공작은 놀란 듯이 반문했다.

일동은 웃음을 터뜨리고 말았다.

「그 말씀이 옳아요!」하고 아젤라이다가 말했다. 「예브게니 파블로비치는 아무에게나 쓸데없는 농담을 함부로 하는 버릇이 있어요! 그런데 또 이 분은 가끔 대수롭지도 않은 일을 아주 심각하게·받아들일 때가 있거든요!」

「어쩐지 듣고 있기가 거북하군요. 이제 그런 얘기는 그만두는 게 좋겠어요!」아젤라이다가 날카로운 어조로 말했다.「산책을 하려고 했었는데… .」

「네, 갑시다, 산책을 하기엔 아주 좋은 저녁입니다!」예브게니 파블로비치는 이렇게 소리쳤다. 「그러나 여러분께서 양해해 주신다면, 오늘만은 내가 진심에서 말했다는 것을 증명하기 위해, 누구보다도 특히 공작에게 증명하기 위해 —— 공작, 당신은 몹시 나의 흥미를 불러일으켰습니다. 남이 보기엔 어떨지 모르지만, 나는 당신이 결코 그렇게까지 머리가 텅 비어 있는 인간은 아니라고 자부합니다. 하기는 나 자신을 만족시키기에는 머릿속이 비어 있는 인간이기는 하지만 말입니다! —— 한 가지 더 공작에게 질문하고 싶습니다. 그것으로 이 얘기는 끝맺도록 합시다. 이 의문은 두 시간 전에 일부러 그런 것처럼 머릿속에 떠오른 것입니다——공작, 아시다시피 나 역시 어떤 때는 심각하게 생각할 줄도 아는 인간입니다. 나는 이 의문을 스스로 해결했습니다만, 공작이 어떻게 말하시는지 들어 보고 싶군요. 방금 『부분적인 경우』라는 설이 나왔는데 이 말은 우리 나라에서는 매우 중요할 뿐더러 종종 들을 수 있는 말입니다. 최근의 일입니다만, 그 무서운 여섯 사람 몰살 사건에서 있었던 그 젊은 사내의 범죄와 재판정에서 행한 변호사의 괴이한 변론은 세상에 여러 가지로 물의를 일으켰습니다. 그 변호사의 변론의 요점은 피고와 같은 빈곤 상태에 처해 있으면 여섯 사람을 죽이려는 생각이 머리에 떠오르는 것은 『당연한』 일이라는 것이었습니다. 물론 이것이 변호사가 한 말 그대로는 아니지만 아무튼 이런 뜻이었거나 또는 이와 비슷한 것이었습니다. 나 개인의 생각으로서, 그 변호사는 이 괴이한 변론을 하면서 가장 자유주의적이며 가장 인도주의적이고 우리 세대에서 통용될 수 있는 가장 진보적인 사상을 말하고 있다고 확신했을 거라는 점입니다. 당신의 의견은 어떠신지, 이와 같은 개념과 신념의 왜곡, 이와 같은 놀랄 만한 편견의 가능성은 과연 부분적인 경우일까요, 아니면 일반적인 경우일까요?」

　모두 웃음을 터뜨렸다.

「부분적이지요!」하고 알렉산드라와 아젤라이다는 웃었다.

「미안하지만 한 번 더 상기시키고 싶은데, 예브게니 파블로비치!」하고 S공작이 덧붙였다. 「자네의 그 재담도 이제는 고리타분해졌다는 걸 알아야 해.」

「당신은 어떻게 생각하십니까, 공작?」예브게니 파블로비치는 S공작의 주의 같은 건 들은 척도 하지 않았다. 그는 레프 니콜라예비치 공작의 호기심 어린 심각한 눈초리를 눈치 챘던 것이다. 「당신에게는 이것이 부분적인 경우로 보입니까? 아니면 일반적인 경우로 보입니까? 나는 당신을 위해 이 질문을 제기한 것입니다.」

「아니, 그건 부분적인 경우가 아닙니다.」나직하면서도 확고한 어조로 공작은 대답했다.

「그게 무슨 말입니까, 레프 니콜라예비치!」하고 S공작은 난처한 듯이 소리쳤다. 「그래, 당신은 이 사람이 빈정거리고 있다는 걸 모르십니까? 이 사람은 당신을 단지 놀리고 있는 거예요.」

「나는 예브게니 파블로비치가 진정으로 말하고 있는 줄 알았습니다.」공작은 얼굴을 붉히며 눈을 지그시 감았다.

「기억하세요. 공작?」S공작은 계속했다. 「석 달쯤 전에 나와 둘이서 얘기하던 일을 회상하십시오. 그때 우리들은 연륜이 얇은 우리 나라 법조계에서 훌륭하고도 재능 있는 변호사들을 많이 발견할 수 있으며 배심원들의 판결에도 주목할 만한 것이 얼마든지 있다고 서로 이야기하지 않았습니까? 그때 당신은 매우 기뻐하셨지요. 나 역시 당신이 기뻐하시는 걸 보고 기뻐했습니다. 우리들은 그것을 러시아의 자랑거리라고 말했지요……. 그러니까 그 불합리한 변론은, 그 괴이한 변론은 천에 하나 있을까 말까한 우연이라고밖엔 볼 수 없는 것입니다.」

레프 니콜라예비치 공작은 잠깐 동안 생각에 잠겨 있었으나 비로소 신념에 넘치는, 그러나 수줍은 듯한 낮은 소리로 대답했다.

「내가 말하고자 한 것은 사상과 개념의 왜곡이——예브게니 파블로비치가 표현한 것처럼——너무나 빈번히 발견되기 때문에 유감스럽게도 부분적인 경우라기보단 일반적인 경우라고 하는 편이 보다 적절하다는 겁니다. 만일 이러한 왜곡이 일반적인 경우가 아니라면 그와 같은 불가능한 범죄도 역시 돌발하지 않았을 것이니까요……. 」

「불가능한 범죄라구요? 하지만 나는 이렇게 단언합니다. 그와 같은 범죄는 아니, 그보다 더 악랄한 범죄는 그 전에 있었습니다. 항상 존재하고 있단 말입니다. 내 견해로는 그런 종류의 범죄는 앞으로도 얼마든지 되풀이될 것 같습니다. 다만 다른 점은, 우리 나라에서는 지금까지 별로 공개적으로 화제에 올리지 않았었는데 요즘 와서 많은 사람들이 떠들어 댈 뿐 아니라 글을 써서 발표하게 되었다는 사실입니다. 이런 현상 때문에 그러한 범인들이 요즘에서야 비로소 나타난 것같이 생각되는 것이지요. 공작, 바로 여기에 당신의 오해가, 내가 생각하기로는 지극히 순진한 오해가 존재하는 것입니다.」 이렇게 말하고 S공작은 조소적인 미소를 띠었다.

「나 자신도 그처럼 무서운 범죄가 전에도 굉장히 많이 발생했었다는 것을 잘 알고 있습니다. 얼마 전에 나는 감옥에 가서 몇 사람의 포악한 기결수와 미결수를 만나 보았는데 그 중에는 지금 화제에 오른 그 범인보다 더 무서운, 여섯 명이 아니라 열 명을 살해하고도 전혀 후회의 빛이 없는 매우 악독한 범인도 있었습니다. 그러나 그들은 그렇게 악독한 살인범임에도 불구하고, 자기가 범인이라는 것만은 알고 있다는 사실을 나는 알았습니다. 비록 뉘우치는 마음이 없다고 하더라도 양심으로는 역시 나쁜 짓을 했다고 생각하고 있었다는 말입니다. 더욱이 그들은 한 사람의 예외도 없이 모두가 다 그러했습니다. 그런데 지금 예브게니 파블로비치가 말씀하신 그 사람들은 자기가 범인이라고 단정하려고 하지 않을 뿐더러 그런 짓을 할 권리가 있다……, 오히려 자기는 좋은 일을 했다는 식으로 생각하고 있단 말입니다. 바로 여기에 무서운 상위점(相違點)이 존재한다고 나는 생각합니다. 그리고 주목해야 할 것은 그것이 모두 젊은 청년들이라는 점입니다. 그러니까 젊은 연령층이 사상의 왜곡에 가장 빠져들기 쉽다고 할 수 있겠지요.」

　S공작은 이미 웃지도 않고 매우 당황한 표정으로 공작의 말에 귀를 기울이고 있었다. 아까부터 무엇인가 이야기하려고 벼르고 있던 알렉산드라 이바노브나는 갑자기 무슨 특이한 생각에 제지된 듯 아무 말도 하지 않았다. 예브게니 파블로비치 역시 공작의 말에 여지없이 압도되었는지, 전혀 조소의 빛도 띠지 않고 놀란 눈으로 공작을 바라보고만 있었다.

　「왜 그렇게 저 분의 말에 놀라시죠? 예브게니 파블로비치.」갑자기 리자베타 프로코피예브나가 끼여 들었다. 「저 분이 당신보다 어리석은 줄로 아셨나요? 당신보다 논리적인 사람이 못 되는 줄로 생각했던가요?」

　「아니, 그런 건 아닙니다.」하고 예브게니 파블로비치는 대답했다. 「공작, 이렇게 물으면 실례가 될지 모르겠습니다만, 그만한 식견을 가지신 분이——재차 실례지만—— 어째서 그 괴이한 사건…… 전에 있었던…… 아마 부르도프스키라고 했지요? 그 사건 때는 어째서 그들의 사상 내지 신념의 왜곡을 알아채지 못했습니까? 그들의 언동은 아까 말한 것과 조금도 다를 바가 없지 않습니까? 저의 견해로는, 그때 당신은 그 점을 전혀 알아채지 못하셨던 것 같았습니다.」

　「이것 보세요.」하고 리자베타 프로코피예브나 부인은 더욱 흥분해서 말했다. 「우리들은 여기 앉아서 그를 칭찬하고 있었지만 공작님은 오늘 그들 중의 한 사람한테서 편지를 받았답니다. 그 중의 장본인격인…… 그 여드름이 많이 난…… 알렉산드라야, 너도 기억하고 있지? 그 사내가 공작님에게 용서를 빌며, 그때 그 사내를 부추기던 그 친구와도 절교했다고 써보내 왔단 말예요. 그리고 지금은 누구보다도 공작님을 신뢰한다는 거예요. 우리는 지금 이 분 앞에서 잘난 체하고 있지만, 이런 편지는 아직 한 번도 받아 보지 못했잖아요.」

　「게다가, 이폴리트도 지금 막 이 분의 별장으로 옮겨 왔습니다!」하고 콜랴가 외쳤다.

　「뭐! 벌써 왔다구?」공작은 소스라쳤다.

　「당신이 리자베타 프로코피예브나 부인과 이리로 오신 직후에 도착했어요. 내가 데려 왔죠.」

　「흥, 그럴 줄 알았어!」리자베타 프로코피예브나 부인은 방금 자기 입으로 공작을 칭찬한 것을 까맣게 잊고 화를 냈다. 「이 사람은 어제 그녀석의 다락방까지 찾아가서 그놈 앞에 무릎을 꿇고, 제발 이리로 옮겨 와 주십사고 애걸복걸했을 거예요. 틀림없다니까! 공작님, 어제 그놈한테 갔다 왔죠? 아까 나한테 다녀왔다고 했잖아요. 했어요, 안 했어요? 무릎을 꿇었어요, 안 꿇었어요?」

「절대로 꿇지 않았습니다!」하고 콜랴가 소리쳤다. 「오히려 그 반대예요. 어제는 이폴리트가 공작의 손에 두 번이나 키스를 했어요. 두 눈으로 똑똑히 보았어요. 그것으로 애기는 결말이 났습니다. 그리고 공작님은 그에게 별장에 있는 것이 좋지 않겠느냐고 말했을 뿐인데 그가 즉석에서 조금 더 회복되면 곧 옮기도록 하겠다고 약속했던 거예요.」

「콜랴! 공연한 소리는 그만둬.」공작은 의자에서 일어서며 모자를 집어 들고 중얼거리듯 말했다. 「무엇 때문에 자넨 그런 필요 없는 애기까지……. 나는…….」

「어디로 가시는 거지요?」하고 리자베타 프로코피예브나 부인이 물었다.

「공작님, 걱정하실 건 없어요.」콜랴는 흥분한 어조로 계속했다. 「가시지 마세요, 그를 괴롭히지 말아요. 돌아와서 잠이 들었으니까요. 여간 좋아하는 게 아니에요. 어쨌든 지금은 만나시지 않는 편이 좋을 것 같습니다. 내일까지 그냥 내버려 두세요. 만나시면 오히려 그 사람을 당황하게 할 뿐이니까요. 아침에 나한테 이런 말을 하더군요. 이렇게 기분이 좋고 몸이 가뿐한 것은 반 년 만에 처음이라고……. 기침도 한결 덜한 것 같더군요.」

공작은 아글라야가 갑자기 자기 자리에서 걸어 나와 탁자 옆으로 다가온 것을 알아챘다. 그는 그녀를 감히 바로 바라볼 수 없었지만 이 순간 그녀가 자기 쪽을 응시하고 있음을 직감했다. 아마도 그 시선은 거칠고도 엄하며, 그 까만 눈동자 속에는 분노가 타올랐고 얼굴은 빨갛게 상기되어 있을 것이라고 전신으로 감지했던 것이다.

「그러나 니콜라이 아르달리오노비치, 내 생각으로는 자네가 그 사람을 데려 오지 않았어야 했던 것 같구먼. 만일 그 사람이 요전에 울면서 우리들을 자기의 장례식에 초대한 바로 그 폐병 앓는 청년이라면 말이네만.」하고 예브게니 파블로비치가 말했다. 「그 사람은 그때 이웃집 벽을 아주 웅변적으로 묘사했는데 여기 와서 살게 되면 틀림없이 그 벽이 생각나서 우수에 잠길 테니까.」

「맞았어요, 서로 틀어져서 싸움을 하고 뛰쳐나가 버릴 테니 인제 두고 보세요!」

　이렇게 말하고 리자베타 프로코피예브나 부인은 거드름을 피우며 뜨개질 감이 든 바구니를 옆으로 잡아당겼다. 그녀는 일동이 산책을 나가려는 것을 이미 잊고 있었던 것이다.

　「생각납니다만 그 사람은 그 벽을 무척 자랑하고 있었습니다.」 또다시 예브게니 파블로비치가 입을 열었다. 「그 벽이 없으면 그 사람은 멋지게 죽어 갈 수가 없을 겁니다. 그 사람은 멋지게 죽기를 무척 바라고 있으니까요.」

　「그래서 어떻단 말씀입니까?」 하고 공작은 중얼거렸다. 「만일 당신이 그 사람을 용서하지 못하겠다고 한다면, 그 사람은 당신의 용서를 받지 못한 채 그냥 죽어 가겠지요……. 게다가 이번에는 다만, 이곳에 있는 나무를 바라다보기 위해서 온 것이니까요.」

　「오오, 무슨 말씀을! 나는 모든 것을 용서하겠습니다. 그 사람에게 그렇게 전해 주십시오.」

　「나는 그런 뜻으로 말한 건 아닙니다.」 여전히 마룻바닥의 한 점을 바라보며 눈을 들지도 않고 공작은 마지못해 상대하는 것 같은 어조로 나직히 대답했다. 「나는, 당신도 역시 그 사람의 용서를 쾌히 받아들여 주시길 바랐던 겁니다.」

　「내가 그에게 어떻게 했습니까? 그에게 해를 끼쳤단 말씀인가요?」

　「그걸 모르시겠다니……. 그러나 당신도 아실 게 아닙니까? 그 사람은 그때…… 당신들 모두를 축복하고 또한 당신들한테서도 축복을 받고 싶어 했던 것입니다. 그것뿐이에요……. 」

　「여보시오, 공작.」 하고 S공작은 베란다에 있는 다른 사람들에게 눈짓을 하며 황급히 말을 가로채고 나섰다.

　「지상에서 낙원을 얻기란 그리 쉬운 게 아닙니다. 그런데도 당신은 어느 정도 그것을 기대하고 있는 것 같아요. 지상의 천국이란 당신의 그 아름다운 마음으로 생각하는 것보다는 훨씬 얻기 힘든 것입니다. 자, 그런 얘기는 그만두는 게 좋겠습니다. 그렇지 않으면 모두가 다시 혼란을 일으키게 되는지도 모르니까요……. 」

　「음악이나 들으러 갑시다.」 리자베타 프로코피예브나 부인은 벌떡 일어나며 화난 듯이 퉁명스러우나 날카로운 어조로 말했다.

일동은 그녀를 따라 자리에서 일어났다.

2

공작은 갑자기 예브게니 파블로비치의 옆으로 다가갔다.

「예브게니 파블로비치!」그는 상대방의 손을 움켜쥐며 이상할 만큼 열띤 목소리로 말했다. 「제발 나를 믿어 주십시오. 어떤 일이 있어도 나는 당신을 가장 고귀하고 가장 선량한 분이라고 생각하고 있으니까요. 아무쪼록 이 말만은 믿어 주시기 바랍니다…….」

예브게니 파블로비치는 너무나 놀라서 한 걸음 뒤로 물러나기까지 했다. 순간 그는 금방이라도 터질 듯한 웃음을 간신히 억제했다. 그러나 그는 곧 공작이 앞뒤를 분간할 수 없을 만큼 이성을 잃었거나, 아니면 적어도 그 어떤 이상한 심적 상태에 놓여 있다는 것을 알아챘다.

「당신은 전혀 다른 말을 하고 싶었던 거지요?」예브게니 파블로비치는 소리쳤다. 「내기를 해도 좋아요. 당신은 나한테가 아니라 다른 사람한테 말하고 싶었던 거지요? 그건 그렇고 왜 그러시죠? 어디 편찮으신 게 아닙니까?」

「그럴는지도 모릅니다. 당신의 관찰이 적중했는지도 모르겠습니다. 내가 당신을 가까이 하려고 하지 않았다는 것을 어떻게 그렇게 정확하게 알 수 있었지요?」

이렇게 말하고 그는 어딘지 이상한, 더욱이 우스꽝스럽기까지 한 미소를 지어 보였다. 그러나 갑자기 화난 것처럼 그는 격한 어조로 외쳤다.

「제발 사흘 전의 나의 행위를 더 이상 상기하지 말아 주시기 바랍니다! 나는 그것 때문에 지난 사흘 동안 매우 수치를 느꼈습니다……. 나는 나의 과실을 잘 알고 있습니다…….」

「도대체 당신은 무슨 짓을 했기에 그러시는 겁니까?」

「나는 알고 있습니다, 예브게니 파블로비치. 당신은 나 때문에 누구보다도 수치를 느끼고 계십니다. 당신은 얼굴을 붉히고 계시는군요. 그것은 아름다운 마음의 표시입니다. 나는 곧 돌아가겠습니다, 안녕히 계십시오.」

「저 사람이 갑자기 왜 저러지? 발작이라도 일으키는 게 아냐?」리자베타 프로코피예브나는 깜짝 놀라 콜랴에게 물었다.

「염려 마십시오, 리자베타 프로코피예브나 부인! 발작이 아닙니다.」 공작은 계속했다. 「나는 곧 돌아가겠습니다. 나는 알고 있어요……. 나는…… 자연으로부터 학대를 받고 있는 인간입니다. 나는 24년 동안, 태어나면서부터 스물네 살이 될 때까지 줄곧 병자였습니다. 지금도 병자가 하는 말이라 생각하고 들어 주십시오. 나는 곧 돌아가겠습니다, 지금 곧. 안심하십시오. 나는 얼굴을 붉히지 않겠습니다. 이런 일로 얼굴을 붉히다니요, 안 그렇습니까? 그러나 나는 이런 사회에서는 무용지물입니다……. 이건 자존심 때문에 그러는 게 아닙니다……. 나는 지난 사흘 동안 여러 가지로 생각하고 또 생각한 끝에, 당신들을 만나 적당한 기회를 얻어 성실하고 고결한 태도로 말씀드리기로 결심했던 것입니다. 왜 내가 그것을 말해서는 안 되는가 하면, 아무리 고상한 사상이라도 내 입으로 말하면 그것이 모두 우스꽝스런 것이 되어 버리고 말기 때문입니다. S공작도 방금 나에게 이 점을 지적해 주셨습니다. 내게는 우아한 태도가 없습니다. 감정의 중용이라는 것도 없습니다. 내가 구사할 수 있는 말들은 사실을 말하기에는 모두가 부적당한 것들뿐입니다. 이것은 그 사상에 대해서는 치욕입니다. 따라서 내게는 사상을 말할 권리가 없습니다……. 게다가 나는 의심이 많은 인간입니다. 나는…… 나는 여기에 계시는 여러분이 나를 모욕할 리가 없다, 오히려 나의 가치 이상으로 나를 사랑해 주신다는 것을 확신하고 있습니다만, 그러나 이건 알고 있습니다. 나는 매우 잘 알고 있습니다. 20년 동안이나 앓고 난 몸이니까 아무래도 때로는 남의 웃음을 사지 않을 수 없는 무엇이 아직도 내게 남아 있음에 틀림없다고 말이지요, 그렇지 않습니까?」

그는 마치 무슨 대답이나 결정을 기다리듯 주위를 둘러보았다. 이 뜻하지 않은 병적이며 까닭 모를 공작의 흥분에, 일동은 무거운 의혹에 휩싸인 채 있었다. 그러나 이 말은 하나의 괴이한 에피소드의 원인이 되었던 것이다.

「무엇 때문에 당신은 지금 이 자리에서 그런 말을 하시죠?」 하고 갑자기 아글라야가 소리쳤다. 「무엇 때문에 그런 말을 이 사람한테 하느냐 말예요! 이 사람들한테! 이런 사람들한테!」

그녀는 분노의 정점에 도달한 것같이 보였다. 그녀의 두 눈에서는 격렬한 불꽃이 튀고 있었다. 그 앞에 벙어리처럼 아무 말 없이 서 있던 공작은 갑자기 창백해졌다.

「이 자리에 그런 말을 들을 만한 가치가 있는 사람은 한 사람도 없어요!」아글라야는 고함을 쳤다. 「여기 있는 사람은 모두, 모두가 당신의 새끼손가락만큼의 가치도 없는 사람들뿐이에요. 당신의 마음이나 당신의 양심은 물론, 당신은 누구보다도 고상해요, 누구보다도 훌륭해요, 누구보다도 선량하고, 누구보다도 현명해요……. 여기 있는 사람들은 당신이 떨어뜨린 손수건을 허리를 굽혀 주울 자격조차도 없단 말예요……. 그런데 무엇 때문에 당신은 스스로를 모욕하고 모든 사람들보다 낮은 위치에 자신을 놓으려 하는 거죠? 어째서 당신은 자신의 내부에 있는 것을 깡그리 뭉개 버리려는 것이죠? 어째서 당신은 자부심을 갖지 못하느냔 말예요!」

「아니, 저 애가 미쳤나!」리자베타 프로코피예브나는 놀란 나머지 손뼉을 탁 쳤다.

「가난한 기사! 브라보!」콜랴는 신이 나서 환희에 찬 목소리로 외쳤다.

「듣기 싫어요! 어째서 모두들 나를, 모욕하려 드느냔 말예요? 게다가 이 집에서.」하고 아글라야는 갑자기 리자베타 프로코피예브나에게 대들었다. 그녀는 이미 그 어떤 것에도 구애됨이 없이 모든 장애물을 뛰어넘으려는 그러한 히스테릭한 상태에 빠져 있었다. 「어째서 모두들 한결같이 나를 희롱하듯 괴롭히려 드느냔 말예요? 공작님, 무엇 때문에 이 사람들은 며칠간 계속하여 당신의 문제를 가지고 나를 괴롭히는 것일까요? 나는 무슨 일이 있어도 절대로 당신과는 결혼하지 않겠어요! 어머, 그렇게 멍청히 서 있는 꼴을 거울에 한 번 비춰 보세요! 어째서, 무엇 때문에, 이 사람들은 내가 당신과 결혼할 것이라고 떠들어 대며 나를 놀려 대는 것일까요? 당신은 그걸 모르고 있지는 않겠지요? 당신도 역시 이 사람들과 무엇인가 모의하고 있는 게 분명하니까요!」

「아무도 놀리는 사람은 없어!」아젤라이다가 놀라 중얼거렸다.

「그런 생각을 한 사람도 없으려니와 그런 말이 나온 일도 없어요!」하고 알렉산드라 이바노브나가 소리쳤다.

「누가 저 애를 놀렸지요? 언제 저 애가 놀림을 받았지요? 아니면 저 애가 헛소리를 하고 있는 건가요?」분노에 온몸을 후들후들 떨며 리자베타 프로코피예브나 부인이 일동을 향하여 물었다.

「모두들 그랬어요, 사흘 전부터 하나같이 놀렸단 말예요! 나는 절대로, 절대로 저 사람하고는 결혼하지 않을 거예요! 두고 보세요!」

이렇게 외치더니 아글라야는 비통의 눈물을 흘리며 손수건으로 얼굴을 가리고 털썩 주저앉았다.

「그렇지만, 공작님은 아직 너한테 아무런…….」

「나는 아직 당신한테 청혼한 일이 없습니다. 아글라야 이바노브나!」하고 공작은 무의식중에 소리쳤다.

「뭐라구요오?」 경악과 분노와 공포에 휩싸여 리자베타 프로코피예브나는 말끝을 끌며 말했다. 「아니, 뭐라구요오?」

그녀는 자신의 귀를 믿고 싶지 않았던 모양이다.

「내가 말하고 싶었던 건…… 내가 말하고 싶었던 건…….」공작은 떨리는 음성으로 말을 더듬거렸다. 「내가 단지 아글라야 이바노브나한테 청혼을 하려는, 그런 생각을 가져 본 일이 한 번도 없었다는 것을 말하고 싶었을 뿐입니다. 앞으로 언젠가는……, 하는 생각도 가진 적이 없었으니까요. 따라서 나한테는 아무런 잘못도 없습니다. 절대로 없어요, 아글라야 이바노브나! 나는 결코 그런 것을 원하지 않았고, 또 마음에 품은 적도 없습니다. 앞으로도 절대로 없을 겁니다. 당신 스스로 아시게 될 겁니다. 제발 믿어 주십시오. 이것은 누군지 나쁜 사람이 당신 앞에서 나를 비방한 게 분명합니다! 제발 안심하시기 바랍니다!」이렇게 말하며 그는 아글라야에게로 다가갔다. 그녀는 얼굴을 가리고 있던 손수건을 떼고 놀란 그의 얼굴을 흘끗 바라보았으나 잠시 그의 말을 되새기고 있더니 별안간 공작의 눈에다 대고 웃음을 터뜨렸다. 그것은 참으로 유쾌하고, 참으로 우스워서 못 견디겠다는 조소적인 음향이 섞인 폭소였다. 그것을 보고 아젤라이다는 얼른 공작을 바라보고는, 더 이상 참을 수 없었던지 동생인 아글라야에게 달려가서 함께 얼싸안고 어린애처럼 웃어 댔다. 그녀들을 보고 있던 공작까지도 갑자기 빙글빙글 웃기 시작했다. 그는 기쁨과 행복에 넘친 표정으로 몇 번이나 되풀이해서 이렇게 말했다.

「아아, 다행입니다! 정말 다행한 일입니다!」

이때 알렉산드라 역시 참지를 못하고 커다란 소리로 함께 웃어 댔다. 세 자매의 웃음소리는 좀처럼 그칠 것 같지도 않았다.

「미친 것들!」리자베타 프로코피예브나는 중얼거렸다. 「금방 사람들을 깜짝 놀라게 해놓고 이번엔 또…….」

그러나 이제는 S공작도 웃었고 예브게니 파블로비치도 웃었다. 콜랴는 쉴새없이 그들을 바라보며 깔깔거리며 웃어 댔다. 공작도 웃고 있었다.

「자, 이젠 산책하러 갑시다. 산책하러 가요!」하고 아젤라이다가 소리쳤다. 「모두 함께 산책을 나가요, 네! 공작님도 꼭 함께 가셔야 해요. 혼자 돌아가시다니, 그건 안 될 말이에요. 당신은 우리들에게 더없이 좋은 분이니까요! 얼마나 좋은 분이냐? 그렇지, 아글라야! 어머니, 그렇죠? 나는 공작님에게 키스를 하고 포옹해 드리고 싶어요……. 지금 아글라야한테 모든 걸 해명해 주신 데 대한 감사의 뜻으로 말예요. 어머니, 나 공작님한테 키스해 드려도 좋죠? 아글라야! 너의 공작님한테 키스 좀 하게 해 줘!」마치 응석을 부리듯 소리치더니 정말 공작에게로 달려가서 그 이마에 키스했다. 그러나 공작이 그녀의 손을 덥석 움켜쥐고 힘을 주는 바람에 아젤라이다는 하마터면 소리를 지를 뻔했다. 공작은 한없이 환희의 빛을 띠고 그녀를 바라보다가 느닷없이 그녀의 손을 입술로 가져가서 세 번이나 연거푸 키스를 했다.

「자, 다들 나갑시다!」아글라야가 재촉을 했다. 「공작님, 당신이 날 데리고 가세요. 어머니, 그렇게 해도 괜찮겠죠? 나를 거절한 신랑감이니까요. 당신은 나를 영원히 거절하신 거죠, 공작님? 아니, 그렇게 하는 게 아녜요. 숙녀에게 그런 식으로 손을 내미는 게 아니라니까요. 당신은 숙녀의 손을 잡아 이끄는 법을 모르시는가보죠? 이제 됐어요. 그럼 나갑시다. 우리가 앞장을 서는 게 어떨까요. 『단둘이서만』은 안 돼요?」

그녀는 쉴새없이 지껄이며 여전히 발작적인 웃음을 터뜨렸다. 「다행한 일이야! 천만 다행한 일이야!」리자베타 프로코피예브나는 무턱대고 기뻐하며 이렇게 되풀이했다.

『참으로 이상한 사람들이로군!』하고 S공작은 생각했다. 그가 이렇게 생각하는 것은 어쩌면 이 집에 드나들게 되면서부터, 이것으로 수백 번이될지도 모른다. 그러나 그는 이 기묘한 사람들이 좋았다. 그러나 뮈시킨 공작만은 그다지 S공작의 마음에 들지 않았다. 그는 눈살을 찌푸리고 근심에 싸인 채 다른 사람들과 함께 산책하러 밖으로 나갔다.

예브게니 파블로비치는 몹시 기분이 유쾌한 듯 정거장까지 가는 동안 알렉산드라와 아젤라이다를 웃기고 있었다. 그러나 두 자매가 모두 자기의 농담에 너무나 쉽사리 웃곤 하기 때문에 마침내 그는 그녀들이 자기가 하는 말을 전혀 듣지 않고 그러는 것이 아닌가 의심해 보기까지 했다. 그렇게 생각되자 그는 갑자기 이유도 말하지 않고 커다란 소리로 한바탕 웃어 댔다.

사실 그는 이런 성격의 소유자였다. 한편, 더없이 기분이 들뜬 두 자매는 앞장을 서서 걸어가는 아글라야와 공작에게서 한시도 시선을 떼지 않고 있었다. 막내동생은 그들 언니들에게 커다란 수수께끼를 제시했음에 틀림없다. S공작은 리자베타 프로코피예브나의 기분을 풀어 주기 위해서 일부러 다른 얘기만 지껄이는 바람에 오히려 부인에게 싫증을 일으키게 했다. 부인은 몹시 괴로운 생각에 잠긴 듯 동문서답격인 대답을 하는가 하면 어떤 때는 전혀 대답조차 안 했다. 그러나 이 날 저녁 아글라야 이바노브나가 던진 수수께끼는 그것으로 끝난 것이 아니었다. 마지막 수수께끼가 이번에는 다만 공작 한 사람만을 위해 던져진 것이다. 별장에서 백 보 가량 걸어 나왔을 때 아글라야는 반쯤 속삭이는 어조로 굳게 입을 다물고 있는 자기의 기사에게 이렇게 말했다.

「오른쪽을 보세요.」공작은 돌아보았다.

「자세히 보세요, 저기 공원에 놓인 벤치가 보이지요? 커다란 나무가 세 그루 서 있는 곳에 있는 녹색의 벤치 말예요.」공작은 보인다고 대답했다.

「이곳 경치가 마음에 들지 않으세요? 나는 아침 일찍이 7시쯤, 아직 모두들 잠자리에 있을 때 저 벤치에 와서 혼자 앉아 있곤 한답니다.」

「그럼, 이젠 내 곁에서 떨어지세요. 더 이상 당신하고 팔을 끼고 걷고 싶지 않군요. 아니, 역시 이대로 팔을 끼고 걷는 편이 좋겠군요. 그대신 나한테 한 마디라도 말을 걸면 안 돼요. 혼자서 좀 생각하고 싶으니까…….」그러나 그녀의 경고는 실제에 있어 무의미한 것이었다. 그러한 명령이 없었더라도 공작은 처음부터 끝까지 한 마디도 입밖에 내지 않았기 때문이다. 벤치 얘기를 들었을 때 그의 심장은 무섭게 고동치기 시작했다. 그러나 다음 순간, 그는 마음을 가다듬어 수치를 느끼며 자신의 어리석은 상상을 몰아내 버렸다.

파블로프스크의 정거장에는 알려진 바와 같이, 일요일이나 경축일에는 『온갖 층의 사람들』이 다 몰려오지만, 평일에는 『선택한 사람들』이 많이 모이곤 한다. 이들 『선택한 사람들』의 복장은 화려한 편은 아니지만, 세련된 데가 엿보였다. 연주를 들으러 모여드는 것은 좋은 일이었다. 사실 이곳의 악대는 우리 나라의 공원 악대 중에서 꽤 훌륭한 편이었고 새로운 곡을 연주했다. 분위기 역시 대체로 화기 애애하고 친밀했으며, 격식은 없으나 예의와 질서가 제법 존중되고 있었다. 이곳에서 별장 생활을 하고 있는 사람은 거의 모두가 서로 인연이 있는 사이여서 그 중 많은 사람들은 친구들을 만나기 위해 이곳으로 모였으며 또 그것만으로 만족을 느끼기도 했으나, 개중에는 음악 감상만을 위해서 오는 사람들도 있었다. 평일에도 극히 드물기는 했지만 가끔 불상사가 생기는 일도 있었다. 그러나 그런 일이 전혀 없을 수는 없는 것이다.

그 날은 보기 드물게 상쾌한 저녁이었으므로 모여든 군중들도 한결 많아서 연주중인 악대 근처는 인파로 꽉 메워져 있었다. 예판친 댁 가족 일행은 조금 옆에 떨어진 정거장 왼쪽 입구 바로 옆에 있는 의자에 자리를 잡고 앉았다. 군중과 음악은 리자베타 프로코피예브나에게 어느 정도 활기를 주었고 아가씨들의 기분을 들뜨게 했다. 그들은 분주히 아는 사람들과 눈으로 인사하고 어떤 사람에게는 정중히 머리를 숙여 보였다. 그러고는 다른 아가씨들의 옷차림을 바라보기도 하고 조금이라도 이상스러운 것이 있으면 주시하기도 하며, 그것에 대해 이야길 하고, 비웃는 듯한 조소를 지어 보이기도 했다. 예브게니 파블로비치도 연방 인사를 했다. 함께 나란히 자리를 잡은 아글라야와 공작은 벌써 몇몇 사람의 주의를 끌기 시작했다. 곧 어머니와 아가씨들 곁으로 안면이 있는 젊은 사람들이 다가왔는데 두서너 사람은 그대로 남아서 얘기를 하고 있었다. 그들은 모두 예브게니 파블로비치의 친구였다. 그들 중에 젊고 멋진 장교가 한 사람 있었다. 그는 대단히 쾌활하고 이야기하기를 좋아하는 사람으로 아글라야에게 서둘러 말을 걸고는 그녀의 환심을 사려고 무진 애를 쓰고 있는 것 같았다. 아글라야는 이 사람과 매우 상냥하고 명랑하게 지껄이며 웃어 댔다. 예브게니 파블로비치는 공작에게 그 친구를 소개하고 싶다고 양해를 구해 왔다. 공작은 이 사람들이 자기에게 무엇을 기대하는 것인지 거의 이해가 가지 않았지만, 어쨌든 소개가 끝나자 두 사람은 서로 인사를 하고 악수를 교환했다. 예브게니 파블로비치의 친구가 무어라고 한 마디 묻자 공작은 거기에 대해서 아무 대답도 하지 않았거나 아니면 알아듣지도 못할 소리를 혼자 중얼거린 모양이어서, 장교는 그 태도가 하도 기묘했으므로 찬찬히 그의 얼굴을 들여다보고 있다가 이윽고 예브게니 파블로비치에게 시선을 돌렸다. 순간, 장교는 어째서·그가 자기에게 공작을 소개했는가를 알아채고는 엷은 미소를 띠면서 또다시 아글라야한테로 얼굴을 돌렸다. 이때 아글라야의 얼굴이 확 붉어진 것을 눈치챈 것은 예브게니 파블로비치 한 사람뿐이었다.

공작은 다른 사람들이 아글라야와 말을 주고받으며 애교를 부리고 있는 것을 전혀 눈치 채지 못하는 모양이었다. 심지어 그는 자기가 그녀의 곁에 앉아 있다는 것조차 잊고 있을 때가 많았다. 이따금 그는 이 자리를 떠나서 어딘가로 아주 자취를 감춰 버리고 싶은 충동을 느꼈다. 자기가 어디 있는지 아무도 알 수 없는, 혼자서 자신의 상념에 몰두할 수 있는 그런 캄캄하고 황량한 곳으로 가고 싶었다. 그것도 안 된다면 자기 집 테라스에라도 있고 싶었다. 다만 그곳에 아무도, 레베제프도 그의 아이들도 오지 말길 바랐고 자기의 소파에 몸을 펴고 베개에 얼굴을 묻은 채 낮이 가고 밤이 가며, 다음날도 꼼짝 않고 그냥 누워 있고 싶었다. 이따금 스위스의 산을 생각할 때는 늘 하나의 정든 장소가 머리에 떠오르곤 하였다. 그곳에 살고 있을 때 그는 날마다 그 장소에 올라가 발 아래의 마을을 내려다보곤 했었다. 아득히 바라다보이는 흰 실오라기 같은 폭포수와 흰 구름과 황폐해진 옛 성터도 생각이 났다. 아아, 지금 그는 그곳에 가서 오직 한 가지만을 생각하고 싶었다. 하기는 그곳에서는 천 년을 하루같이 계속 생각할 수 있으리라 ! 그리고 이곳 사람들이 그를 잊어버린대도 무방하다. 아니, 제발 잊어버려 주었으면 좋겠다. 만약 그들이 자신을 전혀 모르고 또 이 무서운 환영(幻影)이 한낱 꿈에 지나지 않는다면 얼마나 다행한 일이랴 ! 그러나 이제는 그것이 꿈이건 현실이건 매일반이 아닌가 ! 이따금 그는 아글라야의 얼굴에서 5분 가량씩이나 시선을 떼지 않고 쳐다보았다.

그의 시선은 형언할 수 없이 기묘했다. 그것은 눈앞에 있는 아글라야를 보는 눈이 아니라, 마치 2킬로미터나 떨어진 곳에 있는 물체나 혹은 그녀의 초상화를 바라보는 것 같은 눈이었다.

「왜 그런 눈으로 나를 바라보시죠, 공작님 ! 」 자기를 에워싸고 있는 사람들과의 명랑한 대화와 웃음을 멈추고 그녀는 당돌하게 이렇게 물었다. 「어쩐지 당신이 손을 뻗쳐 손가락으로 내 얼굴을 만지작거리려는 것만 같아서 자꾸만 무서운 생각이 드는군요. 그렇잖아요, 예브게니 파블로비치 ? 그렇게 보이지 않아요 ? 」

공작은 누가 자기에게 말을 걸어 오리라고는 전혀 생각지 못했다는 듯이 깜짝 놀라서 듣고만 있었다. 그는 혼자 깊이 생각하다가 무슨 말인지 분명히 알아듣지 못한 모양으로 아무런 대꾸도 하지 않았다. 그러나 다른 사람들이 모두 웃고 있는 것을 알자 갑자기 입을 크게 벌리고 자기도 따라 웃었다. 주위의 웃음소리는 더욱 높아졌다. 장교는 원래가 잘 웃는 사람이었는지 사뭇 온몸을 흔들어 가면서 웃어 댔다. 갑자기 아글라야는 화가 나서 혼자 중얼거렸다.

「백치!」

「아아! 저 애가 정말 저런 사람한테…… 미친다는 게 가능한 일일까?」하고 리자베타 프로코피예브나는 뇌까렸다.

「그건 농담이에요, 요전의 그 『가난한 기사』와 같은 농담이에요.」알렉산드라가 어머니의 귀에 대고 자신 있는 어조로 속삭였다. 「아무것도 아니라니까요! 저 애는 또 한 번 자기의 독특한 수법으로 공작을 조롱한 거예요. 하긴 농담의 효과가 좀 지나친 것 같군요. 이젠 그만하라고 해야겠어요, 아이구머니나! 아까는 배우 뺨칠정도로 연극을 해서 우리들을 깜짝 놀라게 하더니…….」

「그래도 저런 백치를 놀렸으니 다행이야.」하고 리자베타 프로코피예브나는 속삭였다. 딸의 해명이 부인의 마음을 한결 가볍게 해준 모양이었다.

그렇지만 공작은 자기를 백치라고 부르는 소리를 들었다. 그는 부르르 몸을 떨었다. 하지만 그것은 백치라는 소리를 들었기 때문이 아니었다. 『백치』라는 말은 곧 잊어버렸다. 그보다도 군중 속에서, 자기가 앉아 있는 곳으로부터 그리 멀지 않은 곳에서 하나의 얼굴이 퍼뜩 나타났기 때문이었다. 창백한 얼굴에 곱슬곱슬한 검은 머리결과 낯익은, 매우 낯익은 미소와 외모를 지닌 사람이 퍼뜩 나타났다가 사라진 것이다. 어쩌면 이것은 공작의 착각인지도 모른다. 그의 기억에 남은 인상은 일그러진 미소와 눈과 그 사내의 목에 늘어진 화려한 연록색 넥타이뿐이었다. 그 사내가 군중 속으로 사라졌는지 아니면 정거장 안으로 들어가 버렸는지 그것까지도 공작은 명확히 알 수가 없었다.

그러나 잠시 후 공작은 갑자기 안절부절못하며 주위를 두리번거리기 시작했다. 조금 전의 그 제1의 환영은 다음에 올 제2의 환영의 예고였고 징후였을 것이다. 틀림없이 그럴 것이다. 과연 그는 정거장으로 나올 때, 어떤 사람을 만나게 될 가능성이 있다는 것을 잊고 있었단 말인가? 하기야 정거장을 향해 걸어오는 동안 자기가 어디로 가고 있는지조차 모르고 있었던 것이 사실이다. 그는 때때로 그런 상태가 있곤 했다. 만일 그가 조금만 더 주의력을 기울였다면, 15분 전에 아글라야가 자기 주위에 숨어 있는 무엇인가를 찾아 내려는 듯이 이따금 불안한 눈초리로 두리번거리는 것을 눈치 챘을 것이다. 아마도 그의 불안이 격렬히 증대되어 감에 따라 아글라야의 동요와 불안도 한층 더 격화되었으며 그가 뒤를 돌아보기가 무섭게 그녀 역시 거의 때를 같이하여 그쪽을 돌아보았던 것이다. 그러나 이 불안은 얼마 후에 해결되었다.

공작과 예판친 댁 일행은 정거장 왼쪽 출입구 쪽에 자리잡고 있었는데 갑자기 한패의 군중이, 적어도 열 명은 실히 될 듯싶은 일단의 사람들이 나타났다. 그 중 두 여자는 굉장한 미인이었으므로, 그 뒤에 그렇게 많은 추종자들이 따라다닌다는 것이 조금도 이상스러울 것이 없었다. 그러나 그 여인들도 추종자들도, 음악을 들으려고 모여든 다른 사람들과는 전혀 색다른 종류의 인간들인 것같이 보였다. 거의 모든 사람들이 곧 그들을 인식했지만 대부분은 보고도 못 본 체하려고 애쓰고 있었다. 다만 몇 명의 젊은 청년들만이 그들에게 미소를 던지며 저희들끼리 서로 무엇인가 수군거리고 있었다. 이 패들을 보지 않는다는 것은 누구에게나 불가능한 일이었다. 그들은 매우 만족스러운지 커다란 소리로 지껄이기도 하고 소리를 내어 웃어 대기도 하였다. 그들 중의 많은 사람이 얼근하게 취해 있는 것같이 보였고 멋있고 우아한 옷차림의 사내도 몇 사람 있었으나, 이상 야릇한 옷을 걸치고 괴상한 몸짓을 하며 굉장히 열띤 얼굴을 하고 있는 자도 적지 않았다. 이 패거리 속에는 군인도 몇 명 끼어 있었고, 나이 지긋한 남자들도 있었으며, 폭이 넓고 훌륭하게 지어진 양복에, 반지와 커프스 단추, 장엄한 검은 가발에 턱수염을 기르고, 얼굴에는 제법 위엄을 띤 유복한 풍채의 신사도 끼어 있었다. 그러나 일반 사회에서는 이런 사람들을 페스트처럼 여기고 피하려고 하는 것이 보통이다. 이 교회의 정거장에 모인 청중 속에는 품행이 단정하기로 유명한 사람도 있었고 사회에서 특히 존경을 받고 있는 사람들도 있었다. 그렇지만 아무리 점잖고 조심성이 있는 사람이라도 이웃집에서 언제 별안간 떨어질지 모르는 벽돌장에 대하여 항시 방어 태세를 취하고 있을 수는 없는 법이다. 이 벽돌장이 음악을 들으러 모인 근엄한 청중에게 지금 막 떨어져 내려오려 하고 있었던 것이다.

정거장에서 오케스트라가 있는 광장까지 나오려면 세 계단을 내려와야 했다. 그 계단 위에서 그들 일행은 걸음을 멈추고는 밑으로 내려오지 않으려 했다. 그러자 여자들 중의 하나가 앞으로 걸어 나왔다. 그러나 그 뒤를 따라나선 사람은 그녀의 추종자로서는 둘밖에 없었다. 하나는 제법 의젓하게 생긴 중년 신사로서 매우 존경받을 만한 풍채였는데 그래도 어딘지 농사꾼 티를 벗지 못한 사람같이 보였다. 말하자면 자기도 전혀 아는 사람이 없거니와 남들에게도 전혀 알려져 있지 않은 그런 종류의 인간이었다. 또 한 사람은 여자의 곁을 한 걸음도 떠나지 않는, 꼬락서니가 말이 아닌 알짜부랑배였다. 그밖에는 아무도 이 방약무인한 부인의 뒤를 따라나서는 자가 없었으나, 그녀는 마치 남들이 자기 뒤를 따르건 말건 그런 것은 아랑곳하지 않는다는 듯이 층계를 내려가면서 뒤를 돌아보지도 않았다. 그녀는 여전히 커다란 소리로 웃으며 지껄이고 있었고, 그녀의 차림은 고상한 취미의 호화로운 것이긴 했지만 화려한 느낌이 지나친 그런 것이었다. 그녀는 악대 옆으로 해서 누구의 것인지 주인을 기다리고 있는 마차 쪽으로, 광장 건너편을 향해 걸어가고 있었다.

공작은 벌써 석 달 이상이나 『그녀』를 보지 못했었다. 이번에 페체르부르그에 와서 며칠 동안 공작은 줄곧 그녀를 만나려고 벼르고 있었으나 이상한 예감이 그를 제지했던 것이다. 심지어 자기가 그녀를 만나면 어떠한 인상을 받게 될 것인지조차 전혀 상상할 수 없었다. 이따금 그는 공포감을 느끼면서도 한편 그것을 상상해 보려고 무진 애를 썼다. 그녀를 만난다는 것은 몹시 괴로운 것이 되리라는 생각이 그에게 있었다. 그는 지난 6개월 동안에, 자기가 처음으로 그녀의 사진을 보았을 때 느낀 그 최초의 인상을 몇 번이나 되새겨 보곤 했는데 그 감명 속에서조차 너무나 많은 괴로운 무엇이 내포되어 있었다는 것을 상기하는 것이었다. 거의 날마다 그에게 커다란 영향을 미쳤기 때문에 그는 때때로 그 시절에 관한 추억조차 머릿속에서 몰아냈다. 그 여자의 얼굴 자체가 그에게는 항상 고뇌에 찬 그 무엇을 간직한 듯이 느껴졌기 때문이다. 로고진과 이야기했을때 공작은 이 느낌을 가리켜 끝없는 연민의 정이라고 설명했는데 그것은 사실이었다. 그녀에 대한 동정과 고뇌의 감명은 여태까지 그의 마음을 한시도 떠나지 않았으며 지금도 떠나지 않고 있다. 오! 심지어 더욱더 심해져 가고 있는 것이 아닌가. 그러나 로고진에게 이야기해 준 것만으로는 만족스럽지 않았다. 그런데 지금 갑자기 그녀가 나타난 바로 그 순간, 아마도 하나의 직감이었으리라. 그는 자기가 로고진에게 설명한 말 가운데 결핍되어 있었던 것이 무엇인가를 깨달았다. 이 공포를 표현하기엔 너무나 어휘가 부족했다. 그렇다, 그것은 공포

였던 것이다 ! 그는 지금 그것을 순간적으로 완전하게 직감했다. 그는 자기
대로의 독특한 관점에서 그녀가 미친 여자라고 확신했다. 만일 한 여성을
세상의 무엇보다도 가장 사랑하거나 또는 그러한 사랑의 가능성을 예감하
고 있는 자가 갑자기, 그 여자가 사슬에 묶여 철창 속에 갇혀 있고 감시인
이 채찍을 들고 있는 것을 목격한다면 어떨까 ! 그러한 느낌이야말로 지금
공작이 직감한 그것과 어느 정도 비슷하다 할 수 있을 것이다.

　「왜 그러세요 ?」 아글라야는 공작에게 얼굴을 돌리고 어린애처럼 천진난
만하게 그의 손을 잡아당기면서 빠르게 속삭였다.

　공작은 아글라야에게 얼굴을 돌려 그녀를 바라보고 이상하리만큼 번쩍이
는 그녀의 까만 두 눈을 들여다보며 싱긋 웃어 보이려 했으나, 순식간에 그
녀를 잊어버리기라도 한 것처럼 또다시 시선을 오른쪽으로 돌려 다시 그 가
공할 환영을 쫓기 시작했다. 바로 이때 나스타샤 필립포브나는 예판친 댁
아가씨들이 앉아 있는 의자 옆을 지나가고 있었다. 예브게니 파블로비치는
알렉산드라에게 무엇인가 무척 재미있고 우스운 얘기를 신이 나서 계속하
고 있었다. 아글라야가 갑자기 「어머나, 저런……. 」 하고 옆속말처럼 중얼
거린 것을 공작은 그 후 오래도록 기억하고 있었다.

　그 한 마디의 말은 아무런 의미도 없는 밑도끝도없는 말이었다. 그녀는
얼른 입을 다물어 버리고 그 이상 한 마디도 덧붙이지 않았지만 그것만으로
도 충분했다. 그때까지 특히 누구에게도 시선을 주지 않고 그냥 옆을 지나
가고 있던 나스타샤 필립포브나는 이쪽으로 얼굴을 홱 돌리더니 그제야 비
로소 예브게니 파블로비치를 발견한 것처럼 「어머나 ! 당신, 여기 있었군
요 !」 하고 소리치며 그 자리에 딱 멈추어 섰다. 「사람을 보내어 여기저기
다 찾아 보아도 보이지 않더니…… 정말 이런 데 와서 앉아 있을 줄은 꿈
에도 몰랐어요. 난 큰아버지 댁에 가 있는 것이 아닐까 생각했었는데 !」

　예브게니 파블로비치는 순간적으로 얼굴을 붉히고 무서운 눈으로 나스타
샤 필립포브나를 노려 보았으나 곧 외면하고 말았다.

　「아이구머니나 ! 당신은 모르는가보군요 ? 정말 아직도 모르고 있으신가
봐 ! 아니 이를 어쩌지 ? 총으로 자살하셨어요. 오늘 아침에 당신 큰아버지
가 권총으로 자살해 버렸단 말예요 ! 나는 2시쯤 그 얘기를 들었지만 이제
는 아마 온 시내 사람이 거의 다 알고 있을 거예요. 공금을 3십5만 루블이
나 써버렸다더군요. 다른 사람들은 50만 루블이라고도 하는데. 난 당신이

유산을 받게 될 줄 알고 은근히 기대가 컸었어요. 그런데 다 써버렸다잖아요, 방탕한 영감쟁이였던가보죠……. 그럼, 안녕히 계세요! 그래 거긴 가보지 않을 생각인가요? 어쨌든 제때에 퇴직하고 물러난 걸 보니, 당신도 어지간히 약삭빠르군요! 혹시 미리부터 알고 있었던 건 아닌가요? 아마 알고 있었을 거예요. 어쩌면 어제부터 벌써 알고 있었을 것임에 틀림없어요.」

이러한 일방적이면서도 뻔뻔스런 접근에는 반드시 그 어떤 목적이 숨어 있을 것이다. 아니, 그것은 이미 의심할 여지가 없었다. 처음에 예브게니 파블로비치는 이 무례한 여자가 무슨 짓을 한다 해도 못 들은 체 상대하지 않으려 했다. 그러나 나스타샤 필립포브나의 말은 그에게 있어 청천벽력과도 같은 것이었다. 큰아버지가 죽었다는 말을 듣자 그는 백지장처럼 창백해져서 나스타샤 필립포브나 쪽을 돌아보았다. 이 순간 리자베타 프로코피예브나는 후다닥 의자에서 일어나 다른 사람들을 이끌고 달음질치듯이 그 자리를 떠났다. 그래도 레프 니콜라예비치 공작만은 잠시 동안 머뭇거리며 그냥 남아 있었다. 예브게니 파블로비치 역시 망연자실한 얼굴로 그 자리에 서 있었다. 그러나 예판친 댁 일행이 스무 걸음도 채 가기 전에 무서운, 그야말로 무서운 소동이 일어나고야 말았다.

조금 전에 아글라야한테 말을 걸던 젊은 장교는 예브게니 파블로비치와 절친한 사이였는데 그는 이런 광경을 보고 극도로 분격하였다.

「저런 년은 그저 채찍으로 후려갈겨야 한다니까! 그밖의 다른 방법은 없어!」 이렇게 커다란 소리로 뇌까렸다——그는 오래 전부터 예브게니의 심복이었던 모양이었다.

나스타샤 필립포브나는 즉시 그에게 몸을 돌렸다. 그녀의 눈은 매섭게 번쩍이고 있었다. 그녀는 두어 걸음 떨어진 곳에 서 있는, 알지도 못하는 청년에게 달려들었다. 장교는 가느다란 단장을 들고 있었는데 그녀는 다짜고짜 그 단장을 빼앗아 그 무례한 사내의 얼굴을 힘껏 내리쳤다. 모든 일이 눈 깜짝할 사이에 일어났다. 장교는 앞뒤를 분별치 못하고 그녀에게 덤벼들었다. 나스타샤 필립포브나의 옆에는 이미 추종자의 모습은 하나도 찾아 볼 수 없었다. 근사한 차림의 중년 신사는 벌써 거기에 없었고 또 한 사람의 사나이는 약간 떨어진 곳에 서서 허리를 잡고 웃고 있었다. 1분 후에는 물론 경찰관이 달려올 수도 있었겠으나 이 아슬아슬한 순간에 누군가의 도움이 없었다면 나스타샤 필립포브나는 틀림없이 무서운 변을 당했을 것이다. 먼 발치에 서 있던 공작이 뒤에서 장교의 두 팔을 붙잡은 것이다. 붙잡힌 손을 뿌리치려고 장교는 힘껏 공작의 가슴을 떼밀었다. 공작은 서너 걸음 비틀거리다가 의자 위에 주저앉았다. 이때는 벌써 나스타샤 필립포브나의 곁에 두 사람의 구원자가 나타나 있었다. 막 달려들려던 장교 앞을 막아선 사람은, 이미 우리가 잘 아는 사건에 관한 신문 기사의 작성자이며 이전에 로고진 일당에 속해 있던 권투 코치였던 것이다.

「난 퇴역 중위 켈레르요!」 그는 거만하게 자기 소개를 했다.

「만일 주먹으로 싸우시길 원하신다면, 장교님! 내가 연약한 여성을 대신하여 상대가 되어 드리죠. 영국식 권투에는 자신이 있습니다. 그렇게 떼밀지 마십시오. 장교님! 공중 모욕에는 나도 충분히 동정이 갑니다. 그러나 대중 앞에서 부녀자들에게 완력을 행사한다는 것은 도저히 용납할 수 없습니다. 만일 고결한 신사답게 다른 방법을 택하신다면……. 당신은 물론 내 말을 이해하실 줄 믿습니다만, 장교님……. 」

그러나 이미 제정신으로 돌아온 장교는 그 이상 켈레르의 말을 들으려 하지 않았다. 이때 군중 속에서 나타난 로고진이 재빨리 나스타샤 필립포브나의 손을 잡고 저쪽으로 갔다. 로고진 자신도 몹시 놀라서 창백한 얼굴로 후들후들 떨고 있었다. 그러나 그는 나스타샤 필립포브나를 데리고 사라지기 전에 그 장교를 향해서 독기에 찬 웃음을 던지며 마치 의기양양한 시장 상인처럼 내뱉었다.

「체! 꼬락서니 볼 만하다! 상판대기가 온통 피투성이로구나! 흥!」

완전히 이성을 회복하여 상대방이 어떤 인간이었는가를 깨달은 장교는 정중한 어조로 —— 손수건으로 얼굴을 가리면서 —— 공작에게 물었다.

「당신은 뮈시킨 공작이 아니세요? 제가 조금 전에 소개를 받은.」

「저 여자는 미치광입니다! 돌아 버린 여자예요! 정말입니다.」

공작은 무엇 때문인지 떨리는 손을 장교에게 내밀며 겁먹은 어조로 말했다.

「나는 그런 소개를 받으려는 건 아닙니다. 당신의 성함을 알아두려는 것뿐입니다.」

그는 고개를 끄덕이고는 어딘가로 사라져 버렸다. 경찰관은 이 사건에 관계한 최후의 인물들이 자취를 감춘 뒤 5초가 지난 후에야 나타났다. 그렇지만 이 소동은 기껏해야 2분도 계속되지 못했었다. 군중 가운데 몇몇은 자리에서 일어나 가버렸고 어떤 사람들은 다만 다른 사람과 자리를 옮겼을 뿐이었고 어떤 사람들은 이 추태를 재미있어 했고 또 어떤 사람들은 이 사건을 화제에 올려 즐거워하기까지 했다. 한마디로 말해서 사건은 지극히 평범하게 끝을 맺은 것이다. 악대는 다시 연주를 시작했다. 공작도 예판친 댁 일행을 쫓아갔다. 만일 그가 장교한테 떠밀려 의자 위에 주저앉은 뒤 어떤 직감에서든지 간에 왼쪽으로 눈을 돌렸더라면 스무 걸음쯤 떨어진 곳에서, 이 추잡한 광경을 구경하기 위해 앞서 가던 어머니와 언니들이 부르는 소리를 들은 체도 않고, 이쪽을 돌아보고 있는 아글라야를 발견했을 것이다. 그러나 조금 후에 S공작이 그녀의 곁으로 달려와서 빨리 이 자리를 떠나도록 종용했다. 리자베타 프로코피예브나는 아글라야가 너무나 흥분한 나머지 다른 사람들의 말을 거의 알아듣지 못했다고 기억하고 있다. 그러나 2분 뒤 일행이 공원에 들어서자 아글라야는 여느 때처럼 변덕스럽게 말했다.
「나는 그 희극이 어떻게 끝나는지 보고 싶었던 거예요.」

3

　정거장에서의 사건은 어머니와 딸들을 경악시켰다. 리자베타 프로코피예브나는 불안과 흥분에 휩싸여 정거장에서 집으로 돌아올 때까지 딸들을 데리고 거의 뛰어오다시피했다. 부인의 관찰과 견해에 의하면 이 사건으로 인해 아주 많은 것이 발생하였으며 또 밝혀졌다는 것이었다. 부인은 극도의 혼란 상태에 있었음에도 불구하고, 그녀의 머릿속에는 이미 뚜렷한 상념이 떠올랐던 것이다. 하기는 다른 사람들도 모두 이렇게 특이한 일이 일어난 것을 괴상하게 생각하면서도 무엇인가 중대한 비밀이 폭로되기 시작했다는 것을 잘 알고 있었다. 전에 S공작이 여러 가지로 변명도 하고 설명도 하기는 했지만, 그러나 이제야말로 예브게니 파블로비치의 정체는 『공공연히 폭로』되었으며, 『그 몹쓸 것과의 관계가 백일하』에 드러난 것이다. 리자베타 프로코피예브나와 그 딸들은 이렇게 생각했다. 이 사건으로 전보다 더욱 많은 수수께끼가 쌓이고 쌓였을 뿐이라고. 딸들은 어머니가 그처럼 놀라서 허겁지겁 그 자리를 뛰쳐나온 데 대해 다소 못마땅하게 생각하고 있었지만, 이러한 사건이 일어나기가 무섭게 여러 가지 질문으로 어머니를 괴롭힐 수는 없는 일이었다. 뿐만 아니라 두 언니는 동생인 아글라야 이바노브나가 어쩌면 이 사건에 관하여 자기들이나 어머니보다 더 많은 것을 알고 있을는지 모른다는 생각이 들었다. S공작 역시 어두운 표정으로 깊은 생각에 잠겨 있었다. 집으로 돌아오는 동안 리자베타 프로코피예브나는 그에게 한 마디도 말을 건네지 않았으나 그는 그런 것에는 아랑곳하지 않는 것 같았다.

아젤라이다가 그에게 「방금 말했던 그 큰아버지라는 건 누구에 관한 이야기며 페체르부르그에서 무슨 일이 있었습니까?」하고 물어 보았으나 그는 잔뜩 얼굴을 찌푸린 채 그런 것은 모두 허튼 소리임에 틀림없다고 중얼거렸다. 「그것에 대해선 의심할 여지가 없겠죠?」하고 아젤라이다가 말을 받았으나 그 이상 아무것도 묻지 않았다. 아글라야만은 웬일인지 침착한 표정이었으나, 도중에 그녀는 너무 빨리 걷는다는 말을 한 마디 했을 뿐이었다. 그녀는 뒤를 한 번 돌아보고 공작이 자기들을 쫓아오느라고 애쓰고 있는 것을 발견했다. 조소하듯 웃었으나 다시는 그를 돌아보지 않았다.

마침내 별장에 거의 다다랐을 때 방금 페체르부르그에서 돌아와 그들을 맞으러 나온 이반 표도로비치를 만났다. 그는 예브게니 파블로비치의 소식부터 물었다. 그러나 부인은 대답을 하기는커녕 남편을 거들떠보려 하지도 않고 단호한 태도로 그 옆을 지나쳐 버렸다. 딸들과 공작의 표정으로 미루어 장군은 자기 집에 폭풍우 같은 냉전이 밀어닥쳤다는 것을 금세 알아챘다. 그러나 그것 이외에도 그 자신의 얼굴에는 무엇인가 심상치 않은 불안의 빛이 감돌고 있었다. 갑자기 그는 S공작의 손을 잡고 대문 옆으로 가더니 몇 마디 귓속말을 주고받았다. 불안한 표정으로 두 사람은 테라스로 해서 리자베타 프로코피예브나의 방으로 갔는데 무엇인가 매우 중대한 소식을 주고받은 성싶었다. 곧 모두 2층에 있는 리자베타 프로코피예브나의 방에 모였으므로 테라스에는 공작 한 사람만이 남게 되었다. 그는 무엇인가를 기다리듯 한쪽 구석에 우두커니 앉아 있었다. 그러나 무엇을 기다리는지도 모르고 있는 것 같았다. 그는 이 집에 어수선한 공기가 감돌고 있다고 해서 떠날 생각은 조금도 없는 모양이었다. 아마도 지금 그는 전 우주의 존재를 망각한 듯 어디에 갖다 앉혀도 그대로 한 2년쯤은 꼼짝도 않고 앉아 있을 것같이 보였다.

2층에서는 간간이 걱정스러운 이야기 소리가 들려 왔다. 공작은 그곳에 자기가 얼마나 앉아 있었는지조차 모르는 듯싶었다. 벌써 시간이 꽤 지나서 어둠이 깃들기 시작하고 있었다. 테라스에 갑자기 아글라야가 나타났다. 침착해 보였으나 그래도 약간 창백한 얼굴이었다. 아글라야는 테라스 한구석에 공작이 앉아 있으리라고는 전혀 예기치 못했었기 때문에 그의 모습을 발견하자 적이 놀란 얼굴로 미소를 지어 보였다.

「여기서 무엇을 하고 계세요?」 그녀는 공작에게로 다가왔다.

공작은 당황하여 뭐라고 중얼거리며 후닥닥 의자에서 일어났다. 그러나 아글라야가 즉시 그의 옆에 앉았으므로 그도 다시 자리에 앉았다. 그녀는 공작의 얼굴을 유심히 바라보다가 갑자기 무심한 표정을 지으며 창 밖으로 시선을 돌리더니 다시 공작에게로 얼굴을 돌렸다. 『아마 나를 조롱하려는가보군.』 공작은 이렇게 생각했으나 다시 생각을 돌렸다. 『아니야, 나를 조롱할 생각이었으면 아까 했었을 거야.』

「차를 들고 싶으신 것 같은데, 가져오라고 할까요?」 잠시 침묵이 흐른 뒤에 그녀가 말했다.

「아, 아니…… 별로…….」

「별로라뇨! 아 참, 이것 보세요. 만일 누가 당신한테 결투를 요구해 온다면 당신은 어떡하시겠어요?」

「그러나…… 대체 누가……. 나한테는 아무도 결투를 요구해 오지 않을 겁니다.」

「만일에 요구해 온다면 말예요? 아마 깜짝 놀라시겠죠?」

「글쎄요, 몹시 두려움을 느끼게 될 겁니다.」

「그래요? 그럼 당신은 겁쟁이로군요?」

「아, 아니 그렇지는 않을 겁니다. 겁쟁이란 두려워서 도망을 치는 자이므로, 두려워도 도망을 치지 않는 자는 겁쟁이라고까지 할 수 없습니다.」 공작은 잠시 생각하고 나서 미소를 띠며 이렇게 말했다.

「그러니까 당신은 도망치지 않을 거란 말씀인가요?」

「아마 도망을 치지는 않을 겁니다.」 마침내 공작은 아글라야의 질문에 웃음을 터뜨리고 말았다.

「나는 비록 여자이지만 절대로 도망 따위는 하지 않을 거예요.」 그녀는 모욕적인 어조로 말했다. 「하지만 당신은 지금 나를 놀리고 있고, 또한 여느 때처럼 자기의 흥미를 돋우기 위해 일부러 허세를 부리시는군요. 어디 이야기 좀 해보세요. 대개 총은 이십 보 정도에서 쏘는 거죠? 사람에 따라

서는 십 보 정도에서도 쏜다던데, 죽지 않으면 부상을 당하게 될 거 아니겠
어요?」

「결투에서 총알에 맞는 일이란 극히 드물 겁니다.」

「드물다뇨? 푸시킨도 결투에서 죽었잖아요?」

「그건 거의 우연입니다.」

「절대로 우연이 아녜요. 죽음의 결투장에서 그는 죽어 버렸어요.」

「그때는 총알을 아주 낮은 곳에 맞았지만 단테스(결투로 푸시킨을 살해
한 프랑스 청년 사관)는 틀림없이
좀 높은 가슴이나 머리를 겨누었을 겁니다. 낮은 데를 겨누는 사람은 거의
없다고 봐야 하니까요. 푸시킨이 총에 맞아 죽은 것도 우연한 일이었습
니다. 이건 믿을 만한 사람들에게 들은 얘기입니다.」

「나는 전에 어떤 병사와 이야기해 본 일이 있는데, 그때 그 병사가 말하
기를 군대의 규정에, 산병(散兵) 때의 사격에는 반드시 반신(半身)을 겨누
라고 명령한다는군요. 훈련 교본에도 『반신』이라고 써 있다는 거예요. 그러
니까 가슴이나 머리를 쏘지 말고 반신을 쏘라고 명령하고 있는 게 아니겠어
요. 그 후 한 장교한테 물어 보았더니 그 말이 맞다고 하더군요.」

「그야 그렇겠죠, 먼 거리에서 사격하는 거니까.」

「헌데 당신은 총 쏠 줄 아세요?」

「아직 한 번도 쏴보지 못했습니다.」

「그럼, 총알을 장전(裝塡)하지도 못하시나요?」

「모릅니다, 하는 식은 알고 있지만 아직 내 손으로 해본 일은 없습니다.」

「그렇다면 모르신다는 거군요, 왜냐하면 그런 일은 실제로 해보지 않고서
는 안 되는 거니까요. 잘 듣고 한 번 해보세요. 우선 눅눅하지 않은 화약을
좋은 것으로 사야 해요. 눅눅한 기운이 조금도 없는 매우 건조한 것으로요.
그러니까 당신도 잘 마른 것으로 골라서 사세요, 대포에 쓰는 것 같은 화약
을 사지 마시고……. 총알까지 자기 손으로 만드는 사람도 있다고 하던데
요. 권총은 가지고 계시겠죠?」

「없습니다, 필요하지도 않구요.」 하고 공작은 갑자기 웃었다.

「무슨 소릴 하시는 거예요! 꼭 사도록 하세요, 좋은 걸로요. 프랑스 제
나 영국 제로, 그것이 제일 좋다더군요. 그리고 나서 화약을 귀이개로 하나
나 둘 정도의 분량만큼 꺼내 가지고, 장약(裝藥)하세요. 좀더 양이 많은 편
이 좋을는지 모르죠. 그 다음에 양털솜을 채워 넣는 거예요. 반드시 양털솜

이라야 한다는군요. 양털솜은 방석이나 양털로 싸인 문에서 좀 뜯어 내면 될 거예요. 양털솜을 넣은 다음에 총알을 꽂아 넣으세요. 알아들으셨죠? 화약이 먼저고 총알이 나중이에요. 그렇게 하지 않으면 방아쇠를 당겨도 총알이 나가지 않거든요. 무엇 때문에 웃으시죠? 나는 당신이 매일 몇 번씩 사격 연습을 해서 과녁 맞추는 걸 습득했으면 좋겠어요, 하시겠죠?」

공작은 웃고만 있었다. 아글라야는 분해서 발을 동동 굴렀다. 그 정도의 이야기를 하면서 그녀가 너무나 심각한 데에 공작은 적이 놀라지 않을 수 없었다. 공작 자신도 그녀에게 무엇인가 물어 보아야 할 말이, 적어도 권총을 장전하는 법보다는 중대한 그 무엇에 대하여 알아 내야 할 것이 있을 것 같았다. 그러나 모든 것이 머릿속에서 사라져 버리고, 다만 그녀가 자기 앞에 앉아 있다는 것, 그리고 자기는 그녀의 얼굴을 보고 있다는 것 이외에는 아무런 생각도 없었다. 그녀가 무슨 말을 하건 지금의 그에게는 결국 매한가지였던 것이다. 이윽고 2층에 올라가 있던 이반 표도로비치가 테라스로 나왔다. 그는 외출할 채비를 하고 있었다. 그 얼굴은 일그러지고 수심에 차 있었으나 단호한 표정을 띠고 있었다.

「오, 레프 니콜라예비치! 자네는…… 지금 어디로 갈 참인가?」그는 레프 니콜라예비치가 자리에서 일어날 생각도 않고 있는데도 불구하고 이렇게 물었다. 「나하고 함께 가세, 자네한테 할 얘기가 있어.」

「안녕!」아글라야는 공작에게 손을 내밀었다.

테라스는 벌써 꽤 어두워졌으므로 공작은 이 순간 그녀의 얼굴을 똑똑히 볼 수는 없었다. 그러나 1분 후 장군과 함께 별장을 나섰을 때 그는 갑자기 얼굴을 붉히며 자기의 오른손을 꼭 쥐어 보았다.

이반 표도로비치도 공작과 같은 방향으로 가는 것같이 보였다. 이반 표도로비치는 무엇인가 급히 상의할 일이 있어, 이렇게 시간이 늦었는데도 누군가를 방문하려고 나선 모양이었다. 그는 갑자기 공작에게 다급한 어조로 숨도 제대로 가누지 못하고 두서없는 얘기를 지껄이기 시작했다. 그의 얘기 속에는 리자베타 프로코피예브나의 이름이 몇 번이나 튀어나왔다. 만일 이때 공작이 조금만 주의력을 기울일 수 있었다면, 장군이 그런 얘기를 하며 은근히 자기에게 허심탄회하게 무엇인가를 질문하려 하면서도 좀처럼 그것을 입밖에 내지 못하는 것을 알아챘을 것이다. 그러나 유감스럽게도 공작은 너무나 마음이 산란하여 처음 얼마 동안은 전혀 장군의 말을 듣지 않았기 때문에, 장군이 무엇인가 그에게 질문을 제기하기 위해 걸음을 멈췄을 때 그는 하는 수 없이 무슨 말인지 알아듣지 못했노라고 자백하지 않을 수 없었다.

장군은 불쾌한지 어깨를 움츠렸다.

「자네들은 웬일인지 모든 면에서 이상한 인간이 되어 버린 것 같아!」장군은 다시 계속했다. 「이건 자네에게 말하는 건데, 나는 리자베타 프로코피예브나가 무엇을 생각하고 있는지, 무엇을 걱정하고 있는지 도무지 알 수가 없어. 아내는 또다시 히스테리를 일으키며 망신과 창피를 당했다고 울고 불고 야단이야. 하지만 도대체 누가? 어떻게? 누구와 함께? 언제? 왜 모욕을 했단 말인가? 하긴 나에게도 잘못이 없는 건 아니지. 그건 나 자신도 알고 있어. 잘못이 많이 있지. 그렇지만 그 짓궂은, 게다가 행실이 말이 아닌 계집의 불손한 행위는 당장에라도 경찰의 손을 빌려 제재를 가할 수 있는 문제야. 실은 나도 오늘 몇 사람을 만나서 거기에 대한 예방 조치를 강구하려는 걸세. 만사는 조용하고 원만하며, 상냥스럽게, 또한 추태를 부리지 않고 해결될 수 있을 걸세. 절대로 무슨 소동을 일으키거나 하는 일은 없을 거야. 앞으로도 많은 사건들이 반드시 일어나리라는 것과, 밝혀지지 않은 일들이 많다는 것을 솔직히 인정하지 않을 수 없네. 여기에는 반드시 음모가 있을 걸세. 그런데 여기서 아무것도 모른다고 한다면 저기서도 역시 모른다고 할 거야. 나도 못 들었다, 너도 못 들었다, 이 사람도 못 들었다, 저 사람도 못 들었다, 모두가 못 들었다니, 여보게, 들은 사람은 대체 누군가? 그래, 자네는 이 사건을 어떻게 설명하겠나? 더욱이 이 사건은 신기루와 같은 것이어서, 달빛이라든가…… 또는 환영처럼 실제로는 존재하지 않는 것인지도 모르니 말야.」

「그『여자』는 미치광이입니다.」공작은 모든 사건을 가슴 아프게 상기하고 중얼거렸다.

「만일 자네가 그 여자를 두고 하는 말이라면, 한마디로 적절히 묘사했군. 나도 그렇게 생각했기 때문에 여태까지 마음놓고 잠을 잘 수 있었던 걸세. 지금 나는 다른 사람들이 옳다고 생각하지만 그녀가 미쳤다고는 믿지 않네. 그 여자는 좀 이상하긴 하나 그 세심한 행동을 보면 절대로 미치광이로 단정해 버릴 수는 없을 것 같네. 오늘 카피톤 알렉세이치에 관해 지껄인 것만 해도 충분히 그것을 증명하고 있거든. 그녀가 관련되는 한 어떤 특수한 목적을 위한 최소한의 음모는 틀림없이 있을 걸세.」

「카피톤 알렉세이치라뇨?」

「아니, 자네 내 얘기는 통 듣지 않고 있었군그래! 나는 맨 처음에 카피톤 알렉세이치의 얘기부터 했는데, 아무튼 나는 그 소식을 듣고 얼마나 놀랐는지 지금도 사지가 떨리네. 오늘 페체르부르그에서 늦게 돌아온 것도 실은 그 때문이었지. 카피톤 알렉세이치 라돔스키는 예브게니 파블로비치의 큰아버지 되는 분인데…….」

「그래서요?」 공작은 외쳤다.

「그 사람이 오늘 아침 7시쯤에 권총으로 자살했다네. 매우 존경을 받는 일흔 살이나 된 노인이었지만 향락주의자였지. 아까 그 여자가 말한 대로 막대한 액수의 공금을 써버렸다는군!」

「그런데 그 여자는 어디서…….」

「들었느냐 말이지? 그 여자가 여기 나타나자, 숭배자들은 완전히 그녀를 둘러쌌지. 자네는 잘 모르는지 모르지만, 그야말로 굉장한 사람들이 『사귄다는 영광』을 얻고자 그 여자를 찾아다니고 있어. 아마도 그 여자는 오늘 페체르부르그에서 온 사람한테서 그 얘기를 들었을 걸세. 저쪽에서는 온 장안 사람들이 다 알고 있으니까. 하니까 여기 파블로프스크에서도 이제는 거의 다 알 걸세. 그렇지만 그 여자가 예브게니 파블로비치더러 제때에 퇴직하고 물러난 걸 보면 보통이 아니라며 약삭빠른 사내라고 비꼬았다는 건 정말 그대로 들어 넘길 말이 아니야. 얼마나 무서운 암시인가! 아니야, 미치광이의 입에선 절대로 그런 소리가 나올 수 없어! 물론 나는 예브게니 파블로비치가, 그런 절박한 재난이 어느 날 7시에 일어날 것이라고 미리 알았다고는 믿고 싶지 않네. 그러나 그는 모든 것을 예감할 수는 있었을 거야. 나와 S공작 등 모두가 계산해 본 바에 의하면 죽은 사람은 얼마간의 유산을 그에게 넘겨 줄 것 같더군. 무서운 일이야! 헌데 자네가 알아둘 것은, 나는 어떠한 것에 대해서도 예브게니 파블로비치를 나무라고 싶지 않다는 것일세. 자네에게 미리 이야기해 두지만 아무래도 수상하거든. S공작은 굉장한 충격을 받은 모양이야. 여러 가지 일들이 매우 심상치 않게 일어났기 때문에.」

「그럼, 예브게니 파블로비치의 행동 중의 어떠한 점이 수상하단 말씀입니까?」

「그런 건 하나도 없지! 그 사람은 나무랄 데 없이 행동하는 사람이야. 난 그런 뜻으로 말했던 건 아니었네. 그 사람 자신의 재산은 조금도 축나지 않았다고 생각하네. 우리집사람은 말할 것도 없이 그런 소리는 들으려 하지도 않지만……. 그러나 집안에 여러 가지 소동이, 심지어는 뭐라고 이름 붙일 수조차 없는 하찮은 것이라고나 할까……. 솔직히 말해서 자네는 우리 가정의 친구니까 이야기하는 건데 확실한 얘기는 아니지만 예브게니 파블로비치가 한 달 전에 아글라야에게 직접 청혼을 했다가 그 애한테 깨끗이 거절당했다는 거야.」

「그럴 리가 없습니다!」공작은 열띤 음성으로 소리쳤다.

「그럼 자네는 뭔가 좀 알고 있는 것이 있군그래?」장군은 깜짝 놀라 그 자리에 못박힌 듯 우뚝 멈춰 섰다. 「혹 내가 자네한테 헛되게 실례되는 말을 지껄인 것 아닌가……. 그러나 그것은 자네가…… 뭐랄까…… 자네가…… 그런 인간이기 때문이야. 그래도 자네는 무언가 특별한 사정을 알고 있을 것 같은데?」

「나는…… 예브게니 파블로비치에 대해서는 아무것도 모릅니다.」공작은 얼버무렸다.

「나도 몰라! 나도……. 그런데 공작, 우리 집에선 모두들 구멍을 파고 그 속에 나를 묻어 버리려 드니……. 그것이 살아 있는 인간에게 얼마나 고통스러운 일이라는 걸 생각해 보려고도 하지 않으니, 나는 정말 참을 수가 없네. 조금 전에도 한바탕 소란이 있었는데 말야, 이건 정말 소름이 끼치는 일이야! 나는 자네를 친아들처럼 생각하고 이야기하네. 무엇보다 곤란한 건 아글라야가 제 어미를 희롱하고 있다는 사실이야. 그 애가 약 한 달 전에 예브게니 파블로비치의 청혼을 거절한 것과 그들 둘 사이에 어떤 교섭이 있었던 것 같다는 이야기는 큰애들이 추측이라는 형식으로 설명하더군. 하기는 확실성이 있는 추측이지. 그런데 그 애는 형편없이 고집이 센 데다가 너무 공상적이란 말일세! 그 애는 감정과 지적인 면에서는 관대하고 훌륭한 점도 있긴 하지만, 그러나 변덕과 냉소벽, 간단히 말해서 악마적이고 공상적인 성격도 있네. 아까는 제 어미와 언니는 물론, S공작한테까지도 조롱을 하더군. 나한테는 말할 것도 없고……. 조롱하지 않고는 이야기를 못 할 정도니까. 알다시피 나는 그 애를 귀여워해. 그 애가 나를 조롱하는 건 오히려 귀엽지. 그래서 그런지 그 마귀 새끼도 나를 아주 사랑하는 것 같아. 아까 테라스에서 그 애가 자네를 조롱하지 않던가? 내가 거기 내려왔을 때, 그 애는 시치미를 뚝 떼고 앉아 있었지만, 틀림없이 무슨 일로 자네를 조롱했을 걸세.」

공작은 얼굴을 확 붉히며 오른손을 꼭 쥐었으나 아무 말도 하지 않았다.

「여보게, 레프 니콜라예비치!」장군은 갑자기 온화하게 감동 어린 어조로 말했다. 「나는…… 아니 심지어는 리자베타 프로코피예브나까지도……. 요즘 아내는 또다시 자네를 칭찬하기 시작했는데 자네 덕분으로 나한테도 친절하다네. 하지만 무엇 때문인지는 나도 알 수 없어……. 어쨌든 우리 내외는 자네를 진실로 사랑하고 있네. 그리고 무슨 일이 있더라도, 다시 말해서 겉으로야 어떻든 간에 우리는 자네를 사랑하고 진심으로 존경하고 있네. 그런데 말일세, 그 새침데기 마귀 새끼가……, 왜냐하면 우리가 무슨 말을 물어도 잔뜩 경멸 어린 표정으로 제 어미 앞에 버티고 서 있으니까 말이야. 특히 내가 묻는 말 같은 건 들은 체도 않거든. 하기야 내가 한 집안의 가장으로서의 위엄을 보이려 한 게 잘못이었지만. 암, 잘못이구말구……. 그 새침데기 마귀 새끼가 갑자기 코웃음을 치며 이런 소리를 하지 않겠나! 『그 미치광이 여자가──그 애도 역시 그렇게 부르더군. 그 애가 자네와 똑같은 말로 그 여자를 부르는 것이 나로서는 이상하네──어떻게 해서든지 나를 레프 니콜라예비치 공작과 결혼시키려는 생각에서 예브게니 파블로비치를 우리 집에서 내쫓으려 하고 있다는 걸 아직 모르고 계시나요?』단지 이렇게 말하고는 한 마디 설명도 덧붙이지 않고 혼자서 웃어 대더니 우리들이 벌어진 입을 다물기도 전에 방문을 닫고 나가 버리는 거야. 그 애가 나가 버린 다음에 자네와 그 애 사이에 있었던 일을 처음으로 들었네. 그렇지만…… 그렇지만 말일세, 공작, 자네가 분별이 있고 사려가 깊은 사람이라는 것은 내가 누구보다도 잘 알고 있어. 그러니까…… 그 애가 자네를 놀린다 하더라도 화내지는 말게. 어린애처럼 놀리는 거니까 심각하게 생각할 건 하나도 없어. 화를 낼 필요가 없어. 그 애는 다만 다른 할 짓이 없어서 자네나 우리들을 조롱하고 있는 거니까. 그럼 또 보세! 자네는 우리들의 심정을 알아 주겠지! 자네에 대한 우리들의 마음을! 이 마음은 절대로 변하지 않을 걸세……. 나는 이제 이쪽으로 가봐야겠네. 잘 가게! 정말 요즘처럼 골치를 앓은 적도 드물었었네. 그렇지 않은가? 생활이고 뭐고 말이 아니야! 왜 이런 말이 있지? 별장 생활도 편한 것이 못

된다……. 」

네거리에 혼자 남은 공작은 주위를 한 번 둘러보고 나서 급히 한길을 건너 창문으로 불빛이 흘러나오는 어느 별장으로 다가갔다. 그는 이반 표도로비치와 이야기하는 중에도 줄곧 오른손에 꼭 가지고 있던 조그만 종이쪽지를 어렴풋한 불빛에 펴들고 읽기 시작했다.

〈내일 아침 7시에, 공원에 있는 녹색 벤치에서 당신을 기다리겠습니다. 당신에게 직접 관련되는 매우 중대한 문제에 대하여 당신과 상의하기로 결심했어요.

추신. 이 편지는 아무에게도 보이지 마시기 바랍니다. 이런 주의를 주고 싶지는 않습니다만 당신에 대해서는 그렇게 하는 것이 당연하다고 생각했기 때문에 덧붙였습니다.

제2의 추신. 녹색 벤치라는 건 조금 전 내가 당신에게 가르쳐 드린 그 벤치 말입니다. 정말 부끄럽게 생각하세요! 제가 이런 것까지 부언해야만 하는 것을.〉

급히 쓴 것으로 보아 편지는 아글라야가 테라스에 나오기 직전에 쓴 것임에 틀림없었다. 형언할 수 없는 흥분과 경악을 느끼면서 공작은 다시 편지를 꼭 움켜쥐고 마치 겁먹은 도둑처럼 황급히 창 밑에서 물러나다가 그는 자기의 옆에 서 있던 어떤 사내와 부딪혔다.

「공작님, 나는 당신의 뒤를 밟고 있습니다.」하고 그 사내는 말했다.

「아아, 당신은 켈레르군요?」공작은 놀라서 말했다.

「당신을 찾고 있었지요, 공작. 실은 예판친 댁 별장 옆에서 당신을 기다리고 있었습니다. 물론 안으로 들어갈 수는 없는 일이니까요. 당신이 장군과 함께 나오는 걸 보고 뒤를 따라왔습니다. 공작, 나는 당신의 종이올시다. 무슨 일이든지 이 켈레르에게 명령해 주십시오. 필요하다면 죽음까지도 각오가 되어 있습니다.」

「하지만…… 무엇 때문에?」

「무엇 때문이냐구요? 당신에게 도전을 해올 것은 뻔한 일이 아닙니까. 아까 그 몰로프소프 중위가. 나는 그 사람을 잘 알고 있는데, 물론 개인적으로 아는 건 아닙니다만…… 모욕을 그대로 참아 넘기지는 않을 겁니다.

허나 그 친구는 우리 같은 인간을, 즉 나나 로고진 따위를 쓰레기만큼으로도 여기지 않기 때문에 자연히 사건의 모든 책임을 당신 혼자서 지게 되는지 모릅니다. 공작, 당신은 술값을 지불해야 할 겁니다. 나는 그 친구가 사람들에게 당신에 관해 묻고 있는 것을 들었습니다. 내일은 분명히 그 친구의 대리인이 당신을 찾아올 겁니다. 아니, 지금부터 기다리고 있는지도 모릅니다. 만일 나를 영광스럽게 증인으로 지명해 주신다면 나는 당신을 위해 물불을 가리지 않겠습니다. 당신을 찾아다닌 것도 실은 그 때문이었지요.」

「그러니까 당신 역시 결투 얘기를 하고 있는 거군요!」 공작이 느닷없이 웃음을 터뜨리는 바람에 켈레르는 그만 어리둥절해졌다.

공작은 배를 움켜쥐고 웃어 댔다. 여태까지 결투의 증인이 되고 싶다고 마음먹고 조마조마한 마음으로 염려하고 있던 켈레르는 그러한 유쾌한 공작의 웃음에 모욕 같은 것을 느꼈다.

「그렇지만 공작, 당신은 아까 그 친구의 손을 붙잡았잖아요. 명예를 존중하는 신사라면 공중 앞에서 그런 일을 당하고 그냥 묵과할 수는 없겠지요.」

「그러나 그 사람은 내 가슴을 떠밀었지 않소!」 공작은 웃으면서 말했다. 「우리는 싸워야 할 아무런 이유가 없어요. 나는 그 사람에게 사과하겠소. 그것으로 문제는 해결될 것이오. 그래도 싸워야만 한다면 싸우는 거구요! 서로 총질을 하는 것도 좋지요. 오히려 나는 그것을 희망합니다. 핫, 하! 나도 이미 권총을 장정하는 법은 알고 있으니까요! 켈레르, 당신은 권총의 장전법을 아시오? 우선 화약을 사야 합니다. 눅눅하지 않고 그리고 대포용 화약처럼 굵지 않은 권총용 화약이라야 하지요. 처음에 화약을 채워 넣고 문 같은 데서 양털솜을 좀 뽑아다가 막은 다음 거기다 총알을 꽂아 넣습니다. 화약을 넣기 전에 총알을 꽂으면 안 되죠. 그러면 총알이 나가지 않기 때문이죠. 켈레르, 들었죠? 그렇게 하면 총알이 안 나간단 말이오. 핫, 핫, 하! 어떻소? 이만하면 놀랄 만하죠? 아, 켈레르, 나는 지금 당신을 포옹하고 키스를 하고 싶군요. 핫, 핫, 하! 어쩌자고 당신은 아까 그 장교 앞에 불쑥 나타났었지요? 가능하면 빨리 내 방에 가서 샴페인을 마십시다! 자아, 우리 취하도록 마십시다! 나한테는, 레베제프네 광 속에 넣어 둔 샴페인이 열두 병이나 있단 말입니다. 그 사람네 별장으로 옮겨 온 이튿날인 그저께 레베제프가 『무슨 이야기 끝에』 그 술을 나한테 팔겠다더군요. 그래서 내가 전부 사버렸지요! 친구들을 다 불러 모으겠습니다! 그런데 당신은 오늘 밤에 주무실 작정입니까? 켈레르 씨!」

「여느 때처럼 잠은 자야죠, 공작.」

공작은 어쩔 줄 몰라 쩔쩔매고 있는 켈레르를 남겨 놓고, 혼자 공원길을 걸어서 안으로 사라져 버렸다. 그는 공작이 이처럼 이상한 기분에 휩싸여 있는 것을 여태까지 한 번도 본 일이 없었고 그와 같은 것을 상상조차 할 수 없었다.

『아마 제정신이 아닐 거야. 원래가 신경질적인데다가 이 모든 것에 충격을 받았기 때문이겠지만 그렇다고 해서 저쪽도 결코 겁을 집어먹지는 않을 거란 말야. 저쪽 친구들은 좀처럼 겁을 내지 않는 친구들이니까!』켈레르는 혼자 생각했다. 『음, 샴페인! 그것 참 재미있는 소식이로군. 열두 병, 그러니까 한 다스란 말이지? 좋아, 그만하면 충분해. 그 샴페인은 레베제프가 누구한테 저당으로 잡았던 것임이 틀림없어. 음…… 아무튼 저 친구는, 저 공작이란 친구는 참 좋은 사람이야. 나는 저런 친구가 좋아. 그러나 시간을 그냥 무의미하게 허비할 순 없지……. 더욱이 샴페인이 있다면, 이것이야말로 아주 좋은 기회가 아닌가…….』

사실 공작이 열병에 걸린 것과 같은 상태에 있었던 것만은 틀림없는 사실이다.

그는 오랫동안 어두운 공원을 헤매고 있었으나 마침내 어느 가로수길을 배회하고 있는 『자기 자신』을 발견했다. 어둠 속에서도 눈에 띄는 커다란 고목 밑으로부터 그 녹색 벤치가 놓여 있는 곳까지의 백 발짝 남짓한 거리를, 가로수를 따라 벌써 삼사십 번이나 배회한 것을 희미하게 기억할 수 있었다. 그는 적어도 한 시간을 공원에서 보냈는데 그 동안 자기가 생각한 것을 죄다 다시 상기한다는 것은 도저히 불가능한 일이었다. 그는 어떤 하나의 생각에 몰두하고 있는 자기 자신을 발견하고는 갑자기 웃어 대기 시작했다. 웃을 만한 것이라고는 아무것도 없었음에도 무턱대고 웃고 싶었던 것이다. 그는 결투에 관한 생각은 비단 켈레르만 생각할 수 있는 것이 아니며, 따라서 권총 장전법에 관한 설명도 결코 우연한 일이 아니었다는 생각을 했다. 그것은 우연이 아니었다. 그렇다면……. 『옳거니.』그는 갑자기 걸음을 멈췄다. 또 하나의 다른 상념이 그의 마음을 환하게 비춘 것이다. 『내가 구석에 앉아 있었을 때 그 여자는 테라스에 나와서 나를 발견하고는 소스라치게 놀랐지. 그러고는 이내 웃어 보이며 차에 대해 이야기했지. 그렇지만 그 여자는 그때 이미 손에 종이쪽지를 쥐고 있었으니까, 그 여자는 반드시 내가 테라스에 있으리라는 걸 알고 있었을 것이 아닌가! 그렇다면 도대체 무엇 때문에 그렇게 놀랐을까? 핫, 핫, 하!」

그는 호주머니에서 편지를 꺼내 그것에 키스를 하고는 또 생각에 잠겨 버렸다.

「이상하군! 이상해!」그는 어떠한 서글픈 감정에 휩싸여 잠시 동안 이렇게 말했다. 언제나 강렬한 환희를 느끼는 순간이면 웬일인지 자기도 모르게 서글픈 감정에 사로잡히곤 하는 것이었다. 그는 주위를 눈여겨 바라보다가 그곳까지 온 데 대해 스스로 놀랐다. 그는 몹시 피로를 느꼈다. 벤치에 다가가서 거기에 걸터앉았다. 주위에는 깊은 정적이 깔려 있었다. 광장의 연주도 이미 끝나 버렸다. 공원 안에는 사람이라곤 아무도 없는 것 같았다. 시간은 벌써 11시 반은 넉넉히 되었을 것이다. 밤은 고요하고 훈훈했으며 밝았다. 6월 초순에 흔히 볼 수 있는 이른바 페체르부르그의 밤이었으나 그가 앉아 있는 수목이 우거진 공원의 가로수길은 아주 캄캄했다.

만일 누군가가 이 순간 그에게, 「당신은 사랑을 하고 있다. 열렬한 사랑을 하고 있다.」고 한다면 그는 깜짝 놀라 그것을 부정했을 것이다. 어쩌면 화를 냈을는지도 모른다. 그리고 누군가 그에게 아글라야의 편지는 연애 편지다, 밀회를 청하는 연애 편지라고 덧붙인다면, 그는 수치를 느껴 얼굴이 홍당무가 되고, 어쩌면 그 사내에게 결투를 신청했을는지도 모른다. 사실 이 모든 것은, 매우 진실된 것이었기 때문에 그 처녀가 그를 사랑할는지도 모른다든가 혹은 그가 그 처녀를 사랑하게 되는지 모른다든가 하는 그런 『두 갈래의 생각』은 그의 머릿속에서 전혀 조금도 허용한 일조차 없었던 것이다. 자기에게, 『자기와 같은 종류의 사내에게』 연정을 품는다는 것은 도저히 있을 수 없는 괴이한 일로 생각됐다. 만일 이 경우에 무엇이 있다고 한다면 그것은 단지 그녀의 짓궂은 장난이 있을 뿐이라고 생각했다. 그러나 그는 여기에 대해 그리 신경을 쓰지 않았고, 그저 그런가보다 하는 정도로밖엔 여기지 않았다. 그와는 전혀 다른 일에 공작은 마음을 쓰고 있었던 것이다. 아까 장군이 흥분 끝에 아글라야가 모든 사람을, 특히 공작을 조롱하고 있다고 한 말은 공작 자신도 믿어 의심치 않았다. 그의 생각으로는 오히려 그것이 당연했다. 다만 그에게 있어 중요한 것은 내일 아침 일찍이 그녀를 다시 만날 수 있다, 그녀와 함께 녹색 벤치에 앉아서 권총의 장전법을 들으며 그녀를 바라볼 수 있다는 생각뿐이었다. 그 이상의 것은 필요치 않았다. 하기는 그녀가 무슨 말을 할 것인가, 그에게 직접 관련된『중대한 문제』란 대체 무엇일까 하는 의문이 한두 번 머리에 떠올랐다. 그러나 일부러 자기를 불러 내야만 할『중대한 문제』가 정말 존재하는 것일까 하는 의심을 잠깐 동안도 해보지 않았고 그것에 대해서는 생각도 안 했으며 그런 것은 생각할 마음조차도 없었던 것이다.

가로수길의 모래를 밟는 조용한 발걸음 소리에 그는 고개를 쳐들었다. 어둠 속에서 얼굴을 똑똑히 알아볼 수는 없었지만, 그 사람은 벤치로 다가와서 공작 옆에 조용히 걸터앉았다. 공작은 재빨리 그에게 바싹 다가앉았고 이내 그가 창백한 얼굴의 로고진이라는 것을 알아볼 수 있었다.

「이 근방 어딘가를 배회하고 있을 줄 알았네. 찾아 내는 데 시간이 많이 걸리지는 않았지만.」로고진이 이빨을 드러내고 중얼거렸다.

그들이 서로 만난 것은 호텔 층계에서의 사건 이후 오늘이 처음이었다. 뜻하지 않게 로고진이 나타나서 소스라치게 놀란 공작은 얼마 동안 자기의 생각을 집중시킬 수가 없었다. 비통한 감정이 그의 마음속에 되살아난 것이다. 아마 로고진은 지금 이 순간에, 자기가 공작에게 나타낸 강렬한 인상을 이해하고 있는 것 같았다. 처음에는 두서없는 말을 몇 마디 지껄였으나 이윽고 그는 의기양양하게 말하기 시작했다. 그러나 공작은 상대방의 말 속에 조금도 부자연한 데가 없을 뿐더러, 별로 거북해 하는 기색조차 없다는 것을 이내 알게 되었다. 그의 행동이나 말에 어색한 점이 있었다면 그것은 다만 표면적인 것에 지나지 않았다. 즉 이 사나이는 내면적으로는 변할 턱이 없는 인간이었다.

「그런데 자넨…… 왜 나를 이런 데까지 찾아왔나?」공작은 다만 입을 열기 위해서 이렇게 물었다.

「켈레르한테 들었어. 자네 집에 들렀었네. 자네가 공원으로 가더라고 하더군. 흥, 그럴 것이라고 생각했지.」

「그럴 것이라고 생각했다니?」공작은 불안스럽게 말꼬리를 잡았다.

로고진은 웃고만 있을 뿐 아무런 설명도 하지 않았다.

「자네의 편지를 받았네. 레프 니콜라예비치, 자네는 이 따위 필요 없는 짓을……. 그건 그렇고, 나는 지금『그 여자』한테서 오는 길인데 자네를 꼭 불러 오라는 거야. 뭔지 자네한테 해야 할 말이 있다는군. 오늘 중으로 와달라는데…….」

「내일 가겠네. 지금은 집에 돌아가야겠네. 자네…… 나와 함께 가겠나?」

「뭐하러? 나는 할말을 다 했네. 잘 가게.」

「들르지 않고 그냥 갈 셈인가?」 공작은 나직히 물었다.

「레프 니콜라예비치! 자넨 정말 이상한 사람이야! 참으로 자네에겐 어리둥절하지 않을 수 없는걸.」

로고진은 짓궂게 빙그레 웃었다.

「왜 그래? 응? 대체 무엇 때문에 자네는 나한테 그처럼 악하게 대하나?」 공작은 서글프고도 열띤 어조로 쏘아 댔다. 「인젠 자네가 생각하던 것이 죄다 진실이 아니었다는 걸 알지 않았나 말야? 물론, 나에 대한 자네의 증오가 사라지지 않았으리라는 걸 나도 모르는 바는 아닐세. 왜 그런지 아나? 자네가 나를 죽이려고 했기 때문이지. 그것 때문에 자네의 증오심은 사라지지 않고 있는 거야. 자네에게 한 가지 분명히 이야기해 둘 것은, 나는 그 날 십자가를 교환하고 형제의 의를 맺은 그 파르펜 로고진만 기억하고 있을 뿐이야. 나는 자네가 그때의 그 악몽을 잊고 앞으로도 절대로 그런 말을 내 앞에서 꺼내지 않게 하기 위해서 어제 자네한테 편지를 써보냈던 것일세. 왜 그렇게 나를 피하나? 왜 나한테 손을 감추지? 자네에게 말하는데, 나는 그때 일어난 모든 일을 단지 하나의 악몽으로만 생각하고 있네. 나는 자네를 탓하거나 증오할 생각은 조금도 없단 말일세. 내 말을 알아듣겠나? 그 날 하루 동안의 자네를 나는 나 자신과 마찬가지로 환히 알고 있지. 자네가 상상하였던 것은 절대로 존재하지 않는 일이었고, 또 존재할 수도 없는 일이었네. 대체 무엇 때문에 우리들의 증오는 존재하는 걸까?」

「자네한테도 증오는 있다는 듯한 말이군.」 공작의 급작스런 열띤 말에 태한 대답을 이렇게 하고 로고진은 또다시 웃었다.

그는 정말 공작을 피하여 두 걸음 떨어진 곳에 물러선 채 두 손을 감추고 있었다.

「내가 자네를 만난다는 것은 이제 도저히 있을 수 없는 일이야. 레프 니콜라예비치!」

그는 결론을 내리듯 말끝에 힘을 주어 가며 이렇게 잘라 말했다.

「그렇게까지 나를 증오하고 있단 말인가?」

「레프, 나는 자네를 좋아하지 않네. 그러니 내가 무엇 때문에 자네를 만나단 말인가? 자네는 마치 장난감을 원하고 있는 어린애와 같아서 그것을 꼭 가져야만 하지만, 무엇을 원하는지조차 알지 못하고 있지. 자네가 지금 하고 있는 말이나 편지에 써보낸 말들이 결국은 한통속이야. 자네는 내가 자네를 안 믿는다고 생각하나? 자네가 하는 말은 한 마디도 거짓이 아니라는 걸 나는 믿고 있어. 그리고 자네가 한 번도 나를 속인 일이 없을 뿐더러 앞으로도 속이는 일이 없으리라는 것도 나는 잘 알고 있어. 그러나 나는 여전히 자네를 좋아하지 않네. 그럼에도 불구하고 자네는 모든 것을 씻은 듯이 잊어버리고……. 그때 자네한테 칼을 뽑아 들었던 로고진은 생각하지 않고 다만 십자가를 교환한 의형제 로고진을 기억하고 있을 뿐이라고 써보냈어. 그러나 자네 같은 사람이 어떻게 내 심정을 알 수 있겠나? ——로고진은 다시 비웃음을 머금었다. 나는 그때 그 일에 대해 그 후 한 번도 뉘우치지 않았는지도 모른단 말일세. 그런데도 나한테 모든 것을 용서한다고 형제로서의 편지를 보내다니! 어쩌면 자넨 그 날 저녁에 전혀 다른 문제에 열중해 있어서 그 일 같은 건…….」

「생각하는 것조차 잊어버렸는지도 모르겠단 말이지!」공작이 말을 받았다. 「그야 그럴 테지! 그 날 자네는 틀림없이 그 길로 기차를 타고 파블로프스크로 와서 오늘처럼 악단 주위의 군중 속에서 그 여자의 뒤를 밟으며 감시하고 있었을 것이야. 이건 놀랄 것도 없는 일이지! 그때 자네가 그처럼 오직 한 가지만을 외곬수로 생각하는 상태에 빠져들지만 않았더라도 아마 나한테 칼을 뽑아 드는 짓은 하지 않았을 걸세. 그 날 나는 자네의 거동을 보고 아침부터 벌써 그런 예감을 느끼고 있었지. 그때 자네의 표정이 어떠했었는지 아나? 십자가를 교환했을 때도 내 머릿속에는 그런 예감이 스치고 지나갔어. 대체 무슨 생각으로 자네는 나를 어머니한테 끌고 갔었나? 자기의 손을 억제하려는 생각에서였겠지? 도대체 자네가 그렇게 생각하리란 건 뜻밖이야. 아마도 나와 같이 자네도 그렇게 생각했을 뿐이겠지……. 그때 우리들은 똑같은 걸 느끼고 있었으니까. 만일 자네가 그때 내게 칼든 손을 번쩍 쳐들지 않았더라면, 하느님께서 물리쳐 주셨지만, 나는 지금 자네한테 어떤 입장을 취했을까? 어쨌든 나는 자네를 의심하고 있었으니까, 우리에게 죄가 있다면 자네나 나나 매한가질세! 그런 찌푸린 얼굴은 말아 주게! 아니 자네는 왜 자꾸만 비웃나? 『뉘우치지 않았기 때문에 ?』아마 자네는 뉘우치려 했어도 뉘우칠 수가 없었을 것이야. 더욱이 자네는 나를 미워하고 있기 때문이지. 또한 그 여자가 자네를 사랑하지 않고 나를 사랑하고 있다는 생각을 하는 한, 자네가 비록 나를 천사처럼 결백하게 볼지라도 자네는 역시 나를 미워할 걸세. 그것은 아마도 질투겠지. 그러나 나는 이번 주에 이렇게 생각하게 되었어. 파르펜, 그걸 자네에게 이야기하겠네. 그 여자는 자네를 누구보다도 사랑하고 있을 걸세. 그래서 사랑하면 사랑할수록 더욱더 자네를 괴롭히고 싶을 거란 말야. 자네도 이렇게 생각해 봤나? 이것을 그 여자가 자네한테 말할 리가 없으니까 스스로 알아채야 할 걸세. 무엇 때문에 자네와 결혼을 하려고 하겠나? 언젠가는 그녀가 직접 자네한테 실토를 할 날이 반드시 있을 걸세. 세상에는 이런 식의 사랑을 좋아하는 여자들도 간혹 있는데 그 여자가 바로 그런 성격이거든! 아무튼 자네의 성격과 자네의 애정은 틀림없이 그 여자의 마음을 움직이고야 말 걸세. 자넨 아는지 모르겠지만, 여자라는 건 잔인한 행위와 냉소로 사내를 괴롭히면서도 털끝만큼도 양심의 가책을 받지 않는 법이니까. 왜냐하면 언제나 자네를 바라보며 스스로 생각하기를 『지금은 내가 저 사람을 죽도록 괴롭혀 주고 있지만 나중에 가서 나의 애정으로 메꾸어 줄 테니깐…….』하고 생각하고 있기 때문이지.」

공작의 말을 듣고 나서 로고진은 커다랗게 소리내어 웃어 버렸다.

「그런데 어떤가, 공작. 혹시 자네는 그런 종류의 계책에 빠져들 일은 없었나? 자네에 대해 좀 무언가 들은 것이 있는데, 그게 참말인지 모르겠어.」

「무슨…… 무슨 말을 자네가 들었다는 건가?」공작은 흠칫 몸을 떨며 사뭇 당황한 나머지 걸음을 멈추고 몹시 놀란 반응을 보였다.

로고진은 여전히 웃고 있었다. 그는 어느 정도 호기심과 만족을 느낀 듯싶었다. 생기와 타오르는 듯한 공작의 열정은 그를 몹시 놀라게 했으나 또한 그에게 용기도 주었던 것이다.

「나는 그저 소문으로 듣기만 했을 뿐인데, 지금 자네의 태도를 보고 소문이 정말이었다는 것을 알았네.」그는 덧붙였다. 「아무튼 자네가 지금처럼 지껄인 적이 있었나? 아무래도 그런 얘기는 자네한테 어울리지 않는 것 같아. 어쨌든 자네에 대한 그런 소문을 듣지 않았던들 나는 여기 찾아오지도 않았을 것이네. 더욱이 이런 밤중에 어두운 공원에까지…….」

「나는 자네 말을 하나도 못 알아듣겠네, 파르펜 로고진.」

「그 여자가 오래 전에 자네 얘기를 나한테 한 일이 있는데, 아까 자네가 음악을 들으며 그 처녀와 같이 앉아 있는 것을 나도 보았어. 그런데 그녀는 어제도 오늘도 맹세코 말하는 거야. 자네는 아글라야 이바노브나한테 고양이처럼 홀딱 반해 버렸다고 말이야. 그러나 공작, 자네가 그 처녀한테 반했건 반하지 않았건 그런 것은 나와는 아무런 상관도 없는 일이야. 자네도 벌써 알고 있겠지만 그녀는 어떠한 일이 있어도 자네를 그 처녀와 결혼시키겠다는 거야. 헷, 헷, 헤! 나한테 말하기를『그렇게 하지 않고는 당신과 결혼할 수 없어요. 그 사람들이 교회에 갈 때 우리도 함께 교회에 갑시다.』그러는 거야. 대체 이게 무슨 뜻인지 나는 도무지 알 수가 없어. 자네를 죽도록 사랑하고 있는 걸까? 그렇다면 어째서 자네가 다른 여자와 결혼하기를 바라고 있을까? 『나는 공작이 행복하게 되는 걸 보고 싶어요.』하고 지껄이는 걸 보면 역시 자네를 사랑하고 있는 게 분명해.」

「그러기에 내가 자네한테 말하지 않던가. 그리고 편지에도 쓰지 않았나. 그 여자는…… 제정신이 아니라고 말야.」괴로운 듯이 로고진의 말을 다 듣고 나서 공작은 이렇게 말했다.

「그걸 어떻게 알아? 아마 그건 자네가 잘못 알았을 거야……. 하긴 아까 내가 정거장에서 데리고 돌아가자 그 여자는 당장에 자기 입으로 결혼 날짜를 정했어. 3주일 후나 어쩌면 그보다 빨리 꼭 혼례를 올리자는 거야. 성상(聖像)을 꺼내 가지고는 거기에 키스하며 그렇게 맹세하더군. 공작, 이제는 자네한테 달려 있네, 알겠나? 핫, 핫!」

「그것은 죄다 헛소리야! 자네가 내게 관해서 이야기한 건 절대, 절대로 있을 수 없는 일이야! 내일 나는 자네와 그 여자를 찾아가서…….」

「어째서 자네는 그 여자를 미쳤다고 하나?」로고진이 가로챘다. 「다른 사람들은 멀쩡한 사람으로 보는데 어째서 자네만 미친 여자로 생각하느냔 말야? 그리고 어째서 그 여자가 거기다 편지를 하곤 하느냔 말야? 만일 미친 여자라면, 그 집 사람들도 그 편지를 보고 그런 기색을 알아챘을 것이 아닌가?」

「편지라니?」공작은 깜짝 놀라 이렇게 물었다.

「그 아가씨한테 말이야. 또한 그 아가씨는 그 편지를 받아서 읽었단 말이야. 모르고 있었나? 곧 알게 될 걸세. 그 아가씨 자신이 자네한테 보여 줄 테니까.」

「이건 믿을 수가 없군!」공작은 소리쳤다.

「아하! 레프 니콜라예비치, 자넨 이런 방면에는 애송이야. 이제 겨우 한 발을 들여 놓았을 뿐이니까. 좀더 있어 보게, 형사 못지않게 여자의 일거일동을 주야로 감시하게 될 테니까. 만일에…….」

「그만 하게! 그런 애긴 두 번 다시 절대로 하지 말게!」공작은 소리쳤다. 「여보게, 파르펜! 난 지금 자네가 오기 조금 전에 여기서 이리저리 거닐고 있다가 갑자기 큰 소리로 한바탕 웃었다네. 무엇 때문에 웃었는지 모르겠지만 단지 내일이 바로 내 생일이라는 걸 상기했기 때문이지. 벌써 이럭저럭 12시는 됐을 걸세. 함께 가세. 가서 내 생일을 축하해 주게! 나한테 술이 있으니까 함께 마시세. 지금 나는 내가 무엇을 바라고 있는지 모른단 말이야. 그것을 자네가 나에게 가르쳐 주게나! 그리고 자네의 희망이 무엇인지 그것도 듣고 싶어. 나도 자네를 위해 행복을 빌겠네. 그렇지만 십자가를 되돌려 달란 말을 하면 안 되네, 알겠나! 하기는 그 일이 있은 이튿날 자네는 나한테 십자가를 되돌려 보내지는 않았지? 항상 걸고 다니겠지? 지금도 걸고 있겠지?」

「걸고 있네.」로고진은 대답했다.

「그럼 가세. 나는 자네 없이 나의 새로운 생활을 맞고 싶지 않네. 나는 새로운 생활을 이제부터 시작하기 때문이지! 파르펜, 자네는 나의 새로운 생활이 오늘 시작된다는 것을 알고 있나?」

「인젠 분명히 시작됐다는 걸 알았네. 내가 직접 보았으니 알았어! 『그 여자』에게도 알려 줘야겠군. 아무튼 자넨 지금 제정신이 아니야. 레프 니콜라예비치!」

4

로고진과 같이 자기 별장에 가까이 왔을 때 불을 밝게 켠 테라스에 많은 사람들이 떠들썩하게 모여 있는 것을 발견하고 공작은 소스라치게 놀랐다. 모두들 흥겨운 듯 커다란 소리로 떠들며 웃어 대고 있었다. 고함을 지르며 논쟁을 하는 사람들도 있는 것 같았다. 유쾌한 모임이 벌어지고 있다는 것을 금방 알 수 있었다. 그가 테라스에 올라가 보니 사실 일동은 술을 마시고 있었는데 그것도 샴페인을 마시고 있었다. 많은 사람들이 벌써 얼근한 기분인 걸 보면 주연이 시작된 지가 꽤 오래된 모양이었다. 손님은 모두 공작이 잘 아는 사람들이었지만 초청도 하지 않았는데 마치 부름을 받고 온 사람들처럼 같은 시간에 모였다는 것은 아무래도 이상했다. 생일에 관해서는 공작 자신도 불과 얼마 전에 갑자기 생각이 났을 뿐이었다.

「어떤 사람한테 샴페인을 내겠다고 한 모양이군. 그래서 저 친구들이 모여들었을 거야.」 로고진은 공작의 뒤를 따라 테라스로 올라가며 중얼거렸다. 「이 근방의 공기는 내가 잘 알고 있지. 단지 휘파람만 한 번 불어도…….」 그는 화가 난 듯이 덧붙였다. 그것은 얼마 전까지 자기가 경험해 온 생활을 상기해서 그러는 것이었다.

일동은 환성과 축하를 하며 공작을 맞아 그의 주위를 에워쌌다. 굉장히 떠들어 대는 사람도 있었지만 개중에는 점잖은 손님도 있었다. 그러나 공작의 생일이라는 것을 이미 들어 알고 있었기 때문에 일동은 우선 축하의 인사를 하기 위해 한 사람씩 자기 차례를 기다리고 있었다. 그 중에는 특히 공작의 호기심을 끄는 사람이 몇 명 자리를 함께 하고 있었다.

예를 들면 부르도프스키 같은 사람인데, 무엇보다도 의아스러운 것은 뜻밖에도 예브게니 파블로비치가 이 자리에 함께 끼어 있다는 사실이었다. 좌중에서 그의 모습을 발견하고 공작은 어찌나 놀랐는지 자기 눈을 의심할 정도였다.

이윽고 얼굴이 빨개지고 황홀해진 것 같은 레베제프가 공작에게 설명을 해주기 위해 달려왔다. 그는 벌써 어지간히 취해 있었다. 그의 장황한 이야기를 듣고 나서야 이렇게 많은 손님들이 한자리에 모인 것은 확실히 우연한 일이었음을 알게 되었다. 제일 먼저 이폴리트가 저녁때쯤 도착하여 기분이 썩 좋으니 테라스에서 공작을 기다리겠다고 말하고 소파에 앉아 쉬고 있었다. 그 다음 레베제프가 집안 식구인 이볼긴 장군과 딸들을 데리고 왔다. 부르도프스키는 이폴리트와 함께 와서 그냥 남아 있었던 것이다. 가냐와 프치스인은 이 집 앞을 지나다가 들렀다는 것이었다——그들이 모였을 때는 정거장에서의 사건과 거의 같은 시각이었던 모양이다. 그 다음에 켈레르가 와서 공작의 생일에 대해 이야기하고 샴페인을 요구했다. 예브게니 파블로비치가 나타난 것은 30분 전의 일이었다. 샴페인을 꺼내 축하연을 열자고 극력 주장한 것은 콜랴였다. 그러자 레베제프가 즉시 술을 가져왔던 것이다.

「그러나 이건 제가 내는 술입니다. 제가!」그는 혀 꼬부라진 소리로 말했다. 「공작님의 생일을 축하하려고 제가 한턱 내는 것입니다. 이제 곧 안주도 나올 겁니다. 딸년이 지금 요리를 준비하고 있으니까요. 그런데 공작님, 지금 여기서 어떤 문제를 가지고 토론하고 있었는지 아십니까? 기억하고 계시죠? 햄릿의 『사느냐, 죽느냐?』라는 말을? 현대적인 주제이지요, 현대적입니다! 질문을 하면 대답을 하고……. 체렌치예프 씨가 주재(主宰)하고 있는데…… 아주 신이 나서 들어가 누울 생각도 않는군요! 하지만 샴페인은 한 모금, 겨우 한 모금밖엔 마시지 않았으니까 해롭지 않을 겁니다. 공작님, 이쪽으로 오셔서 한 말씀 해주십시오! 모두들 당신을 기다리고 있습니다. 당신의 훌륭하신 말씀을 기다리고 있었습니다.」

이때 공작은 사람들의 틈을 헤치고 자기 쪽으로 달려 나오고 있는 베라 레베제프의 귀엽고도 상냥한 모습을 발견했다. 그는 누구에게보다도 먼저 그녀에게 손을 내밀었다. 그녀는 기뻐서 얼굴을 붉히며 그에게 『앞으로 행복한 생활이 있기를 빈다』는 축하의 말을 했다. 그러고는 급히 부엌 쪽으로 달려가 버렸다. 그녀는 부엌에서 안주를 준비하고 있었으나 공작이 돌아오기 전부터 틈만 있으면 테라스에 나와서 얼근히 취한 손님들 사이에 주고받는, 자기에게는 너무나 기이하고 추상적인 문제에 관한 열띤 토론을 열심히 듣고 있었던 것이다. 그녀의 여동생은 옆방 궤짝 위에서 입을 벌린 채 잠들어 있었다. 그러나 레베제프의 어린 아들놈은 콜랴와 이폴리트 옆에 서 있었다. 그 생기에 찬 얼굴은 손님들의 재미있는 토론을 들으며 10시간쯤은 능히, 그 자리에 서 있을 것 같은 표정이었다.

「나는 누구보다도 당신을 기다리고 있었습니다. 그리고 당신이 무척 행복한 표정으로 돌아오신 것을 매우 기쁘게 생각합니다.」이폴리트는 공작이 베라의 인사를 받고 나서 곧장 자기에게 손을 내밀며 다가오자 이렇게 말했다. 「얼굴을 보면 알 수 있습니다. 자, 손님들과 인사를 나누시고 우리 곁에 와 앉으십시오. 나는 특히 당신을 기다리고 있었습니다.」그는 기다리고 있었다는 말에 유난히 힘을 주었다.

「이렇게 늦도록 앉아 있으면 몸에 해롭지 않겠습니까?」하고 공작이 걱정을 하자 그는, 사흘 전에는 왜 그처럼 죽고 싶었는지 자기도 잘 모르겠으며 오늘 밤처럼 기분이 좋은 적은 한 번도 없었다고 대답하는 것이었다.

　부르도프스키도 자리에서 벌떡 일어나 여전히 더듬는 소리로「저어, 그래서 저는…… 이폴리트를 모시고 왔습니다만 매우 기쁩니다. 그런데 그 편지에는『정말 쓸데없는 소리』를 썼습니다. 그러나 지금은 그저 기쁠 뿐입니다…….」하고 더듬더듬하면서 말끝을 제대로 맺지도 못하고 공작의 손을 힘껏 잡아 흔들곤 다시 의자에 앉았다.
　맨 마지막으로 공작은 예브게니 파블로비치한테 다가갔다. 그는 얼른 공작의 손을 잡았다.
　「당신한테 할 얘기가 있습니다.」그는 낮은 목소리로 속삭였다. 「매우 중대한 사건에 관한 얘깁니다. 잠깐만 저쪽에 좀 가실까요?」
　「잠깐만,」이번에는 다른 음성이 공작의 다른 쪽 귀에 속삭였다. 그리고 다른 사람의 손이 다른 쪽에서부터 공작의 손을 덥석 잡았다.
　공작은 깜짝 놀라 그쪽을 돌아보았다. 머리가 헝클어지고 얼굴이 벌겋게 된 사내가 계속 눈을 껌벅이면서 웃고 있지 않은가. 그 사람이 페르드이시첸코라는 것을 공작은 이내 알아볼 수 있었다. 도대체 그는 또 어디서 왔을까? 그것은 전혀 알 수가 없었다.
　「페르드이시첸코를 기억하십니까?」그는 이렇게 물었다.
　「당신은 어디서 나타난 거요?」공작은 소리쳤다.
　「그는 몹시 후회하고 있습니다.」켈레르가 옆으로 달려와서 이렇게 외쳤다. 「이 친구는 숨어 있었습니다. 당신 앞에 나서기가 부끄럽다면서 저쪽 구석에 숨어 있었어요. 공작님, 이 친구는 후회하고 있었습니다. 자기가 나빴다고 생각하고 있어요.」
　「대체 무엇이, 무엇이 나빴다는 거요?」
　「공작님, 내가 이 사람을 만났어요. 그래서 곧 이리로 데리고 왔지요. 자주 만나는 친구는 아닙니다만, 그러나 그는 후회하고 있어요.」
　「매우 반갑습니다. 자, 저리로 가서 다른 손님들과 함께 앉아 주시오. 나도 곧 가겠습니다.」공작은 겨우 그들을 떼어 놓고 급히 예브게니 파블로비치에게로 돌아섰다.
　「여기는 참 재미있군요.」그는 입을 열었다. 「30분 가량 매우 유쾌한 기분으로 당신을 기다릴 수 있었습니다. 그건 그렇고 레프 니콜라예비치, 그 쿠르미셰프와의 문제는 해결했습니다. 그래서 당신을 안심시키려고 찾아온 겁니다. 이제는 조금도 염려할 필요가 없어요. 그 친구는 문제를 아주 지각

있게 판단했습니다. 더욱이 내가 보기엔 오히려 그 친구에게 잘못이 있었으니까요.」

「쿠르미셰프라는 건 누굽니까?」

「아까 당신이 손을 붙잡았던 그 친구 말입니다……. 실은 몹시 화가 나서 내일 당신한테 사람을 보내 담판을 지을 생각이었다는군요.」

「그만둬요, 그런 엉터리 같은 소리가 어디 있어요!」

「물론 엉터리 같은 소립니다. 하지만, 하마터면 그건 정말로 엉터리 같은 결과를 초래할 뻔했지요. 사실 그런 사람들은…….」

「당신은 그밖에 무슨 다른 용무가 있어서 오신 게 아닙니까?」

「물론 다른 용무도 있습니다.」 그는 커다란 소리로 웃었다. 「공작, 나는 내일 날이 밝는 대로 그 불행한 사건―― 하긴, 이건 큰아버지에 관한 것이지만―― 때문에 페체르부르그로 가야 합니다. 혼자 생각해 보니, 그 얘기가 모두 사실이며, 나 하나만을 제외하고 다른 사람들은 모두들 환히 알고 있지 않겠어요! 너무나 뜻밖의 일이어서 거기에―― 예판친 댁에――들를 겨를도 없었습니다. 내일도 역시 들르지 못할 겁니다. 왜냐하면 페체르부르그에 있을 테니까요, 알고 계시죠? 아무래도 한 사흘 가량은 여기에 있지 못할 겁니다. 어쨌든 나 자신의 일이 죄다 틀어진 것만은 사실입니다. 이번의 사건이 매우 중대한 일이기는 하지만, 그보다도 나는 어떤 문제에 관해 당신과 마음을 털어놓고 솔직 담백하게 의논해야 할 필요를 느꼈습니다. 시간을 지체하지 말고 당신과 이야기를 하고 싶단 말입니다. 만일 나의 희망을 들어주신다면 다른 손님들이 모두 돌아갈 때까지 여기서 기다리겠습니다. 더욱이 나는 지금 아무데도 갈 곳이 없을 뿐더러 정신이 산란해서 잠을 잘 수도 없습니다. 지나치게 귀찮게 구는 것 같아 죄송하기 짝이 없습니다만, 솔직히 말해서 공작, 나는 당신의 우정을 믿고 찾아온 겁니다. 당신은 참으로 보기 드문 분입니다. 어떠한 경우에도 절대로 거짓말이라는 걸 모르는 분입니다. 지금 내게는 친구와 충고자가 필요합니다. 왜냐하면 나는 지금 더없이 불행한 인간들 중의 하나가 되었으니까요…….」 그는 다시 한 번 소리를 내어 웃었다.

「그런데 좀 곤란하군요.」 하고 공작은 잠시 생각했다. 「저 사람들이 돌아갈 때까지 기다리겠다고 하십니다만 언제 돌아갈지 모르는 일이 아닙니까. 그보다도 지금 둘이서 공원에 가는 게 좋지 않겠습니까. 저 사람들은 내가 돌아올 때까지 기다려 줄 게 분명하니까요. 그럼, 내가 가서 저들에게 양해를 구하고 오겠습니다.」

「아니, 아닙니다. 나는 우리 두 사람이 무슨 특별한 목적을 가지고 심각한 애기를 하고 있는 것 같은 느낌을 다른 사람들에게 주고 싶지 않습니다. 저 사람들 중에는 우리 두 사람의 관계에 몹시 흥미를 느끼고 있는 사람이 있으니까요. 당신은 그것을 모르십니까? 공작, 그러니까 무슨 특별한 관계라기보다는 절친한 친구지간에 지나지 않는다는 것을 저 사람들에게 보여 주는 편이 훨씬 좋겠단 말입니다. 알아들으셨습니까? 저 사람들은 두 시간 정도 있으면 돌아갈 테니까 그때는 나를 위해서 20분이나 30분 가량…….」

「그럼 좋도록 하십시오. 그런 말씀을 하지 않아도 나는 매우 기쁩니다. 그리고 친구로서의 다정한 당신의 고마운 말씀에 대해서는 충심으로 감사를 드립니다. 다만 내가 오늘 이렇게 정신이 산란한 것을 용서해 주시기 바랍니다. 어쩐지 지금은 주의력을 집중시킬 수가 없군요.」

「알겠습니다, 알겠어요.」 예브게니 파블로비치는 가벼운 웃음을 머금은 채 중얼거렸다.

이 날 저녁 그는 유난히 웃음이 많았다.

「무엇을 안단 말입니까?」 공작은 흠칫하며 이렇게 물었다.

「눈치 채지 못했습니까, 공작?」 상대방의 직접적인 질문에는 대답을 회피하며 예브게니 파블로비치는 그냥 웃기만 했다. 「내가 여기 온 것은 당신을 기만하여 무엇인가 캐내 보려는 속셈인 걸 눈치 채지 못했느냐 말입니다.」

「당신이 나한테 무엇인가 알아 내려고 오셨다는 건 의심할 여지도 없는 일이지요.」 하고 공작은 마침내 웃음을 터뜨렸다. 「심지어 나를 속이려 한 것도 아마 사실일 것입니다. 하지만 그런 것쯤은 아무것도 아닙니다. 나는 당신을 조금도 두려워하지 않으니까요. 게다가 인제 그러한 모든 일은 정말로 나와는 아무런 관계도 없는 것같은 생각이 들어서 말입니다……. 그리고 나는 절대적으로 당신이 훌륭한 분이라고 믿고 있으니까 우리들은 참다운 친구로 사귈 수 있게 될 것입니다. 예브게니 파블로비치, 내 생각으론 당신이…… 매우 착실한 분이라 생각됩니다.」

「모든 경우에 있어서 당신과 이야기하는 것은 참으로 유쾌한 일입니다.」 하고 예브게니 파블로비치는 말을 맺었다. 「저쪽으로 갑시다. 당신의 건강을 위해 한잔 들고 싶군요. 아무튼 나는, 내가 오늘 당신한테 들른 것을 매우 만족하게 생각합니다. 아 참, 저어…….」그는 갑자기 걸음을 멈췄다. 「저 이폴리트는 당신과 같이 있으려고 이사해 온 건가요?」

「그렇습니다.」

「내 생각으로는, 저 이가 곧 죽을 것 같지는 않은데요?」

「어째서요?」

「아니, 아무것도 아닙니다. 아까 30분 가량 저 사람과 이야기하며 느낀 것이기에…….」

이폴리트는 공작과 예브게니 파블로비치가 한쪽 구석에서 이야기하고 있는 동안 계속해서 그쪽을 바라보며 공작이 돌아오기를 기다리고 있었다. 두 사람이 식탁으로 다가오자 그는 열병에 걸린 것처럼 활기를 띠었으나 동시에 불안과 동요에 휩싸이기 시작했다. 이마에는 땀방울이 맺히고 번쩍이는 두 눈에는 여실하게 동요하는 불안감이 보이고, 왜 그러는지 그 이유가 분명치 않은 초조한 표정이 나타나 있었다. 그의 시선은 일정한 목표도 없이 하나의 대상에서 다른 대상으로, 하나의 얼굴에서 다른 얼굴로 옮겨지고 있었다. 그는 이때까지 좌중의 떠들썩한 대화에 적극적으로 참여하고 있었으나, 그 활기는 다만 열병적인 것이었다. 확실히 대화 자체에도 주의를 기울이지 않고 있었다. 그의 논쟁은 아주 지리멸렬하였고 조소적이었을 뿐더러 어설픈 역설로 충만되어 있었다. 불과 조금 전만 해도 대단한 열의를 가지고 자기 쪽에서 먼저 제기한 문제까지도 그는 도중에서 포기해 버리곤 했다. 공작은 철철 넘치게 따른 샴페인을 이폴리트가 두 잔이나 들이켰다는 것을 나중에 알고는 경악과 후회를 금치 못했는데, 벌써 한 모금 마신 석잔째의 술잔이 그의 앞에 놓여 있었다. 그는 그것을 나중에야 비로소 알았던 것이다. 그때까지 공작은 전혀 알아채지 못했던 것이었다.

「오늘이 당신의 생일이기 때문에 내가 얼마나 기뻐하는지 아십니까!」이폴리트는 외쳤다.

「무엇 때문에 그렇죠?」

「곧 아시게 될 겁니다. 어서 이리 와서 앉으십시오. 첫째로는 당신의 친구 되시는 분들이 이렇게 많이 모였기 때문입니다. 실은 나도 여러 사람들이 모일 것이라 생각하고 있었어요. 내 생애 처음으로 나의 예감이 들어맞았지요! 유감스러운 것은 당신의 생일을 몰랐다는 사실입니다. 그런 줄 알았더라면 무슨 선물이라도 준비해 왔을 텐데……. 핫, 하! 그렇지만 어쩌면 선물을 가지고 왔는지도 모르잖아요! 날이 새려면 아직 멀지 않았습니까!」

「두 시간도 안 남았군요.」 프치스인이 시계를 쳐다보며 대답했다.

「그러나 해가 뜨지 않았어도 마당에서는 책을 읽을 수가 있는데……. 밖은 밝으니까 ── 페체르부르그는 백야로 유명하니까요 ── 구태여 날이 새기를 기다릴 필요는 없지 않습니까?」 누군가가 끼여 들었다.

「하지만 나는 태양의 귀퉁이만이라도 보고 싶단 말입니다. 태양의 건강을 위해서 건배한다는 것을 공작님은 어떻게 생각하세요?」

이폴리트는 명령을 하듯 예의도 아랑곳하지 않고 일동을 향해 무뚝뚝하기 짝이 없는 어조로 물었으나 자기 자신은 그런 것을 느끼지 못하는 듯싶었다.

「원하신다면 마십시다. 그러나 이폴리트, 당신은 좀더 안정을 취하는 게 좋을 것 같은데……. 」

「만나기만 하면 잠을 자라는 말만 하시니…… 공작님, 당신은 나의 보모로군요! 태양이 떠올라 하늘에『울려퍼지기』시작하면 잠자리에 들기로 하겠습니다. 누군가의 시에『태양은 하늘에 울려퍼지기 시작했다』라는 구절이 있더군요. 무의미한 말이긴 하지만 그래도 멋진 표현입니다! 레베제프 씨! 태양은 생명의 근원이 아닐까요? 『묵시록』에서는『생명의 근원』을 어떻게 설명하고 있죠? 공작님, 당신은『쑥의 별』에 대해 들은 일이 있습니까?」

「난 들었습니다. 레베제프는『묵시록』의『쑥의 별』을 유럽 일대에 뻗쳐 있는 철도망에 비유하여 설명하고 있다더군요.」

「아닙니다, 실례지만 그렇게 말씀하시면 안 됩니다.」 레베제프는 일시에 터져 나온 좌중의 웃음소리를 억누르려는 듯이 벌떡 일어나 두 손을 내저으며 소리쳤다. 「죄송합니다! 이런 분들은…… 이런 분들하고는…….」 갑자기 그는 공작을 향하여 다시 이렇게 입을 열었다. 「그렇지만 그것은 어느 점에 있어서는…….」 그는 두번째 주먹을 들어 격렬하게 탁자를 두드렸으나 그 때문에 웃음소리는 더욱 높아졌다.

레베제프는 여느 때나 다름없이『저녁때의 기분』이상으로 취해 있지는 않았으나 오늘은 초저녁부터 장시간에 걸친『학구파』논쟁 때문에 약간 지나치게 흥분되어 있었다. 이럴 때면 그는 극도의 노골적인 경멸로써 상대방을 공격하는 버릇이 있었다.

「이래서는 안 됩니다! 공작님, 우리들은 아까 반 시간 전에 서로 상대에게 간섭하지 않기로 약속한 바가 있습니다. 한 사람이 이야기할 때는 절대로 말을 가로채거나 방해하거나 하지 않는다, 큰 소리로 웃지 않는다라고 말입니다. 이것은 그 사람이 자기의 소신을 자유롭게 남김없이 토로할 수 있게 하기 위해서지요. 그 사람이 할말을 다한 다음에는 무신론자건 누구건 마음대로 반박해도 좋다는 겁니다. 이렇게 약속하고 우리들은 장군을 의장으로 선출했지요. 그런데도 불구하고 도대체 이게 뭡니까? 이래가지고서야 아무리 고매한 사상, 아무리 심오한 사상을 가진 사람이라도 자기의 소신을 밝힐 수 없지 않겠습니까…….」

「얘기하시오, 어서 얘기해 봐요! 아무도 당신을 방해하지 않을 테니!」 몇몇 손님들이 대꾸했다.

「얘기하시오. 하지만 횡설수설하시지는 마십시오.」

「대체 『쑥의 별』이란 뭐지요?」 누군가가 물었다.

「나도 모르겠소!」 하고 자못 위엄 있는 태도로, 조금 전까지 앉아 있던 의장석으로 다시 돌아가며 이볼긴 장군이 대답했다.

「나는 이러한 토론과 논쟁을 지독하게 좋아합니다. 공작, 지적이고 학술적인 토론에 한해섭니다만.」 켈레르는 매우 신이 나서, 의자에서 안절부절 못하며 중얼거렸다. 「학술적이며 정치적인 토론에 한해서지요.」 하며 이번에는 자기 옆에 앉아 있는 예브게니 파블로비치에게 몸을 돌렸다. 「아시다시피 나는 신문에서 영국 의회에 관한 기사를 읽는 것을 매우 좋아합니다. 그들이 무엇을 논하고 있느냐하는 것보다는——나는 정치가가 아니기 때문에——그들이 어떻게 행동하며 정치가로서 어떻게 이야기 하느냐에 흥미를 가지고 있습니다. 『반대당의 의석에 앉아 계시는 고결한 자작(子爵)』이니, 『본인과 의견을 같이 하시는 숭고한 백작』이니, 『그 제안으로 전 유럽을 경악케 한 우리의 존경하는 논적(論敵)이니』 하는 표현을 말입니다. 그처럼 자유로운 표현이나 국민의 의회 제도는 우리에게 있어 선망의 대상이 아닐 수 없습니다. 나는 그러한 신문 기사에 거의 매혹될 지경입니다. 공작, 솔직히 말해서 내 영혼의 깊은 곳에는 항상 예술적인 그 무엇이 있는 것 같아요. 레프 니콜라예비치 씨!」

「그래서 대체 그것이 어떻단 말입니까?」 한쪽 구석에서 가냐가 열을 올리고 있었다. 「결국 당신의 의견에 의하면 철도라는 것은 저주해야 할 물건이다, 그것은 인류를 멸망케 한다, 그것은 『생명의 원천』을 혼탁하게 할 목적으로 지상에 떨어진 재앙이라는 것입니까?」

공작이 보기에는, 가브릴라 아르달리오노비치가 이날 밤 전에 없이 홍분하여 무척 의기양양한 것 같았다. 레베제프한테 약을 올려 주려는 것이, 오히려 자기 자신에게 핏대를 올리게 되어 버린 것이다.

「철도가 아닙니다, 아니란 말예요!」 레베제프 역시 그에 못지않게 열을 올리며 반박했다. 그는 이럴 때 형언할 수 없는 쾌감을 느끼는 것이었다. 「비단 철도 하나만이 생명의 원천을 혼탁하게 하는 건 아닙니다. 모든 것이 다 저주를 받아야 됩니다. 최근 수세기 동안의 정신 상태 전부가, 다시 말해서 과학 내지는 실제적 방면의 풍조 전체가 어쩌면 실제로 저주해야 할 대상이란 말입니다.」

「확실하게 말하십시오. 『실제로』입니까, 『어쩌면』입니까? 이 점은 분명히 밝히고 넘어가야 할 중대한 문제라 생각되는군요.」 예브게니 파블로비치는 다그쳤다.

「실제로, 실제로! 더할 나위 없이 실제로란 말입니다!」 레베제프는 열띤 어조로 확언했다.

「그렇게 서두르지 말아요, 레베제프 씨. 당신은 아침엔 그렇게 침착하신 분이었는데.」 프치스인이 미소를 지으며 한 마디 했다.

「그대신 저녁때는 보다 솔직해집니다! 저녁때는 솔직하고 진실해집니다!」 레베제프는 그를 돌아보고 열을 올리며 말했다. 「솔직하고 정확하고 결백해지지요. 이것은 결국 나 자신의 약점을 드러내는 결과를 초래합니다만, 그런 건 문제가 아닙니다. 나는 오늘 밤 당신네들 전부를, 즉 무신론자인 당신네 전부를 상대로 대결할 용의가 있습니다. 여러분, 당신네들은 도대체 무엇으로 세계를 구하고, 이 세계가 걸어가야 할 정당한 길을 어디서 발견할 수 있다고 생각하느냔 말입니다. 당신네들은 과학이니 산업이니 조합이니 임금이니 하는 문제를 들고 나옵니다만 어떻게 해결하겠단 말입니까? 신용으로 해결합니까? 도대체 신용이란 무엇일까요? 신용이 우리에게 주는 것이 무엇입니까?」

「당신은 굉장히 호기심이 강한 사람이로군!」 하고 예브게니 파블로비치가 말했다.

「나는, 이런 문제에 호기심을 느끼지 못하는 사람이란 아주 건달이라 생각합니다.」

「신용은 일반적인 결속과 이익의 균등을 가져다 줍니다.」하고 프치스인이 지적했다.

「단지, 단지 그것뿐이지요! 아무런 정신적 기초도 없이 다만 개인의 이기심과 물질적 필요만을 만족시키려는 것뿐입니다. 우주의 평화와 행복이 과연 요구만으로 이루어질 수 있을까요? 실례지만 나의 해석이 틀리지는 않았겠죠?」

「그렇지만, 사는 것, 마시는 것, 먹는다는 것의 공통된 요구와 만인의 협력 및 이익의 결합 없이 그러한 요구를 만족시킬 수 없다는 확고한 신념, 이 두 가지는 앞으로 우리 인류가 지녀야 할 견해가 되고 『생명의 원천』이 되기에 충분하고도 확고한 사상이라고 생각합니다.」하고 가냐는 신중하게 열변을 토했다.

「다시 말해서 산다든가 먹는 것의 요구는 자기 보존의 감정에 지나지 않습니다…….」

「그렇지만 자기 보존의 감정이 그처럼 하찮은 것일까요? 자기 보존의 감정이야말로 인류 본연의 법칙이 아니겠어요…….」

「누가 당신한테 그런 말을 하던가요?」하고 갑자기 예브게니 파블로비치가 소리쳤다. 「법칙이란 것은 옳은 말입니다. 그러나 그것이 본연의 법칙이라면 파멸의 법칙 역시 본연의 법칙입니다. 어쩌면 그것은 자기 파멸의 법칙일 수도 있습니다. 과연, 자기 보존에만 인류 본연의 법칙이 있다고 할 수 있겠습니까?」

「호오!」이폴리트는 예브게니 파블로비치 쪽으로 몸을 돌려 호기심 어린 표정으로 그를 유심히 쳐다보며 이렇게 외쳤다. 그러나 그가 웃고 있는 것을 보자 자기도 따라 웃었다. 그의 옆에 서 있는 콜랴를 슬쩍 건드리면서 몇 시나 됐느냐고 다시 한 번 물었다. 그리고는 콜랴의 은시계를 끌어당기기까지 하며 열심히 시계 바늘을 들여다보고 있었다. 얼마 후에는 모든 것을 잊은 듯 소파에 누워 두 손으로 뒤통수를 받친 채 천장을 바라보기 시작했다. 30초 가량 지나자 그는 다시 탁자에 앉아서 몸을 세우고 극도로 흥분한 레베제프의 잡담에 귀를 기울이고 있었다.

「그것 참 교활하고 조소적인 사상이군요 ! 그야말로 바늘로 콕 찌르는 것 같은 사상입니다 !」하고 레베제프는 얼른 예브게니 파블로비치의 역설을 받아 대꾸했다. 「상대방에게 싸움을 걸려는 목적하에 내뱉은 사상입니다. 그러나 그것은 올바른 사상입니다. 당신은 사교계에서 훈련된 풍자적 능변가이며 기마병이니까. 그렇다고 재능이 없는 분이라는 건 아닙니다 ! 당신 자신은 얼마나 심오하고 올바른 사상을 토로했는지 모르실 겁니다 ! 사실, 자기 파멸의 원칙과 자기 보존의 원칙은 인류에 있어 동등하게 강한 힘을 가지고 있습니다. 악마가 신과 동일한 힘으로 인류를 지배하고 있단 말입니다. 그러나 그것이 언제까지 계속될 것인지 우리의 힘으로는 알 수 없습니다. 당신은 웃으시는군요 ? 당신은 악마를 믿지 않으십니까 ? 악마를 믿지 않는 것은 프랑스 사상이며, 경박한 사상입니다. 당신은 악마라는 게 무엇인지 아십니까 ? 악마의 이름이 무엇인지 아시느냔 말입니다. 당신네들은 악마의 이름도 모르면서 볼테르의 흉내를 내어, 그것의 외형인 발이라든가 꼬리라든가 뿔이라든가 하는 것을 비웃고 있습니다. 하지만 그 외형까지도 모두 당신네 자신이 만들어 낸 것이 아니냔 말입니다. 악마는 위대하고도 잔인한 영혼입니다. 당신네들이 조작한 발이나 뿔 같은 건 가지고 있지 않습니다. 그러나 지금 여기서 논하는 핵심은 여기에 있는 것이 아닙니다 !」

「어째서 지금 논하는 핵심이 거기 있는 게 아니란 말입니까 ?」갑자기 이폴리트가 이렇게 소리쳤다. 발작이라도 일으킨 듯이 웃어 대면서.

「거 참 교묘하고도 암시적인 사상이군요 !」레베제프가 동조하듯 말했다. 「그러나 어쨌든 문제의 핵심은 그게 아닙니다. 우리의 관심사는 『생명의 원천』이 쇠퇴했느냐 강화됐느냐 하는 것입니다.」

「철도 때문인가요 ?」콜랴가 외쳤다.

「철도의 발달 때문이 아니지요. 신경질적이나 대체로 온순한 젊은이여 ! 철도 같은 건 다만 그 축도(縮圖) 내지는 예술적 표현의 구실을 할 뿐이지요. 모든 사람이 인간의 행복을 지향한답시고 돌진하고 떠들어 대며, 서두르고 지껄여 대고 있단 말입니다. 한 사람의 사상가가 『인간 사회가 소란스럽게 실리적인 것만을 좇고 있어서 정신적인 평온이라는 것은 거의 찾아 볼 수 없게 되었다.』고 한탄하자, 싸돌아다니는 또 하나의 사상가는 『그럴는지도 모르나 굶주린 인류에게 빵을 실어다 주는 수레바퀴의 소음은 정신적인 평온보다 낫지 않겠느냐.』고 대꾸하고는 의기양양하게 그 자리를 떠나 버린단 말입니다. 그러나 이 비열한 파렴치한인 나 레베제프도 인류에게 빵을 실어다 주는 그 수레를 믿을 수가 없습니다! 왜냐하면 정신적 기초 없이 인류에게 빵을 실어다 주는 수레는 그 빵을 받아 먹는 극소수의 사람들이 향락을 위해 냉정하게도 인류의 대부분을 거들떠보지도 않기 때문입니다. 이러한 전례가 이미 있었으니까요.」

「그 수레란 것이 거들떠보지도 않는다는 겁니까?」하고 누군가가 재빨리 말끝을 잡았다.

「전례가 있습니다.」그러한 질문은 들은 체도 않고 레베제프는 되풀이했다. 「인류의 벗인 마르사스의 예도 있습니다. 그러나 정신적인 기초가 확고하지 못한 인류의 벗은 식인종입니다. 그들의 허영심이란 이루 말할 수도 없지요! 오늘날까지 인류의 벗이라는 사람은 수없이 많았지만, 가령 누구나가 수많은 인류의 벗 중 한 사람의 자존심을 건드린다면 그 사람은 천박한 복수심 때문에 당장에 이 세계에다 불을 지르고 말 겁니다. 하기는 우리들도 모두 마찬가지겠지요. 솔직히 말해서 아주 비열한 이 레베제프 같은 놈은 아마 제일 먼저 장작을 갖다 쌓아 놓고 불을 지른 다음 자기는 달아나고 말 것입니다. 그러나 이것이 역시 문제의 핵심은 아닙니다!」

「그럼, 대체 무엇이 문제의 핵심이란 말이오?」

「지겨워서 들을 수 있소?」

「문제는 수세기 전에 있었던 일화에 있습니다. 나는 아무래도 수세기 전의 이 사건을 얘기해야만 하겠습니다. 당신들도 나와 마찬가지로 우리의 조국을 사랑하길 바랍니다. 나는 조국을 위해서라면 최후의 피 한 방울까지라도…….」

「다음을 말하시오! 어서!」

「우리 나라에서는, 가능한 한 모든 통계와 기억을 기초로 하여 생각할 때 유럽에서와 마찬가지로 전국에 걸친 무서운 기근이 1세기 동안에 네 번, 다시 말해서 25년에 한 번 정도로 발생하고 있습니다. 이 숫자의 정확성을 자신 있게 보증할 수는 없습니다만 아무튼 비교적 드물다는 것만은 사실입니다.」

「무엇에 대해 비교적 드물다는 거요?」

「12세기 전후와 비교해서 말입니다. 여러 가지 확실한 문헌에 의할 것 같으면 그때엔 전국적인 대기근이 2년에 한 번, 적어도 3년에 한 번씩 우리 나라를 내습하곤 했습니다. 이러한 상황에서 사람들은 심지어 식인종으로까지 되어 버렸던 것입니다. 물론 그것은 비밀에 붙여졌었지요. 이런 고약한 놈들 중의 하나가 노년에 이르러, 누구한테 추궁을 받는 바도 없는데 제 입으로 자기의 죄상을 고백했단 말입니다. 그는 자기의 가난하고 오랜 생애를 통하여 비밀리에 60명의 성직자와 평신도의 갓난애 여섯 명을——이것은 성직자의 수에 비하면 극히 적은 수였습니다만—— 잡아먹었다는 것입니다. 그러나 성인이 된 평신도에게는 절대로 손을 대지 않았다는군요.」

「말도 안 돼!」의장인 이볼긴 장군 자신이 몹시 분개한 어조로 고함쳤다. 「여러분, 나는 저 친구와 자주 토론을 하기도 하고, 논쟁을 벌이기도 합니다. 언제나 거의 비슷한 문제지만요. 그런데 저 친구는 곧잘 어처구니없는 허튼 소리를 늘어 놓는 버릇이 있거든요…….」

「장군! 당신 자신의 카르스 포위 얘기는 어떻게 하고 그런 말씀을 하시오? 내가 지금 얘기한 것은 어디까지나 진실입니다. 그 점을 믿어 주시기 바랍니다. 나의 의견을 말씀드린다면, 거의 모든 진실은 항상 불변의 법칙을 지니고 있기는 합니다만 거의 언제나 정말 같지 않으며, 불가능한 것같이 보이기가 일쑤입니다. 현실적이면 현실적일수록 거짓말같이 들리는 수가 있는 것입니다.」

「그런데 어떻게 60명이나 되는 성직자들을 잡아먹지요?」주위에서 웃음소리가 일어났다.

「한꺼번에 잡아먹은 게 아니겠지요! 아마 그것은 15년이나 20년 동안에 잡아먹은 숫자일 겁니다. 그것은 너무나도 분명하고 당연한 일이지요…」

「당연하다구요?」

「당연하지요!」

레베제프는 집요하게 고집했다. 「다른 것은 제쳐놓고라도 가톨릭의 신부들이란 원래 남의 말에 잘 넘어갈 뿐더러 호기심이 강하기 때문에 그들을 숲속이라든가 그밖의 으슥한 곳으로 유인해서 아까 말씀드린 바와 같은 짓을 한다는 건 지극히 용이한 일이니까요. 그러나 그 사내한테 잡아먹힌 사람의 수효가 믿을 수 없을 만큼 많다는 데 대해 그러한 모든 것을 논박할 수가 없습니다.」

「그 얘기는 사실일는지 모릅니다. 여러분.」하고 공작은 입을 열었다.

이때까지 공작은 말없이 사람들의 논쟁에 귀를 기울일 뿐 자기 자신은 한 마디도 하지 않았다. 아마도 그는 이렇게 떠들썩한 분위기가 무척 마음에 든 모양이었으며 손님들이 술을 많이 마시는 것까지 기뻐했던 것이다. 그는 밤새도록 한 마디도 하지 않으려는 것 같았으나, 갑자기 무슨 생각에서인지 입을 열었던 것이다. 더욱이 그 어조가 너무나 심각했으므로 사람들은 커다란 호기심을 가지고 갑자기 그에게로 시선을 집중시켰다.

「여러분, 내가 말하고자 하는 것은 그 당시에 그와 같은 기근이 있었을 것이란 겁니다. 비록 나는 역사는 잘 모릅니다만 여기 대해서는 들은 적이 있습니다. 그 당시에는 틀림없이 그랬을 겁니다. 내가 스위스의 산중에 들어가서 몹시 놀란 것은 험준한 산비탈 바위에 세워진 옛날 기사 시절의 성터였습니다. 그 바위산은 매우 가파를 뿐더러 그 높이는 최소한 1킬로미터 정도 되었을 겁니다. 그러니까 산길을 따라 올라가자면 적어도 몇 킬로미터는 되겠지요. 그 당시의 성이라는 것을 모두 아실 줄로 믿습니다. 간단히 말해서 성이란 돌로 쌓아올린 하나의 커다란 산입니다. 실로 상상조차 할 수 없는 두려운 공사지요! 이러한 성들은 모두 그 당시의 가난한 사람들인 노예들이 세운 것입니다. 그들은 이와 같은 부역 이외에도 각종 세금을 바쳐야 하고, 또 성직자를 부양해야 했을 겁니다. 그러니 도대체 언제 자기 생활을 하고 밭을 갈았겠느냔 말입니다! 그러한 백성의 수효는 그 당시 극히 적었다고 합니다만 그것은 많은 사람들이 굶어죽었기 때문일 것입니다. 먹을 것이라곤 그야말로 아무것도 없었을 테니까요. 나는 어떻게 그러한 백성들이 아주 전멸해 버리지 않았을까 하고 가끔 생각해 보곤 했습니다. 그들은 어떻게 해서 끝까지 참고 버티어 나갈 수 있었을까요? 사람을 잡아먹은 자도 있었겠지요. 어쩌면 꽤 많았을는지도 모릅니다. 이 점에 대해서는 레베제프의 말이 사실일 겁니다. 다만, 하필이면 어째서 신부를 여기다 끌어 댔는지, 그리고 그것으로 무엇을 말하고자 했는지 오직 그것만은 잘 모르겠군요.」

「아마 12세기 쯤에는 성직자 이외엔 잡아먹을 만한 사람이 없었을 겁니다. 그 당시에는 승려 계급만이 살쪄 있었을 테니까요.」가냐가 말했다.

「현명하고도 정확한 의견이십니다!」레베제프가 외쳤다. 「사실 그 사내는 평신도에게는 절대로 손을 대지 않았으니까요. 성직자를 60명이나 잡아먹으면서도 평신도를 하나도 잡아먹지 않았다는 건 놀라운 착상이며, 무서운 역사적인 착상이고 통계적인 착상입니다. 물론 이러한 사실을 토대로 하여 재능 있는 사람은 역사를 다시 꾸며 낼 수 있을 겁니다. 왜냐하면, 그 당시에는 성직자가 인류 전체보다 60배나 행복하고 자유로운 생활을 향유했다는 것이 숫자적으로 정확히 나타나 있으니까요. 그리고 그들이 나머지 인류 전체보다 적어도 60배 정도는 비대했을 것이니까요.」

「그건 과장이겠지요, 레베제프!」 주위의 사람들은 한바탕 웃어 댔다.

「역사적 사실이라는 것에는 동의합니다만 결론적으로 당신은 무얼 말하려는 겁니까?」 공작은 계속해서 물었다——그는 매우 심각하게 이야기했기 때문에 농담이라든가 조소 같은 기미는 추호도 찾아 볼 수 없었다. 따라서 그의 그러한 어조는 이 좌석에서 자연히 우스꽝스런 것이 되어 버려서 잠시 후 모두들 그를 보고 웃었으나 그는 그것을 전혀 눈치 채지 못하는 듯싶었다.

「공작, 당신은 저 친구가 미쳤다는 것을 모르십니까, 좀 돌아 버린 사내라는 걸?」 예브게니 파블로비치가 공작에게 몸을 굽히며 속삭였다. 「아까 여기서 들은 말입니다만 저 친구는 변호사란 직업에 미쳐서 요즘은 변론 연습에 열중하고 있다는 거예요. 앞으로 시험을 치르겠다더군요. 굉장한 모의 변론이 기대되는군요.」

「나는 지금 굉장한 결론을 내리려는 것입니다.」 레베제프는 그 동안에도 고함을 치고 있었다. 「그러나 우선 여기서는 범인의 심리적인 것과 법률적인 상태부터 밝히기로 하겠습니다. 우리가 밝히고자 하는 것은 범인이, 다시 말해서 나의 피변호인이 그와 같은 괴이한 행동을 계속하고 있는 동안, 다른 방법으로는 먹을 것을 발견하기가 거의 불가능했음에도 불구하고 몇 번이나 참회의 뜻을 나타내어 성직자를 피하려고 한 사실입니다. 그와 같은 사실로써 확실히 알 수 있는 것은, 그는 아이들을 다섯 명이나 여섯 명 정도는 잡아먹었을 거라고 생각되는데 이것은 숫자상으로 본다면 비교적 근소한 것일는지는 모르지만 그대신 다른 관점에서 본다면 중대한 의미를 지니고 있다고 사료됩니다. 우선 확실한 것은 무서운 양심의 가책을 받아——나의 피변호인은 신앙심이 있는 양심적인 인간이었다는 것을 보장합니다——될 수 있는 대로 자기의 죄를 가볍게 하기 위해 일종의 시험으로써 성직자의 고기 대신에 일반인의 고기를 먹어 보기로 했던 것입니다. 단순히 시험적으로 그렇게 하였으리라는 것은 역시 의심할 여지가 없습니다. 미신적인 만족을 취하기 위해서라고 하기에 여섯이라는 숫자는 너무나 적은 것입니다. 무엇 때문에 겨우 여섯에서 그치고 왜 서른 명까지는 못 잡아먹었느냔 말입니다! 나는 서른, 즉 예순의 반을 수치로 잡은 것입니다. 그러나 이것은 신성모독죄(神聖冒瀆罪), 즉 교회에 대한 모독의 공포에서 오는 절망적인 시도에 지나지 않는다고 한다면 여섯이라는 숫자는 조금도 이상할 것이 없습니다. 양심의 가책을 만족시키기 위한 시도라고 한다면, 여섯이라는 수는 충분하고도 남음이 있지요. 왜냐하면 이러한 시도가 성공할 리는 없을 테니까요. 내 생각으로는, 첫째로 어린아이들은 크지 않으므로, 일정한 기간에 그가 필요로 하는 갓난아기의 수는, 어른인 성직자보다 세 배 내지 다섯 배 정도 많아진 겁니다. 따라서 한편으로는 죄가 가벼워진다 하더라도 다른 한편으로는 죄가 무거워지는 셈이지요. 즉, 질적 면에서가 아니라 양적인 면에서 말입니다. 그러나 여러분, 나는 지금 12세기의 범인 심리를 해부하고 있습니다만, 나는 19세기의 인간으로서는 별개의 의견을 가질 수도 있는 것입니다. 그러니까 여러분, 나를 보고 그렇게 흰 이를 드러내 보일 필요는 없습니다. 장군, 체면을 좀 차리십시오. 둘째로 나 개인적인 의견인데, 갓난아기는 영양분이 충분치가 않을 겁니다. 그리고 어쩌면 너무 지나치게 달콤해서 구미에 맞지 않을 뿐더러 양심의 가책만을 느끼게 했을지도 모르지요. 결론적으로 말씀드리면, 이 결론 속에는 당시에는 현대에 있어서의 가장 중대한 문제의 해결책이 있습니다. 범인은 마침내 성직자에게 찾아가서 자기 죄를 고백한 다음 스스로 자수를 했던 것입니다. 따라서 당시에는 어떠한 고통이, 즉 어떠한 기름가마형과 화형이 있었는가 하는 의문이 생깁니다. 누가 그로 하여금 자수하지 않을 수 없게 했을까? 어째서 그는 60이라는 숫자에서 양심의 가책을 느꼈고, 죽을 때까지 그 비밀을 지키지 못했을까? 어째서 그는 성직자를 버리고 은자(隱者)로서 참회의 생활을 보내지 않았을까? 아니, 어째서 그는 끝내 교회로 들어가지 않았을까? 바로 여기에 문제의 해답이 있는 것입니다! 즉, 여기에 바로 기름가마나 화형보다도, 또한 20년에 걸친 습관보다도 더욱 강한 그 무엇이 있는 것입니다! 어떠한 재앙보다도, 어떠한 기근보다도, 또 어떠한 고문보다도, 흑사병이나 문둥병보다도 훨씬 강한 사상이 있었던 까닭입니다. 만일에 사람의 마음을 견제하여 올바른 방향으로 이끌어 생명의 원천을 풍부하게 하는 이 사상이 없었다면 인류도 도저히 이러한 불행과 재난을 견디어 낼 수는 없었을 것입니다！ 여러분, 이처럼 강한 어떠한 힘이, 악덕과 철도의 시대인 우리 세대에, 무엇이든 이런『힘』이 있다면 지금 나에게 보여 주시기 바랍니다！ 아니 지금의 우리 시대는 기선과 철도의 시대라고 해야 할 것이지만, 내가 방금 술을 마셨기 때문에 악덕과 철도의 시대라고 말했습니다. 그러나 현대는 악덕과 철도의 시대입니다. 틀림없습니다. 자, 여러분！ 그 시대의 반만이라도 좋으니 인류를 통제할 수 있는 사상이 있다면 나한테 보여 주십시오！ 그리하면 이『별』밑에서, 인간을 혼란케 하는 이러한 철도망의 상황하에서도『생명의 원천』은 마르지 않고 흐려지지도 않았다고 도저히 말할 수는 없을 겁니다. 그리고 또 당신들은 부유하다거나 재산이 있다거나, 기근이 적어졌다는 사실과, 교통 수단이 신속해졌다는 등을 가지고 나를 놀라게 할 수는 없을 겁니다！ 재산은 많아도 힘은 적습니다. 인간을 통제하는 사상도 없습니다. 모든 것이 악화되고 모든 것이 무기력해졌습니다. 그리고 모든 사람은 맥이 빠졌습니다！ 모두모두 우리 모두가 맥이 빠졌단 말입니다……. 그리고 이것 역시 당면한 문제는 아닙니다. 문제는 지금 이 자리에 안주를 내오느냐, 안 내오느냐 하는 데 있습니다！ 존경하옵는 공작님, 손님들을 위해 준비한 안주를 이리 내오도록 할까요？」

　그의 말을 듣고 있던 사람들을 매우 화나게 만든 레베제프는——그 동안에도 그들은 쉴새없이 술잔을 기울였다——뜻하지 않은『안주』의 결론으로 모두를 기분좋게 만들었다. 그 자신도 이 결론을 일컬어『영리한 변호사의 사태 전환』이라 했다. 또다시 흥거운 웃음소리가 일어나고 좌중은 활기를 띠기 시작했다. 일동은 팔다리를 펴고 테라스를 거닐기 위해 자리에서 일어났다. 오직 켈레르만은 레베제프의 연설에 불만을 표시하며 여전히 매우 흥분된 채 있었다.

　「저 친구는 21세기적 광신을 설교함으로써 문화 전체에 대한 공격을 시도하고 괴상한 교태를 부리고 있지만 순수한 감정이라고는 조금도 없거든요. 저 친구가 어떻게 해서 이 집을 얻게 됐나 물어 볼까요？」그는 모든 사람을 불러 놓고 그 한사람 한사람에게 큰 소리로 말했다.

　「나는 진짜『묵시록』해석가를 만났던 일이 있어요.」저쪽 구석에서는 이 볼긴 장군이 다른 사람들을 상대로 얘기하고 있었는데 마침내 프치스인이 그에게 붙들려 하는 수 없이 그의 상대가 되었다. 「그 사람은 이미 고인이 된, 그리고리 세묘노비치 부르미스트로프라는 사람인데, 이 사람은 그야말로 심장에 불을 붙이는 식의 이야기를 하는 사람이었어요. 첫째로 이 사람은 안경을 쓰고 검은 가죽 표지가 붙은 커다란 책을 뒤적이고 있었습니다. 잿빛 수염을 기르고 있었는데 자선 사업을 해서 받은 두 개의 메달도 있었지요. 그 어조는 근엄하고도 장중하여, 내로라는 장군들도 그 앞에 나가면 무의식중에 머리를 숙였습니다. 부녀자들 중에는 기절을 하는 사람까지 있을 정도였으니까요. 그런데 저 친구는 안주로써 결론을 맺는군요! 수치스럽습니다! 도대체 이건 말도 안 돼요!」

이볼긴 장군의 이야기를 들으며 프치스인은 미소를 지어 보이더니, 모자를 집으려 했다. 그러나 무엇을 생각했는지 모자에서 손을 대지 않고 말았다. 집으로 돌아가려 했던 것을 잊어버렸는지도 모른다. 사람들은 식탁에서 일어나기 조금 전부터 술잔을 옆으로 밀어 놓고 다시는 마시려 하지 않았다. 무엇인가 어두운 그림자가 그의 얼굴을 스치고 지나갔다. 다른 손님들이 자리에서 일어나자 그는 로고진에게로 다가가서 그 옆에 나란히 앉았다. 아마도 그들 두 사람은 절친한 친구지간인 것같이도 보였다. 로고진도 처음에는 몇 번이나 살그머니 자리를 뜨려고 했으나, 이제는 고개를 수그린 채 꼼짝도 않고 앉아 있었다. 그도 역시 방금 돌아가려고 생각했던 것을 잊어버린 듯싶었다. 아무튼 그는 여태껏 술 한 모금 마시지 않고 무언가 골똘히 생각만 하고 있었다. 다만 이따금씩 눈을 들어 좌중에 있는 사람들을 유심히 바라보는 것이었다. 그는 그에게 나타날 매우 중대한 무엇인가를 기다리고 있는 것같이 보였으며 그때까지는 돌아가지 않기로 결심한 것 같았다.

공작은 겨우 두서너 잔 마셨을 뿐이었으나 그래도 꽤 명랑한 기분이었다. 의자에서 일어나 예브게니 파블로비치와 시선이 마주쳤을 때 그는 조금 전의 약속을 상기하고 상냥하게 웃어 보였다. 예브게니 파블로비치는 고개를 한 번 끄덕여 보이고는 갑자기 이폴리트의 얼굴을 뚫어질 듯이 바라보았다. 이폴리트는 소파에 누워 잠들어 있었던 것이다.

「그런데 어디 말씀 좀 해보시오. 이 젊은 친구는 대체 뭘 하러 당신 집에 기어들었지요?」 그는 불쑥 이렇게 물었다. 그는 노골적으로 화를 내고 심지어 증오스럽게 말했으므로 공작은 몹시 놀랐다. 「반드시 좋지 못한 속셈이 있을 겁니다!」

「내가 보기에 당신은 오늘 이 사람에게 몹시 흥미를 느끼신 것 같은데, 예브게니 파블로비치, 그렇잖습니까?」

「거기다 이렇게 덧붙이십시오. 현재의 당신의 상태로는 자기 자신의 문제에 대해 여러 가지로 생각해야 함에도 불구하고. 사실 나 자신도 놀라지 않을 수 없어요. 오늘 저녁은 처음부터 이 못생긴 상판에서 한시도 눈을 뗄 수가 없었으니까요!」

「그는 잘생긴 얼굴입니다…….」

「아, 저것 좀 보십시오!」 예브게니 파블로비치는 공작의 손을 잡아끌며 소리쳤다. 「저것을…….」

공작은 다시 한 번 깜짝 놀라 예브게니 파블로비치를 돌아다보았다.

5

레베제프의 열변이 거의 끝나갈 때 소파 위에서 잠이 들었던 이폴리트가 마치 누구한테 옆구리를 채이기라도 한 것처럼 번쩍 눈을 뜨고 몸을 일으키더니 주위를 둘러보았다. 그는 창백한 표정으로 공포에 질린 듯 주위를 바라보았으나 마침내 모든 것을 알아챈 듯 몸을 한 번 부르르 떨었다.

「어떻게 된 겁니까, 모두들 돌아가는 겁니까? 끝났습니까? 모든 게 끝났어요? 해는 떠올랐습니까?」 그는 공작의 손을 잡고 불안스럽게 물었다. 「지금 몇 시지요? 몇 시냔 말입니다. 1시쯤 되었나요? 내가 그만 잠이 들어 버렸었군요. 내가 오래 잤습니까?」 무심한 표정으로 그는 이렇게 덧붙였다. 마치 자기의 전 운명에 관계되는 어떤 중대한 것을 잠으로써 허비해 버린 것 같은 말투였다.

「당신은 잠깐밖에 자지 않았어요. 한 칠팔 분쯤…….」 예브게니 파블로비치가 대답했다.

이폴리트는 뚫어질 듯이 그를 바라보며 잠시 생각에 잠겼다.

「아아…… 그렇게밖에 안 됐어요? 그런 것도 모르고 나는…….」 그는 무거운 짐이라도 벗은 듯이 안도의 숨을 크게 내쉬었다. 그는 간신히, 아직도 연회는 전부 『끝나 버린』 것이 아니고, 날은 새지 않았으며, 손님들은 요리가 나오기 전에 잠깐 자리를 떴을 뿐이고, 이제야 겨우 레베제프의 연설이 끝났다는 것을 알았다. 그는 웃음을 지어 보였다. 폐병 환자 특유의

홍조가 두 개의 짙은 반점으로 양쪽 볼을 빨갛게 물들였다.

「그러니까 당신은 내가 자고 있는 동안 옆에서 시간을 재고 있었군요, 예브게니 파블로비치.」하고 그는 비꼬아 말했다. 「당신이 저녁내 나에게서 눈을 떼지 않고 있었다는 건 나도 알고 있었지만……. 아! 로고진! 나는 저 사람의 꿈을 꾸었어요.」그는 미간을 찌푸리고 의자에 앉아 있는 로고진을 턱으로 가리키며 공작에게 속삭였다. 「아, 그렇지요!」라며 그는 금세 다른 데로 주의를 돌려 버렸다. 「연사는 어디 있습니까? 레베제프가 어디 갔느냐 말예요? 그러니까 레베제프의 연설은 끝났나요? 그 사람은 무슨 말을 하던가요? 그런데 공작님, 당신이 이 세계를 구할 수 있는 건 오직 『아름다움』뿐이라고 하셨다는데 그건 정말입니까? 여러분.」하고 그는 모든 사람들에게 커다란 소리로 외쳤다. 「공작님은 아름다움이 세계를 구할 수 있다고 주장하고 계십니다! 그러나 나는 이렇게 말하고 싶습니다. 공작님이 그처럼 재미있는 사상을 품고 계신 것은 지금 어떤 이성을 사랑하고 있기 때문이라고. 여러분, 공작님은 지금 사랑을 하고 계십니다. 나는 아까 공작님이 여기 들어오는 순간 이것을 확신하게 되었습니다. 얼굴을 붉히시진 마세요, 공작님. 그러시면 내가 송구해집니다. 그런데 대체 어떠한 아름다움이 세계를 구할 수 있다는 거죠? 콜랴가 나에게 말하길…… 당신은 열렬한 그리스도교 신자라면서요? 당신 자신이 그렇게 말했다더군요.」

공작은 그를 세심히 쳐다보았으나, 대답은 하지 않았다.

「대답을 안 하시는군요? 당신은 아마 내가 당신을 무척 좋아하고 있는 걸로 생각하고 계시지요?」갑자기 이폴리트는 내뱉듯이 이렇게 덧붙였다.

「아니, 그렇게는 생각하고 있지 않아요. 당신이 나를 좋아하지 않는다는 건 나도 알고 있습니다.」

「아니, 뭐라구요? 내가 어제 당신을 그렇게 성실하게 대해 드렸는데두요? 어제 난 당신에게 얼마나 성실했습니까?」

「나는 어제도 알고 있었어요, 당신이 나를 좋아하고 있지 않다는 걸.」

「그 이유는 내가 당신을 부러워하고 있기 때문입니까? 당신은 항상 그렇게 생각하고 계셨겠죠? 지금도 그렇게 생각하실 거예요. 하지만…… 내가 무엇 때문에 당신한테 이런 말을 하는 걸까요? 아아, 샴페인을 좀더 마시고 싶군요. 켈레르, 여기 한 잔 따라 주시오.」

「더 마시면 좋지 않아요, 이폴리트. 나는 당신한테 술을 줄 수가 없소…」

공작은 술잔을 옆으로 치웠다.

「참 그렇군요……. 」그는 잠깐 생각하더니 그의 말을 따랐다. 「아마 저 사람들은 별소리를 다 할 거예요……. 하지만 저 사람들이 이러니저러니 말하는 것이 나와 무슨 상관이 있습니까! 내 말이 옳지 않습니까! 내 말이 옳지 않느냔 말입니다! 나중에 맘대로들 지껄이라지요! 그렇지요? 공작님. 나중에야 어떻게 되든 그것이 우리와 무슨 상관이겠어요! 하기야 나는 지금 졸음이 옵니다. 나는 얼마나 무서운 꿈을 꾸었는지 몰라요. 이제야 겨우 생각이 나는군요……. 공작님, 비록 내가 당신을 좋아하지 않는지는 모르겠지만, 당신이 그런 꿈을 꾸기를 바라지는 않습니다. 좋아하지 않는다고 해서 그 사람에게 나쁜 일이 있기를 바랄 것까진 없으니까요. 그렇지 않습니까? 그런데 나는 왜 항상 묻기만 할까요. 왜 항상 묻느냐 말예요? 당신의 손을 이리 주십시오, 내가 꼭 쥐어 드릴 테니. 자 이렇게…… 나한테 손을 내주시는군요? 아마도 당신은 내가 진정으로 악수하리라고 생각하셨던 것 같군요? 나는 이제 술을 더 마시지는 않을 겁니다. 지금 몇 시지요? 아니, 좋습니다. 몇 시나 됐는지 알고 있어요. 시간이 되었군요! 지금이 적절한 시간이에요. 저쪽 구석에서는 요리 접시를 차리는군요. 그러면 이 테이블은 비게 되겠군요? 좋습니다! 여러분, 나는…… 그런데 저 사람들은 들은 체도 않는군……. 공작님, 나는 여기서 뭘 좀 읽을 작정입니다. 그야 물론 먹는 쪽이 훨씬 재미있겠지만……. 」

천만 뜻밖에도 그는 저고리 호주머니에서 큼직한, 붉은 봉인이 찍힌 봉투를 꺼냈다. 그는 그것을 자기 앞에 있는 탁자 위에 놓았다.

이 뜻하지 않은 그의 거동은, 아무런 예측도 하지 않았던 아니, 전혀 다른 데 신경을 쓰고 있던 일동에게 비상한 인상을 주었다. 예브게니 파블로비치는 자기 의자에서 벌떡 일어났고 가냐는 황급히 탁자 옆으로 달려왔다. 로고진도 탁자 옆으로 다가왔으나 이폴리트의 속셈을 빤히 알고 있다는 듯이 심히 못마땅한 표정을 지었다. 마침 가까운 곳에 와 있던 레베제프는 호기심에 찬 눈을 번쩍이며 열심히 봉투를 들여다보고 있었다.

「도대체 이것은 무어요?」공작이 불안하게 물었다.

「해가 뜨기만 하면 나는 곧 잠자리에 들어가겠습니다, 공작님. 나는 분명 그렇게 말했으니 두고 보세요. 」이폴리트는 소리쳤다. 「그러나…… 그러나…… 당신네들은 내가 이 봉투를 뜯지 못하리라 생각하십니까?」그는 누구에겐가 도전하는 것 같은 눈초리로 주위의 모든 사람들을 둘러보며 이 렇게 덧붙였다.

공작은 그가 온몸을 떨고 있음을 알았다. 「우리는 절대 그렇게 생각하지 않습니다.」 공작이 전체를 대표해서 말했다. 「그런데 어째서 당신은 우리 가 그러리라고 생각하시지요? 지금 읽는다는 것도 이상하지 않아요? 당 신이 갖고 있는 것은 대체 뭡니까, 이폴리트?」

「그게 도대체 뭔데 그래요? 이 사람은 뭘 어떻게 하겠다는 거예요?」 주 위에서 이런 질문이 튀어나왔다.

모두들 이폴리트가 앉아 있는 쪽으로 모여들었다. 개중에는 안주를 먹는 사람도 있었다. 붉은 봉인이 찍힌 봉투는 자석처럼 사람들의 마음을 끌었던 것이다.

「공작님, 이것은 어제 내가 쓴 글입니다. 당신과 같이 살겠다는 약속을 하고 나서 이내 쓰기 시작했지요. 어제 하루 종일 그리고 밤새도록 써서 오 늘 아침에야 겨우 끝냈습니다. 아침에 내가 꿈을 꾸었는데…….」

「내일 읽는 게 좋지 않겠습니까?」 공작은 조심스럽게 그의 말을 막았다.

「내일로 미루지 말아야 합니다.」 이폴리트는 발작을 일으킨 듯 웃었다. 「뭐 그리 염려하실 건 없습니다. 40분이나 한 시간이면 다 읽을 테니까요… …. 더욱이 저렇게 모두들 궁금한 듯이 이리로 몰려서 이 봉투를 들여다보 고 있잖아요! 내가 만일 이 봉투에 봉함을 하지 않았던들 아무런 인상도 줄 수 없었겠지요. 핫, 하! 신비스러울 것은 하나도 없습니다! 여러분, 봉함을 뜯을까요, 뜯지 말까요?」 그는 야릇한 웃음소리와 함께 두 눈을 번 쩍이며 이렇게 소리쳤다. 「신비합니다! 신비해요! 그런데 공작님, 『내 일로 미루지 말라!』는 말을 한 게 누군지 기억하십니까? 이것은 『묵시록』 에 나오는 위대하고 강한 천사의 말입니다.」

「어쨌든 읽는 것이 좋습니다!」 갑자기 예브게니 파블로비치가 소리쳤으 나, 그는 뜻밖에도 불안스러운 표정을 짓고 있었기 때문에 많은 사람들은 의아하게 생각했다.

「읽지 마시오!」 공작은 봉투에 손을 얹으며 외쳤다.

「읽는다구요? 이미 요리가 나왔는데!」 누군가가 말했다.

「글이라니? 잡지에라도 실을 건가요?」 다른 사람이 물었다.

「아마 따분한 것일걸?」 또 한 사람이 말했다.

「도대체 그게 뭐요?」 나머지 사람들이 물었다.

그러나 겁에 질린 공작의 행동 때문에 이폴리트도 적이 놀란 모양이었다.

「그럼…… 읽지 말까요?」 핏기 잃은 입술에 일그러진 미소를 띠며 그는 머뭇머뭇 공작에게 속삭였다. 「읽지 말아요?」 여전히 도전적인 눈초리로 한사람 한사람의 눈과 얼굴을 둘러보면서 그는 중얼거렸다. 「당신은…… 무서운가보군요?」 그는 다시 공작을 돌아다보았다.

「뭐가?」 공작은 더욱더 안색이 달라졌다.

「당신들 중 20코페이카짜리 은전을 가지신 분은 없습니까?」 이폴리트는 누가 잡아당기기라도 한 것처럼 갑자기 벌떡 자리에서 일어났다. 「은전이라면 아무것이라도 좋습니다.」

「여기.」 레베제프가 얼른 내주었다. 병자인 이폴리트가 정말 미친 게 아닌가 하는 생각이 퍼뜩 그의 머리를 스친 것이다.

「베라 루키야노브나!」 이폴리트는 급히 불렀다. 「이 돈을 탁자 위에 던져 보시오, 독수리가 나오나, 격자(格子)가 나오나. 독수리가 나오면 읽기로 하죠!」

베라는 깜짝 놀라 은전과 이폴리트, 그리고 자기 아버지를 번갈아 바라보고, 돈을 보고 던져서는 안 된다는 듯이 어색하게 머리를 뒤로 젖히고 돈을 탁자 위에 내던졌다. 독수리의 그림이 위로 나타났다.

「읽어야겠군!」 흡사 운명의 판결에 압도된 것같이 이폴리트는 중얼거렸다. 설사 사형 언도가 내렸다고 해도 그보다 더 창백해지지는 않았을 것이다.

「그렇지만,」 잠시 동안 말없이 서 있다가 그는 갑자기 몸을 부르르 떨며 입을 열었다. 「이건 무엇인가? 나는 정말 방금 주사위를 던졌나?」 여전히 솔직하고 신중한 표정으로 그는 주위를 둘러보았다. 「그러나 이것은 실로 놀라운 심리적 특성이 아닙니까!」 그는 실제로 경악을 하며 공작을 향하여 소리쳤다. 「이것은…… 이것은 참으로 불가사의한 특성입니다!」 이제야 제정신으로 돌아온 듯 그는 활기를 띠며 이렇게 되풀이했다. 「이것을 어디다 적어 두십시오, 공작님. 그리고 잘 기억해 두십시오. 당신은 사형에 관한 자료를 수집하고 계신 것 같더군요……. 나는 들었습니다. 핫, 하! 아니, 이런 쓸데없는 소릴 지껄이다니!」 그는 소파에 주저앉더니 탁자에 팔꿈치를 괴고 자기 머리를 움켜쥐었다. 「부끄럽지도 않단 말인가! 아니, 부끄러우면 어떻고, 부끄럽지 않으면 어떻다는 걸까!」 그는 번쩍 고개를 쳐들었다. 「여러분! 여러분! 나는 이 봉투를 뜯겠습니다.」그는 갑자기 결심한 듯이 이렇게 선언했다. 「나는…… 나는…… 그러나 나는 여러분에게 억지로 들으라는 것은 아닙니다!」

그는 흥분하여 떨리는 손으로 봉투를 뜯고 그 속에서 자디잔 글씨로 가득 채워 놓은 몇 장의 편지지를 꺼내더니 탁자 위에 놓고 정리하기 시작했다.

「대체 저게 뭐요? 저게 어떻게 됐다는 거요? 무엇을 읽는다는 거죠?」몇 사람은 불안해 하며 중얼거렸으나 나머지 사람은 침묵을 지키고 있었다.

그러나 모든 사람들은 앉아서 호기심에 찬 눈으로 이폴리트를 바라보았다. 사실 그들은 무엇인가 심상치 않은 일을 기대하고 있었을 것이다. 베라는 너무나 놀란 나머지 거의 울상이 되어 아버지의 의자에 달라붙어 있었다. 콜랴 역시 그녀 못지않게 놀란 모양이었다. 이미 자리를 잡고 앉아 있던 레베제프는 얼른 일어나서 잘 읽게 하려고 이폴리트의 옆에다 촛대를 옮겨 놓았다.

「여러분, 이것이…… 이것이 무엇인지 곧 아시게 될 겁니다.」이폴리트는 무슨 생각에선지 이렇게 덧붙이고 나서 곧 읽기 시작했다. 「『필요 불가결한 나의 해명』부제명은 『내가 죽은 후엔 설사 노아의 홍수가 있더라도 상관없다』입니다. 흥, 제기랄!」그는 별안간 불에 데기라도 한 듯이 소리쳤다. 「이 따위 어리석은 제명을 신중히 붙였으니! 들어 보십시오, 여러분! 여러분께 먼저 말씀드려 두겠습니다만, 결국 이 글은 하나의 넌센스에 지나지 않을는지도 모릅니다! 다만 여기에는 약간의 나의 사상이……. 만일 여러분께서 이 속에…… 무슨 비밀 사항이라든가 또는…… 금지된…… 한마디로 말해서…….」

「서론을 빼고 어서 읽어 주시오.」가냐가 가로채서 말했다.

「어름어름 넘겨 버리려는 건 아니오?」누군가가 덧붙였다.

「도대체 말이 많아!」줄곧 침묵만 지키고 있던 로고진도 한 마디 했다.

이폴리트는 얼른 그를 쳐다보았다. 두 사람의 시선이 마주쳤을 때 로고진은 입맛이 쓰고 아니꼽다는 듯이 흰 이를 드러내며 느릿느릿 괴상한 소리를 내뱉었다.

「이봐, 젊은 친구, 이러한 일은 그런 식으로 하는 게 아니란 말야…….」

로고진이 무슨 말을 하려 했는지 물론 그것을 아는 사람은 아무도 없다. 그러나 그의 말은 모든 사람에게 상당히 괴이한 인상을 주었다. 그 어떤 동일한 상념이 전체의 마음 한 귀퉁이를 스치고 지나간 것이다. 그러나 이폴리트에게는 이 말이 무서운 작용을 일으켰다. 그는 옆에 있는 공작이 얼른 손을 뻗어 붙잡아 주려고 했을 만큼 별안간 몸을 후들후들 떨며 무엇인가 고함을 지르려 했으나 갑자기 목이 막혀 소리를 제대로 내지 못하는 모양이었다. 1분 가량 내내 그는 한 마디도 할 수 없었고 무겁게 숨을 몰아쉬며 로고진을 응시하고 있었다. 마침내 그는 숨을 헐떡이며 안간힘을 다하여 입을 열었다.

「그러고 보니 그건 당신…… 당신이었군요……. 당신이었어요?」

「그게 무슨 소리야? 내가 어쨌다는 거지?」로고진은 영문을 모르겠다는 듯이 대답했다.

그러나 이폴리트는 벌컥 성을 내며 미친 듯이 거칠고 격렬하게 소리치며 말했다.

「당신은 지난주, 내가 오전 중에 당신을 찾아갔던 바로 그날 밤 두시쯤 나를 찾아왔었죠. 당신이 말입니다! 고백해요, 당신이었죠?」

「지난주 밤에? 정말 자네는 머리가 돌아 버린 게 아닌가? 이 젊은 친구야?」

그『젊은 친구』는 집게손가락을 이마에 갖다 대고 다시 1분 가량 생각에 잠겼다. 그러나 공포에 일그러진 그의 창백한 미소 속에는 마치 잔악하면서도 오히려 준엄한 것 같은 표정이 번뜩였다.

「그건 당신이었어요!」마침내 그는 속삭이듯 그러나 확신에 찬 어조로 되풀이했다. 「당신은 나를 찾아와서 한 시간 내내 창문 옆 의자에 말없이 앉아 있었지요. 밤 한시쯤이었을 겁니다. 그리고 두시가 지나서야 돌아갔죠? 그건 당신이었습니다, 당신이었어요! 당신이 무엇 때문에 나를 놀라게 했는지 그리고 무엇 때문에 나를 괴롭히려고 왔었는지, 그건 알 수 없지만 아무튼 그건 당신이었습니다.」

이렇게 말하는 그의 눈은 갑자기 증오의 빛을 발했으나 아직도 공포의 전율은 가시지 않고 있었다.

「여러분, 여기에 대한 것은 이제 곧 죄다 알게 될 겁니다. 나는…… 나는 …… 들어 주십시오…….」

그는 또다시 허둥대면서 원고지를 쥐었다. 종잇장이 산산이 흩어졌으나 그는 그것을 허둥지둥 거둬 모았다. 종잇장은 그의 떨리는 손 안에서 몹시 흔들리고 있었다. 오랫동안 그는 제정신을 차릴 수 없었다.

마침내 낭독이 시작되었다. 처음 5분 가량 이 뜻하지 않은 논문의 작자는 여전히 숨을 헐떡이며 토막토막 끊어지는 고르지 못한 어조로 읽고 있었으나, 얼마 후부터는 목소리가 분명해져서 읽고 있는 문장의 내용을 완전히 전달할 수 있게 되었다. 다만 상당히 심한 기침이 이따금 방해할 뿐이었다. 논문의 중간쯤서부터 매우 쉰 목소리를 내기 시작했으나 낭독이 진행됨에 따라 점차로 그를 사로잡는 비장한 감흥은, 청중에게 주는 병적인 인상과 함께 낭독이 끝날 무렵에 가서는 최고조에 달했다.

다음이 그 『논문』의 전부이다.

필요 불가결한 나의 해명

—— Aprés moi le déluge ! ——

어제 아침에 공작이 나를 찾아왔다. 그는 자기 별장으로 옮기도록 나를 설득하기 위해서 온 것이다. 나는 그가 반드시 이런 말을 하리라고 미리 짐작했으며, 또 그가 『사람과 나무에 에워싸여 죽는 편이 훨씬 좋을 것』이라고 노골적으로 나의 죽음을 얘기하리라 확신했었다. 그러나 오늘 그는 죽는다는 말은 하지 않고 『사는 것이 좋을 것이다』라고 했다. 하지만 나의 입장에서 본다면 결국 그 말이 그 말인 것이다. 나는, 그가 입버릇처럼 『나무』에 대한 얘기를 꺼내는 그 저의가 무엇인지 모르겠다. 도대체 무엇 때문에 자꾸만 『나무』를 끌어 대느냐고 물었다. 그러자 그는 놀랍게도 그 자신이 이 세상을 하직하기 전에 마지막으로 나무를 보고 싶어 파블로프스크에 왔다는 말을 했다. 나는 이 말을 듣고 놀라지 않을 수 없었으나, 내가 그에게 나무 밑에서 죽는 거나 창 밖의 나의 벽돌담을 보며 죽는 거나 매한가지가 아니냐고 물었을 때 공작도 이 말에는 동의했지만, 그러나 그의 견해로는 푸른 나무와 맑은 공기는 나의 몸에 생리적 변화를 일으켜 어쩌면 나의 흥분과 『나의 꿈』을 해방시킬지도 모른다는 것이었다. 나는 그에게 마치 유물론자처럼 말한다고 다시 한 번 웃으며 말했다. 그러자 그는 자기의 특유한 미소를 지어 보이면서 사실 자기는 항상 유물론자였노라 대답했다. 공작은 절대로 거짓말을 하지 않기 때문에 이 말 역시 어떠한 뜻을 내포하고 있는지 모른다. 그의 미소가 하도 좋아서 나는 새삼스럽게 그의 얼굴을 찬찬히 바라보았다. 내가 지금 그를 좋아하고 있는 건지 아닌지는 모르겠다. 지금은 그런 것을 신경 쓸 겨를이 없다. 그러나 한 가지 지적해야 할 것은 그에 대한 5개월간에 걸친 나의 증오도 최근 한 달 동안에 거의 사라졌다는 사실이다.

어쩌면 내가 요전에 파블로프스크에 간 것은 주로 그를 보기 위해서였는지 누가 알겠는가? 그러나…… 왜 나는 그때 이 방을 버리고 나섰던 것일까? 죽음을 선고받은 자는 자기의 자리를 떠나서는 안 되는 것이다. 그러니까 만일 이번에 내가 이처럼 최종적인 결정을 내리지 못하고 그와는 반대로 이 방에서 마지막 순간까지 조용히 죽음을 기다리기로 결심하고 있었다면, 물론 나는 자기에게 『죽으러』 오라는 그의 제의를 받아들이지 않았을 것이다.

나는 바삐 서둘러 이 『해명』을 내일까지는 완성해야 한다. 그러니까 읽어 보고 정정할 시간은 없을 것이다. 따라서 나는 내일 공작을 비롯하여 그를 만나려고 온 두세 명의 손님들에게 낭독할 때 처음으로 이것을 읽어 보는 셈이 되는 것이다. 이 속에는 한 마디의 허위도 없고 그 전부가 최후의 엄숙한 진리뿐이므로 내가 이것을 다시 읽을 때 그 진리가 나 자신에게 어떠한 감명을 줄 것인지 벌써부터 궁금한 생각이 든다. 그런데 『최후의 엄숙한 진리』라는 말은 공연히 쓴 것 같다. 2주일 동안 거짓말을 하며 살 필요는 없는 것이다. 왜냐하면 2주일밖엔 살지 못할 테니까. 이것이야말로 나의 글이 진실이라는 가장 좋은 증명이다. 주의, 잊어서는 안 될 생각이 하나 있다. 그것은 나는 지금 이 순간, 아니 이따금씩 미쳐 버리는 것은 아닌가 하는 것이다. 극도에 달한 폐병 환자는 때로 얼마 동안씩 발광한다는 말을 여러 번 들었다. 이 문제는 내일 이것을 낭독할 때 청중의 표정을 보아 진부를 확인해야겠다. 이 문제는 반드시 용의주도하게 해결해야 한다. 그렇지 않으면 무슨 일에건 손을 댈 수 없기 때문이다.

나는 지금 굉장히 어리석은 글을 쓴 것으로 생각된다. 그러나 먼저 말한 바와 같이 그것을 정정할 시간이 없다. 그리고 나는 다섯 줄마다 자가당착을 스스로 발견한다 하더라도 절대로 이 원고를 정정하지 않을 것을 맹세한다. 나는 자기의 세상의 논리적 전개가 과연 정확한가를, 내일 이것을 낭독하는 자리에서 결정짓고 싶은 것이다. 나는 과연 오류를 발견하게 될 것인지? 내가 지난 6개월 동안 이 방안에서 수없이 되씹은 사상이 올바른 것인지 아니면 하나의 망상에 지나지 않는 것인지?

만일 내가 두 달 전에 지금처럼 영영 이 방을 떠나 건너편 마이에르네 집의 벽돌벽과도 이별을 고했었더라면 필시 비애를 느꼈을 것이 분명하다. 그러나 지금은, 내일이면 이 방과 저 벽을 『영원히 버리고』 떠나려는데도 불구하고 아무것도 느끼지 못한다! 그렇다면 2주일 가량의 짧은 시일 동안 무엇을 애석히 여기거나 어떤 감정에 몰두한다는 건 부질없는 짓이라는 신념이 나의 본성을 정복하고 나의 전 감각을 지배하게 되었다고 보아야 할 것이다. 그러나 이것은 사실일까? 나의 본성이 이제는 완전히 정복되었다는 것이 사실일까? 만약에 지금 내가 고문을 받는다면 나는 틀림없이 비명을 지를 것인데, 나의 목숨은 앞으로 2주일밖에 살지 못할 테니까, 아픔을 느낀다든가 비명을 지른다든가 하는 것이 부질없는 짓이라고 말할 수는 없을 것이다.

그러나 앞으로 내가 살 날이 기껏 2주일밖엔 남지 않았다는 것이 사실일까? 그때 나는 파블로프스크에서 거짓말을 했던 것이다. 비이 엔(B—N)은 나한테 아무 말도 하지 않았고 나와는 한 번도 만나지 않았던 것이다. 그러나 1주일 전에 키슬로로도프라는 대학생을 데려 오라고 나를 만나러 왔는데, 그는 자기 자신이 유물론자에다가 무신론자인 동시에 허무주의자라는 확신을 가지고 있었다. 내가 특별히 그 대학생을 부른 것은 그 때문이었다. 나에게는 체면 차리지 않고 맹렬하고 적나라한 진실을 내뱉는 사람이 필요했기 때문이었다. 사실 그는 그렇게 했다. 그는 지극히 태연하고도 노골적으로 그것을 실행해 주었을 뿐더러 오히려 그것으로 만족을 느끼는 눈치였다. 하지만 내 생각으로는 그것으로 만족을 느낄 것까지는 없지 않은가 싶었다. 그는 솔직하게 내 목숨이 앞으로 한 달 가량밖엔 안 남았다고 단언했다. 그러나 주위의 사정이 좋으면 좀더 살 수 있을는지도 모르지만 어쩌면 더 일찍 죽을지도 모른다는 것이었다. 그의 말에 의하면 심지어 내일이라도 갑자기 죽을지 모른다는 것이다. 그러한 일이 있었는데, 3일 전에 역시 나처럼 폐병을 앓고 있던 콜로므냐의 어떤 젊은 부인이 시장에 가려고 하던 참에 갑자기 증세를 일으켜 소파에 쓰러진 채 경련을 일으키고 결국은 그대로 숨을 거둬 버리고 말았다는 것이었다. 키슬로로도프는 자기의 무감각과 태연함을 자랑하는 듯한 어조로 나한테 이런 얘기를 들려 주었던 것이다. 그리고 마치 그것이 내게는 더없는 영광이라는 식으로 말했었다. 다시 말해서, 나를 자기와 마찬가지로 죽음에 대해서는 생각지도 않으며 또한 일체를 부정하는 고등 인간으로 간주한다는 것을 그 이야기로써 표시하려 했던 것이다. 어쨌든 사실은 명백하게 되었다. 고작 한 달도 남지 않았다! 그의 예측이 틀림없으리라는 것을 나는 확신한다. 내가 적이 놀란 것은 아까 공작이 나의 『악몽』을 그렇게까지 자신 있게 알아맞혔다는 사실이다. 파블로프스크에 오면 『나의 흥분과 꿈』이 바뀌어질 것이라고 그는 말했다.

어째서 꿈이라는 말을 썼을까? 그는 의사인가 아니면 버범한 지혜를 가지고 있어서 많은 사물을 통찰할 수 있는 것일까! 그러나 결국 그가 『백치』라는 점만은 의심할 여지가 없는 것이다. 공교롭게도 나는 그가 찾아오기 조금 전에 길몽을 꾸었다. 그런데 요즘에 수백 번씩 꿈을 꾸고는 하지만, 그때 나는 깜빡 잠이 들었었다——그것은 공작이 찾아오기 한 시간 전이었을 것이다——그런데 보니까 내가 어느 방안에 들어와 있었다. 그러나 내 방은 아니었다. 그것은 내 방보다는 크고 높았으며 치장도 잘 되어 있고 밝았는데 찬장과 장롱, 소파와 녹색의 비단이불이 덮인 크고 넓은 침대 등이 있었다. 그런데 나는 이 방안에서 괴물과 같은 무시무시한 동물을 발견했다. 그것은 전갈(^{독는 톱에} ^사)과 비슷한 것이었으나 전갈은 아니었다. 그보다는 더욱 징그럽고 더욱 무서웠다. 왜냐하면 그런 동물이 자연계에 존재하지 않고 그것이 일부러 내가 있는 방에 나타났다는 사실은 거기에 어떤 비밀이 숨겨져 있는지도 모른다는 생각 때문이었다. 나는 매우 세밀히 그 괴물을 관찰했다. 그것은 단단한 다갈색 껍데기를 가진 파충류로서 길이는 20센티 가량이었고 머리의 두께는 손가락 두 개를 겹친 정도이며, 꼬리 쪽으로 내려감에 따라 점점 가늘어져 꼬리의 첨단의 폭은 4밀리 정도밖엔 안 되었다. 머리에서 5센티쯤 되는 곳에 길이 10센티 가량 되는 발이 동체의 양쪽에서 각각 45도의 각도로 삐죽이 나와 있었다. 그래서 위에서 보면 이 동물은 삼지창같이 보였다. 자세히 들여다보지 않았지만 머리에는 길지 않은 단단한 바늘 모양의 두 개의 더듬이가 있었다.

이것 역시 다갈색이었다. 이러한 더듬이가 꼬리 끝과 발끝에 각각 두 개씩 돋아 있었으니 더듬이는 모두 합해서 여덟 개였다. 그 동물은 두 발과 꼬리로 몸을 세우고 무서운 속도로 방안을 쏘다녔는데 그럴 때는 그 동체와 두 발이 무척 딱딱하게 보이는 껍데기에 싸여 있음에도 불구하고, 흡사 조그만 뱀처럼 굉장히 빨리 꿈틀거리는 것이어서 매우 무시무시하게 보였다.

나는 찔리지나 않을까 몹시 겁이 났다. 이렇게 생긴 동물은 독을 품고 있다는 말을 들은 적이 있었기 때문이다. 그러나 내가 가장 고통스러웠던 것은 과연 누가 이것을 내 방에 집어넣었을까, 도대체 나를 어쩌자는 것일까, 여기에는 과연 어떠한 내막이 숨겨져 있을까 하는 것이었다. 괴물은 장롱이나 찬장 밑에 숨었다가는 구석구석을 기어다녔다. 나는 발을 들어 의자 위에 책상다리를 하고 앉았다. 괴물은 방을 급하게 가로질러 달려오더니 내 의자 근처에서 어디론지 자취를 감춰 버렸다. 나는 겁을 먹고 주위를 세밀히 살펴보았으나, 발을 의자 위에 올려 놓고 앉아 있었기 때문에 설마 기어올라오지는 않았으리라 생각했다. 그 순간, 나는 뒤에서, 거의 머리 옆에서 버석거리는 소리를 들었다. 얼른 돌아다보니 괴물은 어느새 벽을 타고 내 머리와 같은 높이에까지 기어올라와 있었다. 그리고 무섭게 꿈틀거리는 그 꼬리가 내 머리털을 건드리고 있지 않은가. 내가 펄쩍 뛰자 괴물은 사라져 버렸다. 혹시 괴물이 베개 밑에 기어들지나 않을까 하고 생각하니 겁이 나서 침대에 누울 수도 없었다. 이때 어머니와 어머니 친구 같은 사람이 방에 들어왔다. 그들은 괴물을 잡으려고 뒤지기 시작했는데 나보다는 훨씬 침착했을 뿐더러 심지어 무서워하지도 않았다. 갑자기 괴물이 또다시 나타났다. 그러나 이번에는 마치 무슨 특별한 일이라도 있는 듯이 조용히 꿈틀거리며 다시금 방안을 비스듬히 가로질러 방문 쪽으로 갔는데, 그 기세가 더욱 무시무시했다.

이때 어머니는 재빨리 방문을 열고, 검은 털이 복슬복슬하고 몸집이 큰 제르노프(뉴펀들랜드 종의 개였는데 5년 전에 죽어 버린 노르마라는 우리 집 개)를 불렀다. 노르마는 방안으로 달려들어왔으나, 괴물을 보자 못박힌듯 멈췄다. 괴물도 역시 그 자리에 멈췄으나 여전히 몸을 꿈틀거리며 두 발과 꼬리로 방바닥을 치고 있었다. 만일 내 관찰이 틀리지 않는 한 일반적으로 동물이란 신비적인 경악을 느끼지 못하는 것 같다. 그러나 이 순간 노르마의 경악 속에는 무엇인가 심상치 않은 거의 신비적이라고도 할 만한 것을 느끼게 했다. 노르마는 나와 마찬가지로 이 괴물 속에 무엇인가 숙명적인 신비가 숨겨져 있음을 직감한 모양이었다. 괴물이 조용히 조심스럽게 앞으로 기어 나오자 노르마는 천천히 뒤로 물러났다. 아마도 괴물은 느닷없이 덤벼들어 상대를 물려고 하는 것 같았다. 그러나 노르마는 극도의 공포에도 불구하고 증오에 찬 표정으로 무섭게 괴물을 노려 보고 있었다. 하지만 그 다리는 후들후들 떨리고 있었다. 갑자기 노르마는 서서히 그 날카로운 이를 드러내고 시뻘건 커다란 입을 쩍 벌린 채 몸을 도사리고 기회를 엿보고 있다가 마침내 이빨로 괴물을 물었다. 괴물은 노르마의 입에서 빠져 나오려고 했으나 개는 무방비 상태의 괴물을 또 한 번 세차게 물었다. 마치 삼켜 버리기라도 할 듯이 커다란 입 속에 괴물을 넣고 이를 악물었다. 껍데기가 이에 닿자 바지직 소리가 나고 밖에 기어 나온 꼬리와 발끝은 경련을 일으킨 듯 파르르 떨었다. 순간 노르마는 애처로운 비명을 올렸다. 괴물이 개의 혀를 문 것이다. 노르마는 아픔을 참지 못하고 울부짖으며 입을 크게 벌렸다. 괴물은 처참하게 부서진 몸에서 흘러 나오는 흰 액체로 개의 혓바닥을 적시며 아직도 입 속에 가로누워 꿈틀거리고 있었다. 그 액체는 흡사 짓이겨진 딱정벌레의 그것과 같았다……. 바로 이때 나는 잠을 깼다. 공작이 들어온 것이다.

「여러분,」 이폴리트는 갑자기 낭독을 멈추더니, 수치심을 느끼는 것처럼 머리를 숙였다. 「나는 이것을 쓰고 나서 한 번도 다시 읽어 보지 않았습니다만 지금 보니 어쩐지 너무 쓸데없는 소리를 늘어 놓은 것 같습니다. 이 꿈은…….」

「그런 것 같군요.」 가냐가 얼른 끼여 들었다.

「이 속에는 너무나 개인적인 얘기가 많습니다. 다시 말해서, 나 자신에 관한…….」

이렇게 말하며 이폴리트는 피로에 지친 듯 기운이 빠진 동작으로 이마의 땀을 닦았다.

「그렇습니다. 자신에 대해서만 지나치게 관심을 기울인 것 같군요.」 레베제프가 쉰 목소리로 말했다.

「여러분, 다시 한 번 말씀드리겠습니다만 억지로 들어 달라는 건 아닙니다. 원치 않는 분은 가셔도 괜찮습니다.」

「이건 사람을 쫓아 버리려는 게 아냐? 더욱이 남의 집에서…….」 로고진이 거의 안 들리게 중얼거렸다.

「그러다가 우리가 갑자기 모두 일어나서 가버리면 어떡하지?」 여태까지 감히 말을 못 하고 있던 페르드이시첸코가 불쑥 이렇게 말했다.

이폴리트는 갑자기 눈을 내리깔고 원고를 움켜쥐었다. 그러나 이내 머리를 들고 번쩍이는 눈과 붉은 반점을 볼에 나타내며 페르드이시첸코를 노려 보았다.

「당신은 나를 지독히 싫어하시는군요?」 그는 말했다.

주위에서 웃음이 터졌다. 그러나 몇 사람만이 웃었을 뿐이다. 이폴리트는 얼굴을 확 붉혔다.

「이폴리트,」 공작이 말했다. 「당신의 원고를 접어서 나에게 주시오. 당신은 여기 내 방에서 자도록 하시오. 우리 자기 전에 얘기 좀 합시다. 그리고 내일도……. 그대신 그 원고는 절대로 펼치지 않겠다고 약속해야 합니다. 좋습니까?」

「그게 가능합니까?」 이폴리트는 깜짝 놀라 공작의 얼굴을 바라보았다. 「여러분!」 그는 또다시 열병에 걸린 것처럼 생기가 넘쳐 이렇게 소리쳤다. 「어리석은 에피소드로 나는 자기 제어의 무능을 스스로 폭로하고 말았습니다. 더 이상 낭독을 중단하지 않겠습니다. 듣고 싶은 분은 들어 주십시오……. 」

그는 컵의 물을 급히 마시고 나서 사람들의 시선을 가리기 위해 탁자 위에 팔꿈치를 세우고 낭독을 계속했다. 수치심은 이미 사라져 버렸다.

살 만한 가치도 없는, 불과 몇 주일밖에 안 남은 시일이 시작됐다는 생각이——그는 낭독을 계속했다——본격적으로 나의 마음을 정복하기 시작한 것은 나의 목숨이 아직 4주일 가량은 남아 있던 약 1개월전의 일이었다고 나는 기억한다. 그러나 그것이 완전히 나를 정복해 버린 것은 그날 저녁 파블로프스크에서 돌아왔던 때로부터 불과 사흘 전의 일이다. 이 생각이 처음으로 절실하게 나를 엄습한 것은 공작네 테라스에서였다. 그것은 내가 자신의 생애에 마지막 시도를 꾀하려는 생각에서 사람들과 나무가 보고 싶다고 하면서——이것은 스스로 말한 것으로 해두자——흥분하여 부르도프스키의 『나의 이웃』의 권리를 주장한 바로 그 순간에 일어난 일이었다. 그때 나는 모든 사람들이 두 손을 벌려 나를 포옹하고 그들은 내게 그리고 나는 그들에게 무엇인가 용서를 빌 것이라 상상했던 것이다. 한마디로 말해서 나는 결국 어리석은 바보짓을 했을 뿐이었다. 바로 이 순간 나에게는 『최후의 신념』이 불타오른 것이다. 이러한 『신념』도 없이 지난 6개월 동안 어떻게 내가 살아왔는지 지금 생각하면 그저 놀랍기만 하다. 나는 폐병 환자이고 또한 나의 병이 불치의 병이라는 것도 잘 알고 있었다. 나는 나 자신을 기만하지 않았으며 사태를 명확하게 이해하고 있었다. 그러나 그것이 분명하면 분명할수록 나는 더욱 강렬히 살고 싶었던 것이었다. 나는 악착스럽게 삶에 달라붙어 무슨 일이 있어도 꼭 살고 싶다고 생각했다. 그때 나를 파리 새끼처럼 짓눌러 뭉개 버리라고 명령한 어둡고 음산한 운명의 주사위에 대하여 내가 분격을 느낀 것은 당연한 것이었다고 나는 생각한다. 그러나 나는 어째서 다만 화를 내는 것으로 그치지 않았단 말인가? 내가 살 수 없다는 것을 뻔히 알면서도 어째서 나는 실제로 생활을 시작했던 것일까? 아무것도 시험해 볼 필요가 없다는 것을 잘 알면서도 어째서 시험을 보려 했던 것일까? 그런데도 나는 책을 읽을 수조차 없어서, 독서를 아예 그만두고 말았다. 도대체 무엇 때문에 독서를 해야 하는가? 도대체 알아서는 무엇하느냐 말이다! 앞으로 6개월밖엔 못 살 몸인데……

옳지, 저 마이에르네 벽은 많은 사실을 이야기할 수 있으리라! 나는 저기에 많은 것을 써왔다. 저 더러운 벽 위에는 내가 암시하고 있지 않은 점이라곤 하나도 없다. 저주받을 벽이여! 그렇지만 저 벽은 모든 파블로프스크의 나무보다도 나에게는 더욱 귀중한 것이다. 말하자면, 내가 지금처럼 모든 것이 매일반인 처지에 있지만 않다면, 저 벽은 이 세상 무엇보다도 나에게 귀중한 존재가 되었을 것이다.

지금에 와서 생각해 보면 나는 한때 탐욕스런 흥미를 가지고 그들의 생활을 주시했던 것 같다. 그와 같은 흥미를 전에는 느껴 본 적이 없었다. 나는 병세가 심해져서 방을 나갈 수 없게 될 때면 때때로 심한 초조감으로 욕설을 퍼부으며 콜랴를 기다렸다. 나는 여러 가지 온갖 사소한 일들에 몰두했으며 조작된 것 같은 모든 풍설에 흥미를 느끼는 것이었다. 나에게 있어 아무래도 이해할 수 없었던 것은 예를 들면, 어째서 세상 사람들은 그처럼 오랜 생애가 부여되었음에도 부자가 될 수 없을까? 하는 의문이었다—— 하기는 지금도 이해할 수가 없지만—— 나는 어느 가난한 사람을 알았는데 나중에 들으니 그는 굶어죽었다는 것이었다. 이 말을 듣고 나는 몹시 분개했던 것이 생각난다. 만일 그 가난뱅이를 다시 소생시킬 수만 있었다면 나는 그를 죽일 것만 같았다. 간혹 몇 주일씩 계속해서 몸이 좋아지면 거리에 나갈 수도 있었으나 그 거리의 풍경이 또한 격심한 분노를 불러일으키기 때문에 나는 일부러 며칠씩이나 방안에 틀어박혀 있곤 했다. 보도를 따라 오락가락하는, 바쁘고 근심에 싸인, 한없이 걱정하고 우수에 차 있는 사람들을 보면 참을 수가 없기 때문이었다. 어째서 저 친구들은 항상 수심에 잠겨 걱정거리를 산더미처럼 짊어진 것 같은 분망한 얼굴을 하고 있을까? 무엇 때문에 날마다 우울하고 불만스러운 표정을 하고 다니는 걸까? 왜냐하면 저들은 항상 불평이나 불만에 가득 찬 표정들을 하고 있기 때문이다.

아직도 60년을 살 수 있음에도 불구하고 저들이 언제나 불만 속에서, 방법조차 모르고 사는 것은 도대체 누구의 죄인가? 어찌하여 자르니스 인은 앞으로 60년을 살 수 있으면서도 하필이면 굶어죽었단 말인가? 그들은 하나같이 자기의 남루한 옷과 보기 흉한 두 손을 내보이며 원망스러운 목소리로 고함을 지르고 있는 것이다. 「우리들은 말처럼 일을 하는데도 개 새끼만도 못 하게 굶주리고 있다! 하지만 다른 놈은 일도 하지 않는데도 부자이다!」 이런 종류의 인간들 중에 이반 포미치 수리코프라는, 원래는 『고귀한 가문』의 출신이라 자칭하는, 내가 사는 위층에 들어 있는 초라한 가난뱅이 영감이 있었다. 그는 언제나 팔꿈치가 뚫어지고 단추가 떨어진 옷을 걸치고는 여러 사람의 심부름꾼 노릇을 하느라고 아침부터 저녁까지 분주히 쏘다니고 있었다. 그와 한 번 이야기를 해보았다. 「가난하고 빈곤하며 비참합니다. 약을 살 돈이 없어 아내를 잃은데다가 올겨울엔 갓난아기마저 얼어죽고 말았지요. 맏딸년은 남의 첩으로 주어 버렸습니다……」 항상 훌쩍거리고 항상 울고 있었다! 오오, 나는 절대로, 나는 절대로 지금도 그 전에도 이런 바보들에게 연민을 느껴 본 일이 없다. 이것을 나는 자랑스럽게 말한다! 왜 그 친구들은 스스로 로드차일드가 되지 못하는가? 그 친구들이 로드차일드처럼 수백만 대의 거부가 되지 못한다고 해서 그게 과연 누구의 잘못이란 말인가? 그 친구들이 사육제의 가설 무대에 쌓아 놓는 것 같은 임페리얼과 나폴레옹 도르(높은 금화의 명칭)의 산더미를 가지지 못한다고 해서 그것이 과연 누구의 잘못이란 말인가? 그들이 살아 있는 이상 모든 것은 그들 자신의 생각에 달려 있는 것이다! 그들이 이것을 이해하지 못하는 것은 과연 누구의 책임이란 말인가?

오오! 이제는 모든 것이 나한테는 매일반이다. 이제는 성을 낼 시간도 없는 것이다. 그러나 그때는, 그때만 해도 나는 밤마다 화가 치밀어서 베개를 물어뜯기도 하고 이불을 찢어 버리기도 했다. 그때 나는 세상 사람들이, 몸을 제대로 감쌀 의복조차 없는 열여덟 살 된 소년인 나를 한길로 내쫓아 혼자 내버려 두었으면 하는 공상을 했다. 아니, 그렇게 해주기를 일부러 바랐던 것이다. 집도 없고, 일자리도 없고, 한 조각의 빵도 없고, 친척도 없고, 커다란 도시에 아는 사람 하나 없고, 그래서 굶주림에 시달리는 한이 있더라도——오히려 좋다!——다만 남들처럼 몸만 건강한다면 나는 세상 사람들을 깜짝 놀라게 해주련만…….

어떻게 해서 세상 사람들을 깜짝 놀라게 할 수 있는가?

아아, 그대들은 내가 이『해명』으로 나 자신을 비천하게 만들었다는 것을 모르고 있다고 생각하는가? 물론 대부분은 내가 이미 열여덟이 지난 소년이라는 것을, 그리고 내가 지난 6개월 동안에 남들이 아주 늙을 때까지 산 것과 동등한 삶을 누렸다는 사실을 잊어버리고, 나를 가리켜 인생을 모르는 코흘리개라고 할 것이다. 하지만 웃고 싶은 자는 어서 웃으라 하자. 내 말이 모두 가공적인 얘기라고 코웃음을 친대도 상관없다. 사실 나는 자기 자신에게 얘기를 들려 주곤 했던 것이다. 밤새도록 그런 얘기로 시간을 보내지 않았던가. 지금도 나는 그것을 죄다 기억하고 있다.

그러나 이제 와서 나는 그러한 가공적인 얘기를 되풀이할 필요가 있는 것일까? 지금에 있어 나에게는 그와 같은 얘기의 시대가 이미 지나가 버린 것이 아닐까? 도대체 누구에게? 내가 그렇게 생각하게 된 것은 나에게 심지어 라틴 어 문법 공부조차도 금지되어졌다는 것을 명백히 깨달았을 때부터였다. 『문장론(文章論)까지 나가기도 전에 죽어 버릴 것』이라는 생각이 첫 페이지를 넘기기도 전에 머리에 떠올라 나는 문법 책을 책상 밑에 내동댕이치고 말았다. 그 책은 지금도 그 자리에 그냥 뒹굴고 있다. 나는 하녀인 마트레나에게 그것을 집지 말라고 주의를 시켰던 것이다.

나의『해명』을 참을성 있게 끝까지 읽을 사람이 있다면 그 사람은 나를 미치광이가 아니면 심지어 중학생 정도로 생각할 것이다. 혹은 내가 사형을 선고받았기 때문에, 자기 이외의 사람들은 모두가 목숨이라는 것을 매우 가볍게 낭비하고 있을 뿐더러 게으르고 철면피하게 그 특권을 이용하고 있는 것처럼, 다시 말하면 모든 사람이 하나같이 삶을 향유할 가치가 없는 것처럼 생각하는 모양이라고 할는지도 모른다. 그러나 나는 이렇게 대답하고 싶다. 나의 신념은 내가 받은 죽음의 선고와는 하등의 관계도 없는 것이다라고. 행복은 어디에 있는 것인지 시험삼아 그들에게 물어 보는 게 좋으리라. 오오, 확실한 사실은 콜럼버스가 행복했던 것은 그가 아메리카를 발견했을 때가 아니라 그것을 발견하려고 애쓰고 있었을 때라고. 틀림없이 그가 행복했던 순간은 신대륙을 발견하기 바로 사흘 전인, 승무원들이 절망한 나머지 뱃머리를 유럽 쪽으로 다시 돌리려 했던 바로 그때였으리라! 그때의 문제는 신대륙에 있는 것이 아니었으며, 그것은 아무래도 좋았다! 콜럼버스는 실제로 그 신세계를 보지 못하고 죽었으며, 자기가 발견한 것이 어떤 것인지도 모르고 죽어 간 것이다. 문제는 삶에 있다. 오직 생활에 있을 뿐이다. 끊임없고 영원한 탐구에 있는 것이지 발견 그 자체에 있는 것은 아니다! 그러나 새삼스럽게 이런 말을 지껄여 무슨 소용이 있단 말인가? 지금 내가 한 말은 세상 사람들이 흔히 지껄이는 말과 너무나 비슷하기 때문에 어쩌면 나를 『해돋이』 따위에 작문을 투고하는 어린 중학생 정도로 생각할는지 모른다. 아니면 너는 아마도 무언가 말하고 싶었던 것 같지만 너무 조급히 서두르는 바람에 『분명하게 말하지 못했다』라고 할는지도 모른다.

그러나 덧붙일 말은 어떠한 천재적인 사상도, 혹은 또 아무리 새로운 인간의 사상이라 할지라도, 심지어는 매우 소박한 어떤 사람의 사상이라도, 즉 모든 진실한 사상 속에는 도저히 남에게 전달할 수 없는 그 무엇이 항상 남아 있기 마련인 것이다. 설사 몇 권의 책을 저술하고 35년에 걸쳐 당신의 사상을 강의했다 해도 언제나 당신의 머릿속에서 빠져 나가지 않고 영원히 그 속에 머물러 있기를 원하는 그 무엇인가는 끝내 존재하고 있기 마련이다. 어쩌면 인간이란 자신의 사상 가운데 가장 중요한 것일는지도 모를 그 무엇인가를 누군가에게 전달하지 못한 채 죽어 가는 것일는지도 모르는 것이다. 만일 나도 지난 6개월 동안 나를 괴롭혀 온 모든 것을 남김없이 전달할 수 없다고 한다면 나는 나의 『최후의 신념』을 획득하기 위해 너무나 많은 대가를 치르는 것이리라. 나의 『해명』 속에서 이것을 강조하는 것은 어떤 목적을 위해서 필요한 것이라고 생각했기 때문이다.

그러나 그것은 이쯤 해두고 다음을 계속해야겠다.

6

나는 거짓말을 하고 싶지는 않다. 나는 지난 6개월 동안 완전히 현실에 사로잡혀 있었다. 그리고 때때로 나에게 내려진 선고를 잊어버리고 더욱이 그것을 생각하지 않으려고 애쓰며 심지어는 일에 열중하기도 했던 것이다. 8개월 전 병세가 몹시 악화되기 시작했을 때 나는 일체의 교제를 끊었으며 모든 옛 친구들과도 절교해 버렸다. 나는 항상 매우 침울한 인간이었기 때문에 친구들도 간단히 나를 잊어버리고 말았다. 하기는 이런 일이 없었더라도 그들은 나를 잊고 말았을 것이다. 집에 있을 때, 즉 『가정에 있어서』도 역시 나는 고독하였다. 5개월 전부터 나는 방에 혼자 틀어박혀 가족들과의 접촉을 완전히 단절했다. 식구들은 항상 내 말을 잘 들어 주었는데 정해진 시간에 방을 소제하고 식사를 날라다 주는 것 외에 아무도 내 방에 감히 들어오지 못했다. 어머니도 내 앞에서는 전전긍긍했다. 그리고 이따금 나의 허락하에 방에 들어오는 경우에도 내 앞에서는 감히 우는 소리를 하지 못했다. 어린 동생들이 좀 떠들기라도 하면 어머니는 나의 신경을 자극한다 하여 야단을 치곤 했다. 나 자신도 아이들의 고함 소리가 시끄럽다고 자주 불평을 하곤 했다. 어쨌든 이런 상태였다. 그러나 그들은 지금도 나를 사랑하고 있으리라! 내가 별명을 붙여 준 이른바 『충실한 콜랴』도 나한테 무척 애를 먹은 것으로 안다. 최근에는 그도 나를 괴롭히기에 이르렀지만 이것은 지극히 자연스런 일이다. 인간이란 서로 괴롭히기 위해 창조됐기 때문이다. 그러나 나는 그가, 병자이니까 비위를 맞춰 주어야겠다고 맹세라도 한 듯이, 나의 짜증을 꾹 참아 내고 있다는 것을 눈치 채고야 말았다. 그것이 자연히 나를 화나게 만들었다. 그는 요즘 공작의 『그리스도적 겸손』을 모방하려 하는 것 같은데 약간 우스꽝스럽다. 그는 젊고 열정적인 소년이니까 무엇을 모방하고 싶어하는 것은 당연한 일이라 하겠으나 이제는 자기 자신의 이성으로 살아야 될 것이라고 나는 때때로 생각하였다. 나는 그를 몹시 사랑한다.

나는 수리코프도 많이 괴롭혀 주었는데 그는 우리 위층에 살고 있으며, 날마다 아침부터 밤까지 남의 심부름을 맡아 분주하게 싸돌아다니고 있었다. 나는 그가 가난한 것은 어디까지나 그 자신에게 책임이 있다고 계속 이야기했는데, 그는 그것이 싫었던지 마침내 나한테서 발길을 끊고 말았다. 그는 매우 겸손한 인간이다. 이 세상에서 가장 겸손한 사람이라고 해도 좋을 정도다―― 겸손이라는 것은 강력한 힘이라고 말하지만 여기에 대해선 공작에게 물어 봐야겠다. 이것은 공작이 한 말이기 때문에. 그러나 지난 3월에 그의 갓난아기가 『얼어죽었다』는 말을 듣고 나는 위층에 올라가 보았다. 나는 아기의 시체를 보고 갑자기 웃음이 나왔다. 왜냐하면 수리코프에게 재차 『당신의 책임』이라고 설명하려 하자 나도 모르게 빙긋이 웃음이 나왔기 때문이었다. 그러자 언제나 굽실거리기만 하던 이 사내가 별안간 입술을 파르르 떨면서 한 손으로 내 어깨를 거머쥐고 다른 한 손으로 방문을 가리키면서 나에게 낮은 소리로 「나가세요!」라고 했다. 나는 밖으로 나왔지만 이때의 수리코프는 몹시 마음에 들었다. 심지어 그가 나를 내보낸 그 순간에 나는 기쁘기까지 했다. 그가 나를 문 밖으로 내쫓은 것이 매우 마음에 들었던 것이다. 그런데 후에 가서 그의 말은, 나에게 전혀 맛보고 싶지 않은 종류의 기묘하고도 괴로운 모멸과 연민의 정을 함께 불러일으켰다. 그처럼 모욕적인 순간에도——나는 그를 모욕할 생각은 없었지만 그렇게 된 것 같다——어째서 그 사람은 화를 낼 줄 모른단 말인가! 그때 그가 입술을 파르르 떤 것은 분노 때문이 아니다. 이것은 맹세할 수 있다. 그가 내 어깨를 거머쥐고 자못 정중한 어조로 「나가세요.」라고 한 것도 화가 나서 한 말은 아니다. 위엄은 있었다. 그에게 어울리지 않을 만큼 있었다. 그래서 솔직히 말하면, 오히려 희극적인 것이 무척 많았다. 그러나 분노는 없었다.

그대신 그는 나를 돌연 경멸하기 시작했을 것이다. 그 후 두세 번 층계에서 만난 일이 있었는데 그는 무슨 생각에서인지 전에 없이 내 앞에서 모자를 벗고 인사하기 시작했다. 그러면서도 그 전처럼 걸음을 멈추지 않고 서둘러 내 옆을 지나 달아나곤 하는 것이었다. 그가 만일 나를 경멸하고 있다면 자기 나름대로의 방법으로 나를 경멸해야 했다. 그는 『겸손하게 경멸』했다. 그가 모자를 벗는 것은, 어쩌면 채권자의 아들에 대한 공포심 때문인지도 모른다. 왜냐하면 그는 언제나 우리 어머니한테 빚을 지고 있었고 한 번도 그 빚을 청산해 본 적이 없기 때문이다. 아마도 이것이 가장 정확한 이유일 것이다. 나는 그와 이야기하기를 바라고 있었는데, 그렇게 하면 그는 10분이 지나거 전에 나한테 용서를 빌 것이라고 믿고 있었다. 그러나 나는 그에게 아무 말도 하지 않는 편이 좋겠다고 생각했다.

바로 그 무렵, 즉 수리코프의 애기가 『얼어죽은』 3월 중순쯤에 무슨 영문에선지 갑자기 나의 병세가 가벼워졌던 일이 있다. 그러한 상태는 2주일 정도 계속되었다. 그래서 자주 외출을 하였다. 서리가 끼기 시작하고 가스등이 켜지기 시작하는 3월의 황혼을 몹시 좋아했기 때문에 나는 때때로 먼 데까지 가기도 했다. 어느 날 하루는 셰스칠라보치나야 거리에서 어떤 『점잖은 신사』 하나가 나를 앞질러서 어둠 속을 분주히 걸어간 적이 있었다. 나는 그를 똑똑히 보지는 못했지만 무엇인지 종이에 싼 것을 들고 몸에는 계절에 맞지 않게 짧고 추한 외투를 입고 있었다. 그는 내 앞을 열 발짝쯤 떨어져 걷고 있었는데 가로등까지 갔을 때, 호주머니에서 무엇인가를 길바닥에 떨어뜨리는 것 같았다. 나는 얼른 달려가서 그것을 집었다. 그것은 마침 기회가 좋았었다. 왜냐하면 그때 기다란 외투를 입은 어떤 사람이 옆골목에서 달려 나오고 있었기 때문이다.

그러나 내 손에 이미 물건이 들려 있는 것을 보고는 나를 한 번 흘끗 쳐다볼 뿐 아무 말 없이 그냥 지나가 버렸다. 이 물건은 무엇인지 가득 들어 있는 커다란 구식 모로코 가죽지갑이었다. 나는 첫눈에 이 속에는 무슨 요긴한 것이 들어 있을는지도 모르지만 적어도 돈은 들어 있지 않을 것이라고 생각했다. 물건을 떨어뜨린 사람은 벌써 저만큼 앞서 가고 있었으나 곧 군중 속에 끼여 들어 보이지 않았다. 나는 그 뒤를 쫓아가며 고함을 지르기 시작했다. 그러나 「여보시오.」라고밖에는 달리 부를 도리가 없으므로, 그 사람은 뒤를 돌아다보지도 않았다. 그는 갑자기 왼편에 있는 어떤 집 안으로 들어가 버렸다. 내가 그 대문으로 달려갔을 때는 너무 어두워서 아무도 알아볼 수 없었다. 그 집은 굉장히 컸는데, 영세 시민들에게 세를 주기 위해 집 장수들이 아무렇게나 지은 것이었다. 이 건물에는 백 세대도 더 살고 있을 성싶었다. 내가 대문 안으로 뛰어들어갔을 때, 커다란 뜰 안 오른쪽 구석으로 누군가가 걸어 들어가고 있는 것이 눈에 띄었다. 어둠 속이라 그것도 간신히 볼 수 있을 뿐이었다. 나는 그 구석으로 달려가서 계단 입구를 찾아 냈다. 층계는 좁고 지저분했으며 불도 켜져 있지 않아 어두웠다. 그러나 높은 곳에서 계단을 밟고 올라가는 사람의 발자국 소리가 들려 왔다. 나는 그가 문을 여느라고 꾸물거리는 사이에 그를 뒤따라갈 수 있을 거라고 생각하며 그가 있는 곳으로 달려 올라갔다. 나의 예상은 적중했다. 그러나 그 계단은 아주 짧은 층층다리가 수없이 많이 계속되어 있어서 나는 그것을 오르느라고 숨이 가빴다. 5층에서 문이 열리는 소리가 들렸고 곧 닫혀졌다. 거기가 5층이라는 것은 아직 계단을 셋씩이나 남기고 있는 아래쪽에서도 나는 충분히 알 수가 있었다. 내가 달려 올라가서 한숨 돌리고 초인종을 찾아서 흔들도록까지 몇 분쯤 시간이 흘렀다.

이리해서 겨우 문이 열렸다. 아주 비좁은 부엌에서 사모바르의 불을 피우고 있던 여인은 잠자코 나의 얘기를 듣고 있었으나 무슨 소린지 하나도 알아듣지 못한 모양으로 아무 말도 없이 다음 방으로 통하는 문을 열어 주었다. 천장이 매우 낮은 좁다란 방안에는 형편없이 낡은 가구와 커튼 옆에 커다란 침대가 놓여 있었고 그 침대 위에 『체렌치이치』——여인이 그렇게 불렀다——가 드러누워 있었다.

내 생각으론 술이 취해 있는 것 같았다. 탁자 위에는 거의 다 탄 양초 토막이 무쇠 촛대에 꽂혀 가물거리고 있었고 그 옆에는 거의 빈 병이 되다시피한 보드카의 두 홉들이 병이 놓여 있었다. 체렌치이치는 뭐라고 신음 소리를 내며 그대로 누운 채 다음 방으로 통하는 문 쪽으로 손을 흔들어 보였다. 여인이 나가 버려서 나는 하는 수 없이 그 방문을 열 수밖에 없었다. 나는 방문을 열고 다음 방으로 들어갔다.

이 방은 앞의 방보다 더욱 좁아서 심지어는 몸을 돌릴 수조차 없을 정도였다. 구석에 놓인 좁다란 싱글 베드가 많은 면적을 차지하고 있었다. 그밖의 가구로는 온갖 누더기 따위를 쌓아 놓은 허술한 의자 세 개와 낡아빠진 식탁 겸용 책상, 그 앞에 놓인 가죽으로 싼 소파 등이 전부였지만 책상과 침대 사이는 거의 지나다닐 수 없을 만큼 비좁았다. 책상 위에는 무쇠 촛대에서 희미한 불빛이 흘러 나왔고, 침대 위에는 갓난아기가 있었는데 그 울음소리로 미루어 보아 아마도 생후 서너 주일 정도 된 것 같았다. 병색이 짙은 창백한 여인이 기저귀를 갈아 주고 있었다. 여인은 아직 젊은 나이인 것같이 보였으나 거의 옷도 안 입고 있었다. 아이를 낳은 후 지금 간신히 일어난 것 같았다. 갓난아기는 좀처럼 울음을 그치려 하지 않고 빈약한 어미의 젖을 기다리며 악을 쓰고 보채는 것이었다. 소파 위에는 또 하나의 세 살 가량 된 계집애가 연미복 같은 것으로 싸인 채 잠들어 있었다. 그 책상 옆엔 아까 그 사람이 남루한 프록코트를 입고——그는 이미 외투를 벗었고, 그것은 침대 위에 놓여 있었다——선 채로 푸른 종이꾸러미를 풀어 두 파운드 가량의 빵과 두 개의 조그만 소시지를 꺼내 놓고 있었다. 책상 위에는 그밖에도 차가 든 주전자가 있었고 딱딱한 빵 조각 몇 개가 뒹굴고 있었다. 침대 밑에는 열쇠가 잠겨 있지 않은 큼직한 트렁크 하나와 누더기 등속을 싼 보퉁이 두 개가 보였다.

한마디로 말해서 모든 것이 뒤죽박죽이었다. 즉 그 남자와 여자는 착실하고 교양 있는 사람 같았으나 가난 때문에 이처럼 비참한 상황에까지 이르게 되었다. 마침내는 곤궁에 빠져 이제는 그것과 싸울 기력마저도 상실한 채

날이 갈수록 더해 가는 이 곤궁 속에서 그 어떠한 복수적인 만족감을 발견하고자 하는 그러한 쓰디쓴 욕구를 느끼기에 이른 것 같았다.

나보다 조금 앞서 들어와서 그들의 양식 꾸러미를 펼쳐 놓고 있던 그 남자는 내가 들어갔을 때, 무슨 일에 관해서 자기 아내와 이야기하고 있었다. 기저귀를 다 갈지도 못하고 여자는 남자의 말이 끝나기도 전에 흐느끼기 시작했다. 남편의 이야기가 여느 때처럼 신통치가 않았던 모양이다. 28세 가량 되어 보이는 그 남자는 얼굴이 가무잡잡하게 마른데다가 검은 구레나룻을 기르고 있었는데 턱수염을 깨끗하게 깎은 것이, 내가 보기에는 매우 멋이 있었고 호감이 가기까지 했다. 우울한 눈을 가진 침울한 얼굴이기는 했지만 아주 쉽게 폭발될 것 같은 어떤 병적인 자부심이 엿보였다. 그런데 내가 들어가자 이상한 일이 벌어지고 말았다.

세상에는 자기의 신경질적인 성질 속에서 커다란 기쁨을 발견하는 사람들이 있다. 그것은 분노가 절정에 도달했을 때—— 항상 매우 빠르게 그런 상태에 도달한다—— 특히 강렬하게 느낄 수 있는 법이다. 그런 사람은 이런 순간에도 모욕을 당하지 않는 것보다 모욕을 당하는 편이 오히려 유쾌하게 여겨지는 것이다. 이와 같은 신경질적인 인간들은 나중엔 후회하느라고 몹시 괴로워하지만, 이것도 그들이 영리해서 자기가 필요 이상으로 화를 냈다는 것을 깨달을 줄 아는 경우에 한해서만 적용되는 것이다. 그 사람은 얼마 동안 놀라서 나를 바라보았으며 그의 아내 역시 소스라치게 놀랐는데, 마치 자기들의 방에 누구든 다른 사람이 들어왔다는 사실 자체가 도저히 있을 수 없는 일로 여겨져서 그러는 것 같았다. 그러나 갑자기 그는 무서운 분노를 나타내면서 나를 향하여 달려들었다. 나는 단 두 마디조차 할 수 없었다. 그는 나의 단정한 복장을 보고 더욱 심한 모욕을 느낀 듯했다. 또 내가 그 사람 자신도 창피하게 여기고 있는 누추한 방안의 광경을 함부로 본 것이 잘못이었던 것이다. 물론 그는 자기의 실패에 대한 만행을 누구한테든지 터뜨릴 수 있는 기회가 온 것을 좋아하는 것 같았다.

처음에는 나를 때리려는 것이 아닌가 생각했다. 그는 마치 히스테리를 일으킨 여자처럼 창백해졌는데, 그것이 그의 아내를 더욱더 겁에 질려 떨게 했다.

「아니, 어째서 당신은 남의 집에 이렇게 함부로 들어왔지요? 나가 주시오!」 그는 온몸을 떨며 간신히 이렇게 말했다. 그러나 그 순간 그는 내 손에 쥐어져 있는 지갑을 보았다.

「이건 당신이 떨어뜨린 것 같은데요.」나는 될 수 있는 대로 침착하고 태연하게 말했다. 한편으로는 그것이 당연했다.

그는 매우 놀란 듯 도무지 영문을 모르겠다는 얼굴로 잠시 동안 내 앞에 서 있었으나 문득 자기 옆 호주머니를 만져 보더니 깜짝 놀라 입을 떡 벌리며 자기 손으로 이마를 쳤다.

「이런! 당신은 어디에서 이것을 주웠습니까? 그리고 어떻게?」

나는 간단하면서도 되도록 태연하게 어떻게 내가 지갑을 주웠는지, 어떻게 내가 그를 부르며 뒤쫓아왔는지, 그리고 단순한 추측만으로 이 집 층계를 올라온 경위를 얘기했다.

「하늘이 도왔군!」그는 자기 아내를 돌아다보며 말했다. 「이 지갑 속에는 내 서류니 증서니 그리고 마지막 남은 내 기구의 증서까지 모조리 들어 있었거든! 이것 정말 뭐라고 감사의 말씀을 드려야 할지 모르겠습니다. 아마 모르실 겁니다. 이 지갑이 우리들에게 얼마나 소중한 것인지, 하마터면 내가 잃어버릴 뻔했습니다!」

나는 대답을 않고 나가 버리려고 문의 손잡이를 잡았다. 그러자 나는 갑자기 숨이 막혀서, 마침내 급격한 기침의 발작을 일으키고 말았던 것이다. 나는 그 이상 서 있을 수가 없었다. 나는 그가 나를 위해서 빈 의자를 찾느라고 우왕좌왕하고 있는 것을 보았다. 마침내 의자에 쌓인 누더기를 방바닥에 내던지더니 조심스레 거기다 나를 앉혔다. 기침은 3분 가량이나 멈추지 않고 계속됐다. 내가 정신을 차렸을 때 그는 어느새 내 옆의 다른 의자에 앉아 있었다. 그 의자에 쌓였던 누더기도 역시 방바닥에 내던져져 있었다. 그리고 그는 열심히 나를 지켜보고 있었다.

「당신은…… 아프신 것 같군요?」의사가 환자를 대할 때 흔히 사용하는 그런 어조로 그는 말했다. 「나는…… 의학도입니다만──그는 의사라고 하지 않았다.」이렇게 말하고 그는 무엇 때문인지 손을 들어 방안을 가리켰다. 그러나 그것은 마치 자기의 현재의 처지에 대해 항의를 제기하는 것 같은 그런 동작이었다. 「내가 보기엔, 당신은 아마…….」

「나는 폐병 환잡니다.」되도록 간단히 말하고 나는 의자에서 일어났다.

갑자기 그도 벌떡 일어섰다.

「어쩐지 당신은 너무 과장하는 것이 아닌지……. 적당한 치료만…….」

그는 매우 당황해서 좀처럼 제정신으로 돌아오지 못하는 것 같았다. 지갑은 여전히 그의 왼손에 쥐어져 있었다.

「오, 염려하지 마십시오.」 방문 손잡이를 잡으며 또다시 나는 그의 말을 가로챘다. 「지난주에 B—N한테 진찰을 받았는데 —— 여기서도 나는 B—N을 끌어 댔다 —— 나의 일은 결정되었다더군요. 그럼 실례합니다…」

나는 다시 방문을 열고 감사와 수치심 때문에 보기에도 민망스러울 만큼 허둥거리는 그를 남겨 두고 돌아가려 했으나 그 저주할 놈의 기침이 또다시 나를 못살게 굴었다. 이 집의 의사는 좀더 앉아 쉬고 가라고 또다시 나를 붙잡았다. 그는 아내를 돌아다보았다. 그러자 그의 아내는 그 자리에서 나에게 두서너 마디 감사의 인사말을 했다. 이때 그는 몹시 당황하여 창백하고 누렇게 뜬 두 볼에 홍조를 띠기까지 했다. 나는 권고를 받아들여 다시 의자에 앉았으나, 그들에게 폐를 끼치는 것이 미안해서 어쩔 줄을 모르는 표정을 지어 보였다 —— 하기는 그렇게 하는 것이 당연한 일이지만. 이윽고 의사는 후회하느라고 매우 괴로워했다. 나는 그것을 알 수 있었다.

「만일 내가…….」 그는 더듬더듬 두서없는 말을 늘어 놓기 시작했다. 「나는 당신에게 깊이 감사하고 있습니다……. 그리고 대단히 미안하게 생각합니다……. 나는…… 보시다시피.……」 하며 그는 다시 한 번 방안을 가리켰다. 「현재로서는 이런 형편이므로…….」

「오오,」 나는 말했다. 「보나마나 뻔한 일이죠. 당신은 일자리를 잃었기 때문에 사정을 호소해서 다시 일자리를 얻으려고 이곳에 오신 것이 아닙니까?」

「어떻게…… 당신은 어떻게 그것을 알았습니까?」 그는 놀라서 물었다.

「그런 것쯤 첫눈에 알 수 있죠.」 나는 무심코 냉소적인 어조로 대답했다. 「지방에서 희망을 품고 많은 사람이 이곳에 와서 동분서주하며 이와 같이 살고 있지요.」

그는 갑자기 열을 올리고, 입술을 떨면서 이야기하기·시작했다. 그는 불평을 털어놓으며 이야기를 시작했는데, 솔직히 말해 재미가 있어서 나는 그 집에서 거의 한 시간 동안이나 앉아 있었다. 그는 나에게 자기의 이야기를 해주었는데 지극히 평범한 것이었다. 그는 어느 현(縣)의 공직 의사로 있었는데, 그 어떤 추잡한 사건이 일어났고 그의 아내까지 그 사건에 끌려 들어가고 말았다는 것이었다. 그는 자존심이 허락하지 않아 분격해서 본때를 보여 주었다. 그런데 현지사(縣知事)가 바뀌는 바람에 형세는 적에게 유리해졌다. 그는 함정에 빠져 참소를 입고 마침내는 일자리를 잃게 되었다. 그래서 마지막 남은 돈을 다 털어 가지고 자기의 억울한 사정을 호소하려고 페체르부르그로 올라왔다. 다 아는 바지만 페체르부르그에서는 이런 사람의 딱한 사정 같은 것은 귓등으로도 안 듣는다. 대충 듣고 나서는 각하해 버린다. 그런가 하면 이번에는 그럴싸한 약속으로 희망을 주었다가 그 다음엔 또 추상 같은 호령을 내리고, 진정서를 쓰라고 명령한다. 진정서를 써내면 또 이번에는 탄원서를 내라고 한다. 이렇게 하여 그는 벌써 다섯 달을 동분서주하며, 한마디로 말해서 죄다 팔아 먹었다. 마지막 아내의 옷가지마저 전당포에 잡혀 버렸는데 그 새에 아내는 해산을 했다. 그런데, 그런데「오늘은 그 탄원서가 반려된 것입니다. 거의 빵 한 조각 살 수 없습니다. 가진 건 하나도 없어요. 아내는 아기까지 낳고……. 그러니 나는, 나는…….」

그는 의자에서 벌떡 일어나더니 돌아서 버렸다. 아내는 구석에서 훌쩍거리고 갓난아기는 또다시 악을 쓰기 시작했다. 나는 수첩을 꺼내서 적기 시작했다. 다 적어 넣고 자리에서 일어났을 때 그는 내 앞에 서서 두려움과 호기심이 어린 눈으로 나를 쳐다보고 있었다.

「나는 여기다 당신의 성함과,」나는 그에게 말했다. 「다른 모든 것을 적었습니다. 즉, 당신이 근무하던 곳과 현지사의 이름, 그리고 당신이 면직된 날짜를 적었습니다. 실은 나의 동창생 중에 바흐무도프라는 친구가 있는데 그 친구의 숙부인 페트르 마트베예비치 바흐무도프가 세력이 있는 사연방 장관으로 있기 때문에…….」

「페트르 마트베예비치 바흐무도프라구요!」의사는 부르르 몸을 떨며 소리쳤다. 「모든 것은 전적으로 그 사람의 재량에 달려 있어요!」

이렇게 우연한 동기로 해서 내가 조력하게 된 이 의사의 사건과 그 결과는 마치 소설에서 해결되듯이 만사가 순조롭게 진척되어 갔다. 나는 이 가없은 사람들에게, 너무 기대를 걸지 말기를 바란다, 왜냐하면 나는 비천한 중학생과 같기 때문이다——난 지나치게 자기 자신을 비하했다. 나는 이미 오래 전에 학교를 졸업했으니까 결코 중학생은 아니었다——내 이름도 기억할 것까지는 없으나 나는 지금 곧 바실리예프스키 섬으로 친구인 바흐무도프를 찾아가겠다, 내가 알기로는 그의 숙부가 독신자로 자녀가 없기 때문에 조카를 자기 가문의 대를 이을 사람이라 생각하고 무척 귀여워하고 있으니까「어쩌면 내 친구가 당신들을 위하고 나를 위해서 힘을 써줄 수 있을는지 모릅니다. 물론 자기 숙부의 힘을 빌려서 말이죠……. 」라고 말했다.

「단지 나의 소원은 각하를 만나 뵙고 사정을 말씀드릴 수만 있다면……. 직접 각하께 해명할 수 있는 기회만 얻기 바랍니다 ! 」그는 오한이 나는 사람처럼 몸을 떨고 눈을 번쩍이면서 소리쳤다. 그는 『분에 넘치는 영광』이라고 말했던 것이다. 한 번 더 반복해서, 어쩌면 일이 다 틀어져 모든 노력이 수포로 돌아가 버릴는지도 모르니까 만일 내일 아침 내가 이리로 오지 않거든 다 틀린 줄 알고 기다리지 말아 달라고 덧붙였다. 그들은 연방 절을 하면서 나를 배웅했다. 모두 제정신이 아니었다. 그때의 그들의 얼굴 표정을 나는 결코 잊지 못할 것이다. 나는 마차를 잡아타고 즉시 바실리예프스키 섬으로 향했다.

중학 시절에 나는 바흐무도프와 여러 해 동안 적대 관계에 있었다. 우리들은 그를 귀족이라 불렀다. 다른 사람은 몰라도 적어도 나만은 그렇게 불렀다. 언제나 멋진 의복을 입고 자가용 마차로 학교에 다니기도 했지만 결코 뽐내지도 않았고 항상 좋은 친구였으며 항상 명랑했을 뿐더러 이따금 굉장히 기발한 말을 할 때도 있었고, 뛰어나게 두뇌가 명석한 편은 아니었으나 언제나 반에서 수석을 차지하였다. 나는 어느 과목에서도 수석을 차지해 본 적이 없었다. 나 한 사람만을 빼놓고 나머지 학우들은 모두 그에게 호감을 품고 있었다. 지난 몇 년 동안에 그는 여러 번 나에게 접근하려 했으나 그럴 때마다 나는 퉁명스럽게 신경질을 내면서 그를 멀리해 왔다. 나는 그를 1년간 보지 못했다. 그는 대학생이었다. 저녁 8시가 지나서 내가 그의 집에 도착하니까——굉장히 까다로운 절차를 밟아서 겨우 만날 수 있었지만——그는 나를 보자 놀란 표정으로 처음에는 서먹서먹하게 대했으나 곧 유쾌한 표정으로 나를 바라보면서 느닷없이 큰 소리로 웃어 댔다.

「무슨 바람이 불어서 자네가 나를 다 찾아왔나? 체렌치예프. 」약간 무례한 것 같기도 하지만 그러나 결코 남에게 모욕감을 주는 법이 없는 상냥한 말투로 그는 소리쳤다. 나는 그의 이러한 말투를 좋아했고 또 한편으로는 미워했던 것이다. 「그런데 무슨 일이라도 있나? 자네 몸이 편치 않군그래? 」

기침이 또다시 나를 괴롭히기 시작했다. 나는 털썩 의자에 주저앉았고 거의 숨을 쉴 수가 없었다.

「걱정하지 말게, 나는 폐병을 앓고 있어.」나는 말했다. 「나는 부탁이 있어 왔네.」

그는 의아스런 표정으로 앉았다. 나는 곧 의사의 이야기를 전부 다 하고 나서 그가 숙부에게 상당한 영향력을 가지고 있으니까, 어쩌면 무슨 힘이 될 수 있을 것이라 설명했다.

「할 수 있지, 충분히 할 수 있어. 곧 작은아버지께 갔다 오겠네. 나로서는 오히려 기쁠 지경이야. 더욱이 자네는 이야기도 썩 잘하는군……. 그렇지만 체렌치예프, 자네는 무슨 생각에서 그걸 나한테 부탁하기로 결심했나?」

「그건 이 문제가 전적으로 자네 숙부님의 의사에 달려 있기 때문이야. 그런데 바흐무도프, 우리는 항상 적대 관계에 있었지. 그러나 나는 자네가 고귀한 인간이니까 적의 부탁을 거절하지 않을 것이라 생각했지.」하고 나는 비꼬는 투로 덧붙였다.

「나폴레옹이 영국으로 돌아간 것처럼!」그는 한바탕 웃어 댔다. 「할 수 있지, 할 수 있지! 가능하면 지금 당장에라도 가겠네!」내가 심각하고도 단호하게 의자에서 일어나는 것을 보자 그는 황급히 이렇게 말했다.

실제로 이 사건은 더할 나위 없이 순조롭게 해결되어 갔다. 6주 뒤에 그 의사는 다른 현에 일자리를 얻어 여비는 물론이고 보조금까지도 받게 되었다. 내가 추측하기로, 바흐무도프는 그 후 뻔질나게 의사네 집에 드나들며——그와는 반대로 나는 일부러 의사네 집에 발길을 끊었을 뿐더러 그가 나한테 찾아오는 일이 있어도 냉정히 대했다——의사와 친해졌는데 나중에는 의사의 입에서 돈을 돌려달라는 말이 나올 만큼 가까이 사귄 모양이었다. 나는 최근 6주일 동안에 바흐무도프와는 두 번 만났는데 세번째로 만난 것은 의사의 송별회에서였다. 그 송별회는 바흐무도프가 자기 집에서 베푼 것이었는데 샴페인을 곁들인 성대한 연회였다. 이 자리에는 의사의 아내도 참석했으나 갓난아기 때문에 이내 돌아가 버렸다. 이때는 5월 초순의 화창한 저녁이었다. 태양이 서쪽 수평선에 잠겼다. 바흐무도프는 나를 집에까지 바래다 주었다. 둘이 모두 얼근히 취해 니콜라예프스키 다리를 건너고 있을 때 바흐무도프가 먼저 자기의 기쁨을 이야기하기 시작했다. 그는 이번 사건이 유쾌한 결말을 본 데 대해 나한테 감사의 뜻을 표했다. 그리고 이렇게 좋은 일을 하고 나니 자기 자신도 참으로 기쁘다는 말을 하면서 그것은 모두가 내 덕이라고 주장하고, 많은 사람들이 개인적인 선행을 가리켜 무의미한 행위라고 하지만 그것은 옳지 않은 견해라고 기염을 토하는 것이었다. 나도 어쩐지 마음껏 지껄이고 싶어졌다.

「개인적인 『자선 행위』를 공박하는 것은,」 나는 말하기 시작했다. 「곧 그것은 인간의 본성을 무시하고 개인의 공적을 모독하는 것이지. 그러나 조직적인 『사회적 자선』과 개인의 자유에 관한 문제는 둘 다 서로 다른 문제이기는 하지만 상반되는 문제가 아니라고 생각하네. 개인적인 선행은 언제까지나 존재할 걸세. 왜냐하면 그것은 개인의 요구이기 때문이고, 하나의 개성이 다른 개성에게 직접적인 감화를 주는 활성적인 요구이기 때문이지. 모스크바에 한 사람의 노인이 있었는데 『장군』이었으나 사실은 독일식 이름을 가진 4등문관(四等文官)이었지. 그는 감옥을 찾아다니느라 한평생을 보냈다는 거야. 시베리아로 떠날 유형수들은 이 『할아버지 장군』이 언제 보로비예프 언덕으로 자기들을 찾아 줄 것인가를 미리부터 알고 있었다는 거야. 그는 그네들에게 나타나서 그러한 일을 신중하고도 경건하게 행하고 천천히 죄수들을 둘러본 다음, 그들이 몰려와 그를 에워싸면 그들 앞에 서서 노인은 한사람 한사람 그들의 소원을 들어주었다더군. 더욱이 훈시 같은 말은 절대로 하지 않았고 그들을 『귀여운 녀석』이라고 불렀다더군. 그리곤 돈을 주기도 하고 생활 필수품도 주었다는데, 즉 발싸개라든가 각반이라든가 헝겊 같은 것을 보내 주기도 하고 때때로 유익한 책을 가지고 와서 글을 읽을 줄 아는 모든 죄수들에게 나눠 주기도 하였는데, 그렇게 해서 글을 읽을 줄 아는 자는 호송 도중에 틈틈이 그 책을 읽어 볼 것이고, 또 읽을 줄 모르는 죄수들에게도 읽어서 들려 줄 것이라고 믿었단 말야. 그는 그들의 죄를 거의 물어 보지 않았지만 만약 그들이 먼저 이야기를 시작하면 듣기만 하였다더군. 이 노인은 모든 죄수들을 똑같이 아무런 차별도 없이 대해 주었고 그는 죄수들에게 말할 때도 형제에게 하듯이 했기 때문에 나중에는 그들 스스로가 그를 아버지처럼 섬겼다는군. 혹시 여죄수가 아이를 안고 있으면 그는 옆으로 가서 아이를 쓰다듬어 주며 아이를 웃기려고 손가락을 탁탁 퉁겨 보인다는 거야. 죽을 때까지 그 오랜 세월을 이런 일로 일관했기 때문에 나중엔 전 러시아와 전 시베리아가, 즉 모든 죄수들이 이 노인을 알게 되었다더군. 시베리아에 갔다 온 한 사람이 말한 바에 의하면 뼛속까지 악당 근성이 배어 버린 죄수들까지도 곧잘 이 장군의 얘기를 하는 것을 목격했다는군.

하지만 장군은 그 형제들한테 한 사람 앞에 20코페이카 이상 나눠 준 적이 거의 없다는 거야. 그야 물론 죄수들이 그를 상기한다 하더라도 온화하거나 심각한 표정으로 생각하는 것은 아니지만, 『불행한 놈들(무기 유형수)』 중에는 오직 자기의 만족만을 위해서 스무 사람을 죽이고 여섯 명의 아이를 칼로 찔러 죽였다는 사내가 있었는데——듣기로는 정말 그런 사람도 있다는 거야——갑자기 아무 이유도 없이——아마도 20년간을 통해 전무후무한, 단 한 번 있었던 일일 거야——글쎄 그가『그 할아버지 장군은 지금 어떻게 되었을까? 아직도 살아 있을까?』하고 갑자기 한숨을 쉬며 이렇게 말하더라더군. 아마 그런 말을 하면서 히죽 웃었겠지. 그저 그것뿐이야. 그런데 어떻게 해서 그 사내가 20년 동안이나 잊지 않고『할아버지 장군』을 생각했겠는가? 또 그『할아버지 장군』의 정신이 이 사내의 영혼 속에 어떻게 해서 깃들게 됐는지 자네는 아마 모를 걸세. 이와 같은 인격과 인격의 교류가 그 교류를 받은 사람의 운명에 어떠한 의미를 부여하는 것인지, 바흐무도프, 자네가 어찌 알 수 있겠나? 여기에는 하나의 완전한 인생과 우리한테는 밝혀져 있지 않은 무수한 신비가 있는 걸세. 아무리 뛰어나고 날카로운 기사일지라도 그는 겨우 몇 수밖에는 내다보지 못하는 법이야. 어느 프랑스의 기사가 열 수를 내다본다 하여 그것을 마치 불가사의한 것처럼 썼더군. 얼마나 많은 수를 알고 있으며 얼마나 많은 수를 모르는가? 자네의 씨앗과 자네『자신』과 자네 선행이 어떠한 방법으로서든지 남에게 주어질 때, 자네는 자네 인격의 일부를 그들에게 줄 뿐만 아니라 다른 사람의 것을 또 받아들이게 되는 것이지. 그래서 우리는 상호 교류를 하는 셈이 되는 거야. 조금만 더 주의를 기울인다면 자네는 지식과 뜻하지 않은 발견으로 보상을 받게 되지. 마침내 자네는 자기가 하는 일을 학문처럼 취급하게 될 걸세. 그리하여 그 일은 반드시 그 사람의 전 생애를 사로잡아 그 생활을 충실하게 해줄 걸세. 반면에 자네의 모든 사상과, 뿌린 후 잊어버리고 있던 씨앗은 점차로 뿌리를 박고 성장하기 시작하지. 왜냐하면 그것을 받은 사람은 또 다른 사람에게 그것을 전할 테니까 말야. 앞으로의 자네는 스스로가 인간 운명의 형성에 얼마만한 기여를 했는지 알 수 있겠는가? 만일 이와 같은 다년간의 노고와 지식이 쌓이고 쌓여 그 사람이 위대한 씨앗을 뿌릴 수 있게 된다면, 즉 위대한 사상의 유산을 이 세상에 남겨 놓을 수 있게 된다면, 그때는⋯⋯.」

나는 그때 이런 식으로 장황하게 지껄였다.

「자네와 같은 사람은 곧 죽어야 한다고 생각하지 않았느냐 말야!」바흐무도프는 누군가를 원망하듯이 격한 어조로 소리쳤다.

이때 우리는 다리 위에 걸음을 멈추고 서서 난간에 기대어 네바 강을 바라보고 있었다.

「자네 지금 내 머리에 무슨 생각이 떠올랐는지 아나?」나는 난간 위에서 상반신을 깊숙이 굽히며 이렇게 말했다.

「설마 강에 빠지겠다는 건 아니겠지?」바흐무도프는 깜짝 놀라 소리쳤다. 아마도 그는 내 얼굴에서 내가 어떻게 마음먹었는지 알 수 있었던 것 같았다.

「아니야, 이런 한 가지 생각만을 하고 있었어. 즉 나의 여생은 앞으로 이삼 개월 어쩌면 사 개월쯤 남았는지도 모르지만, 지금은 두 달밖에는 남지 않았다고 가정하고 많은 노고와 분망한 활동을 필요로 하는 어떠한 선행을, 즉 이번의 의사 사건과 같은 선행을 꼭 하고 싶다 하더라도, 나의 여생이 짧기 때문에 그 일을 단념하고 나에게 적합한 간단한 다른『선행』을 찾지 않으면 안 될 것이라고 말이야. 물론 이것은 자선을 하고 싶어 못 견딜 지경에 이르렀을 경우의 얘기지. 참 재미있는 생각이라 느끼겠지!」

가엾은 바흐무도프는 나를 몹시 염려해 주었다. 그는 나를 집까지 바래다 주고 혹시 나의 마음을 건드리게 되나 않을까 하여 위로의 말은 한 마디도 하지 않고, 걷는 동안 거의 침묵을 지키고 있었다. 나와 헤어질 때 그는 힘을 주어 나의 손을 잡으며 앞으로 방문을 허가해 달라고 했다. 나는 그가 『병문안』으로 나를 방문하는 이상——설사 그가 나를 문병하러 온다고 말하지는 않는다 하더라도 나는 그것을 그에게 확신할수 있었다——나에게 더욱 절실한 죽음을 자각하게 하는 결과밖엔 되지 않을 것이라고 언명했다. 그는 어깨를 흠칫해 보였으나 그래도 내 말에는 동감인 모양이었다. 우리들은 나 자신도 예기치 못했으리만큼 정중하게 헤어졌다.

그러나 이 날 저녁과 이날 밤에『나의 최후의 신념』의 첫 씨앗이 뿌려졌다. 나는 열렬히 이 새로운 사상에 덤벼들어 그 사상이 지니는 암시와 형태를 샅샅이 규명해 보았다. 나는 밤새도록 한잠도 자지 않았다. 더욱 깊이 그 사상을 생각하며 더욱더 그것을 흡수함에 따라 나는 한층 더 경악을 느끼지 않을 수 없었다. 마침내 무서운 공포가 나를 사로잡아 다음날까지 나의 마음에서 떠나지 않았다. 나는 이 끊임없는 공포를 생각하는 동안에, 이 새로운 공포로 말미암아 온몸이 얼음장처럼 얼어 버릴 때가 있었다. 이 공포로 미루어 보아 나의 『최후의 신념』은 너무나 깊고 신중하게 나를 사로잡아서 반드시 해결을 강요하고야 말 것이라는 결론을 얻었기 때문이다. 그러나 그 해결을 얻기에, 나는 결단력이 결핍되어 있었다. 그러던 것이 3주일 후에는 모든 것이 끝이 나고 결단력도 생겼다. 이것은 그 어떤 지극히 괴이한 사정에 기이한 것이다.

지금 나의 설명을 수학적인 정확성으로 기술하겠다. 물론 나에게는 어쨌든 매일반이기는 하지만, 그러나 지금——어쩌면 오직 이 순간뿐일는지도 모른다——나의 행동을 비판하는 사람들에게 이 『최후의 신념』이 어떤 논리의 연역(演繹)에서 생겼느냐 하는 것을 보여 주고 싶었던 것이다. 나는 방금 나의 『최후의 신념』을 실행하는 데 있어서 결핍되어 있던 마지막 결단력은 전혀 논리적인 연역 때문이 아니라, 사건의 진행과는 아무런 관련도 없는 이상한 사정 때문에 생긴 어떤 기묘한 사건의 결과라고 생각했다. 열흘 전에 로고진은 어떤 자기 일 때문에 나를 방문했었다. 그 전에 로고진을 한 번도 만난 적이 없었으나 그의 소문은 많이 듣고 있었다. 나는 그에게 그가 필요로 하는 모든 소식을 들려 주었더니 그는 곧 돌아갔다. 그가 나를 찾아온 것은 다만 어떤 일을 묻기 위한 것이었으니까, 그와 나의 관계는 그것으로 끝났다. 그러나 나는 그에게 비상한 흥미를 느꼈다. 그래서 그 날은 온종일 기묘한 상념에 사로잡혀서 그의 방문에 대한 답례로, 나는 이튿날 그를 방문하기로 결심했다. 로고진은 확실히 나를 좋아하지 않았으므로 우리가 계속해서 알고 지낼 필요가 없다고 『예민하게』 암시했다. 그럼에도 불구하고 나는 매우 재미있는 시간을 보냈는데 물론 그도 역시 마찬가지였으리라. 우리들 사이에는 현저한 차이점이 있었지만 우리는 둘 다 그것을 발견하지 못했으며, 특히 나는 그러했다. 나는 어미 날짜를 세기 시작한 사람인데, 그는 가장 충실한 삶을 누리어 가면서 바로 지금 현지에 살고 있는 인간인 것이다. 그는 『최후』 결정이나 숫자나 무엇이건, 자기의…… 자기의 광적인 열정이라 해두자……. 자기의 광적인 열정의 원인과 관계되지 않는 것에 대해선 생각해 보려고도 하지 않는다. 나는 나의 사상을 어떻게 적어야 할지 몰라 이같이 표현해야 된 점에 대해서는 로고진 씨에게 용서를 빌어야겠다.

그는 지극히 무뚝뚝했음에도 불구하고 내 생각으로는 영리한 것 같았고, 그 자신에 관한 것 이외에는 전혀 흥미를 느끼지 않고 있었으나 그래도 그는 내 얘기를 듣고 알아챈 듯싶었다. 그는 줄곧 침묵을 지키고 있었다. 정말 무서울 만큼의 침묵을. 정말 말이 없는 남자였다. 나는 그에게 말했다. 우리 두 사람 사이엔 많은 차이점이 있을 뿐 아니라, 성격도 양극단을 이루고 있다. 그러나 『극단은 서로 일치한다』하는 말도 있으니까——나는 이것을 러시아 어로 설명을 했다——그도 나의 『최후의 신념』을 전혀 이해 못 하지는 않는 것같이 보였다.

그러나 그는 매우 무뚝뚝하고 시큰둥한 표정으로 대답하더니 일어나서 마치, 내가 돌아가겠다는 말이라도 한 것처럼 제 손으로 내 모자를 집어 주며 예의를 지켜 배웅하는 태도로 나를 자기의 그 음침한 집에서 쫓아 내고 말았다. 그의 집은 나에게 묘한 인상을 주었는데, 마치 묘지 같았으나 그에게는 마음에 드는 모양이었다. 그가 지금 경험하고 있는 생활은 집 안의 장식 같은 것에 마음을 쓰기에는 너무나 충실한 것이기 때문이다.

나는 로고진네를 방문하고는 몹시 피로하였다. 하기는 아침부터 기분이 좋지 않았고, 그래서 저녁이 되자 아주 힘이 빠져서 침대에 드러눕고 말았다. 이따금 콜랴는 11시까지 내 곁에 있어 주었다. 나는 그가 한 이야기와 그리고 우리가 주고받은 말을 분명히 기억하고 있다. 그러나 나는 잠깐 동안 눈을 감자 꿈을 꾸었는데, 이반 포미치가 몇백만이라는 돈을 받는 것을 보았다. 그는 그 돈을 어디다 두어야 할지 몰라 쩔쩔매고 있었고, 혹시 도둑을 맞지 않을까 하는 두려움 때문에 떨고 있었으나 결국은 땅 속에 묻어 두기로 결심한 것 같았다. 나는 그렇게 많은 돈을 땅 속에 묻어 두기보다는 그 금화를 녹여서 『얼어죽은』 아기의 관을 만들어 주는 편이 좋을 것이다, 그러기 위해서는 우선 아기의 시신을 파내야 한다고 충고했다. 수리코프는 나의 이 우롱을 감사의 눈물로써 받아들여 곧 실천에 옮겼다. 나는 침을 퉤 뱉어 주고 그를 떠나 버린 것 같았다. 문득 내가 정신을 차리고 꿈을 꾸었다니까, 콜랴는 나에게 확언하기를, 나는 잠시도 자지 않고 그와 함께 수리코프의 얘기를 하고 있었다는 것이었다. 이따금씩 나는 미칠 듯한 고통과 혼돈에 빠져들곤 해서 콜랴는 몹시 근심에 싸인 채 돌아갔다. 그가 돌아간 다음 방문을 잠그려고 일어났을 때 갑자기 한 폭의 그림이 머리에 떠올랐는데 그 그림은 로고진의 집, 그 집에서도 제일 음침한 홀의 창문 위에 걸려 있는 것이었다. 지나는 길에 로고진 자신이 보여 주었으며 나는 5분 가량 그 앞에 서 있었던 것 같다. 예술적으로 보아서는 조금도 훌륭한 점이 없었지만 그 그림은 내 마음속에 이상한 불안감을 불러일으켰던 것이다.

그 그림에는 십자가에서 방금 내려진 예수가 그려져 있었다. 화가는 예수를 그릴 때, 십자가에 매달려 있을 때나 십자가에서 내려졌을 때나 그 얼굴에 비범한 미의 음영을 나타내는 것이 상례로 되어 있다. 그들은 가장 무서운 고통을 받고 있을 때라도 그 아름다움을 보존하려고 부심한다. 그런데 로고진네 집에 있는 그림에서는 아름다움이라는 것은 조금도 찾아 볼 수가 없었다. 그것은 십자가에 오르기까지의 참을 수 없는 고통인 상처와 고문과, 감시인의 채찍과 사람들의 채찍 그리고 십자가를 지고 갈 때 무거워서 넘어지기도 하며, 마침내는 마지막 여섯 시간에 걸친 십자가 위에서의 고통——내 계산으로는 적어도 이렇다——을 참아 낸 하나의 인간의 시체의 적나라한 묘사였다. 사실 그것은 지금 막 십자가에서 내려진 인간의 얼굴, 즉 아직도 생기와 체온을 다분히 유지하고 있는 인간의 얼굴이었다. 지금도 시체가 느끼고 있는 고통이 그 얼굴에 나타나 있는 것같이도 보였다. 이것은 정말 화가에 의하여 훌륭히 잘 포착되어 있었다. 그러나 그 얼굴에는 자비라고는 한 점도 없었다. 그것은 당연한 것이며 실로 어떠한 사람이라도 그만한 고통을 받고 나면 반드시 그렇게 될 것이다. 내가 알기로, 그리스도교에서는 이미 그 초기에 그리스도가 받은 고통은 결코 상징이 아니라 현실적인 것이라고 기술했다 한다. 실제로 그 육체는 십자가 위에서 완전히 자연 법칙의 지배를 받고 있었을 것이다. 그 그림에 그려진 얼굴은 채찍의 난타로 인해 처참하였으며, 피가 맺히고 두 눈은 벌어지고 눈동자는 뒤틀려져 있었으며, 커다랗게 돌출한 흰 눈은 죽은 사람처럼 유리알같이 빛만 반사시켰다. 그러나 이상하게도 이 고통받는 인간의 시체를 보고 있으려니까 하나의 독특하고 흥미있는 의문이 떠오르는 것이었다.

만일 이와 같은 시체를——그는 틀림없이 이와 똑같을 것이다——그의 모든 제자들과 미래의 사도들, 그를 보기 위해서 온 여인들, 그리고 그밖에 그를 믿고 숭배하던 모든 사람들이 목격했다고 한다면 이 순교자가 부활하리라고 어떻게 믿을 수 있었겠는가! 만일 죽음이라는 것이 이렇게도 처참하고 자연의 법칙이 그렇게도 강력하다면, 어떻게 그것을 정복할 수 있을까 하는 생각이 저절로 떠올랐을 것이다. 살아 있는 동안에는 자연을 정복하고 그것을 복종시켰던 사람,「달라다 꿈(소녀야, 일어나라. 「마가 복음」 제5장 제41절)」하고 외치며 죽었던 소녀도 일어나고, 「나자로야 나오라 (「요한의 복음」 제11장 제43절)」하고 불러, 죽었던 사람도 걸어나오게 하던 그리스도도 끝내는 극복하지 못했던 자연의 법칙을 어떻게 이길 수 있다는 건가? 그 그림을 보고 있으면 자연이라는 것이 어떤 거대하고 포악한 말없는 야수처럼 느껴진다. 아니, 이상하긴 하지만 그보다 훨씬 정확한 이유가 있다. 즉, 거대한 최신식 기계가 한없이 귀중하고 위대한 창조물을, 태연하면서도 무감각하게 움켜잡아 산산이 부숴뜨리고 아무런 감정도 없이 꿀꺽 삼켜 버린 것 같은 느낌이다. 이 창조물이야말로 자연 전체, 그리고 지구 전체와도 바꿀 수 없는 고귀한 존재인 것이다. 아마도 지구는 다만 이 창조물의 출현을 위해 만들어졌으리라! 그 그림에도 표현되어 있는 것은 앞에서 말한 바와 같이 일체를 정복하는 교만하고 우둔하며 한없는 힘의 무의미한 관념일 것 같다. 이 관념은 그림을 보는 사람의 마음에 저절로 전달된다.

그림에는 한 사람도 그려져 있지 않지만 이 시체를 에워싸고 있던 모든 사람은, 자기의 소망과 자기의 신앙이 일시에 깨어진 이 날 저녁에 무서운 고뇌와 동요를 느꼈을 것임에 틀림없었다. 물론 그들은 제각기 어떤 방법으로 빼앗길 수 없는 위대한 사상을 얻기는 했지만 그들은 형언할 수 없는 공포를 품은 채 그 자리를 떠났음이 분명하다. 만일 그들의 스승 자신이 이처럼 처참한 자기의 모습을, 처형 전날 밤 예견할 수 있었다면 과연 그와 같은 태도로 십자가에 오르고 그와 같이 죽을 수 있었을까? 그 그림을 보고 있으면 자연히 이런 의문도 떠오르는 것이었다.

이러한 모든 것들이 단편적으로 희미하게 내 앞을 스쳐 갔는데, 잠시 정신착란을 일으켰을 때인지는 모르겠지만 때로는 지극히 분명하게 그 양상을 띠고 나타나기도 했다. 이와 같은 상태는 콜랴가 돌아간 후에도 한 시간 반 가량이나 계속되었다. 형태가 없는 것이 형태를 갖추고 나타날 수가 있는가? 그러나 나는 이따금 무엇인가 이상하면서도 상상조차 할 수 없는 괴이한 형태를 띤 무한한 힘과 말도 못 하는 시커먼 귀머거리 창조물을 보았다고 생각하는 것이다. 누군지 손에 촛불을 들고 내 손을 잡아 끌어 무엇인가 커다랗게 징그러운 독거미 같은 것을 가리키며, 이것이 바로 그 시커멓고 말못하는 귀머거리 창조물이며 만능의 힘을 가진 것이라고 우겨 대면서, 나의 불만스런 얼굴을 비웃으며 쳐다보는 것같이 생각될 때도 있었다. 내 방의 성상 앞에는 언제나 등불이 켜져 있다. 그 불빛은 희미하고 어슴푸레하지만 방안의 물건들을 분간할 수 있고 바로 등불 밑에서는 책을 읽을 수도 있다. 이미 12시는 지나간 것 같았다. 나는 한잠도 자지 않고 눈을 뜬 채 침대에 누워 있었다. 갑자기 내 방 문이 열리더니 로고진이 방안으로 들어왔다.

그는 들어와서 문을 닫고 말없이 나를 바라보더니, 등불 밑에 놓인 의자쪽으로 조용히 걸어갔다. 나는 몹시 놀랐지만 잠자코 기대 속에서 지켜 보고 있다가, 그가 탁자에 기대어 조용히 나를 바라보는 것을 보고 그에게서 더없는 모욕과 증오를 느꼈다고 기억된다. 왜 그는 말을 하지 않으려 했을까? 그가 이처럼 늦은 시간에 나를 찾아왔다는 사실도 물론 이상하게 여겨졌으나 웬일인지 거기에 대해서는 별로 놀라지 않았던 것으로 생각된다. 오히려 그와는 반대였다. 오늘 아침 나는 그에게 나의 사상을 분명히 말하지는 않았으나 그가 그것을 이해했다는 것을 나는 알고 있다. 그런데 이 사상은 아무리 늦었다 하더라도 다시 한 번 거기에 대해서 얘기를 하러 오지 않고는 배겨 낼 수 없을 만한 성질의 것이다. 그래서 나는 그가 그것 때문에 온 것으로 생각했다. 아침에 우리는 어느 정도 적의를 품은 채 헤어졌으며 그가 두세 번 지극히 냉소적인 눈으로 나를 바라보았던 것을 나는 기억하고 있다. 똑같은 그 냉소를 지금도 그의 눈초리에서 읽을 수 있었고 또한 그것이 나에게는 모욕감을 주는 것이었다. 그러나 이것이 환영도 꿈도 아닌 진짜 로고진이라는 것을 처음부터 털끝만큼도 의심치 않았다. 심지어 그러한 생각조차도 없었다.

그는 여전히 꼼짝 않고 앉아서 똑같은 조소를 머금고 나를 바라보고 있었다. 나는 화가 난 듯이 침대에서 홱 돌아누워 베개에 팔꿈치를 얹고, 비록 우리가 그렇게 앉아서 시간을 보낼지라도 아무 말 않고 버티기로 결심했다. 나는 어떻게 해서든지 그의 입을 먼저 열게 하고 싶었던 것이다. 아마 이렇게 20분 가량은 지났을 것으로 생각된다. 문득 이것은 어쩌면 로고진이 아니라 유령일는지도 모른다는 생각이 나의 머릿속에 떠올랐다.

나는 병을 앓는 동안 아니 그 전에도, 유령을 한 번도 본 적이 없다. 그러나 나는 어릴 때부터, 하기는 지금도 그렇지만, 비록 유령을 믿지는 않았어도 만약에 단 한 번이라도 유령을 보는 날이면 그 자리에서 까무라쳐 죽어 버릴 것만 같이 생각되었다. 그런데 지금 이것은 로고진이 아니라 오로지 유령이라는 생각이 떠올랐다. 그런데도 나는 놀라지 않고 오히려 화를 냈던 것이다. 또 하나 이상한 것은, 이것이 과연 유령인가 아니면 로고진 자신인가 하는 문제가 웬일인지 조금도 나의 흥미를 끌지 않았다. 그때 나는 다른 생각을 하였던 것 같다. 예를 들면, 오늘 아침엔 실내복에 단화를 신고 있던 로고진이 어째서 지금은 연미복에 흰 조끼를 입고 흰 넥타이를 매고 있을까? 이런 데에 훨씬 더 많은 흥미를 느꼈던 것이다. 동시에 이러한 생각도 떠올랐는데, 만일 이것이 유령인데도 내가 이 유령을 무서워하지 않는다면 나는 왜 일어나지도 않고, 그에게 가지도 않으며, 확인하지도 않는가? 그러나 얼마 후 나는 아마 그렇게 하지는 못하고 겁을 내고 있었던 것 같다. 그러한 생각이 들자마자 갑자기 전신에 얼음덩이가 와 닿는 것 같은 느낌을 가졌다. 등골이 오싹해지며 무릎이 와들와들 떨렸다. 순간, 내가 떨고 있는 것을 안 로고진은 턱을 괴고 있던 손을 펴고 자세를 바로잡으며 웃으려는 듯이 입술을 실룩거리기 시작했다. 그는 나를 똑바로 쳐다보았다. 나는 당초에 입을 열지 않으리라 결심하고 있었으므로 꾹 참고 그냥 침대에 누워 있었다. 더욱이 이것이 로고진인지 아닌지도 아직 확실하지 않았기 때문이다.

　이러한 상태가 얼마나 계속되었는지 정확히 기억할 수는 없다. 그리고 이 따금 의식을 잃었었는지 어쩐지도 확실하게 기억하고 있지 않다. 분명한 것은 로고진이 자리에서 일어나 아까 들어왔을 때와 마찬가지로 천천히 그리고 자세히 나를 바라본 후, 조소의 빛은 이미 사라지고 없었지만, 발꿈치를 들다시피하고 조용히 방문 쪽으로 다가가서 문을 열고 나가는 것을 본 기억밖엔 없다. 그 후에도 나는 침대에서 일어나지 않았다. 나는 눈을 뜬 채 여러 가지 생각에 골몰하고 있었으나 얼마나 오랜 시간을 누워 있었으며 무엇을 생각했는지 그것은 역시 기억할 수 없었다. 이튿날 아침 9시가 지나서야 방문을 두드리는 소리에 눈을 떴다. 9시가 지나도록 내가 방문을 열고 차를 가져오라는 소리가 없을 때는 마트레나가 와서 방문을 노크하게 되어 있었다. 하녀를 위해 문을 열어 주다가 나는 문득, 방문은 잠겨 있었는데 어떻게 로고진이 들어왔을까? 하는 상념이 떠올랐다. 그래서 나는 집안 식구들에게 물어 본 결과, 로고진이 정말로 들어왔을 리가 없다고 확신했다. 왜냐하면 우리 집의 문들은 밤이 되면 전부 잠가 버리기 때문이다.

114

지금 내가 상세하게 이야기한 이 괴이한 사건은 나의 확고한 결단력의 원인이 된 것이다. 따라서 나의 최후의 결심을 촉구한 것은 논리도 논리적인 신념도 아니며 다만 혐오뿐이다. 이처럼 괴이한 형식으로 나를 모욕하는 삶을 이 이상 계속할 순 없다. 그 환영은 나를 모욕한 것이다. 나는 거미의 형태를 띤 그 어둡고 우둔한 힘을 따를 수는 없다. 저녁녘이 되어 충분하고도 단호한 결심을 마음속에 느낀 순간 나는 비로소 기분이 상쾌해졌다. 그러나 이것은 처음 한 순간뿐이며, 그 다음 순간부터는 파블로프스크로 가는 것이었다. 여기에 대해서는 앞에서 이미 충분히 설명한 바 있다고 생각한다.

7

나는 회중용 소형 권총을 한 자루 가지고 있다. 그것을 산 것은 내가 아직 소년이었을 때, 그러니까 결투나 강도들의 습격, 혹은 결투 신청을 받고 기꺼이 권총 앞에 선다든지 하는 따위의 이야기에 흥미를 느끼기 시작한 우스꽝스러운 시절이었던 것이다. 한 달 전에 나는 이 권총을 찾아 내 가지고 총알을 재어 놓았다. 권총을 넣어 두었던 상자 속에 탄환 두 발과 뿔로 된 화약통에 화약 세 발분이 들어 있었던 것이다. 그 권총은 폐물이어서 옆으로 많이 빗나가기 때문에 열다섯 걸음 이상 되는 거리에선 도저히 표적을 맞힐 수 없다. 그렇지만 관자놀이에 바싹 갖다 대고 쏘면 물론 해골을 박살낼 수 있을 것이다.

나는 해가 떠오르는 것과 동시에 파블로프스크에서 죽기로 결심했다. 그러나 집안 사람들을 놀라게 하지 않기 위해 공원에 내려가서 죽기로 결심한 것이다. 나의 이 『해명』은 경찰에서도 모든 사건을 충분히 설명할 수 있을 것이다. 심리학에 흥미를 느끼는 사람이나 필요를 느끼는 사람들은 이것에서 제멋대로의 결론을 얻을 수 있으리라. 나는 이 원고가 공개되기를 원치 않는다. 다만 공작 자신만이 사본을 한 부 보관하고 다른 한 부는 아글라야 이바노브나 예판치나에게 전해 주기를 바랄 뿐이다. 이것이 나의 소원이다. 그리고 나의 유골은 과학 발전을 위해 의과 대학에 기증하는 바이다.

나는 나에 대한 어떠한 재판도 인정하지 않는다. 따라서 지금 나는 모든 법원의 권한을 넘어서 있는 것이다. 얼마 전에 나는 다음과 같은 걸 상상하

고 웃음을 머금은 적이 있다. 만일 내가 지금, 내가 좋아하는 사람을 죽
인다거나 한꺼번에 열 명쯤 사람을 죽여 버리기로 결심한다면, 혹은 이 세
상에서 가장 무서운 어떤 짓을 하기로 결심한다면, 앞으로 여생이 이삼 주
일밖에 안 남았기 때문에 이제는 고문도 시련도 소용 없는 나를 상대해야
할 그 재판관의 입장은 얼마나 난처할까? 나는 온화하고 정중한 의사가 지
켜 보는 국립 병원에서 편안하게 죽을 수 있을 것이다. 아마도 우리 집보다
는 더욱 안락하고 따뜻하겠지. 어째서 나와 똑같은 처지에 있는 사람들에게
는 이런 생각이 웃음거리로나마 떠오르지 않는 것일까? 아니, 어쩌면 떠오
를 거다. 우리 나라에는 재미있는 친구들이 많이 있으니까.

　그러나 비록 내가 나에 대한 재판을 인정하지 않는다 하더라도, 나는 이
미 듣지도 못하고 말도 못 하는 피고가 되었을 때 재판을 받게 될 것이 분
명하나, 나는 피고로서 강요된 말이 아닌 자유스러운 말을 하지 못한 채 이
세상을 떠나고 싶지는 않다. 그것은 변명이 아니며 용서를 비는 말도 아
니다. 오오, 절대 아니다! 나는 아무에게도 용서를 빌어야 할 이유가
없다. 나는 말하고 싶기 때문에 말하려는 것뿐이다.

　첫째로 여기에는 이상한 사상이 있다. 즉, 누가 어떠한 권리와 동기에서
앞으로 이삼 주일밖에 안 남은 나의 권리를 논박하고 부정하려 드는가? 이
제 새삼스레 무슨 재판이 필요하단 말인가? 누가 나에게 단지 사형 선고뿐
만 아니라 그 선고의 기한까지도 충실히 지켜야만 한다고 할 것인가?

　도대체 그것이 누구를 위해 필요하다는 걸까? 도덕적인 견지에서 필요
하단 말인가? 만일에 나에게 건강과 정력이 왕성함에도 불구하고『동포를
위해 이바지해야 할』자기의 목숨을 스스로 단축하려 든다면, 세상 사람들
은 의논도 없이 함부로 자기 목숨을 내던져서는 안 된다는 흔한 말로 나를
나무랄 것이다. 그러나 지금은, 이미 죽을 날짜까지 선고받은 지금은 어떤
가? 그래 목숨을 내놓는 것만으로도 부족하여, 그리스도교적 변증법으로
사실 너는 죽는 편이 오히려 좋을 것이다라고 행복한 결론을 내릴 공작의
위로의 말을 들으며, 생명의 최후의 원자를 하느님께 반환할 때 발하는 그
단말마의 신음 소리까지 도덕상 필요하단 말인가? —— 그와 같은 부류의
그리스도교 신자들은 언제나 이런 사상에 도달한다. 이것은 그들이 좋아하
는 장기인 것이다. 도대체 그들은 그 우스꽝스런『파블로프스크의 나무들』
을 들고 나와서 어쩌자는 것일까? 내 생애의 최후의 몇 시간을 그것으로

기쁘게 해주겠다는 걸까? 그들은 삶과 사랑의 환영으로, 내가 마이에르네 벽과 그 벽 위에 솔직하고도 노골적으로 쓴 것을 볼 수 없게 방해하고 있지만, 내가 나 자신을 아주 잊어버린 채 그러한 환영을 믿고 거의 열중하면 할수록, 나는 더욱더 불행하게 된다는 걸 대체 그들은 이해하지 못한단 말인가?

당신의 자연, 파블로프스크의 공원, 당신의 일출(日出)과 일몰(日沒), 당신의 푸른 하늘, 당신의 흡족한 얼굴과 그칠 줄 모르는 향연도 나 한 사람만을 무용지물로 간주하기 시작할 때, 이러한 모든 것이 나한테 무슨 소용이 있단 말인가? 이러한 자연의 아름다움이 나에게 무슨 의미를 지닌다는 걸까? 지금 내 옆에서 햇볕을 받고 왱왱거리고 있는 보잘것없는 한 마리의 파리까지도 이 향연과 합창의 일원으로서 자기가 있는 곳을 알고 그것을 사랑하며 행복을 느끼고 있는데, 나 한 사람만이 그 축에 끼지도 못하는 것을, 지금도 매분 매초마다 절실히 느끼지 않을 수 없다. 여태까지 나는 너무나 소심한 나머지 의식적으로 이것을 깨달으려 하지 않았던 것이다! 오오, 나는 알고 있다. 공작을 비롯하여 그밖의 모든 사람들은 내가 이런『교활하고 악의에 찬』수작을 늘어 놓는 대신에, 도덕의 승리를 위하여 유명한 밀르브와의 고전시라도 낭송하는 편이 좋을 것이라고 생각하고 있을 것이다.

> 영원한 이별을 아쉬워하는 벗이여
> 그대는 성스럽고 아름다운 정을 보였다.
> 그대가 젊은 날을 추억하며 죽는 날에
> 그 눈을 감겨 줄 한 벗이 있었도다.
>
> (이 시는 밀르브와의 시가 아니라 프랑스 시인 질 베르(1751~1780년)의 시를 작가가 손질한 것이다.)

그러나 행복한 세상 사람들이여, 나의 말을 믿으라. 이 지나치게 새침스런 고전시 속에도, 이 프랑스의 아카데믹한 인생 찬미의 노래 속에까지도 그 운율에서나마 자위를 찾고 있는, 체념할 길 없는 증오와 한없는 분노의 정이 숨겨져 있는 것이다. 그 때문에 이 시인 자신도 미로에 빠져들어 이 원한을 환희의 눈물로 착각한 채 죽어 가지 않았던가. 시인이여, 편안함에 쉬어지이다! 그러나 인간이 무가치와 무기력을 자각하는 것은 넘어설 수 없는 일정한 불명예의 한계가 있어서 거기에서는 한 걸음도 더 나아갈 수 없는 법이며, 이 한계를 넘어서면 인간은 자기의 치욕 속에서 위대한 기쁨을 느끼기 시작하는 것이다. 물론 이런 의미에 있어서는 겸손도 하나의 위대한 힘일 수 있다. 그것은 나도 긍정한다. 하기는 종교가 겸손을 힘이라고 생각하는 것과는 그 의미가 다른 것이지만.

종교! 나는 영생을 인정한다. 전에도 항상 인정해 왔던 것 같다. 자의식은 최고의 힘의 의지에 의해서 점화(點火)되는 것이라고 해도 좋다. 그리고 이 자의식이 세계를 향하여 『나는 존재한다!』고 외친다고 해도 좋다. 또는 그 최고의 힘에 의하여, 어떤 약간의 이유로 해서라든가, 아니 아무런 설명도 하지 않고 다만 그럴 필요가 있으나 사라져 버리라고 명령을 한대도 괜찮다. 그런 것은 아무래도 좋다. 나는 이 모든 것을 인정한다. 그러나 언제나 똑같은 영원한 의문이 남는다. 즉, 도대체 무엇 때문에 나의 체념 같은 것이 필요하단 말인가? 어째서 잡아먹히는 자로부터 고맙다는 인사를 요구한단 말인가? 왜 아무 소리 않고 잡아먹지 않는 것일까? 내가 이삼 주일 동안 기다리지 않는다고 해서 화를 낼 사람이 정말로 있는 것일까? 나는 그렇게 믿지는 않는다. 그보다는 이렇게 상상하는 편이 훨씬 정확할 것이다. 즉 하잘것없는 나의 생명은, 나의 원자의 생명은 그 어떤 우주의 완전한 조화를 위해서, 또는 음향의 조화를 위해서, 아니면 그 어떤 대조 같은 것을 위해서 필요한 것이라고. 이것은 마치 수백만의 생물이 뒤에 남는 세계를 유지하기 위해 날마다 스스로의 생명을 희생할 필요가 있는 것처럼 느끼는 것과 같은 이치인 것이다——이 사상 자체가 훌륭한 것이 못 된다고는 인정하지만——그러나 그것도 좋다! 그처럼 쉴새없이 서로를 잡아먹지 않고는 절대로 이 우주를 형성해 나갈 수 없다는 것만은 나도 시인한다. 나는 우주에 대해서 하나도 이해하지 못한다는 것을 시인할 자세가 되어 있다.

그러나 내가 확실히 알고 있는 것은, 만약 『나는 존재한다』라는 자각이 부여되기만 하면 온 세상이 모순투성이가 되어 있다 하더라도, 그리고 그 모순 없이는 세상이 존속할 수 없다고 하더라도 그런 것은 나와 아무런 상관도 없는 일이다. 누가 이러니저러니 나를 비난하겠는가? 무슨 소리를 하건 그것은 불가능하고 불공평한 일이다.

내가 줄곧 마음속으로 바라고 있음에도 불구하고, 나는 내세나 섭리가 존재하지 않는다고는 도저히 상상할 수 없다. 좀더 정확하게 말하자면 모든 것이 존재하지만 우리들은 내세와 그 법칙을 전혀 알지 못한다고 할 수밖에 없다. 만일 그것을 아는 것이 매우 힘들고 전혀 불가능한 일이라고 한다면, 내가 그것을 알지 못한다고 해서 나에게 그 책임이 있다고는 할 수 없지 않 겠는가? 물론 사람들은, 물론 공작도 포함해서, 그런 경우에는 복종이 필 요하다, 이론을 내세울 것이 아니라 오직 도덕만을 위해 복종해야 한다, 그 래야만 저승에 가서 그 복종과 겸양이 보상을 받게 될 것이라고 말할 것 이다. 우리들은 자기들의 신을 이해하지 못하는 번민 때문에 신을 격하시키 고 있는 것이다. 어쨌든 신을 이해한다는 게 불가능한 일이라면, 재차 말하 지만 인간이 알 수 없는 그것에 대해 대답하기는 힘든 것이다. 그렇다면 내 가 신의 참된 의지와 법칙을 이해하지 못했다 해서 나를 나무랄 사람은 아 무도 없을 것이 아닌가? 그건 그렇고, 종교 얘기는 이만 하기로 하자.

그리고 이 정도로 충분하다. 내가 이쯤까지 읽어 내려갈 때면, 아마도 태 양이 떠올라『하늘에 울려퍼지고』한량없는 위대한 힘이 우주 전체에 충만 될 것이다. 그것도 좋다! 나는 이 힘과 삶의 원천을 직시하며 죽어 갈 것 이다. 나는 이러한 삶을 원치 않는다! 만일 내가 태어나지 않을 힘을 가지 고 있었다면 이처럼 사람을 희롱하는 조건 밑에서는 존재를 거부했을 것임 에 틀림없다. 그러나 나는 이미 죽을 날이 며칠 안 남은 인간이기는 하지만 아직도 죽을 권리만은 보유하고 있다. 위대하지 않은 권리다. 반역도 역시 위대하지 않은 것이다.

마지막 3주일을 견디어 낼 만한 힘이 없기 때문이 아니다. 아, 나는 그 정도 지탱할 힘은 있다. 만일 내가 그렇게 하고만 싶다면 내가 받은 모욕감 만으로도 충분한 위안이 되었을 것이다. 하지만 나는 프랑스의 시인이 아니 니까 그 따위 위안은 필요치 않다.

끝내는 유혹이 나타났다. 자연은 3주일이라는 선고로써 나의 행동을 극도 로 제한해 버렸기 때문에, 지금과 같은 처지에서 내가 자신의 자유 의지로 시작하고 끝낼 수 있는 일이라고는 아마도 자살밖에는 없을 것이다. 사실 나는 마지막으로 가능한 사업의 시도를 해보고 싶어서 그러는지도 모른다. 반항이란 건 때로는 적지 않은 사업일 수가 있는 것이다……

『해명』은 마침내 끝났다. 이폴리트는 비로소 입을 다물었다……. 이렇게 극단적으로 미쳐 버린 신경질적인 사람에게는 무서운 것이 없어지고, 어떤 추태라도 능히 부릴 수 있다. 아니, 그런 일에 오히려 만족감을 느끼게 되어 상대를 가리지 않고 아무한테나 마구 덤벼들며, 마침내는 그러한 추태를 부리고서 종각에서 뛰어내림으로써, 만일에 무슨 시끄러운 문제가 야기되면 죽음으로써 그것을 한꺼번에 해결하려는 속셈을 가지고 행동하기 마련이다. 대개의 경우 이런 극단적인 행동은 최후의 자포자기적인 노골성으로 확대되는 법이다. 이러한 심적 상태의 징후는 보통의 경우 점차로 가중되는 육체적인 소모에서 볼 수 있다. 여태까지 이폴리트를 지탱해 온 거의 부자연스러울 정도의 비상한 긴장은 그 마지막 단계에까지 도달한 것이다. 병 때문에 지칠 대로 지친 18세의 청년은 나뭇가지에 매달려 떨고 있는 나뭇잎처럼 약하게 보였다. 그러나 거의 한 시간 만에 처음으로 자기의 청중을 둘러보는 순간, 말할 수 없이 거만하고 조소적인 분노에 찬 혐오의 표정이 그의 시선과 미소에 떠올랐다. 그는 도전적인 자세를 취했다. 그러나 청중들은 매우 분개하고 있었다. 모두들 요란스럽게 화를 내며 자리를 차고 일어났다. 피로와 술과 흥분이 좌중의 어수선한 분위기를, 아니 추악하다고까지 표현할 수 있는 좌중의 분위기를 한층 더하게 한 것 같았다.

돌연 이폴리트는 용수철에 퉁긴 듯 후다닥 자리에서 일어났다.

「해가 떴다!」나무 꼭대기에 환하게 반짝이는 해를 발견하고, 마치 기적이라도 일어난 듯이 공작에게 가리켜 보이며, 그는 외쳤다.

「그럼, 당신은 해가 뜨지 않을 줄 알았소?」하고 페르드이시첸코가 끼여들었다.

「또 온종일 더위에 시달려야겠군.」가냐는 모자를 든 채 기지개를 켜고 하품을 하면서 투덜거렸다. 「한 달 동안이나 계속 가뭄이 계속되니, 빌어먹을! 프치스인, 자넨 돌아가지 않겠나?」

이폴리트는 몹시 놀라서 장승처럼 우뚝 서 있었으나 별안간 창백해지더니 온몸을 떨었다.

「당신은 나를 모욕할 목적으로 일부러 태연을 가장하고 있지만 어쩐지 몹시 서툰 것 같군요.」그는 가냐의 얼굴을 뚫어지게 바라보며 이렇게 말했다.「당신은 악당입니다!」

「쳇, 금세 덤비기라도 할 것 같군!」하고 페르드이시첸코가 고함쳤다. 「건드리기만 하면 쓰러질 녀석이!」

「완전한 바보녀석이야.」가냐가 말을 받았다.

이폴리트는 약간 주춤거렸다.

「나는 알고 있습니다, 여러분.」그는 여전히 몸을 떨며 한마디 한마디를 끊으면서 이렇게 입을 열었다. 「나는 여러분의 개인적인 앙갚음을 받을 만합니다. 그리고…… 이런 허튼 소리로 여러분을 괴롭혀 드린 것을 죄송하게 생각하는 바입니다——그는 원고를 가리켰다. 그리고 이런 잠꼬대 같은 것으로 여러분을 괴롭혀 드린 것을 미안하게 생각합니다……. 이 글을…… ——그는 바보같이 웃었다——어떻게 생각하십니까, 예브게니 파블로비치, 지루했습니까?」그는 느닷없이 이렇게 물었다. 「지루했습니까, 아닙니까? 말해 주십시오!」

「약간 지루한 느낌은 있었지만, 그러나…….」

「모두 말해 주십시오! 일생에 단 한 번만이라도 거짓말을 하지 마십시오!」이폴리트는 여전히 몸을 떨면서 명령조로 말했다.

「오오! 그런 건 아무래도 마찬가집니다. 제발 나를 내버려 두십시오.」예브게니 파블로비치는 퉁명스럽게 내뱉고는 외면을 해버리고 말았다.

「안녕히 주무십시오, 공작!」프치스인이 공작에게로 다가갔다.

「이 분은 지금 자살을 하려고 하는데, 당신네들은 뭘 하고 계시는 겁니까! 이 사람을 좀 보십시오!」이렇게 외치며, 베라 레베제프는 이폴리트에게로 황급히 달려가서 그의 손을 잡았다. 「그는 해가 뜨는 것과 함께 자살하겠다고 하지 않았느냐 말예요! 그런데 당신들은!」

「개가 자살을 해? 자살을 못 할 걸세!」몇 사람이 짓궂게 빈정거렸다. 그 속에는 가냐도 끼어 있었다.

「여러분, 조심하십시오!」이폴리트의 손을 붙잡고 콜랴가 소리쳤다. 「이 사람의 얼굴을 보시면 알 게 아닙니까! 공작님, 공작님! 무얼 하시는 거예요!」

이폴리트의 주위에는 베라·콜랴·켈레르·부르도프스키 등이 모여들었다. 네 사람이 모두 이폴리트의 손을 붙잡았다.

「그는 권리가 있습니다. 권리가!」하고 부르도프스키가 말했으나 그 자신은 마치 정신 나간 사람과 같았다.

「실례지만 공작님, 당신은 어떻게 하실 겁니까?」취해 있는 레베제프가 잔뜩 화가 나서 공작의 곁으로 오며 이렇게 물었다.

「어떻게 할 거라뇨?」

「실례지만 나는 이 집의 주인입니다만……, 물론 당신께 망신 주고 싶지도 않습니다만……, 당신이 이 집의 주인이라면 여기서 무슨 일이 일어나기를 원하지는 않으실 것입니다.」

「자살은 무슨 자살이야! 철없이 장난을 치고 있는 거야!」 갑자기 이불긴 장군이 미간을 찌푸리며 태연자약한 태도로 소리쳤다.

「그렇습니다, 장군님!」 하고 페르드이시첸코가 맞장구를 쳤다.

「자살하지 못하리라는 건 나도 알고 있어요, 장군님. 그렇지만 역시…… 나는 이 집 주인이니까요.」

「이것 보시오, 체렌치예프 씨!」 프치스인이 공작에게 작별 인사를 하고 나서 이폴리트의 손을 잡으며 말을 걸었다. 「당신은 아까 그 수기 원고에서 당신의 유골을 의과 대학에 기증하겠다고 하신 것 같은데, 그건 틀림없이 당신의 유골을 두고 한 말인가요?」

「물론 나의 유골을 두고 한 말이지요.」

「알겠습니다. 잘못이 생길는지도 모르니까요. 전에도 그와 같은 말을 들었기 때문에…….」

「무엇 때문에 당신은 그를 괴롭히지요?」 공작이 갑자기 소리쳤다.

「기어코 울리겠군.」 페르드이시첸코가 덧붙였다.

그러나 이폴리트는 절대 울지 않았다. 그는 그 자리를 뜨려 했으나 갑자기 주위를 에워싸고 있던 네 사람이 그의 손을 붙잡았다. 그러자 좌중에는 웃음소리가 터져 나왔다.

「결국 자기 손을 붙잡게 하려고 그 수기를 읽었다고밖엔 생각할 수 없어.」 로고진이 말했다. 「그럼 잘 있게, 공작! 너무 오래 앉아 있었더니 뼈가 쑤시는군.」

「체렌치예프, 비록 당신이 정말로 자살할 생각이었다 하더라도,」 하고 예브게니 파블로비치가 웃으며 말했다. 「내가 당신 입장에 있다면, 그런 이야기를 한 뒤, 저 사람들을 괴롭히기 위해서 나는 자살을 중지하겠습니다. 난 그렇게 할 겁니다!」

「저 사람들은 내가 자살하는 걸 보고 싶어서 그러는 거예요!」 하고 이폴리트가 그에게 말했다.

그는 마치 공격하듯이 말했다.

「그걸 보지 못할 거라고 생각하십니까?」

「나는 당신을 충동질하는 것은 아닙니다. 그와는 반대로 당신이 자살할 것 같다고 생각합니다. 어쨌든 너무 화를 내지는 마십시오…….」예브게니 파블로비치는 상대방을 두둔하는 것 같은 어조로 말끝을 길게 끌었다.

「나는 이런 사람들에게 원고를 읽어 준 것이 나의 과오였다는 것을 이제야 비로소 알았습니다.」이렇게 말하며 갑자기 이폴리트는 마치 친구로서의 충고를 구하는 것 같은 신뢰 어린 눈빛으로 예브게니 파블로비치를 바라보았다.

「당신의 입장은 조소적인 것이었지만 그러나…… 뭐라고 충고를 해야 할지 모르겠군요.」예브게니 파블로비치는 웃으며 대답했다.

이폴리트는 눈 한 번 깜박 않고 심각한 얼굴로 말없이 그를 바라보고 있었다. 마치 얼마 동안 완전히 의식을 상실한 것처럼 보였다.

「아니, 미안하지만 도대체 이건 무슨 소리를 하는지 모르겠군요!」레베제프가 말했다. 『『아무도 놀라지 않게 공원에서 자살하겠노라』고 큰소리를 쳤단 말입니다. 그래 놓고는 현관 층계를 내려가서 서너 걸음만 나가면 아무에게도 폐를 끼치지 않을 것이라니 이게 도대체 말이 돼요?」

「여러분…….」공작이 입을 열었다.

「아니, 실례지만 존경하는 공작님.」레베제프는 기를 쓰고 말했다. 「당신이 직접 보신 것처럼 이것은 농담이 아니며, 적어도 손님들 중의 반수 이상은 나와 의견이 같을 것인데, 자살한다고 자기 입으로 말했으니, 체면을 유지하기 위해서라도 반드시 자살하고야 말 것입니다. 그래서 나는 이 집의 주인으로서, 여러 증인이 계신 앞에서 당신에게 조력을 구한다고 선언하는 바입니다.」

「어쩌겠다는 거요? 레베제프, 나는 기꺼이 당신을 도울 용의가 있소.」

「그렇다면 이렇게 하면 됩니다. 첫째로 저 사람이 우리들한테 자랑한 그 권총을 탄약과 함께 우리에게 넘겨 줘야 한다는 겁니다. 만일 권총을 넘겨 준다면 저 사람의 건강 상태를 짐작하여 이 집에서 하룻밤만 지내도록 허가하겠습니다. 물론 내가 옆에 붙어서 감시한다는 조건부로 말입니다. 그러나 내일은 어디론지 그가 가고 싶은 곳으로 떠나 보내야 합니다. 죄송하군요, 공작님. 만일 권총을 내놓지 않으면 나는 당장 저 사람의 손을 잡고, 즉 내가 한쪽 손을 잡고 이볼긴 장군이 다른 한 손을 잡고, 즉시 경찰에 알리겠습니다. 그렇게 되면 이 사건은 경찰 당국의 심리로 넘어가 버리고 맙니다. 나의 친한 친구 페르드이시첸코가 달려갔다 올 겁니다.」

좌중에는 소동이 일어났다. 레베제프는 극도로 흥분하여 어쩔 줄 모르고 펄펄 뛰고 있었다. 페르드이시첸코는 경찰서로 달려갈 채비를 하기 시작했고, 가냐는 핏대를 올리면서 아마도 자살할 사람은 없을 거라고 우겨 댔다. 예브게니는 잠자코 있었다.

「공작님, 당신은 종각에서 뛰어내려 본 적이 있습니까?」 갑자기 이폴리트가 그에게 속삭였다.

「어, 없습니다…….」 공작은 퉁명스럽게 대답했다.

「당신은 제가 이렇게 여러 사람으로부터 미움을 받을 것을 예견하지 못했다고 생각하십니까?」 이폴리트는 눈을 번쩍이며, 정말로 상대방의 답변을 기다리는 듯이 공작을 바라보면서 또다시 속삭였다. 「좋습니다!」 별안간 그는 모든 사람에게 소리쳤다. 「내가 잘못했습니다……. 누구보다도 내가 나빴습니다! 레베제프, 여기 열쇠가 있습니다——그는 지갑을 꺼내더니 그 속에서 조그만 열쇠가 서너너덧 개 달린 철사 고리를 뽑아냈다——요것입니다. 두번째 것……, 콜랴가 가르쳐 줄 거예요! 콜랴! 콜랴는 어디 갔지?」 이폴리트는 콜랴를 뻔히 보고 있으면서도 그를 알아보지 못하고 이렇게 소리쳤다. 「여기 있었군……. 이 사람이 당신에게 가르쳐 줄 겁니다. 아까 이 사람과 함께 짐을 정리했으니까. 콜랴, 그를 안내해 주게. 공작의 서재 책상 밑에 내 가방이 있네. 이 열쇠로 열면 밑바닥에 권총과 탄약통이 든 상자가 있을 걸세. 레베제프, 아까 이 사람이 내 짐을 정리했으니까 그가 당신에게 가르쳐 줄 것입니다. 갈 때는 나의 권총을 돌려줘야 합니다. 나는 내일 아침 일찍 페체르부르그로 갈 테니까요. 나는 공작님을 위해서 이렇게 하는 것이지, 당신을 위해서가 아닙니다.」

「그것도 좋겠군.」 레베제프는 열쇠를 빼앗아 들고 악의에 찬 미소를 지으며 옆방으로 달려갔다. 콜랴는 도중에 걸음을 멈추고 무슨 말이라도 하려는 눈치였으나, 레베제프가 그를 잡아 끌고 갔다.

이폴리트는 웃고 있는 손님들을 둘러보고 있었다. 공작은 그가 심한 오한에 걸린 것처럼 이를 맞부딪히고 있는 것을 알았다.

「저 인간들은 모두가 다 악당들이군요!」 하고 이폴리트는 분노를 참지 못하겠다는 듯이 공작에게 속삭였다. 공작에게 말을 할 때 그는 언제나 구

부리고 속삭였다.

「저런 사람들은 그러려니 하고 그냥 내버려 두시오. 당신은 지금 몹시, 몹시 피로해 있으니까…….」

「곧, 곧…… 곧 가겠습니다.」

느닷없이 그는 공작을 포옹했다.

「아마 당신은 나를 미친 놈이라 생각하실 겁니다.」 그는 공작을 바라보며 이상하게 웃었다.

「아닙니다! 그렇지만 당신은…….」

「곧, 곧 가겠습니다. 아무 말씀도 하지 마시고, 가만히 계십시오……. 나는 당신의 눈을 보고 싶습니다……. 그렇게 서 계십시오, 내가 당신을 볼 수 있게……. 나는 지금 『인간』과 작별을 고하려는 것입니다…….」

그는 잘못해서 놓쳤다가는 큰일라도 날 듯이 꼼짝도 않고, 말도 없이 서서 한 10초 가량 공작의 얼굴을 응시했다. 그의 머리는 땀으로 젖어 있었고, 창백하고 이상스런 표정으로 공작의 손을 잡고 있었다.

「이폴리트, 이폴리트, 왜 이러시오?」 공작은 소리쳤다.

「이젠 그만……, 이젠 됐어요……. 곧 가서 눕겠습니다. 그러나 태양의 건강을 축복하며 한 모금 마시고 싶군요……. 마시고 싶어요, 마시고 싶어. 놓아 주십시오!」

그는 재빨리 탁자 위에서 술잔을 집어들고, 자리를 떠나 재빠른 동작으로 테라스 층계를 향해 걸어갔다. 공작은 그의 뒤를 쫓아가려고 했으나 공교롭게도 바로 이 순간, 예브게니 파블로비치가 작별 인사를 하기 위해서 공작에게 손을 내밀었다. 1초가 지난 뒤 테라스에서 갑자기 고함 소리가 들려왔다. 뒤이어 말할 수 없는 혼란의 한 순간이 닥쳐 왔다.

다음과 같은 사태가 일어났던 것이다.

테라스 층계 쪽으로 다가간 이폴리트는 왼손에 술잔을 든 채 걸음을 멈추고 오른손을 외투의 오른쪽 호주머니에 쑤셔넣었다. 나중에 켈레르가 주장하기는, 이폴리트는 공작과 얘기하고 있을 때부터 줄곧 오른손을 호주머니에 넣고 있었다는 것이다. 왼손으로 공작의 어깨나 옷깃을 잡았다는 것이다. 누구보다도 자기가 제일 먼저 마음속에 의혹은 느꼈었다고 켈레르는 말했다. 어쨌든 그는 이상한 불안감에 휩싸여 이폴리트의 뒤를 쫓아 달려나갔다. 그러나 이미 때는 늦었다. 그는 다만 이폴리트의 오른손에서 무엇인가 번쩍이는 것을 보았을 뿐이다. 그 순간 조그만 회중용 권총이 그의 관자놀이에 닿아 있었다. 켈레르는 그 손을 잡으려고 달려들었으나, 이폴리트는 얼른 방아쇠를 당겨 버리더라는 것이다. 찰칵하는 메마르고 날카로운 금속성 소리가 났으나 발사되는 소리는 들리지 않았다. 켈레르가 이폴리트를 끌어안았을 때, 그는 의식을 잃고 정말 죽은 것처럼 그의 품 안으로 쓰러졌다. 권총은 이미 켈레르의 수중에 있었다. 이폴리트를 끌어다가 의자에 앉혔고 모든 사람들은 그의 주위에 모여들어 어찌된 영문이냐고 물었다. 모두들 방아쇠를 당기는 소리는 들었으나 살아 있는 사람을 보게 됐고, 심지어는 찰상조차 입지 않았음을 알게 됐다. 이폴리트 자신은 어리둥절한 얼굴로 멍청히 앉은 채 무의미한 시선을 주위의 사람들에게 던지고 있었다. 이때 레베제프와 콜랴가 뛰어왔다.

「불발(不發)이었나요?」 하는 질문이 주위에서 일어났다.

「혹시 장전하지 않은 것 아냐?」 하고 억측하는 사람도 있었다.

「장전은 되어 있었습니다.」 켈레르가 권총을 검사하며 소리쳤다. 「그런데…….」

「불발이었단 말이오?」

「뇌관이 들어 있지 않았어요.」 켈레르가 대꾸했다.

뒤이어 벌어진 측은한 광경은 말하기조차 거북했다. 처음에 모든 사람들을 놀라게 한 경악은 순식간에 웃음으로 변해 버렸다. 개중에는 이 사건에서 악의에 찬 만족을 느끼며 요란하게 웃어 젖히는 자도 있었다. 이폴리트는 히스테리라도 일으킨 듯 흐느껴 울며 자기 손을 비틀어 모든 사람들에게 덤벼들고, 심지어는 페르드이시첸코에게까지 달려들어 두 손을 붙잡고 뇌관을 넣는 것을 깜박 잊었을 뿐이라고 거듭 강조하는 것이었다.

「깜빡 잊었지, 일부러 그렇게 한 건 절대로 아니에요. 뇌관은 여기에 이렇게 이 조끼 주머니 속에 들어 있습니다. 열 개 가량이나 들어 있어요.」

그는 주위의 모든 사람들에게 보여 주었다. 그가 처음부터 뇌관을 넣지 않은 것은 우연히 호주머니 속에서 발사되지 않을까 염려되었기 때문이며, 필요할 때는 언제든지 간단히 집어넣을 수가 있다고 생각했었는데 그만 얼결에 잊었다는 것이었다. 그는 공작이나 예브게니 파블로비치에게 대드는가 하면 켈레르한테 권총을 돌려 달라고 애원하기도 했다. 그는 즉시 그가 『명예를 아는 인간』이라는 것을 증명해 보이겠다고 고함을 치는가 하면「명예를 영원히 더럽혔습니다.」라고 떠들기도 했다.

마침내 그는 의식을 잃고 쓰러졌다. 그를 공작의 서재로 데려 갔다. 술이 다 깬 레베제프는 곧 의사를 부르러 보내고 나서 자기의 딸과 아들, 부르도프스키, 장군 등과 함께 환자의 침대 옆에 남아 있었다. 의식을 잃은 이폴리트가 서재로 옮겨질 때 켈레르는 방 한가운데 버티고 서서 한 마디씩 말을 또박또박 분명히 떼어서 발음하며 의미심장하게 소리쳤다.

「여러분, 여러분 중의 누구든지 다시 한 번 내 앞에서, 일부러 뇌관을 넣지 않았을 거라든가 저 불행한 청년이 희극을 연출한 데 지나지 않는다든가 하는 말을 입밖에 내는 사람이 있다면, 그 사람은 내가 상대해 주겠소!」

그러나 아무도 이 말에 대꾸하는 사람은 없었다. 손님들은 이윽고 급히 서두르며 떼지어 돌아갔다. 프치스인, 가냐, 그리고 로고진이 함께 떠났다.

공작은 예브게니 파블로비치가 결심을 바꾸어 아무 얘기도 없이 그냥 돌아가려는 것을 보고 놀랐다.

「아까 당신은 다른 손님들이 돌아간 다음에 나와 이야기하고 싶다고 하시지 않았습니까?」 그는 물었다.

「그랬었죠.」 예브게니 파블로비치는 갑자기 의자에 앉더니 공작을 자기 곁에 앉히며 이렇게 말했다. 「그러나 지금 나는 잠깐 그 결심을 바꾸었습니다. 솔직히 말해서 나는 정신이 약간 어리둥절해졌어요. 당신도 역시 그러시리라 믿습니다. 나의 생각은 뒤죽박죽이 되어 버렸습니다. 더욱이 당신과 의논하려는 문제는 나에게 지극히 중대한 문제입니다. 물론 당신에게도 중대한 문제입니다만. 아시다시피 나는 일생에 한 번만이라도 허심탄회하게, 즉 아무런 저의도 없이 일을 처리해 보고 싶었습니다. 그러나 오늘은 아무래도 공명정대하게 일을 처리할 만한 능력이 없을 것 같군요. 당신 역시 마찬가지겠죠……. 또한…… 저…… 그리고…… 아니, 나중에 상의하기로 합시다. 난 사흘 가량 페체르부르그에 다녀오겠습니다만, 그때까지 기다리면 아마 문제의 진상이 분명해질지도 모릅니다.」

그러고는 그는 다시 의자에서 일어났다. 왜 앉았었는지 이상할 지경이었다. 공작은 예브게니 파블로비치가 무엇인지 못마땅한 것처럼 적의를 품은 눈으로 자기를 바라보고 있는 것을 눈치 챘다. 그의 시선은 아까와는 전혀 딴판이었던 것이다.

「그건 그렇고, 당신은 지금 환자한테 가시려는 겁니까?」

「네……, 난 걱정이 되는군요.」 공작이 대답했다.

「걱정하진 마세요. 6주일은 문제없이 살 겁니다. 어쩌면 그만 나아 버리는지도 모릅니다. 그렇지만 가장 좋은 해결책은 그를 내일 쫓아 버리는 겁니다.」

「아마도 내가 아무 말도 않고 있었던 것이…… 도리어 그 사람에게 충동하는 결과를 가져왔는지도 모르겠군요. 그 사람은 내가 자기의 자살을 의심한다고 생각하고 있는지도 모르겠어요. 당신은 어떻게 생각하십니까, 예브게니 파블로비치?」

「그렇지 않습니다. 그렇지 않아요. 아직도 그런 일로 걱정하시는 걸 보니 당신도 어지간히 호인이로군요. 내가 알기로는, 실제로 보지는 못했지만, 사람이란 남에게 칭찬을 받고 싶어서, 혹은 칭찬해 주지 않는 데 대한 화풀이로 일부러 자살을 한다더군요. 그러나 그 친구의 노골적인 소심증에는 정말 놀라지 않을 수 없더군요. 어쨌든 그 친구는 내일 쫓아 버리는 게 좋을 겁니다.」

「당신은 그가 한 번 더 자살을 기도할 것으로 생각하십니까?」

「아니, 이제는 하지 않을 겁니다. 그렇지만 당신은 저런 러시아식 라스네르(1830년대에 프랑스의 파리를 떠들썩하게 한 살인범 시인)를 조심해야 합니다. 거듭 말씀드리겠습니다만, 저 친구처럼 성미가 급하고 재능이 없으며 욕심이 많은, 보잘것없는 사람들한테는 범죄라는 것이 가장 적당한 피난처이니까요.」

「하지만 그를 『라스네르』라 할 수 있을까요?」

「비록 분장은 다를지라도 본질적으로는 동일합니다. 그가 그의 『해명서』에서 우리에게 말한 것과 같을 것입니다. 이 사람은 정말 『장난삼아』 사람을 한 열 명쯤 죽일는지도 모릅니다. 나는 그의 이와 같은 말 때문에 오늘 밤엔 잠을 잘 것 같지가 않습니다.」

「당신은 지나치게 걱정하는 것 같습니다.」

「당신도 이상하군요, 공작. 그래, 그가 사람을 열 명쯤 죽이지 못할 거라고 생각하십니까?」

「당신한테 대답하기가 두렵군요. 모든 것이 이상하군요. 그러나…….」

「좋도록 생각하십시오, 좋도록!」 예브게니 파블로비치는 초조하게 말을 맺었다. 「당신은 굉장히 용감한 사람이군요. 그러나 그 열 명 중에 끼여들지 않도록 조심하십시오.」

「확실히 그 사람은 한 사람도 죽이지 않을 거예요.」생각에 잠긴 얼굴로 예브게니 파블로비치를 바라보며 공작은 이렇게 말했다.

예브게니는 어이가 없다는 듯이 껄껄 웃었다.

「안녕히 계십시오, 시간이 됐습니다. 아, 아까 그 친구가 사본 한 부를 아글라야 이바노브나한테 전해 달라는 말을 들으셨습니까?」

「네, 들었습니다. 그리고…… 그것에 대해 생각을 하고 있는 중입니다!」

「하긴 그렇군요, 사람 열 명을 죽인 살인 사건이 일어날 경우엔…….」예브게니 파블로비치는 또다시 웃으며 밖으로 나가 버렸다.

그로부터 한 시간이 지난 4시쯤에 공작은 공원을 거닐었다. 그는 집에서 한잠 자려 했었지만 가슴이 몹시 두근거려서 도저히 잠을 이룰 수가 없었던 것이다.

집 안도 정돈되고 이제는 어느 정도 정상을 되찾았다. 환자는 잠이 들었고, 왕진 왔던 의사는 그다지 위험한 상태는 아니라고 언명했다. 레베제프와 콜랴와 부르도프스키는 교대로 간호하겠다고, 환자의 방에 자리잡고 누웠다. 걱정할 것은 아무것도 없었다.

그러나 공작의 불안은 매분마다 더해 갔다. 그는 몽롱한 눈초리로 주위를 두리번거리며 공원을 거닐다가 어느새 정거장 앞 광장에까지 나와 있었기 때문에, 텅 빈 벤치들과 연주석의 악보대가 눈에 들어왔을 때는 놀라서 걸음을 멈췄다. 이곳 풍경은 웬일인지 그에게 몹시 불쾌감을 주었다. 그래서 그는 어제 예판친 댁 가족들과 정거장에 왔던 길로 되돌아가서, 밀회 장소로 지정된 녹색 벤치로 다가가 거기에 털썩 주저앉고는 느닷없이 커다란 소리로 웃음을 터뜨렸으나, 순간 그는 그러한 자기 자신에 대하여 극도로 혐오를 느꼈다. 계속되는 그의 권태, 그래서 그는 어디론가 떠나 버리고 싶었다……. 그러나 그는 어디로 가야 할지 그것을 알 수 없었다. 그가 있는 곳의 머리 위에선 나뭇가지에 앉은 새가 울고 있었다. 그는 우거진 나뭇잎 사이를 두리번거렸으나 새는 갑자기 나무에서 날아가 버렸다. 그 순간 어쩐 일인지 이폴리트가 쓴 『햇볕을 받고 왱왱거리고 있는 보잘것없는 한 마리의 파리』 생각이 떠올랐다. 「이 파리까지도 이 향연과 합창의 일원으로서 자기가 있는 곳을 알고……. 오직 나 한 사람만이 그 축에 끼지도 못한다.」는 이 구절은 아까도 그에게 강한 충격을 주었었지만, 지금 또다시 그는 그것에 대해서 생각했다. 그리고 이미 오래 전에 잊어버렸던 하나의 기억이 그의 마음속에서 고개를 쳐들고 갑자기 분명하게 떠오른 것이다.

그것은 스위스에서 치료를 받기 시작했던 첫해의 일이었는데, 보다 정확히 말해서 그해 첫달에 있었던 일이었다. 그때 그는 완전히 백치였기 때문에 말도 제대로 하지 못했고, 때로는 남이 자기에게 하는 말도 잘 알아듣지 못하는 형편이었다. 언젠가 맑고 화창한 날, 그는 산에 올라가서, 무엇인지 피할 수 없는 괴로운 상념을 품은 채 오랫동안 산 속을 헤맨 일이 있었다. 그의 눈앞에는 찬란한 하늘과 아름다운 호수와, 그 사방으로는 밝은 지평선이 끝없이 펼쳐져 있었다. 그는 오랫동안 이 풍경을 바라보면서 번민 속에 잠겨 있었다. 그는 그때 그처럼 밝고 끝없는 모든 것을 향해 두 손을 벌리고 울었던 것이 기억 속에 생생히 떠올랐다. 그를 괴롭힌 것은, 이러한 모든 것이 그와는 아무런 관계도 인연도 없는 것이란 상념이었다. 어릴 때부터 언제나 그의 마음을 사로잡고 있으면서도, 자기는 아무리 애써도 참여할 수 없는 이 향연, 이 끊임없고도 무궁한 자연의 축제는 도대체 무엇일까? 아침마다 똑같은 태양이 떠오르고, 아침마다 폭포수에는 무지개가 끼고, 저녁마다 멀리 저쪽 하늘 끝에 솟아 있는, 눈으로 덮인 높은 산은 자줏빛으로 불타오른다. 「내 옆에서 햇볕을 받고 왱왱거리고 있는 보잘것없는 한 마리의 파리까지도 이 향연과 합창의 일원으로서 자기가 있는 곳을 알고 그것을 사랑하며 행복을 느끼고 있다.」 각각의 한 포기 풀도 성장하며 행복해 하고 있는 것이다 ! 모든 것은 자기의 길을 가지고 있으며, 또한 모든 것은 자기의 길을 알고 있다. 그리고 노래와 함께 가고 노래와 함께 온다. 그럼에도 불구하고 자기만 아무것도 모르며 아무것도 이해하지 못하고 있다. 사람도 소리도 못 알아본다. 누구와도 무엇과도 인연이 먼 무용지물인 것이다. 물론 그는 이러한 의혹을 말로 표현할 수는 없었다. 그는 귀머거리처럼 벙어리처럼 혼자 번민했을 뿐이다. 그러나 지금 그는 그 당시에 자기가 이러한 모든 것을 말한 것같이 생각되었다. 그래서 아까 그『파리』의 얘기도, 이폴리트가 자기한테서, 즉 자기의 말과 눈물 가운데서 빼내 온 것같이 생각되었다. 그리고 그런 생각을 하면 어떤 이유 때문인지 가슴이 두근거리는 것이었……

그는 벤치에서 깜박 잠이 들었으나 그의 불안은 꿈속에까지도 계속되었다. 잠이 들기 직전에 그는 이폴리트가 사람을 열 명이나 죽일 것이라는 말을 되새기고, 그 상상의 어리석음에 혼자 쓴웃음을 지었다. 그의 주위에는 상쾌하고 밝은 정적이 깃들어 있었고, 오직 나뭇잎이 바스락거리는 소리만이 들려 왔는데 그것은 한층 더 고요하고 서글픈 느낌을 주는 것이었다. 그는 매우 많은 꿈을 꾸었다. 그것은 모두 하나같이 불안에 가득 찬 것이어서 그는 줄곧 몸을 떨고 있었다. 마침내 어떤 여인이 그에게로 다가갔다. 그는 그 여인은 알고 있었다. 괴로우리만큼 잘 알고 있었다. 언제나 이름을 대고 누구라고 가리킬 수 있는 여인이었다. 그러나 이상하게도 지금 그녀는, 그가 지금껏 알아 왔던 것과는 딴판인 얼굴을 하고 있는 것이었다. 그는 도저히 이것이 그 여인이라고 시인할 수가 없었다. 그 얼굴에는 후회와 공포가 넘치고 있어, 방금 무서운 범죄를 저지르고 온 범인같이 보였다. 눈물이 그 창백한 볼을 타고 흘러내리고 있었다. 그녀는 공작에게 손짓을 하며 아무 소리도 말고 자기 뒤를 따라오라는 듯이 손가락을 입술에 갖다 대어 보였다. 공작의 심장은 얼어붙는 것 같았다. 그는 절대로, 절대로 이 여자를 죄인으로 인정하고 싶지는 않았다. 그러나 그는 웬지 모르게 지금 곧 무엇인가 자기 생애에 결정적인 영향을 미칠 만한 무서운 일이 일어날 것만 같다고 생각을 했다. 그녀는 어딘지 공원에서 멀지 않은 가까운 곳에 있는 무엇인가를 그에게 보여 주려 하는 것 같았다. 그는 그녀의 뒤를 따라가려고 일어났다. 그때 갑자기 그의 옆에서 명랑하고 싱싱한 웃음소리가 터져 나왔다. 그는 그의 손에 보드라운 손이 닿는 것을 느꼈다. 그는 그 손을 꼭 움켜쥐며 잠을 깼다. 그의 앞에는 아글라야 이바노브나가 서서 큰 소리로 웃고 있었던 것이다.

8

그녀는 웃고 있었다. 그러나 원망스러운 표정이었다.

「자고 있었군요, 당신 졸고 있었죠?」 그녀는 경멸과 놀라움이 섞인 어조로 소리쳤다.

「아, 당신이었군요!」 공작은 아직 잠이 덜 깬 희미한 의식으로 그녀를 놀란 듯이 바라보면서 중얼거렸다. 「아, 그렇지! 약속이 있었지요! 지금 깜박 잠이 들어서…….」

「주무시고 계시더군요.」

「당신 말고 누구 딴사람이 나를 깨운 건 아니겠죠? 당신 말고 딴사람은 아무도 없었나요? 나는 여기…… 다른 여자가 온 줄로 생각을 했었는데요…….」

「여기 다른 여자가 있었나요?」

비로소 그는 완전히 정신을 차렸다.

「단지 꿈을 꾸었습니다.」 하고 공작은 생각에 잠기는 얼굴로 말했다. 「이런 때 그런 꿈을 꾸다니, 이상하군……. 앉으십시오.」

그는 그녀의 손을 잡아 벤치에 앉혔다. 그리고 자기도 그 곁에 앉으며 또다시 무슨 생각엔지 잠겨 버렸다. 아글라야는 얘기를 시작하지 않고 공작의 얼굴만 뚫어지게 바라보았다. 공작 역시 그녀를 바라보고 있었으나, 때때로 자기 앞에 있는 그녀를 전혀 의식하지 못하고 있는 것 같았다. 그녀는 얼굴을 붉히기 시작했다.

「아, 그렇지.」 공작은 부르르 떨며 말했다. 「이폴리트가 권총 자살을 기도했어요.」

「언제? 댁의 별장에서요?」 그녀는 물었으나 그리 놀라지도 않았다. 「엊저녁까지도 살아 있던 것 같던데요? 그래 그런 일이 있었는데도 당신은 이렇게 여기서 잠을 자고 있었단 말예요?」 그녀는 갑자기 활기를 띠며 이렇게 외쳤다.

「그렇지만 그는 절대로 죽지는 않았습니다. 권총이 불발이었지요.」

아글라야의 간청에 따라 공작은 간밤에 일어난 모든 일을 상세하게 이야기하지 않으면 안 되었다. 그녀는 그에게 빨리 말하라고 재촉하였으나, 그러면서도 이 사건 자체와는 아무 관련도 없는 말을 물어서 자꾸만 이야기를 중단시켰다. 그녀는 예브게니 파블로비치가 무슨 말을 했느냐 하는 데 관심을 표시하며 몇 번이나 되묻곤 했다.

「그 정도면 충분해요, 서둘러야 하겠는데요.」 공작의 이야기를 다 듣고 나서 그녀는 이렇게 말했다. 「우리는 여기서 앞으로 한 시간, 그러니까 8시까지밖엔 얘기할 수 없어요. 내가 여기에 나왔었다는 걸 아무도 모르게 하려면 8시까지는 집으로 돌아가야 하거든요. 나는 볼일이 있어서 온 것뿐이니까요. 당신한테 알려 드려야 할 얘기가 많이 있어서요. 더욱이 지금 당신은 나를 아주 당황하게 했습니다. 내 생각으로는 이폴리트의 권총이 발사되지 않은 것은 당연한 거예요. 그것이 그 사람한테 더욱 유리했기 때문이죠. 당신은 그 사람이 정말로 자살하려 했고, 또 아무런 속임수도 없었다고 믿으시나요?」

「절대로 속임수는 없습니다.」

「그렇겠죠! 그런데 나에게 자기의 『고백』을 전해 달라고 씌어 있었던가요? 그럼 왜 당신은 그걸 내게 가지고 오지 않으셨죠?」

「그 사람은 죽지 않았으니까요. 그에게 물어 보겠습니다.」

「꼭 갖다 주세요. 물어 볼 필요도 없을 거예요. 그는 좋아할 거예요. 그 사람이 자살하려 한 것은 나중에 나한테 그 고백을 읽게 하기 위해서였는지도 몰라요. 제발 그렇다고 해서 비웃지는 마세요. 레프 니콜라예비치! 어쩌면 그럴 수도 있으니까요.」

「나는 비웃지 않습니다. 왜냐하면 어느 정도 그럴 가능성이 있다고 생각하니까요.」

「정말 그걸 믿어요? 그렇게 생각하신단 말씀이에요?」 아글라야는 갑자기 매우 놀란 표정을 해보였다.

그녀는 쉴새없이 물으며 서둘러서 말했으나 이따금 혼동을 일으키며 초조하게 서두르는 눈치였다. 대체로 보아 그녀는 엄청난 불안감에 싸여 있었고, 그녀의 시선은 대담하고도 도전적이었으나 다소 소심한 빛이 엿보이기도 했다. 그녀는 지극히 평범한 옷차림이었는데 그녀에게는 아주 잘 어울렸다. 그녀는 종종 몸을 떨고 얼굴을 붉히며 벤치 끝에 앉아 있었다. 이폴리트가 자살을 하려 한 것이 어쩌면 아글라야에게 그 고백을 읽게 하고 싶어서였는지도 모른다는 공작의 대답은 그녀를 몹시 놀라게 했다.

「물론,」 공작은 해명했다. 「당신뿐만 아니라, 우리들 모든 사람들로부터도 칭찬을 받고 싶어서였겠지요…….」

「칭찬 때문이라구요?」

「말하자면, 그건…… 어떻게 설명해야 할까요? 말하기가 너무 어렵군요. 다만 확실한 것은 자기 주위의 모든 사람이 그에게 『우리는 당신을 사랑하고 또 존경하고 있으니 제발 죽지 말고 살아 있어 주십시오.』라고 말하면서 자살을 못 하도록 말리기를 기대했을 거라는 겁니다. 그러나 그 사람이 누구보다도 당신을 열망했다는 것은 당연한 거지요. 그런 때 당신의 이름을 꺼낸 것만 보아도 알 수 있는 일이 아닙니까……. 하기는 자기 스스로도 당신을 열망한다는 것을 모르고 있었는지 모르지만.」

「무슨 말인지 난 하나도 모르겠어요. 열망하고 있으나, 열망한다는 것을 모르고 있는지도 모른다구요? 그러나 어떻게 생각하면 알 것도 같아요. 당신은 내가 열세 살 먹은 소녀 시절에 부모님 앞으로 유서를 써놓고 독약을 먹은 뒤 관 속에 들어가 누워 있으면, 모두들 눈물을 흘리면서 나한테 심하게 군 걸 후회하리라는 상상을 서른 번이나 한 일이 있었다는 것을 아시는지요……. 왜 또 웃으시죠?」 그녀는 미간을 찌푸리며 재빨리 덧붙였다. 「당신은 도대체 공상을 할 때 무엇을 생각하시죠? 어쩌면 당신은 자신이 육군의 원수쯤 되어 가지고 나폴레옹을 정벌하는 공상을 하고 있는지도 모르겠군요.」

「옳은 말입니다. 특히 혼자서 졸고 있을 때는 그런 것을 생각하지요.」 공작은 웃었다. 「그러나 나는 나폴레옹이 아니라 언제나 오스트리아 인만 정복하거든요.」

「나는 당신과 농담을 하려는 것이 아니에요, 레프 니콜라예비치! 이폴리트는 직접 내가 만나 볼 테니까, 그에게 그렇게 알려 주세요. 나는 당신의 태도가 좋지 못하다고 생각해요. 그와 같이 생각하는 것이나 이폴리트에게 하신 것처럼 남의 영혼에 대해 비평한다는 건 매우 나쁜 태도예요. 당신에게는 따뜻한 인간성이 없어요. 있다는 건 오직 진리 하나뿐이에요! 그래서 당신의 처사는 공평하지 못합니다.」

공작은 사색에 잠겼다.

「내가 보기에는 당신이 나에게 공정하지 못한 것 같습니다.」 그는 말했다. 「그가 그렇게 생각했다고 해서 나는 그가 전적으로 나쁘다고는 생각하지 않습니다. 모든 사람이 그렇게 생각할 수 있는 것이니까요. 더욱이 그 사람은 그런 생각을 하지 않고…… 그러한 욕망을 느꼈을 뿐인지도 모르지 않습니까. 그는 마지막으로 사람을 만나서 그들의 존경과 사랑을 얻고 싶었던 겁니다. 이것은 참으로 훌륭한 감정이라고 생각합니다. 다만 결과가 좀 이상하게 된 것뿐이지요. 그렇게 된 것은 병과 또, 다른 어떤 것 때문이에요! 어떤 사람은 무슨 일을 해도 척척 맞아 들어가는 반면, 또 어떤 사람은 무슨 일이건 항상 엉뚱한 결과만을 초래할 수도 있거든요…….」

「그건 당신 자신을 두고 하시는 말이 아닌가요?」 아글라야가 말했다.

「네, 나를 두고 한 말입니다.」 공작은 그녀의 질문에서 악의를 전혀 알아채지 못했다.

「그렇지만 내가 당신이라면 절대로 잠을 잘 수는 없을 것 같아요. 아마 당신은 어디를 가나 곧 잠이 드는 모양이죠? 그것도 매우 좋지 않은 것입니다.」

「그래요, 나는 밤새 한잠도 자지 못했고 악단 있는 데까지 걸었기 때문에…….」

「어떤 악단요?」

「엊저녁에 연주회가 있었던 곳 말입니다. 거기까지 갔다가 돌아와 여기 앉아서 생각하고 생각하다가 잠이 들었나봐요.」

「아, 그랬었군요! 그렇다면 문제가 좀 다르지만……. 그런데 악단이 있었던 곳까지는 뭘 하러 가셨죠?」

「나도 모르겠습니다. 어쩌다…….」

「좋아요, 좋아요, 나중에 듣죠. 당신은 자꾸만 딴소리를 하고 계시군요. 당신이 연주회 장소에 가셨던 것이 나와 무슨 상관이죠? 당신은 어떤 여자에 대해 꿈을 꾸셨죠?」

「그건…… 당신도 그녀를 보신 일이 있는데…….」

「알겠어요, 잘 알겠어요. 당신은 그 여자를 몹시……. 어떤 모양으로 꿈에 나타났던가요? 아니, 그런 건 알고 싶지도 않아요.」 갑자기 그녀는 화를 내며 말했다. 「제 말을 중도에서 방해하지 말아 주세요…….」

그녀는 마치 원기를 돋우고 노여움을 쫓아 버리려고 애쓰는 듯이 잠시 동안 입을 다물고 있었다.

「내가 당신을 이리로 불러 낸 것은 당신이 내 친구가 되어 주기를 바랐기 때문입니다. 아니, 왜 갑자기 그렇게 나를 바라보시는 거죠?」

그녀는 화가 난 듯이 물었다.

공작은 그녀가 또다시 얼굴을 빨갛게 붉히는 것을 발견하고 찬찬히 그녀를 들여다보고 있었던 것이다. 그녀는 이러한 경우 자기 얼굴이 붉어지면 붉어질수록 더욱 자기 자신에게 화가 나는 모양이었다. 그것은 그녀의 번쩍이는 두 눈에 역력히 나타나 있었다. 조금 뒤에는 그 분노의 불길을 상대방에게로 옮긴다. 그리고는 잘못이 있건 없건 그에게 싸움을 거는 것이었다. 그녀는 이와 같은 자기의 거칠고 부끄러운 성미를 잘 알고 있었으므로 습관적으로 남의 대화에 거의 끼여 들려 하지 않았으며 그래서 언니들보다 말이 없었고 어떤 때는 지나칠 정도로 말이 없었다. 특히 이렇게 미묘한 문제가 화제에 올라 반드시 말을 해야 할 때는 굉장히 거만하고도 도전적인 태도로 나오기가 일쑤였다. 그녀는 얼굴이 붉어지기 시작하든가, 혹은 붉어지려고 할 때는 언제나 그것을 사전에 예감할 수 있었다.

「당신은 내 제안을 받아들이고 싶지 않은가보군요?」 그녀는 도도하게 공작을 바라보았다.

「그렇습니다. 그것은 전혀 필요치 않습니다. 나는 그런 제의를 할 필요가 있으리라곤 정말 생각해 본 일조차 없습니다.」 공작은 몹시 허둥거렸다.

「그럼 당신은 어떻게 생각하셨죠? 무엇 때문에 내가 당신을 이리 불러 냈다고 생각하셨어요? 당신의 마음엔 무슨 생각이 들어 있죠? 우리 집에 서 모두들 나를 바보로 생각하듯이 아마 당신도 나를 귀여운 바보라고 생각 하고 계시겠죠?」

「나는 모두가 당신을 바보로 생각하고 있다는 것조차 몰랐습니다. 나는 …… 나는 그렇게 생각하지 않습니다.」

「그렇게 생각하지 않는다구요? 당신이 하시는 말치고는 매우 영리한 말 이군요.」

「내 생각으로는, 당신이야말로 이따금 굉장히 영리한 때가 있는 것 같습 니다.」 공작은 계속해서 말했다. 「조금 전에도 당신은 매우 영리한 말을 하셨어요. 이폴리트에 대한 나의 억측에 대하여 『진리 하나만 알기 때문에 공평하지 못하다.』라고 하셨지요? 나는 그 말을 기억하고 있으며, 지금 생 각하고 있는 중입니다.」

아글라야는 갑자기 기쁨에 얼굴이 붉어졌다. 그녀에게 있어 이러한 변화 는 언제나 노골적으로 매우 급격하게 일어나는 것이었다. 공작도 역시 기뻤 으며 그녀의 얼굴을 바라보고는 즐거움에 웃기까지 했다.

「그런데 말예요.」 하고 아글라야는 이야기를 시작했다. 「저도 당신한테 모든 것을 털어놓고 얘기하려고 오랫동안 기회가 오기를 기다리고 있었어 요. 당신이 나한테 편지를 보내 주신 후 아니, 아주 오래 전부터……. 그 절반은 이미 엊저녁에 제가 말씀드려서 아시고 계시겠지만요, 나는 당신을 매우 정직하고 결백한 아니, 이 세상의 어느 누구보다도 가장 정직하고 결 백한 분이라고 생각하고 있어요. 만일에 어떤 사람이 당신을 두고 이야기할 때 머리가 좀……, 다시 말해서 이따금 정신적으로 이상이 있다는 말을 한다면, 그것은 아주 전적으로 틀린 말이에요. 나는 그렇게 확신하고 또 그것에 관해 논쟁도 많이 했어요. 비록 당신이 정말로 정신적인 이상이 있다 하더라도——물론 이렇게 말한다고 해서 화를 내지는 않겠지요, 나는 좀 더 높은 차원에서 하는 말이니까——그대신 가장 중요한 지적인 면에서는 세상의 누구보다도 훌륭하거든요. 사실 보통 사람들은 상상도 할 수 없을 정도지요. 왜냐하면 인간의 지혜에는 중요한 것과 그렇지 못한 것 두 가지 가 있기 때문이죠. 그렇지요? 그렇잖아요?」

「어쩌면 그럴지도 모르겠습니다.」공작은 이 말을 간신히 했다. 그의 심장은 무섭게 떨며 고동치고 있었던 것이다.

「나도 당신이 이해하실 줄 알았어요.」그녀는 진지하게 계속했다. 「S공작이나 예브게니 파블로비치는 이 두 가지 지혜에 대해 전혀 이해하질 못해요. 알렉산드라도 마찬가지예요. 그런데 어머니만은 그걸 알고 계시거든요.」

「당신은 리자베타 프로코피예브나를 많이 닮으셨군요.」

「어머, 어디가요? 정말입니까?」아글라야는 깜짝 놀랐다.

「정말이구말구요.」

「감사합니다.」그녀는 잠깐 생각하고 나서 이렇게 말했다. 「내가 어머니를 닮았다니 참으로 기쁘군요. 그러니까 당신은 어머니를 매우 존경하고 계신 모양이죠?」그녀는 이것이 순진한 질문이라는 것도 생각하지 못하고 이렇게 덧붙였다.

「네에, 지극히 존경합니다. 그리고 나는 당신이 그것을 금방 알아맞혀서 기쁘군요.」

「나도 역시 기뻐요. 왜냐하면 사람들은 이따금 우리 어머니를 깔보는 경향이 있다는 것을 내가 알기 때문이죠……. 그렇지만 이제부터 아주 중요한 애기를 들어 보세요. 나는 오랫동안 생각하고 또 생각한 끝에 당신을 선택하기로 했어요. 나는 집에서 웃음거리가 되고 싶지는 않아요. 즉, 언제까지나 귀여운 바보 취급을 받고 싶지는 않단 말예요. 전 남한테 놀림을 받고 싶지 않거든요……. 나는 대번에 모든 것을 알아차리고 예브게니 파블로비치의 청혼도 딱 잘라 거절해 버린 거예요. 모든 사람이 나를 시집 보내지 못해 안달하는 게 밉살스러워 그랬던 거예요. 나는 나오고 싶어요……. 나는 집에서 나와 버리고 싶어요. 그래서 당신에게 협조를 구하려고 당신을 선택한 거예요.」

「집에서 나와 버린다구요?」 공작은 소리쳤다.

「네, 네, 네, 집에서 아주 나와 버리겠어요!」 하고 그녀는 격정적인 감정으로 소리쳤다. 「나는 언제까지나 부끄러운 꼴을 당하기는 싫으니까요. 나는 그 사람들 앞에서, 혹은 S공작이나 예브게니 파블로비치나 누구 앞에서도 얼굴을 붉히기는 싫어요. 그래서 나는 당신을 택한 거예요. 당신에게만 모든 것을, 모든 것을 얘기하고 싶어요. 심지어 매우 중요한 것까지도 이야기하고 싶어요. 그러니까 당신도 나한테 한 가지도 숨기면 안 돼요. 나는 나 자신에게 말하는 것처럼 모든 것을 말할 수 있는 단 한 사람만을 원했던 거예요. 그들은 모두 제가 갑자기 당신을 사모하고 당신을 애타게 사랑하고 있다는 거예요. 이건 당신이 돌아오기 전의 이야기지만, 나는 그 사람들에게 당신의 편지를 보여 주지 않았지요. 그런데 이제 와서는 이미 모든 사람이 그런 소리를 하고 있단 말예요. 나는 용감해지고 싶을 뿐 결코 두려워하고 싶진 않아요. 나는 그들이 여는 무도회 같은 데는 가고 싶지도 않아요. 쓸모 있는 인간이 되고 싶어요. 나는 오래 전부터 집을 나오고 싶었어요. 나는 20년간 그들에게 얽매어 있었고, 그들은 모두 나를 시집 보내려고 해왔습니다. 나는 열네 살 때 집을 나가려고 한 적이 있었어요. 하기는 그땐 아무것도 모르고 그랬었지만. 하지만 이번엔 여러 가지로 세밀한 계획을 세웠고, 당신한테 외국에 관한 모든 얘기를 들어 보려고 기다리고 있었던 거예요. 나는 아직 고딕식 성당을 한 번도 보지 못했어요. 나는 로마에도 가보고 싶고 학자들의 연구실도 구경하고 싶고 파리에서 공부도 하고 싶어요. 그래서 지난 1년 동안 공부도 꽤 했고 책도 많이 읽었어요. 나는 금지된 책까지 죄다 읽어 버렸지요. 알렉산드라나 아젤라이다는 무슨 책이든 읽고 싶으면 읽을 수 있지만 나만은 아무 책이나 마음대로 읽을 수 없게 되어 있거든요. 나는 감시를 받고 있었지요. 나는 언니들과 싸우는 것을 원치 않지만 어머니와 아버지한테는 벌써 오래 전에, 앞으로의 나의 사회적 위치를 근본적으로 변경시키고 싶다고 선언했어요. 나는 교육 사업에 종사하기로 결심하고, 특히 당신에게 기대를 걸고 있는 거예요. 당신은 아이들을 좋아한다고 말한 적이 있으니까요. 우리는 둘이서 함께 교육 사업에 종사할 수 있을 거예요. 비록 지금 당장은 못 하더라도 장차는 할 수 있어요. 우리 둘은 장차 유용한 사람이 될 거예요. 나는 장군의 딸 노릇은 더 이상 하고 싶지 않아요……. 대답해 보세요, 당신은 대단히 학식 있는 분이시죠?」

「아, 천만에!」

「유감스럽군요. 나는 그렇게 생각하고 있었는데……. 어째서 제가 그렇게 생각을 했는지 모르겠군요. 그러나 당신은 역시 나를 이끌어 주실 거예요. 내가 당신을 선택했으니까요.」

「그건 말도 안 되는 소립니다, 아글라야 이바노브나.」

「나는, 나는 집을 나와 버리고 싶어요!」 그녀는 외쳤다. 그녀의 두 눈은 다시 번쩍이기 시작했다. 「만일 당신이 끝까지 반대하신다면 나는 가브릴라 아르달리오노비치와 결혼해 버리겠어요. 집안 사람들이 나를 못된 계집으로 인정하고, 터무니없는 비난을 퍼붓고 있는데, 내가 무엇 때문에 그 집에 붙어 있겠어요!」

「당신은 온전한 정신으로 말하는 겁니까!」 공작은 펄쩍 뛸 듯이 놀랐다. 「당신에게 무슨 비난을, 누가 한단 말입니까?」

「집에 있는 모든 사람들, 즉 어머니도 언니들도 아버지까지, 그리고 S공작, 심지어는 당신의 그 짓궂은 콜랴까지도, 맞대놓고 하지는 않더라도 그렇게 생각하고 있어요. 그래서 나는 그 사람들에게, 어머니도 아버지도 있는 자리에서 마구 따지고 들었지요. 어머니는 그 날 하루 종일 앓아눕다시피 했어요. 이튿날 알렉산드라와 아버지가 나한테 와서 어제 네가 무슨 소리를 하였는지 아느냐고 이야기하더군요. 나는 그 자리에서 딱 잘라 말했어요. 나는 이미 어린애가 아니니까 무엇이든지, 무슨 말이든지 다 알고 있으며, 벌써 2년 전부터 모든 것을 다 알려고 일부러 폴 드 코크의 소설을 두 권씩이나 읽었다구요. 어머니는 그러한 말을 듣고 하마터면 기절을 할 뻔했지요.」

공작에게 문득 기묘한 생각이 떠올랐다. 그는 아글라야의 얼굴을 들여다보면서 미소를 지었다.

그는 지금 자기 앞에 앉아 있는 여자가 언젠가 가냐의 편지를 그처럼 거만한 태도로 자기 앞에서 읽어 준 그 도도한 처녀와 동일인라고는 도저히 믿을 수가 없었다. 그 도도하고 거만한 미인의 내부에 어째서 이렇게, 모든 말을 이해하지 못하는 어린아이 같은 기질이 있는지, 그것이 아무래도 그에게는 이상하게 생각되었던 것이다.

「당신은 줄곧 집에만 계셨나요, 아글라야 이바노브나?」 그는 물었다.

「다시 말해서 어떤 학교 같은 데, 전문학교 같은 데를 다니지 않았느냐 말예요?」

「아무데도 다녀 본 적이 없어요. 언제나 마개를 막은 병 속에 든 것처럼 집에만 들어앉아 있었어요. 그 병 속에서 곧장 시집을 가라는 거예요. 왜 또 웃으시죠? 당신 역시 나를 비웃고 그 사람들 편을 드시는 거예요?」그녀는 험악하게 미간을 찌푸리며 덧붙였다. 「아무쪼록 저를 화나게 하지 말아 주세요. 난 지금 자신이 어떻게 해야 할지를 모르고 있어요……. 당신은 틀림없이 내가 당신을 사랑하기 때문에 밀회를 요청한 것이라고 믿고 이곳으로 나오셨을 거예요.」그녀는 초조한 듯이 소리를 질렀다.

「사실 나도 어제는 몹시 걱정했습니다.」공작은 솔직히 중얼거렸다──그는 적이 당황하였다. 「그러나 오늘 나는 확신합니다, 당신은……. 」

「뭐라구요?」하고 아글라야는 펄쩍 뛰었다. 아랫입술이 갑자기 파르르 떨리기 시작했다. 「걱정했다구요, 당신 생각은…… 그럼 당신은 이렇게 생각하셨겠군요. 내가 당신을 이리 불러 내다 올가미를 씌운다, 그래서 사람들한테 발각되어 당신이 나와 결혼하지 않을 수 없게 하기 위해서……. 」

「아글라야 이바노브나! 당신은 부끄럽지도 않습니까? 당신의 그 순진한 가슴에 어떻게 그런 치사한 생각이 떠올랐습니까? 확실한 것은, 당신은 자기 자신이 한 말을 한 마디도 믿지 않고 있습니다……. 그리고 당신은 무슨 말을 했는지조차 모르고 있는 거예요.」

아글라야는 자기가 한 말에 스스로 놀랐는지 언제까지나 눈을 떨구고 앉아 있었다.

「난 전혀 부끄럽지 않아요.」그녀는 중얼거렸다. 「내 마음이 순진하다는 걸 어떻게 아셨죠? 그렇다면 어째서 당신은 그때 나한테 연애 편지를 보내셨죠?」

「연애 편지라구요? 내 편지가 연애 편지였단 말입니까? 그 편지는 가장 정중하고, 가장 경의에 찼으며 나의 생애에서 가장 괴로운 순간에, 나의 마음에서 우러나온 것입니다! 그때 무슨 광명처럼 당신이 떠올랐던 것입니다. 나는……. 」

「좋아요, 좋아요.」그녀는 갑자기 그의 말을 막아 버렸으나, 그 어조는 이미 전과는 다른 후회와 두려움이 뒤섞인 듯한 것이었다. 그리고 여전히 그의 얼굴에서 외면을 한 채, 제발 그렇게 화를 내지는 말아 달라는 듯이, 그의 어깨라도 잡으려는 것처럼 그에게 상반신을 굽히기까지 했다. 「좋아요,」하고 그녀는 몹시 부끄러운 듯이 덧붙였다. 「내 표현이 어리석었다는 것은 저도 알고 있어요. 하지만 그건, 다만…… 당신을 시험해 보려는 것뿐이었어요. 그러니까 그런 말은 없었던 것으로 생각해 주세요. 만일 내가 당신에게 모욕을 주었다면 용서해 주세요. 그렇게 내 얼굴을 쳐다보지 마세요. 딴데를 보아 주세요. 당신은 수치스러운 생각이라고 하지만 그건 공연히 당신을 한 번 찔러 보려고 일부러 한 말이었어요. 나는 이따금 내가 하려고 하는 말에 대해 생각하고 괴로워하기는 하나 이내 말해 버리는 버릇이 있어요. 당신은 지금 그 편지를 자기 생애에서 가장 괴로운 순간에 쓰셨다고 하셨죠? 그것이 어떠한 순간이었는지 나는 알고 있어요.」그녀는 다시 땅을 내려다보며 나직히 덧붙였다.

「아, 당신이 모든 것을 다 알아 주신다면!」

「나는 다 알고 있어요!」그녀는 또다시 흥분하여 소리쳤다. 「그때 당신은 그 더러운 여자와 한 달 동안이나 같은 방에서 살았다면서요? 함께 도망을 친…….」

이렇게 말하는 그녀의 얼굴은 붉어지는 게 아니라 창백해졌다. 그녀는 정신없이 벤치에서 발딱 일어났으나 곧 정신을 차리고 다시 자리에 앉았다. 그러나 입술만은 한참 동안이나 떨리고 있었다. 공작은 이 급작스러운 언동에 어리둥절하여 무엇을 생각할 겨를조차 없었다.

「나는 절대 당신을 사랑하지 않아요.」그녀는 불쑥 내뱉듯 말했다.

공작은 대꾸를 하지 않았다. 다시 1분 가량 말이 없었다.

「나는 가브릴라 아르달리오노비치를 사랑해요…….」더욱 고개를 수그리며 그녀는 들릴 듯 말 듯한 목소리로 말했다.

「그건 거짓말입니다.」공작은 역시 속삭이는 듯한 소리로 말했다.

「그럼, 내가 거짓말을 하고 있단 말씀인가요? 이건 사실이에요. 나는 그저께 바로 이 벤치에서 그 사람한테 맹세했으니까요.」

공작은 깜짝 놀라 잠시 생각하더니 「그건 거짓말입니다.」하고 단호하게 되풀이했다. 「그건 모두 당신이 만들어 낸 말이에요.」

「굉장히 정중하시군요. 정말이에요. 그는 새 사람이 되었어요. 그리고 나를 자기 목숨보다 더 사랑하거든요. 그이는 자기보다 나를 더 사랑한다는 것을 증명하기 위해 내 앞에서 자기 손을 불에 지지기까지 했으니까요.」

「자기 손을 지졌다구요?」

「네, 자기 손을……. 당신이 곧이듣건 말건 그런 것은 상관없는 일이지만요…….」

공작은 또다시 침묵을 지켰다. 아글라야의 말에는 농담 비슷한 빛이 조금도 없었다. 그녀는 화가 나 있었다.

「만일 그런 일이 여기서 있었다면, 그 사람은 여기 양초를 가지고 왔었단 말인가요? 나는 그렇게밖에는 생각되지 않는군요…….」

「네…… 양초를 가지고 왔더군요. 뭐 이상하게 생각되세요?」

「새 것이었습니까? 아니면 촛대에 꽂은 것이었습니까?」

「네, 맞아요……. 그랬어요……, 반쯤 타다 남은 양초였어요……. 토막이었지요……, 아니 새 것이었어요. 그러나 그런 건 아무래도 좋잖아요? 궁금하시면 성냥도 갖고 왔더라고 해두죠. 촛불을 켜놓고 30분 동안이나 손가락을 들이대고 있었어요. 왜 곧이들리지 않아요?」

「어제 그 사람을 만났는데 손가락은 멀쩡하던데요?」

아글라야는 갑자기 어린애모양 웃음을 터뜨렸다.

「지금 제가 왜 그런 거짓말을 했는지 아세요?」 그녀는 입술까지 떨면서 어린애처럼 순진하게 웃으며 공작에게 얼굴을 돌렸다. 「거짓말을 할 때는 무슨 기발한, 있을 법하지도 않는 괴상한, 다시 말해서 전혀 있을 수 없는 그런 얘기를 교묘하게 곁들이면 그 거짓말이 훨씬 그럴 듯하게 들리거든요. 저는 그런 이치를 알고는 있었지만, 어째 그것이 잘 안 되는군요. 그래서 이상하게 돼버린 거예요.」

문득 제정신으로 돌아온 듯 그녀는 다시 미간을 찌푸렸다.

「내가 그때,」 그녀는 신중하게 서글픈 눈으로 공작을 바라보며 이렇게 입을 열었다. 「내가 그때 당신한테 《가난한 기사》를 읽어 드린 것은, 그것은 당신을 칭찬하려는 뜻도 있었으나 한편으로는 당신의 그러한 행위를 힐책하려는 속셈도 있었던 거예요. 그리고 내가 모든 것을 다 알고 있다고 당신에게 알려 주고 싶었어요…….」

「당신은 내게 대해서나…… 그리고 당신이 지금 그처럼 심하게 말한 그 불행한 여자에 대해서도 매우 공정하지 못한 태도를 취하고 있습니다.」

「그 이유는 내가 모든 것을 죄다 알고 있기 때문이에요. 그래서 그렇게 말한 거예요! 나는 반 년 전에 당신이 여러 사람 앞에서 그 여자한테 청혼했다는 걸 알고 있어요. 변명하려 들지 마세요. 저의 말은 주석(註釋)을 필요로 하지 않는 얘기니까요. 그 일이 있은 다음 그 여자는 로고진과 함께 달아났어요. 그 후 당신은 그 여자와 함께 어느 도시 같은 덴지 시골 같은 덴지, 하여간 어디서 살았지요. 얼마 후 그 여자는 당신을 떠나 다른 사내한테 달아났다가——아글라야는 얼굴을 확 붉혔다——그 다음엔 자기를 미친 듯이 사랑해 주는 로고진한테 다시 돌아갔어요. 그 후 여자가 페체르부르그로 돌아왔다는 소식을 듣자, 매우 현명한 당신은 그 뒤를 쫓아 여기까지 달려오신 거예요. 그리고 어젠 그 여자를 보호하려고 달려 나갔으며 조금 전엔 그녀에 대한 꿈까지 꾸고……. 아시겠죠? 나는 모든 것을 알고 있어요. 당신이 파블로프스크에 오신 것도 실은 그 여자 때문이었죠.」

「네, 그 여자 때문이었습니다.」 공작은 낮은 목소리로 대답했다. 그는 생각에 잠긴 듯 우울한 얼굴로 고개를 숙이고 있었기 때문에 아글라야가 얼마나 두 눈을 번쩍이며 자기를 응시하고 있었는지 알지 못했다. 「그 여자한테서 단지 알아보고 싶은 일이 있어서……. 나는 그 여자가 로고진과 결혼하여 행복해지리라고는 믿지 않기 때문에……. 그 여자를 위해 내가 무엇을 할 수 있는지, 어떠한 도움을 줄 수 있는지, 그것도 모르면서 하여튼 온 겁니다.」

그는 몸을 떨면서 아글라야를 바라보았다. 그녀는 그의 말을 증오에 찬 표정을 지으며 듣고 있었다.

「무엇 때문에 오셨는지 모른다면 아마도 당신은 그 여자를 몹시 사랑하고 있는 것 같군요?」 마침내 아글라야는 이렇게 말했다.

「아닙니다.」 공작이 말했다. 「아닙니다, 사랑하고 있는 게 아니란 말예요. 아아, 내가 그 여자와 함께 지내던 시절을 회상할 때, 내가 어떤 공포를 느끼는지 그것을 당신이 아신다면……. 」

이렇게 말하며 그는 온몸을 부르르 떨었다.

「전부 말해 보세요.」

「거기에는 당신이 듣지 못할 만한 얘기는 하나도 없습니다. 어째서 당신한테만 그 이야기를 모두 하고 싶었는지 모르겠군요. 어쩌면 정말로 사랑하고 있는 것은 당신이기 때문인지도 모릅니다. 그 불행한 여자는 자기가 이 세상에서 가장 타락한 몹쓸 인간이라 확신하고 있습니다. 아, 그 여자를 욕하지는 마시고 돌을 던지지도 마십시오. 그 여자는 부당한 오욕 때문에 지나칠 만큼 양심의 가책을 받고 있어요! 하지만 그 여자에게 무슨 죄가 있겠습니까? 그 여자는 줄곧 미친 듯이, 내게는 아무런 죄도 없다, 나는 세상 사람들의 희생이 된 것뿐이다, 방탕한 악당의 희생물이었다고 외치고 있어요. 그러나 그녀가 당신에게 이렇게 말을 하더라도 그 여자는 스스로가 자신을 믿지 않으며, 자신이 벌을 받아야 한다고 생각하고 있다는 것을 아셔야 합니다. 내가 그 잘못된 생각을 고쳐 주려 했을 때 그 여자의 고통은 그야말로 극도에 도달하였고, 나의 마음은 그때의 그 무서운 기억이 남아 있는 한 도저히 아물 수 없으리만큼 깊은 상처를 받고 말았습니다. 그 여자가 나로부터 달아나 버린 것이 무엇 때문인지 아십니까? 그건 단지 그녀 자신이 더러운 여자라는 걸 나에게 증명해 보이기 위해서였습니다. 그러나 무엇보다 무서운 것은, 그 여자 자신이 나에게 증명해 보이기 위해서라는 것을 모르고 다만 무엇이든지 비열한 행위를 함으로써 자기 자신에게 다음과 같은 말을 하고 싶은 욕구를 느꼈기 때문에 달아나 버렸다는 사실입니다. 『음, 너는 또 비열한 짓을 하였으니, 분명히 비천한 여자로구나.』하고 자기가 자기에게 단정하려고 달아났던 것입니다. 아, 당신은 이것을 이해하지 못할 겁니다, 아글라야! 그러나 이와 같은 끊임없는 양심의 가책이 그 여자에게는 어떤 부자연과 얼마나 무서운 쾌감을 주는지 아십니까? 마치 누구에게 복수하는 것과 같은 쾌감을 느끼고 있는 겁니다. 간혹 나는 그 여자가 자기 주위에서 광명을 되찾을 수 있도록 이끌어 준 적도 있었지만 그러나 금세 그 여자는 성을 내며 내가 나 자신을 한층 고상한 사람으로 보이려고 그런다고 분개하며 나를 비난하였지요. 하지만 나한테는 전혀 그런 생각이 없었습니다. 결국 나의 청혼에 대해서, 그녀는 그 따위 거만한 동정이나 협조나, 『자기와 같은 인간으로 만들어 주겠다』는 친절 같은 건 아무한테도 바라지 않는다고 말하더군요. 당신도 어제 그 여자를 보셨겠지만 도대체 그런 친구와 어울림으로써 그 여자가 행복을 느끼고 있다고 생각하십니까? 당신은 모르실 겁니다. 그 여자가 얼마나 똑똑하고 얼마나 사리를 잘 아는지 말예요. 가끔 나를 놀라게 했지요.」

「당신은 그 여자한테도 역시 그렇게…… 설교를 하셨나요?」

「아, 아닙니다.」 공작은 질문에 담겨진 어조를 알아채지 못하고 여전히 생각에 잠긴 듯 이렇게 대답했다. 「나는 거의 언제나 침묵을 지키고 있었습니다. 나는 가끔 말을 하고 싶을 때도 있었지만 어떻게 말해야 할지 몰랐습니다. 아시다시피 아무 말도 하지 않는 편이 좋을 경우도 있으니까요. 아, 나는 그 여자를 사랑했습니다. 무척 사랑했습니다……. 그러나 나중…… 나중에는…… 나중에 그 여자는 모든 것을 알고야 말았습니다.」

「무엇을 알았다는 거죠?」

「내가 그녀를 불쌍히 여기는 것이지 사랑하고 있는 게 아니라는 것을…」

「그 여자는 자기를 데리고 달아난 그 지주에게 반해 있었는지도 모르잖아요?」

「아닙니다. 나는 모든 것을 알고 있어요. 그 여자는 그 지주를 비웃고 있었으니까요.」

「그럼, 그 여자가 당신을 비웃은 적은 없었습니까?」

「처, 천만에요, 그 여자는 나를 괴롭히려고 일부러 희롱하곤 했습니다. 그때 그 여자는 나한테 마구 덤벼들어 화풀이를 했습니다. 그리고는 자신도 괴로워하더군요! 그러나…… 나중에는…… 아, 상기시키지 마십시오. 나한테 그때의 일을 상기시키지 말아 주십시오!」

그는 두 손으로 얼굴을 감쌌다.

「그 여자가 요즘 나한테 매일같이 편지를 보내고 있는 걸 알고 있어요?」

「그럼, 그게 정말이었군요!」 공작은 불안한 어조로 소리쳤다. 「나도 그런 말을 듣기는 했지만 그래도 그걸 믿고 싶지는 않았습니다.」

「누구한테서 들으셨어요?」 아글라야는 흠칫 놀라는 눈치였다.

「로고진이 어제 나에게 그러더군요. 그렇다고 분명하게 말한 것은 아니지만.」

「어제라구요? 어제 아침이었나요? 저녁때였나요? 음악을 들으러 가기 전이었나요?」

「갔다 와서지요. 그러니까 저녁 11시가 지나서였지요. 나는 어떠한 것에도 놀라지 않습니다. 그 여자는 미쳤으니까요.」

「여기 그 편지──아글라야는 호주머니에서 봉투에 든 세 통의 편지를 꺼내 공작 앞에 내던졌다──가 있어요. 이제 벌써 한 주일 동안이나 나더러 당신과 결혼하라고 애원하기도 하고 타이르기도 하고, 유혹하기도 하면서 귀찮게 구는군요. 그 여자는 머리가 돌아 버렸지만 영리해요. 아마도 당신은 그 여자가 나보다 영리하다고 하셨는데 그건 옳은 말이에요. 그 여자는, 제가 당신을 사랑하고 있으며 멀리서나마 당신을 보고 싶어 날마다 그런 기회를 찾고 있다는 내용의 편지를 보냈습니다. 그리고 또 당신은 나를 사랑하고 있으며, 그것을 그녀는 벌써 오래 전부터 알고 있었고 당신과 그녀는 내 얘기를 한 적도 있다고 했습니다. 그녀는 당신이 행복하게 되는 것을 보고 싶으며, 오직 나만이 당신을 행복하게 할 수 있다고 믿는다는 거예요……. 이상하리만큼 매우 거칠게 썼더군요……. 아무튼 나는 이 편지를 아무에게도 보이지 않고 당신을 기다리고 있었지요. 그 여자의 이러한 언동은 대체 무엇을 의미하는 걸까요? 여기에 대해서 무슨 짐작이 가는 것이 없나요?」

「헛소리입니다. 이것은 그 여자가 미쳤다는 증겁니다.」하고 공작은 대답했으나 그 입술은 떨리고 있었다.

「당신 울고 계신 게 아닌가요?」

「아닙니다, 아글라야, 아닙니다. 나는 울고 있지 않습니다.」공작은 그녀의 얼굴을 바라보았다.

「그럼, 나는 어떡하면 좋을까요? 무슨 조언이 없습니까? 난 이 이상 이런 편지를 받기 싫어요.」

「아, 그대로 내버려 두십시오! 부탁합니다!」공작은 소리쳤다. 「이런 암흑 속에서 당신이 무엇을 어떻게 한단 말입니까! 그 여자한테는 더 이상 당신에게 편지를 보내지 않도록 내가 전력을 기울여 힘써 보겠습니다.」

「만일 그렇게 하신다면 당신은 인정이 없는 매정한 사람이에요!」하고 아글라야는 소리쳤다. 「그 여자는 결코 나를 생각하고 있는 게 아니라, 당신을, 당신 한 사람만을 사랑하고 있다는 걸 모르신단 말씀인가요! 당신은 그 여자의 모든 것을 알고 있다면서 그것을 모르고 계셨나요? 당신은 이런 일, 즉 이 편지가 무엇을 의미하는지 아세요? 이것은 질투예요! 아니, 질투보다 더한 거예요. 그 여자는……. 당신은 이 편지에 씌어 있는 것처럼 정말로 그 여자가 로고진과 결혼할 것으로 생각하시나요? 그 여자는 당신과 내가 결혼식을 올리는 그 다음날엔 틀림없이 자살해 버리고 말 거예요.」

공작은 흠칫 몸을 떨었다. 그는 심장이 얼어붙는 것 같은 전율을 느꼈다. 그러나 그는 놀란 눈으로 여전히 아글라야를 바라보고 있었다. 조금 전까지만 해도 어린애처럼 보이던 그녀가 어느새 성숙한 여인으로 되돌아와 있다는 것을 알아채고 그는 적지 않게 놀랐다.

「아글라야, 나는 하느님 앞에 맹세할 수도 있습니다. 그 여자가 다시 마음의 평정을 되찾아 행복한 생활을 누리도록 하기 위해서라면 나는 목숨까지 버려도 아깝지 않다고 생각합니다. 그러나…… 나는 이미 그 여자를 사랑할 수가 없습니다. 그리고 그 여자도 그것을——나를 사랑할 수 없다는——알고 있습니다!」

「자기 희생은 자기가 하는 거니까요! 그것이 오히려 당신에게는 어울리는 것이지요! 정말 당신은 굉장한 박애주의자시군요. 그리고 나를『아글라야』라고 부르지 마세요(친한 사이가 아닌 경우엔 예의상 부칭을 덧붙여 부르게 되어 있다. 아글라야의 부칭은 이바노브나). 아까 당신은 몇 번이나 그냥『아글라야』라고 부르셨지요……. 당신은 어떻게 해서든지 그 여자를 소생시켜야만 해요. 그 여자의 마음을 가라앉히고 위로하기 위해서 또다시 그 여자와 함께 도망을 가야만 해요. 게다가 그것은, 진정으로 그 여자를 사랑하고 계시기 때문이에요!」

「나는 그러한 방법으로 자신을 희생시킬 수는 없습니다. 비록 한 번 그렇게 해보려고 생각했던 일도 있기는 했지만…… 아니, 어쩌면 지금도 그렇게 생각하고 있는지 모릅니다. 그러나 나와 함께 살게 되면 그 여자는 파멸되어 버리고 만다는 것을 나는 확실히 알고 있습니다. 그러기에 나는 그 여자를 그냥 내버려 두고 있는 겁니다. 나는 오늘 7시에 그 여자와 만나야 하지만 나는 가지 않을 작정입니다. 그 여자는 자기의 자존심 때문에 절대로 나의 사랑 같은 것을 받아들이려 하지 않을 겁니다. 결국은 두 사람 다 파멸하는 겁니다. 이것은 부자연한 것 같지만, 그러나 이 사건은 처음서부터 끝까지 모든 것이 부자연한 것이었으니까요. 당신은 그 여자가 나를 사랑하고 있다고 하시는데 그것을 과연 사랑이라 할 수 있을까요? 그때 내가 겪어야 했던 그 고통을 사랑이라 할 수는 없습니다! 아닙니다, 다른 거예요. 사랑이 아니란 말입니다!」

「어머나! 어째서 그렇게 얼굴이 창백하죠?」아글라야는 깜짝 놀랐다.

「아무것도 아닙니다, 잠을 충분히 자지 않아서 피곤할 뿐입니다. 나는…… 우리는 그때 정말로 당신 얘기를 했답니다, 아글라야…….」

「정말입니까? 당신은 정말로 그 여자에게 내 얘기를 할 수 있었단 말인가요? 그리고…… 그리고 어떻게 당신은 나를 사랑할 수 있었죠. 당신은 그 전에 한 번밖엔 나를 보지 못하셨을 텐데?」

「어떻게 그랬는지도 모르겠습니다. 그 당시 나의 어두운 믿음은 새로운 서광(曙光)을 꿈꾸고 있었지요……. 아니, 정말로 미쳤는지도 모릅니다. 어째서 제일 먼저 당신 생각을 하게 되었는지 그것은 모르겠습니다. 그 편지에 나 자신도 모르겠다고 쓴 것은 사실을 말한 것입니다. 아무튼 그것은 모두가 그 당시의 공포로부터 생겨난 공상에 지나지 않습니다……. 그 후 나는 일을 시작했습니다. 그래서 적어도 3년 동안은 이곳에 돌아오지 않을 생각이었습니다만…….」

「그 여자 때문에 오셨나요?」

아글라야의 음성에는 무엇인지 떨리는 것이 있었다.

「네, 그 여자 때문입니다.」

음울한 침묵의 2분이 지나갔다. 아글라야는 의자에서 일어섰다.

「만일 당신이 말씀하신 대로,」 그녀는 떨리는 음성으로 입을 열었다. 「만일 당신이 믿고 계신다면……. 그 여자가…… 당신의 그 여자가…… 미쳤다면, 나는 그런 미친 여자의 환상과는 아무런 상관이 없어요. 그러니까 레프 니콜라예비치! 이 세 통의 편지를 가지고 가서 그 여자한테 내동댕이쳐 주세요! 그리고 만일 그 여자가,」 하고 그녀가 갑자기 소리쳤다. 「만일 그 여자가 앞으로 다시 한 번 무엇을 써보낸다면 그때는 아버지한테 말해서 유치장에 집어넣게 할 테니 그리 알라고 전해 주세요.」

공작은 자리에서 벌떡 일어나 아글라야의 미친 듯이 분노에 떠는 모습을 깜짝 놀라 바라보았다. 그러자 갑자기 안개가 낀 것처럼 눈앞이 몽롱해졌다.

「당신은 그렇게까지 생각하시지 않을 겁니다……. 그것은 거짓말이에요!」 그는 중얼거렸다.

「거짓말이 아니에요! 정말이란 말예요!」 아글라야는 미친 듯이 소리쳤다.

「도대체 무엇이 정말이라는 거야? 어떻게 정말이라는 거야?」 두 사람의 옆에서 누군가의 겁먹은 목소리가 울렸다.

그들의 앞에는 리자베타 프로코피예브나가 서 있었다.

「정말이라는 것은 제가 가브릴라 아르달리오노비치와 결혼할 생각이라는 사실이에요. 내가 가브릴라 아르달리오노비치를 사랑해서 내일이라도 함께 집에서 달아날 작정이라는 것이 정말이라는 거예요!」 하고 아글라야는 어머니에게 대들었다. 「아셨죠? 어머니! 이만하면 어머니의 그 호기심이 충족되었나요? 그리고 마음이 흡족하신가요?」

이렇게 말하더니 그녀는 자기 집을 향해 달려가 버렸다.

「안 돼요, 당신은 지금 돌아가서는 안 돼요.」리자베타 프로코피예브나가 공작을 제지했다. 「나하고 함께 가서 얘기를 좀 들려 주었으면 좋겠어요 ……. 이런 고통이 어디 있어! 나는 간밤에 한잠도 못 잤습니다…….」

공작은 부인의 뒤를 따라갔다.

9

자기 집에 들어서자 리자베타 프로코피예브나는 첫번째 방에서 걸음을 멈춰 버렸다. 맥이 탁 풀린 듯이 그 이상 걸어 들어갈 수 없어서 소파에 주저앉은 채, 공작에게 의자조차 권하는 것을 잊고 있었다. 아주 넓은 그 방 안에는 한가운데 테이블이 놓여 있었고 벽난로도 있었으며 창문 옆 선반 위에는 갖가지 꽃이 소담스럽게 꽂혀 있었고, 뒤쪽 벽에는 정원으로 통하는 유리문이 달려 있었다. 알렉산드라와 아젤라이다가 곧 방에 들어와서 의아스런 표정으로 공작과 어머니를 지켜 보고 있었다.

딸들은 보통 아침 9시쯤에 일어났다. 아글라야 혼자만이 이삼 일 전부터 좀 일찍 일어나서 아침 산책을 위하여 정원에 나가기 시작했으나, 그렇다고 해서 7시에 일어난 적은 한 번도 없었고 빨라야 8시경에나 일어났던 것이었다. 여러 가지 근심거리 때문에 정말로 하룻밤을 뜬눈으로 새운 리자베타 프로코피예브나는, 이제는 아글라야가 일어났으려니 생각하고 정원에서 딸과 만나려고 일부러 8시경 자리에서 일어났다. 그러나 아글라야는 정원에도 침실에도 없었다. 부인은 몹시 놀라 딸들을 깨웠다. 아글라야가 7시도 되기 전에 공원에 나갔다는 말을 하녀한테 듣자, 언니들은 공상가인 동생의 새로운 공상을 비웃으면서, 아글라야를 찾으러 공원에 갔다가는 공연히 그 애한테 핀잔만 당할 것이라고 어머니에게 주의를 주었었다. 그리고 지금쯤은 책을 들고 녹색 벤치에 앉아 있을 것이다, 왜냐하면 사흘 전에 S공작이 그 벤치 근처의 경치는 하나도 특이할 만한 것이 없다는 말을 해서 아글라야와 말다툼이 벌어질 뻔한 일이 있으니까라고 덧붙였다.

자기 딸과 공작의 밀회 장면을 발견한데다가 딸의 괴이한 말을 듣고, 리자베타 프로코피예브나는 여러 가지 이유에서 까무러칠 정도로 놀랐다. 그러나 자기가 공작을 데리고 와서 생각해 보니, 공연한 짓을 했다는 후회가 오는 것이었다. 『아글라야가 공원에서 공작을 만나 얘기를 좀 했다기로서니, 무엇이 나쁘단 말인가? 설사 그들끼리 미리 약속을 하고 만났다 하더라도 그것이 어떻다는 건가?』

「공작님,」 마침내 부인은 기운은 내서 입을 열었다. 「내가 당신한테 무엇을 물어 보고 싶어서 집에 데리고 왔다고는 생각지 말아 주세요……. 어제 일 뒤로는 오랫동안 당신하고 만나지 않으려고 했었으니까요……. 」

그녀는 말이 막혀 버리고 말았다.

「그렇지만 당신도 내가 오늘 무엇 때문에 아글라야 이바노브나와 만났는지 몹시 알고 싶으시죠?」 공작은 지극히 침착한 어조로 이렇게 말했다.

「물론 궁금하지요!」 부인은 발끈 성을 냈다. 「그렇지만 무슨 소리를 한대도 겁날 건 하나도 없어요. 나는 아무도 모욕하지 않으며 누구도 모욕하려 한 일은 없으니까요.」

「원 별말씀을 다하십니다! 당신이 알고 싶어 하는데 모욕은 무슨 모욕입니까? 당신은 어머님이신데요. 우리가 7시 정각에 녹색 벤치에서 만난 것은 아글라야 이바노브나의 제의에 의한 겁니다. 엊저녁에 나는 그녀로부터 어떤 중대한 문제에 관해 나를 만나서 의논하고 싶다는 내용의 편지를 받았어요. 우리들은 약속 시간에 만나서 한 시간 내내 아글라야 이바노브나의 일신상에 관해 이야기를 하였습니다. 그것뿐입니다.」

「그야 물론 그것뿐이겠죠.」 리자베타 프로코피예브나는 위엄스럽게 말을 받았다.

「잘 말하셨어요, 공작님!」 느닷없이 아글라야가 방안으로 들어오며 이렇게 말했다. 「당신은 나를 비열한 거짓말 같은 건 할 줄 모르는 여자로 인정하셨군요. 진심으로 감사를 드리겠어요. 엄마, 이젠 됐지요. 그렇지 않으면 물어 볼 말이 더 있나요?」

「너도 알다시피 너는 내가 무슨 실수라도 하기를 바라고 있는지 모르겠다만, 나는 여태까지 네 앞에서 얼굴을 붉혀 본 적은 한 번도 없었다. 아마도 그렇게 되면 너는 기뻐할는지도 모르지만.」 부인은 신랄한 어조로 말했다. 「그럼 안녕히 가세요, 공작님! 심려를 끼쳐 드려 죄송합니다. 그러나 내가 변함없이 당신을 존경하고 있다는 것만은 잊지 말아 주세요.」

공작은 이내 좌우를 향해 고개를 숙여 인사를 하고 말없이 나가 버렸다.

알렉산드라와 아젤라이다는 빙긋 웃으며 무엇인지 서로 소곤거렸다. 리자베타 프로코피예브나는 무섭게 딸들을 노려 보았다.

「어머니, 우리는 단지,」하고 아젤라이다가 웃었다. 「공작님이 인사하는 모습이 전에 없이 멋지다고 생각해서 웃었을 뿐이에요. 여느 땐 우습게 하더니 뜻밖에도 오늘은…… 마치 예브게니 파블로비치처럼……. 」

「우아한 품격을 나타내는 것은 그 사람의 교양이지, 댄스 교사의 허례는 아니야.」하고 리자베타 프로코피예브나 부인은 격언 같은 말을 하고는 아글라야를 거들떠보지도 않고 곧장 2층으로 올라가 버렸다.

9시쯤에 집에 돌아온 공작은 테라스에서 베라 루키야노브나와 하녀를 만났다. 그들은 청소 도구들을 들고 엊저녁에 벌어졌던 주연의 뒤를 정리하고 있었다.

「돌아오실 때까지 소제가 끝나서 다행이에요.」베라가 기쁜 듯이 말했다.

「잘 잤어요? 조금 어지럽구먼……. 잠을 못 잤더니, 한잠 잤으면 좋겠는데.」

「어제처럼 여기 테라스에서 주무시겠어요? 좋아요. 다른 사람들이 와서 잠을 깨우지 않도록 내가 일러 놓겠어요. 아버지는 어디로 출타하셨어요.」

하녀는 먼저 밖으로 나갔다. 베라도 그 뒤를 따라나가려다 무슨 생각이 났는지 되돌아와서 걱정스러운 표정으로 공작에게 가까이 갔다.

「공작님, 그 불행한 사람을…… 불쌍히 여겨 주세요. 그리고 오늘 그 사람을 쫓아 내지 말아 주세요.」

「무슨 일이 있더라도 절대로 쫓아 내지 않을 테니 염려하지 말아요. 그 사람이 원하는 대로 해줄 테니까.」

「아, 이젠 아무 일도 없을 거예요……. 그러니까 너무 모질게 대하지 마세요.」

「물론이지. 그렇게 해야 할 이유는 없으니까……. 」

「그리고…… 그 사람을 비웃지 말아 주세요. 무엇보다도 그것이 중요해요.」

「절대로 그런 짓을 안 할 테니 안심해요.」

「나도 무척 어리석군요. 당신 같은 분한테는 이런 말씀을 드릴 필요가 없었는데.」하며 베라는 얼굴을 붉혔다. 「당신은 피로하신 것 같은데.」그녀는 밖으로 나가려고 반쯤 몸을 돌리면서 갑자기 소리를 내어 웃었다. 「그래도 눈만은 아주 멋지게 보여요. 행복한 것같이······.」

「정말 행복한 것같이 보입니까?」 공작은 생기를 띠고 물으며 유쾌하게 웃었다.

그러나 항상 어린애처럼 순진하고 예의도 차리지 않던 베라가 갑자기 무엇 때문인지 웃음소리와 함께 황급히 방을 나가 버렸다.

『어쩌면 저렇게······ 귀여울까?』 공작은 그렇게 생각했으나 곧 그녀에 대한 생각은 사라져 버렸다. 그는 소파와 탁자가 놓여 있는 한쪽 구석으로 가서 앉아 두 손으로 얼굴을 가린 채 10분 가량 있었으나 갑자기 두렵고 불안해져 호주머니에 손을 넣어 세 통의 편지를 꺼냈다.

그러나 다시 문이 열리며 콜랴가 들어왔다. 공작은 편지를 도로 주머니에 집어 넣었다. 잠시나마 괴로움을 연장할 수 있게 된 것을 기뻐하는 듯이 보였다.

「한바탕 소동을 치렀군요!」 콜랴는 소파에 앉기가 무섭게 그와 같은 사람들이 항상 하듯이 다짜고짜로 본론에 들어갔다. 「당신은 이폴리트를 어떻게 생각하십니까? 존경할 수 없다고 생각하십니까?」

「무엇 때문에 그런······. 그러나 콜랴, 나는 지금 피곤하고······ 그런 얘길 다시 꺼내고 싶지는 않네. 허지만 그 사람은 어떤가?」

「자고 있어요. 아마 두 시간쯤은 더 잘 거예요. 당신이 집에서 주무시지 않고 공원을 산책하다가 돌아오신 것은 나도 이해할 만합니다······. 물론······ 흥분하시는 건 당연한 일이죠!」

「내가 공원을 산책하고 집에서 자지 않았다는 것을 어떻게 알았지?」

「베라가 방금 말하더군요. 나보고 들어가지 말라고 했지만 나는 참을 수가 없어서 잠깐 들어왔지요. 나도 두 시간 동안 침대 옆에 앉아 있다가 방금 코스차 레베제프(레베제프의 아들)와 교대를 하고 나오는 길입니다! 부르도프스키는 돌아갔습니다. 누우시죠 공작님! 나는 엊저녁엔 정말 놀랐어요.」

「그야 물론이지 모든 것이······.」

「아니, 그게 아닙니다, 공작님. 나는 그 『해명』에 놀랐단 말입니다. 특히 신(神)과 내세(來世)에 대해서 쓴 그 대목에서 말예요. 경탄하지 않을 수 없었어요. 거기에는 그야말로 굉, 굉장한 사상이 내포되어 있었습니다!」

공작은 다정스럽게 콜랴를 바라보았다. 그는 물론, 한시바삐 이 굉장한 사상에 대해서 얘기하고 싶어 공작을 찾아 들어온 것이었다.

「그러나 중요한, 중요한 것은 그 사상만이 아니라 전체적인 배경입니다！ 만일 그것이 볼테르나 루소나 부르동이 쓴 것이라면 그렇게까지 경탄하지 않고 진지하게 읽었겠지요. 10분밖엔 못 산다는 걸 정확히 알고 있는 인간이 그런 말을 한다는 건 실로 장한 일이 아닙니까！ 이것이야말로 인간의 자질이 표시할 수 있는 최고의 독자성입니다！ 최고의 용감성입니다！ 아니, 이것이야말로 위대한 정신력입니다！ 이러한 사건 뒤에 뇌관을 일부러 꽂지 않았다고 단정한다는 건 비열하고 있을 수 없는 짓입니다！ 공작님, 엊저녁에 이폴리트가 능청스럽게 나를 속인 것을 기억하시죠? 나는 그를 도와 준 일도 없으려니와 권총 같은 건 본 적도 없었거든요. 그 사람이 혼자서 모든 걸 챙겼기 때문에, 별안간 그가 그런 말을 했을 때 나는 갑자기 당황했던 거예요. 베라가 그러던데 당신은 그 사람을 여기에 있으라고 하셨다죠? 인젠 염려 없습니다. 더욱이 우리가 한시도 그의 곁을 떠나지 않고 있으니까요.」

「간밤에 누가 그 방에 있었지？」

「나와 코스차 레베제프와 부르도프스키가 거기 있었습니다. 켈레르는 잠깐 와서 앉아 있다가 곧 레베제프의 방으로 잠을 자러 갔습니다. 우리들 방에는 누울 자리가 없었기 때문이었죠. 페르드이시첸코 역시 레베제프의 방에서 자고 오늘 아침 7시에 돌아갔습니다. 아버지도 줄곧 레베제프의 방에 붙어 계셨지만 지금은 나가 버렸어요……. 레베제프는 아마 곧 당신을 만나러 올 거예요. 무엇 때문인지는 몰라도 당신을 찾느라고 나한테 두 번이나 물어 보았으니까요. 들여보낼까요, 들여보내지 말까요? 당신이 주무실 생각이시라면……. 그럼, 나도 가서 자야겠어요. 아, 참, 당신한테 하고 싶은 얘기가 하나 있어요. 새벽 여섯시쯤에 부르도프스키가 교대를 하자고 깨우더군요. 그래서 잠깐 바람을 쐬고 들어오려고 바깥으로 나갔었는데 갑자기 거기서 아버지를 만났어요. 여전히 취해 가지고 기둥처럼 내 앞에 버티고 서 계시더니, 한참 만에야 겨우 알아보고는 나를 껴안으며 『환자는 괜찮니? 어떡하고 있는지 궁금해서 지금 그리로 가는 길이다.』라고 하시더군요. 나는 상황을 말씀드렸지요. 『거 참, 다행이구나. 헌데 내가 자다 말고 일어나서 일부러 이리로 온 것은 너한테 한 가지 말해 두고 싶은 일이 있기 때문이다. 다름 아니라, 페르드이시첸코 앞에서는 아무 말이나 함부로 해서는 안 된다……. 말을 하지 말란 말이야！』라는 거예요. 이해가 갑니까,

공작님?」

「정말인가? 그러나…… 우리한테는 어찌하든 매일반이야.」

「그렇죠, 매일반이에요. 우리는 메이슨(^{비밀공제}_{조합원})이 아니니까요. 그래서 나는 장군이 그런 것 때문에 일부러 나를 깨우러 왔다는 말을 듣고 놀랐었죠.」

「페르드이시첸코는 돌아갔다고 했지?」

「7시에 나한테 잠깐 들렀다가 갔습니다. 나는 간호를 하고 있었지요. 그 사람 말로는 빌킨네 집에 가서 자야겠다더군요. 빌킨이라는 사람은 이 근처에 사는 주정뱅이에요. 그럼 가봐야겠어요. 아니, 저게 누구야? 루키얀 치모페이치(레베제프)가 왔군요! 공작님은 지금 주무시고 싶다니까, 루키얀 치모페이치, 나중에 오시오!」

「잠깐만 공작님, 내가 보기엔 지극히 중대한 사건이라 생각되는 일이 발생했기 때문에…….」레베제프는 자못 심각한 어조로 소곤거리듯 이렇게 말하며 정중하게 인사를 했다.

　그는 밖에서 돌아오는 길로 자기 방에는 들르지도 않고 공작한테 왔기 때문에 손에는 아직도 모자를 들고 있었다. 그의 얼굴은 근심에 싸여 있었고 매우 기이한 위엄 있는 표정을 띠고 있었다. 공작은 그에게 앉으라고 했다.

「나를 두 번이나 찾아왔었다구요? 엊저녁 일 때문에 아직 걱정하고 계신가 보군요?」

「당신은 그녀석 얘기를 하시는 겁니까? 공작님, 아닙니다, 어젠 정신이 혼란해서……. 그러나 오늘은 당신의 의견을 반박할 생각이 추호도 없습니다.」

「콘트레…… 뭐라고 말했지요?」

「콘트레카르라고 했습니다. 다른 많은 말들처럼 러시아 어화한 프랑스 어 중의 하나지요. 그러나 이것을 옳은 용법이라고 고집할 의사는 없습니다.」

「레베제프, 무엇 때문에 오늘은 그렇게 점잔을 빼는 거죠? 말을 하면서도 운을 맞추듯이…….」공작은 피식 웃었다.

「니콜라이 아르달리오노비치!」하고 레베제프는 자못 엄숙한 어조로 콜랴에게 말했다. 「나는 공작님에게 어떤 중대한 문제에 대해…….」

「아아, 알겠어요, 알겠어. 나와는 상관없는 일이죠. 안녕히 계세요, 공작님!」콜랴는 즉시 나가 버렸다.

「저 애는 눈치가 빨라서 좋다니까요!」레베제프는 콜랴가 나간 쪽을 바라보며 말했다. 「좀, 귀찮을 때도 있지만 명랑하거든요. 그런데 공작님, 말씀드리기 곤란하지만 나는 굉장한 재난을 만났습니다. 엊저녁인지 오늘 새벽인지 분명한 시간은 아직 알 수 없지만…….」

「뭐가 어떻게 됐다는 겁니까?」

「호주머니에서 4백 루블이 없어졌어요! 아주 단단히 손해를 보았습니다!」 하고 레베제프는 쓴웃음을 띠며 덧붙였다.

「4백 루블을 분실했단 말이군요? 거 참 안 됐습니다.」

「특히 자기 자신의 노동으로 정직하게 근근히 살아가는 나 같은 가난한 사람에겐 참으로 원통한 일입니다.」

「물론, 물론 그러시겠죠. 그런데 어떻게 그렇게 되었습니까?」

「술 때문입니다. 나는 당신을 하느님처럼 생각하고 말씀드리는 것입니다만, 실은 어제 오후 5시에 어느 채무자한테서 4백 루블을 받아 가지고 기차로 이리로 돌아왔습니다. 지갑은 호주머니에 들어 있었습니다만 외출용 예복을 프록코트로 갈아입을 때, 그 돈은 내 몸에 지니고 있고 싶어서 프록코트에 넣었습니다. 그 돈은 어떤 사람의 부탁으로…… 대리인이 오면 건네주려는 생각이었지요.」

「그런데 루키얀 치모페이치, 당신이 귀금속을 저당잡아 돈을 빌려준다고 신문에 광고를 내고 있다는 건 사실인가요?」

「대리인을 통해서 하고 있지요. 그래서 주소 밑에는 내 이름을 쓰지 않고 있습니다. 가지고 있는 돈은 얼마 안 되는데다가 식구들은 늘고 해서…….이것만은 확실히 해둡니다만 어디까지나 정당한 이자를 받고…….」

「아니, 괜찮습니다. 괜찮아요. 나는 그저 한 번 물어 보고 싶었던 것뿐이니까……. 죄송합니다, 말씀하시는데.」

「그런데 말입니다. 대리인은 오지 않고 얼마 후에 그 불행한 젊은이가 도착했습니다. 마침 식사를 하고 난 다음이었으므로 나는 벌써 그때부터 기분이 얼근해 있었습니다. 조금 후에 손님들이 오셔서…… 함께 차를 마셨지요. 그리고…… 나는 자기 앞에 파멸이 있는 줄도 모르고 공연히 기분이 들떠 있었습니다. 시간이 꽤 늦어서 켈레르가 들어오더니 오늘이 당신의 생일이란 말을 하며 샴페인을 내오라고 하더군요. 존경하는 공작님, 나는 열의를 가지고 있습니다——이건 공작님께서도 인정하실 줄 믿습니다, 저로서는 그것을 자랑으로 여기고 있으니까요——물론 이것은 감상적인 것이 아니라 은혜를 아는 것이라 생각하고 있습니다. 나는 이것을 정말 자랑으로 여기고 있습니다. 아무튼 진정이라는 것을 가지고 있기 때문에 공작님을 한 층 성대하게 맞이하기 위해 그리고 개인적으로 축하의 말씀을 드리려고 입고 있던 낡은 프록코트를 벗어 버리고 외출에서 돌아와 벗어 놓은 예복으로 갈아입어야겠다고 생각하고 그렇게 했지요. 공작님, 당신께서도 실제로 내가 간밤에 외출복을 입고 있었던 것을 보았을 것이라고 믿습니다. 그런데 옷을 갈아입을 때, 프록코트에 든 돈을 꺼내는 걸 그만 깜박 잊었단 말입니다……. 정말 하느님께서 벌을 내리실 때는 우선 그 사람의 지혜부터 빼앗아 버리나봅니다. 그래서 바로 오늘 아침 7시 반쯤에 눈을 떴을 때 나는 미친 듯이 자리를 차고 일어나서 제일 먼저 프록코트를 만져 보았지요. 헌데 호주머니 속엔 아무것도 없었습니다! 지갑은 그림자도 찾아 볼 수 없었어요!」

「그것 참 불쾌한 일이로군요!」

「그렇습니다, 참으로 불쾌한 일입니다! 당신은 즉석에서 아주 적절한 표현을 발견하셨군요!」능청스럽게 레베제프는 덧붙였다.

「아니, 뭐라구요? 그렇지만…….」공작은 불안스러운 표정으로 생각에 잠기더니 「혹시 농담으로 그러는 건 아니겠지요?」라고 심각한 어조로 물었다.

「그러믄요! 농담이라니요? 그런데 당신은 또 한 가지 발견하신 말이 있습니다. 그것은…….」

「그만두시오, 레베제프, 도대체 무엇을 발견했다는 거요! 중요한 것은 그런 말이 아니라…… 취중에 주머니에서 지갑이 없어졌다는 것이 아니오?」

「그럴 수도 있는 일이죠. 당신이 진지하게 말씀하신 것처럼 취중에는 무슨 실수를 했는지 모르는 일이니까요. 그렇지만 공작님, 생각해 보십시오. 만일 프록코트를 벗을 때 주머니에서 지갑을 떨어뜨렸다면 떨어뜨린 물건은 마루에 있어야 하지 않겠습니까. 그런데 그것이 어디에 있습니까?」

「혹시 책상 서랍 같은 데 넣어 두지는 않았을까요?」

「모두 찾아 보았습니다. 웬만한 데는 전부 뒤져 보았어요. 그렇지만 어디다 지갑을 감추었거나 서랍 같은 데 넣어 두지 않은 것만은 똑똑히 기억하고 있거든요?」

「장롱도 열어 보았나요?」

「제일 먼저 열어 봤지요. 오늘 그것을 한두 번 열어 본 것이 아닙니다. 하지만 내가 무엇 때문에 그걸 장롱에다 넣어 두겠습니까? 존경하는 공작님.」

「레베제프! 솔직히 말해서 나도 몹시 염려되는군요. 누군가 방바닥에 떨어진 것을 집어 가졌을 게 아닙니까?」

「그렇지 않으면 호주머니에 든 것을 꺼내 가졌든가, 둘 중의 하나겠죠.」

「참으로 불쾌한 일입니다. 도대체 누가? 이것이 문젭니다!」

「의심할 여지도 없이 그것이 문젭니다. 정말 당신의 정확한 사고 방식이나 판단력에는 새삼 놀라지 않을 수 없군요.」

「루키얀 치모페이치, 지금은 그런 농담을 하고 있을 때가 아니오. 그보다도…….」

「농담이라뇨!」레베제프는 손뼉을 탁 치며 외쳤다.

「뭐, 좋습니다. 나는 화를 내고 있는 건 아니니까. 나는 딴사람들의 일이 걱정이란 말이에요. 당신은 누가 그랬을 거라고 생각하시오?」

「그건 지극히 곤란하고 복잡한 문젭니다! 첫째 하녀를 의심할 수는 없습니다. 하녀는 줄곧 부엌에만 붙어 있었으니까요. 우리 집 아이들 역시 마찬가집니다…….」

「그럴 겁니다.」

「손님들 중의 누구일 겁니다.」

「그러나 그것이 가능하겠습니까?」

「절대로 있을 수 없는 일이죠. 그렇지만 그럴 수밖엔 없습니다. 확신하건대 만일 훔친 사람이 있다 하더라도 그것은 엊저녁에 손님들이 많이 모여 있을 때가 아니라 밤 늦게까지나 아침까지 남아 있던 사람들 중의 한 사람이라고 생각하는 게 옳을 것 같습니다.」

「아아, 기가 막혀!」

「부르도프스키와 니콜라이 아르달리오노비치는 당연히 여기서 제외됩니다. 두 사람 다 내 방엔 얼씬도 하지 않았으니까요.」

「물론이죠! 설사 들어갔다 하더라도 그 사람들은 제외되어야 합니다! 당신 방에서 잔 사람은 누굽니까?」

「나까지 합해서 네 사람입니다. 나와 장군과 켈레르와 페르드이시첸코였지요. 결국 이 네 사람 중의 하나겠죠.」

「말하자면 세 사람 중의 하나겠죠. 그런데 누가 그런 짓을?」

「나는 공정을 기하기 위해서 나 자신도 그 수에 넣었습니다. 그러나 공작님, 내가 내 돈을 훔칠 수는 없는 일이 아닙니까. 하기는 세상에 그런 일이 전혀 없는 건 아닙니다만.」

「아하, 레베제프, 이거야 어디 감질이 나서 들을 수가 있소?」하고 공작은 참다 못해 소리쳤다. 「요점만 간단히 말해 봐요! 무슨 소릴 늘어 놓고 있는 거요?」

「그러니까 결국은 세 사람이 남은 셈이지요. 첫째, 켈레르로 말하면 아무 데나 마구 떠돌아다니는 주객으로, 말하자면 자유주의자 같은 사람입니다. 다시 말해서 금전상으로는 자유주의자란 말입니다. 그러나 그밖의 점에 있어서는 자유주의자라기보다는 기사적인 성격이 더 강한 인간입니다. 처음에는 환자의 방에서 자고 있다가, 마룻바닥에서는 못 자겠다는 이유로 밤중에 내 방으로 옮겨 왔습니다.」

「당신은 그 사람을 의심합니까?」

「의심했지요. 나는 7시가 좀 지나서 미치광이처럼 자리를 차고 일어나 내 머리맡에서 태평하게 자고 있는 장군을 깨웠습니다. 페르드이시첸코는 언제 갔는지 이상스럽게도 벌써 방에 없더란 말입니다. 그래서 우리들은 일단 그를 의심했습니다. 그리고 우리는 우선, 마치 통나무처럼 팔다리를 쭉 뻗고서 자고 있는 켈레르의 몸을 수색하기도 했습니다. 아래위 옷을 완전히 뒤져 봤습니다만 주머니에는 한 푼도 없었습니다. 게다가 구멍이 뚫리지 않은 호주머니는 하나도 없는 형편이었지요. 푸른빛 줄 무늬 무명 손수건도 말이 아니더군요. 그리고 어느 집 하녀한테서 받은, 돈을 요구하는 협박의 말이 씌어 있는 연애 편지가 나왔습니다. 그리고는 당신도 아시는 그 신문의 문예란 기사를 오린 종이 조각이 나왔습니다. 장군은 무죄라고 단정했습니다. 좀더 철저하게 조사하기 위해 그 자신을 깨워서 앉혔더니, 도대체 무슨 영문인지 모르겠다는 듯이 입을 뻐끔히 벌린 그 멍청한 표정이란 꼭 얼빠진 바보 같았습니다. 그리고 보면, 이 사람은 절대로 아닙니다!」

「그렇다면 매우 기쁘군요!」공작은 안도의 숨을 쉬었다. 「나는 그 사람이 걱정되었는데?」

「걱정되었다구요? 거기에 대한 그럴 만한 이유라도 있습니까?」하고 레베제프는 눈을 가늘게 떴다.

「아, 아닙니다, 나는 그저…….」공작은 말을 더듬었다. 「걱정이 되었다는 건 내가 어리석게 한 말입니다. 레베제프, 제발 아무한테도 말하지 말아주시오…….」

「공작님! 당신의 말씀을 가슴속에 간직하겠습니다……. 가슴속 깊이! 여긴 무덤과도 같지요!」모자를 가슴에 갖다 대며 레베제프는 감동 어린 어조로 이렇게 말했다.

「좋습니다, 좋아요! 그래서 아마도 페르드이시첸코한테 혐의를 걸게 되지 않았겠느냐 말입니다.」

「또 누가 있습니까?」하고 레베제프는 공작을 쳐다보며 나직히 말했다.

「하긴 그렇군요……. 누가 또……. 그럼 무슨 증거라도 있나요?」

「증거야 있지요. 첫째로는 7시에, 아니 7시도 못 되어서 자취를 감춰 버렸다는 사실입니다.」

「알고 있어요. 그 얘긴……. 콜랴가 그러더군요, 그는 콜랴가 있는 방에 나타나서 잠을 더 자러 간다고 했다더군요. 누구네 집인지는 잊었는데 하여간 친구네 집이겠지요?」

「빌킨네 집입니다. 그럼 니콜라이 아르달리오노비치가 벌써 당신에게 이야기하였던 모양이군요?」

「도난에 대해선 이야기가 없던데요.」

「그 애는 아직 모르고 있습니다. 나는 당분간 이 사건을 비밀에 붙여 두기로 했으니까요. 그런 그렇고, 그는 빌킨네 집에 갔습니다. 조금도 이상한 점이 없어 보였습니다. 하기는 아무 용무도 없이 술꾼이 자기와 똑같은 술꾼의 집에 간다는 건 누가 보아도 자연스런 일이지요. 그렇지만 여기에 바로 실마리가 있단 말입니다. 그 사람은 이 집을 나갈 때 분명히 행방을 밝히고 갔습니다. 공작님, 특히 이 점에 유의하시기 바랍니다. 문제는 왜 자기의 행방을 밝혔을까요? 무엇 때문에 일부러 니콜라이 아르달리오노비치를 찾아가서 『빌킨네 집에 자러 간다.』고 말할 필요가 있었겠느냐 말입니다. 그가 빌킨네 집에 가는 것에, 그 따위 친구의 일에 흥미를 느낄 사람이 누가 있겠어요? 무엇 때문에 일부러 보고를 하느냐 말입니다. 그 점이 교활합니다. 그것이 바로 도둑들의 계교란 말입니다! 이런 사실 때문이죠. 『행방을 감추지 않았기 때문에 나는 도둑일 리 없지 않은가? 도둑놈이라면 자기가 어딜 간다고 말할 리가 있겠는가?』라는. 다시 말해서 혐의를 피하고, 모래 위의 발자국을 지워 보려는 헛된 계교이지요……. 아시겠어요? 공작님?」

「알겠어요, 아주 잘 알겠어요. 하지만 그것만 가지고는 불충분하지 않겠어요?」

「둘째 증거는, 그의 발자취가 거짓이었음이 판명되었고, 말해 놓고 간 주소가 거짓이었단 말입니다. 한 시간 후에, 즉 8시쯤에 나는 빌킨네 집을 찾아가 보았습니다. 바로 저쪽 5번가에 살고 있는데 그 사람은 저하고도 잘 아는 사이니까요. 그런데 그 집에는 페르드이시첸코의 그림자도 없었습니다. 그 집 하녀인 귀머거리 노파를 붙잡고 간신히 알아 낸 바에 의하면 한 시간쯤 전에 실제로 누군가가 문을 두드리고 심지어 초인종까지 부숴 놓고 간 사람이 있었지만 노파는 주인인 빌킨 씨를 깨우고 싶지 않아서 문을 열어 주지 않았다는 겁니다. 하기는 노파 자신이 일어나기가 싫었는지도 모르지요. 그런 일도 흔히 있을 수 있으니까요.」

「당신이 가지고 있는 증거는 모두 그것뿐입니까? 그것만으론 부족합니다.」

「공작님, 그렇다면 대체 누구를 의심해야 한단 말씀입니까?」레베제프는 마치 무엇을 하소연하는 듯한 어조로 이렇게 말했다. 그러나 그의 표정에는 무엇인가 교활한 냉소 같은 것이 스치고 지나갔다.

「또 한 번 방안과 서랍을 구석구석 찾아 보시오!」공작은 잠시 생각에 잠겼다가 수심에 찬 얼굴로 이렇게 말했다.

「다시 찾아 보았습니다!」하고 레베제프는 한숨을 내쉬었다.

「흠! 그런데 무엇 때문에, 무엇 때문에 당신은 프록코트를 갈아입었소?」공작은 답답한 듯이 탁자를 내려치며 고함을 질렀다.

「옛날 희극 같은 데에 나오는 것 같은 질문이시로군요. 그러나 존경하는 공작님, 당신은 나의 불행을 지나치게 걱정하고 계십니다! 나는 그만한 가치가 없는 인간입니다. 그렇지만 당신은 범인에 대해서…… 그 몹쓸 페르드이시첸코에 대해서 더욱 염려하고 계신 게 아닙니까?」

「네, 그렇습니다. 사실 마음을 쓰지 않을 수가 없군요.」무엇인지 초조하고도 불만스런 표정으로 공작은 그의 말을 받았다. 「그래서 어떡하시겠다는 겁니까……? 만일 당신이, 페르드이시첸코가 범인임에 틀림없다고 확신한다면 말이오?」

「공작님, 존경하는 공작님, 그러면 대체 누가 그랬단 말씀입니까?」레베제프는 애원하듯 몸을 비꼬며 말했다. 「그 사람 말고 달리 혐의를 걸 만한 사람이 없다는 것이 가장 유력한 증거가 되지 않겠습니까? 결국 증거는 세 가지가 되는 셈이죠. 사실 그 사람 말고 또 다른 누가 있습니까? 그렇다고 부르도프스키를 의심할 수는 없는 일이 아닙니까? 헷, 헷, 헤!」

「천만에요!」

「결국 장군을 의심할 수는 없지 않습니까? 헷, 헷, 헤!」

「무슨 소리요!」더 이상 참을 수 없다는 듯이 공작은 성난 어조로 이렇게 말했다.

「물론 무례한 말입니다, 헷, 헷, 헷! 그렇지만 그 사람, 아니 장군은 나를 매우 놀라게 했습니다! 아까 그 사람과 범인의 종적을 찾아서 빌킨네 집에 갈 때 말입니다. ……참, 당신에게 꼭 말씀드려 둘 것이 하나 있습니다. 그 돈을 잃어버린 후 제일 먼저 그 사람을 깨웠을 때, 그 사람은 나보다 더욱 놀라 얼굴이 푸르락붉으락하더니만 나중에는 굉장히 분개해서 어쩔 줄을 모르더군요. 나도 그가 그렇게까지 흥분하리라고는 생각지 못했습니다. 참으로 존경받을 만한 분입니다! 하기는 줄곧 허풍을 떠는 약점은 있습니다만, 그래도 고상한 감정의 소유자라는 것만은 틀림없습니다. 더욱이 두뇌가 단순한 사람이기 때문에, 그 순진성으로 해서 언제나 사람들에게 신임을 받고 있지요. 공작님, 전에도 말씀드린 것처럼 나는 그에 대해서, 나 자신의 미력함을 느낄 뿐만 아니라 애정까지도 품고 있습니다. 그런데 나와 함께 빌킨네 집으로 가다가 장군은 돌연 길 한복판에서 우뚝 걸음을 멈추더니 프록코트 앞자락을 확 벌려 가슴을 내보이며『나도 수색하게. 켈레르의 몸은 수색했으면서 왜 나는 수색하지 않느냐 말이야? 공평을 기하기 위해서도 마땅히 그렇게 해야 되네!』라는 거예요. 그리고는 창백한 얼굴을 해 가지고 팔다리를 후들후들 떨더군요. 그는 매우 준엄하게 보였습니다. 나는 껄껄 웃으며 이렇게 말했죠. 『이것 보세요, 장군님, 만일 다른 누군가가 범인으로 당신을 지목한다면 나는 즉석에서 내 손으로 내 목을 잘라, 그것을 커다란 접시에 담아서, 당신한테 혐의를 두는 놈한테 나 자신이 직접 들고 가겠습니다. 이 목이 보이시지요. 이 목으로 나는 당신의 결백성을 보증하겠습니다. 아니, 목뿐만 아니라 심지어는 불 속에라도 뛰어들어가겠습니다.』 이렇게 말했지요. 그랬더니 그 사람은 길 한가운데서 나를 껴안고 마구 눈물을 흘리면서, 기침도 하지 못할 만큼 제 가슴을 꼭 껴안으며 『이처럼 불행한 처지에 있는 내게 지금 남아 있는 친구라고는 자네 한 사람뿐이야!』라는 거예요. 참으로 감상적인 사람입니다! 그리고 그때 그의 특유한 일화가 소개됐지요. 젊었을 때에도 한 번은 그가 5만 루블 분실 사건의 혐의를 받은 일이 있었다는 거예요. 그런데 바로 그 이튿날 불타고 있는 집 안으로 뛰어들어가서 자기를 의심하고 있던 백작과 그 당시 아직 출가 전의 처녀였던 니나 알렉산드로브나를 화염 속에서 구출해 냈다는 겁니다. 그러자 백작은 그 사람을 포옹하고 즉석에서 니나 알렉산드로브나와의 결혼을 선언했다는 겁니다. 그리고 다음날은 분실했던 돈이 든 금고가 잿더미 속에서 나왔다지 않겠습니까. 그것은 비밀 자물쇠가 달린 영국식 철제 금고였는데, 어쩌다가 아무도 모르게 마루 밑으로 떨어져 들어갔던 것이 오직 그 화재 때문에 발견되었다는 겁니다. 새빨간 거짓말이죠. 그러나 니나 알렉산드로브나의 얘기를 할 때는 심지어 울기까지 하더군요. 니나 알렉산드로브나는 아주 정숙한 부인이십니다. 비록 나한테는 적의를 품고 계시지만.」

「당신은 모르시지 않습니까?」

「거의 안면이 없지요. 그러나 가까이 사귈 수 있게 되기를 진심으로 바라고 있습니다. 하다 못해 그 분 앞에서 변명만이라도 할 수 있게 되기를 바라고 있습니다. 니나 알렉산드로브나는 내가 자기의 주인을 술망나니로 만든다고 해서 불평이 대단하신 모양입니다만 그러나 나는 그를 타락시키는 것이 아니라 그 사람의 못된 버릇을 교정하고 있는 것입니다. 즉, 그 사람을 못된 친구들로부터 격리시키고 있다고 할 수도 있을 겁니다. 뿐만 아니라 그 사람은 내게 있어 의기상통하는 친구이기 때문에 맹세코 나는 그 사람을 내버려 둘 수 없는 것입니다. 그 사람이 가는 곳이면 어디든지 따라가겠습니다. 그 사람의 마음을 사로잡는 데는 감상적인 방법 한 가지 이외에는 없으니까요. 요즘 그 사람은, 그 대위 부인한테는 아주 발길을 끊다시피 하고 있습니다. 무척 가고 싶어 죽을 지경일 겁니다. 어떤 때는 그 여자 생각을 하고 신음할 때도 있으니까요. 더욱이 아침에 자리에서 일어나 구두를 신을 때가 제일 심합니다. 무엇 때문에 꼭 그 시간에 그러는지 모르겠어요. 그에게 돈이라곤 한 푼도 없지요. 그것이 문제란 말입니다. 돈을 갖지 않고 맨손으로 그 여자를 찾아갈 수는 없는 일이니까요. 공작님, 당신한테 돈을 좀 꿔달란 말은 하지 않던가요?」

「아니, 꿔달란 적은 없었습니다.」

「부끄러운가보죠, 돈 얘기를 하고 싶은 생각은 있지만 못 하는 겁니다. 나한테도, 공작님께 좀 부탁을 해봐야겠다는 말을 한 적이 있으니까요. 요컨대 부끄러운 거예요. 당신이 그에게 돈을 꾸어 준 지가 며칠 안 되었을 뿐더러 또 부탁해 봐야 당신이 거절할 것이라 생각하기 때문이죠. 이건 그 사람이 나에게 친구로서 고백한 말입니다.」

「당신은 그 사람한테 돈을 꿔주지 않았습니까?」

「공작님! 존경하는 공작님! 돈뿐만이 아닙니다. 그 사람을 위해서라면 나는 목숨까지도, 아니 과장된 말은 하지 않겠습니다. 목숨만은 빼놓고, 열병이든, 종기든, 천식이든, 무엇이든지 참아 낼 용의가 있습니다. 그러나 그건 반드시 그만한 희생을 필요로 하는 경우에 한해서지요. 왜냐하면 나는 그 사람을 훌륭한 분이라고 생각하지만 파멸된 인간이기 때문입니다. 그러니까 단지 돈이 문제가 아닙니다.」

「그럼 돈을 꾸어 준단 말이로군요?」

「아니, 아닙니다. 돈을 꾸어 준 일은 없습니다. 그 사람도 내가 꾸어 주지 않을 것이라는 걸 잘 알고 있기 때문이죠. 그러나, 이건 어디까지나 그 사람을 자제시키며 개조하려는 뜻에서지요. 이번에 내가 페체르부르그에 간다니까 함께 가겠다고 귀찮게 졸라 대서 그렇게 하기로 했습니다. 실은 페르드이시첸코 씨의 뒤를 쫓아 페체르부르그로 갈 예정이거든요. 왜냐하면 그 사람이 이미 그리로 갔으리라는 건 틀림없으니까요. 그래서 장군은 벌써부터 흥분해 가지고 야단입니다. 생각 같아선 페체르부르그에 가면 그는 슬그머니 나를 빼돌리고 대위 부인을 찾아갈는지도 모릅니다. 솔직히 말해서 일부러 나는 그 사람을 놓아 줄 작정입니다. 하기는 페체르부르그에 도착하면 서로 딴방향으로 갈라져서 페르드이시첸코를 찾기로 이미 약속이 되어 있지요. 나는 그렇게 그를 놓아 주었다가, 나중에 청천벽력과 같이 대위 부인네 집을 찾아가는 겁니다. 말하자면 가정의 일원으로서, 아니 일반적인 의미에서의 인간으로서, 장군에게 창피를 주자는 것입니다.」

「그러나 소동만은 일으키지 마시오, 레베제프 씨. 제발 소동만은 일으키지 않도록 해주시오.」 공작은 낮은 소리로 불안한 빛을 띠며 이렇게 말했다.

「소동은 무슨 소동입니까? 그저 그 사람에게 창피를 주어, 어떤 얼굴을 하는가 보기 위해서지요. 왜냐하면 얼굴 표정만 보아도 많은 것을 알 수 있으니까요. 공작님, 특히 장군과 같은 사람의 경우에는 더욱 뚜렷이 나타나거든요. 아하, 공작님, 비록 내 재난이 이렇게 크지만, 지금도 그 사람에 대해서 도덕적인 개전(改悛)을 생각지 않을 수 없습니다. 존경하는 공작님, 실은 당신한테 한 가지 부탁드릴 일이 있습니다. 솔직히 말씀드리면, 그것 때문에 찾아온 겁니다. 당신은 이볼긴 장군 댁과 안면이 있을 뿐더러 그 집에 하숙까지 한 일이 있으니까. 선량하신 공작님, 만일 당신이 장군과 또한 그의 행복을 위해 나를 도와 주실 생각이 있으시다면…….」

「뭐라구요? 어떻게 돕지요? 레베제프, 나는 당신이 무슨 말을 하려는 건지 확실히 알고 싶소…….」

「내가 당신을 찾아온 것은 이러한 확신이 있기 때문입니다. 다름이 아니라 니나 알렉산드로브나의 힘을 빌릴 수만 있다면 반드시 효과가 있을 것이라고 말입니다. 즉, 장군을 계속해서 관찰하는 것, 다시 말해서 자기 가정의 품 안에서 장군을 감시하는 것이 상책이라 생각합니다만, 유감스럽게도 나는 그녀와 안면이 없으므로……. 그외에도 온 정열을 기울여 당신을 존경해 마지 않는 니콜라이 아르달리오노비치 역시 이 일에 도움이 될는지도 모르겠다는 생각이 들어서…….」

「처, 천만에요……. 니나 알렉산드로브나를 그런 문제에 끌어들이다니 ……. 그건 당치도 않은 소리요! 물론 콜랴도……. 하긴 아직도 나는 당신의 말을 알아듣지 못해서 그러는지도 모르지만…….」

「아니, 못 알아들으실 것이 뭐가 있겠습니까?」 레베제프는 거의 의자에서 뛰어오를 것처럼 펄쩍 뛰면서 말했다. 「다만 감상적인 동정과 상냥한 위로의 말만이 그 환자에 대한 유일한 약입니다. 공작님, 그 사람을 환자라 부르는 것을 용서하시겠습니까?」

「그건 오히려 당신의 섬세한 지성을 증명한다고 생각해요.」

「그 사람이 환자라는 것을 명확히 하기 위해서 실례를 하나 들어 말씀드린다면, 아시다시피 그 사람은 이러한 사람입니다. 즉, 그 사람에게는 지금 돈을 가지지 않고는 찾아갈 수 없는 대위 부인이라는 병이 있습니다. 오늘 장군을 현장에서 꼼짝 못 하게 잡으려는 건 바로 그 여자네 집이지요. 물론 이것은 오직 그의 행복을 위해서 하는 일입니다. 그러나 가령 대위 부인과의 관계뿐만 아니라 실제적인 범죄를 저질렀거나, 아니, 다른 무슨 파렴치한 짓을 저질렀다 하더라도——하긴 그 사람이 그런 짓을 할 리는 만무하지만——그런 경우에도 고상하고 상냥한 태도로 어떻게 해서든지 그 사람을 잘 이끌어 나갈 수 있다고 생각합니다. 왜냐하면 그 사람은 참으로 지독히 감상적인 인간이니까요. 믿어 주십시오. 닷새를 참지 못하고 자기 쪽에서 먼저 눈물을 흘리며 모든 것을 고백하고야 말 겁니다. 더욱이 가족들이나 당신과 같은 분의 감시하에 그 사람의 일거일동을 교묘하고도 고상하게 감독한다면 효과는 더욱 클 것입니다……. 아, 공작님!」 레베제프는 벌떡 자리에서 일어나며 감동 어린 어조로 말을 이었다. 「나는 그가 확실히 어떻게 됐다고 주장하는 건 아닙니다만 나는 그 사람을 위해서라면 지금 당장에라도 온몸의 피를 죄다 흘릴 용의가 있습니다. 그러나 무절제와 술과 대위 부인과, 이러한 것들이 함께 겹친다면, 장군은 무슨 짓이든 못 할 짓이 없으니까요! 그렇지 않습니까?」

「그러한 목적이라면 물론 언제든지 힘 자라는 데까지 도울 자세가 되어 있지만.」 공작은 소파에서 일어나며 이렇게 말했다. 「레베제프, 고백하건대, 나는 지금 몹시 불안합니다. 당신은 아직 페르드이시첸코를 의심한다고 말하고 있으니 말입니다.」

「그럼, 도대체 누구를? 누구를 의심하란 말입니까, 공작님?」 레베제프는 난처하다는 듯이 미소를 띠며 또다시 두 손을 애교 있게 모았다.

「그런데 루키얀 치모페이치, 여기 한 가지 오해를 받고 있는 무서운 것이 있어요. 그 페르드이시첸코는…… 나는 그 사람을 나쁘게 말하고 싶지는 않지만……. 그러나 그 페르드이시첸코가…… 말하자면 그가 그랬으리라고 누가 안단 말이오! 내가 말하고 싶은 것은 정말로 그 사람이야말로 다른 누구보다도 제일 많이 그런 짓을 할 만한 가능성이 있는 인간으로 생각된단 말이지요.」

레베제프는 귀를 기울이고 눈을 휘둥그렇게 떴다.

「아시다시피,」 공작은 더욱더 미간을 찌푸린 채 될 수 있는 대로 레베제프를 보지 않으려고 애쓰며 방안을 이리저리 거닐면서 더욱 더듬거렸다. 「내가 알기로는……, 페르드이시첸코 앞에서는 쓸데없는 말을 일체 하지 않도록 조심할 필요가 있다고 들었어요. 무슨 말인지 알겠어요? 내가 이런 말을 끄집어 낸 것은, 어쩌면 그 사람이 다른 누구보다도 그런 짓을 할 만한 위인인지도 모른다……. 그것이 비교적 옳은 판단일는지도 모른다라고 말하고 싶었기 때문이에요. 바로 이 점이 중요하단 말입니다, 알겠어요?」
　「누가 당신에게 페르드이시첸코에 대해서 그런 말을 했습니까?」레베제프는 펄쩍 뛰었다.
　「그렇게 나에게 귀띔을 해주더군요. 그렇지만 나는 그런 말을 믿지 않아요. 그런 말을 당신에게 하지 않을 수 없게 된 것은 참으로 유감스럽지만, 나 자신은 절대로 그런 말을 믿고 있지 않습니다……. 그건 아무런 근거도 없는 소립니다……. 제기랄, 어쩌자고 내가 그런 소리를 함부로 입밖에 냈담!」
　「이것 보세요, 공작님.」레베제프는 온몸을 떨기까지하며 말했다. 「그것은 매우 중대한 문젭니다! 때가 때인만큼 참으로 중대한 문제입니다! 말하자면 페르드이시첸코 한 사람에 대해서가 아니라, 어떻게 해서 그런 말이 공작님의 귀에까지 들어가게 되었느냐 하는 것이 중대하단 말씀입니다——이렇게 말하면서 레베제프는 공작과 보조를 맞추려고 그의 뒤를 이리저리 쫓아다녔다——이왕 말이 나왔으니 나도 한 가지 말씀드리겠습니다만 아까 장군이 나와 함께 빌킨네 집으로 가는 도중인, 그러니까 그 화재 사건에 관해서 나에게 얘기하고 난 다음에, 갑자기 그 사람은 분격해 마지 않는 어조로 페르드이시첸코에 대해 그와 비슷한 암시를 하더란 말입니다. 그런데 그게 도무지 두서가 없는 말이어서, 간단히 몇 마디 질문을 해보았는데, 그것은 오로지 그의 추측에 지나지 않는다는 결론을 얻었습니다. 왜냐하면 그 사람이 거짓말을 하는 것은 자기의 감정을 이겨 내지 못하기 때문입니다. 하지만 가령 장군이 거짓말을 했다 하더라도 그것은 거짓말임에 틀림없었습니다만, 그것을 어떻게 당신이 듣게 되었느냐 하는 게 문젭니다. 이해해 주십시오, 공작님. 그것은 역시 장군의 일시적인 감정이었습니다. 그것을 누가 당신한테 말했단 말입니까? 이것은 심각한 문젭니다. 말하자면…….」
　「콜랴가 조금 전에 나한테 얘기했습니다. 콜랴는 자기 아버지한테 들었다고 하더군요. 콜랴는 오늘 아침 여섯시쯤에 무엇 때문인지 밖에 나갔다가 거기서 그의 아버지를 만났다는 거예요.」
　공작은 모든 것을 자세히 얘기했다.

「바로 그런 것을 가리켜 흔적이라고 하는 겁니다!」하고 레베제프는 손을 비비며 소리 없이 웃었다! 「나도 그렇게 생각했었지요! 그렇다면 장군은 여섯시쯤에 일부러 자리에서 일어나 사랑하는 아드님을 깨워 페르드이시첸코와 어울린다는 것이 위험천만한 일이라는 걸 알려 주기 위해, 이쪽으로 오셨단 말이군요! 그러나 페르드이시첸코는 참으로 위험스러운 인간이며, 반면에 그의 아들에 대한 장군의 불안감은 무진장 크다는 거군요! 헷, 헷, 헤!」

「이거 봐요, 레베제프.」공작은 몹시 당황했다. 「제발 신중히 될 수 있는 대로 조용히 해주시오! 소동을 일으키지 마십시오! 당신한테 신신당부하는 것이니 이것만은 조심해 주시오……. 사정이 그렇다니 나도 도와드리겠습니다. 그러나 아무도 모르게 아무도 눈치 채지 못하게 하겠습니다.」

「안심하십시오, 매우 성실하고 고상하신 공작님.」레베제프는 더 이상은 표현할 수 없을 정도의 감동적인 어조로 소리쳤다. 「절대로 안심하세요! 모든 것은 나의 이 고결한 가슴속에 깊이 깊이 간직할 테니까요. 둘이서 조용하게 합시다! 함께 조용히 하자고요……. 숭고하신 공작님! 나는 나의 모든 피를 아끼지 않고……. 나는 정신과 영혼에 있어서 비열한 놈입니다. 그러나 비열한 놈이라 할지라도…… 아니, 이 세상에서 둘도 없는 파렴치한이라고 해도 좋으니 한 번 그놈을 붙잡고 물어 보십시오. 나와 같은 불한당과 함께 일을 하고 싶으냐, 아니면 당신처럼 더없이 고상한 분과 일하고 싶으냐고 말입니다. 그는 분명하게 고결한 분과 함께 일하고 싶다고 대답할 것입니다. 그것은 바로 덕성 때문입니다! 공작님! 안녕히 계십시오. 난 이만 돌아가겠습니다! 그리고 조용히 합시다, 조용히 합시다, 조용히 해요……. 둘이서 말입니다…….」

10

마침내 공작은, 어째서 그 세 통의 편지에 손을 댈 때마다 한기를 느꼈는지, 그리고 어찌해서 저녁까지 그 편지를 읽는 것을 미루어 왔는지를 깨닫게 되었다. 아까 아침나절에 그 세 통의 편지 중에서 어느 것을 먼저 펼쳐 보느냐 하는 것을 결정할 수가 없어서 그는 소파에서 잠이 들었으며 다시 악몽에 시달렸는데, 또다시 그 『죄지은 여인』이 그에게 다가왔다. 이번에 그녀는 기다란 속눈썹에 눈물방울을 반짝이며, 자기를 따라오라고 그를 부르는 것이었다. 그는 아침에 공원에서 꿈을 꾸었을 때처럼 말할 수 없이 괴로운 심정으로 여인의 얼굴을 되새기며 눈을 떴다. 그는 즉시 그녀에게로 달려가고 싶었지만 그렇게 할 수는 없었다. 마침내 그는 거의 절망에 빠져 편지를 펼쳐 들고 읽기 시작했다.

그 편지 역시 꿈과 같은 것이었다. 사람들은 가끔 현실에서 도저히 있을 수 없는 기묘하고도 부자연한 꿈을 꾸기도 한다. 그리고 잠을 깬 뒤, 그 꿈을 세밀히 상기하고는 그 어떤 기이한 사실에 스스로 놀라는 수도 있는 것이다. 우선 생각나는 것은 꿈을 꾸고 있는 동안 이성이 잠시도 자기 마음에서 떠나지 않고 있었다는 사실이다. 아니, 한 걸음 더 나아가서 목숨을 노리는 자객들이 우리들을 궁지에 몰아 넣고, 언제든지 신호가 떨어지기만 하면 당장에 흉기를 끄집어 내 내려칠 채비가 되어 있으면서도, 시치미를 떼고 자못 친절하게 대하고 있는 경우다. 그럴 때 우리는 오랜 시간에 걸쳐 기막히도록 교활하게 그들을 속여 넘기고 감쪽같이 몸을 숨겨 달아났던 일을 상기하는 수도 있다. 그리고 한편으로는 그들이 우리의 속임수를 다 알고 있으면서도 우리가 숨은 곳을 모르는 체하고 있을 뿐이라는 그런 짐작을 할 때도 있다. 그렇지만 또다시 그들을 속이고 현혹시키는 것이 분명하게 생각나는 일도 있다. 그러나 우리의 이성, 우리의 꿈속에 가장 빈번히 나타나는 부조리, 허황하고 근거 없는 사건의 전개 등이 대체 어떻게 타협될 수 있을 것인가? 우리 자객 중의 하나가 우리 눈앞에서 홀연히 여자로 변하고 우리로부터 교활하고 간사하게 생긴 조그만 난쟁이로 변하는데 우리는 그와 같은 모든 것을 주저하지도 않고 기정 사실로 즉석에서 받아들이고 만다. 그러나 한편으로는 이와 때를 같이하여 이성이 극도로 긴장하여, 비상한 힘과 교활함과 통찰력과 논리를 발휘하고 있지 않은가? 그리고 또한 꿈에서 깨어나 분명한 현실의 세계로 돌아온 후에는 무엇인지 풀리지 않는 신비한 것을 꿈의 세계에 남겨 두고 온 것 같은 느낌을 번번히 느끼게 되는 것이다. 때로는 그러한 느낌이 이상한 박력을 가지고 가슴에 들이닥칠 때도 있다.

그때는 자기 꿈의 황당무계함을 비웃으면서도 한편으로는 그 어지럽게 교차하는 황당무계한 상황 속에 그 어떤 사상이 포함되어 있음을 느끼는데 그 사상은 어디까지나 현실적인 것이며 현실 생활에 내재하는 것이고 줄곧 자기의 마음속에 존재해 온 것이다. 마치 그 어떤 새로운, 예언적인, 기다리고 있던 것을 꿈속에서 듣고 난 것 같은 기분을 느끼게 된다. 우리가 받은 인상은 기쁜 것이든 괴로운 것이든 간에 지극히 강렬한 것이나, 과연 그 본질이 무엇이며 우리가 꿈속에서 들은 말은 무엇이냐 하는 것은 전혀 이해할 수도 없을 뿐더러 기억할 수도 없는 것이다.

이것과 거의 비슷한 느낌을, 편지를 읽고 난 다음에 공작은 느꼈던 것이다. 편지를 펼쳐 들기 전부터 공작은 이 편지가 존재하는 것과, 존재할 수 있다는 사실 자체가 이미 하나의 악몽처럼 느껴졌다. 저녁에 그는 혼자서 아무데나 발길 닿는 대로 배회하면서 마음속으로 자문자답하는 것이었다——간혹 그는 자기가 어디를 거닐고 있는지조차 모를 때가 있었다——어떻게 감히 그 여자가 아글라야에게 편지를 쓰기로 결심했을까? 어떻게 그 여자가 그런 말을 쓸 수가 있었을까? 그리고 어찌하여 그런 미치광이 같은 생각이 그 여자의 머릿속에 떠오를 수 있었을까? 그러나 이 공상은 이미 실현된 것이었다. 뿐만 아니라 그를 더욱 놀라게 한 것은 그가 이 편지를 읽고 있는 동안 스스로 이 공상의 가능성을, 아니 이 공상의 정당성까지도 믿었다는 사실이다. 물론 이것이 꿈이라면 악몽이고 미친 짓이다. 그러나 그 속에는 그 어떤 괴로운 진실된, 수난자와도 같이 정당한 그 무엇이 있어, 그것이 꿈과 악몽과 광기를 정당화하는 것이었다. 그는 이 편지 때문에 몇 시간 동안을 몽유병 환자와 같은 상태에 빠져 있었다. 쉴새 없이 이 편지의 구절들을 상기하고는, 거기다 주의력을 집중하여 골똘히 생각하고 또 생각했다. 어떻게 생각하면, 이런 일은 전부터 죄다 예기되고 있었던 것만 같은 느낌이 들기도 했다. 뿐만 아니라 이미 오래 전에 읽은 일이 있는 것 같기도 했다. 그때로부터 오랜 시일을 두고 번민하며 두려워하던 것이 이 세 통의 편지에 남김없이 씌어 있었던 것이다.

이 편지를 펼치시면——첫번째 편지의 첫머리에는 이렇게 씌어 있었다——우선 이름부터 보아 주시기 바랍니다. 이 이름은 당신에게 모든 사정을 설명할 것입니다. 그래서 나는 당신에게 변명이나 설명 같은 것은 하지 않겠습니다. 만일 내가 어떤 면에서건 당신과 대등한 위치에 있다면 당신은 이와 같은 무례한 행위에 모욕을 느끼실 것입니다. 그러나 당신에

비하면 나는 대체 무엇이겠어요? 우리 두 사람은 그야말로 두 개의 극단에 위치하고 있습니다. 당신 앞에 나가면 나 같은 건 사람의 축에도 끼지 못하기 때문에 가령 내가 당신을 모욕할 생각이라 하더라도 그것은 불가능한 일입니다.

　이런 사연이 있은 후 다른 곳에는 다음과 같이 씌어 있었다.

　내가 하는 말을 병든 마음의 병적인 감정이라고 생각지는 말아 주십시오. 내게 있어 당신은 완전한 것입니다! 나는 매일같이 당신을 보아 왔고 또 보고 있습니다. 나는 당신을 절대로 비판하지 않습니다. 당신이 완전무결한 존재라는 신념에 도달한 것은 비판을 해서 그렇게 된 것이 아닙니다. 나는 다만 그렇게 믿는 것뿐입니다. 그러나 나는 당신 앞에 죄를 짓고 있습니다. 다름 아니라, 내가 당신을 사랑하고 있기 때문이죠. 사실 완전한 것은 사랑해서는 안 되는 것입니다. 다만 완전한 것으로 바라보는 데 그쳐야 하는 것이 아니겠어요? 그럼에도 불구하고 나는 당신을 사랑하고 있습니다. 사랑은 인간을 평등하게 만든다는 말이 있긴 하지만 염려하시지는 마십시오. 나는 남이 들여다볼 수 없는 마음속에서조차 당신을 나와 평등하게 생각한 적은 없으니까요. 나는 당신한테 분명히 편지에서 말했습니다. 「염려하지 마십시오.」라고요. 당신이 정말 염려하실까요? 만일 그렇다면 나는 당신의 발자국에 키스하겠습니다. 오오, 나는 결코 당신과 같은 위치에 놓일 수는 없습니다. 이름을 보십시오, 무엇보다도 나의 이름을 보십시오!

　그렇지만, 나는——그녀는 다른 편지에 이렇게 썼다——언제나 당신과 그이를 결합시키려고 애쓰고 있음을 스스로 인정합니다. 나는 여태까지, 당신이 과연 그이를 사랑하는지 어떤지 거기에 대한 의문조차 제기해 본 일이 한 번도 없습니다. 그이는 첫눈에 벌써 당신을 사랑하기 시작했습니다. 그는 당신을 마치 『광명』인 듯이 생각하고 있습니다. 이것은 그이 자신이 한 말입니다. 그러나 당신이 그이에게 광명과 같은 존재라는 것은, 새삼스럽게 듣지 않아도 저는 알고 있었습니다. 나는 그이의 곁에서 한 달 동안 살면서, 당신 역시 그이를 사랑하고 있다는 것을 처음으로 깨달았습니다. 저에게 있어서는 당신도 그이도 같은 분입니다.

그런데 어제 내가 당신 옆을 지나갈 때——그녀는 다시 이렇게 쓰고 있었다——얼굴을 붉히시는 것 같던데 왜 그러셨죠? 아마 내가 잘못 보았을 리는 없을 겁니다. 비록 당신을 아주 추잡한 소굴 같은 데 끌고 가서 노골적인 악행이나 추태를 보여 준다 하더라도 당신은 그것 때문에 얼굴을 붉히실 필요는 조금도 없습니다. 당신이 모욕을 느껴 화를 내실 이유는 없단 말입니다. 그야 물론 당신이 비열하고 더러운 인간들을 미워할 수는 있습니다. 그러나 그것은 자기 자신을 위해서가 아니라 그들에게 모욕을 당한 다른 사람들을 위해서입니다. 그렇지만 아마도 당신을 모욕할 수는 없을 것입니다. 어쩐지 당신은 나 같은 인간까지도 사랑해 주실 것만 같군요. 당신은 나에게도 그이에게 있어서나 마찬가지로 밝은 영혼이며 증오할 줄 모르는 천사입니다. 천사는 또한 사람을 사랑하지 않을 수 없습니다. 우리는 세상의 모든 사람을, 모든 이웃을 사랑할 수 있을까요? 나는 내 자신에게 자주 이렇게 물어 보곤 합니다. 물론 불가능한 일이지요. 이것은 오히려 자연스럽지 못한 일입니다. 추상적으로 인류를 사랑한다는 것은 자기 한 사람을 사랑하는 것이 된답니다.

이것은 우리들에겐 불가능한 일입니다만, 당신의 경우는 문제가 다르다고 생각합니다. 당신은 누구와도 비교될 수 없고 당신은 어떠한 모욕이나 개인적인 원한에도 초연할 수 있으니, 누군가 한 사람만이라도 사랑하지 않을 수 없을 게 아니겠습니까? 다른 사람은 몰라도 당신만은 이기심에서가 아닌, 자기 자신을 위해서가 아닌, 당신이 사랑하고 있는 그 분을 위하여 사랑할 수 있을 것입니다. 이렇게 생각하고 있음에도 불구하고 당신이 나 때문에 수치와 분노를 느끼고 계시다는 걸 알았을 때 나는 무척 마음이 아팠습니다! 거기에 당신의 파멸이 있을 것입니다. 당신은 나를 동일하게 취급하고 계시니 말입니다.

어제 당신을 뵙고 집에 돌아와서 나는 한 폭의 그림을 생각했습니다. 화가들은 그리스도를, 성서에 씌어 있는 얘기를 토대로 그리지만 나 같으면 좀 색다른 그림을 그리고 싶습니다. 즉, 그리스도 한 사람만을. 그의 제자들도 때로는 스승을 혼자 남겨 두는 일이 있었을 테니까요. 나의 그림에서는 그리스도가 나이 어린 소년 하나와 함께 남아 계십니다. 아이는 그리스도의 곁에서 놀고 있습니다. 때로 그리스도는 그의 말을 듣고 있습니다. 그에게 천진난만한 이야기를 하고 있는지도 모르겠습니다. 그러나 지금은 무엇인가 그에게 줄 생각을 하고 계십니다. 아이의 머리에 무심히 얹혀진 그 손을 그대로 잊어버리신 듯, 그리스도는 먼 지평선 쪽을 바라보고 계십니다. 그 눈에는 온 누리와도 같이 위대한 사상이 깃들어 있으나 그 얼굴은 서글픈 빛을 띠고 있습니다. 아이는 묵묵히 그의 무릎에 기대어 조그만 손으로 턱을 괸 채, 얼굴을 들어 때때로 어린 아기가 생각에 잠긴 것처럼 생각하고 있는 그리스도를 열심히 바라보고 있습니다. 태양은 점점 기울어져 가고……. 이것이 나의 머릿속에 그려 본 그림입니다. 당신은 순진무구한 분입니다. 그 순진무구 속에 당신의 완전무결함이 포함되어 있는 것입니다. 오직 이것만은 기억해 두시기 바랍니다! 당신한테 바치는 나의 사모하는 마음이 당신에게 무슨 소용이 있겠습니까? 그러나 당신은 이미 나의 것입니다. 나는 한평생 당신의 곁에 있을 것입니다. 어차피 나는 곧 죽을 겁니다.

그녀의 세번째 편지는 다음과 같았다.

제발 내게 대해서는 아무것도 생각지 말아 주시기 바랍니다. 그리고 내가 이렇게 당신에게 편지를 씀으로써 스스로를 굴욕시킨다고는 생각지 말아 주십시오. 그리고 비록 자존심 때문이라 하더라도 스스로를 비하함으로써 어떤 쾌감을 느끼려는 여자라고도 생각지 말아 주십시오. 나는 나 스스로의 위안이 있습니다. 하지만 그 위안이 무엇인지는 설명하기 어렵습니다. 나는 자기 자신에게조차 그것을 분명히 설명할 수가 없어서 그것 때문에 여러 가지로 괴로워하고 있는 형편이니까요. 자존심의 발작 때문에 자기를 비하할 수는 도저히 없는 노릇입니다. 또한 마음이 깨끗하고 아름답기 때문에 자기를 비난한다는 것 역시 나에게는 있을 수 없는 일입니다. 결국 나는 자기 자신을 조금도 비난하고 있지 않는 것입니다.

무엇 때문에 나는 당신들이 결합하기를 바라는 걸까요? 당신을 위해서일까요? 나 자신을 위해서일까요? 물론 나 자신을 위해서지요. 그것이 나의 모든 문제를 해결해 줄 겁니다. 나는 이미 오래 전부터 이렇게 생각하고 있었지요……. 내가 듣기로는, 당신의 언니 아찔라이다가 처음 내 사진을 보았을 때 이만한 미모는 온 세상을 뒤엎을 수 있단 말을 하셨다지만 그러나 나는 이 세상을 단념해 버렸습니다. 당신은 레이스와 다이아몬드로 몸을 장식하고 술주정꾼과 건달패들에게 에워싸여 있는 나를 보셨습니까? 내가 이런 말을 한다는 것이 가소롭게 여겨지시리라 생각합니다. 그러나 그러한 것에 신경을 쓰시지는 마십시오. 나는 거의 존재하지 않는 거나 한가지입니다. 나 자신 이 점을 잘 알고 있습니다. 나의 내부에 어떤 것이 살고 있는가 하는 것은 하느님만이 알고 계십니다. 쉴새없이 나를 주시하고 있는 두 개의 무서운 눈 속에서 나는 이 사실을 매일 읽을 수 있습니다. 이 눈은 내 앞에 없을 때도 나를 응시하고 있습니다——그것은 언제나 말이 없지요——그러나 나는 그것의 비밀을 알고 있습니다. 그 사람의 집 안에도, 그 우중충하고 쓸쓸한 집 안에도 비밀이 있습니다. 그 사람은 필시 언젠가 세상을 아연케 했던 모스크바의 그 살인마처럼 비단헝겊에 싼 면도칼을 서랍 속에 감춰.두고 있을 것입니다. 그 살인범 역시 어떤 집에서 어머니와 함께 살고 있었고 역시 여자의 목을 찌르려고 항상 비단헝겊에 면도칼을 싸 가지고 있었다고 하더군요. 나는 그 사람네 집에 갔을 때 어딘가 마루 밑에 그 사람의 아버지가 숨겨 놨을지도 모르는 시체가, 역시 모스크바의 경우처럼, 유포(油布)에 싸여 방부제가 든 약병 사이에 누워 있을는지도 모른다는 생각이 계속해서 들었습니다.

　나는 그 구석을 당신한테 가르쳐 드릴 수도 있을 것 같았습니다. 그 사람은 항상 말이 없습니다. 그러나 그 사람이 나를 증오하지 않을 수 없을 만큼 나를 사랑하고 있다는 것을 나는 잘 알고 있습니다. 당신들의 결혼과 우리들의 결혼을 동시에 하기로 합시다. 나는 그 사람한테도 그렇게 하자고 말해 놓았습니다. 나는 그 사람한테 아무것도 숨기지 않습니다. 나는 정말 무서움 때문에 그 사람을 죽이게 될 것만 같습니다. 그러나 그가 먼저 나를 죽여 버리겠지요. 그 사람은 나보고 헛소릴 한다면서 웃어 버리더군요. 그 사람은 내가 당신한테 편지를 쓴다는 것을 알고 있습니다.

　이밖에 이런 잠꼬대 같은 헛소리가 이 편지에는 얼마든지 있었다. 특히 두번째 편지는, 큼직한 편지지 두 장에 잘다란 글씨로 가득 차 있었다.

　공작은 마침내 어제처럼 어두운 공원으로 나가서 오랫동안 배회하였다. 훤하게 투명한 밤은 여느 때보다 더욱 밝은 것같이 생각되었다.

　『아직 시간이 그렇게 이른가?』 하고 그는 생각했다. 그는 시계를 차고 나오는 것을 잊었었다. 어딘가 멀리서 음악 소리가 들려 오는 것 같았다.

『정거장일 거야, 틀림없이!』그는 또다시 생각했다. 『물론 오늘은 그 사람들도 저기엔 가지 않았겠지. 』이런 생각을 하다가 공작은 자기가 어느새 그 사람들의 별장 앞에 와 있다는 것을 알았다. 결국은 이리로 오게 될 것이라 믿고 있었지만, 그는 심장이 죄어 드는 것을 느끼며 테라스로 들어 갔다. 그를 맞아 주는 사람이라곤 아무도 없었고 테라스는 텅 비어 있었다. 그는 잠시 기다려 보고 나서, 홀로 통하는 문을 열었다.

『이 문은 언제나 잠그지 않는군.』이런 생각이 불현듯 머리를 스쳤다. 홀에도 사람의 그림자는 하나도 보이지 않았다. 홀은 약간 어두웠다. 그는 의아스러운 듯이 방 한가운데 서 있었다. 갑자기 문이 열리더니 알렉산드라가 손에 촛불을 들고 들어왔다. 그녀는 공작을 발견하자 깜짝 놀라며 그가 무얼 하는지 알려는 듯이 그의 앞에 멈춰 섰다. 그녀는 이런 데 누가 있으리라고는 생각지 않고 다른 방으로 빠져 나가려던 참이었다.

「어머나, 왜 이런 데 서 계시지요?」이윽고 그녀는 이렇게 물었다.

「나는…… 그저 잠깐 들러 보았습니다…….」

「어머니는 지금 기분이 좋지 않으시고, 아글라야도 역시 그래요. 아젤라이다는 지금 막 잠자리에 들어갔어요. 나도 침실로 가는 길이에요. 오늘 우린 저녁내 집에서 혼자 앉아 있었어요. S공작은 페체르부르그에 가셨습니다.」

「내가 온 것은…… 내가 댁에 들른 것은…… 지금…….」

「지금 몇 신지 아세요!」

「모, 모릅니다.」

「12시 반이에요. 우린 언제나 1시에 잡니다.」

「아하, 내 생각으로는……, 지금이 9시 반쯤인 줄 알았는데…….」

「괜찮아요.」하고 그녀는 웃었다. 「그런데 아까는 왜 안 오셨죠? 아마 당신이 오기를 기다렸을 겁니다.」

「내…… 생각은……. 」그는 중얼거리며 밖으로 나왔다.

「안녕히 가세요! 내일 모두 웃게 되겠군요.」

그는 공원을 끼고 자기 집으로 향하는 길을 따라 걸었다. 심장은 뛰고 상념은 뒤얽혀 그를 둘러싼 모든 것이 꿈과 같았다. 그 순간 이미 두 번씩이나 꿈속에 나타났던 그 환영이 또다시 그의 눈앞에 나타났다. 그때와 똑같은 모습의 여인이 마치 여기서 그를 기다리고 있었던 것처럼 공원에서 뛰어나와 그의 앞길을 막아선 것이다. 그는 놀라며 우뚝 섰다. 여인은 그의 손을 세게 거머쥐었다. 『아니다. 이것은 환영이 아니다!』

공작과 이별한 후 그녀는 처음으로 지금 공작과 얼굴을 맞대고 선 것이다. 그녀는 무언지 말을 했으나, 공작은 아무 말도 않고 그녀의 얼굴만을 바라보고 있었다. 가슴에 넘치는 참을 수 없는 통증이 뒤따랐다. 오오, 그는 그때로부터 지금까지 한 순간도 오늘의 이 상봉을 잊어 본 적이 없었고 그것을 회상할 때마다 항상 똑같은 통증을 느껴 왔던 것이다. 그녀는 그의 앞에서 실성한 사람처럼 길바닥에 무릎을 꿇었다. 공작은 무서워서 뒷걸음질쳤다. 그러자 그녀는 사내의 손을 움켜쥐고 미친 듯이 그 손에 키스를 했다. 아까 꿈속에서 본 것처럼 지금도 그녀의 긴 속눈썹에는 눈물방울이 반짝이고 있었다.

「일어나요, 일어나!」그는 여인을 부축해서 일으키며 겁에 질린 음성으로 속삭였다. 「자, 어서 일어나요!」

「당신은 행복하시죠? 행복하시죠?」그녀는 물었다. 「나에게 단 한 마디라도 말해 주세요. 당신은 지금 행복하시죠? 오늘, 지금 이 순간 말예요? 그 여자한테 갔었죠? 그 여자가 뭐라고 하던가요?」

그녀는 일어나지도 않았다. 그녀는 그의 말을 듣지도 않았다. 마치 누구한테 쫓기고 있기라도 한 듯이 급하게 물어 댔고 서둘러 말을 하려 했다.

「당신이 말씀하신 대로 나는 내일 떠나겠어요. 앞으로 다시는…… 끝까지 당신을 보지 못할 거예요. 당신을 보는 것도 이것이 정말로 마지막이에요!」

「진정하고 어서 일어나요!」공작은 달래듯이 말했다. 그녀는 갈망하듯이 그 얼굴을 쳐다보며 사내의 두 손을 움켜쥐었다.

「잘 있어요!」이윽고 그녀는 이렇게 말하며 땅에서 일어나더니 총총걸음으로 거의 뛰다시피 그의 곁을 떠나갔다. 공작은 이때 어디선가 불쑥 로고진이 그녀 옆에 나타나서 여자의 손을 잡아 끌고 가는 것을 보았다.

「잠깐만 기다려 주게, 공작!」하고 로고진이 소리쳤다. 「5분쯤 후에 돌아오겠네.」

5분이 지나서 실제로 그는 되돌아왔다. 공작은 아까의 그 자리에 서서 기다리고 있었다.

「마차에 태워 주고 왔어.」로고진이 말했다. 「저쪽 구석에서 10시쯤부터 마차를 세워 놓고 기다리고 있었거든. 저 여자는 자네가 저녁내내 그 아가씨네 집에 있다는 걸 알고 있었단 말야. 아마 인젠 더 이상 그 아가씨한테 편지를 보내지 않을 거야. 맹세했으니까. 그리고 자네가 희망한 대로 내일 이곳을 떠나겠다는군. 그래서 마지막으로 자네를 한 번 만나 보고 싶다고 한 건데, 자네가 그걸 거절하니까 그녀는 이곳에서 자네를 기다리고 있었던 거야. 저기 있는 저 벤치에서 말이야.」

「저 여자가 자진해서 자네를 데리고 왔나?」

「그게 어쨌단 말인가?」로고진은 히죽 웃었다. 「그걸 몰라서 묻나? 자네, 그 편지를 물론 읽어 보았겠지?」

「그럼, 자네도 정말 그 편지들을 읽어 보았나?」공작은 문득 생각난 듯이 이렇게 되물었다.

「그야 물론이지, 저 여잔 나에게 모든 편지를 다 보여 주었지.」

「미쳤어!」

「누가 그런 걸 알겠나? 어쩌면 그렇지 않을는지도 몰라.」로고진은 혼자 말처럼 중얼거렸다.

공작은 대답을 하지 않았다.

「그럼, 잘 있게.」하고 로고진이 말했다. 「나도 내일 떠날 테니까. 나중에 너무 나쁘게는 생각하지 말아 주게! 하지만 여보게,」하고 재빨리 돌아서서 그는 덧붙였다. 「왜 자넨 저 여자가 묻는 말에 아무 대답도 하지 않았나? 그래 자넨『행복한가, 안 한가?』」

「안 해, 안 해, 행복하지 않단 말이야!」공작은 비애에 찬 목소리로 외쳤다.

「하기는『그렇다』고 할 리가 없지!」로고진은 악의에 찬 웃음을 던지고는 돌아다보지도 않고 바쁜 걸음으로 가버렸다.

제 4 편

1

이 소설의 두 주인공이 녹색 벤치에서 만났던 이후 1주일이 지났다. 어느 맑은 날 아침 10시 반경에 자기 친지들 중의 누군가를 만나려고 나갔던 바르바라 프치스이나는 몹시도 침울한 표정으로 집에 돌아왔다.

유형(類型)이나 성격상으로 보아 무엇이라 한마디로 규정짓기 어려운 인간들이 있다. 보통의 경우 평범한 사람이라든가 대다수의 사람이든가 하는 말로 불려지는 사람들이 바로 이런 종류인데, 그들이 사실상 모든 계층의 대다수를 이루고 있는 것이다. 작가들은 자기의 소설에서 대부분의 경우 사회의 전형을 취해다가 그것을 예술적으로 나타내려고 노력한다. 소설에 나타난 전형 그대로의 인물은 현실에서 쉽사리 찾아 보기 어렵지만, 현실 그것보다 더 현실적인 것이다. 포드콜료신(고골리 작(구)의 주인공(喜))은 그 전형적인 점에 있어서 어쩌면 과장되어 있을는지도 모르지만 절대로 신화적인 인물은 아니다. 현명한 인사의 대다수는 고골리의 작품을 통하여 포드콜료신을 알고 나서, 자기의 선량한 친지들 중 몇십 명 내지 몇백 명이 포드콜료신과 너무나 흡사하다는 것을 알게 되었다고 한다. 그들은 고골리의 희극이 나오기 전부터 자기 친구가 포드콜료신과 같은 인간이라는 것을 알고 있기는 했으나 그들이 이런 이름으로 불려진다는 것을 미처 몰랐었다. 실제로 결혼식을 앞둔 신랑이 창문 밖으로 뛰어나가는 따위 일은 절대로 흔한 것이 아니다.

왜냐하면 다른 점은 고사하고라도 그런 짓은 아무래도 바람직하지 못한 거북스러운 짓이기 때문이다. 그럼에도 불구하고 의젓하고 총명한 많은 신랑들까지도 결혼식 전날이 되면 마음속으로는 자기가 포드콜료신과 다를 바 없다는 인정을 하는 데 주저하지 않을 것이다. 물론 그렇다고 해서 세상의 모든 남편이 예외없이 모두가 그런 일이 있을 때마다 『이건 너의 자업

자득이야, 조르즈 당댕! (몰리에르의 희극 《조르즈 당댕》에 나오는 말)』이라고 외치지는 않으리라. 그러나 아아, 이 마음으로부터의 외침은 밀월(蜜月)이 끝난 전 세계의 남편들이 몇 백만 번 몇억 번 되풀이하였었는지 모른다. 아니, 밀월이 끝나기는 고사하고 결혼식 다음날부터 그렇게 외치는지도 모르는 일이다.

그래서 지나치게 심각한 문제에 들어가지 않고 단지 다음과 같이 말하는 것으로만 그치기로 하자. 즉 현실에 있어서는 인물의 전형적 특질이 묽어져 이러한 조르즈 당댕도 포드콜료신도 세상에는 존재하며 매일같이 우리 앞에서 어슬렁거리고 있는 것만은 틀림없지만 어쩐지 좀 희석된 느낌이 든다는 것뿐이다. 이 사실을 독자들에게 완전히 전달하기 위하여, 최후로 몰리에르가 창조한 것과 같은 조르즈 당댕 역시 현실 세계에서 존재할 수 있으나 드물다고 말하고, 잡지의 평론 비슷하게 되어 가는 이 논리를 끝맺기로 하자. 그러나 우리 앞에는 하나의 의문이 남는다. 즉 소설가는 이 매우 『평범한』 사람, 어디까지나 일반적인 사람들을 조금이라도 흥미있게 독자들 앞에 제시하려면 도대체 어떻게 하면 좋을까? 소설을 쓸 때 이런 종류의 인간들을 도외시하는 것은 절대로 불가능하다. 왜냐하면 평범한 인간들은 언제 어느 곳에서나 속세의 사건들과 관련되어 있기 때문이다. 그들을 도외시하면 있을 수 있는 이야기를 파괴하는 결과를 초래하게 될 것이다. 전형적 성격이라든가 또는 단순히 흥미를 위해서 실제로는 있음직하지도 않은 기묘하고 가상적인 인물만으로 소설을 가득 채운다는 것은 현실적일 수도 없고 불가능하며, 필시 재미도 없을 것이다. 모름지기 작가는 평범한 사람들 사이에도 흥미있고 교훈적인 빛깔을 발견하기에 노력해야만 한다. 예를 들면, 어떤 평범한 인물의 특성이 항구적으로 변함이 없는 평범 속에 포함되어 있다든가, 또는 한 걸음 더 나아가 이런 종류의 인간들이 평범과 인습이라는 궤도에서 벗어나려고 죽을 힘을 다하여 애쓰고 있음에도 불구하고, 영원히 그 궤도를 벗어나지 못하고 그들은 그들대로의 특질, 평범인으로서의 전형을 얻게 된다. 다시 말해서, 원래의 자기 자신에 만족하지 못하고, 아무런 독립성의 자질도 없으면서 무턱대고 독립된 비범인이 되어 있다고 할 것이다.

이러한 『일반적인』 내지는 『평범한』 인간의 범주에 속하는 인물이, 실은 아직도 독자들에게 분명히 설명하지는 않았지만, 이 소설에도 몇 명쯤 있다. 그러한 사람들이 곧 바르바라 아르달리오노브나 프치스이나와 그녀의 남편인 프치스인, 그리고 그녀의 오빠인 가브릴라 아르달리오노비치 등이다.

 사실 말이지 돈이 있고 가문도 좋으며, 용모도 남만 못하지 않고 교육도 충분히 받았으며 영리하고 인품이 착한 편이면서도 이렇다 할 아무런 재능도 아무런 특색도 없고 어떠한 괴벽조차도 없고 자기의 사상도 없는 『철저하게 평범한』 인간이라는 사람처럼 애석한 존재는 없다. 재산도 가지고 있다. 그러나 로드차일드만한 부호는 못 된다. 가문도 훌륭하다. 그러나 특별히 유명한 정도는 못 된다. 용모도 뛰어나지만 그러나 표정은 결코 풍부하지 못하다. 교육도 충분히 받았지만 그것을 이용할 줄을 모른다. 분별도 있기는 하지만 자기 자신의 사상이라는 것이 없다. 만사가 다 이런 식인 것이다. 이러한 종류의 인간들은 세상에 얼마든지 있다. 우리가 상상하는 것보다 훨씬 많을지도 모른다. 그들은 다른 모든 사람들과 마찬가지로 두 가지 종류로 구분할 수 있다. 하나는 틀에 박힌 사람들이고, 또 하나는 그보다는 『훨씬 현명하다』는 사람들이다. 이 두 가지 종류 중에서는 전자가보다 행복하다. 왜냐하면 틀에 박힌 천박한 평범인은 자기야말로 비범한 독창적 인간이라고 믿어 버림으로써 아무런 심적 동요도 없이 자기의 분수를 즐기기 때문이다. 러시아의 일부 아가씨들은 머리를 짧게 자르고 푸른 안경을 쓰고서 스스로 니힐리스트를 자처하고 나서기만 하면, 벌써 그것으로 자기 자신의 『신념』을 획득한 것처럼 믿어 버린다. 그리고 누구든 자기의 마음속에 인도주의적인 감정을 털끝만큼이라도 느끼기만 하면, 그 사람은 곧 자기야말로 사회 발전의 선구자라는 자각을 누구보다도 절실하게 통감하고 있는 것같이 믿어 버리는 것이다. 그리고 또 자기가 들은 사상을 하등의 의심도 없이 받아들여 버리는가 하면 무슨 책의 한 페이지를 밑도끝도없이 잠깐 들여다보고는, 이것이 『내 자신의 사상』이다, 이것은 나의 머릿속에서 생겨난 사상이다 하고 간단히 믿어 버리기도 한다. 소박한 교만을 만일 이렇게 표현할 수만 있다면, 이러한 경우는 놀랄 만한 정도에까지 이르게된다.

 이런 일은 도저히 있을 수 없을 것같이 생각되지만 실제로는 언제 어디서나 쉽사리 볼 수 있는 현상이다. 이 소박한 교만, 즉 어리석은 인간의 자기 역량에 대한 신념은 고골리가 묘사한 피로고프 중위(고골리의 단편 《네프스키 거리》의 주인공)에 의해 경탄할 만큼 전형화(典型化)되어 있다. 피로고프는 자기가 천재라는 것을, 아니 모든 천재들의 위에 서 있다는 것을 한 번도 의심해 본 적이 없을 뿐더러, 그런 문제를 자기 자신에게 제기해 본 일도 없다. 문호 고골리는 독자들이 모독하는 도덕심을 만족시키기 위해 마침내는 이 사나이에게 호된 매질을 가하지 않을 수 없었지만, 이 위대한 사내가 몸을 부르르 떨었을 뿐, 고문(拷問)에 지친 신체에 원기를 회복시키기 위해 그가 고기만두 한 개를 날름 먹어 버리는 것을 보자 고골리는 어이없다는 듯이 두 손을 벌려 보인 채, 자기의 독자들을 분노 속에 그냥 내버려 둘 수밖엔 없었던 것이다. 나는 이 위대한 피로고프가 그처럼 낮은 관등(官等)에 있을 때, 고골리에 의해 징발된 사실을 나 스스로 만족할 수 없다. 왜냐하면, 피로고프는 어디까지나 자존심이 강한 인간이니까, 해를 거듭할수록 자기의 견장(肩章)의 금줄이 늘어 가고 마침내는 원수가 될 수 있을 것이라고 공상하는 사람이기 때문이다. 아니 공상하는 정도가 아니라, 그렇게 믿어 의심치 않을 것임이 분명하다. 장군으로 승진된 이상, 사령관으로 임명되는 것은 당연한 것이 아니겠는가? 이러한 친구들 중의 얼마나 많은 수효가 후년에 전쟁터에 나가 무서운 실패를 저지르고 마는 것인가? 그리고 이러한 피로고프와 같은 인간들이 러시아의 문학자·학자·선전자들 중에 얼마나 많이 있었는지 모른다. 필자는 『있었는지』라고 했지만, 물론 현재도 그런 인간들은 있는 것이다.

이 소설의 등장 인물인 가브릴라 아르달리오노비치 이볼긴은 제2의 종류, 즉 머리끝에서 발끝까지 독창성에 대한 희망에 불타고 있기는 하지만, 그래도 『매우 현명한』 평범인의 종류에 속하는 인물이다. 이 종류는 앞에서도 말한 바와 같이 제 1의 종류에 비해 훨씬 불행하다. 그것은 왜냐하면, 현명한 평범인은, 비록 얼마 동안——한평생이라 해도 무방하지만——자기를 독창적인 천재라 상상한다 하더라도 역시 마음 한구석엔 회의의 벌레가 숨어 있어서 그것이 때로는 이 현명한 평범인을 절망의 구렁텅이로 끌고 들어가는 일이 종종 있기 때문이다. 그리고 비록 운명 앞에 굴복해 버린다 하더라도 어딘가 마음속 깊은 곳으로 몰아 넣어 버린 허영심 때문에 완전히 중독 상태에 빠지기가 십상인 것이다. 하긴 좀 극단적인 예를 든 느낌이 없지도 않지만 이런 종류의 현명한 사람들의 대부분은 결국 그처럼 비극적인 경지에까진 도달하지 않는다. 기껏해야 말년에 이르러 간장이 좀 나쁘게 되는 것뿐이니까. 그렇지만 운명에 굴복하여 모든 것을 단념해 버릴 수 있게 되기까지, 이러한 부류의 인간들은 때때로 상당히 오랜 동안 젊었을 때부터 인생의 말년에 이르기까지 계속해서 어리석은 짓을 한다. 더욱이 그것은 독창적인 인간이 되고 싶다는 한 가지 희망 때문에 생겨나는 현상인 것이다. 때로는 이보다 더 괴이한 경우도 있어서 개중에는 독창적인 인간이 되길 바라는 나머지 결백한 인간이 비열한 행위를 감행하는 경향까지 있다. 더욱이 결백할 뿐 아니라 선량하기까지 한 이런 종류의 불행한 인간들 중에는 자기 가정에서 하느님처럼 존경을 받을 뿐더러 자기의 노력으로 가족뿐 아니라 타인까지 부양하고 있으면서도 한평생 마음이 편한 날이 없는 것이다.

　이런 사람에게 있어서는 자기가 인간으로서의 의무를 훌륭히 수행하고 있다는 생각은 조금도 위안이 되지 않을 뿐더러, 오히려 그러한 생각이 마음을 격분케 만드는 것이다. 『무엇에 내 일생을 허비했던가? 무엇이 내가 하는 일에 방해가 되어 화약을 발명하는 것에 지장을 주었단 말인가! 이런 하찮은 일들만 아니었어도 나는 어쩌면, 아니 틀림없이 무엇을 발견했을 것이다! 화약인지 아메리카 대륙인지 그것은 모르겠지만 어쨌든 무엇인가를 틀림없이 발견했을 것이다.』 이런 부류의 인사들의 가장 두드러진 특색은 대체 무엇을 발견해야 하는 것인지, 그리고 무엇을 발견하려 하는 것인지 그것조차 자기의 일생 동안 확고히 알지 못한다는 점이다. 즉 화약을 발견하는 것이냐 아니면 아메리카 대륙을 발견하는 것이냐 하는 것이다. 그러나 무엇인가를 발견한다는 데 대한 고뇌와 사모의 정만은 콜럼버스나 갈릴레이보다 결국에 가서는 못 하지 않다고 해도 과언이 아닐 지경이다.

　가브릴라 아르달리오노비치도 바로 이러한 종류의 고뇌를 겪고 있었다. 그러나 아직은 시작에 불과했다. 앞으로 두고 두고 몸부림치며 괴로워해야 할 것이다. 자기의 범용에 대한 심각하고 지속적인 자각과 함께 자기는 어디까지나 독립성을 가지는 인간이라 믿고 싶은 억제할 수 없는 욕구가 일찍이 소년 시절부터 끊임없이 그의 마음에 심한 상처를 입혀 주고 있었다. 그의 선망감은 강한 간헐적인 욕망을 지녀서 태어날 때부터 그는 몹시 신경질적인 청년이었다. 자기의 욕망이 간헐적인 것은 그 욕망이 그만큼 강렬한 때문이라고 그는 오인했다. 서둘러 두각을 나타내고 싶다는 강렬한 욕망 때문에 이따금 그는 무분별한 도약을 시도하려 하는 때가 있었다. 그러나 막상 그러한 모험을 결행할 단계가 되면, 그는 모험을 결행하기에 너무 공리적이어서 결국 못 하게 되어 버리고 마는 것이었다. 이것이 그를 괴롭히는 것이었다. 어쩌면 그도 기회가 주어지면 자기의 목적을 이루기 위해 극단적인 비열한 행위를 감행할 용의가 있었을는지 모르지만, 정작 그러한 막다른 골목에 몰려서 극단적인 비열한 행위를 하기에는 그가 지나치게 결백하다는 결론이 나와서 그것이 불가능했던 것이었다. 그렇지만 그는 대수롭지 않은 비열한 짓이라면 언제든지 서슴지 않고 해낼 만한 위인이었다——그는 자기 집안의 빈궁과 영락(零落)을 혐오에 찬 눈으로 바라보고 있었다. 그래서 심지어는 어머니에게까지 경멸적인 태도를 취하고 있었지만 어머니의 세평(世評)과 성격이 현재로서는 자기의 출세를 위한 주요한 뒷받침이 되고 있다는 사실을 그는 잘 알고 있었던 것이다.

예판친 장군 댁에 처음 발을 들여 놓았을 때도 그는 마음속으로 이렇게 다짐했었다. 『비굴하게 행동하려면 끝까지 철저하게 해야 한다. 자신에게 이익이 된다면 무슨 짓인들 못하랴!』그러나 끝까지 비굴하게 행동한 적은 아직 한 번도 없다. 그러나 무엇 때문에 반드시 비굴하게 행동해야 한다고 생각했을까? 그것 역시 분명하지 못하다. 아글라야한테는 한 대 호되게 머리를 얻어맞은 꼴이 됐지만, 그래도 그는 결국 그녀와 결혼하겠다는 생각을 버리지 않았다. 그러면서도 아글라야가 마음을 고쳐 먹고 자기 따위를 상대하게 되리라고 믿어 본 적은 한 번도 없었다. 그 후 나스타샤 필립포브나와의 혼담이 있자, 그는 갑자기 모든 것을 획득하는 데는 오직 금력뿐이라는 신념에 도달했다. 「이왕 비굴하게 행동할 바엔 철저하게 행동해야지!」하고 그는 자기 만족과 혐오감이 뒤섞인 심정으로 매일같이 혼자 되풀이해 중얼거렸다. 「비굴하게 굴려면 철저히 비굴하게 구는 거야. 시시한 친구들은 이런 때 겁을 집어먹기 마련이지만, 나만은 끄떡없다. 암 끄떡없구말구!」그는 쉴새없이 자신에게 채찍질을 하는 것이었다. 아글라야를 잃고 곤경에 빠진 그는 그 미친 사내가 가져온 돈, 그래서 그 미친 여자가 자기 얼굴에 내동댕이쳤던 그 돈을 정말 공작을 통하여 반환해 버렸다. 그 후 그는 그 돈을 반환한 사실을 수천 번 후회도 했지만 그래도 한편으로는 그것을 몹시 자랑스럽게 여기기도 했다. 그때, 그러니까 공작이 페체르부르그에 머물러 있던 때, 그는 사흘 동안이나 울었는데, 이 사흘 동안에 그는 공작을 진심으로 미워하게 되었다. 왜냐하면 그만한 돈을 반환한다는 것은 누구나가 할 수 있는 일이 아님에도 불구하고, 공작이 너무나 동정적인 눈으로 그를 바라보았기 때문이다. 그러나 자기 마음의 번뇌도 요컨대 끊임없이 짓밟히고 있는 허영심 때문이라는 정직한 반성이 그를 무섭게 괴롭혔다.

그 후 상당한 시일이 경과하고 나서 아글라야처럼 순진하면서도 좀 색다른 데가 있는 처녀를 상대할 때는 꾸준히 진지한 태도로 나아가기만 했다면 능히 성공할 수 있었을 텐데, 하고 비로소 깨닫게 되었다. 후회의 감정이 그의 마음을 마구 괴롭혔다. 그래서 그는 일자리까지 동댕이치고 우수와 번민속에 파묻혀 버렸다. 그는 부모와 함께 프치스인의 부양을 받으며 살아가고 있었으나 그런데도 그는 노골적으로 그 매부를 경멸하고 있었다. 그러나 한편으로는 프치스인의 충고를 받아들일 뿐만 아니라 거의 언제나 그의 조언을 구할 만한 분별 있는 태도를 취하고 있었다. 예를 들면, 가브릴라 아르달리오노비치는 프치스인이 로드차일드 같은 부호가 되기를 바라지 않을 뿐더러, 그것을 생애의 목적으로 하며 노력하지도 않은 데 대해 적지 않게 분개하고 있었다.

「고리대금업을 하는 이상 끝까지 철저하게 해야 할 게 아닌가. 사정을 두지 말고 세상 사람들을 짜내어 그들한테서 돈을 긁어모으란 말이야. 무슨 방법으로써든지 유대인의 왕이 되어 보란 말이야!」 이런 말을 들어도 원래가 온순하고 말수가 적은 프치스인은 그저 빙긋이 웃을 뿐이었다. 그러나 언젠가 한 번 그는 가냐에게 이 문제를 분명히 설명할 필요가 있다고 느끼고 일종의 근엄한 표정으로 그것을 실행에 옮긴 일이 있었다. 그는 가냐에게, 자기는 결코 비양심적인 짓을 하고 있는 게 아니니까, 가냐가 자기를 유대 인이라 부르는 것은 잘못이다. 그리고 돈이 지금처럼 위력을 가지게 된 것도 자기의 잘못이 아니다. 자기는 어디까지나 공정하고 정직하게 행동하고 있다. 그리고 실제에 있어 자기는 『이러한』 사업의 대리인에 지나지 않는다고 논증한 다음, 마지막으로 사무상에서의 자기의 정확성 덕분에 지금은 제1급에 속하는 인사들에게까지 명성을 떨쳐서 자기의 사업은 더욱더 확장되어 간다고 덧붙였다.

「로드차일드가 되지도 않겠다. 그리고 또 그렇게 될 이유도 없다.」 그는 웃으며 『리체이나야 거리에 집이나 한 채 장만하든가 아니면, 한 두어 채 사면 된다. 그러나 어쩌면 서너 채 사게 될는지도 모르지!』 하고 그는 속으로 생각하고 자기의 꿈을 겉으로 나타내지 않았다. 자연은 이런 사람을 귀엽고 사랑스럽게 여긴다. 따라서 프치스인에게는 세 채가 아니라 네 채의 집쯤도 틀림없이 차례가 올 것이다. 그러나 그는 어릴 적부터 결코 로드차일드가 되지는 못하리라는 것을 잘 알고 있었다. 그리고 하늘도 그에게 네 채 이상의 집을 허용하지는 않을 것이다. 이리해서 프치스인의 사업은 이 정도로 끝나고 말 것이다.

그러나 가브릴라 아르달리오노비치의 여동생은 성길이 전혀 다른 여자였다. 그녀에게도 역시 강렬한 욕망이 있었으나 그것은 간헐적인 것이라기보다는 오히려 집요하다고 할 만한 것이었다. 그녀는 무슨 일이 최후의 한계까지 도달하게 되면 언제나 풍부한 이성을 발휘하곤 했는데, 그 이성은 최후의 한계에 도달하기 전에도 그녀에게서 아주 떠나 있진 않았다. 하기는 그녀 역시 독창성을 꿈꾸는 『평범인』들 중의 한 사람이긴 했지만 그대신 그녀는 자기에게 특수한 독창력이 없다는 것을 재빨리 깨달을 수 있었기 때문에 여기에 대해 지나치게 상심하지는 않았다. 하기는 이것 역시 일종의 자부심에 대한 특별한 배려인지도 모른다. 프치스인과의 결혼에 있어서도 그녀는 비범한 결단력을 가지고 그 분별 있는 첫걸음을 내디뎠던 것이다. 그렇다고 결혼식을 올릴 때 『비굴하게 처신하려면 끝까지 비굴해야 한다. 나의 목적만 달성한다면 그만 아니냐.』라는 따위의 생각은 꿈에도 없었다——만일 그녀의 오빠가 그와 같은 처지에 놓였다면 반드시 그런 소리를 되뇌였으리라. 사실 그는 오빠로서 그녀의 결심에 찬의를 표했을 때, 이 말이 입밖에 튀어나오는 것을 간신히 참았던 것이다——오히려 이와는 정반대로, 바르바라 아르달리오노브나는 자기 미래의 남편이 겸손하고도 상냥하며 충분한 교양을 지녔기에 비열한 일은 절대로 하지 않으리라는 것을 철저하게 확인한 후 비로소 그와 결혼했던 것이다. 따라서 대수롭지 않은 비굴한 행위는 바르바라 아르달리오노브나도 사소한 일로 생각하고 별로 신경을 쓰지 않았다. 사실 말이지, 그 정도의 사소한 결점이 없는 사람이 과연 어디 있으랴? 문자 그대로의 이상적인 사람을 찾기란 불가능한 일이 아닌가! 더욱이 그와 결혼하면 자기의 부모 형제에게 안주할 곳을 마련해 줄 수 있을 것이다. 그녀는 자기 집안에 일어났던 모든 오해들을 잊어버리고 불행 속에 빠져들어간 오빠를 돕기로 결심했다. 프치스인은 가끔 허물없는 태도로 가냐에게, 친절을 다해서, 다시 관직으로 돌아갈 것을 권고하곤 했다.

「자네는 무턱대고 장군이나 장군의 신분을 경멸하고 있지만,」하고 그는 이따금 농담 비슷하게 말했다. 「두고 보게, 『그들』은 모두 시기가 오면 장군이 되고 말 테니.」

「내가 장군을 우습게 여긴다는 건 대체 어떠한 근거에서 나온 말일까?」
가냐는 입맛이 쓰다는 듯이 혼자서 중얼거려 보았다. 바르바라 아르달리오
노브나는 오빠를 돕기 위해 자기의 활동 범위를 확대하기로 결심하고 우선
예판친 댁에 드나들기 시작하였다. 여기에는 유년 시절의 기억이 많은 도움
을 주었다. 그녀와 가냐는 어린 시절에 예판친 댁 아가씨들과 함께 논 일이
있었던 것이다. 여기에서 생각할 수 있는 것은, 만일 바르바라 아르달리오
노브나가 예판친 댁을 방문함에 있어서 무슨 굉장한 공상 같은 것을 쫓고
있었다고 한다면서 자기가 스스로 가입했던 그 평범한 부류의 인간들로부
터 탈퇴했을 것이다. 그러나 그녀가 추구한 것은 결코 공상이 아니라 오히
려 충분한 근거가 있는 타산이었다. 왜냐하면, 이 집 가족들의 성격에 기초
를 두었기 때문이다. 특히 아글라야의 성격에 대해서는 항상 연구를 게을리
하지 않고 있었다. 그녀의 목적은 오빠와 아글라야의 사이를 다시 원만한
방향으로 이끌어 주는 데 있었다. 어쩌면 그녀는 어느 정도 이 목적을 달성
했는지도 모른다. 그러나 한편으로는 지나치게 많은 것을 오빠에게 기대한
나머지 오빠의 힘으로는 도저히 제공할 수 없는 것을 요구하는 것 같은 오
류를 범하고 있었는지도 모른다. 어쨌든 그녀는 예판친 댁을 방문할 때는
제법 교묘하게 행동했다. 몇 주일 동안이나 자기 오빠의 이야기를 한 마디
도 입밖에 내지 않았고 언제나 정직하고 성실하게 수수하면서도 품위 있게
행동하는 것이었다. 그녀는 자기 양심의 가책을 받지도 않았고 자신을 나무
랄 생각은 꿈에도 없었다. 이것이 또한 그녀에게 힘을 주는 것이었다. 다만
한 가지 이따금씩 스스로 느끼는 결점은 자기의 강한 자존심 때문이라기
보다는 허영심 때문에 곧잘 성을 내곤 한다는 것이었다. 특히 예판친 댁에
서 돌아올 때는 거의 언제나 이러한 노여움을 느끼게 되는 것이었다.

지금도 그녀는 앞에서 말한 바와 같이 예판친 댁에서 돌아오는 길이었는
데, 몹시 침울한 표정 뒤에 오는 무엇인가 쓰디쓴 냉소 같은 것이 그녀의
얼굴에서 엿보였다. 프치스인이 파블로프스크에서 살고 있는 집은 먼지가
많은 한길가에 서 있는, 볼품은 없어도 꽤 널찍한 목조 건물이었다. 이 집
은 머지않아 그의 소유로 넘어 오게 되어 있었으므로 그는 벌써부터 누군가
다른 사람에게 매도하려고 흥정을 서두르고 있었다. 층계를 올라갈 때 바르
바라 아르달리오노브나는 위층으로부터 자기 오빠와 아버지가 싸우는 고함

소리를 들었다. 홀에 들어가 보니 극도의 분노로 얼굴이 창백해진 가냐가
자기의 머리털을 쥐어뜯다시피하며, 방안을 껑충껑충 뛰어다니고 있었다.
그녀는 미간을 찌푸리며 피로한 표정으로 모자도 벗지 않고 그냥 소파에 가
서 앉았다. 이럴 때 만일 그녀가 1분 동안만이라도 왜 그렇게 방을 뛰어다
니고 있느냐는 등의 질문을 가냐에게 하지 않는다면 가냐는 필시 무섭게 화
를 낼 것임을 잘 알고 있었기 때문에, 바랴는 묻는 형식으로 이렇게 입을
열었다.

「별일 없었죠?」

「별일 없었느냐고?」 가냐는 버럭 고함을 질렀다. 「별일 없는 게 다 뭐
야! 방금 무슨 일이 벌어졌었는지 알기나 하니? 아버지는 점점 미친 사람
처럼 되어 버리는가 하면, 어머니는 또 어머니대로 울부짖고……. 바랴,
넌 어떻게 생각할지 모르겠지만, 나는 아버지를 이 집에서 내쫓아 버릴
테다……. 그렇지 않으면 차라리 내가 나가 버리든가.」이 집이 자기의 집
이 아닌 이상 아무도 자기 뜻대로 내쫓을 수 없다는 것을 까닫고 그는 이렇
게 덧붙여 말했다.

「좀더 너그럽게 봐드려야죠.」 바랴가 중얼거렸다.

「뭘 너그럽게 보아 주란 말이야? 누굴?」 가냐는 핏대를 올렸다. 「아버
지의 그 치사스런 행위를? 안 돼, 너는 어떨는지 몰라도 나는 그럴 수 없
어! 암, 없구말구! 도대체 뭐냐 말야, 자기가 나쁘면서도 오히려 큰소리
를 치고 있으니! 대문이 좁다고 울타리를 부숴 버리라는 것과 다를 게 없
지 않느냔 말이야! 아니, 너 왜 그러고 앉았니? 얼굴이 뭐 그래?」

「내 얼굴이 어때서요?」 바랴는 퉁명스럽게 말했다. 가냐는 더욱 유심히
그녀의 얼굴을 들여다보았다.

「그 집에 갔었구나?」 그는 불쑥 이렇게 물었다.

「네에.」

「체, 또 뭐라고 고함을 치고 있군! 저게 무슨 창피람, 하필이면 이런 때
에 말야!」

「이런 때라니, 지금이 뭐 그렇게 특별한 땐가요?」

가냐는 더욱더 눈을 크게 뜨고 여동생의 얼굴을 응시했다.

「뭐 새로운 소식이라도 있니?」 그가 물었다.

「네, 하지만 뜻밖의 일은 아니에요. 나는 그것이 사실이라는 것을 알았지

요. 우리 주인이 오빠나 나보다는 더 옳았어요, 처음부터 그이가 예언한 것
처럼 되어 버렸으니까요. 그이는 어디 있죠?」

「외출했어. 그래, 뭐가 어떻게 되었다는 거냐?」

「공작이 정식으로 약혼자가 되었대요. 그렇게 아주 결정되었다는 거예요.
이 이야긴 언니들한테 들었지만 아글라야도 승낙했다더군요. 이제는 숨기
려 하지도 않더군요. 그 집에서는 여태까지 무슨 일이든 비밀에 붙여 두었
거든요. 아젤라이다의 결혼식은 또 연기되었다나봐요. 두 사람의 결혼식을
동시에 올리기 위해서죠. 정말 시적(詩的)이에요. 누군가의 시와 비슷하잖
아요? 오빠도 공연히 그렇게 방안만 오락가락할 게 아니라, 결혼 축시(祝
詩)라도 한 수 짓는 편이 좋을 거예요. 마침 오늘 저녁에 벨로콘스카야 부
인이 오게 되어 있는데, 이 기회에 다른 손님들도 초대한다더군요. 전부터
안면이 있는 사람이긴 하지만, 정식으로 부인에게 신랑될 사람을 소개하고,
약혼 피로연을 여는 모양이에요. 다만 공작이 방에 들어오다가 손님들한테
기가 질려 무엇을 떨어뜨리거나 깨뜨리거나 아니면 어디 몸을 부딪든가 하
지나 않을까, 그게 걱정이 된다는 거예요. 공작 같은 사람에게는 있을 수
있는 일이 아니겠어요?」

가냐는 바싹 주의를 기울이며 듣고 있었다. 그러나 여동생이 놀란 것은
그에게 충격을 줄 것이라고 믿었던 이 소식이, 뜻밖에도 그에게 그리 강렬
한 충격을 준 것 같지 않은 인상이었다.

「할 수 없지. 그건 처음부터 명백한 사실이었으니까.」그는 잠시 무엇인
가 생각하고 나더니 이렇게 말했다. 「결국 이것으로 끝장이 난 셈이군!」
걸음걸이가 좀 늦추어졌지만, 여전히 방안을 오락가락하며, 야릇한 조소를
입가에 띠고, 여동생을 찬찬히 응시하면서 이렇게 덧붙였다.

「하지만 오빠가 이 소식을 마치 철학자 같은 태도로 들어 주니 정말 다행
이에요.」바랴가 말했다.

「무거운 짐을 벗어 던진 격이지. 적어도 너의 어깨는 한결 가벼워졌을 거
야.」

「그래도 나는 싫은 소리 한 마디 안 하고 오빠를 위해 성의껏 힘써 왔다
고 생각해요. 오빠가 아글라야한테 어떠한 행복을 구하고 있는지, 그런 건
한 번도 물어 본 일이 없었으니까요.」

「그러나 내가 과연…… 아글라야한테서 행복을 구하려 했던 것일까?」

「제발 그런 철학 냄새가 나는 말은 하지 말아요. 일은 이미 끝났어요. 만사가 끝난 거예요. 그저 우리가 바보 노릇을 했다는 것뿐이죠. 솔직히 말해서 나는 이 일이 성공할는지도 모른다는 생각은 한 번도 해본 적이 없었어요. 그저『만일의 경우』를 위해 아글라야의 그 괴상한 성격에 기대를 걸고 일을 시작했던 것뿐이지요. 그리고 무엇보다도 오빠를 위로해 주고 싶었기 때문에……. 어쨌든 십중팔구는 틀린 일인 줄 알았어요. 나는 오빠가 무엇을 얻으려고 했는지 그것조차 아직 몰라요.」

「자아, 그러니 이제부턴 너희 부부가 나를 몰아세우겠구나! 의지의 힘이니, 인내성이니, 그리고 하찮은 것이라도 결코 소홀히 해서는 안 된다느니 하고 설교를 시작하겠지. 그런 소리는 들어 보나마나 다 알고 있어.」가냐는 껄껄거리며 웃어 댔다.

『무엇인가 또 다른 생각을 하고 있는가보군.』바랴는 생각했다.

「그래 그 집에선 좋아들 하고 있더냐? 부모들이 말야…….」갑자기 가냐는 이렇게 물었다.

「뭐 그렇지도 않은 것 같더군요. 하지만 그건 오빠도 짐작이 갈 텐데요. 장군은 만족하고 있지만 부인은 꺼림칙한 모양이에요. 전부터 공작을 사윗감으론 시원찮게 생각하고 있었다는 건 다 아는 일 아녜요?」

「내가 묻는 건 그게 아냐. 사윗감으로서는 말도 안 되고 생각할 수조차 없다는 것쯤은 알고도 남음이 있어. 나는 현재의 사정을 묻고 있는 거야. 지금 그 집의 공기는 어떠냐 말야? 그 여자가 정식으로 승낙했다던?」

「아글라야는 아직『싫다』고는 하지 않았다더군요. 그것뿐이죠. 그러나 그 여자한테 그 이상의 대답을 기대한다는 것은 무리예요. 그 여자가 얼마나 부끄러워하고 수줍어하는지를 오빠도 잘 아시죠? 어떤 때는 손님들 앞에 나가기가 싫어서 옷장 속에 두세 시간씩이나 꼼짝 않고 들어앉아 있었던 적도 있었다니까요. 지금은 다 자랐다고는 하지만 역시 그때나 마찬가지예요. 오빠도 알다시피 어쩐지 나는 그 집에 무슨 중대한 일이 있는 것만 같아요. 들리는 바에 의하면 아글라야는 자기 마음속을 드러내지 않으려고 아침부터 밤까지 일부러 공작을 비웃고 있지만, 그것은 단지, 남이 안 보는 데서 매일같이 달콤한 말을 속삭이고 있는 것을 감추기 위해서 그러는 거래요. 게다가 공작은 마치 허공을 걷는 것처럼 행동하며, 아주 행복스러운 듯이 언제나 싱글벙글하고 있다는 거예요. 그 벙글거리는 꼴이란 정말 가관이래요. 이건 모두 그 집 사람들한테서 들은 말이지만……. 하지만 오빠! 나는 어쩐지 그 사람들이 특히 그 언니들이 나를 맞대놓고 비웃는 것 같은 생각이 들어요.」

가냐는 마침내 얼굴을 찌푸리기 시작했다. 바랴가 그 문제에 이렇게까지 깊이 파고들어간 것은 일부러 오빠의 마음을 떠보려는 속셈에서였는지도 모른다. 그러나 이때 또다시 위층에서 고함 소리가 들려 왔다.

「두고 봐라, 내 기어이 저 영감쟁이를 쫓아 내고야 말 테니!」분통을 터뜨릴 기회가 와서 다행이라는 듯이 가냐가 버럭 소리를 질렀다.

「그랬다간 또 어제처럼 가는 곳마다 우리 얼굴에 흙칠이나 하고 돌아다니게요?」

「뭐, 어제처럼? 그럼 어제 무슨 일이 있었단 말이냐?」가냐는 소스라치게 놀라서 물었다.

「아니, 그럼, 오빠는 모르고 있었나요?」바랴는 문득 생각난 듯이 이렇게 되물었다.

「아니, 그럼…… 아버지가 그 집에 갔었다는 게 정말이었구나!」끓어오르는 분노와 수치로 얼굴이 발갛게 되어 가냐는 이렇게 소리쳤다. 「참, 너는 그 집에서 돌아오는 길이지! 거기서 무슨 말을 들었구나? 아버지가 정말 그 집에 갔었니? 갔었니, 안 갔었니?」

가냐는 방문 쪽으로 달려 나갔다. 바랴도 황급히 달려가 두 손으로 그를 붙잡았다.

「왜 그래요? 어딜 가려는 거예요?」그녀는 말했다. 「지금보다 몇천 배나 더 창피한 일을 저지를 거예요…….」

「그래, 아버지가 그 집에 가서 무슨 짓을 했다는 거냐? 무슨 소릴 했다는 거야?」

「그 집 사람들도 제대로 얘기하질 못하더군요. 아마 무슨 말인지 잘 알아듣지 못했던가봐요. 모든 사람들을 어리둥절케 한 모양이에요. 아버지는 예판친 장군을 찾아갔다가 장군이 없으니까 리자베타 부인을 불러 냈다는 거예요. 처음에는 일자리를 구해 달라, 취직을 시켜 달라고 조르더니 나중에는 우리들을, 즉 우리 부부와 특히 오빠를 잘 보살펴 달라고 애원하더라는군요……. 아마 많은 소리를 잔뜩 했을 거예요.」

「그래 무슨 소리를 했는지 알아보지는 못했니?」가냐는 히스테리라도 일으킨 듯 온몸을 떨고 있었다.

「그걸 어떻게 알아봐요! 아버지 자신도 자기가 무슨 말을 했는지 잘 모르 거예요. 그 집 사람들도 일부러 나한테 말하지 않은 것이 있을지도 모르지요.」

가냐는 손으로 머리를 움켜쥐고 창문 옆으로 달려갔다. 바랴는 옆 창가에 가서 앉았다.

「아글라야는 이상해요.」 갑자기 그녀는 이렇게 입을 열었다. 「느닷없이 나를 붙잡고는, 『부모님께 나의 특별한 뜻을 전해 주세요. 며칠 안에 기회 있는 대로 아버님을 찾아가 뵙겠습니다.』하고 매우 신중히 말하지 않겠어 요! 참 이상한 일이에요…….」

「우릴 놀리는 게 아냐?」

「놀리는 말투가 아니었어요. 그러니 더욱 이상하잖아요.」

「혹시 그 여자는 아버지에 대한 일을 알고 있는 건 아닐까? 넌 어떻게 생각하니?」

「그 집에선 아무도 아는 사람이 없을 거라 생각해요. 그러나 지금 오빠가 말한 것처럼 어쩌면 아글라야만은 알고 있는지도 모르죠. 아글라야만 알고 있을 것이라고 내가 추측하는 건, 그 여자가 신중히 우리 아버지한테 안부 를 전해 달라고 했을 때 언니들이 깜짝 놀란 것으로 미루어 틀림없는 것 같 아요. 뭣 때문에 아버지를 찾아 뵙겠다는 걸까요? 만일 그 여자가 알고 있다면, 그건 공작한테서 들었을 거 아녜요?」

「누구한테 들었는지 그런 걸 아는 건 어렵지 않아. 도둑놈! 설마 도둑질 을 할 줄이야……. 우리 집안에 도둑놈이 있단 말야! 게다가 그것은 우리 집의 가장님이란 말야!」

「아니, 무슨 소릴 그렇게 해요!」 바랴는 발끈 성을 내며 소리쳤다. 「취 중에 저지른 일을 가지고 그렇게까지 말할 건 뭐예요! 더욱이 그런 일을 발설한 자가 누군지 아세요? 레베제프와 공작이란 인간들……. 자기네들 이나 좀더 똑똑히 굴라고 하세요! 난 그런 것은 아무렇게도 생각하지 않아 요.」

「우리 집 영감은 도둑놈인데다 주정뱅이고.」 가냐는 울화통이 터질 지경 이라는 듯이 이렇게 뇌까렸다. 「나는 거지고, 매부는 고리대금업자, 이만 하면 아글라야의 마음이 솔깃할 만도 하겠지! 아이구, 참 잘 돼먹은 집안이다.」

「그 고리대금업자인 매부가 오빠를…….」

「먹여 살리고 있단 말이지? 그 말을 하기가 거북한가? 뭐 그럴 필요는 없다!」

「오빠는 도대체 무엇 때문에 그렇게 화를 내는 거죠?」 바랴는 문득 생각난 듯이 이렇게 말했다. 「오빠는 꼭 국민학생 같아요. 그런 일 때문에 그 여자가 오빠에 대한 인상을 나쁘게 보는 것 같아요? 오빤 아직 그 여자의 성격을 모르고 있어요. 그 여자는 일류급 신랑은 거들떠보지도 않고, 오히려 가난뱅이 대학생 따위와 다락방에서 굶어죽기 위해 기꺼이 집을 뛰쳐나갈 여자예요. 이것이 그 여자의 꿈이거든요! 그러니까 오빠도 굳은 의지와 자부심을 가지고 현재의 불우한 처지를 극복해 나가도록 해봐요. 그렇게 하면 그녀도 오빠를 매우 좋아할 텐데, 오빠는 그걸 이해하지 못했던 거예요. 공작이 그 여자를 차지한 것은 첫째, 공작에게는 그 여자를 차지하려는 의사가 전혀 없었다는 데도 이유가 있겠지만 그보다는 공작이 모든 사람들에게 백치 취급을 받고 있다는 데 큰 이유가 있다는 걸 알아야 해요. 어쨌든 그 여자는 공작 때문에 집안 식구들을 괴롭힐 수 있다는 한 가지만으로 만족을 느끼고 있었으니까요. 오빠는 정말 아무것도 몰라요!」

「아는지 모르는지는 두고 보면 알 게 아냐!」 가냐는 수수께끼 비슷한 말을 중얼거렸다. 「그렇지만 나는 아버지의 그 일만은 아글라야가 알지 않기를 바라고 있었어. 그래도 공작만은 아무에게도 그러한 말을 하지 않을 줄 알았는데……. 그 사람은 레베제프의 입을 봉했을 뿐더러 내가 그렇게 조르는데도 나한테까지 죄다 털어놓기를 꺼려하고 있었거든…….」

「그렇다면 공작의 입에서는 나오지 않았는지 모르지만 아무튼 그 얘기가 쫙 퍼진 것만은 사실인 모양이군요. 그래 오빠는 어떻게 생각하죠? 무엇에다 기대를 걸죠? 아직도 한 가닥 희망이 남아 있다면, 그건 순교자와 같은 모습으로 아글라야가 오빠를 생각하는 거예요.」

「그러나 아글라야가 아무리 로맨틱한 여자라 하더라도 역시 남의 지탄을 받을 행동은 꺼려할 거야. 모든 것이 일정한 범위를 벗어날 수는 없어. 누구나 일정한 한계까지밖엔 나갈 수 없는 법이니까. 너희들 같은 여자는 모두 다 그렇거든.」

「아글라야가 그런 걸 꺼려할 줄 아세요?」 바랴는 경멸적으로 오빠를 바라보면서 발끈 화를 냈다. 「정말 오빠는 비굴한 근성의 소유자로군요! 오빠는 아무런 가치도 없는 인간이에요. 그 여자가 우스꽝스런 괴짜일는지 모르지만 그대신 우리들보다는 몇천 배나 더 고결한 사람이에요.」

「자아, 그만 그만! 화는 그만 내!」 가냐는 거드름을 피우며 말했다.

「나는 어머니가 가엾어 못 견디겠어요.」 하고 바랴는 계속했다. 「아버지의 그 일이 제발 어머니 귀에 들어가지 않았으면 좋으련만……. 정말 걱정이 되어 죽겠군요!」

「하지만 벌써 어머니는 알고 있을걸, 알고 있을 거야!」 가냐는 말했다.

바랴는 2층에 있는 어머니한테 갈 양으로 자리에서 일어났으나, 그대로 멈춰 서서 오빠의 얼굴을 빤히 들여다보았다.

「누가 어머니한테 그런 말을 했을까요?」

「틀림없이 이폴리트가 했을 거야. 우리 집에 이사 오자마자 어머니한테 그 일을 고해 바칠 수 있게 된 것을 더없는 만족으로 생각했을 테니까.」

「어떻게 그 사람이 그걸 알고 있을까요. 제발 말해 보세요. 공작과 레베제프가 아무에게도 말하지 않기로 해서 콜랴도 아직 모르고 있는데?」

「이폴리트 말이지? 자기 자신이 냄새를 맡았을 거야. 그녀석은 남의 험담을 매우 잘하거든. 나쁜 일과 추문에 대하여서는 무엇이든지 대뜸 냄새를 맡는 예리한 코를 가지고 있거든. 너는 이 말을 곧이 안 들을지 모르지만 그녀석은 어느새 아글라야까지 자기 손아귀에 넣어 버렸을 거야! 만일 아직 손에 넣지 못했다면, 이제 곧 손에 넣어 버리고 말 거야. 로고진 역시 그녀석과 관계가 있어. 어째서 공작이 그걸 눈치 채지 못하고 있을까! 그녀석은 지금 나한테 올가미를 씌우려고 잔뜩 벼르고 있어! 그녀석이 나를 원수처럼 생각하고 있는 걸 나는 전부터 잘 알고 있단 말야. 그러나 도대체 무엇 때문일까? 어차피 죽을 녀석이 대체 무엇을 하겠다는 걸까? 아무리 생각해도 모를 일이야! 하지만 두고 봐, 내가 그녀석한테 골탕을 먹여 주고 말 테니! 그녀석이 나한테 올가미를 씌우는 게 아니라 내가 그녀석한테 씌우는 거야.」

「그 사람을 왜 집에 불러들였죠? 그렇게 미워할 테면? 게다가 그런 사람한테 올가미를 씌울 만한 가치가 있을까요?」

「그녀석을 불러들이라고 권고한 건 바로 네가 아니냐?」

「혹시 무슨 도움이 되는지도 모른다고 생각했기 때문이었어요. 그건 그렇고, 그 사람이 요새 아글라야한테 반해 가지고 편지까지 써보낸 걸 아세요? 나한테 그 집 얘기를 꼬치꼬치 캐묻더군요……. 리자베타 부인에게도 편지를 보낼 눈치던데요!」

「그런 점에서는 결코 위험한 인물이 아니야!」독기를 품은 웃음을 띠며 가냐가 말했다. 「그렇지만 반드시 무슨 꿍꿍이속이 있을 거야. 그녀석이 반했다는 건 있을 수 있는 일이지. 왜냐하면 젊은 놈이기 때문에. 그러나…… 그 집 노파에게 익명의 편지를 내는 따위 짓은 하지 않을 거야. 그녀석은 굉장히 짓궂으면서도 터무니없이 자만심이 강한 평범한 놈이거든! 나는 믿고 있어, 아니 분명히 알고 있어. 그녀석은 우선 그 여자한테 내가 무슨 음모라도 꾸미고 있는 것처럼 고자질을 했을 거야. 솔직히 말해서 처음에 나는 어리석게도 그녀석한테 하지 않아도 될 말까지 죄다 털어놓았거든. 그녀석이 공작한테 복수를 하는 것이 곧 나한테는 이익이 된다고 생각했던 거란 말야. 그런데 가만 보니 이만저만한 야수가 아니란 말야! 이젠 나도 그놈의 뱃속을 속속들이 다 알았어. 이번의 절도 사건은 자기 어머니한테서, 즉 대위 부인한테서 들은 게 분명해. 아버지가 그런 짓을 결심한 것은 그 여자 때문이었어. 글쎄, 그녀석이 밑도끝도없이 나한테 이렇게 말하지 않겠어. 『장군이 우리 어머니한테 4백 루블을 주겠다고 약속했다는군요.』이 말을 듣고 나는 모든 것을 깨달았어. 그때 그놈은 자못 유쾌하다는 듯이 내 얼굴을 빤히 쳐다보지 않겠어! 어머니한테 고자질한 것도 다만 어머님의 마음을 괴롭혀 주는 것이 재미있어서 한 짓일 거야. 어째서 그놈은 빨리 죽어 버리지 않는지, 내게 그놈이 죽을 날을 좀 가르쳐 줘! 수 주일이 못 가서 틀림없이 죽을 거라던 놈이 우리 집에 와선 오히려 살이 찌는 판이니, 도대체 어떻게 된 거야? 기침도 하는 것 같지 않고. 엊저녁에 자기도 그렇게 말하더군. 아 집에 온 이튿날부터 객혈이 멎어 버렸다고.」

「내쫓아 버려요!」

「나는 그녀석을 미워하는 게 아니라 경멸하고 있을 뿐이지!」가냐는 자랑스레 말했다. 「하긴 내가 그녀석을 미워하고 있다고 해도 좋아. 그렇다고 해두지!」그는 별안간 핏대를 올리며 외쳤다. 「나는 그놈한테, 그놈이 죽어 가는 자리에서도 서슴지 않고 맞대놓고 이렇게 말하겠어! 만일 네가 그놈의 그 『고백』이란 것을 한 번 읽어 보았더라면…… 교만한 무지라고나 할까, 어쨌든 말이 아니야! 그놈은 피로고프 중위야, 비극의 노즈드로프(罟

리 작〈죽은 혼〉에 나오는 인물)야, 아니 그보다도 주제넘은 어린애라는 편이 가장 적절한 표현일 거야! 아아, 그때 그놈이 아주 놀라 자빠지게 단단히 혼을 내주었더라면 얼마나 가슴이 시원했을까! 그래 그때 그놈을 서투르게 다루었기 때문에, 지금 그놈은 모든 사람에게 앙갚음을 하고 있는 거야……. 한데 저건 또 뭐야, 또 떠들썩하잖아! 도대체 어쩌자는 걸까? 이제 나도 도저히 참지 못하겠어. 여보게, 프치스인!」그는 방안으로 들어오는 프치스인을 보고 소리쳤다. 「대체 저건 뭔가, 집안꼴이 이게 뭔가 말이야? 이러다가는 정말…….」

그러나 떠들썩한 소음은 급격히 가까워졌다. 갑자기 방문이 확 열리더니, 머리끝까지 화가 난 이볼긴 장군이 온몸을 후들거리면서 미친 듯이 프치스인한테 대들었다

그 뒤를 니나 알렉산드로브나 부인과 콜랴, 그리고 이폴리트가 따라 들어 왔다.

2

이폴리트가 프치스인의 집으로 옮겨 온 지도 벌써 닷새가 지났다. 뜻밖에도 일이 자연스럽게 진행되었기 때문에 그와 공작 사이에는 거의 아무런 대립이나 알력도 없이 해결을 보았다. 싸우지도 않고 다정한 친구로서 헤어졌던 것이다. 그 날 저녁에 그처럼 적의를 표시했던 이폴리트에게 가브릴라 아르달리오노비치는 별안간 무슨 생각에선지 그 사건 이후 사흘밖에 안 됐는데 자진해서 그를 문병하러 왔다. 그리고 웬일인지 로고진 역시 병자를 방문하기 시작했다. 처음에 공작은 이『가엾은 소년』이 자기 집에서 나가는 편이 좋다고 생각했다. 그러나 거처를 옮길 때 이폴리트는, 프치스인이 친절하게도 방을 하나 제공하겠다니 그 사람네 집으로 옮기겠습니다라고 말했다. 그리고 가냐가 그를 자기 집에 오도록 주선했음에도 불구하고 마치 일부러 그러는 것처럼 가냐한테 옮겨 간다는 말은 한 번도 하지 않았다. 그때 가냐는 이것을 눈치 채고 속으로 매우 못마땅하게 여겼던 것이다.

가냐가 누이동생에게 그의 병세가 나아졌다고 한 말은 사실이었다. 그가 전보다 좀 나아졌다는 것은 누구든지 첫눈에도 알 수 있었다. 그는 냉소적인 미소를 띤 채 맨 뒤에서 서두르지 않고 방안에 들어왔다. 니나 알렉산드

로브나 부인은 몹시 놀란 표정이었다──그녀는 지난 반 년 동안에 얼굴이 매우 수척해졌다. 그리고 출가한 딸네 집에 와서 함께 살게 되면서부터 표면적으로는 거의 자식들 일에 간섭하지 않고 있었다──콜랴는 영문을 모르겠다는 듯이 걱정하고 있었다. 그는 이른바『장군의 광기』에 대해서는 아무것도 몰랐기 때문에 집안에 새로 일어난 이 소동의 원인을 모르고 있었다. 그러나 아버지가 예전과는 아주 딴 사람이 되어, 가는 곳마다 허튼 소리만 늘어 놓고 다닌다는 것만은 알고 있었다. 그리고 아버지가 최근 사흘 동안 술을 전혀 입에 대지 않게 된 것도 역시 걱정이 되었다. 그는 아버지가 레베제프와 공작과의 사이가 틀어져서 다투기까지 했다는 것도 알고 있었다. 콜랴는 호주머니 돈을 털어, 보드카 한 병을 사들고 조금 전에 집에 돌아왔다.

「어머니, 정말이에요.」그는 방금 2층에서 니나 알렉산드로브나 부인에게 이렇게 주장했다. 「술을 좀 드시게 하는 편이 좋다니까요. 벌써 사흘째나 술을 입에 대지 않으시는 걸 보면 반드시 무슨 걱정거리가 있는 모양이에요. 사실『채무감옥』에 들어가 계실 때도 나는 가끔 술을 갖다 드리곤 했어요…….」

장군은 방문을 열어제치고 분노를 이기지 못하겠다는 듯이 온몸을 떨면서 문지방 위에 버티고 섰다.

「이 사람, 사위!」하고 그는 쩌렁쩌렁 울리는 소리로 프치스인에게 고함쳤다. 「자네가 만일 이 젖비린내 나는 무신론자 때문에 자네의 아버지를, 아니 적어도 자기 아내의 아버지를, 즉 황제 폐하의 은총을 입은 이 명예로운 노인을 희생시키기로 결심했다면 나는 당장에 자네 집에서 나가 버리겠네. 자, 어느 쪽이든 한 사람을 선택하게! 나를 이 집에 둬둘 텐가, 아니면 이 나사못을…… 음, 맞았어, 나사못이야! 나는 무심코 한 말이었지만 이놈은 바로 나사못이야! 이놈은 나사못으로 내 가슴을 뚫고 있으니까……. 무자비하게 나사못으로 말이야!」

「왜『병마개따개』라고 하면 안 되나요?」이폴리트가 한 마디 했다.

「아니,『병마개따개』는 아니야. 나는 네놈 앞에선 어디까지나 장군이지 술병은 아니니까! 나는 훈장을 가지고 있다, 훈장을……. 하지만 네놈은 못을 가지고 있어. 자, 이놈이 필요한가, 내가 필요한가, 당장에 결정을 내려 주게, 프치스인!」그는 또다시 프치스인을 향해 고함을 쳤다.

이때 콜랴가 의자를 권하자, 그는 맥이 풀린 듯이 털썩 주저앉았다.

「그러지 마시고…… 가서 주무시는 게 좋을 것 같군요.」 프치스인은 어이가 없다는 듯이 이렇게 중얼거렸다.

「흥, 영감이 또 위협하는군!」 가냐는 누이에게 낮은 소리로 이야기했다.

「가서 자라구?」 장군은 버럭 소리쳤다. 「나는 취한 게 아니야. 자넨 나를 모욕할 셈인가? 음, 알겠네.」 하고 다시 의자에서 일어나며 계속했다. 「알겠어. 이 집에선 모두들 나를 싫어한단 말이지? 모두가 나를 미워한단 말이지! 좋아! 내가 이 집에서 나가지…….」 그의 말이 끝나기도 전에 사람들은 그를 잡아 의자에 앉히고 조용히 시켰다. 가냐는 잔뜩 화가 나서 한쪽 구석에 틀어박혀 버렸다. 니나 알렉산드로브나 부인은 오들오들 떨며 울고 있었다.

「대체 내가 뭘 비난했다고, 내가 뭘?」 이폴리트가 이를 허옇게 드러내며 소리쳤다.

「그럼, 아무 말도 하지 않았단 말이오?」 느닷없이 니나 알렉산드로브나 부인이 끼여 들었다. 「저런 노인을 그처럼 괴롭히다니. 당신은 모든 사람들에게서 창피를 당해야 해요! 특히 당신의 처지로서 그럴 수가 있느냐 말예요…….」

「나의 처지라니, 대체 어떤 처지란 말씀이죠? 나는 개인적으론 부인을 매우 존경하고 있습니다. 개인적으로 말입니다. 허나…….」

「이놈은 나사못이야!」 장군은 외쳤다. 「이놈은 내 가슴과 내 영혼을 괴롭히는 놈이야! 이놈은 나를 무신론자로 만들지 못해서 그러는 거야! 야, 이 애송이놈아! 네놈 따위가 아직 세상에 나오기도 전에 나는 벌써 온 세상에 명예를 떨치고 있었어. 네놈은 질투로 가득 차고, 몸뚱이가 두 동강 난 구더기야……. 콜록콜록 기침을 하며, 무신앙과 죄악 때문에 죽어 간단 말이야. 대체 무엇 때문에 가브릴라는 네놈을 집에 끌어들였지? 생판 남도 그렇고, 내가 낳은 친자식까지도 나에게 반기를 들고 나오니…….」

「그 따위 비극의 대사는 그만두세요!」 가냐는 소리쳤다. 「그리고 제발 온 거리를 돌아다니며 우리 얼굴에 먹칠을 하는 따위의 소리는 하지 말아 주었으면 좋겠어요!」

「뭐라고, 내가 네 얼굴에 먹칠을 해? 허, 저런 고얀놈 봤나! 그래, 내가 자식 얼굴에 먹칠이나 하고 다니는 아비인 줄 알았니!」

그는 벌떡 일어났다. 이제는 아무도 그를 억제할 수 없었다. 가브릴라 아르달리오노비치도 역시 더 이상 분통을 참을 수 없는 모양이었다.

「무슨 말을 하는 거요!」그는 화가 나서 말했다.

「네가 무슨 소리냐?」장군은 와락 소리를 지르고 창백한 표정으로 한 걸음 앞으로 나서며 호통을 쳤다.

「그렇지만 내가 입을 열어 한 마디만 한다면 아버진…….」가냐는 갑자기 언성을 높였으나, 그래도 끝까지 다 말하지는 못했다.

두 사람은 서로 얼굴을 맞댄 채 버티고 서 있었다. 양쪽이 모두 극도로 흥분해 있었으나 가냐 쪽이 더욱 심했다.

「가냐, 너 왜 그러니, 응!」니나 알렉산드로브나 부인이 아들한테 매달리며 애원하듯·소리쳤다.

「왜 서로 오해하는 거예요!」하고 바랴는 발끈 성을 내며 외쳤다. 「어머니, 그냥 내버려 두세요.」그녀는 니나 알렉산드로브나 부인을 잡아 떼어 놓았다.

「어머니가 가엾어 참기로 하겠어요.」가냐는 비통하게 말했다.

「말해 봐라!」장군은 극도로 흥분하여 외쳤다. 「어서 말해 봐, 아비의 저주를 각오하고 어서 말해 보란 말이다!」

「흥, 아버지가 저주한다고 누가 놀랄 줄 아세요? 아버지가 벌써 여드레나 실성한 사람처럼 돌아다녔던 것이 누구의 잘못인가요? 벌써 여드레째예요. 여드레란 말예요. 나는 날짜까지 계속 세고 있었어요. ……내 입으로 그걸 다 말해야만 속이 시원하시겠어요? 어제는 또 뭣하러 예판친 댁에 가셨죠? 머리가 허옇게 센 노인이, 더구나 한 집안의 가장이라는 양반이 그래 부끄럽지도 않으세요! 기가 막혀서!」

「그만둬요, 가니카!」하고 콜랴가 소리쳤다. 「그만두라니까 이 바보야!」

「대체 내가, 내가 어떻게 장군을 모욕했다는 겁니까?」하고 이폴리트는 따지고 들며 냉소적인 어조로 말했다. 「무엇 때문에 장군은 나를 나사못이라 부르는지 모르겠습니다. 당신도 듣지 않았습니까? 까닭도 없이 먼저 역정을 낸 건 오히려 장군 자신이었는데 말입니다. 조금 전에 나한테 와서 카피탄(러시아 어로 대위라는 뜻) 예로페고프인가 뭔가 하는 사람의 얘기를 하기 시작하더군요. 장군님, 나는 당신의 친구가 되고 싶은 생각은 추호도 없어요. 내가 전부터 당신을 멀리해 온 것을 당신도 아시잖습니까. 사실 말이지 카피탄 예로페고프가 나와 무슨 상관입니까? 생각해 보세요. 나는 예로페고프 대위 때문에 이 집에 온 건 아니니까요. 나는 다만 장군께 카피탄 예로페고프라는 사람은 이 세상에 전혀 존재한 적이 없었던 인물이라고, 솔직히 나의 의견을 토로했을 뿐이에요. 그랬더니 글쎄 왈칵 성을 내며 야단을 치시지 않겠어요!」

「그 말이 맞아요. 그런 사람은 존재하지 않았어요!」 가냐가 잘라 말했다. 그러나 장군은 아연실색한 채 주위를 둘러보고 있을 뿐이었다. 너무나도 노골적인 아들의 언동에 그는 완전히 기가 질려 버린 것이다. 처음 한 순간 그는 무슨 말을 해야 좋을지 몰라서 당황했다. 그래서 이폴리트가 가냐의 대꾸를 듣고 「거보세요, 당신의 아드님 역시 카피탄 예로페고프라는 사람은 존재한 일조차 없었다고 말하지 않습니까?」라고 외쳤을 때 노인은 엉겁결에 이렇게 중얼거렸다.

「카피탄이 아니라 카피톤 예로페고프야(카피탄은 대위란 뜻이고 카 / 피톤은 러시아 남자의 이름), 카피톤이라니까. 퇴역 중위인 카피톤 예로페고프야!」

「카피톤이란 사람도 역시 없었어요!」 가냐는 기를 쓰고 대들었다.

「아니, 없었다니? 어째서 없었다는 거야?」 장군은 중얼거리듯 말했으나 그 순간 붉은 빛이 그의 얼굴을 홱 스치고 지나갔다.

「이젠 그만해 두십시오!」 프치스인과 바랴가 그들을 진정시키려고 애썼다.

「아무 말 말아요, 가니카!」 콜랴가 또 한 번 소리쳤다.

그러나 이러한 만류는 오히려 장군에게 담력을 준 것 같았다.

「어째서 없다는 거야? 어째서 존재치 않는다는 거야?」 그는 아들을 향하여 소리쳤다.

「없으니까 없다는 거죠. 절대로 존재하지 않아요. 도대체 그런 인물이 있을 리가 없지 않느냐 말예요! 자, 이젠 그만합시다. 더 이상 무슨 말이 필요합니까?」

「아니, 그래, 저게 내 아들이야? 내가 낳은 친아들인데……. 아아, 하느님! 예로페고프라는 사람이, 예로쉬카 예로페고프라는 사람이 이 세상에 없었다구?」

「홍, 저렇다니까요, 카피톤이라 했다가 또 이번에는 예로쉬카라 하고!」

이폴리트가 재빨리 한 마디 했다.

「카피톤이야, 카피톤. 예로쉬카가 아니라 카피톤이야! 카피톤 알렉세예비치야……. 퇴역 중위인 카피톤이라니까! 마리야……, 마리야 페트로브나 수…… 수…… 수투고바와 결혼한……. 사관 후보생 때 피를 흘렸어……. 나는 그를 도와서 싸웠지만, 전사하고 말았어……. 그런데도 그 카피톤 예로페고프가 존재하지 않은 인물이라구? 세상에 없었다구?」

장군은 기를 쓰고 소리쳤다. 그러나 어쩐지 그의 고함 소리와 마음은 서로 다른 데가 있었다. 이것이 다른 때였다면 그는 물론 카피톤 예로페고프의 존재를 부정하는 것 이상의 언동에도 참아 냈을 것이다. 설사 큰소리치며 한바탕 소동을 일으킨다 하더라도 결국은 2층 자기 방으로 물러가 버리고 말았을 것이다. 그러나 지금은 그 어떤 이상한 감정과 작용 때문에 예로페고프의 존재를 부정하는 사소한 모욕이 그의 분노를 불러일으킨 것이다. 노인은 얼굴이 시뻘겋게 되어 두 손을 내저으면서 고함을 지르는 것이었다.

「좋아, 내 저주를……. 나는 이 집에서 나가 버릴 테다! 니콜라스, 내 가방을 가져오너라. 당장 나가 버리겠다!」

그는 매우 성이 나서 성급히 밖으로 걸어 나갔다. 니나 알렉산드로브나 부인과 콜랴, 그리고 프치스인이 그 뒤를 황급히 쫓아갔다.

「오빠, 어쩌자고 그런 짓을 하는 거예요?」바랴가 말했다. 「아버진 또 그 집으로 가실 거예요. 창피해, 창피해!」

「도둑질이나 하지 말 것이지!」가냐는 분을 이기지 못하여 이렇게 외쳤으나, 문득 이폴리트와 눈이 마주치자 부르르 몸을 떨었다.

「여보시오, 이폴리트. 당신은 지금 현재 남의 집에서 손님 대접을 받고 있는 이상, 머리가 돈 저런 노인의 마음을 자극하는 따위의 언동을 해서는 안 돼요…….」

이 말에 이폴리트는 울컥 화가 치밀어 올랐으나 즉시 그는 스스로를 억제했다.

「나는 당신의 의견에 동의할 수 없습니다. 당신의 아버지는 머리가 돈 게 아니에요.」그는 침착하게 대답했다. 「당신은 곧이듣지 않으실는지 모르지만 내가 보기엔 오히려 최근에 두뇌가 더욱 명석해진 것 같더군요. 이건 정말입니다. 믿지 않겠습니까? 그 분은 매우 조심스럽고 더욱 의심이 많아져서 무엇이든지 정탐하려 합니다. 그리고 말을 할 때도 한마디 한마디 조심해서 합니다. 아까 예로페고프의 얘기를 나한테 꺼낸 것도 실은 무슨 목적이 있었던 거예요. 생각컨대 그 분은 나를 유도해서…….」

「아버지가 당신을 유도하건 말건 그런 건 내가 알 바 아니오! 제발 내 앞에서 그 따위 궤변은 하지 말아 주었으면 좋겠소.」하고 가냐는 짜증 섞인 어조로 말했다. 「만일에 당신이, 저 영감이 저런 상태에 빠지게 된 참된 원인을 알고 있다면 —— 한데, 당신은 벌써 닷새째 나를 정탐하고 있어요. 이건 사실이오 —— 저렇게 불행한 인간을 자극하거나, 사건을 과장해서 우리 어머니를 괴롭히거나 해서는 안 되는 겁니다. 왜냐하면 그 사건 자체가 지극히 사소한 취중의 실수에 지나지 않으니까요. 더욱이 아무런 증거도 없지 않느냐 말입니다. 그런 일쯤은 그리 대수롭지 않다고 나는 생각해요. 그런데도 당신은 함부로 궤변을 늘어 놓으며 무슨 큰일이나 되는 것처럼 나를 괴롭히고 정탐하고 있어요. 왜냐하면 당신은…… 당신은…….」

「나사못이란 말입니까?」하고 이폴리트는 피식 웃었다.

「그도 그럴 것이, 당신은 원래가 비열한 인간이니까요. 30분간이나 사람들을 괴롭혔고 또한 비겁하고 유치하게 뇌관도 장전하지 않은 권총을 쏘아 사람들을 놀라게 하다니. 내가 친절을 베풀어 준 덕택에 요즘은 살이 오르고 기침도 멎지 않았소? 그런데도 당신은 그 보답으로…….」

「실례지만 두 마디만 하게 해주십시오. 나는 바르바라 아르달리오노브나 댁에 와 있는 것이지 당신 집에 와 있는 게 아닙니다. 나는 당신이 나에게 호의를 베푼 것은 없다고 생각해요. 내 생각으로는 오히려 당신 자신이 프치스인에게 폐를 끼치고 있다고 생각하는데요. 나흘 전에 나는 어머니에게, 파블로프스크에 아파트를 얻어 어머니도 이리로 옮겨 오라고 부탁했어요. 이곳에 온 후부터 정말 기분이 좀 나아진 것 같았기 때문이죠. 그렇다고 살이 찌거나 기침이 멎거나 한 건 아닙니다. 그런데 저녁에 어머니한테서 집을 구해 놓았다는 기별이 와서 나는 오늘 당신의 어머니와 누이에게 감사의 말씀을 드리고 그리로 옮길 예정입니다. 이건 엊저녁에 이미 결심한 일입니다. 이야기하시는 도중에 실례했습니다. 당신은 아직도 나한테 하시고 싶은 말이 많은 것 같군요.」

「아아, 그렇다면…….」가냐의 목소리는 가늘게 떨려 나왔다.

「그렇다면 여기 좀 앉게 해주십시오.」이폴리트는 장군이 앉았던 자리에 조용히 걸터앉으며 이렇게 덧붙였다. 「아직도 나는 병자의 몸이니까요. 자,

그럼 당신의 말을 들어 보기로 합시다. 어쩌면 이것이 우리 두 사람의 최후의 대화, 아니 최후의 접촉이 되는지도 모르겠군요.」

가냐는 갑자기 겸연쩍은 느낌이 들었다.

「솔직히 말해서 나는 당신을 상대로 무엇을 따질 정도로 내 자신을 격하시키고 싶은 생각은 없습니다. 만일 당신이……」

「그렇게 거드름을 부려 봐야 소용이 없습니다.」 이폴리트가 말을 가로챘다. 「나는 이 집에 온 첫날부터 당신과 헤어질 때는 당신에 관해 생각했던 것을 노골적으로 분명히 털어놓고 가려고 결심했었으니까요. 그래서 지금 그것을 실행에 옮기려는 것뿐입니다. 물론 당신의 얘기를 다 듣고 난 다음에 말이죠.」

「그보다 나는 당신이 이 방에서 나가 주시기를 바랍니다.」

「할말이 있거든 지금 하는 게 좋을 겁니다. 하고 싶은 이야기를 안 하면 나중에 가서 후회할 겁니다.」

「그만두세요, 이폴리트. 창피스럽게 왜 그런 말을 자꾸 하세요!」 바랴가 애원하듯 말했다.

「알겠습니다.」 이폴리트는 입가에 냉소를 흘리며 의자에서 일어났다. 「바르바라 아르달리오노브나, 당신이 그렇게 말씀하시니 간단히 몇 마디만 말하기로 하죠. 이제 와서 당신의 오빠와 그냥 어물어물 헤어져 버릴 순 없게 되었으니까요. 나는 밝혀야 할 문제를 분명히 밝히지 않고서는 무슨 일이 있어도 이 집을 떠날 수 없습니다.」

「당신은 중상가란 말이오!」 가냐는 버럭 고함을 쳤다. 「끝까지 누구를 중상하지 않고는 물러서지 못하는 중상가란 말이오!」

「그것 보십시오!」 이폴리트는 냉정하게 말했다. 「당신은 참을 수가 없었던 겁니다. 지금 할말을 해버리지 않으면 나중에 반드시 후회할 겁니다. 자, 한 번 더 당신한테 발언권을 양보하겠습니다. 어서 말하십시오.」

가냐는 아무 말도 않고 경멸 어린 눈으로 상대방을 바라보고 있었다.

「싫으신가요. 고집이 센 것을 나에게 보이기 위해선가요? 그야 물론 당신의 자유지요. 그럼, 나도 되도록 간단하게 말하기로 하겠습니다. 당신은 오늘 두세 번이나 나한테 무슨 큰 친절을 베풀어 주기라도 한 것처럼 말했습니다만 그건 공정치 못합니다. 왜냐하면 당신은 나를 자기 그물 속에 끌어넣으려는 목적으로 이 집에 데려 왔으니까요. 당신은 내가 공작한테 원한을 품고 있는 것으로 추측했던 거예요. 그리고 아글라야 이바노브나가 나한테 동정을 표시하여 그 『고백』을 읽어 보았다는 말을 듣자, 무엇 때문인지는 모르지만, 내가 적극적으로 당신 편을 들어 줄 수 있으리라고 기대했던 것입니다. 이 이상 더 자세한 설명은 하지 않겠어요! 나는 다만 당신을 당신 자신의 양심 앞에 세워 놓고 떠나게 된 것을, 그리고 우리 두 사람이 이제는 충분히 서로를 이해하고 있다는 것을 만족하게 생각할 뿐입니다.」

「그렇다면, 당신은 아무것도 아닌 일을 가지고 엉뚱한 일을 꾸며 내고 있는 사람이군요?」바랴가 항의했다.

「그래서 내가 말했잖아! 이 자식은 중상가이며 주제넘은 놈이라고!」가냐는 말했다.

「실례지만 바르바라 아르달리오노브나, 몇 마디만 더 말하게 해주십시오. 물론 나는 공작이라는 사람을 사랑할 수도 존경할 수도 없습니다. 그러나 그 사람은 말할 수 없이 선량한 인간입니다. 하기는 좀…… 우스꽝스런 점도 없지는 않지만, 그렇다고 해서 내가 그 사람을 미워해야 할 이유는 없지 않습니까! 그러나 나는 당신의 오빠가 나를 시켜 자주 공작에게 반기를 들게 하려 했을 때도 이러한 나의 견해를 표명하지 않았습니다. 당신도 알다시피 나는, 마지막 판에 가서 실컷 웃어 주자는 속셈이었지요. 당신의 오빠가 틀림없이 나한테 자기 속을 털어 보이고, 터무니없는 오산을 하리라는 것은 미리부터 알고 있었으니까요. 결국은 그대로 되었습니다. 하지만 나는 당신의 오빠를 더 이상 궁지에 몰아 넣지는 않겠습니다. 이건 단지 당신을, 바르바라 아르달리오노브나를 내가 존경하기 때문입니다. 아무튼 내가 그처럼 어수룩한 그물에 걸려들 놈이 아니라는 것을 밝혔으므로, 이번에는 왜 내가 당신의 오빠에게 골탕을 먹이려 했는지 그 까닭을 말씀드리겠습니다. 내가 그런 짓을 한 것은, 솔직히 말해서 증오 때문입니다. 죽음에 임박해——당신네들은 나를 보고 살이 쪘다고 하시지만 나는 틀림없이 죽을 몸이니까요——나는 이런 생각을 했지요. 일생 동안 나를 박해해 온 그 족속의 대표자를, 한 사람만이라도 좋으니 실컷 골탕을 먹여 준다면 훨씬 편한 심정으로 저승에 갈 수 있으련만 하고 말이죠. 이런 족속의 인간들이야말로 나의 증오의 대상이었으니까요. 그런데 뚜렷한 이 족속의 표본이 당신의 오빠란 말입니다. 가브릴라 아르달리오노비치, 내가 당신을 증오하는 것을 보고 당신이 놀랐는지 모르겠습니다만, 당신이 가장 교만하고 비열하고 가장 추악한 평범인의 전형이며 권화(權化)이고 상징이기 때문입니다. 당신은 거만한 평범인입니다. 털끝만큼도 스스로를 의심할 줄 모르는 태연자약한 평범인입니다. 당신은 범용(凡庸) 중의 범용입니다. 아무리 작은 사상이라도 당신의 두뇌에나 감정에는 절대로 깃들 수 없게 되어 있습니다. 동시에 당신은 가증스러우리만큼 허영심이 강한 사람입니다. 당신은 자기야말로 가장 위대한 천재라고 확신하고 있지만 그러나 이따금 어두운 의혹이 당신의 마음속에 찾아들면 당신은 노여움과 부러움에 사로잡힙니다. 오오, 당신의 지평선에는 아직도 검은 구름이 있습니다. 당신이 철저하게 바보가 되어 버릴 때 그것은 사라지고 말 것입니다. 그것도 그리 먼 앞날의 일이 아니겠지요. 그러나 당신의 앞에는 길고도 변화가 심한 길이, 게다가 그리 유쾌하다고 말할 수 없는 길이 가로놓여 있습니다. 나는 그것이 통쾌하단 말입니다. 아무튼 당신은 절대로 그 아가씨를 손에 넣을 수 없을 겁니다. 두고 보십시오. 내 말이 맞나 안 맞나…….」

「아아, 이 이상은 더 듣고 있을 수가 없어요!」바랴가 외쳤다. 「이 나쁜 사람 같으니라구……. 이젠 하고 싶은 말을 다 했나요?」

가냐는 파랗게 질린 얼굴로 후들후들 떨며 잠자코 있었다.

이폴리트는 말을 끊고 주의 깊게, 그리고 유쾌한 표정으로 그를 지켜 보고 있다가 이윽고 시선을 바랴에게 돌리면서 싱긋 웃어 보이더니, 가볍게 고개를 끄덕이고는 그 이상 아무 말도 덧붙이지 않고 그냥 밖으로 나가 버렸다.

가냐가 자기의 운명을 저주하고 실패를 한탄하고 있다면 그것은 지극히 당연한 일이다. 바랴는 얼마 동안 그에게 말을 걸 용기가 나지 않았다. 그가 뚜벅뚜벅 방안을 걸어다니다가 자기 옆을 통과했을 때도 그쪽으로 얼굴을 돌릴 수조차 없었다. 가냐는 창문 쪽으로 다가가서 그녀에게 등을 돌리고 섰다. 바랴는 문득 『천평칭(天平秤)』이라는 러시아의 속담(이익이 있으면 손해가 있다는 뜻)이 생각났다. 위층에서는 또다시 떠들썩한 소음이 들려 왔다.

「위층에 올라가려구?」여동생이 의자에서 일어나는 소리를 듣고 가냐는 그쪽으로 몸을 돌렸다. 「잠깐만, 이걸 좀 봐.」

그는 여동생에게로 다가와서, 편지 모양으로 접은 종이쪽지를 탁자 위에 던졌다.

「아니, 이게 뭐죠?」바랴는 깜짝 놀라 손뼉을 쳤다.

편지는 몇 줄뿐이었다.

『가브릴라 아르달리오노비치! 당신이 나에게 호의를 갖고 계시다는 것을 확신하기 때문에 나는 나 자신에 관한 어떤 중대한 문제에 대해 당신의 조언을 받고 싶습니다. 내일 아침 7시 정각에 공원 안에 있는 녹색 벤치에서 만나고 싶습니다. 우리 별장에서 가까운 곳입니다. 바르바라 아르달리오노브나도 꼭 함께 나와 주시면 고맙겠습니다. 장소는 여동생이 잘 알고 계십니다. A·E』

「가보세요. 저쪽에서 먼저 이렇게 나왔으니, 가서 잘 애기해 봐야죠!」 바랴는 두 손을 벌려 보였다.

가냐는 이때 되도록 태연을 가장하고 싶었으나 아무래도 기쁜 빛을 나타내지 않을 수가 없었다. 조금 전에 이폴리트가 그처럼 무례한 예언을 내뱉고 나가 버린 다음이었기 때문에 더욱더 그러했다. 득의의 미소가 가냐의 얼굴에 확 퍼져 있었다. 바랴도 역시 희색이 만면하여 이렇게 말했다.

「더욱이 내일은 그 집에서 약혼 피로연을 하는 날이거든요! 가보세요, 가서 잘 애기해 보세요!」

「네 생각은 어떠냐? 내일 그 여자는 나한테 무슨 말을 하려는 걸까?」 가냐는 물었다.

「그게 중요한 문제가 아니에요. 중요한 건 6개월 만에 처음으로 오빠가 보고 싶어졌다는 사실이죠. 그 집에서 무슨 일이 일어났건, 사정이 어떻게 달라졌건 간에 이건 중대한 사건이에요! 지나칠 만큼 중대한 사건이죠! 공연히 거드름을 피우다가 또 실패하는 일이 없도록 조심하세요. 그렇다고 너무 겁을 집어먹어도 안 되고. 내가 무엇 때문에 지난 반 년 동안이나 열심히 드나들었는지 그 여자가 눈치 채지 못했을 리 없잖아요? 그런데도 그 여자는 오늘도 나한테 그런 말을 한 마디도 않더군요. 나는 그 집에 몰래 들어갔기 때문에 부인은 내가 온 것을 모르고 있었어요. 알았더라면 당장에 나를 쫓아 냈을 거예요. 오늘은 어떻게 해서든지 그 집 형편을 알아야겠기에 오빠를 위해 모험을 감행했던 거예요.」

또다시 위층에서 고함 소리와 소음이 들려 오더니, 몇 사람이 층계를 달려 내려왔다.

「아무래도 그냥 놔두면 안 되겠어요!」바랴가 겁에 질린 듯이 소리쳤다.
「글쎄, 이게 무슨 창피냔 말예요! 어서 아버지한테 가서 잘못했다고 비세요!」

그러나 가장은 이미 한길에 나가 있었다. 콜랴가 가방을 들고 그 뒤를 쫓아간다. 니나 알렉산드로브나 부인은 현관 층계 위에 서서 울고 있었다. 그녀는 남편의 뒤를 쫓아가려 했으나, 프치스인이 못 가게 붙잡았던 것이다.

「그러시면 오히려 더 악화됩니다.」그는 부인을 달랬다. 「저렇게 나가봐야 가실 곳도 없지 않습니까? 반 시간 후엔 다시 끌려 들어오실 겁니다. 내가 콜랴한테 그렇게 말해 놨으니까요. 그러니까 약간 더 바보짓을 하도록 내버려 두세요.」

「무엇 때문에 그러시는 거예요?」가냐는 창문을 열고 소리쳤다. 「갈 곳도 없으면서 어디로 가신다는 거죠?」

「돌아오세요, 아버지!」바랴도 소리쳤다. 「이웃에서 듣고 있어요.」

장군은 우뚝 걸음을 멈추더니, 뒤를 돌아보고 손을 내저으며 소리쳤다. 「이 집은 내 저주를 받을 줄 알아라!」

「홍, 언제나 저렇게 신경질적으로 나온다니까!」창문을 쾅 닫으며 가냐가 중얼거렸다.

이웃집에서는 이런 말들을 재미있다는 듯이 듣고 있었다. 바랴는 방에서 달려 나갔다.

바랴가 밖으로 나가자, 가냐는 탁자에서 편지를 집어들어 키스하고 혀를 한 번 차더니 춤을 추듯 발꿈치로 빙그르 몸을 돌렸다.

③

여느 때 같으면 장군의 이 난동은 별일 없이 끝나고 말았을 것이다. 전에도 이런 종류의 조소적인 소동은 가끔 일어났었으나, 그래도 이런 정도로 심한 적은 극히 드물었다. 왜냐하면 대체로 보아 그는 선량한 기질의 사람으로 온순한 성질을 가졌기 때문이다. 그는 최근에 이르러 자기를 정복하기 시작한 무절제를 상대로 투쟁을 전개한 일이 아마도 몇백 번은 되었으리라. 갑자기 『한 집안의 가장』이라는 것을 상기하고는 아내에게 용서를 빌며 눈물을 흘린 적도 있었다. 그는 니나 알렉산드로브나 부인이 언제나 자기를

말없이 용서를 해줄 뿐 아니라, 이제는 어릿광대와도 같이 타락한 존재가
되어 버린 자기에게 여전히 변함없는 애정을 바치고 있다는 것을 알고 있었
으므로 거의 숭배에 가까운 존경을 표시하고 있었다. 그러나 이 가상스러운
무절제와의 투쟁은 그리 오래 계속되지는 못했다. 장군 역시 그 나름대로
『간헐적』인 인간이었다. 그는 자기 가정 내에서의 회오에 찬 무료한 생활을
이겨 내지 못하고 마침내는 모반을 일으킨 것이었다. 광적인 울분에 휩싸일
때면 참아 낼 수가 없었다. 가족과 싸우기도 하고 또 거만스러운 웅변조의
연설을 늘어놓기도 하고, 때로는 가족들에게 무리하고 불가능한 존경을 강
요하기도 한다. 그러다가 결국은 집을 뛰어나가 버리는 것이었다. 어떤 때
는 꽤 오래 집에 돌아오지 않은 적도 있었다. 최근 2년 동안 그는, 집안일
에 대해서는 그저 어렴풋이 들어 알고 있을 뿐이었다. 사소한 일에는 참견
하길 포기했다. 자기가 관여할 성질의 문제가 아니라는 것을 잘 알고 있었
기 때문이다.

　그러나 이번의 『장군의 망령된 난동』 속에는 무엇인가 심상치 않은 것이
잠재해 있었다. 모두들 무엇인가 알고 있으면서도 그것을 입밖에 내서 말하
기를 몹시 꺼려하고 있는 눈치였다.

　장군이 정식으로 자기 가정에, 즉 니나 알렉산드로브나 부인의 곁으로
『복귀』한 것은 불과 사흘 전의 일이었다. 그러나 여느 때 같으면 몹시 풀이
죽어 후회하는 빛을 보이곤 하던 장군이 이번에는 반대로 걸핏하면 역정만
내었다. 웬일인지 줄곧 초조한 표정을 띠고 아무에게나 닥치는 대로 무엇인
지 열심히 지껄이는 것이었으나, 그 화제는 일정치가 않을 뿐더러 엉뚱한
것들이어서 도대체 무엇 때문에 그러는 것인지 이해할 수가 없었다. 간혹
쾌활하기도 했지만 그보다는 생각에 잠겨 있을 때가 많았다. 그러나 무엇을
생각하고 있는지는 자기 자신도 모르는 것이었다. 갑자기 예판친 댁 얘기
나, 공작과 레베제프의 얘기를 지껄이다가도 곧 하던 말을 중단하고 나중에
는 아주 입을 다물어 버리기도 했다. 옆에서 물으면 대답 대신에 그저 얼빠
진 웃음을 보일 뿐이었다. 하기는 자기한테 무엇을 묻고 있는지 또는 자기
가 웃는다는 것도 모르는 눈치였다. 간밤에는 한숨과 신음 소리를 내어 니
나 알렉산드로브나 부인을 괴롭혔다. 부인은 장군에게 더운 물수건으로 찜
질을 해주며 밤을 새웠다. 새벽녘에야 장군은 잠이 들었고 네 시간 가량 계
속해서 자고 난 다음 격심한 우울증의 발작과 함께 눈을 떴다. 그것이 결국

은 이폴리트와의 언쟁과 「이 집은 내 저주를 받을 줄 알아라.」로 끝난 것이었다.

최근 사흘 동안 집안 사람들은 장군이 극도의 자존(自尊)에 빠져들고 몹시 짜증을 부리게 되었다는 것을 알고 있었다. 콜랴는 어머니에게 이것은 단순히 술에 대한 갈망 때문이거나 요즘 갑자기 친해진 레베제프를 만나지 못하기 때문이라고 주장했다. 그러나 장군은 사흘 전에 바로 그 레베제프와 대판 싸움을 벌인 끝에 헤어졌을 뿐 아니라 심지어 공작한테까지 한바탕 추태를 부렸던 것이다. 콜랴는 여기에 대해 공작에게 설명을 요구했으나 결국 공작이 그에게 무슨 말을 하고 싶어한다는 것을 알았다. 가냐가 그렇게까지 정확한 추측으로 결론을 내린 것처럼 니나 알렉산드로브나 부인과 이폴리트와의 사이에 어떤 특수한 대화가 있었다고 한다면, 가냐가 맞대놓고서 『중상가』라 부른 그 짓궂은 인물이 어째서 동일한 내용을 동일한 방법으로 콜랴에게 말하기를 주저했을까? 어쩌면 그는, 가냐가 자기 누이와의 대화에서 단정한 것과 동일한 그런 종류의 주제 넘은 녀석이 아니라, 비록 짓궂기는 하더라도 그와는 전혀 종류가 다른 인간인지도 모른다. 다만 니나 알렉산드로브나 부인이 『가슴이 찢어지는 것』처럼 괴로워하는 것을 보려는 한 가지 목적만으로 자기의 관찰을 부인에게 전했다는 것은 아무래도 이해가 가지 않는 말이다. 말이 나왔으니 말이지만 인간 행동의 동기는 매우 복잡하고 다양한 것이어서 무어라 확정지을 수 없는 것이다. 따라서 때로는 사건의 단순한 기술만으로 그치는 편이 설명자에게 유리한 경우가 있다. 때문에 필자는 앞으로 이볼긴 장군의 사건을 설명함에 있어서도 이와 같은 태도를 견지하기로 하였다. 왜냐하면 이 소설에서 부차적 위치를 차지하고 있는 이 인물에 대해서도 여태까지 우리가 예상했던 것 이상의 주의를 돌려야 할 필요성이 생겼기 때문이다. 이 사건들은 다음과 같은 순서로 잇따라 일어났던 것이다.

페르드이시첸코를 찾기 위해서 페체르부르그에 갔던 레베제프는 그날 중으로 이볼긴 장군과 함께 파블로프스크로 돌아왔다. 그는 집에 돌아와서도 공작에게 아무런 보고도 하지 않았다. 만일 공작이 바쁘지 않고 자기 자신이 받은 중대한 인상 때문에 정신이 딴 곳에 쏠려 있지만 않았더라도 그로부터 이틀 동안 레베제프가 자기에게 아무런 설명도 하지 않았을 뿐 아니라 오히려 무엇 때문인지 만나기를 꺼려하고 있다는 것을 금세 알아챘을 것이다. 나중에 공작이 이 사실에 주위를 돌리게 됐을 때, 레베제프가 최근 이틀 동안 어쩌다 이따금 마주칠 때마다 지극히 유쾌한 표정으로 거의 언제나 장군과 함께 있었다는 것을 상기하고 놀라지 않을 수 없었다. 이들 두 사람의 친구는 한시도 떨어지려 하지 않았다. 이따금 그들이 2층에서 커다란 소리로 지껄여 대는 대화와 웃음 섞인 유쾌한 논쟁이 공작의 방에까지 들려 왔다. 한 번은 밤 늦게 예기치 않았던 군대식 주연의 노래가 갑자기 울려 왔다. 공작은 곧 장군의 목쉰 저음을 알아들을 수 있었다. 그러나 노래는 곧 그쳐 버렸다. 그러고서도 한 시간 가까이 활기 띤 대화가 계속되었는데 여러 가지 점으로 미루어 보아 어지간히 취기가 돌았음이 분명했다. 이렇게 실컷 흥청거리고 난 2층의 친구들이 마침내는 슬픔에 잠긴 채 서로 얼싸안고 두 사람 중의 누군가가 울음을 터뜨렸으리라는 것을 추측할 수 있었다. 뒤이어 격렬한 논쟁이 벌어지는 것 같았으나 얼마 후에는 잠잠해지고 말았다.

그 동안 콜랴는 줄곧 그 어떤 불안에 싸여 있었다. 공작은 거의 언제나 집을 비웠고, 때로는 밤 늦게야 집에 돌아오는 일도 있었다. 그럴 때마다 그는 콜랴가 온종일 자기를 찾아다니더라는 소리를 듣곤 하였다. 그러나 정작 만나고 보면 콜랴는 별로 특별한 말을 하는 것도 아니었다. 다만 장군과 그의 행동에 대해, 최근에 몹시 못마땅하다고 불평을 늘어 놓는 정도였다.

「어슬렁어슬렁 가까운 선술집이나 함께 찾아다니며 마구 술을 마시고는 한길에서 얼싸안기도 하고 싸우기도 하면서 언제나 꼭 붙어다니기만 하는군요.」 그런 일은 그 전에도 거의 매일같이 있지 않았느냐고 공작이 지적했을 때, 콜랴는 이 물음에 무엇이라 대답하면 좋을는지 그리고 지금의 자기 불안을 어떻게 설명하면 좋을지 아무리 생각해도 알 수가 없었다.

주연의 노래와 떠들썩한 논쟁이 있던 이튿날 아침 11시경에 공작이 막 집을 나서려고 하는데, 느닷없이 그의 앞에 장군이 나타났다. 무엇 때문인지 몹시도 흥분하여 거의 온몸을 떨다시피하고 서 있었다.

「레프 니콜라예비치, 나는 벌써부터 당신을 뵈올 수 있는 기회를 찾고 있었습니다.」 그는 공작의 손을 꽉 쥐며 이렇게 중얼거렸다. 「벌써 오래 전부터, 아주 오래 전부터 찾고 있었지요.」

공작은 의자를 권했다.

「아니, 괜찮습니다. 당신을 붙잡는 것 같아서, 다음 기회에 또 찾아 뵙기로 하겠습니다. 다만 당신이 이번에 소원을 성취하신 데 대해 축하의 말씀을 드리고 싶어서…….」

「소원이라뇨?」

공작은 적이 당황했다. 현재 그가 처해 있는 것과 같은 입장에 있는 사람의 대부분이 그렇듯, 그 역시 아무도 자기 일을 보거나 알아채거나 이해하거나 하지는 못하리라 믿고 있었기 때문이다.

「안심하십시오, 안심하세요! 당신의 그 미묘한 감정을 건드리고 싶은 생각은 추호도 없습니다. 남의 일에 귀찮게 참견한다는 것이 어떻다는 것쯤은 나도 경험을 통하여 잘 알고 있으니까요. 중대한 용무가 있어요…….」

공작은 또 한 번 의자를 권하고 자기도 자리에 앉았다.

「그럼 일 초 동안만……. 당신의 조언을 듣고 싶어 온 겁니다. 나는 물론 실제적인 목적 없이 살고 있는 인간입니다만 그러나 자기 자신을 존경하며, 아울러……우리 러시아 인에게 결핍되어 있는 사무적 수완을 존경하고 있으므로 자기 자신을 비롯하여 아내나 자식들을 사회적인 지위에 올려 놓으려고 합니다. 그래서…… 한마디로 말하면, 당신의 조언을 구하고자 하는 겁니다.」

공작은 그의 의도를 극구 칭찬했다.

「아니, 그런 건 부질없는 얘깁니다.」 장군은 얼른 공작의 말을 가로챘다. 「어떤 다른, 좀더 중대한 용무가 있어서 온 것입니다. 즉, 태도의 진실함과 감정의 고결함을 믿을 수 있는 사람으로서 레프 니콜라예비치, 당신에게 모든 것을 해명하기로 결심했단 말입니다. 내 말에 놀라셨습니까? 공작!」

공작은 매우 놀라지는 않고 비상한 주의와 호기심을 기울여 손님의 언동을 관찰하고 있었다. 노인의 얼굴은 약간 창백한 빛을 띠고, 입술은 가끔 가볍게 떨리고 있었다. 그리고 두 손을 잠시도 한자리에 놔두지 못했다. 그는 이삼 분 동안 앉아 있는 사이에 자기가 무슨 짓을 하는지도 모르는 듯이 두 번씩이나 벌떡 일어났다가는 곧 주저앉아 버리고 말았다. 그러면서도 자기 자신의 거동에는 전혀 주의를 돌리지 않는 듯싶었다. 탁자 위에는 책이 몇 권 놓여 있었는데 그는 이야기 도중, 그 중 한 권을 펼쳐 들고 힐끗 들여다보고는 다시 덮어 탁자 위에 놓았다. 그리고는 또다른 책을 한 권 집어 들었으나, 이번에는 펼치지는 않고 오른손에 쥔 채 쉴새없이 허공에서 흔들고 있었다.

「이것으로 충분합니다.」 그는 갑자기 소리쳤다. 「내가 너무 귀찮게 구는 것 같군요.」

「천만의 말씀을 ! 어서 계속하십시오. 나는 오히려 당신의 말뜻을 알아들으려고 열심히 귀를 기울이고 있는 중입니다. 당신 말씀을 들으니 매우 기쁩니다. 어서 계속하십시오.」

「공작, 나는 나 자신을 남한테 존경받는 지위에 놓으려는 겁니다. 나는 내 자신과…… 나의 권리를 존중하고 싶습니다.」

「그러한 희망을 가진 사람은 그 희망 하나만으로도 존경받을 만한 가치가 충분히 있습니다.」

공작이 이와 같은 진부한 문구를 사용한 것은 이것이 상대방의 마음에 훌륭한 작용을 일으킬 것이라는 굳은 신념이 있었기 때문이었다. 그는 이러한 종류의 실속은 없지만 듣기 좋은 문구를 적당한 경우에 사용하면, 특히 장군과 같은 처지에 있는 이러한 인간의 마음을 풀어 줄 수 있으리라고 본능적으로 확신했던 것이다. 아무튼 이런 종류의 손님은 마음을 풀어 주어 기분 좋게 돌려보내는 것이 상책인 것이다.

과연 이 진부한 문구는 몹시 장군의 마음을 감동시키고 기쁘게 한 모양이었다. 그는 이 말에 깊이 감동하여 감격한 어조로 자기의 장황한 해명을 이야기하기 시작했다. 그러나 아무리 주의력을 집중하고 귀를 기울여 봐도 공작은 무슨 말인지 하나도 알아들을 수가 없었다. 장군은 자기 머리에 꽉찬 사상을 죄다 토로하기에는 너무나 시간이 부족하다는 듯이 빠르고도 열띤 어조로 10분 가량 계속해서 떠들어 댔다. 나중에는 눈물까지 번쩍이기 시작했다. 하지만 한마디로 말해서 그것은 두서없는 헛소리에 지나지 않았고 말이 너무 빨라 서로 엇갈렸다.

「이젠 됐습니다 ! 당신은 나를 이해해 주셨겠지요. 대단히 만족합니다.」 갑자기 의자에서 일어나며 장군은 이렇게 말을 맺었다. 「당신과 같은 마음씨를 가지신 분이 번민하는 자의 심정을 이해하지 못할 리는 없습니다. 공작, 당신은 이상적인 고결한 분입니다. 당신과 비교될 사람은 아무도 없습니다. 그러나 당신은 아직 젊으시니까, 내가 당신의 앞날을 축복해 드리겠습니다. 그건 그렇고 내가 오늘 당신을 찾아온 목적은 그 어떤 중대한 용건을 위해 당신과 면담할 수 있는 한 시간을 요구하기 위해 온 것입니다. 나는 다만 당신의 우정과 동정을 바라고 있을 뿐입니다. 여태까지 나는 한 번도 이 충심으로부터의 요구를 충족시킨 적이 없었습니다.」

「그렇지만 지금은 안 됩니까? 나는 기꺼이 당신의 말씀을 들을 용의가 있습니다만…….」

「안 됩니다. 안 돼!」장군은 손을 내저었다. 「지금은 안 됩니다. 지금 말씀드리기에는 너무나도 중대한 문젭니다. 당신과 면담하는 시간은 최후의 운명이 결정되는 시간입니다. 그것은 『나의 시간』이 될 것입니다. 따라서 그처럼 신성한 순간에 누가 들어온다든가 혹은 건방진 사람 아니 아주 건방진 것 같은 사람이 우리들의 면담을 방해하는 것을 원치 않습니다.」그는 갑자기 공작의 귀에 입을 갖다 대고, 이상하고 겁에 질린 소리로 소곤거렸다. 「사실 말이지, 당신의 발꿈치만큼의 가치도 없는 무례한 놈이 있습니다! 공작, 지금 내가 나 자신의 발꿈치를 끌어 대지 않았다는 점에 특히 유의하시기 바랍니다. 나는 너무나 나 자신을 존경하고 있기 때문에 감히 그런 말을 입밖에 낼 수가 없는 것입니다. 그러나 이러한 경우, 자기의 발꿈치를 불문에 붙임으로 해서 어쩌면 인격의 존엄성을 과시하고 있는지도 모릅니다. 이것을 이해할 수 있는 사람은 오직 당신 한 분밖엔 없습니다. 당신 이외에는 아무도 이해하지 못합니다. 특히 그놈이 대표적 인물이지요. 『그놈』은 아무것도 모릅니다. 전혀 이해할 능력이 없는 인간입니다. 이해하기 위해서는 진정이라는 게 있어야 하니까요!」

마침내 공작은 어리둥절하여 면담 시간을 내일 이 시각으로 결정해 버렸다. 장군은 지극히 흡족해서 기운을 되찾은 듯 의기양양하게 방에서 나갔다. 저녁 7시에 공작은 레베제프에게 잠깐 와달라고 사람을 보냈다.

레베제프는 황급히 달려왔다. 방에 들어오기가 무섭게 그는 「매우 영광입니다.」라고 인사를 했다. 벌써 사흘째나 공작을 피해 왔는데도 불구하고, 그런 기색은 조금도 나타내지 않았다. 그는 의자 귀퉁이에 쭈그리고 앉아 얼굴을 잔뜩 찌푸리는가 하면 웃기도 하고, 눈을 가늘게 뜨는가 하면 두 손을 비비기도 하면서 이미 오래 전부터 눈치 채고 기대해 온 그 어떤 굉장한 사건의 보고를 순진한 심정으로 기대하고 있는 것 같은 표정이었다. 공작은 또다시 몸을 움츠렸다. 요새 와서 갑자기 만나는 사람마다 모두들 자기에게 무엇인가를 기대하면서도 마치 축하를 하려는 것처럼 알 수 없는 미소를 띠고 눈을 깜박거리며 자기 얼굴을 들여다보는 것을 그는 분명히 알아챘던 것이다. 켈레르만 하더라도 벌써 세 번이나 그의 방에 나타나서는 역시 무슨 축하의 말을 하려는 눈치였으나 그때마다 자못 엄숙한 어조로 알아듣지도 못할 말을 하다가는 말끝을 맺지도 않고 그냥 돌아가 버리곤 했다. 그는 최근 며칠 동안 전에 없이 술을 많이 마시게 되었고 어느 당구장에서 욕설까지 했다는 것이다. 심지어는 콜랴까지도 자기 자신의 걱정거리가 있음에도 불구하고 두 번씩이나 공작에게 이상한 소리를 꺼낸 적이 있었다.

공작은 레베제프에게 약간 흥분된 어조로 장군의 정신 상태에 대해 어떻게 생각하느냐, 어째서 요새 장군이 그처럼 괴로워하고 있느냐고 단도직입적으로 물었다. 그리고 아까 장군이 자기를 찾아왔던 일을 간단하게 이야기했다.

「누구나 저마다의 불안은 가지고 있지요, 공작님. 더욱이…… 요즘처럼 괴이하고 거친 시대에 있어서는 말입니다.」레베제프는 약간 퉁명스런 어조로 이렇게 대답하고는 무엇인가 기대에 어그러져 실망한 듯한 표정으로 입을 다물어 버렸다.

「거 참 굉장한 철학이군요!」하고 공작은 웃었다.

「철학이란 필요한 것입니다. 특히 요즘 같은 시대에는 그 실제적 응용이 절실히 요망됩니다만 모두들 그것을 등한히 하고 있습니다. 그건 그렇고 공작님, 나는 당신도 잘 알고 계시는 어느 한 가지 점에 있어 당신의 신임을 받고 있습니다만 그것도 일정한 한도 내에서의 이야깁니다. 다시 말해서, 그 이상의 신임은 절대로 받지 못하고 있단 말입니다……. 하기는 나도 그 까닭을 알고 있으므로 거기에 대해 불만은 조금도 없습니다만…….」

「레베제프, 당신은 웬일인지 나한테 화를 내고 있는 것 같군요?」

「천만에, 천만에요. 절대로 그런 게 아닙니다!」레베제프는 가슴에 손을 갖다 대며 감동 어린 어조로 소리쳤다.

「오히려 그 반대올시다. 나는 사회적 지위에 있어서나 지능과 감정의 발달에 있어서나 또는 지식에 있어서나 나의 희망 앞에 높이 빛나고 있는 당신의 신임을 받을 만한 가치는 조금도 없는 인간이라 자인하고 있으니까요. 혹시 당신에게 무슨 도움이 될 수 있다 하더라도 그것은 노예나 하인으로서의 구실에 지나지 못한다는 것을 잘 알고 있습니다. 이러한 내가 어찌 감히 당신에게 화를 낼 수 있겠습니까? 그저 슬플 뿐이죠.」

「루키얀 치모페이치, 도대체 그게 무슨 말이오?」

「아니오, 나 같은 놈은 그럴 수밖에 없습니다. 지금도 마찬가집니다! 당신을 만나 뵙고 당신의 일거일동을 주의 깊게 지켜 보고 있으면서도 나는 언제나 마음속으로 생각했습니다. 나 같은 놈은 친구의 입장에서 당신과 허물없이 이야기를 주고 받을 자격은 없지만 그러나 이 집 주인의 자격으로 적당한 시기에, 예정했던 시기에 어떠한 지시나 암시를 당신한테 들을 수 있으리라 생각하고 있었습니다. 머지않아 여러 가지 면에서 사태가 바뀔 것이 분명하니까요……. 」

이렇게 말하고 루키얀 치모페이치는 의아스런 표정으로 자기를 바라보고 있는 공작의 얼굴을 그 조그맣고도 날카로운 눈으로 뚫어질 듯 응시했다. 그는 아직도 자기의 호기심이 만족시켜지기를 바라고 있었다.

「무슨 소린지 하나도 알아듣지 못하겠는걸.」공작은 성을 내기라도 할 듯이 소리쳤다. 「정말…… 당신은 어처구니없는 모사가(謀事家)로군요 ! 」 이렇게 덧붙이고 나서 그는 갑자기 진심에서 우러나오는 웃음을 터뜨렸다.

레베제프도 따라 웃었다. 갑자기 광채를 발하기 시작한 그의 눈은 자기의 희망이 밝혀졌을 뿐 아니라, 한층 더 확인되었음을 말하고 있는 것같이 보였다.

「이것 봐요, 레베제프, 내가 이렇게 말한다고 화를 내지는 마시오. 솔직히 말해서 나는 당신의 아니, 비단 당신이 아니라 모든 사람의 그 순진성에 놀라지 않을 수 없군요 ! 당신네들은 그러한 순진성을 가지고 지금 나한테 무엇을 기대하고 있는지 모르지만, 내게는 당신네들의 호기심을 충족시킬 만한 것이라고는 아무것도 없기 때문에 나 자신이 오히려 미안할 지경입니다. 사실 나한테는 아무 일도 없었어요. 맹세합니다. 정말 아무 말도 할 것이 없어요. 왜, 내 말이 믿어지지가 않습니까 ! 」

공작은 또다시 웃음을 터뜨렸다. 그러나 레베제프는 갑자기 정색했다. 그가 이따금 아주 순진하여 귀찮을 만큼 호기심을 발휘하는 것은 사실이지만 동시에 그는 상당히 교활하고도 성미가 비뚤어져 있어서 간혹 음흉하리만큼 말이 없을 때도 있었다. 그래서 언제나 그의 회의를 물리쳐 온 공작은 그의 적이 되어 있었던 것이다. 그러나 공작이 그의 끈덕진 호의를 물리쳐 온 것은 경멸 때문이 아니라 그의 호기심의 대상이 너무나 미묘하기 때문이었다. 불과 며칠 전까지만 해도 공작은 자기 자신의 공상을 거의 죄악시하고 있었던 것이다. 그러나 루키얀 치모페이치는 공작이 자기를 상대하려 들지 않는 원인이 자기에 대한 개인적인 혐오와 불신에 있다고 해석하고 언제나 원망을 품은 채 공작의 방에서 물러가곤 하는 것이었다. 그리고 공작과의 관계에 대해서는 콜랴나 켈레르는 말할 것도 없고 심지어는 자기 딸 베라에게까지도 질투를 느끼고 있었다. 지금도 그는 공작에게 지극히 흥미있는 소식을 전할 수도 있었고 또 그것을 원하고 있었으나, 금세 침울한 표정이 되어 그런 것에 대해서는 입을 다물어 버리고 말았던 것이다.

「그래 무슨 용무십니까? 공작님! 나는 지금 당신의 부름을 받고 온 것으로 생각되는데요?」 잠시 침묵을 지키고 있다가 그는 이렇게 입을 열었다.

「실은 장군에 대해서 물어 보고 싶어서 불렀습니다.」 공작 역시 잠시 무엇인가를 생각하고 있다가 퍼뜩 정신을 차린 것처럼 이렇게 대답했다. 「그…… 언젠가 당신이 나한테 얘기한 그 절도 사건에 대해서인데…….」

「절도 사건이라니 무슨 말씀이신지?」

「마치 내 말을 알아듣지 못하는 것처럼 말하는군요! 아, 루키얀 치모페이치, 당신은 언제나 그렇게 연극 같은 흉내를 잘 내는군요! 그때, 그 돈…… 당신이 지갑째 잃어버렸다는 4백 루블은 어떻게 되었느냐 말예요? 요전에 페체르부르그에 가기 전에 나한테 말하지 않았소? 이만하면 알아듣겠소?」

「아아, 그 4백 루블 말씀인가요?」 레베제프는 그제야 비로소 알아듣겠다는 듯이 말끝을 길게 끌었다. 「염려해 주시니 대단히 감사합니다. 나로서는 분에 넘치는 영광이올시다. 그렇지만…… 그 돈은 벌써 찾은 지가 오랩니다.」

「찾았다구요? 거 참 다행이군요!」

「당신의 그 탄성은 참으로 고결한 것입니다. 왜냐하면 어미 없는 자식 여럿을 거느리고 괴로운 노동으로 생계를 유지하고 있는 나 같은 인간에게 4백 루블이라는 돈은 결코 적은 금액이 아니니까요…….」

「그러나 나는 그런 뜻으로 말한 건 아닙니다! 물론 찾은 것도 반가운 일이기는 하지만.」 공작은 황급히 덧붙였다. 「한데 어떻게 그걸 찾았지요?」

「그야말로 수월하게 찾았습니다. 프록코트를 걸어 놓았던 의자 밑에 있더군요. 그러니까 지갑이 호주머니에서 빠져 나와 방바닥에 떨어졌던 모양입니다.」

「하지만 어떻게 의자 밑에, 그럴 리가 없지 않소! 그때 당신은 방안을 구석구석 다 찾아 봤다고 했는데, 가장 중요한 곳을 찾아 보지 않았다는 건 아무래도 알 수 없는 일이군요.」

「아니, 분명히 그곳도 찾아 보았습니다! 샅샅이 뒤졌습니다. 엎드려 이 손으로 그곳을 더듬어 보기까지 했으니까요. 의자를 옆으로 옮겨 놓고 보았는데도 내 손바닥 모양 그곳은 반질반질했단 말입니다. 그래도 미심쩍어서 몇 번이나 손으로 방바닥을 더듬어 보았지요. 사람이 중요하고 가치 있는 것을 꼭 찾기 위해서는 그런 어린애 같은 짓도 곧잘 하게 마련입니다……. 무언가 귀중한 것을 잃고 안타까워할 때는 아무것도 없다는 것을 알면서도 열다섯 번이고 스물다섯 번이고 들여다보게 되거든요.」

「그렇다면 더욱 이상하지 않소? 도대체 어떻게 되었다는 건지 알 수가 없군요.」 공작은 고개를 갸웃거리며 중얼거렸다. 「처음에는 아무것도 없었는데, 나중에 보니까 갑자기 지갑이 그 자리에 나타났단 말인가요!」

「그렇습니다. 갑자기 나타났지요!」

공작은 의아스런 눈으로 레베제프를 바라보았다.

「그럼, 장군은?」 그는 불쑥 물었다.

「장군이 어떻게 됐다는 거죠?」 레베제프는 또다시 무슨 말인지 모르겠다는 얼굴을 했다.

「아니, 왜 이러시오? 내가 묻는 건, 당신이 그 의자 밑에서 지갑을 발견했을 때, 장군은 뭐라고 말하더냐는 거예요. 왜 전에도 장군과 함께 찾아 봤다고 하지 않았소?」

「전에도 함께 찾아 봤지요. 그러나 이번엔 나 혼자서 지갑을 발견했습니다. 그리고 장군한테는 찾았다는 말을 하지 않는 편이 좋을 것 같아서 아직 아무 말도 않고 있습니다.」

「그건 또 무엇 때문이죠? 그래 돈은 고스란히 다 있던가요?」

「지갑을 열어 보았더니 1루블도 축나지 않고 그대로 있었습니다.」

「그렇지만 나한테만이라도 알려 주었어야할 게 아니오?」 공작은 생각에 잠긴 얼굴로 이렇게 말했다.

「그러나 자기 자신의 문제, 사실 매우 중요한 문제로 해서 심각한 감명을 받고 계신 당신에게 공연히 심려를 끼쳐 드리게 될 것 같아서……. 그리고 나 자신도 아직 아무것도 발견하지 못한 체하고 있었으니까요. 그 지갑은 속을 열어 보고 나서 다시 제자리에 놓아 두었습니다.」

「그건 또 왜?」

「앞으로 어떻게 될 것인가 하는 호기심 때문이죠.」두 손을 비비며 레베제프는 히히 웃었다.

「그럼, 지금도 지갑은 그 자리에 그냥 있단 말이오. 그저께부터?」

「오오, 아닙니다. 하루 동안만 거기에 있었지요. 나는 그걸 장군이 발견해 주었으면 하고 생각했었습니다. 나는 그것을 발견했는데, 머리맡에 둔 그것을 장군은 왜 발견하지 못하는 겁니까? 내가 몇 번이나 의자를 조금씩 옆으로 옮겨 놓았기 때문에 지갑은 완전히 노출되어 버렸습니다. 그런데도 장군은 그걸 발견하지 못한단 말입니다. 그렇게 1주일이 계속되었습니다. 요즘 와서 장군은 몹시 정신이 산만하여 무엇을 제대로 알아보지도 못하는 모양이더군요. 아무렇게나 지껄여 대는가 하면 크게 웃어 대기도 하고 그러다간 또 갑자기 화를 내며 나한테 덤벼들기도 합니다. 결국 우리 두 사람은 방을 나왔는데 그때 방문을 일부러 열어 놓은 채로 나왔더니, 장군은 무슨 말을 할 것처럼 잠시 머뭇거리더군요. 아마 그런 큰 돈이 든 돈지갑을 문을 열어 놓은 채 방바닥에 놔둔다는 것이 마음에 걸렸던 모양입니다. 그러더니 다짜고짜로 화를 내고 말도 않지 않겠어요? 그리고는 한길에 나서자마자 나를 내버려 두고 반대쪽으로 성큼성큼 가버렸습니다. 저녁때가 되어서는 선술집에서 다시 만나긴 했습니다만…….」

「그러나 결국은 당신이 다시 의자 밑에서 지갑을 집었을 게 아닙니까?」

「아닙니다. 지갑은 그날 밤 그 의자 밑에서 없어지고 말았습니다.」

「그럼, 지금 그 지갑은 어디 있소?」

「여기 있습니다.」레베제프는 벌떡 일어서더니 유쾌한 얼굴로 공작을 바라보며 한바탕 웃어 댔다. 「어느새 여기 내 프록코트 자락 속에 들어가 있더란 말입니다. 자, 보십시오. 한 번 만져 보세요.」

과연 프록코트의 왼쪽자락 끝이 볼록하게 부풀어 있어, 겉으로 만져 보기만 해도 그것이 밑 터진 호주머니에서 빠져 내려온 가죽 지갑임을 이내 알 수 있었다.

「꺼내서 펼쳐 보았더니 알맹이는 여전하더군요. 그래서 옷자락 속에 쑤셔 넣고 어제 아침부터 그냥 이렇게 걸어다니고 있습니다. 걸을 때마다 다리에 부딪힙니다.」

「그런데 어떻게 지갑이 옷자락 속에 들어갔는지 모르시오?」

「모르겠는데요, 헤, 헤! 그런데 말입니다. 하기는 이런 건 특히 당신의 주의를 환기시킬 만한 것은 못 됩니다만, 내 프록코트 호주머니는 구멍이 뚫어진 적이 한 번도 없었는데 하룻밤 사이에 갑자기 이렇게 크게 뚫어지다니 이상하지 않습니까? 자세히 조사해 보았더니 누군가 연필 깎는 칼로 쭉 찢은 흔적이 있었단 말입니다. 믿어지지가 않습니까?」

「그래서…… 장군은?」

「어제와 오늘 계속해서 화만 내고 있었습니다. 무언가 몹시 못마땅한 모양이더군요. 갑자기 기분이 들떠 흥겨워하는가 하며 금세 눈물을 흘릴 듯이 감상적인 기분에 젖어들기도 하고, 그런가 하면 또 벌컥 성을 내며 덤벼듭니다. 아주 기분이 나쁠 정도예요. 하긴 그도 그럴 수밖에요. 저는 역시 군인이라는 인간은 아니니까요. 어제 둘이서 술집에 앉아 있을 때 어쩌다 불룩한 옷자락이 눈에 잘 띌 만큼 앞으로 불쑥 드러났단 말입니다. 그러니까 장군은 아주 화가 나서 곁눈으로 나를 흘겨보더군요. 그 사람은 요즘 와서 몹시 취했든가 아니면 극도로 감상적인 기분이 되었을 경우 외에는 내 눈을 똑바로 보는 일이 거의 없습니다. 그런데 어제는 정면으로 노려보지 않겠어요. 나는 그야말로 등골이 오싹하는 느낌이었습니다. 하지만 내일은 지갑을 꺼내야겠습니다. 물론 오늘 저녁까지는 그냥 이대로 지내겠습니다.」

「무엇 때문에 당신은 그렇게 그 사람을 괴롭히는 거요?」하고 공작은 외쳤다.

「괴롭히는 게 아닙니다. 공작님, 괴롭히는 게 아닙니다!」레베제프는 온화한 어조로 말을 받았다. 「나는 진심으로 그 사람을 사랑하고 있습니다. 그리고…… 존경하고 있습니다. 더욱이 이제 와서는, 내 말을 믿으시건 않건 그건 자유입니다만, 그는 전보다 한층 더 나에게 귀중한 사람이 되었기 때문에 •나는 더욱 그 사람을 존경하게 되었습니다!」

레베제프가 정색을 하고 진정 어린 어조로 말을 하는 바람에 공작은 적이 분격했다.

「사랑하면 그렇게 괴롭히는 거요? 생각해 보세요. 그 사람이 그 분실물을 의자 밑이나 당신의 프록코트 속에 넣었다는 한 가지 사실만 보아도 당신에 대하여 결코 나쁜 짓을 할 생각이 없다, 정직하게 용서를 빈다라는 뜻을 충분히 표시한 게 아니냔 말입니다. 그 사람은 당신에게 용서를 빌고 있는 거예요! 내 말을 좀 들어 보시오. 그 사람은 용서를 바라고 있는 겁니다. 아마 그는 당신의 우정을 믿고 있을 겁니다. 그렇게까지 모욕을 주다니…… 진실한 사람에게!」

「정직하기 이를 데 없는 진실한 사람을 말이죠? 공작님, 아주 대단히 진실한 사람을 말이죠?」하고 레베제프는 눈을 번쩍이며 소리쳤다. 「그처럼 공정한 말씀을 할 수 있는 사람은 공작님 당신 한 분밖엔 없습니다! 그렇기 때문에 온갖 악행으로 마음이 썩은 나 같은 놈도 당신을 존경하고 숭배합니다: 그럼 좋습니다. 내일까지 기다릴 것 없이 지금 곧 발견한 것으로 하겠습니다. 이렇게 당신이 보시는 앞에서 꺼내겠습니다. 자, 이것입니다. 돈도 이렇게 고스란히 들어 있습니다. 그럼 공작님께서 이걸 맡아서 내일까지 보관해 주시기 바랍니다. 내일이나 모레 와서 찾아가기로 하죠. 공작님, 이 돈이 분실되었던 그날 밤에 우리 집 뜰안 돌 밑에 이것이 숨겨졌던 것 같은데 당신은 그것을 어떻게 생각하십니까?」

「아무튼 그 사람에게 지갑을 찾았단 말을 직접 해서는 안 됩니다. 당신의 옷자락에 아무것도 없는 것을 보고, 혼자서 알아채도록 하는 편이 좋을 테니까요.」

「그럴까요. 차라리 찾았다고 말하는 편이 좋지 않을까요? 여태껏 모르고 있다가 비로소 찾은 것처럼 말입니다.」

「아니,」하고 공작은 잠시 생각하고 나서 이렇게 말했다. 「아니, 이젠 늦었어요. 오히려 그건 위험합니다. 그것에 관해선 아무 말도 하지 않는 게 좋을 겁니다. 그리고 그 사람한테는 상냥하게 대해 주어야 합니다. 그렇다고 너무 정도가 지나쳐도 안 되지만. 그리고…… 그리고…… 당신도 알고 있겠지만…….」

「알고 있습니다. 공작님, 알고 있구말구요! 알고 있기는 하지만, 아마 그건 실천하지 못할 것으로 생각됩니다. 왜냐하면 그렇게 하기 위해서는 당신과 같은 그런 마음씨를 가져야 하기 때문이죠. 게다가 그 사람 자신이 걸핏하면 화를 내며 때로는 너무하다 싶을 만큼 거만한 태도를 취하곤 하기 때문에 더욱 어렵단 말입니다. 그 사람은 어떤 때, 눈물을 흘리다시피하며 마구 얼싸안고 야단이지만 그러다가도 나를 조롱하고 멸시합니다. 그러면 나도 불끈 화가 나서 일부러 옷자락을 쳐들어 보이곤 하지요. 헷, 헷! 그럼 이만 물러가겠습니다. 공작님, 당신의 그 유쾌한 감정을 너무 오래 방해하는 것도 송구스런 일이니까요…….」

「어쨌든 요전처럼 비밀을 지켜 주시오!」

「살그머니, 살그머니 하기로 하죠!」

사건은 이것으로써 종말을 고한 셈이었지만, 공작은 전보다 더욱 염려되었다. 그는 초조한 마음으로 내일 있을 장군과의 면담을 기다렸다.

4

약속한 시간은 11시에서 12시 사이였지만, 공작은 전혀 뜻하지 않은 사정으로 늦게 돌아왔다. 집에 돌아와 보니 장군은 벌써 방안에 들어와 앉아 기다리고 있었다. 공작은 자기가 시간에 늦은 데 대해 장군이 못마땅하게 여기고 있다는 것을 첫눈에 알아챘다. 그는 장군에게 용서를 빌고 급히 자리에 앉았으나 어쩐지 은근히 겁이 났다. 그것은 마치, 자기 앞에 앉아 있는 손님이 사기그릇과 같아 혹시 잘못해서 깨지지나 않을까 염려되기라도 하는 것 같은 심정이었다. 여태까지 그는 장군에게 겁을 먹은 일이 없었으려니와 그러한 느낌을 느껴 본 일이 없었다. 잠시 후 공작은 장군이 어제와는 전혀 다른 사람처럼 되어 있음을 깨달았다. 어제는 그처럼 당황하여 허둥거리던 사람이 오늘은 웬일인지 무척 조심스럽게 점잔을 빼고 앉아 있어 무엇인가를 단단히 결심하고 온 것이 아닌가 생각될 지경이었다. 그러나 그 침착성도 내심으로는 표면에 나타난 것만큼 대단한 것이 아닐는지도 몰랐다. 아무튼 손님은 위엄스럽고 조심스런 태도를 취하고 있었다. 처음엔 지나칠 만큼 공손한 태도로 공작을 대했는데 그것은 자부심이 강한 사람이 부당한 모욕을 받았을 때 일부러 나타내는 그런 종류의 태도였다. 그의 음성은 상냥했으나 어딘지 침통한 빛을 띠고 있었다.

「요전에 빌려 갔던 책을 가져왔습니다.」그는 자기가 가져와서 탁자 위에 놓은 책을 신중하게 가리키며 말했다. 「대단히 감사합니다.」

「천만의 말씀을. 그래 여기 실린 글을 읽어 보셨나요? 장군님! 마음에 들던가요? 재미있던가요?」공작은 딱딱한 화제를 피할 수 있는 기회가 온 것을 은근히 기뻐했다.

「재미는 있을는지 모르지만, 문맥이 거칠고 내용이 불합리합니다. 어쩌면 그 속에 씌어 있는 것은 모두가 엉뚱한 거짓말인지도 모르겠더군요.」

장군은 태연자약한 태도로 약간 말끝을 끌기까지 하며 이렇게 말했다.

「아니, 여기 씌어 있는 건 더없이 솔직한 얘기라고 생각합니다. 프랑스 군대의 모스크바 진주에 대해서 쓴 어느 노병의 목격담이니까요. 이 속에는 말할 수 없이 좋은 대목이 군데군데 있습니다. 아무튼 목격자의 기록이라는 것은 어떤 종류의 것이든 모두가 귀중한 것이라 생각합니다. 그 목격자가 누구이든 간에 말입니다. 그렇잖아요?」

「내가 편집자였다면 발간하지 않겠습니다. 대체로 목격자의 기록이라는 것 때문에, 세상 사람들이 진실하고 권위 있는 사람의 말보다 거칠고 터무니없는 거짓말쟁이의 헛소리를 더욱 신용한다는 것을 증명하는 본보기입니다. 나도 12년 전쟁(1812년 나폴레옹의 러시아 침공)에 관한 기록은 다소 알고 있습니다만……. 아니, 그보다도 공작, 나는 이번에 이 레베제프의 집을 나가기로 결심했습니다.」

장군은 의미심장하게 공작을 바라보았다. 「당신은 파블로프스크에 자기 집을 가지고 있지 않습니까……? 따님네 집에…….」 뭐라고 말해야 할지 몰라서 공작은 이렇게 말했다. 그는 장군이 자신의 운명을 결정지을 어떤 중대한 문제 때문에 조언을 구하러 왔음을 상기했다.

「내 아내의 집이지요. 다시 말해서 내 집도 되고 딸네 집도 되는 셈입니다.」

「실례했습니다. 나는…….」

「내가 이 집에서 나가는 것은 레베제프란 놈과 절교를 했기 때문입니다. 엊저녁에 절교를 했습니다만 좀더 일찍 하지 않은 것을 후회합니다. 공작, 나는 타인에게 존경을 요구합니다. 나는 내가 진정한 마음으로 사랑하고 있는 사람들로부터도 존경받기를 바라고 있습니다. 사실 나는 자신의 마음을 선물로 바치는 일이 종종 있습니다. 그러나 거의 예외 없이 기만을 당하고 있습니다. 그는 나의 선물을 받을 자격이 없는 놈이었습니다.」

「그는 매우 변덕스럽더군요.」 하고 공작은 조심스럽게 한 마디 했다. 「그리고 어떤 면에서는…… 그렇지만 성의라는 게 전혀 없는 인간은 아닙니다. 교활한 건 사실입니다만 상당히 흥미있는 인간이지요.」

공작의 교묘하고도 공손한 어조에 장군은 만족한 모양이었다. 그는 이따금 갑자기 의심스럽게 바라보기도 했으나, 공작의 어조가 너무나 자연스럽고 성실해서 의심할 여지가 없었던 것이다.

「그 친구에게도 훌륭한 자질이 있다는 점은,」 하고 장군은 말을 받았다.

「그 인간에게 우정을 준 내가 무엇보다도 먼저 인정했던 겁니다. 나는 나 자신의 가정을 가지고 있으므로 그 친구의 집이라든가 대접 같은 건 필요로 하지 않습니다. 그렇다고 해서 내가 자신의 결점을 변호하려는 건 아닙니다. 나는 무절제합니다. 그래서 그런 친구와 어울려 술을 마셨습니다. 그리고 지금은 뉘우치고 있는지도 모릅니다. 그러나 오직 술을 마시기 위해서——공작, 신경질적인 그에 대한 나의 거칠고 솔직한 말을 용서하시기 바랍니다——함께 술을 마시기 위해서라는 한 가지 이유 때문에, 내가 그 친구와 사귄 것은 아닙니다. 나는 방금 당신이 말씀하신 그의 성격에 호감이 갔던 것입니다. 그러나 무엇이든 일정한 한도가 있는 법이어서 사람의 성격이라는 것도 결코 예외일 수는 없습니다. 만일 그 친구가 내 앞에서, 그가 아직 어린애였던 12년 전쟁 때 자기가 오른쪽 발을 잃고, 그것을 모스크바의 바간코프스코예 묘지에 묻었노라고 뻔뻔스럽게 주장했다면 그것이 이미 한계를 넘은 무례와 교만의 표시가 아니고 무엇이겠습니까!」

「그것은 그저 좀 흥겹게, 사람을 웃기기 위해서 한 농담이겠지요.」

「알고 있습니다. 흥겹게 사람을 웃기기 위한 악의 없는 거짓말은 비록 그것이 예의에 어긋나는 것이라고 하더라도 상대방을 모욕하는 일은 없습니다. 경우에 따라서는 다만 상대방에게 만족을 주기 위해 단순한 우정에서 거짓말을 하는 수도 있으니까요. 그렇지만 만일 그 거짓말 속에 불경의 빛이 들여다보일 때는, 만일에 너와는 더 이상 교제하고 싶지 않다는 뜻을 그 불경의 빛으로 표시하려 할 때, 고결한 인간은 그 사내를 외면하고 절교해서 더 이상은 자리를 같이하지 않겠다는 것을 가르쳐 줄 수밖엔 없지 않느냐 말입니다.」

이렇게 말하며 장군은 얼굴을 붉히기까지 했다.

「게다가 레베제프가 12년 전쟁 때 모스크바에 있었을 리가 없지 않습니까. 그것을 시인하기엔 그 사람의 나이가 너무나 젊습니다. 우스꽝스럽군요.」

「사실 그렇습니다. 게다가 설혹 그 당시에 거기서 살고 있었다고 하더라도 말입니다. 프랑스 병사가 장난삼아 그 친구에게 대포를 쏘아 한쪽 발을 떨어져 나가게 했다느니, 그 발을 자신이 집어 가지고 집에 돌아와서 나중에 바간코프스코예 묘지에 매장했다느니 하는 따위의 허튼 소리를 어떻게 나한테 할 수 있단 말입니까? 게다가 그 무덤 위에 비석을 세웠는데, 전면에는 〈여기 대학의 서기인 레베제프의 오른발이 묻히다〉라고 씌어 있고, 후면에는 〈귀여운 나의 분신이여, 환희의 아침이 올 때까지 고이 잠자라〉라는 비명(碑銘)이 새겨져 있다느니, 또 해마다 그 발을 위해 추도식을 올린다느니——이쯤되면 신성 모독죄입니다——그것 때문에 자기 자신이 해마다 모스크바에 다녀온다느니 나중에는 별 해괴한 소릴 다 한단 말입니다. 그리고 자기의 말을 증명하기 위해 그 무덤을 보여 줄 테니 모스크바로 함께 가자는 겁니다. 그뿐인 줄 아십니까? 자기가 프랑스 군한테 노획한 대포가 지금도 크레믈린 궁(宮)에 놓여 있다면서 그것도 보여 주겠다는군요. 정문에서 열한번째의 구식 대포가 바로 그것이라고 주장한단 말입니다.」

「그렇지만 그 사람의 발이 양쪽 다 있다는 것은 누가 보아도 알 수 있지 않습니까?」 공작은 웃음을 터뜨렸다. 「그러니까 그것은 악의가 없는 농담이에요. 화내지 마십시오.」

「그러나 내 말을 좀더 들어 보십시오. 양쪽 발이 성한 것같이 보이는 것은 체르노스비토프의 의족을 달았기 때문이라고 한답니다. 나는 그 의족을 잘 알고 있는데, 체르노스비토프가 처음으로 의족을 발명했을 때 제일 먼저 나한테로 달려와서 보여 주었으니까요. 그러나 그의 발명이 완성된 것은 훨씬 후의 일이었습니다. 그런데 그 친구는 죽은 자기 아내조차도 오랜 결혼 생활중 한 번도 남편의 한쪽 발이 나무로 만든 의족이라는 것을 몰랐었다는 겁니다. 그가 나에게 말하기를『만약 당신이 12년 전쟁 때에 나폴레옹의 시동(侍童)이었다면 당신도 내 발을 바간코프스코예 묘지에 묻게 했을 게 아니냐?』는 거예요.」

「설마 당신은…….」 공작은 입을 열었으나, 이내 당황하여 말끝을 흐려 버렸다. 순간 장군은 대담하리만큼 거만한, 거의 냉소를 품은 눈초리로 공작을 바라보았다.

「어서 끝까지 말하십시오.」 그는 부드럽게 말을 끌며 이야기했다. 「나는 관용심이 많은 인간입니다. 그러니 모든 것을 숨김없이 말하십시오. 자기 눈앞에 형편없이 영락해 버린 쓸모없는 인간을 보면서 동시에 그 인간이…… 위대한 역사적 사건의 목격자였다는 엉터리없는 거짓말을 들으면서 우스꽝스럽게 생각하신다면, 아무쪼록 정직하게 말씀해 주시오. 그런데 그놈이 아직도 당신한테…… 아무것도 고해 바치질 않던가요?」

「나는 레베제프한테 아무 말도 들은 것이 없습니다. 만일 그놈이라는 게 레베제프를 두고 하는 말이라면 말이죠…….」

「흠! 나는 그 반대인 줄 알았습니다. 실은 엊저녁에 우리 두 사람 사이에 있었던 화제는 바로 이 책에 실린 그 괴이한 글과 관계가 있단 말입니다. 그래서 나는 그 글이 사실과 어긋난다는 점을 지적했습니다. 왜냐하면 나는 그 전쟁의 목격자였으니까요……. 당신은 웃고 계시는군요, 공작, 당신은 내 얼굴을 의심쩍은 눈으로 바라보고 계시는군요?」

「아, 아닙니다. 나는 그저…….」

「나는 겉보기엔 젊게 보입니다만,」하고 장군은 계속했다. 「실은 보기보다 나이가 많습니다. 12년 전쟁 때에 나는 열 살인가 열한 살이었지요. 내 나이에 대해서도 잘 모르겠군요. 이력서에는 나이를 좀 줄이고 있습니다. 나 역시 자기 나이를 줄이고 싶어하는 약점을 가진 인간이기 때문에, 일생을 통하여…….」

「아니, 나는 당신이 12년 전쟁 때 모스크바에 있었다는 것을 조금도 이상하게 생각지 않습니다. 그러니까…… 당신은 다른 사람들처럼 얼마든지 그 당시의 얘기를 할 수 있는 겁니다. 어느 자서전의 작자는 자기 저서의 첫머리에 12년 전쟁 때 모스크바에서 프랑스 병사가, 아직 젖먹이였던 자기를 빵을 먹여 양육했다고 쓰고 있는 형편이니까요.」

「거 보십시오.」장군은 겸손한 어조로 동의했다. 「나의 경우는 물론 흔히 있을 수 있는 일은 아닙니다만 그렇다고 해서 전혀 황당무계한 얘기도 아닙니다. 진실임에도 불구하고 전혀 진실이 아닌 것처럼 보이는 경우는 흔히 있는 일이니까요. 황제의 시동(侍童)이라면 물론 이상하게 들릴 것입니다. 그러나 열 살밖에 안 된 어린애의 모험은 바로 그 연령으로 설명할 수 있을는지도 모르겠습니다. 만약 내가 열다섯 살짜리 소년이었다면 필시 그러한 일은 없었을 테니까요. 만일 내가 그때 열다섯 살만 먹었더라도 나폴레옹이 모스크바에 입성하는 날 미처 피난을 못 가고 후들후들 떨고 있는 어머니의 곁을 떠나는 것은 물론이고 옛날 바스만나야 거리에 있는 우리 목조건물 집을 빠져 나오지는 못했을 것입니다. 열다섯 살만 먹었어도 겁이 나서 그러지는 못했을 테니까요. 하지만 열 살밖에 안 된 나는 아무것도 두려운 게 없었습니다. 그래서 나폴레옹이 말에서 내리려 할 때 군중 사이를 헤치고 궁전 정면 쪽으로 뚫고 나갔습니다.」

「나이가 열 살밖에 안 되었기 때문에 두려운 줄을 몰랐다는 것은 참으로 탁월한 식견이군요…….」공작은 맞장구를 쳤으나, 어쩐지 얼굴이 붉어지지나 않았을까 하는 생각에 몸을 움츠리고 걱정했다.

「사실 이 사건은 처음부터 끝까지 내 일생에 일어났던 여러 가지 모든 일처럼 자연스럽고도 단순하게 진행되었습니다. 만일 이 사건을 소설가가 다루었다면 필시 허무맹랑한 공상을 섞어 넣었을 것입니다만…….」

「오오, 그건 옳은 말씀입니다!」공작은 외쳤다. 「그건 나도 바로 얼마 전에 통감한 바 있는 생각입니다. 최근에 나는 시계 한 개 때문에 살인을 저질렀다는 얘기를 들었는데 이것은 이미 신문에도 보도된 사건입니다. 만일 이런 사건을 소설가가 만들어 냈다면 사회학의 권위자라든가 비평가라든가 하는 사람들은 도대체 그런 일이 있을 수 있느냐고 떠들어 댔을 것입니다. 그러나 이것이 신문지상에 사실로 보도되면, 그들은 이러한 사람들로부터 러시아의 참된 현실을 배울 수 있다고 느끼고 있는 것입니다. 당신은 정말 좋은 점에 착안하셨습니다. 장군님!」하고 말을 맺었다. 그는 창피로 얼굴이 붉어지기 전에 자연스레 말을 끝맺을 수 있었던 것을 매우 기뻐했다.

「원 별말씀을, 별말씀을 다 하십니다!」장군은 자못 만족한 듯이 눈을 깜박이며 말했다. 「그래서 위험하다는 것을 모르는 소년은, 울긋불긋한 군복이며 시종들이며 전부터 많이 들어온 위인의 모습들을 보려고 군중을 헤치고 앞으로 나아갔습니다. 왜냐하면 몇 년 전부터 모든 사람이 이 위인의 얘기만을 하고 있었으니까요. 온 세계가 이 사람의 이름으로 가득 차 있었다고 해도 과언이 아니었지요. 말하자면, 나는 이 사람의 이름을 젖과 함께 먹고 자란 셈입니다. 나폴레옹은 내 바로 앞을 지나가다가 문득 나한테 시선을 멈췄습니다. 나는 그때 귀족의 아들다운 옷차림을 하고 있었으니까요. 그러니까 군중 속에서는 나 한 사람만 그런 차림을 하고 있었는데……공작, 내 말을 아시겠지요?」

「그야 물론 나폴레옹의 눈에 띄었겠죠. 당신의 옷차림은 그에게 모든 사람이 모스크바를 버리고 도망친 것이 아니라, 귀족들 중에도 자기 자녀들과 함께 남아 있는 사람들이 있다는 것을 증명한 셈이니까요.」

「맞았습니다! 바로 그 점입니다! 나폴레옹은 귀족들을 자기 편에 끌어들이고 싶었던 겁니다. 나폴레옹이 그 독수리와 같은 시선을 던졌을 때 나의 눈은 거기에 대답하듯 돌연 반짝이기 시작했을 것임에 틀림없습니다.

『호오, 그녀석 참 똘똘하다! 그래 너의 아버지는 누구냐?』 나는 흥분한 나머지 숨을 몰아쉬면서 대답했습니다. 『조국의 싸움터에서 전사한 장군입니다.』하고. 그랬더니 나폴레옹은『이 애는 귀족의 아들일 뿐더러 영웅의 아들이다. 나는 귀족을 좋아해. 너는 내가 좋으냐?』하고 계속해서 빠른 소리로 이렇게 묻기에, 나도 재빨리 대답했어요. 『러시아 인은 자기 조국의 적 속에서도 위인을 알아볼 수 있습니다!』아니, 꼭 이렇게 말했는지 어떤지는 기억에 없지만……, 아무튼 나는 아직 나이 어린 소년이었으니까요. 그러나 분명히 그런 뜻의 말을 했습니다! 나폴레옹은 깜짝 놀란 듯이 무엇인가를 생각하더니, 수행원들을 향하여『나는 이 아이의 자부심이 맘에 들었어! 만일 모든 러시아 인이 이 아이처럼 생각하고 있다면…….』하고 말끝을 맺지 않은 채 그냥 궁전 안으로 들어가 버리더군요. 나는 곧 수행원들 틈에 끼여 그의 뒤를 따라 들어갔습니다. 수행원들 중의 장교들이 나를 에워싸고 마치 내가 무슨 총아나 되는 것처럼 나를 훑어 보더란 말입니다. 그러나 그런 것은 나의 안중에 없었습니다……. 지금도 기억하고 있지만 첫번째 홀에 들어갔을 때 황제는 갑자기 에카체리나 여왕의 초상 앞에 걸음을 멈추고 한참 동안 생각에 잠긴 얼굴로 그것을 바라보고 있었습니다. 이윽고, 『이 여자는 참으로 뛰어난 인물이었어!』하고 혼자말처럼 말하고는 다시 걸음을 옮겼습니다. 이틀이 지나자 나는 궁전에서는 물론, 크레믈린의 모든 사람들에게까지 널리 알려져서, 『꼬마 귀족』이라 불리게 되었습니다. 집에는 밤에 잘 때만 돌아오곤 했지요. 집안 식구들은 거의 정신이 나갔을 정도였지요. 그런데 이틀 후에 나폴레옹의 수행원인 드 바장쿠로 남작이 원정(遠征)의 고통을 감내하지 못하고 죽어 버렸습니다. 그러자 나폴레옹은 문득 나를 상기한 모양입니다. 사람들이 와서 아무런 설명도 없이 무조건 나를 끌고 궁전으로 들어갔습니다. 그리고 고인의 열두 살 난 아들의 제복을 나에게 입히더니 어전으로 끌고 나갔습니다. 황제가 나를 보고 고개를 끄덕여 보이자 사람들은 내가 황제의 은총을 받아 시동에 임명되었다고 알려 주었습니다. 정말 기쁘더군요. 솔직히 말해서 나는 오래 전부터 황제에게 열렬한 호의를 느끼고 있었으니까요……. 뿐만 아니라 멋진 군복이 어린 소년에게는 커다란 기쁨을 주는 것입니다. 나는 옷자락이 좁고 긴 진녹색의 연미복을 입고 다녔습니다. 금빛 단추, 금실이 달린 붉은 소맷단, 높고 빳빳하고 앞이 벌어진 옷깃, 금실로 수 놓은 옷자락, 다리에 꼭 끼는 사슴가죽 바지, 흰 비단 조끼, 비단 양말, 장식이 달린 장화……. 게다가 만약 황제가 말을 타고 나갈 때 나도 시종으로서 따라가게 되는 경우엔, 나는 무릎까지 오는 긴 장화를 신고 시종들과 함께 그 뒤를 따라다녔지요. 프랑스 군의 전황은 그리 신통치 못했을 뿐더러, 무서운 재난이 예감되고 있었지만 격식은 여전히 지켜지고 있었습니다. 아니 그러한 재난이 예견되면 될수록 격식의 엄격한 준수가 더욱더 요구되고 있었지요.」

「그야 그렇겠죠…….」 공작은 어리벙벙한 얼굴로 중얼거렸다. 「만일 당신이 그 당시의 일을 쓰신다면…… 상당히 재미있을 겁니다.」

어제 레베제프에게 한 번 늘어 놓았던 얘기를 다시 되풀이하는 것이었으므로 장군의 어조는 유창했으나 그래도 미심쩍은지 그는 흘낏흘낏 공작의 눈치를 살폈다.

「내가 수기를 쓴다구요?」 그는 의기양양하게 말했다. 「그런 걸 쓴다는 건 별로 마음이 내키지 않습니다. 그러나 당신이 그걸 희망하신다면 나의 회상록은 이미 완성되어 있다고 해도 좋습니다. 아직은…… 서랍 속 깊이 간직되어 있습니다만. 내 몸에 흙을 덮는 날 그것을 세상에 내놓으라고 할 생각입니다. 그렇게 되면 틀림없이 다른 나라 말로도 번역될 겁니다. 그것은 문학적 가치 때문이 아니라 나 자신이 목격한 위대한 사실들을 중요시하기 때문입니다. 그 당시 나는 아직 어린애였기 때문에 나는 그 『위인』의 침실에까지 드나들 수 있었습니다! 나는 『커다란 불행』에 빠진 위인의 신음 소리를 밤마다 들었습니다. 나 같은 어린애 앞에서 체면 같은 걸 차릴 필요는 없었을 테니까요. 그래서 나는 그의 고민의 원인이 알렉산드로 황제(당시의 러시아 황제)의 침묵에 있다는 것을 알아차렸습니다.」

「그렇습니다. 그래서 나폴레옹은 편지를 써보냈지요……. 강화를 제의하려고 말입니다…….」 공작은 조심스레 말을 받았다.

「과연 어떠한 제의였는지 그것은 잘 알 수 없지만 어쨌든 매일같이 아니, 거의 매시간마다 편지를 썼습니다. 그리고는 무서운 흥분 상태에 빠져들곤 했습니다. 어느 날 밤 단둘이 있을 때 나는 눈물을 흘리며 그에게 간청했습니다. 마음 편히 지내라고요. 아아, 나는 그를 사랑했었으니까요! 그리고 『알렉산드로 황제에게 어서 용서를 비십시오!』 하고 외쳤습니다. 사실은 『알렉산드로 황제와 강화를 맺으십시오.』라고 했어야 할 것입니다만 어린애답게 자기 생각을 솔직히 말했던 것입니다. 『오오, 나의 귀여운 아이야!』

그는 방안을 이리저리 걸어다니며 『오오, 나의 귀여운 아이야.』 하고 말했습니다. 이때 그는 상대방이 열 살밖엔 안 된 소년이라는 것을 잊어버리기라도 한 듯, 오히려 나와 이야기하기를 원하였습니다. 『오오, 나의 귀여운 아이야, 나는 알렉산드로 황제한테라면 그 발에 키스라도 할 용의가 있다. 그대신 프러시아 왕이라든가 오스트리아 황제 같은 자들은 영원히 증오할 테다, 그리고…… 하지만 너는 외교니 정치니 하는 문제에 대해선 아직 아무것도 모르니…….』 그는 갑자기 상대방이 누구인가를 상기한 듯이 말을 뚝 그치고는 입을 다물어 버리고 말았으나, 그 눈은 언제까지나 반짝거렸습니다. 만일 내가 이러한 모든 사실들을 써서 말입니다, 나는 이러한 위대한 사실들의 목격자이니까요, 그것을 지금 출판한다면, 비평이니 문학상의 허영심이니 선망이니 당파니 하는 따위는 문제도 되지 않을 겁니다. 그러나 …… 죄송합니다!」

「당신이 당파라는 말을 끌어 댄 데는 나도 전적으로 동감입니다.」 공작은 잠시 동안의 침묵 끝에 나직한 소리로 이렇게 말했다. 「얼마 전에 나는 샬라스의 워털루 전역을 읽어 보았습니다만, 이 책이 신중하고 특이한 저서라는 점은 전문가들도 보증하고 있습니다. 그러나 한 페이지 한 페이지에 나폴레옹의 몰락을 기뻐하는 저자의 심정이 엿보이더군요. 만일 다른 전역에 있어서도 나폴레옹의 재능을 죄다 부정할 수만 있었다면 샬라스는 무척 기뻐했을 겁니다. 이 점은 좋지 않은 경향이라 생각합니다. 왜냐하면 이것 역시 일종의 당파성이라 볼 수 있으니까요. 그건 그렇고 시동으로 황제를 가까이 모셨다면 상당히 바쁘셨겠군요?」

장군은 춤이라도 출 듯이 좋아했다. 공작의 진지하고도 허심탄회한 어조는 그의 최후의 의혹까지 말끔히 씻어 주었던 것이다.

「샬라스 말입니까! 오오, 나 자신도 불만스러웠지요. 그 당시 그 사람에게 편지를 써보낸 일까지 있습니다. 그러나…… 하도 오래된 일이라서 지금은 기억이 분명치가 않군요……. 헌데, 내가 황제를 모시고 있을 때 바쁘지 않았느냐고 물으셨지요? 천만에, 황제의 시동이라 불려지고 있기는 했지만 나는 그것을 정말로 받아들이지 않았으니까요. 더욱이 나폴레옹은 러시아 인을 자기 편에 끌어들이려는 희망을 곧 포기하고 말았으므로, 만일 …… 만일 그가 나를 개인적으로 사랑하지 않았다면, 정략적인 목적에서 가까이했던 나를 잊어버리는 것은 당연하지 않았겠느냐 말입니다. 나는 지금 대담하게 이것을 말할 수 있습니다. 나 역시 그에게 몹시 마음이 끌렸습니다. 시동이라 해도 근무라든가 무슨 일 같은 것은 시키지 않더군요. 이따금 궁전에 들어가서 문안드리고……, 황제가 승마 산책을 나갈 때는 말을 타고 배종하는 것뿐이었습니다. 그때 나는 제법 말을 탈 줄 알았으니까요. 황제는 점심을 먹기 전에 궁전을 나갔는데 시종으로서는 보통 다부와 나와 근위 기병(近衛騎兵)인 루스탄이……. 」

「콘스탄이었지 않아요?」 공작은 무슨 생각에서인지 불쑥 공연한 소리를 입밖에 내고 말았다.

「아니, 콘스탄은 그때 없었습니다. 그 사람은 조세핀 황후한테 보내는 황제의 편지를 가지고 그곳을 떠난 후였으니까요. 그 사람 대신에 일직 장교 두 명과 폴란드의 창기병이 몇 명 있었는데 그것이 시종의 전부였습니다. 물론 그밖에도 장군이니 원수니 하는 사람이 많이 있었지만 그들은 주로 나폴레옹이 지형이라든가 부대의 배치 상황 같은 것을 시찰할 때 그를 수행했습니다. 나폴레옹이 제일 가까이한 사람은 다부였는데 지금 나의 기억으로 그는 몸이 크고 뚱뚱하고 냉엄했으며, 안경을 쓴 눈초리가 싸늘한 사내였습니다. 황제는 그와 제일 많이 의논하였습니다. 황제는 그의 생각을 가치 있게 여겼습니다. 지금도 기억하고 있습니다만 두 사람은 며칠씩이나 의논을 계속할 때도 있습니다. 다부는 아침저녁으로 황제를 찾아와서는 논쟁을 벌이기까지 했습니다. 마침내 나폴레옹은 그의 의견에 동의하려는 눈치였습니다. 한 번은 두 사람이 서재에 있을 때 나는 제삼자로서 그들의 눈에 띄지 않게 좀 떨어져 앉아 있었습니다. 그때 뜻밖에도 어떤 이상한 상념이 그의 눈을 퍼뜩 스치고 지나가는 것 같았습니다. 『애야!』 그는 불쑥 나를 보고 말했습니다. 『네 생각은 어떠냐, 만일 내가 러시아 정교를 받아들이고 이 나라의 노예를 모두 해방시킨다면 러시아 사람들은 나를 따를까?』 『절대로 따르지 않을 겁니다.』 나는 분격한 어조로 소리쳤습니다. 내 말에 나폴레옹은 심한 충격을 받은 모양이었습니다. 『애국심에 불타는 이 아이의 눈 속에서 나는 러시아 전 국민의 마음을 읽을 수 있을 것 같다. 다부, 안 되겠네! 그 방책은 망상에 지나지 않아! 다른 방책을 건의해 보게!』 했던 겁니다.」

「그래요? 그렇지만 그 계획은 정말 대단한 생각이군요!」 공작은 확실히 흥미를 느껴서 이렇게 말했다. 「그러니까 그 방책은 다부가 생각해 낸 것이란 말이죠?」

「적어도 두 사람이 함께 의논한 것만은 사실이지요. 물론 나폴레옹다운 독수리 같은 사상입니다. 그러나 다른 하나의 방책도 역시 그럴 듯한 사상이었습니다……. 그것은 바로 그 유명한 『사자의 충언』입니다. 이건 나폴레옹 자신이 다부에게 한 말입니다. 그 내용을 간단히 말하면, 전군을 크레믈린에 집결시켜 막사를 짓고 호를 파서 대포를 배치함과 동시에 될 수 있는 대로 곡물을 약탈하든가 다른 방법을 써서 봄이 올 때까지 거기서 겨울을 기다렸다가, 봄이 오면 러시아 군의 포위망을 돌파하자는 것이었습니다. 이 계획은 몹시 나폴레옹의 마음을 끌었던 모양입니다. 우린 매일같이 크레믈린 성벽의 주위를 순회하였습니다. 그는 어디를 어떻게 헐어 내고 어디를 건설하며 어디다 반월보(半月堡)를 쌓고, 어디다 방사(防舍)를 세우느냐 하는 것을 일일이 지시했습니다. 그 착안, 그 기민성과 정확성은 참으로 놀랄 만한 것이었습니다. 마침내 모든 계획이 수립되었습니다. 다부는 황제에게 최후의 결정을 재촉했습니다. 그들은 단둘이 마주앉았습니다. 이번에도 나는 제삼자로 옆에 앉아 있었습니다. 나폴레옹은 또 팔짱을 끼고 방안을 거닐기 시작했습니다. 나는 그의 얼굴에서 눈을 뗄 수 없었습니다. 심장이 마구 뛰었습니다. 『그럼, 저는 가보겠습니다.』하고 다부가 말하자 『어디로?』하고 나폴레옹이 물었습니다. 『말고기를 절여야 하지 않겠습니까?』 다부가 대답했습니다. 나폴레옹은 그의 운명을 결정짓게 된 것입니다. 『애야,』 그는 갑자기 나한테 물었습니다. 『너는 우리의 계획을 어떻게 생각하느냐?』물론 그가 이렇게 물어 본 것은, 위대한 지혜를 가진 사람이 절박한 순간에 이르러 곧잘 독수리와 격자(格子)(은전의 앞뒤에 그려져 있는 그림)로 점을 치는 것과 상통하는 이치입니다. 나는 나폴레옹보다는 다부를 향하여, 마치 무슨 영감이라도 받은 것 같은 오만한 태도로 이렇게 말했습니다. 『장군, 고국으로 돌아가십시오!』이것으로 그들의 계획은 수포로 돌아가고 말았습니다. 다부는 어깨를 흠칫해 보이더니 밖으로 나가며 작은 소리로 『허어! 저 애는 어느새 아주 미신적이 되어 버렸구먼!』이라고 했습니다. 그리고 바로 그 이튿날 전군에 철수 명령이 내렸습니다.」

「거 참 재미있는 얘기로군요.」 공작은 매우 낮은 목소리로 이야기했다. 「만일 그것이 사실이라면……. 아니, 내가 말하고자 한 것은.」 그는 황급히 자기가 한 말을 정정했다.

「오오, 공작!」하고 장군은 외쳤다.

그는 자기의 이야기에 완전히 도취되어 있어서 상대방의 이러한 극단적으로 경솔한 실언에 그다지 신경을 쓰는 성싶지 않았다.

「당신은 『그것이 사실이라면』이라고 했습니다만 실은 그보다 더한, 그보다 훨씬 재미있는 일도 있었지요! 지금 내가 말한 것은 모두가 대수롭지 않는 정치적인 사실에 지나지 않으니까요. 그러나 아까도 말씀드린 것처럼 나는 이 위인이 밤에 눈물을 흘리며 신음하는 것을 직접 본 목격자란 말입니다. 나밖에 아무도 본 사람이 없습니다! 나중에 가서는 눈물을 흘리며 우는 일은 없어지고 그저 이따금 신음 소리를 내었습니다. 그러나 그의 얼굴은 점점 어두워 갔습니다. 이미 영원의 검은 날개가 그를 감싸고 있었습니다. 이따금 우리 두 사람은 밤마다 몇 시간씩이나 말없이 시간을 보내는 때도 있었습니다. 그럴 때면 옆방에서는 근위 기병 루스탄의 코를 고는 소리가 들려 옵니다. 참으로 잠이 많은 사내였습니다. 그럴 때면 『그대신 저 녀석은 내게 대해서나 내 왕조에 대해서 충실하거든.』하고 나폴레옹은 말하는 것이었습니다. 어느 날, 나는 전에 없이 마음이 아팠습니다. 문득 그는 내 눈에 눈물이 괴어 있는 것을 발견하고는 아주 감동한 듯이 나를 바라보고 있다가 『너는 나를 동정하고 있구나!』하고 소리쳤습니다. 『애야! 너 이외에 나를 동정해 주는 또다른 아이가 있다. 그건 내 아들 『로마 왕』이야. 그밖에 다른 사람들은 모두 나를 미워하고 있어. 형제들이 나의 실패를 제일 먼저 팔아먹을 거야!』나는 흑흑 흐느껴 울며 그에게 달려들었습니다. 나폴레옹도 끝내 참지 못하고 덥석 나를 포옹했습니다. 『쓰세요, 조세핀 황후한테 편지를 쓰십시오!』나는 울면서 말했습니다. 나폴레옹은 흠칫 몸을 떨면서 잠시 생각하고 나서 『너는 나로 하여금 나를 사랑하는 제3의 사람을 상기하게 했구나. 정말 고맙다!』고 말했습니다. 그는 곧 책상에 앉아 편지를 써서 그 이튿날 콘스탄으로 하여금 그 편지를 가지고 출발하도록 했습니다.」

「거 참 좋은 일을 하셨군요.」공작은 말했다. 「나쁜 생각에 잠겨 있는 인간에게 당신은 아름다운 감정을 불러일으켜 주었으니까요.」

「바로 그겁니다, 공작, 당신은 참으로 훌륭한 해석을 내리셨습니다. 당신 자신의 아름다운 마음과 일치하는!」하고 장군은 환희에 찬 음성으로 외쳤다. 그러자 이상하게도 그의 두 눈에는 눈물이 반짝이기 시작했다. 「사실 그것은 위대한 광경이었습니다! 나는 곧 그를 따라 파리로 가려고까지 생각했습니다. 그렇게 되면 물론 『무더운 유폐(幽閉)의 섬』에도 함께 건너 갔었겠지요. 그러나 아아! 슬프게도 우리 두 사람은 헤어져야 할 운명에 있었던 것입니다! 우리는 제각기 자기의 길을 갔습니다. 그는 『무더운 섬』으로 유배를 당했습니다. 거기서 그가 무서운 우수에 사로잡혀 있을 때, 그때 그는 모스크바에서 자기를 포옹하고 자기를 용서해 준 가련한 소년의 눈물을 적어도 한 번쯤은 상기했을 것입니다. 한편 나는 야만적인 규율과 동료들의 난폭한 언행 이외에는 아무것도 찾아 볼 수 없는 유년 학교에 들어가게 되었습니다……. 아아! 모든 것은 티끌처럼 사라져 버리고 말았던 것입니다! 『나는 너를 네 어머니의 품에서 빼앗고 싶지 않다. 그래서 너를 함께 데리고 갈 수가 없단다.』 나폴레옹은 퇴각하는 날 나에게 말했습니다. 『그러나 나는 너를 위해 무엇이든 해주고 싶다.』 이때 그는 이미 말에 올라 앉아 있었습니다. 『내 누이동생의 앨범에 무엇이든 기념이 될 것을 써주십시오.』 나폴레옹이 몹시 고통스럽게 어두운 얼굴을 하고 있었으므로 나는 조심조심 이렇게 말했습니다. 그러자 그는 뒤를 돌아보고 펜을 가져오라 하더니 앨범을 손에 들고 『그래, 너의 누이동생은 몇 살이냐?』 하고 물었습니다. 그리고 쓸 자세를 취했습니다. 내가 『세 살입니다.』라고 대답했더니, 『한참 귀여운 나이군.』 하면서 앨범에 다음과 같이 써주었던 거예요.

　　　『거짓말을 하지 말지어다!
　　　그대의 진지한 벗 나폴레옹』

　이런 경우에 이런 충고를 했단 말입니다. 아시겠어요? 공작!」
　「거 참 의미심장한 말입니다.」
　「금테를 두른 그 종이는 유리틀에 끼워 두었는데 누이동생네 객실 정면에 걸려 있었습니다. 누이가 죽는 날까지. 누이는 해산을 하다가 죽었지요. 지금은 어디 있는지 모르겠습니다만……. 그런데…… 아니, 이거 큰일났구나, 벌써 2시가 됐군요! 이거 너무 오래 방해한 것 같습니다. 공작! 거 정말 죄송합니다.」
　장군은 의자에서 일어났다.

「천만의 말씀을!」 공작은 입 속으로 우물거렸다. 「참으로 대단한 얘기였습니다……. 정말…… 매우 재미있었습니다……. 감사합니다!」

「공작!」 갑자기 무슨 상념이 떠오른 듯이 퍼뜩 제정신으로 돌아온 장군은 번쩍이는 눈으로 공작을 응시하며 그의 손을 힘껏 움켜쥐었다. 「공작! 당신은 참으로 좋은 사람입니다. 참으로 정직한 사람이에요. 그래서 나는 이따금 당신이 가엾게 여겨집니다. 당신을 바라보고 있노라면 가슴이 그득해 오는 것 같습니다. 오오, 하느님, 이 사람에게 축복을 내려 주시옵소서! 그리고 이 사람이 새 생활을 시작하여…… 사랑 속에 꽃이 피게 하시옵소서! 나의 생활은 이미 끝나 버렸습니다! 아, 실례, 실례했습니다!」

그는 두 손으로 얼굴을 가리고 급한 걸음걸이로 나가 버렸다. 그의 흥분된 감격에 거짓이 없다는 것은 공작도 의심하지 않았다. 그리고 노인이 자기의 성공에 도취된 채 돌아갔다는 점도 잘 알고 있었다. 그러나 한편으로는 이러한 생각도 드는 것이었다.

장군은 자기 망각의 경지에 이르도록, 욕정적일 만큼 거짓말을 좋아하기는 하지만 그 자기 망각의 정점(頂點)에 이르렀을 순간에도 마음속으로는 아무래도 저 친구는 내 말을 곧이듣는 것 같지 않다. 아니, 곧이들을 리가 만무하다는 따위의 의심을 털어 버리지 못하는 그런 종류의 거짓말쟁이일지도 모른다.

그래서 지금 장군은 문득 제정신으로 돌아와서 수치를 느꼈고 공작이 자기에게 무한한 동정을 품고 있는 것이 아닐까 생각하고 모욕을 느끼고 있을는지도 모를 일이다. 『그렇게까지 그 사람을 추켜올렸던 것은 나의 잘못이 아니었을까?』공작은 약간의 불안을 느꼈으나, 저도 모르게 느닷없이 웃음이 터져 나와 거의 10분 가까이 웃었다. 그러다가 그는 이렇게 웃는 자기 자신을 나무랐다. 그러나 곧 자기 자신을 나무랄 하등의 이유도 없음을 깨달았다. 왜냐하면 그는 장군에게 한없는 연민을 품고 있었기 때문이다.

공작의 예감은 적중되었다. 저녁에 그는 이상스러운 내용의, 그러나 짧으면서 단호한 사연이 적힌 편지를 한 통 받았다. 장군의 이 편지 속에는 자기가 공작에게 존경과 감사를 느끼고 있는 것은 사실이지만『이미 불행한 인간의 품격을 손상시키는 것 같은 동정의 표시』를 받을 수 없어, 공작과 영원히 헤어지기로 결심했다는 뜻이 밝혀져 있었다. 장군이 니나 알렉산드로브나 부인에게로 돌아갔다는 말을 들었을 때 공작은 그를 위해선 다행한 일이라 생각했었다.

그러나 앞에서도 말한 바와 같이 장군은 리자베타 프로코피예브나 부인을 찾아가서 무엇인가 창피한 일을 저지르고 말았다. 이 회견에 관한 것을 여기서 상세하게 기술할 수는 없지만 간단히 말한다면, 그는 얼토당토않는 언사로 리자베타 프로코피예브나 부인을 놀라게 했을 뿐더러 가냐의 문제를 가지고서 불쾌한 암시를 던져 부인을 화나게 하고, 수치스럽게도 그 집에서 쫓겨나고 말았던 것이다. 결국 그가 그런 하룻밤을 새우고, 이튿날 아침 그처럼 지내고 나서, 드디어는 아주 정상에서 벗어나 마치 미친 사람처럼 거리로 뛰쳐나갔던 것은 바로 그것 때문이었다.

콜랴는 아직도 사건을 완전히 이해하지 못하고 있었기 때문에 좀 심하게 다루어 강제로 데려 오면 효과가 있으리라고 생각하고 있었다.

「아니, 우리가 어디로 갈 수 있어요? 대체 어떻게 하실 셈이죠? 장군님!」하고 그는 말했다. 「공작한테는 가고 싶저 않다고 하시고 레베제프와는 싸워 헤어졌고, 가진 돈도 없으시죠? 게다가 저도 한 푼 없으니, 인제 우리는 꼼짝없이 콩알 위에 올라앉지 않을 수 없게 됐어요 (콩알 위에 올라앉는다는 말은 알거지가 된다는 뜻).」

「콩알 위에 올라앉는 것보다는 콩알을 안고 앉는 편이 더 좋지.」장군은 중얼거렸다. 「이 재담으로 동료 장교들의 입이 딱 벌어지게 한 일이 있었지……. 44년…… 그러니까 1844년이었을 거야……. 으음, 틀림없어! 하지만 이젠 기억이 분명치 않군……. 아아, 기억할 수 없구나! 『나의 청춘은 어디 있는고? 그 싱싱하던 청춘은 어디에 있느뇨!』아, 얼마나 처절한 외침이냐……. 헌데 콜랴, 이게 누구의 외침이지?」

「그건 고골리의 《죽은 혼》에 나오는 말이에요.」콜랴는 이렇게 대답하고, 겁먹은 얼굴로 아버지의 눈치를 살폈다.

「죽은 혼이라구! 오오, 그렇다, 죽은 혼이다! 나의 묘비에 『죽은 혼, 여기 누워 있노라!』하고 써다오. 『치욕이야말로 나를 괴롭히는 것이다!』이건 누가 한 말이냐, 콜랴?」

「모르겠어요, 아버지.」

「예로페고프가 없었다구? 예로쉬카 예로페고프가 가공의 인물이라구?」장군은 별안간 길 위에 멈춰 서며 미친 듯이 고함쳤다. 「더욱이 내 아들놈이, 나의 피를 받은 친아들놈이 그 따위 소리를 하다니! 예로페고프는 열

한 달 동안이나 내 형제노릇을 해준 친구야. 그를 위해 결투까지. 우리 중대
의 중대장인 브이고레스 공작이 술잔 너머로 그에게,『여보게, 그 안나(훈장이름)
는 대체 어디서 주워 온 건가?』하고 물었거든. 그러자 그 친구는『조국을
위한 싸움터에서 받은 것이오.』하고 대답했지. 이때 내가 커다란 소리로
『멋지구나. 그리샤!』하고 외쳤지. 이게 원인이 되어 결투까지 벌어졌던
거야. 그 후에 그는…… 마리야 페트로브나 수, 수투키나와 결혼을 했지만
결국은 싸움터에서 죽었어. 총알이 내 가슴에 찼던 십자훈장(十字勳章)을
맞고 튀어나가 그 친구의 이마에 가서 맞았거든. 『영원히 잊지 않을
테다!』이렇게 소리치더니 그 자리에서 죽었어. 나는…… 나는 정직하다
는 말을 들었지. 치욕적인 말은 안 들었어. 콜랴, 나는 충실하게 근무해 왔
어. 그런데도 치욕이……『치욕이 내 뒤를 따르는구나!』너와 니나만은
내 무덤을 찾아주겠지……. 『가엾은 니나』……. 그 전에, 아주 오래 전
에 나는 네 어미를 이렇게 불렀다. 그녀는 정말 나를 사랑해 주었어…….
니나, 니나! 나는 당신의 일생을 아주 망쳐 버리고 말았구려! 무엇 때문
에 당신은 나를 사랑할 수 있었느냐 말이오! 참을성 있는 나의 아내여!
콜랴, 네 어미는 천사와 같은 분이야!」

「그건 나도 알고 있어요, 아버지. 아버지, 집으로, 어머니한테로 돌아갑
시다! 어머니도 아까 우리 뒤를 쫓아 나왔어요! 아니, 그런데 왜 여기에
서 계시는 거지요? 마치 정신 나간 사람처럼……. 아니, 왜 또 갑자기 우
시는 거죠?」

콜랴는 따라서 울며 아버지의 손에 입술을 갖다 댔다.

「너는 내 손에 키스를 하는구나, 내 손에…….」

「네, 아버지 손에, 아버지 손에. 그것이 뭐가 이상해요? 어쩌자고 이렇
게 길 한가운데 서서 고함을 치시느냐 말예요. 그래도 장군이라고, 군인이
라고 할 수 있어요? 자, 가십시다!」

「하느님, 이 가엾은 소년에게 축복을 내려 주시옵소서! 이 애는 수치스
런 노인에게…… 이 추잡한 노인에게 아직도 예의를 잃지 않고 있습니다…
…. 아아, 언젠가는 너도 너와 같은 아이를 갖게 될 것이지만……『로마
왕』…… 오오, 이 집은 나의 저주를, 나의 저주를 받을 줄 알아라!」

「아버지, 왜 이러시는 거예요?」콜랴는 화가 나서 소리질렀다. 「무슨
일이 있었어요? 무엇 때문에 집에 돌아가시지 않겠다는 겁니까? 정말 실

성이라도 하신 게 아닌가요?」

「내가 얘기하마……. 너한테 얘기하겠다……. 너한테 전부 털어놓겠다. 큰소리는 치지 마라. 남들이 듣겠다……. 『로마 왕!』 아아, 가슴이 답답하다. 기분이 언짢구나! 『유모야, 너의 무덤은 어디냐!』 이건 누가 외친 소리지, 콜랴?」

「모르겠어요, 누가 한 소린지 알게 뭐예요! 자, 지금 곧 집으로 돌아갑시다. 지금 곧! 내가 가니카를 때려 줄 테니까요. 만일 필요하다면……. 아니, 또 어딜 가시는 거예요?」

그러나 장군은 바로 앞에 있는 집 층계 쪽으로 콜랴를 끌고 갔다.

「어딜 가시려고 이러시죠? 이건 남의 집 층계란 말예요!」

장군은 현관 앞 층계에 걸터앉아서 자꾸만 콜랴의 손을 잡아 끄는 것이었다.

「굽혀, 허리를 굽혀!」 그는 소곤거렸다. 「너한테 죄다 얘기를 할 테니……. 자, 허리를 굽히고…… 귀를 귀를, 귓속말로 얘기할 테니…….」

「대체 무슨 얘기예요?」 콜랴는 몹시 놀랐으나 그래도 하는 수 없이 귀를 들이댔다.

「『로마 왕』…….」

장군은 온몸을 후들후들 떨며 속삭였다.

「뭐라구요? 도대체 무엇 때문에 『로마 왕』만 자꾸 찾는 거죠? 뭐예요?」

「나는…… 나는…….」 아들의 어깨를 더욱더 움켜잡으며 장군은 다시 속삭이기 시작했다. 「난…… 너한테…… 죄다…… 마리야, 마리야…… 페트로브나 수, 수, 수…….」

콜랴는 장군을 뿌리치고 그의 어깨를 움켜쥔 채 미친 듯이 그를 노려 보았다. 노인의 얼굴은 자줏빛으로 변하고 입술은 창백한 빛을 띠고 있었다. 한 줄기 경련이 그 얼굴을 스치고 지나갔다. 갑자기 그는 앞으로 몸을 굽히며 조용히 콜랴의 팔 안으로 쓰러져 버렸다.

「아아, 아버지가 졸도하셨다!」 그때야 겨우 진상을 알아챈 콜랴는 동네가 떠나가도록 고함을 질렀다.

5

사실 바랴는 오빠와의 대화에서, 공작과 아글라야의 혼담에 관한 정보를 약간 과장해서 말했던 것이다. 아마 눈치가 빠른 그녀는 가까운 장래에 일어나고야 말 일을 미리 통찰했는지도 모르지만, 한편으로는 연기처럼 사라져 버린 공상을——사실은 그녀 자신도 믿고 있지 않았지만—— 슬퍼한 나머지 그 불행을 과장함으로써 오빠의 마음에 더 많은 독을 부어 넣어 기쁨을 얻으려고 한 것만은 그녀 자신도 부정할 수 없었다. 그러면서도 그녀는 그를 진심으로 동정했고 또 사랑하고 있었다. 아무튼 그녀는 자기의 친구들인 예판친 댁 딸들에게서 그처럼 정확한 정보를 얻어 낼 수는 없는 일이었다. 다만 암시 몇 마디, 침묵과 수수께끼가 있었을 뿐이었다. 그러나 아글라야의 언니들도 어쩌면 바르바라 아르달리오노브나한테서 무엇이든 캐내려고 일부러 무슨 얘기든지 지껄였는지도 모를 일이다. 아니면 마침내 그들이 자기 친구를 놀려 주자는 여자다운 쾌감을 물리칠 수가 없었는지도 모른다. 비록 어릴 적 친구이기는 하지만. 왜냐하면 그만큼 오랫동안 교제해 왔기 때문에 그녀들이 바랴의 속셈을 어느 정도 눈치 채지 못했을 리가 없었기 때문이다.

한편 공작으로 말한다면, 레베제프에게 자기에게는 별다른 일이라고는 아무것도 없었고 따라서 특별히 알려 줄 만한 사실은 하나도 없다고 말한 것도 사실은 옳은 일이 아니었을는지 모른다. 실제에 있어서는 모든 사람에게 아주 기묘한 일이 일어났다고 할 수 있다. 특별히 이렇다 할 일은 없었지만, 그러나 그때에 상당히 많은 변화가 일어났었다. 이러한 현상을 바르바라 아르달리오노브나는 여자로서의 본능으로 눈치 챘던 것이다.

그러나 도대체 어찌해서 예판친 댁 사람들은 아글라야에게 그 어떤 중대한 일이 일어나서 그녀의 운명이 결정될 것이라고 모두들 일시에 생각하게 된 것일까? 이 물음에 대하여 조리 있는 답변을 하기란 용이한 일이 아니다. 그러나 이런 상념이 갑자기 모든 사람의 마음속에 떠오르기가 무섭게 그들은 하나같이 이렇게 주장하기 시작했다. 이런 일은 이미 『가난한 기사』 얘기가 나왔을 때부터, 아니 그보다 훨씬 전부터 명백했던 일이다. 다만 그때는 그런 불합리한 얘기를 믿고 싶지 않았을 뿐이다……. 언니들 역시 이렇게 확언하는 것이었다. 리자베타 프로코피예브나 부인은 누구보다도 먼저 그것을 알아채고, 이미 오래 전부터 혼자서 『가슴을 앓고』 있었다. 그러나 오래 전부터인지 어떤지는 모르지만 요즘 와서 갑자기 공작의 일을 생각하면, 어쩐지 기분이 언짢아지기 시작했다. 왜냐하면 그것으로 인해 자기의 생각이 혼란되기 때문이었다. 부인의 눈앞에는 시급히 해결되어야 할 그 어떤 문제가 가로놓여 있었으나, 그것의 해결은 고사하고, 아무리 애를 써봐도 리자베타 프로코피예브나 부인으로선 문제 자체도 완전히 파악할 수 없었다. 그녀에게 있어 그것은 너무나 어려운 문제였다.

『공작은 좋은 사람일까, 좋지 못한 사람일까? 이 모든 사건은 좋은 일일까, 좋지 못한 일일까? 만일 좋지 못한 일이라면——이것은 의심할 여지도 없겠지만——어디가, 어떤 점이 좋지 못하단 말인가? 그리고 만일 좋은 일이라고 한다면——이것도 가능하지만——어디가, 어떤 점이 좋단 말인가?』

한 가정의 아버지인 이반 표도로비치는 이 얘기를 듣고 처음엔 몹시 놀란 것 같았으나 얼마 후에 불쑥 이런 말을 털어놓았다.

「솔직히 말하면 나도 그와 비슷한 생각이 줄곧 머리에 떠오르곤 했어. 그럴 리가 만무하다고 생각하면서도 갑자기 그런 생각이 머릿속에 떠오르곤 하는 거야!」

그는 아내가 무섭게 노려 보는 바람에 이내 입을 다물어 버렸다. 그러나 아침엔 일단 입을 다물어 버렸으나, 저녁에 다시 아내와 단둘이 마주앉아 무슨 말이든 하지 않을 수 없게 되자, 일종의 과감한 용기를 내어 약간 뜻밖의 의견을 토로했다.

「그렇지만 사실은 어느 정도일지……(침묵) 그것은 해괴망칙한 일일지 몰라. 만일 그것이 사실이라면…… 그리고 나는 논쟁을 하지는 않겠지만, 하지만……(또다시 침묵) 하지만 다른 면에서 이 문제를 똑바로 바라본다면…… 사실 말이지 공작은 보기드문 청년이야. 그리고…… 그리고…… 그리고 뭐랄까, 물론 그 사람의 가문이 우리와는 친척 관계에 있으니까 현재 불우한 처지에 있는 친척의 이름을 세상에 알려 주는 뜻에서라도……. 그리고 세상 사람들의 눈에도…… 뭐랄까? 어쨌든 세상 사람들의 눈도 있으니까 말야……. 그렇지만 공작은 약간의 재산도 가지고 있을 뿐더러……. 그는 갖고 있어……. 그리고…… 그리고…… 그리고…….」 오랜 침묵 끝에 장군은 그냥 입을 다물어 버리고 마는 것이었다. 남편의 말을 듣고 있던 리자베타 프로코피예브나 부인은 마침내 분통을 터뜨리고 말았다.

그녀의 의견에 의하면 이 사건은 도저히 용서할 수 없는, 거의 범죄적인 성격을 띤 환상적인 망상이며, 어리석고 불합리한 것이었다.

『첫째, 공작은 병을 앓고 있는 백치고, 둘째로 그는 세상이 무엇인지도 모를 뿐더러, 사회적 지위도 없는 바보가 아닌가. 이런 인간을 어떻게 세상에 내놓을 수 있으며, 어디에서 직업을 구한단 말인가! 더구나 위험천만한 민주주의자의 냄새가 풍기는데다가, 아무런 관등도 없지 않는가. 그리고…… 그리고…… 벨로콘스카야 할머니가 이 얘기를 들으면 뭐라 할까? 그건 그렇다 치더라도 그런 인간을 사위로 삼으려고 여태까지 아글라야를 길러 왔단 말인가?』물론 이 최후의 논증이 가장 중요한 것이었다. 이것을 생각하면 부인의 가슴속에는 피눈물이 끓어올랐다. 그러나 한편으로는, 마음속 깊은 곳에서 무엇인가가 꿈틀거리면서 『하지만 공작의 어느 점이 어떻게, 그처럼 네 마음에 들지 않는다는 거냐?』하고 속삭이는 것이었다. 자기 자신의 이러한 마음의 반항이 리자베타 프로코피예브나에게는 무엇보다도 난처한 것이었다.

언니들은 어쩐 일인지 공작에 관한 이야기를 좋아했다. 심지어는 그다지 이상스럽게 말하지도 않았다. 한마디로 말해서, 그들은 어느새 공작의 편이 되어 있었던 것이나, 둘이 다 아무 말도 하지 않기로 결심하고 있었다. 그 집안에서는 항상 다음과 같은 것이 느껴졌다. 다름 아니라, 가족 전체의 논쟁의 중심이 되는, 어떤 문제에 대한 리자베타 프로코피예브나 부인의 끈질기고 완강한 반항과 고집이 차차로 강해진다는 것은 오히려 리자베타 프로코피예브나 부인의 주장이 사실에 있어서는 차차 꺾이어 가고 있어서 이미 동의하기 시작했다는 것으로 느껴지는 것이다. 그러나 알렉산드라 이바노브나만은 끝까지 침묵을 지키고 있을 수 없었다. 이미 오래 전부터 리자베타 부인은 그녀를 자기의 조언자로 삼아 왔기 때문에, 이번에도 그녀를 불러들여서 그녀의 의견을, 특히 문제와 관계되는 것을 회상해 보도록 하는 것이었다. 즉, 어째서 이런 일이 일어났느냐? 어째서 아무도 이것을 알아채지 못했느냐? 어째서 그 당시엔 아무 말도 하지 않았느냐? 그때 그『가난한 기사』라는 건 무슨 뜻이었느냐? 어째서 그녀, 리자베타 프로코피예브나 혼자서만 모든 일을 염려하고 애를 태워야 하며, 모든 것을 주시하고 예견했어야 하며, 다른 사람들은 무사태평해도 좋으냐는 등등 한이 없었다. 알렉산드라 이바노브나는 처음엔 어머니의 눈치를 살피며, 예판친 집안의 딸들 중의 하나를 위해, 공작인 뮈시킨을 신랑감으로 선택하는 것은 세상 사람들의 눈에도 나쁘게 보이지 않으리라는 아버지의 의견을, 상당히 정확한 것이라고 조심스럽게 말했을 뿐이었다. 그러나 차차 이야기가 열을 띠어 감에 따라 나중엔 이런 말까지 덧붙였다. 즉 공작은 절대로 『바보』가 아니다, 바보 같은 언동을 보여 준 일은 여태까지 한 번도 없었다. 그리고 관등이나 직업이 없다고 못마땅하게 여기지만 앞으로 몇 년 후의 러시아에 있어서 훌륭한 인물이라는 것이 무엇으로 결정지어질 '것인지, 종래와 같은 근무상의 성공에 있을 것인지, 아니면 그밖의 다른 사업에 있을 것인지, 그것은 하느님밖엔 모르는 일이라고 했다.

여기에 대해서 어머니는 알렉산드라에게, 그런 것은 모두 그 저주스러운 여성 문제와 다를 것이 없는 자유 사상이라고 잘라 말했다. 그로부터 30분 뒤에 부인은 벨로콘스카야 할머니를 방문하기 위해서 페체르부르그의 카멘느이 오스토로프를 향해 출발했다. 벨로콘스카야 할머니는 그때 마침 페체르부르그에 와 있었던 것이다. 하기는 곧 모스크바로 돌아갈 예정이었지만. 할머니는 아글라야의 대모(代母)이기도 했다.

할머니는 리자베타 프로코피예브나 부인의 열화같고 자포자기한 하소연을 끝까지 들어 주었으나 부인의 절망적인 눈물에는 조금도 동정하는 빛을 보이지 않았을 뿐 아니라 오히려 조소하는 것 같은 눈으로 바라보고 있었다. 이 노파는 말할 수 없는 독재자여서, 상대방이 누구든 간에 즉, 옛부터 가까이 사귀어 온 사이라 하더라도 절대로 대등한 위치에서 대하는 법이 없었다. 그래서 리자베타 프로코피예브나 부인에게도 35년 전과 마찬가지로 자기의 피보호인으로 대하고 있었으므로 부인의 온순하지 못한 독립적인 성격을 너그러이 눈감아 줄 수가 없었던 것이다. 노파는 그녀에게 이런 말을 했다. 당신네 집안에선 모두들 지나치게 앞질러 생각하는 버릇이 있는 것 같다, 아무래도 『파리 새끼를 코끼리로 만들어 가지고』 공연히 떠들고 있는 거나 아닌지 모르겠다, 나는 당신네 집안에 정말 무슨 중대한 일이 일어났다고는 믿을 수 없다, 무슨 일이 일어날 때까지 기다리고 있는 편이 좋을 것 같다, 내 생각으로는 공작도 훌륭한 청년이다, 하기는 건강이 좋지 않은데다가 성격이 좀 이상한 것 같고 사회적 지위도 없기는 하지만 그러나 무엇보다도 좋지 않은 것은 공공연히 정부를 두고 있다는 점이다. 이런 말을 통해서 리자베타 프로코피예브나 부인은 벨로콘스카야가, 자신이 소개한 예브게니 파블로비치의 실패 때문에 약간 화를 내고 있다는 것을 알 수 있었다. 예브게니는 그녀가 신랑감으로 추천한 사람이었던 것이다. 리자베타 프로코피예브나 부인은 아침에 출발할 때보다 몇 배나 더 초조한 기분으로 파블로프스크의 별장으로 돌아왔다. 집에 들어서기가 무섭게 그녀는 식구들에게 마구 화를 내기 시작했다. 주된 이유는 『모두가 머리들이 돌아 버리고 말았다』는 것이었다.

「그런 일을 이런 식으로 처리하는 집은 세상에 우리 집밖엔 없을 게다. 무엇 때문에 그렇게 서두는 거냐? 도대체 무슨 일이 일어났다는 거냐? 나는 아무리 보아도 무슨 일이 일어났다고는 생각되지 않는다! 무슨 일이 일어날 때까지 기다리는 거야! 이반 표도로비치가 엉터리없는 생각을 곧잘 한다는 것은 흔히 있는 일이 아니냔 말이야! 파리 새끼를 가지고 코끼리로 만들 수 없으니, 인젠 그만들 해둬!」하는 것이었다.

결국 그 따위 것들은 마음을 가라앉히고 냉정히 관찰하면서 기다려야 한다는 결론이 나오게 되었지만, 그러나 평온은 10분도 계속되지 않았다. 평온에 대한 첫번째 타격은 부인이 카멘느이 섬에 다녀오느라고 집을 비운 사이에 일어난 일들에 대한 보고였다——리자베타 프로코피예브나 부인이 그곳에 간 것은 공작이 10시가 아니라 자정이 지나서 이 집을 방문했던 이튿날 아침이었던 것이다——딸들은 어머니의 성급한 물음에 대해서 극히 상세하게 대답했다. 「어머니가 집을 비운 사이에 특별한 일이라곤 아무것도 일어나지 않았어요.」라고 서두를 꺼내고 나서 그녀들은 다음과 같은 일들을 보고했다. 즉, 부인이 외출한 후에 공작이 찾아왔었으나, 아글라야는 30분이 지나서야 자기 방에서 나왔는데 그녀는 다짜고짜로 장기를 두자고 했다. 공작은 장기를 잘 못 두었으나 아글라야는 그를 졸라 대기 시작했다. 그녀는 흥이 나서 공작의 서툰 장기 솜씨를 흉보며 옆에서 보기에도 민망할 정도로 그를 놀렸다. 그 다음 그녀는 공작에게 트럼프놀이를 제의했다. 그러나 이번에는 정반대의 결과가 나타났다. 공작은 트럼프에 상당한 실력을 가지고 있어서, 마치 도박꾼 같은 실력을 나타냈기 때문이었다. 마침내 아글라야는 속임수를 쓰기 시작하여 공작이 보는 앞에서 트럼프장을 바꿔치기도 하고 슬쩍 훔치기도 했으나, 그래도 공작은 연거푸 다섯 번이나 이겼다. 그녀는 발끈 성을 내며, 독설을 마구 퍼붓기 시작했다. 아글라야가 하도 기를 쓰고 대드는 바람에 공작도 끝까지 웃고 있을 수만은 없게 되었다. 더욱이 그녀가 「당신이 여기 앉아 있는 한 나는 이 방엔 발을 들여놓지 않을 테니 그리 아세요. 게다가 그런 일이 있은 후에 자정이 지나서 우리 집에 찾아오다니, 그 따위 염치없는 짓이 어디 있어요?」하고 말했을 때 그는 얼굴이 새파랗게 질려 버리고 말았다.

아글라야는 이렇게 말하고 방문을 쾅 닫고 나가 버렸다. 언니들이 여러 말로 공작을 위로했으나 그는 마치 장례식에서 돌아가는 사람처럼 시름없이 자기 집으로 돌아갔다. 공작이 돌아간 후에 15분 가량 지나서 뜻밖에도 아글라야가 테라스로 뛰어내려왔다. 어찌나 급히 달려 내려왔는지 미처 눈물을 닦을 겨를도 없었던 모양이었다. 그래서 눈물이 그대로 있었다. 아글라야가 이렇게 급히 테라스에 내려온 것은 콜랴가 고슴도치 —— 러시아에서는 집에서도 애완동물로 기르고 있어 그리 유별난 것은 아니다 —— 를 가져왔기 때문이었다. 모두들 모여서 고슴도치를 구경하기 시작했다. 콜랴는 사람들의 물음에 대하여, 이 고슴도치는 자기의 것이 아니라 친구의 것인데, 자기는 지금 그 친구와 함께 어디로 가는 길이며, 친구는 코스차 레베제프인데, 손도끼를 가지고 있기 때문에 부끄러워서 여기에 들어오지 못하고 한길에서 기다리고 있다, 이 고슴도치와 손도끼는 농부한테서 50코페이카를 주고 샀는데, 농부가 가지고 있는 손도끼도 탐이 나서 함께 사버렸다고 대답했다. 그러자 갑자기 아글라야는, 이 고슴도치를 자기에게 팔고 콜랴한테 열심히 조르기 시작했다. 그녀는 무진 애를 쓰며 콜랴에게 『귀엽다』고까지 말했다. 콜랴는 좀처럼 말을 들으려 하지 않았으나 나중에는 하는 수 없이 코스차 레베제프를 불러들였다. 코스차는 정말로 손도끼를 들고 들어왔으나 몹시도 어색한 얼굴을 하고 있었다. 그러나 곧, 고슴도치는 그들의 것이 아니라 페트로프라는 제삼의 소년의 소유에 속한다는 사실을 얘기하였다. 페트로프는 실로세르의 역사책을 사달라고 부탁하며 이들 두 사람에게 돈을 맡겼는데, 그 돈을 가지고 역사책을 사러 가던 길에 고슴도치를 사고 싶은 유혹을 억제할 수 없어서 사버렸다는 것이다. 따라서 고슴도치도 손도끼도 실은 제삼의 소년의 것이기 때문에 역사책 대신에 그 소년한테 가지고 가는 길이라는 것이었다.

그러나 아글라야가 너무나도 졸라 대는 바람에 그들은 고슴도치를 팔기로 하였다. 고슴도치를 사자, 아글라야는 콜랴의 도움을 받아 그것을 조그만 광주리에다 넣어 책상보로 씌우더니, 콜랴에게 지금 곧 이 고슴도치를 공작한테 가지고 가서 자기의 『깊은 존경의 표시』로 받아 주기 바란다고 전해 달라고 부탁했다. 콜랴는 그녀의 부탁을 기꺼이 받아들여 틀림없이 전하겠노라고 약속했다. 그러나 곧 「고슴도치를 선물로 보내는 것은 도대체 무슨 뜻입니까?」라고 물었다. 아글라야는, 그런 것은 알 필요가 없다고 쏘아붙였다. 그러자 콜랴는 「틀림없이 무슨 풍자적인 의미가 있겠지요.」라고 말했다. 아글라야는 발끈 성을 내며, 그에게 건방진 꼬마녀석이라고 했다. 콜랴는 즉시 말을 받아 「만일에 내가 당신을 숙녀로서 존경하지 않는다면, 그리고 나 자신의 신념을 존중하지 않는다면 이런 모욕에 대한 대답이 어떤 것인지 당장에 보여 줄 수 있을 겁니다.」라고 대답했다. 그렇지만 콜랴는 고슴도치를 갖고 만족한 얼굴로 나와 버렸다. 코스차 레베제프는 그 뒤를 쫓아 나갔다. 아글라야는 콜랴가 광주리를 홰홰 내젓는 것을 보자 참지를 못하고 「콜랴, 아무쪼록 떨어뜨리지 마, 귀여운 아이야!」 하고 방금 싸운 것을 까맣게 잊어버린 것 같은 어조로 소리쳤다. 콜랴도 역시 뒤를 돌아보며 누가 싸웠느냐는 듯이 기꺼이 「염려마세요, 아글라야 이바노브나, 절대로 떨어뜨리지 않을 테니!」 하고 외치고는 쏜살같이 달려갔다. 아글라야는 깔깔거리고 웃어 대며 지극히 만족한 표정으로 자기 방에 들어갔는데 그 다음부터는 온종일 유쾌한 기분이었다.

이 보고를 듣고 리자베타 프로코피예브나 부인은 아연실색했다. 겉보기엔 아무렇지 않은 것 같았으나 그녀의 마음은 불안하였다. 무엇보다도 마음에 걸리는 것은 고슴도치였다. 대체 고슴도치에 무슨 의미가 있는 걸까? 대체 무슨 암호일까? 대체 무슨 뜻일까? 무슨 전보일까? 게다가 공교롭게도 그 자리에 함께 있던 가련한 이반 표도로비치가 엉뚱한 대답을 하는 바람에 부인은 더 이상 참을 수가 없었다. 그의 의견에 의하면 전보 같은 이상한 표시는 절대로 있을 수가 없다는 것이었다. 「고슴도치가 전보의 구실을 할 수 있다는 거야? 만일 무슨 뜻이 있다면, 그건 단순한 우정의 표시이든지, 아니면 모욕을 잊고 화해하자는 정도의 뜻이겠지. 요컨대 이건 장난이야, 별 악의 없는 호의적인 거야.」

여기서 잠깐 지적해 둘 것은 장군의 말이 아주 옳았다는 사실이다. 아글라야한테 놀림받고 쫓겨나다시피한 공작은 자기 집에 돌아온 후에도 어두운 절망 속에서 30분 가량이나 앉아 있었는데 이때 갑자기 콜랴가 고슴도치를 가지고 나타났다. 그러자 하늘은 이내 개었다. 즉, 공작은 죽음에서 소생한 것같이 보였다. 그는 콜랴에게 여러 가지를 꼬치꼬치 캐물으며 똑같은 질문을 열 번씩이나 되풀이하는 것이었다. 그리고는 어린애처럼 웃으면서 환한 얼굴로 자기를 바라보며 빙글거리고 있는 두 소년의 손을 몇 번이나 쥐고 흔들었다. 그것으로 아글라야가 공작을 용서한 셈이 되었고 그는 당장 오늘 저녁에라도 다시금 그녀의 집을 방문할 수가 있게 된 것이다. 이것이 그에게는 무엇보다도 중요한 일이었던 것이다. 또한 그것이 전부였던 것이다.

「우린 아직도 어린애들이야, 콜랴! 그리고…… 그리고…… 우리가 아직도 어린애라는 건 참으로 좋은 일이야!」공작은 더없이 즐거운 기분이 되어 나중에는 이런 소리까지 했다.

「단순히 그 여자는 당신을 사랑하고 있는 거예요. 그것뿐이죠!」콜랴는 자못 거드름스런 어조로 이렇게 말했다.

공작은 얼굴을 확 붉혔으나, 이 말에 대해서는 한 마디 대꾸도 없었다. 콜랴는 그냥 웃어 대며 손뼉을 치기만 했다. 1분 후에는 공작도 큰 소리로 웃음을 터뜨렸다. 그리고 나서 저녁때가 되기까지 그는 5분마다 한 번씩 시계를 들여다보며 시간이 얼마나 지났고 저녁까지는 얼마나 남았나를 기다리고 있었다.

리자베타 프로코피예브나 부인은 화가 났다. 그녀는 참을 수가 없었고 거의 히스테리와 같은 상태에 빠져들고 만 것이다. 그래서 남편과 딸들이 여러 말로 말리는데도 불구하고 당장에 아글라야를 불러 오게 했다. 그것은 딸에게 마지막 질문을 하고, 분명하고 정직한 답변을 듣기 위해서였다.

「이런 일은 아주 결판을 내버려야 해요! 마음에서 내쫓아 버리고, 다시는 입밖에 내지도 못하게 만들어 놔야 해요! 그렇게 하지 않고선 난 오늘 밤까지 살아 있을 수 없을 거예요!」라고 부인이 선언했다. 이때야 비로소 사건이 뒤죽박죽되어 버렸다는 것을 깨달았다. 아글라야는 일부러 놀라는 표정을 지어 보이며, 공작을 비롯하여 모든 사람들에게 비난이나 조소를 던질 뿐, 신통한 대답 같은 건 할 생각도 하지 않았다. 리자베타 프로코피예브나 부인은 침실에 들어가 누워 버렸다. 그리고 공작이 찾아오기를 초조하게 기다리고 있었으므로 정작 그가 나타났을 때는 거의 히스테리를 일으킬 지경이었다.

공작 역시 기묘한 미소를 머금고, 수줍은 듯이 마치 더듬질이라도 하듯이 들어오더니, 무엇인가를 묻고 싶어하는 것 같은 얼굴로 흘끗흘끗 일동의 눈치를 살폈다. 아글라야가 방안에 보이지 않았던 것이 즉시 그를 놀라게 한 것이다. 이날 저녁에는 다른 식구들은 하나도 없었다. S공작은 예브게니 파블로비치의 일 때문에 아직도 페체르부르그에 가 있었다. 『그 사람만이라도 옆에 있었으면 무슨 의견이라도 들을 수 있으련만……』 리자베타 프로코피예브나 부인은 은근히 S공작이 기다려지는 것이었다. 예판친 장군은 무슨 걱정거리라도 있는 듯이 잔뜩 얼굴을 찌푸리고 있었고 딸들은 마치 고의로 그런 것 같은 심각한 얼굴을 한 채 침묵을 지키고 있었다. 한참 만에 리자베타 프로코피예브나는 그야말로 느닷없이 맹렬한 기세로 철도의 불비에 대해 불평을 늘어 놓으며, 매우 날카로운 시선으로 공작을 주시했다.

아아, 어찌해서 아글라야는 나타나지 않을까! 공작은 절망적인 상태에 있었다. 간신히 입을 열어 철도의 보수는 가장 긴급한 문제라고 의견을 말하려 했으나, 갑자기 아젤라이다가 웃음을 터뜨리는 바람에 다시 입을 다물고 말았다. 바로 이 순간에 아글라야가 들어왔다. 그녀는 공작을 향해 침착하고 예절바르게 인사하고 둥근 탁자 정면에 자리를 잡고 앉더니 무엇인가 묻는 것 같은 시선으로 공작을 바라보았다. 사람들은 모든 의혹이 풀릴 때가 왔다고 생각했다.

「나의 고슴도치 받으셨죠?」퉁명스러울 만큼 확고한 어조로 아글라야는 물었다.

「받았습니다.」공작은 얼굴을 붉히며 기어들어가는 소리로 대답했다.

「솔직히 말해 주세요. 내가 그걸 보낸 데 대해서 어떻게 생각하시죠? 어머니를 비롯하여 우리 가족 전체의 마음을 진정시키기 위해 필요하니까요!」

「그게 무슨 소리냐? 아글라야……」장군은 불안한 어조로 말했다.

「정말 네가 나중엔 못 하는 말이 없구나!」부인은 흠칫 놀란 듯이 소리쳤다.

「내가 뭐 못 할 말을 했나요?」아글라야는 날카롭게 대꾸했다. 「오늘 공작님한테 고슴도치를 보냈는데, 어떻게 생각하시죠? 공작님!」

「그러니까…… 무엇을 어떻게 생각하느냐고 물으시는 겁니까? 아글라야 이바노브나 씨.」

「고슴도치에 대해서 말예요.」

「그럼…… 아글라야 이바노브나, 당신은 내가 저어…… 내가 어떻게 그 고슴도치를…… 그러니까, 그 고슴도치를 받고 내가 어떻게 생각했느냐는 것을 알고 싶단 말씀이군요. 아니, 그보다도 내가 고슴도치를 어떠한 눈으로 보았느냐…… 다시 말해서 이러한 경우 내가 생각하건대…… 한마디로 말해서…….」

그는 숨이 막혀 입을 다물어 버리고 말았다.

「무슨 말씀인지 하나도 못 알아듣겠군요.」한 5초 가량 기다려 보고 나서 아글라야는 이렇게 쏘아붙였다. 「그럼, 좋아요. 고슴도치 얘기는 그만하기로 하죠. 그러나 모든 오해를 일소할 수 있는 기회가 와주어 정말 다행이에요. 실례지만 결국은 당신 자신한테서 모든 것을 알고 싶습니다. 당신은 나와 결혼할 겁니까, 안 할 겁니까?」

「아니, 저 애가!」리자베타 프로코피예브나 부인이 소리쳤다.

공작은 흠칫 놀라서 한 걸음 뒤로 물러섰다. 이반 표도로비치는 아연실색했고, 언니들은 미간을 찌푸렸다.

「공작님, 거짓말을 하시지 말고 솔직히 대답해 주세요. 당신 덕분에 나는 이상한 의심을 받고 있으니까요. 이런 물음을 어떤 근거에서 하는지 아세요? 자아, 대답해 주세요!」

「아글라야 이바노브나, 나는 당신에게 청혼하지 않았습니다.」공작은 갑자기 활기를 띠며 대답했다. 「그러나…… 당신도 아시다시피, 나는 당신을 사랑하고 있습니다. 그리고 그렇게 믿고 있습니다……. 지금도 역시…….」

「내가 묻는 건 그게 아니에요. 당신은 나와 결혼하고 싶으냐, 어떠냐 하는 거예요.」

「원합니다.」공작은 약한 소리로 대답했다.

순간 좌중에는 심한 동요가 일어났다.

「그런 얘기가 아니야, 이 친구야!」하고 이반 표도로비치는 몹시 흥분해서 허둥거리며 말했다. 「그건…… 그건 아주 불가능한 얘기야! 만약 그렇다면, 글라샤(아글라야의 애칭), 실례지만 공작, 실례의 말이지만…… 어이, 리자베타 프로코피예브나!」그는 뭐라고 좀 거들어 달라는 듯이 부인에게로 얼굴을 돌렸다. 「이것만은 확실히 해둘 필요가 있겠지?」

「저는 몰라요! 저는 아무것도 몰라요!」하며 부인은 두 손을 내저었다.

「어머니, 제발 저도 말하게 해주세요. 이 일에 대하여 나도 이야기를 해야겠어요. 뭐니뭐니해도 내 운명이 결정되는 중요한 순간이니까 말예요——아글라야는 실제로 이런 말을 했다——그러니까 나도 확실히 알고 싶었단 말이에요. 또 모든 사람 앞에서라 기분이 좋군요. 공작님, 이렇게 말하면 실례가 되는지 모르지만, 만일 당신이 그런 생각을 품고 계시다면, 대체 무엇으로 나를 행복하게 해주시려는 거죠?」

「뭐라고 대답하면 좋을지 모르겠군요. 이런 경우 어떻게 대답하면 좋을까요? 그리고…… 그런 걸 반드시 말해야 할 필요가 있을지…….」

「너무 흥분해서 숨이 가쁜 모양이군요. 잠깐 숨을 돌려 원기를 회복하도록 하세요. 물이라도 한 잔 드시는 게 어떨까요? 하긴 곧 차가 나오겠지만.」

「나는 당신을 사랑하고 있습니다. 아글라야 이바노브나, 진심으로 사랑하고 있습니다. 오직 당신 한 사람만을 사랑하고 있어요……. 아무쪼록 농담은 말아 주십시오. 나는 당신을 열렬히 사랑하고 있습니다!」

「그렇지만 아시다시피 이건 중대한 문제예요. 우린 어린애들이 아니니까 문제를 실제적인 견지에서 분명히 따지고 넘어가야 할 거예요. 싫으시겠지만 지금 분명히 말씀해 주셔야겠어요. 당신의 재산은 대체 얼마나 되죠?」

「애, 애! 아글라야. 그게 무슨 소리냐? 그런 건 문제가 아니야, 그런 건…….」하고 이반 표도로비치는 놀라며 중얼거렸다.

「이게 무슨 창피람!」리자베타 프로코피예브나 부인은 커다란 소리로 투덜거렸다.

「재산이라니…… 돈 말입니까?」공작은 어이없다는 얼굴로 반문했다.

「네, 얼마나 가지고 계시죠?」

「나한테는…… 나한테는 지금 13만 5천 루블의 돈이 있습니다.」공작은 얼굴이 벌겋게 되어 중얼거렸다.

「겨우 그것뿐이에요?」아글라야는 얼굴빛 하나 붉히지 않고, 커다란 목소리로 노골적인 놀람을 표시했다. 「하기야 그 정도면 되겠지요. 경제적으로만 꾸려 나간다면 말예요……. 그럼, 앞으로 관직에 들어갈 생각이신가요?」

248

「나는 사립 학교 교사 자격 시험을 치를 생각이었습니다만…….」

「그것도 좋지요, 그만큼 수입이 늘 테니까요. 시종무관(侍從武官)이 될 생각은 없으신가요?」

「시종무관이오? 그런 생각은 한 번도 해보지 않았습니다. 그러나…….」

이때 두 언니는 끝내 참지를 못하고 웃음을 터뜨리고 말았다. 아젤라이다는 아까부터 아글라야의 얼굴에서, 금세 터져 나오려는 웃음을 억지로 참고 있는 것 같은 표정을 눈치 채고 있었던 것이다. 아글라야는 깔깔거리며 웃어 대는 언니들을 무서운 얼굴로 노려 보고 있었으나, 그녀 역시 단 1초도 참아 내지 못하고, 마치 히스테리를 일으킨 것처럼 미친 듯이 웃어 댔다. 마침내 그녀는 벌떡 일어나서 방을 뛰어나갔다.

「처음부터 난 저런 웃음 이외엔 아무것도 없을 것이라 생각했어요!」하고 아젤라이다는 소리쳤다. 「처음부터, 고슴도치를 보낼 때부터 말예요!」

「아니다, 이런 일은 용서할 수 없어, 암 없구말구!」리자베타 프로코피예브나 부인은 만면에 노기를 띠고 자리에서 일어나더니, 급히 아글라야의 뒤를 쫓아갔다.

뒤이어 딸들도 그쪽으로 달려갔다. 방안에는 공작과 그 가정의 가장만 남게 되었다.

「이거야, 참……. 그래, 자넨 이런 일을 예상했었나? 레프 니콜라예비치!」장군은 이렇게 버럭 소리를 질렀으나, 자기가 과연 무슨 말을 하려는 것인지도 모르는 눈치였다. 「아니, 솔직히 말해 보게. 솔직히!」

「내가 알기로는 아글라야 이바노브나가 나를 조롱한 것입니다.」라고 공작이 슬프게 말했다.

「잠깐 기다려 주게, 내 가서 좀 보고 을 테니까 자네는 여기서 기다려야 하네. 알겠나? 자네만이라도 나한테 자세히 얘기해 줘야 할 게 아닌가, 어떻게 해서 이런 일이 일어났는지. 대체 이것이 무엇을 의미하는 것인지……. 생각해 보게, 나는 아버지가 아닌가. 뭐니뭐니해도 그 애 아버지란 말이야. 그런데도 뭐가 뭔지 하나도 모른대서야 어디 말이 되나. 정말 자네만이라도 사실대로 얘기해 주게!」

「나는 아글라야 이바노브나를 사랑하고 있습니다. 그녀 쪽에서도 그걸 알고 있습니다. 벌써 오래 전부터 알고 있을 겁니다.」

장군은 어깨를 으쓱해 보였다.

「이상한데…… 이상해! 그래, 많이 사랑하고 있나?」

「매우 사랑하고 있습니다.」

「아무튼 뜻밖이야, 나로서는 모든 것이 뜻밖이야! 참으로 뜻하지 않은 충격이야……. 물론 나는 자네의 재산을 두고 하는 말은 아닐세. 하기는 좀더 많은 줄 알았지만, 그러나 나로서는 딸의 행복이……. 그래서 자네는 그 행복을 뭐랄까…… 줄 만한 능력이 있다고 생각하나? 그리고, 그리고 …… 그건 뭔가, 그 애의 말은 농담인가, 진담인가? 자네가 아니라 그 애 말일세.」

이때 방문 뒤에서 알렉산드라 이바노브나의 목소리가 들려 왔다. 아버지를 부르는 것이었다.

「기다려 주게. 잠깐만, 기다려 줘! 기다리는 동안 잘 생각해 보게나. 내 곧 돌아올 테니…….」그는 이렇게 말하고, 알렉산드라가 부르는 쪽으로 허겁지겁 달려갔다.

그는 아내와 딸이 꼭 부둥켜안고 눈물을 흘리고 있는 것을 발견했다. 그것은 행복과 환희와 화해의 눈물이었다. 아글라야는 어머니의 손이며 볼이며 입술에 정신없이 입맞추고 있었다. 두 모녀는 열정적으로 서로의 몸을 꼭 끌어안고 있었다.

「글쎄, 이 애를 좀 보세요, 이반 표도로비치, 금세 이렇다니까요!」하고 리자베타 프로코피예브나 부인은 말했다. 아글라야는 눈물에 젖은 행복스런 얼굴을 어머니의 가슴에서 쳐들고 아버지를 쳐다보더니 커다란 소리로 웃으며 그에게로 달려가서 두 팔로 얼싸안고 몇 번이나 키스를 퍼부었다. 그러고는 또다시 어머니한테 달려들어 아무도 안 보이게 가슴에 얼굴을 푹 파묻고 다시금 울음을 터뜨리는 것이었다. 리자베타 프로코피예브나 부인은 자기의 팔로 딸을 감싸 주었다.

「아아, 이 말괄량이야. 네가 우리에게 한 짓을 생각해 봐라. 도대체 이게 뭐냐?」하고 말했으나, 마치 그것은 갑자기 호흡이 수월해진 것 같은 기쁨에 찬 어조였다.

「말괄량이예요! 그래요, 나는 말괄량이예요!」아글라야가 말꼬리를 잡았다. 「나는 버릇없는 말괄량이예요! 아버지한테도 그렇게 말해 주세요. 아 참, 아버진 여기 와 계셨군요. 아버진, 거기서 듣고 계셨죠!」흐르는 눈물 속에 웃음을 섞어 가며 그녀는 이렇게 말했다.

「이 귀여운 것아, 너는 우리 집안의 가장 귀여운 막내딸이야!」장군은 행복에 빛나는 얼굴로 딸의 손에 입을 맞췄다. 아글라야는 손을 뿌리치지 않았다. 「그러니까 너는 그를 사랑하고 있단 말이지, 젊은 청년을?」

「아니, 아녜요! 아녜요! 아버지가 말하는 그 청년은 도저히 참을 수 없어요!」아글라야는 발칵 성을 내며 얼굴을 번쩍 쳐들었다. 「아버지, 그런 소리 다시는 입밖에 내지도 마세요……. 나는 아버지한테 정색해서 하는 말예요, 아시겠어요? 정색해서 말씀드리는 거예요.」

사실 그녀의 표정은 심각했다. 발갛게 상기된 얼굴에 두 눈은 광채를 발하고 있었다. 장군은 침묵을 지키고 어리둥절해 있었으나, 아글라야의 등 뒤에서 리자베타 프로코피예브나 부인이 눈짓을 해보이자, 그것이『묻지 말라』는 뜻임을 알아챘다.

「그럼 애야, 네 맘대로 하려무나. 지금 저기서 그 사람이 혼자 기다리고 있는데, 이젠 돌아가 보는 게 좋을 거라고 말하는 게 좋지 않을까?」이번에는 장군이 리자베타 프로코피예브나 부인에게 눈짓했다.

「아녜요, 그럴 필요는 없어요. 게다가 그렇게 정중하게 할 필요가 어디 있어요? 아버지가 먼저 그 사람한테 가보세요. 나도 곧 뒤따라갈 테니까요. 가서 그…… 청년한테 사과를 해야겠어요. 그 사람에게 너무 모욕을 준 것 같군요.」

「아주 대단한 모욕이지!」이반 표도로비치는 정색을 하고 딸의 말을 받았다.

「그럼…… 다들 여기 계시는 것이 좋겠어요, 나 혼자 먼저 나갈 테니까요. 조금 있다가 이내 따라들 나오세요, 그렇게 하는 게 좋겠어요.」

그녀는 방문 앞까지 갔다가 갑자기 되돌아와서, 「웃음이 나와요! 웃음이 나와 죽겠어요!」하고 호소하듯 말했다.

그러나 곧 몸을 돌려, 공작이 기다리고 있는 객실로 뛰어들어갔다.

「도대체 어떻게 된 일일까? 그래 당신 생각은 어떻소?」하고 이반 표도로비치는 빠른 소리로 물었다.

「말하기조차 두려울 지경이에요.」리자베타 프로코피예브나 부인 역시 빠른 소리로 대답했다. 「그렇지만 내가 보기엔 뻔한 일인 것 같아요.」

「내가 보기에도 뻔한 일인 것 같아, 대낮처럼 명확해. 사랑하고 있어!」

「사랑 정도가 아니에요, 아주 반해 버렸다니까요!」알렉산드라 이바노브나가 한 마디 했다. 「겨우 저런 사람한테…….」

「아아, 하느님! 그 애의 운명이 그렇다면 할 수 없습니다. 그 애를 축복해 주시옵소서!」리자베타 프로코피예브나 부인은 엄숙한 표정으로 성호를 그었다.

「말하자면 이것도 운명이야.」이반 표도로비치는 부인의 말을 확인하듯 중얼거렸다. 「운명을 피할 수는 없지!」

일동은 객실로 들어갔다. 그런데 거기서도 역시 뜻밖의 광경이 그들을 기다리고 있었다.

아글라야는 공작한테 가서 전혀 웃음을 터뜨리지 않고 오히려 수줍은 태도로 이렇게 말했던 것이다.

「제발 이 어리석고 짓궂은 말괄량이를 용서해 주세요! ── 하며 그녀는 공작의 손을 잡았다── 그리고 우리들이 모두 당신을 사랑하고 있다는 것을 믿어 주세요. 내가 당신의 아름답고 선량한 순박성을 조롱한 것도 그저 어린애의 짓궂은 장난처럼 용서해 주세요. 내가 아무 소용 없는 어리석은 짓을 고집한 것을 용서해 주세요!」

이 마지막 한 마디에 아글라야는 특히 힘을 주어 말했다.

아버지와 어머니, 그리고 언니들은 이『아무 소용 없는 어리석은 짓』이란 말에 놀랐다. 그러나 이 불합리한 말을 할 때의 아글라야의 심각한 표정에 더한층 경악을 금치 못했다. 그들은 영문을 모르겠다는 듯이 서로의 얼굴을 바라보았다. 그러나 공작은 이 말의 뜻을 미처 깨닫지 못했는지 흡사 행복의 절정에 도달한 것 같은 표정이었다.

「원, 별말씀을 다 하십니다.」그는 중얼거렸다. 「무엇 때문에 당신은…… 나한테…… 용서를 비는 겁니까?」

그는 당신을 용서하고 말고 할 자격이 나에게는 없습니다라고까지 말하고 싶었던 것이다. 그도 어쩌면『아무 소용 없는 어리석은 짓』이라는 말의 뜻을 알아들었을는지 모른다. 그러나 이상 성격의 소유자라 그는 오히려 그 말을 반갑게 받아들였는지도 모를 일이다. 누구의 방해도 없이 아글라야한테 놀러와서 그녀와 함께 앉아 이야기를 하고 그녀와 함께 산책을 할 수 있게 되었다는 것만으로도 그가 더없이 행복했던 것은 명백한 사실이다. 그리고 한평생 그것만으로 만족할 수 있을지 누가 알랴! 이 만족을 리자베타 프로코피예브나 부인은 두려워하는 것처럼 보였다. 부인은 그를 잘 알고 있었던 것이다. 그녀는 마음속으로 염려되는 것이 아주 많았으나 그것을 입밖에 내지는 못했다.

이 날 저녁, 공작의 활기와 용기는 상상할 수도 없을 정도였다. 그는 옆에서 보기에도 유쾌할 만큼 기분이 들떠 있었다——이 말은 후에 아글라야의 언니들이 한 말이지만——그는 계속 지껄여 댔다. 이런 일은 반 년 전, 그러니까 처음으로 예판친 댁을 방문했던 그 날 아침 이후 한 번도 볼 수 없었던 일이었다. 이번에 페체르부르그로 돌아온 후부터 그는 유난히 말수가 적어졌다. 바로 며칠 전의 일이지만, 그는 여러 사람 앞에서 자기는 아무래도 스스로를 억제하고 침묵을 지켜야겠다, 왜냐하면 자기는 자신의 사상을 표현함으로써 그 사상을 욕되게 할 권리를 가지고 있지 않기 때문이라고 말한 적이 있었다.

그러나 이 날 저녁은 거의 혼자서 이야기했다. 그는 여러 가지 얘기를 했고 사람들의 질문에 대해서도 기쁜 얼굴로 상세하게 답변했다. 그렇다고 누구의 비위를 맞추려는 것 같은 기색은 조금도 없었다. 전체적으로 보아 그의 얘기는 너무나 진지하여 그 사상은 신랄하게 느껴질 정도였다. 그는 자기의 인생관이라든가 가슴속 깊이 간직한 자기의 관찰 같은 것을 피력했다. 그래서 만일 그처럼 언변이 훌륭하지 않았다면 오히려 우스꽝스럽게 들렸을지도 모른다. 장군은 대체로 진지한 화제를 좋아하는 편이지만 이건 마치 무슨 강의를 듣고 있는 것 같다고 생각되어, 리자베타 프로코피예브나 부인과 함께 오후 늦게는 우울해져 버리고 말았다. 그러나 공작은 더욱 신이 나서, 나중에 가선 굉장히 우스운 에피소드까지 몇 가지 공개하고는 자기가 먼저 한바탕 웃어 댔다. 다른 사람들은 에피소드 자체보다도, 공작이 기쁜 듯이 웃어 대는 그 꼴이 우스워서 웃음을 터뜨렸다. 아글라야는 저녁내 거의 말이 없었다. 그대신 레프 니콜라예비치의 말을 하나도 빼놓지 않고 듣고 있었다. 아니, 듣고 있었다기보다는 그에게 반한 듯이 그를 응시하고 있었다는 편이 좋을는지도 모르겠다.

「한시도 눈을 떼지 않고, 그 사람이 하는 한마디 한마디에 귀를 기울이고 있지 않겠어요!」 나중에 리자베타 프로코피예브나 부인은 남편에게 이렇게 말했다. 「저 애한테 사랑한다고 말하게 하세요. 그러면 말이 끝나잖아요!」

「할 수 없지, 그것도 운명이야!」 하고 장군은 어깨를 흠칫해 보였다. 그 후에도 그는 이 좋아하는 문구를 두고 두고 되풀이했다. 말이 나왔으니 말이지만, 사무가의 눈으로 볼 때, 그는 현재의 상태에 여러 가지 못마땅한 점이 많았다. 무엇보다 불만인 것은 이 사건 자체의 성격이 여전히 흐리멍덩하다는 점이었다. 그러나 당분간 잠자코 기다려 보자……, 아내 리자베타 프로코피예브나의 눈치를 살피며 잠자코 기다려 보자고 생각했다.

그 집안의 명랑한 기분은 그리 오래 계속되지 못했다. 아글라야는 그 이튿날 또다시 공작과 싸웠다. 이런 상태가 그 후 며칠을 두고 되풀이되었다. 그녀는 몇 시간씩이나 계속해서 공작을 희롱하여 거의 어릿광대를 만들다시피 했다. 하기는 이따금 한두 시간씩 단둘이서 뜰 안 정자에 앉아 있을 때도 있었다. 그럴 때면 공작은 언제나 아글라야에게 신문이나 책을 읽어 주곤 했다.

「잠깐만!」 언제나 아글라야는 신문을 읽어 줄 때 이렇게 말했다. 「나는 당신이 상당히 무식한 분이라는 걸 알았어요. 누가 어느 해에 무슨 조약을 맺고 그 조약은 어떠했느냐고 물어 봐도 당신은 무엇하나 만족하게 대답하지 못하니 말예요. 당신은 참 가련한 분이군요.」

「나는 절대로 학식이 풍부한 인간은 아니라고, 당신한테 분명히 말한 적이 있습니다.」 공작은 대답했다.

「그렇다면 당신에겐 대체 무엇이 있지요? 무엇을 보고 당신을 존경할 수 있겠느냐 말예요? 자, 어서 그 다음을 읽으세요. 아니, 좋아요, 이젠 그만 읽으세요.」

그런데 그 날 저녁 또다시 무엇인가 수수께끼 같은 것이 아글라야의 언동에 나타났다. 마침 페체르부르그에 가 있던 S공작이 돌아왔으므로, 아글라야는 그에게 여러 가지로 예브게니 파블로비치에 대해 묻고 있었다. 뮈시킨 공작은 아직 와 있지 않았다. 리자베타 부인이 무심코 두 애의 결혼식을 동시에 거행하기 위해 아젤라이다의 결혼식을 또 연기하게 될는지 모른다고 말하자, S공작은 가까운 장래에 『이 집안에 새로운 변화가 일어날 것』이라는 암시 비슷한 말을 했다. 아글라야가 이 『터무니없는 억측』에 얼마나 화를 냈는가는 상상하기조차 어려울 지경이었다. 「나는 남의 정부의 대역을 맡을 생각은 아직 없단 말예요!」 하는 말이 그녀의 입으로부터 튀어나왔다.

이 말은 집안 식구들, 특히 부모를 놀라게 했다. 리자베타 프로코피예브나 부인은 남편을 몰래 불러 놓고, 나스타샤 필립포브나와의 관계에 대해 공작에게 분명한 해명을 요구하자고 주장했다.

이반 표도로비치는 그런 말은 다만 아글라야의 『수줍음』에서 나온 『폭발』에 지나지 않는다고 했다. 그는 부인에게 다음과 같이 주장하는 것이었다. 만일 S공작이 결혼 이야기만 하지 않았더라면, 아글라야의 입에서 그 따위 소리가 나왔을 리는 없다. 왜냐하면 아글라야 자신도 그런 말은 악인들이 퍼뜨린 근거 없는 말이라는 것을 잘 알고 있기 때문이다. 더욱이 나스타샤 필립포브나는 로고진과 결혼하게 되어 있지 않느냐, 따라서 공작은 그녀와 아무런 관계도 없다, 그러므로 모든 걸 한마디로 말한다면 그녀는 절대로 그의 애인이 아니다라는 것이다.

한편 공작은 조금도 불안을 느끼는 기색이 없이 여전히 행복한 상태가 계속되었다. 물론 공작도 이따금 아글라야의 시선에서 무엇인가 어둡고 초조한 것을 느낄 때도 있었다. 그러나 그는 다른 무엇인가를 더욱 깊이 믿고 있었으므로 어두운 그림자는 저절로 사라지는 것이었다. 그에게는 무엇을 한번 믿으면 어떠한 일이 있더라도 좀처럼 동요하지 않는 성질이 있었다. 어쩌면 그는 지나치게 안심하고 있었는지 모른다. 적어도 이폴리트는 그렇게 생각했다. 언젠가 공원에서 우연히 공작을 만났을 때, 그에게로 다가가서 이런 말을 한 적이 있다.

「그때 내가 당신을 보고 사랑을 하고 있다고 했는데, 역시 내 말이 맞았죠?」

공작은 손을 잡고 그의 안색이 좋아진 것을 축하했다. 폐병 환자에게는 흔히 볼 수 있는 일이지만 그는 겉보기에도 상당히 차도가 있어 보였다.

이폴리트는 공작의 행복스런 표정을 좀 비꼬아 줄 양으로 다가왔으나 그는 하려던 말을 잊고 곧 자기 얘기를 하기 시작했다. 그는 불평을 늘어 놓기 시작했다. 그 불평은 많고 길었으며 지리멸렬하였다.

「당신은 믿지 못합니다만,」 하고 그는 결론적으로 말했다. 「사실 그 집 사람들은 매우 성을 잘 내고 옹졸하며 이기주의자고, 허풍쟁이이며 범용(凡庸)한 인간들입니다. 그 집 사람들이 나를 자기 집에 데려 간 것은, 내가 이내 죽어 버릴 것이라는 생각에서였거든요. 그런데 죽기는 고사하고 점점 건강이 회복되었지요, 희극입니다. 물론 당신은 내 말을 믿으시지 않을 거예요!」

공작은 아무 대답도 하고 싶지 않았다.

「나는 이따금 당신한테 되돌아갈까 생각할 때가 있어요.」이폴리트는 무심코 덧붙였다. 「당신은 혹시 그 사람들이, 이내 죽을 것이라는 조건부로 사람을 자기 집에 끌고 들어가는 그런 인간들은 아니라고 생각하십니까?」

「나는 그 사람들이 당신을 데려 간 것은 무슨 다른 생각이 있었기 때문이라고 생각하고 있었어요.」

「오호! 이제 보니 당신은 남들이 말하는 것과 같이 그렇게 순진한 분은 아니로군요! 아직은 그 시기가 아니지만 나는 당신한테, 가냐와 그의 희망에 대해 어떤 무엇인가를 말해 주고 싶습니다. 공작님, 당신의 앞에는 지금 음모가 준비되고 있다는 걸 아셔야 합니다. 아주 무서운…… 당신이 그렇게 무사태평하신 걸 보면 정말 가엾을 지경입니다. 그러나 당신은 달리 태도를 취할 수는 없는 분이니까!」

「그런 걱정까지 해주었군요!」공작은 소리를 내어 웃었다. 「그럼 뭡니까, 내가 좀더 걱정스런 얼굴을 하고 있으면 더욱 행복해질 것이란 말인가요?」

「바보가 되어 행복한 것보다는 알고 불행한 편이 낫습니다. 당신은 자기에게 경쟁자가, 게다가 그것은 바로 그런 면에서 경쟁자가 있다는 걸 전혀 모르고 있는 모양이군요?」

「경쟁자에 대한 당신의 말은 약간 냉소적인 느낌이 있군요. 이폴리트, 유감스럽게도 나는 당신에게 대답할 권리를 갖고 있지 않소. 하지만 가브릴라 아르달리오노비치로 말하면 그 사람이 그만한 것을 상실하고 그대로 가만 있지는 않을 게 아닙니까? 만일 당신이 그 사람의 사정을 조금이라도 알고 있다면 그 점은 충분히 이해할 수 있을 겁니다. 나는 이런 견지에서 그를 보는 것이 옳다고 생각해요. 그 사람은 아직도 변화할 수 있는 여유가 있어요. 그 사람은 아직도 얼마든지 살 수 있는 인간이에요, 인생은 풍성하니까. 그러나…… 그러나…….」공작은 갑자기 말을 더듬었다. 「음모 운운하는 말은 무슨 뜻인지 전혀 알아들을 수가 없군요. 그보다도 이런 얘기는 이제 그만두기로 합시다, 이폴리트!」

「시기가 올 때까지 보류하기로 하죠. 더욱이 당신이 관대한 태도를 취하지 않는다는 것은 불가능하니까요. 그렇습니다, 공작님, 다시 그것을 믿지 않기 위해서 당신은 손가락으로 만져 보아야 합니다. 핫핫하! 당신은 지금 나를 경멸하고 계시죠? 그렇잖아요?」

「무엇 때문에요? 당신이 우리들보다 몇 배나 더 고뇌를 겪었고 지금도 겪고 있기 때문인가요?」

「아닙니다. 그러한 고뇌를 겪을 만한 가치가 없는 인간이기 때문이겠죠.」

「많은 고뇌를 겪을 수 있는 사람은 많은 고뇌를 겪을 가치가 있는 겁니다. 아글라야 이바노브나도 당신의 『고백』을 읽고 난 후 당신을 한 번 만나 보고 싶어하더군요. 그러나……」

「그러나 연기하고 있는 거겠죠……. 이해하죠, 이해하고말고요……」 이폴리트는 한시바삐 화제를 바꾸려고 서두르는 것 같았다. 「그런데 당신은 그 잠꼬대 같은 수기를 직접 아글라야 이바노브나한테 읽어 주었다더군요? 사실 그건 내가 제정신이 아닌 때 쓰여졌고 그리고…… 작성된 것입니다. 그러니까 그 『고백』을 가지고 나를 비난하거나, 또는 그것을 나에 대한 무기로 사용하기 위해서라면, 유치하기 짝이 없는 허영심과 복수심을 갖지 않고는 안 될 겁니다. 여기에 내가 잔인이란 말을 쓰지 않는 것은, 그 말이 내게는 심한 모욕이 되기 때문입니다. 그렇지만 안심하십시오, 이건 뭐 당신을 두고 하는 말은 아니니까요.」

「그러나 당신이 그 『고백』을 부정한다는 건 참으로 애석한 일이군요, 이폴리트. 아시다시피 그건 진지합니다. 솔직히 말해서, 그 속에 가장 우스꽝스런 대목까지도, 그런 대목이 여러 군데 있었지만, ——이때 이폴리트는 얼굴을 잔뜩 찌푸렸다——그런 대목까지도 심각한 고뇌로써 완전히 보완되고 있습니다. 왜냐하면 그처럼 우스꽝스런 점까지 고백한다는 그 자체가 일종의 고뇌니까요……. 아니 커다란 용기라고 하는 편이 적절할는지 모릅니다. 아무튼 당신을 고무한 동기는 외관상으로는 어떠하든 간에, 반드시 훌륭한 근거를 가지고 있을 겁니다. 시일이 경과하면 경과할수록 내게는 그것이 더욱 ‘명백해지는 것 같습니다. 이건 정말입니다. 나는 당신을 비난하는 게 아니에요. 다만 마음속으로 생각하고 있는 바를 죄다 털어놓는 것뿐입니다. 내가 그때 왜 침묵을 지키고 있었는지 정말 유감이군요……」

이폴리트의 얼굴이 확 붉어졌다. 그는 공작이 스스로를 가장하고 자기를 얽어매려 한다고 생각했다. 그러나 상대방의 얼굴을 응시하고 있던 그는 공작의 성의를 차차 인정하지 않을 수 없게 되었다. 그의 얼굴은 밝아졌다.

「하지만 역시 죽어야 해요!」 그는 이렇게 말하고 『나 같은 인간은』 하고 살짝 덧붙였다. 「한데 당신의 가냐는 나를 매우 괴롭히고 있습니다. 그 친구는 내 『고백』을 들은 사람들 중에서 어쩌면 나보다 먼저 죽을 사람이 서너너덧은 있을 거라고 한단 말입니다! 어떻게 생각하십니까! 그는 그것이 내게 위안이 되는 줄로 생각하고 있습니다. 핫하! 그렇지만 아직 아무도 죽은 사람이 없을 뿐더러, 설사 죽는 사람이 있다 하더라도 그것이 나한테 무슨 위안이 될 수 있겠느냐 말입니다! 그는 모든 것을 자기 본위로 판단하거든요. 그런데 요즘은 한술 더 떠서 아무 거리낌없이 욕설을 퍼붓는군요. 이런 경우 상식 있는 인간이라면 잠자코 죽는 법이다, 네가 하는 짓은 모두가 이기주의적이다! 글쎄, 이러지 않겠어요! 진짜 이기주의적인 것은 내가 아니라, 바로 그 친구예요! 자기 자신이 그것을 조금도 느끼지 못하는 그 친구들의 이기주의가 얼마나 정교하면서도 노골적인 것인지 아마도 당신은 상상조차 못 하실 겁니다. 공작님, 당신은 18세기에 있었던 스체판 글레보프(표트르 1세의 왕비 예브도키야의 정부. 가혹한 고문 끝에 처형됨)라는 사람의 죽음에 대해 읽은 일이 있습니까? 나는 어제 우연히 그것을 읽었습니다만…….」

「스체판 글레보프란 대체 누굽니까?」

「표트르 대제 시대에 말뚝형(죄인을 땅에 눕히고 길다란 말뚝을 박는 옛 형벌의 일종)을 받은…….」

「아아, 생각납니다! 엄동설한에 털외투를 입고 열다섯 시간이나 말뚝에 박힌 채 태연자약하게 죽어 갔다는 사람 말이군요. 물론 읽었죠, 한데 왜 그러죠?」

「하느님은 다른 사람들에겐 그런 죽음을 주시면서 우리들에겐 어째서 주시지 않을까요! 당신은 필시 나 같은 놈은 도저히 글레보프처럼 죽어 갈 수 없을 거라고 생각하시겠죠?」

「오, 천만에!」공작은 당황했다. 「다만 내가 말하고 싶은 것은…… 당신이 글레보프처럼 죽어 갈 수 없다는 게 아니라…… 오히려 당신은 그때의…….」

「알 만합니다, 글레보프가 아니라 오스체르만(18세기의 환관·외교관. 후에 추방되어 유형지에서 사망함)과 같다고 말하고 싶으시죠?」

「오스체르만은 또 누굽니까?」공작은 놀라서 물었다.

「표트르 대제 시대의 외교관이었던 오스체르만 말입니다.」

이폴리트가 중얼거렸다.

「오오, 아닙니다! 내가 말하려는 것은 그게 아니에요.」짧은 침묵이 흐른 뒤 공작은 이렇게 말했다. 「내가 보기에 당신은 결코 오스체르만이 될 수 없는 사람입니다.」

이폴리트는 미간을 찌푸렸다.

「내가 이렇게 단언하는 것은 다름 아니라,」 하고 공작은 변명 비슷한 어조로 말을 이었다. 「그 시대의 사람들은, 나는 언제나 이 사실에 경탄합니다, 요즘 사람들과는 전혀 비슷하지도 않은 인간들이었다는 점입니다. 그들은 요즘과 같은 종족이 아니었습니다. 그들은 인종이 다르단 말입니다……. 그 시대의 사람들은 모두 하나의 이상에 고정되어 있었으나…… 그런데 요즘 사람들은, 훨씬 신경이 예민한데다가 발달되었고, 감수성이 예민하고 동시에 두세 가지의 이상을 품고 있단 말입니다……. 요즘 사람은 훨씬 폭이 넓어요. 그래서 실은 이것이 그 시대 사람들처럼 외곬으로만 나아가는 것을 방해하고 있는 겁니다. 나는…… 오직 마음에 있는 것을 말한 것뿐이지, 결코…….」

「당신은 아까 내 의견에 이의를 제기한 대신 지금 나를 위로하고 있습니다. 핫핫하, 당신은 정말 어린애시군요, 공작님. 아무튼 당신네들은 모두 나를…… 무슨 사기그릇처럼 조심조심 다루고 있는 거예요. 하지만 상관없습니다, 상관없어요. 난 절대로 화를 내지 않을 테니까요……. 한데 얘기가 좀 이상하게 된 것 같군요. 어떤 때 보면 당신은 아주 어린애예요. 공작님, 실은 나도 오스체르만보다는 좀더 그럴 듯한 인간이 되고 싶은 마음이 없는 것도 아닙니다. 오스체르만은 죽었다가 다시 소생할 필요가 없었거든요……. 반면에 나 같은 놈은 한시바삐 죽는 편이 좋을 거예요. 그렇지 않으면 차라리 나 스스로……. 아니, 내버려 두십시오. 그럼, 안녕히! 그건 그렇고, 나한테 말해 주십시오. 어떡하면 가장 뜻있게 죽을 수 있는지 가르쳐 주십시오!」

「우리들의 옆을 지나가 버리시오! 그리하여 우리들의 행복을 허용해 주십시오!」 하고 공작은 낮은 소리로 말했다.

「하하하, 그러실 줄 알았습니다! 틀림없이 그런 말이 나올 줄 알았어요! 당신은…… 참으로 구변이 좋으시군요! 안녕히, 안녕히 계십시오!」

6

　예판친 댁 별장에서 베풀어지는 야회에 벨로콘스카야 부인이 초대되었다고, 바르바라 아르달리오노브나가 자기 오빠에게 전한 것은 역시 정확한 소식이었다. 실지로 그 날 저녁에는 몇 사람의 손님이 초대되어 있었던 것이다. 그러나 그녀는 또 한 번 여기에 대해서 실제보다는 약간 과장해서 말했다. 사실 이 일은 불필요한 소동까지 일으키며 몹시 급하게 결정되었다. 왜냐하면 이 집에서는 항상 무슨 일을 결정하는 방법이 다른 집과는 아주 달랐기 때문이다. 모든 일은 『더 이상 우물쭈물하고 있을 수 없다』는 리자베타 프로코피예브나 부인의 성급한 재촉과 딸의 행복을 생각하는 양친의 조바심 때문에 결정되었던 것이다. 뿐만 아니라, 벨로콘스카야 부인이 곧 떠나게 되어 있었기 때문에, 더구나 서두르지 않으면 안 되었었다. 그녀의 후원은 사교계에서도 매우 중요시되고 있었다. 그런데 그녀가 공작에게 호의를 가지고 있는 것 같았으므로, 부모들은 만일 아글라야의 신랑감이 이 위세가 당당한 『할머니』의 후원을 받아 사교계에 나갈 수 있게만 된다면, 설사 이 결혼에 좀 이상한 점이 있다 하더라도 『할머니』의 위세로 『세상』에서 인정받을 수 있을 거라는 속셈이 있었다. 「과연 이 결혼은 이상한 점이 없는 것일까?」 요는 이 문제에 대한 확고한 대답을 부모들이 얻을 수 없었다는 데 주요한 원인이 있었다. 특히 아글라야 때문에 아무것도 결정하지 못한 현재의 상태에서는 권위 있고 유능한 사람들의 친절하고도 솔직한 의견이 반드시 필요하다고 생각되었다. 어쨌든 조만간 공작을 사교계에 내보내야 한다. 그것은 공작이 사교계에 대하여 아무것도 아는 것이 없었기 때문이다. 한마디로 말해서 공작을 『소개하고』 싶었던 것이다. 그러나 야회의 계획은 간단한 것이었다. 몇 사람의 절친한 친구들을 초대했을 뿐이어서, 벨로콘스카야 부인 이외에 어느 고관인 귀족 부인 한 사람이 오게 되어 있었다. 젊은 사람으로는 예브게니 파블로비치 한 사람뿐이라고 해도 무방할 정도였다. 그는 벨로콘스카야 부인을 모시고 오게 되어 있었다.

　벨로콘스카야 부인이 온다는 말은 야회가 있기 사흘 전에 공작도 들은 일이 있었지만, 야회가 있다는 것은 그 전날에야 비로소 알았다. 물론 그는 예판친 댁 사람들이 무슨 일인가를 바삐 서두르고 있음을 눈치 채고 있었다. 그리고 암시 비슷한 걱정스러운 말투로 미루어, 자기가 할 행동에 대해서 모두들 염려하고 있음을 알 수 있었다. 그러나 예판친 댁 사람들은 모두들, 공작은 순진해서 남들이 자기 일을 아무리 걱정해도 절대로 눈치 채지 못하리라 생각하고 있었다. 그것이 그에 대한 그들의 걱정이었다. 하기는 공작은 다가오는 사건에 대해서 거의 아무런 의미도 느끼지 못하고 있었다. 그는 전혀 다른 일에 마음을 쓰고 있었던 것이다. 아글라야의 변덕은 날이 갈수록 더욱 심해질 뿐더러, 점점 더 침울해지는 것이 무엇보다도 공작의 애를 태웠다. 예브게니 파블로비치도 야회에 초대되었다는 것을 알았을 때 공작은 매우 기뻐하며, 전부터 그 사람을 만나 보고 싶었다고 말했다. 이 말을 사람들은 무엇 때문인지 좋아하지 않았다. 아글라야는 화를 내며 방에서 나가 버리더니, 저녁 늦게 공작이 돌아갈 채비를 하기 시작한 11시쯤에야 인사를 하러 나왔다. 그를 전송할 때 단둘이 말할 수 있는 기회가 되자 그녀는 두서너 마디 공작에게 속삭였다.

「내일은 낮에 오시지 말고, 저녁에 손님들이 다 모였을 때 와주셨으면 좋겠어요. 내일 손님들이 온다는 건 알고 계시죠?」

그녀는 초조한 표정이었지만 엄격하게 말했다. 그녀가 야회 얘기를 꺼낸 것은 이것이 처음이었다. 그녀 역시 손님들에 대해 생각을 하면 참을 수 없었다. 식구들은 그것을 눈치 채고 있었다. 어쩌면 그녀는 그것을 가지고 부모와 한바탕 싸우고 싶었을는지도 모르지만, 자부심과 수줍음이 입을 여는 것을 방해했다. 공작은 곧 그녀가 자기 일을 걱정하고 있다——그러면서도 고백하길 싫어한다——는 것을 알아채고, 자기 자신도 갑자기 불안스러워졌다.

「네, 나도 초대받았습니다.」 그는 대답했다.

그녀는 다음에 할 적당한 말이 생각나지 않는 모양이었다.

「당신하고 과연 무슨 진지한 얘기를 할 수 있을까요? 일생에 단 한 번만이라도 말예요.」 그녀는 무엇 때문인지 자신도 모르게 발끈 화가 나는 것을 억제할 수 없었다.

「물론 할 수 있구말구요. 나는 기꺼이 당신의 말을 듣겠습니다.」 공작은 중얼거렸다.

아글라야는 다시 1분 가량 잠자코 있다가 매우 불쾌한 듯 입을 열었다.

「나는 이 일로 그들과 싸우고 싶진 않았어요, 말해 봐야 알아듣지 못하거든요. 난 어머니의 규율에는 이젠 진절머리가 났어요. 아버지에 대해서는 말하고 싶지도 않구요. 아버지한테 바랄 것은 하나도 없어요. 그야 물론 어머니도 고결한 사람이란 것만은 틀림없어요. 시험삼아 무슨 비열한 일을 제의해 보세요. 그러면 아실 겁니다. 그런데도 그런 엉터리 같은 사람 앞에서는 두 분 다 굽신거리지 않겠어요? 이건 뭐 벨로콘스카야 부인을 두고 하는 말은 아니에요. 다 늙어빠진 노파인데다가 성질은 지저분하지만, 그러나 영리한 여자여서 우리 집 사람들을 모두 손아귀에 쥐고 있거든요. 그것만으로도 장하다고 할 수 있죠. 아이, 천박해라! 아니, 가소롭군요. 우리는 중류 계급이라도 대표적인 중류 계급에 속하는 사람들인데, 어째서 그런 상류 사회에 끼여 들려고 하느냐 말예요? 언니들은 거기 끼여 들려고 애를 쓰죠. S공작이 그렇게 만든 거예요……. 당신은 어째서 예브게니 파블로비치가 오는 걸 기뻐하시죠?」

「아글라야,」 하고 공작은 말했다. 「당신은 내가 내일…… 야회에서 실수나 하지 않을까, 걱정하고 있는 것 같은데…….」

「당신을? 걱정한다구요?」 아글라야는 얼굴을 확 붉혔다. 「설사 당신이 …… 당신이 창피를 당하는 일이 있다 하더라도 내가 걱정할 이유는 없지 않겠어요? 그것이 나와 무슨 상관이죠? 그리고 당신은 어떻게 그런 말을 태연히 할 수 있죠? 『실수』라니 그게 무슨 말이에요? 그건 점잖은 사람이 할 말이 아네요.」

「그건…… 국민학생들이 쓰는 말입니다.」

「맞았어요, 국민학생들이 쓰는 말이죠. 그러니까 점잖지 못한 말이라는 거예요! 당신은 내일도 그런 말들만 골라 가며 말을 할 생각이신가보군요. 돌아가시거든 사전을 꺼내 놓고 그런 말들을 더 많이 찾도록 하세요. 효과가 대단할 테니까! 한데 유감스럽게도 당신은 객실에 들어오는 법을 알고 계신 모양이군요. 어디서 배우셨죠? 그리고 남들이 자기에게 시선을 집중시킬 때 점잖게 찻잔을 들고 차를 마시는 방법도 알고 계신가요?」

「알고 있다고 생각합니다만…….」

「거 참 유감스럽군요, 한 번 실컷 웃어 보려 했는데. 하지만 객실에 있는 중국제 꽃병 하나쯤은 깨뜨리세요! 굉장히 비싼 물건이라니까 꼭 깨뜨려 주세요! 그것은 선물로 받은 것인데 아마 그걸 깨뜨리시면 어머니는 여러 사람 앞에서 엉엉 울 거예요, 언제나처럼 괴상한 몸짓을 하며. 어머니는 그것을 매우 가치 있게 여깁니다. 꼭 항상 하듯이 손을 흔들어 떨어뜨려 깨버리세요. 일부러 그 옆에 앉는 게 좋겠죠.」

「아니, 되도록 멀리 떨어져 앉도록 하겠습니다. 주의해 줘서 감사합니다.」

「그럼 당신은 자기가 그런 몸짓을 하지나 않을까 지금부터 걱정이 되는 모양이군요. 당신은 틀림없이 심각하고 고상한 학구적인 『테마』를 끄집어낼 거예요. 그것은 아마…… 어울릴 겁니다.」

「엉뚱한 때 꺼내면 우습게 들릴 거라고 생각합니다…….」

「똑똑히 들어 두세요, 최종적으로 하는 말이니까!」 아글라야는 더 이상 참을 수가 없었다. 「만일 당신이 사형이니, 러시아의 경제 상태니, 『세계를 구제하는 아름다움』이니 하는 말을 늘어 놓는다면, 물론 나는 재미있게 웃어 드리겠지만, 그러나 미리 주의해 두겠어요. 앞으로 두 번 다시 내 앞에 나타나지 마세요! 아시겠죠? 이건 진담이에요! 이번만은 진담이라는 걸 아셔야 해요!」

그녀의 어조는 정말 신중하고 위협적이었다. 그 말 속에는 무엇인지 심상치 않은 것이 엿보였다. 그리고 그 눈에는 여태까지 공작이 한 번도 본 적이 없는 이상한 표정이 있었다. 물론 농담처럼 들리지도 않았다.

「아아, 지금 당신은 내가 내일 저녁에 무슨 쓸데없는 소릴 『지껄이도록』, 그리고 꽃병까지 깨뜨리도록 만들어 버렸습니다. 조금 전까지만 해도 나는 조금도 두려운 생각이 없었는데, 지금은 모든 것이 두려워졌습니다. 나는 반드시 무슨 실수를 저지르고야 말 것입니다.」

「그럼 아무 말씀도 하시지 마세요. 그냥 잠자코 앉아만…….」

「그럴 수는 없을 겁니다. 나는 두려운 나머지 무슨 소릴 지껄이든지 아니면 꽃병이라도 깰 것만 같습니다. 그렇지 않으면 마룻바닥에 미끄러져 벌렁 나자빠지든가 할 겁니다. 혹은 전에 일어났던 실수 중 어떤 실수를 또 저지를 것입니다. 무엇 때문에 당신은 나한테 그런 말을 하셨죠?」

아글라야는 침울한 눈으로 그를 바라보았다.

「차라리 내일 저녁에 내가 참석하지 않는 편이 좋지 않을까요? 몸이 불편하다고 이야기하면 끝나는 게 아닙니까!」 마침내 그는 결론을 내렸다.

아글라야는 쾅 하고 발을 구르며 화가 나서 얼굴이 창백해졌다.

「뭐라구요? 그런 철면피 같은 말이 어디 있어요! 자기 때문에 일부러 준비한 야회에 장본인인 당신이 참석하지 않는다니……. 그렇게 얼빠진 사람을 상대하고 있다니 참으로 어이가 없군요!」

「그럼 오겠습니다, 오겠어요!」공작은 황급히 말했다. 「그리고 한 마디도 하지 않고 잠자코 앉아 있겠습니다. 틀림없이 그렇게 하겠습니다.」

「그렇게 하는 것이 무엇보다도 현명할 거예요. 한데 당신은 지금 몸이 불편하다고 말한다고 하셨죠? 어디서 그 따위 말을 배워 오셨죠? 어째서 나한테 그런 말을 사용하시죠? 당신은 나를 희롱할 셈인가요?」

「미안합니다, 그것도 역시 국민학생들이 쓰는 말입니다. 앞으로는 않겠습니다. 당신이…… 내 일을 걱정하시는 건 나도 잘 알고 있어요……. 제발 화를 내지는 말아 주십시오! 나는 그걸 무척 기쁘게 생각하고 있습니다. 당신은 아마 상상조차 못 하겠지만 나는 지금 당신이 한 말이 무섭기도 하고 동시에 기쁘기도 합니다. 그러나 나는 이렇게 단언하고 싶어요. 그런 모순은 아무런 의미도 없는 것이라고. 사실입니다. 아글라야! 그 기쁜 감정은 영원히 남을 것입니다. 나는 당신이 그런 어린애라는 걸, 그런 아름답고 좋은 마음씨를 가진 어린애라는 걸 무엇보다 만족하게 생각하고 있습니다. 아아, 아글라야, 당신은 참으로 훌륭한 인간이 될 수 있을 거예요!」

이런 말에 대해서 아글라야는 으레 화를 냈어야 할 것이다. 사실 그녀는 화를 내려 했으나 갑자기 무엇인지 그녀 자신도 예기치 못했던 감정이 순식간에 그녀의 마음을 휩싸 버렸다.

「당신은 혹시 지금 내가 한 난폭한 언사를 탓하게 되지 않을까요? 언젠가…… 나중에라도?」그녀는 불쑥 이렇게 물었다.

「무슨 소릴…… 그게 무슨 소립니까? 왜 또 그렇게 흥분하십니까? 또 침울한 눈으로 나를 보시는군요! 아글라야, 당신은 요즘 와서 매우 침울한 눈으로 나를 볼 때가 있어요. 전에는 한 번도 그런 일이 없었는데. 그러나 나는 그 까닭을 알고 있습니다……. 」

「그런 말씀 하지 마세요. 절대로 하지 마세요!」

「아니, 분명히 말해 버리는 편이 좋을 겁니다. 나는 벌써부터 그 말을 하고 싶었습니다. 전에도 말한 적이 있지만 그것만으론 충분치 못합니다. 당신은 내 말을 믿어 주지 않았으니까요. 요컨대 우리 두 사람 사이에는 다른 하나의 인물이 개재되어 있는 겁니다……. 」

「그만두세요, 제발 그만두세요!」갑자기 아글라야는 공작의 손을 움켜쥐고 겁에 질린 채 그의 말을 제지했다. 그를 바라보면서……. 바로 그때 그녀를 부르는 소리가 들려 왔다. 그녀는 마침 잘됐다는 듯이 공작을 버려 두고 달려갔다.

이날 밤 공작은 밤새도록 오한에 시달렸다. 이상하게도 이러한 오한이 벌써 며칠 밤이나, 계속해서 일어나고 있었다. 그런데 이날 밤에는 거의 발광적이어서, 만일 내일 손님들 앞에서 발작을 일으킨다면? 하는 염려까지 떠올랐다. 이것을 생각하고 그는 몸서리쳤다. 밤새도록 그는 도도하고 괴상한 사람들과 대면하고 있는 광경을 눈앞에 보고 있었다. 그런데 무엇보다도 중요한 것은, 그가 이 자리에서 『지껄이기 시작했다』는 사실이었다. 그는 지껄여서는 안 된다는 것을 잘 알고 있으면서도 계속 이야기를 했는데 무엇인가 사람들을 설복하고 있었다. 예브게니 파블로비치와 이폴리트도 서로 다정한 사이인 것 같은 얼굴로 손님들 사이에 끼어 있었다.

이튿날, 그는 9시쯤 눈을 떴으나, 머리가 쑤시는데다가 생각은 헝클어지고 괴이한 인상만이 마음속에 남아 있었다. 그는 불현듯 로고진이 무척 보고 싶어졌다. 만나서 여러 가지로 이야기하고 싶었다. 그러나 무슨 얘기를 하려는 것인지는 자기 자신도 알 수가 없었다. 그 후 그는 다시 이폴리트를 방문하려고 결심했다. 어쨌든 무엇인가 흐리멍덩한 흥조가 심장에 가득 차 있는 것 같았고, 그것 때문에 이 날 아침 그의 주위에서 일어난 사건들이 매우 강렬하면서도 어딘지 미흡한 인상을 주는 것이었다. 이 사건들 중에 하나는 레베제프와의 면담이었다.

레베제프는 꽤 일찍, 9시쯤에 잔뜩 취해 가지고 그를 찾아왔다. 최근에 와서 공작은 전보다도 주의력이 산만하여지기는 했지만 그래도 이볼긴 장군이 레베제프네 집을 나간 후부터 레베제프의 품행이 몹시 나빠진 것을 알아볼 수 있었다. 그런데 그가 나간 지 3일이 지났다. 그는 갑자기 천하고 더러워졌는데, 넥타이는 한쪽으로 비뚤어지고 프록코트 깃은 찢어진 채였다. 집에서는 행패를 부리곤 하여 떠드는 소리가 조그만 뜰 너머로 공작의 방에까지 들려 올 때도 있었다. 한번은 베라가 눈물을 흘리며 찾아와서는 그에 관한 어떠한 이야기를 한 적도 있었다. 레베제프는 방에 들어오자마자 자기 가슴을 치며 무엇인가 용서를 비는 것 같은 이상한 소리를 늘어놓기 시작했다.

「마침내 받고야 말았습니다……. 배신과 비열에 대한 보복을 받았어요

……. 따귀를 맞았단 말입니다!」끝에 가서 그는 비극적인 어조로 이렇게 말을 맺었다.

「따귀를 맞았다구요? 누구한테? 더욱이 이른 아침부터?」

「이른 아침부터라구요?」하고 레베제프는 비꼬며 웃었다. 「이런 경우 설사 육체적인 보복이라 하더라도 시간이 무슨 상관입니까! 그러나 내가 받은 것은 정상적인 보복 즉, 정신적인 따귀지 육체적인 것은 아닙니다!」

그는 격식도 차리지 않고 털썩 의자에 주저앉더니 다시 애기를 시작했다. 공작은 이맛살을 찌푸리며 밖으로 나가 버리려 했다. 그러나 이때 레베제프의 말이 그의 귓전을 때렸다. 그는 깜짝 놀라 우뚝 멈춰 섰다. 레베제프의 입에서 너무나 괴이한 소리가 흘러나왔기 때문이다.

처음에는 무슨 편지 애기를 하는 것 같았다. 아글라야 이바노브나의 이름도 나왔다. 그 다음 레베제프는 갑자기 공작을 혹평하기 시작했다. 아마도 그는 공작 때문에 화가 난 모양이었다. 그의 말에 의하면 처음에 공작은 『그 여자』즉, 나스타샤 필립포브나와의 사건에서 자기를 신뢰하여 여러 가지 일을 위임하곤 했는데 그 후 갑자기 자기와의 교섭을 피하여, 창피스럽고 무자비하게 자기를 물리치더니 나중에는 집안에 닥쳐 올 변화에 대한 선의의 질문까지도 아주 묵살해 버렸다는 것이었다. 레베제프는 거슴츠레한 눈에 눈물이 글썽해 가지고 이렇게 고백했다.

「그런 일을 당하고서는 더 이상 참을 수가 없었습니다. 더욱이 나는 많이 …… 아주 많이 알고 있으니까……. 로고진한테서도, 바르바라 아르달리오노브나한테서도, 나스타샤 필립포브나한테서도, 그 친구 되는 여자한테서도, 그리고…… 당사자인 아글라야 이바노브나한테서도 여러 가지로 들은 바가 많습니다. 이렇게 말하면 물론 곧이들리시지 않겠지만 나는 베라를 이용해서…… 내가 애지중지하는 하나밖에 없는…… 아니, 하나밖에 없다고는 말할 수 없겠군요, 나한테는 아이가 셋이나 있으니까……. 당신은 대체 누가 리자베타 프로코피예브나 부인에게 편지를 보내서 중대한 비밀을 알렸는지 아십니까? 헷헤! 리자베타 프로코피예브나 부인에게 나스타샤 필립포브나라는 사람의 동정을 비롯하여, 그밖에 모든 사정을 상세하게 써보낸 사람은 도대체 누굴까요? 헷, 헷, 헤! 대체 그 익명의 인물이 누군지 아시느냐 말입니다.」

「그럼, 당신이?」공작이 소리쳤다.

「맞았습니다!」레베제프는 술에 취해 의기양양하게 대답했다. 「오늘 아침에도 8시 반경에, 그러니까 지금으로부터 30분 전에, 아니 45분 전에 장군 부인을 방문하여 어떤 중대한 사건을 알려 드리고 싶다고 했습니다. 뒷문으로 가서 하녀한테 쪽지를 써서 들여보냈지요. 그랬더니, 만나 주시더군요.」

「그럼, 당신은 지금 리자베타 프로코피예브나 부인을 만나고 오는 길이오?」공작은 자기 귀를 의심하듯 이렇게 물었다.

「지금 만나서 따귀를 얻어맞고 오는 길이죠……. 정신적인 따귀를 말입니다. 부인은 내가 내준 편지를 그냥 돌려 주더군요. 봉투를 뜯지도 않고 그냥 내 앞에 내동댕이쳤습니다……. 육체적으로가 아니라, 정신적으로 내쫓은 거나 매일반입니다. 자칫했으면 그렇게 될 뻔했으니까요!」

「대체 무슨 편지를 부인이 돌려 주었다는 거요, 뜯어 보지도 않고?」

「아니 그럼…… 헤, 헤, 헤! 그러고 보니 아직 당신에게 그 얘기를 하지 않았군요! 나는 벌써 이야기한 줄로 알고 있었습니다……. 실은 편지를 한 통 맡아 가지고 있었는데…….」

「누구의? 누구한테 보내는?」

그러나 레베제프의 설명은 무슨 소린지 하나도 알아들을 수 없었다.

공작은 그 편지가 오늘 아침 일찍 하녀를 통하여, 겉봉에 씌어진 사람한테 전해 달라는 부탁과 함께, 베라 레베제프에게 맡겨진 편지라는 것을 겨우 추측할 수 있었을 뿐이다.

「전번과 같습니다……. 전번엔 그 분이 그 여자한테 보내는 편지였는데……. 나는 그 두 사람 중의 하나를 『그 분』이라 부르고 다른 하나를 그저 『그 여자』라고 부릅니다. 이것은 존비를 분명히 가리기 위해서죠. 왜냐하면 순결하고 고상한 장군 영애(令愛)와 카멜리아(매춘부) 사이에는 커다란 차이가 있으니까요. 어쨌든 전번의 편지는 이름이 『A』로 시작하는 분으로부터 온 것이었는데…….」

「설마 그럴 리가? 나스타샤 필립포브나에게? 그건 있을 수 없는 일이오!」공작은 소리쳤다.

「있었습니다, 분명히 있었던 걸 어떡합니까! 하기는 그 여자 앞으로 보내는 게 아니라 로고진 앞으로 보내는 것이었습니다. 그렇지만 로고진 앞으로 보내나, 나스타샤 필립포브나 앞으로 보내나 결국은 매한가지지요. 이름이 A로 시작되는 사람한테 전해 달라고 말예요.」레베제프는 눈을 깜박이며 싱긋 웃어 보였다.

　그는 하나의 화제에서 다른 화제로 껑충껑충 뛰다가 자기가 무슨 얘기를 했는지조차 잊어버렸다. 그래서 공작은 그가 지껄이는 소리를 끝까지 들어 볼 양으로 잠자코 앉아 있었다. 그러나 그러한 일들이 실제로 있었다고 한다면 과연 그 편지들이 모두 그의 손을 거쳐서 갔는지, 혹은 베라의 손을 거쳐서 갔는지, 그 점은 아무래도 분명치가 않았다. 그러나 레베제프가 자기 입으로「로고진 앞으로 보내나 나스타샤 필립포브나 앞으로 보내나 결국은 마찬가지다.」라고 말한 이상, 편지는 그의 손을 거치지 않았다고 보는 편이 정확할 것이다. 그런데 어떻게 돼 이 편지만은 그의 손에 들어갔는지 그 점은 전혀 짐작이 가지 않았다. 필시 그는 편지를 베라에게서 훔쳐 가지고 자신의 목적을 위해서 리자베타 프로코피예브나 부인한테 가지고 갔던 것이라고 마침내 결론을 지었다.

　「당신 정신이 돌아 버린 거나 아니오 ?」그는 적이 흥분하여 이렇게 고함쳤다.

　「뭐 그렇지도 않은 것 같습니다, 존경하는 공작님.」레베체프는 약간 퉁명스럽게 대답했다. 「사실은 당신한테 갖다 바칠까 하는 생각도 있었습니다. 즉 당신한테 충성을 다하는 뜻에서 말입니다. 그런데 그보다는 장군 부인에게 충성을 바쳐 모든 사정을 말씀드리는 편이 좋을 것이라고 고쳐 생각했습니다. 왜냐하면 전에도 한 번 익명의 편지로 알려 드린 일이 있으니까요. 그래서 아까 종이쪽지에 8시 20분에는 면담을 허가할 수 없겠느냐고 썼을 때도 끝에다가『당신의 비밀 통신원으로부터』라고 서명했더니 곧 허락을 내려 뒷문으로 해서 불러들이더군요. 부인에게로…….」

　「그래서 ?」

　「그 다음 얘기는 조금 전에 말씀드린 대로죠. 하마터면 얻어맞을 뻔했습니다. 아니, 거의 얻어맞은 거나 한가집니다. 그리고는 편지를 내 얼굴에 동댕이치더군요. 내가 보고 느끼기에, 실은 편지를 자기가 받아 두고 싶은 눈치였지만, 다시 마음을 고쳐 먹고 내 앞에 내던진 것 같습니다. 『네가 부탁을 받은 편지라면 그냥 저쪽에 전해 주면 될 게 아니냐.』이렇게 말하며 화를 내더군요 ? 내 앞에서 부끄러운 줄도 모르고 그렇게 말한 걸 보면 화가 대단히 난 것 같았습니다. 정말 성미가 급한 분이더군요 !」

「그래, 그 편지는 지금 어디 있소?」

「아직 내가 가지고 있습니다. 자, 여기…….」

이렇게 말하며 그는 아글라야가 가브릴라 아르달리오노비치에게 보내는 편지를 공작에게 내주었다. 그 편지야말로 그로부터 두 시간 후에 가냐가 의기양양하게 누이동생에게 보여 준 바로 그 편지였던 것이다.

「당신이 이 편지를 갖고 있을 순 없소.」

「당신에게, 당신에게, 당신에게 바치겠습니다!」레베제프는 홍분해서 대답했다. 「이제부터 나는 또다시 당신의 것입니다. 모두가 당신의 것입니다. 머리부터 심장까지 당신의 것입니다. 일시적인 변덕 후 당신의 종입니다! 아무쪼록 나의 심장을 벌하시더라도, 턱수염만은 용서해 주십시오. 이건 저 영국의, 대영 제국의 토머스 모어(《유토피아》의 작가)가 한 말입니다. 『내 죄로다, 내 죄로다!』이건 림스카야 파파(로마 교황)가 한 말이지요. 정말은 림스키이 파파입니다만, 나는 굳이 『림스카야 파파(림스키이는 러시아어로 남성을 나타내고, 림스카야는 여성을 나타낸다)』라 부르기로 하고 있습니다.」

「아무튼 이 편지는 지금 곧 전해 주어야 해요.」하고 공작은 서둘렀다.

「내가 전해 주기로 하지요.」

「그러나 그보다는, 그보다는…… 공작님, 그보다는 차라리 이게 더 낫지…….」

레베제프는 애원하는 것 같은 야릇한 표정을 지어 보였다. 그리고는 마치 바늘방석에 앉은 듯이 안절부절못하기 시작했다. 그는 교활하게 눈을 깜박거리며 손으로 무슨 시늉을 해보이는 것이었다.

「대체 뭐요?」공작은 미간을 찌푸리며 퉁명스럽게 물었다.

「우선 그걸 뜯어 보는 게 어떨까요?」하고 그는 감동적인 어조로 말소리를 죽이고 속삭였다. 순간 공작은 무서운 형상으로 후다닥 의자에서 일어났다. 레베제프는 뒷걸음질쳐서 달아나려 했으나 문턱에까지 가서는 다시 부드러워질지 모른다는 생각에서 우뚝 멈춰 섰다.

「이봐요, 레베제프, 어떻게 감히 그 따위 비열한 생각을 한단 말이오!」공작은 기가 막힌다는 듯이 이렇게 소리쳤다.

레베제프는 갑자기 안색이 환해졌다.

「비열한 생각입니다. 비열한 생각이구말구요!」그는 주먹으로 자기 가슴을 치며 눈물을 글썽해 가지고 공작에게로 다가왔다.

「그건 참으로 추잡한 생각이오!」

「추잡하구말구요. 옳은 말씀입니다!」

「당신은 정말 이상한 취미를 가지고 있군. 그 따위…… 괴상한 짓만 골라 가며 하다니……. 당신은 스파이가 아니냐 말이오! 무엇 때문에 익명의 편지를 써서…… 그처럼 착하고 훌륭한 부인을 괴롭히는 거요? 또한 아글라야 이바노브나에겐 자기가 쓰고 싶은 사람에게 편지를 쓸 권리도 없단 말이오? 그러니까 당신은 오늘 남의 비밀을 일러바치려고 그 집에 찾아 갔었군요? 그리고 대가로 무엇을 받으려 했던 거요? 무엇 때문에 그 따위 고자질을 할 생각이 났느냐 말이오?」

「그건 다만 악의 없는 호기심과…… 고결한 충성심에서 나온 생각이었습니다.」레베제프는 더듬더듬 중얼거렸다. 「그러나 이제 나는 완전히 당신의 것입니다. 다시 당신의 노예입니다. 마음대로 하십시오!」

「그래 당신은 그런 꼴을 하고 리자베타 프로코피예브나 부인을 찾아갔었나요?」공작은 더없는 혐오를 느끼며 이렇게 물어 보았다.

「아닙니다……. 좀더 말쑥한, 좀더 의젓한 모양을 하고 갔었지요. 이런 꼬락서니가 된 것은 거기서 모욕을 받고 난 다음이었습니다.」

「좋아요, 이젠 나 혼자 있게 해주시오.」그는 여러 번, 손님이 아주 방에서 나가 버릴 때까지 몇 번이나 이 말을 되풀이해야만 했다. 레베제프는 방문까지 열었다가는 다시 발꿈치를 들고 방 한가운데로 되돌아와서 편지를 뜯어 보라는 손짓을 몇 번씩이나 해보였다. 그러나 그런 말을 감히 하지는 못했다. 마침내 그는 조용하고 상냥한 웃음을 띠며 밖으로 나가 버렸다.

이러한 말들을 듣는다는 것은 참으로 괴로운 일이었다. 그러나 그 속에는 하나의 중요하고도 심상치 않은 사실이 있었다. 다름 아니라 아글라야가 강렬한 불안과 격심한 동요와 무서운 고통에 사로잡혀 있다는 사실이다──「질투 때문이다.」라고 공작은 혼자 중얼거렸지만──그리고 그녀가 좋지 못한 사람들에 의해 불안해 하고 있다는 것도 추측할 수 있었다. 그녀가 어째서 그런 사람들의 말을 믿게 되었는지 공작은 도무지 이해가 가지 않았다. 물론, 경험은 없으나 열렬하고도 교만한 그녀의 머릿속에 무엇인가 특이한 계획이, 어쩌면 치명적일지도 모르는 엉뚱한 계획이 지금 성숙해 가고 있는 것이었다. 공작은 공포감에 휩싸이고 당황해서 어찌할 바를 몰랐다. 다만 어떠한 방법으로든지 그것을 방지해야 한다는 것을 느꼈을 뿐

270

이었다.

　그는 또 한 번 편지 겉봉에 씌어 있는 이름을 들여다보았다. 그에게 있어 겉봉의 이름에는 아무런 의혹도 불안도 없었다. 그는 이 편지가 가냐 앞으로 보내지는 것이라는 점을 추호도 의심하지 않았기 때문이다. 또다른 무엇이 그에게 불안을 느끼게 했다. 그는 무엇보다도 가브릴라 아르달리오노비치를 믿을 수 없었던 것이다. 그는 자기가 직접 이 편지를 전해 주기로 결심하고 그것 때문에 일부러 집을 나섰으나, 도중에서 결심을 변경했다. 마침 프치스인네 집 앞에서 재수 좋게 콜랴를 만났기 때문에 그는 아글라야 이바노브나한테서 직접 부탁을 받았다고 말하고 이 편지를 그의 형에게 전해 달라고 부탁했다. 콜랴는 아무것도 캐묻지 않고 즉시 편지를 형에게 전했다. 따라서 가냐는 이 편지가 많은 사람을 거쳐 왔다는 것을 전혀 알지도 못했다. 집에 돌아오자 공작은 베라를 불러, 자기가 편지를 전했으니 안심하라고 했다. 그녀는 울상이 되어 그 편지를 찾고 있었다는 것이다. 편지를 가져간 사람이 아버지란 말을 듣자 그녀는 깜짝 놀랐다. 나중에 가서야 안 일이지만 베라는 그 동안 아글라야와 로고진을 위해 몇 번이나 비밀리에 연락을 취해 주었다는 것이었다. 물론 그녀는 그것이 공작에게 해로운 결과를 초래하리라고는 꿈에도 생각지 못했었다.

　공작은 극도로 혼란하여 그로부터 두 시간 가까이 지나서 콜랴로부터 그의 아버지가 아프다는 것을 알리는 기별을 받았을 때도 무엇이 어떻게 된 것인지 거의 이해할 수가 없었다. 그러나 이 사건은 강렬한 힘으로 그의 주의력을 환기시켜 그를 제정신으로 돌아오게 했다. 그는 니나 알렉산드로브나 부인 집에서——물론 환자는 이 집으로 옮겨 와 있었다——저녁때까지 머물러 있었다. 그는 아무런 도움도 줄 수 없었다. 그러나 어려운 일을 당했을 때는 곁에 있어 주는 것만으로도 한결 위안을 줄 수 있는 법이다. 콜랴는 말할 수 없이 심한 충격을 받고 히스테리를 일으킨 듯이 울고 있었으나 그래도 급한 심부름은 혼자 맡아서 하고 있었다. 그는 의사를 세 사람 불러 오고 약방과 이발소에까지 (러시아에서는 이발사가 의사 구실을 하던 시대가 있었다) 달려가기도 했다. 장군은 소생했으나 의식은 회복되지 않았다. 의사는 「아무튼 이 환자는 몹시 중태에 빠져 있습니다.」라고 했다. 바랴와 니나 알렉산드로브나 부인은 한시도 환자의 곁을 떠나지 않았다. 가냐는 어찌할 바를 몰라 허둥거리고 있었으며 2층에 올라가지 않았고 환자의 얼굴을 보기조차 두려워했다.

그는 초조하게 두 손을 비벼 대며 공작을 상대로 두서없는 말을 하다가 「아아! 이게 무슨 재난이란 말입니까, 더구나 이런 때에 말입니다!」하고 얼결에 안 할 말까지 했다. 공작은 그가 말하는 『이런 때』가 무엇을 의미하는지 알 수 있을 것 같았다. 이폴리트의 모습은 이미 프치스인 집에서는 찾아 볼 수가 없었다. 저녁녘에야 레베제프가 달려왔다. 아침의 그 『설명』이 끝난 다음 여태까지 계속해서 잠을 잤기 때문이다. 이제는 거의 술이 깨어 자기의 친형이 앓아눕기라도 한 듯이 정말 눈물을 흘리며 우는 것이었다. 그는 무엇이라 이유는 말하지 않고 계속 용서를 빌었다. 그리고는 니나 알렉산드로브나 부인에게 귀찮을 정도로 「이것은 내 탓입니다, 전적으로 내 탓입니다, 나밖엔 아무도 잘못한 사람이 없습니다……. 모든 것이 나의 악의 없는 호기심 때문이었습니다……. 아아…… 고인은——그는 아직도 살아 있는 장군을 가리켜 무엇 때문인지 자꾸만 이렇게 부르는 것이었다——참으로 훌륭한 천재였습니다!」라고 쉴새없이 지껄였다. 그는 이 천재라는 말에 특히 힘을 주었다. 마치 이 사실이 지금 이 순간에 무슨 커다란 도움이라도 줄 것이라고 믿고 있는 것 같은 어조였다. 니나 알렉산드로브나 부인은 그의 거짓 없는 눈물을 보고 조금도 불쾌한 빛이 없이 상냥하게 「뭐 걱정하실 것은 없어요, 어서 울음을 그치십시오. 하느님께서는 당신을 용서해 주실 것입니다!」라고 했다.

레베제프는 이 말과 그 어조에 깊이 감격하여 저녁내 니나 부인의 곁을 떠나려 하지 않았다——계속해서 이불긴 장군이 죽을 때까지, 그는 아침부터 밤중까지 이 집에 붙어 있었던 것이다——이날 저녁때까지, 리자베타 프로코피예브나 부인한테서는 두 번 사람이 와서 장군의 병세를 묻고 갔다. 이 날 저녁 9시쯤에 이미 손님들로 가득 찬 예판친 댁 객실에 공작이 나타났을 때 리자베타 부인은 환자의 병세에 대하여 동정적으로 세세한 것까지 열심히 묻기 시작했다. 그리고 환자라는 건 대체 누구며, 니나 알렉산드로브나 부인이라는 사람은 또 누구요라는 벨로콘스카야 부인의 물음에 대하여 아주 의젓한 어조로 대답했다. 공작은 그것이 매우 마음에 들었다. 공작 자신도 부인의 물음에 아주 훌륭하게 응답했다. 나중에 이 집 큰딸이 평한 바에 의하면, 그는 『쓸데없는 말은 한 마디도 하지 않았고 제법 품위 있게 행동했으며, 괴상한 몸짓도 하지 않았을 뿐더러, 말씨도 잔잔하고 조심스러웠다. 그리고 방에 들어올 때의 동작도 훌륭했고, 옷차림도 고상했다.』는 것이다. 그 전날 이 집 사람들이 걱정한 것처럼 『미끄러운 마룻바닥에 미끄러져 나자빠지지』도 않았을 뿐더러, 오히려 모든 사람에게 유쾌한 인상을 준 것 같았다는 것이었다.

한편 공작으로서도 자리를 잡고 앉아 주위를 둘러보았을 때, 이 자리에 모인 사람들은 어제 아글라야가 놀라게 한 것처럼, 또는 밤새도록 꿈에서 본 것과 같은 그렇게 무서운 분위기가 아니라는 것을 곧 알아챘다. 그는 생전 처음으로 『사교계』라는 무서운 이름으로 불리는 곳의 한쪽 귀퉁이를 엿본 셈이었다. 그는 어떤 특별한 목적과 상상과 동경 때문에, 이미 오래 전부터 이 꿈의 나라와도 같은 사회에 참여하기를 갈망하고 있었으므로, 이 모험에서 받은 최초의 인상에 비상한 흥미를 느꼈다. 그리고 이 최초의 인상은 거의 매혹적인 것이었다. 이 사람들은 어쩌면 이렇게 함께 모이기를 위해 세상에 태어났는지도 모른다는 생각이 불현듯 떠오르기도 했다.

오늘 저녁 예판친 댁에서는 『야회』도 없을 뿐더러 손님은 한 사람도 초청하지 않은 듯했다. 여기 있는 사람들은 모두가 같은 『집안 식구』이며, 자기 자신도 생각을 같이하는 절친한 친구로서 오래 전부터 이 사람들의 허물없는 친구였는데, 다만 얼마 동안 헤어져 있다가 지금 다시 만난 것뿐이라는 생각이 드는 것이었다. 우아하고도 격의 없는 언동이며 소박하고 더할 수 없는 솔직함은 거의 황홀할 지경이었다. 그는 그러한 솔직성과 우아한 태도가 그리고 그처럼 재치 있는 담화와 품위 있는 풍채가 장엄한 예술적 기교라는 사실을 미처 몰랐던 것이다. 손님들 중의 대부분은 남에게 존경을 불러일으킬 만한 외모를 지니고 있었지만 머릿속은 비어 있는 사람들뿐이었다. 하기는 그들 자신도 자기들이 가지고 있는 미덕이 단지 모조품에 지나지 않는다는 것을 모르고 있었다. 그러나 그 모조품도 그들의 탓은 아니다. 왜냐하면, 그것은 무의식중에 생긴 것이며 유전적인 것이기 때문이다. 그러나 공작은 최초에 느낀 인상의 아름다움에 매혹되어 그렇게까지는 생각하지 않았다. 예를 들면 이 노인은, 나이로 보아 그의 할아버지뻘이 될 것 같은 분이었는데, 이 위대한 정치가는 경험이 없는 애송이의 말을 듣기 위해 일부러 자기가 하던 말을 중단한 것같이 그에게는 생각되었다.

그것도 그냥 듣고만 있는 것이 아니라 상냥하고도 친절한 태도를 보여 주고 있는 것같이도 생각되었던 것이다. 더욱이 이 정치가와는 생전 처음 만나는 사이가 아닌가. 어쩌면 예절의 정교함이 공작의 예민한 감수성에 무엇보다도 강하게 작용했는지도 모르지만, 한편으로는 그가 행복한 인상을 받아들일 수 있도록 기분이 기울어져 있었기 때문인지도 몰랐다.

물론 이 사람들은 예판친 집안과도, 그리고 자기네들끼리도 『가정적 친구들』인 것만은 틀림없었다. 그러나 그들은 이 집과도 또는 자기네들끼리도 공작이 그들과 첫인사를 나누며 생각했을 때처럼 그렇게 친한 친구들 사이는 아니었다. 그들 중에는 예판친 댁 사람들을 털끝만큼도 대등하게 생각하지 않는 사람도 있었다. 그리고 자기네들끼리 서로 미워하고 있는 사람들도 있었다. 벨로콘스카야 할머니는 한평생 『노정치가』의 부인을 경멸하고 있었고 반대로 부인은 리자베타 프로코피예브나 부인을 몹시 싫어했다. 그 남편인 『노정치가』는 어떤 이유로 예판친 장군 부처의 젊을 때부터의 『보호자』였으므로 자연히 좌중에서는 중심적인 위치를 차지하고 있었다. 예판친 장군은 이 사람을 굉장한 인물로 생각하고 있었기 때문에 이 사람 앞에서는 존경과 두려움 이외에는 아무런 감정도 품을 수 없었다. 따라서 만일 그가 단 1분이라도, 이 사람을 올림피아의 제우스 신처럼 받들지 않고 자기와 대등한 인물로 생각하는 일이 있었다면 그야말로 진심으로 자기 자신을 경멸했을 것임에 틀림없었다. 좌중엔 또 이런 사람들도 있었다. 즉 이미 몇 해 동안이나 만나 본 일이 없어서 혐오의 정은 아니라 하더라도 무관심 이외에는 아무런 감정도 느끼지 않는 사이면서도, 마치 어제 있었던 우호적인 유쾌한 모임에서 함께 시간을 보내기라도 했던 것 같은 태도를 취하고 있는 사람들도 있었다. 그러나 이 모임에 참석한 사람의 수는 그리 많지 않았다.

벨로콘스카야 부인과 『노정치가』, 이 사람들은 정말로 굉장히 중요한 손님들이었다. 그리고 그의 부인의 첫손가락에 꼽히는 인물로는 남작인지 백작인지는 모르지만 독일식 이름을 가진 아주 훌륭한 육군 장군이 있었다. 정부에서 상당히 높은 지위를 차지하고 있는 그는 정치 방면에 관해 놀랄 만한 지식을 가지고 있었으며 원래 말수가 적은 사람이며 박식하다고 인정받고 있었다. 그는 『자기 나라인 러시아에 관한 것을 제외하고는』 무엇이든 모르는 것이 없는 이른바 올림피아의 제신과도 비길 수 있는 행정관들 중의 한 사람으로, 5년에 한 번쯤은 『굉장히 의미심장한』 경구를 토로할 줄도 아는 인물이었다. 그리고 이 경구는 반드시 격언처럼 유행하기 시작하여 나중에는 깊은 궁중 속에까지 알려지게 되기도 했다. 요컨대 이 사람은 다년간에 걸친 근무 끝에 높은 관등과 훌륭한 지위를 얻어 막대한 재산을 만들어

놓고 죽어 가는 고관들 중의 하나였는데 이런 사람은 러시아에서는 흔히 볼 수 있는 사람이다. 물론 이런 사람은 대단한 공훈도 세우지 못할 뿐더러 오히려 그러한 공훈에 대해 일종의 적의를 품기까지 한다. 이 장군은 이반 표도로비치 장군의 직속 상관이었는데, 그는 타고난 열성적인 성질 때문에 이 장군 역시 자기의 은인으로 생각하고 있었다. 그러나 이 장군으로 말하면 자기를 이반 표도로비치 장군의 은인이라고는 한 번도 생각해 본 적이 없었으므로 아무렇지도 않은 태도를 취하고 있었지만, 그래도 예판친 장군이 보여 주는 여러 가지 호의를 만족하게 이용하고 있었다. 그러나 어쩌다 기분이라도 좀 상하는 날에는 설사 그럴 만한 뚜렷한 이유가 없다 하더라도 당장에 다른 관리를 예판친 장군의 의자에 들여앉힐 수 있었다.

좌중에는 또 한 사람 나이가 지긋하고 풍채가 훌륭한 신사가 있었다. 이 사람을 리자베타 프로코피예브나 부인의 친척이라는 사람도 있었지만 그것은 전혀 근거 없는 말이었다. 이 사람은 관등이나 지위가 높고 재산도 가지고 있으며 귀족 출신이었다. 땅땅하고 건강한 안색에 그리고 굉장한 다변가였다. 불평가라는 평판도 있지만 그것은 지극히 온건한 의미에서의 평이었다. 하기는 지나치게 흥분하는 버릇이 있다고 평하는 사람도 있었다. 하지만 그렇게 흥분하는 것조차 오히려 유쾌하게 느껴지는 그런 사람이었다. 그는 모든 일에 있어 영국 귀족의 흉내를 내려고 애썼고, 취미도 영국식이었다. 예를 들면, 피가 흐르는 것 같은 로스트비프를 좋아한다든가 마구(馬具)라든가, 하인들의 복장 등등이 모두 그랬다. 『노정치가』와는 매우 친근한 사이여서 언제나 즐겁게 지냈다. 리자베타 부인은 이 사람에 대해서 하나의 엉뚱한 생각을 품고 있었다. 어쩌면 이 신사가, 이 사람은 약간 경솔한데다가 여색을 좋아하는 경향이 있으므로, 자기의 맏딸 알렉산드라에게 청혼을 하여 그 애에게 행복을 안겨 줄는지 모른다는 기대가 그것이었다.

이상과 같은 최상류에 속하는 계급 다음에는 역시 우아한 자질을 나타내고 있기는 하지만 나이가 비교적 젊은 사람들의 계급이 자리잡고 있었다. 이 계급에 속하는 사람으로는 S공작과 예브게니 파블로비치 이외에, 호남아로 이름난 N공작이 있었다. 이 사람은 구라파 전체 여성들의 유혹자인 동시에 정복자이기도 했다. 나이는 이미 45세 가량은 되었지만, 여전히 아름다운 용모를 지니고 있었다. 뛰어난 말 솜씨를 가진 사람이었고 재정 상태가 그리 신통치는 못했지만 그래도 상당한 재산가인 것만은 틀림없었다.

그는 습관상 주로 외국에서 살아 온 사람이었다. 또 이 자리에는 제3의 계급이라고도 할 만한 그룹을 형성하고 있는 사람들이 있었다. 원래의 신분으로 보면, 소위 『선택된 계급』에는 속하지 못하지만 예판친 댁 사람들과 마찬가지로 이따금 이 『선택된』 계급 속에서 찾아 볼 수 있는 사람들이다.

　이러한 사람들이 원칙으로 삼고 있는 일종의 법칙에 따라 예판친 댁 사람들은 자기 집에서 간혹 베푸는 야회에 상류 계급의 대표자격인 사람들을 적당히 섞어서 초대하기를 좋아했다. 이것 때문에 예판친 댁 사람들은 자기 위치를 아는, 사교술에 능숙한 사람들이라 칭찬받고 있었고 그들 자신도 그것을 자랑으로 삼고 있었다. 이 날 야회에 참석한 중류 계급의 대표자의 한 사람은 공병 대령이었다. 겉보기에도 인품이 착실한 이 공병 대령은 S공작과 절친한 사이여서 S공작의 소개로 예판친 댁에 드나들게 된 사람이었다. 좌중에서는 말수가 적은 편이었는데, 오른쪽 인지에는 하사품인 듯싶은 커다란 보석반지를 끼고 있었다. 공병 대령 이외에도 또 한 사람으로 문학가인 시인이 있었다. 출신이 독일이기는 하지만 러시아의 시인일 뿐 아니라 예의가 바르기 때문에 어떠한 좌석에나 안심하고 안내할 수 있었다. 다소 기분 나쁜 태도도 있으나 미끈한 외모의 소유자였다. 나이는 38세이나 되었을까, 옷차림 역시 무난한 편이었다. 전형적인 중산 계급에 속하면서도 존경을 받고 있는 독일인의 가정에서 태어난 그는 상류 계급 명사들의 보호와 촉망을 받기 위해서 가능한 모든 기회를 다 이용했다. 언젠가 유명한 독일 시를 러시아 어로 번역했을 때도 권두에 헌시를 붙여 어느 명사에게 증정하는 것을 잊지 않았다. 그는 이미 고인이 된 어느 유명한 러시아 시인과 친분이 있었다는 것을 언제나 자랑으로 삼고 있었다. 문학가들 중에는 위대한 그러나 이미 작고한 문호와의 친교를 주장하는 사람이 많다. 이 시인은 최근에 『노정치가』의 부인이 예판친 댁 가족에게 소개시켰다. 『노정치가』의 부인은 문학가와 학자의 보호자로 통하고 있었다. 사실 그녀는 자기에게 존경을 바치는 몇몇 명사들의 협조를 얻어 두서너 명의 문학가를 알게 되었다. 이것으로 미루어 보아, 이 부인은 일종의 세력을 갖고 있는 듯싶다. 나이는 45세 가량으로——그러니까 이런 영감의 부인으로서는 아주 젊은 편이다——한때는 굉장한 미인이었는데 지금은 중년 부인들에게서 흔히 볼 수 있듯이 옷차림만이 지나치리만큼 화려했다.

　그리 머리가 좋은 편도 아닌데다가, 문학상의 지식이란 것도 극히 애매

했다. 그러나 문학가의 보호는 이 부인에게 있어 화려한 옷차림과 동일한 성질이라 할 만큼 광적인 것이었다. 부인에게 헌정(獻呈)된 저작이나 번역도 많이 있었다. 몇몇 문학가는 부인의 허가를 얻어 지극히 중대한 문제에 대한, 부인 앞으로의 공개 서한을 출판물에 발표한 일까지 있었다.

이러한 모든 사람들을 불순물이 전혀 섞이지 않은 진짜 금화처럼 공작은 생각했던 것이다. 하기는 이 사람들은 그날 밤 모두 약속이라도 한 듯이 기분들이 좋았고 또 각자가 제나름대로 자기 자신에게 만족하고 있었다. 그들은 모두 자기가 이 집을 방문한 것은 곧 이 집에 크나큰 영광을 가져다 주는 것이라 생각하고 있었다. 그러나 유감스럽게도 공작은 그런 미묘한 사정까지는 상상조차 할 수 없었던 것이다. 예를 들면 예판친 댁 사람들은 딸의 운명에 관계되는 중대한 결정을 취하려는 마당에서, 자기들의 보호자인『노정치가』에게 공작을 소개하지 않고 그냥 넘겨 버리는 것 같은 대담한 행위를 할 수는 도저히 없었다. 이런 사정을 공작은 꿈에도 상상할 수 없었다. 한편 레프 니콜라예비치로 말하면, 그는 예판친 댁에서 일어난 가장 심각하고 가장 불행한 사건을 보고받는다 하더라도 눈 한 번 깜박거리지 않을 위인이었지만 그러나 만일 예판친 장군 부처가 자기와 의논하지 않고, 다시 말해서 자기의 양해를 구하지 않고 딸의 약혼을 결정해 버린다면 자기를 무시했다 해서 노발대발할 것임에 틀림없었다. 그리고 N공작, 이 귀염성 있고 매우 재치 있는 정직한 인물로 말할 것 같으면 그는 자기야말로 오늘 저녁 예판친 댁 객실에 떠오른 태양과도 같은 존재라 굳게 믿고 있었고, 그래서 이 집 사람들을 자기보다 형편없이 비천한 인간이라 생각하고 있었다. 이처럼 천진난만하고도 고상한 생각은 예판친 부처에 대한 그의 태도를 더할 수 없이 상냥하고 허물없는 것으로 만들었다. 그는 오늘 저녁 좌중을 매혹시킬 만한 얘기를 반드시 해야 한다고 믿고 있었기 때문에 거의 영감에 가까운 감흥을 느끼며 그러한 기회가 오기를 기다리고 있었다.

얼마 후 그의 얘기를 듣고 난 레프 니콜라예비치 공작은 N공작의 멋진 유머라든가 신비스러울 정도의 쾌활한 어조라든가 천진한 그 화술이야말로 여태까지 한 번도 들어 본 적이 없다고 생각될 만큼 매혹적인 것이라고 완전히 탄복해 버렸다. 그러나 사실 그 얘기는 벌써 몇 번이나 되풀이해서 써먹어서 그 도시의 객실에서는 낡고 병든 것이었는데도, 어수룩한 예판친 댁에서만은 아직도 훌륭한 신사의 성실하고도 화려한 추억담으로 통할 수 있다는 사실을 공작은 알 턱이 없었던 것이다.

독일 태생의 시인은 매우 친절하고 겸손한 태도를 취하고 있기는 했지만 그래도 자기의 내방이 이 집에 영광을 베풀어 주는 것처럼 생각하는 눈치였다. 그것들의 밑바탕이 무엇인지는 몰랐다. 이러한 불행은 아글라야도 미처 예견하지 못했던 것이었다. 그러나 그녀 자신은 이 날 저녁, 전에 없이 아름답게 보였다. 세 딸들은 어울리게 옷을 입었으나 날씬하지는 못했다. 그래도 제각기 모양을 낸 옷차림에 머리도 여느 때와는 좀 다르게 빗어 올린 것 같았다. 아글라야는 예브게니 파블로비치와 나란히 앉아서 다정하게 말을 주고받기도 하고 농담을 하기도 했다. 예브게니 파블로비치는 명사들에게 경의를 표하기 위해서인지 여느 때보다는 약간 정중한 태도를 취하고 있었다. 하지만 그는 이미 오래 전부터 사교계에 알려진 존재였고 그래서 아직 나이는 젊지만 거기서 이상하게 보이진 않았다. 이 날 저녁 그는 모자에 상장을 달고 왔는데, 벨로콘스카야 부인은 이것을 칭찬하며 도시 사람 같으면 이런 경우 백부를 위한 상장 같은 건 달고 오지 않았을 거라고 했다. 리자베타 프로코피예브나 부인 역시 그 점에는 만족하고 있는 눈치였으나 무엇인가 몹시 걱정하는 것 같은 얼굴이었다.

공작은 아글라야가 두서너 번 자기 쪽을 유심히 바라본 것을 알아챘으나 그녀도 공작의 태도에는 만족한 듯이 보였다. 공작은 점점 행복감에 휩싸이기 시작했다. 아까——레베제프를 만나고 난 후에——경험한 『환상』 내지는 의구심이 지금도 가끔 고개를 쳐들기는 했으나, 이미 그것은 이 세상에 있을 수 없는 터무니없고 가소로운 꿈인 것처럼 여겨졌다. 그는 아까부터 아니 온종일, 어떻게 해서든 이 꿈을 믿지 않으려고 무의식적으로 애쓰고 있었던 것이다. 그는 거의 말을 하지 않았다. 이따금 질문에 대답하는 것이 고작이었다. 나중에는 아주 입을 봉해 버리고 마치 쾌감에 잠기기라도 한 듯 꼼짝하지 않고 앉아서 귀만 기울이고 있었다. 그의 마음도 점점 일종의 감흥이 솟아올라서, 기회가 있으면 밖으로 분출할 정도로 충만되어 있었다. 한참 만에 그는 다시 입을 열었으나 그것 역시 질문에 대한 답변에 지나지 않는 것으로 흡사 아무런 생각도 없이 그냥 입을 벌린 것에 불과한 것 같은 어조였다.

7

　그가 행복에 취한 얼굴로 N공작과 예브게니 파블로비치를 상대로 유쾌하게 담소하고 있는 아글라야를 지켜 보고 있는 동안 다른 한쪽에서 『노정치가』와 재치 있게 또한 열심히 이야기하고 있던 중년 영국식 신사의 입에서 갑자기 니콜라이 안드레예비치 파블리시체프의 이름이 튀어나왔다. 공작은 그쪽으로 얼굴을 돌리고 귀를 기울이기 시작했다. 화제는 어느 현(縣)의 농지 개혁 후 지주령(地主領)에 대한 현행 제도와 그 난맥상에 관한 것이었는데 영국식 신사의 입에서 무슨 재치 있는 말이 나온 모양이었다. 왜냐하면 『노정치가』는 마침내 상대방의 까다로운 열띤 어조에 웃음을 터뜨리고 말았기 때문이다. 영국식 신사는 모음마다 일일이 부드러운 악센트를 붙이며 불평만만한 어조로 말꼬리를 끌면서 불합리한 현행 제도 때문에 어느 현(縣)에 있는 자기 소유지를, 그리 돈이 급한 것도 아닌데 반값으로 팔아 가지고, 그대신에 소송 문제가 부대(附帶)되어 있어 오히려 손해가 되는 황폐한 영지를 돈까지 써가며 그냥 내버려 두지 않을 수 없게 된 경위를 능숙한 말솜씨로 얘기하는 것이었다.

　「게다가 파블리시체프 댁 영지와 또다른 소송 문제를 피하기 위해 나는 도망쳐 오고 말았습니다. 그런 유산을 한두 가지만 더 받았더라면 파산해 버리고 말 겁니다. 하기는 이번에 거기서 썩 좋은 땅을 3천 정보 가량 사들이기로 하였습니다만!」

　「저기 저…… 이반 페트로비치는 작고한 니콜라이 안드레예비치 파블리시체프 씨와 친한 친척간이야……. 자네 그 사람의 친척을 찾고 있었던 것 같은데?」 이반 표도로비치는 두 사람의 대화에 비상한 주의를 기울이고 있는 공작의 곁으로 다가와서 조그맣게 이야기했다. 그는 여태까지 자기의 직속 상관을 상대하고 있었으나, 아까부터 공작이 외토리가 되어 앉아 있는 것을 발견하고 불안을 느끼기 시작했던 것이다. 그는 어느 정도까지 공작을 좌중의 대화 속에 끌어들임으로써 다시 한 번 그를 『상류의 명사들』에게 소개하고 싶었던 것이다.

　「레프 니콜라예비치는 양친을 잃은 후 니콜라이 안드레예비치 파블리시체프 씨에 의해 양육된 사람입니다.」 하고 그는 이반 페트로비치의 시선에 이렇게 대답했다.

「이거 참 반갑습니다.」하고 영국식 신사는 말을 받았다. 「그건 나도 잘 기억하고 있어요. 아까 이반 표도로비치의 소개가 있었을 때 나는 이내 당신을 알아봤습니다. 얼굴 모습도 기억에 있는 것 같습니다. 당신은 그리 변하지 않았군요. 내가 당신을 본 것은 아직 당신이 어렸을 때였으니까……. 그때 아마 당신은 열 살인가, 열한 살인가 그 정도였을 겁니다. 그런데도 어딘지 그때의 모습이 남아 있는 것 같군요…….」

「그러니까 어릴 때의 나를 보셨단 말씀인가요?」공작은 몹시 놀란 얼굴로 이렇게 물었다.

「그것도 이젠 옛날 일이로군요.」하고 이반 페트로비치는 말을 이었다. 「즐라토베르호보 마을에 있는 우리 사촌누이네 집에서 살던 때였지요. 그 당시 나는 즐라토베르호보에는 꽤 자주 다니곤 했었는데…… 당신은 나를 기억하지 못하십니까? 하기는 기억에 없는 것이 당연하겠지요……. 그때 당신은…… 무슨 병을 앓고 있는 것 같았으니까. 한 번은 당신을 보고 깜짝 놀란 일까지 있었습니다…….」

「나는 전혀 기억에 없습니다!」공작은 열띤 어조로 딱 잘라 대답했다.

또다시 몇 마디 이야기를 주고받는 동안 이반 페트로비치는 지극히 침착했으나 공작은 이상하리만큼 흥분하고 있었다. 파블리시체프 씨와 친척지간인 즐라토베르호보에 살고 있던 두 올드미스는 이 영국식 신사의 사촌누이들임이 판명되었다. 그렇지만 이반 페트로비치도 역시 다른 사람과 마찬가지로, 어째서 파블리시체프 씨가 양자로 삼은 나이 어린 공작을 그처럼 정성껏 돌봐 주었는지 그 이유를 설명하지 못했다.

「그 당시에는 그런 데까지 관심을 가질 수가 없었으니까요.」라고 말을 했으나 그래도 이 사람은 상당히 기억력이 좋았다. 그는 큰누이 마르파 니키치쉬나가 어린 공작에게 매우 엄격했다는 것까지 기억하고 있었다. 「그래서 한 번은 당신에 대한 그녀의 교육 방법에 관하여 그 누이와 다툰 일까지 있었지요. 사실 병자인 소년을 툭하면 때리고 또 때리고, 아무래도 좀…… 뭐랄까…… 그렇잖아요?」그러나 이와는 반대로 작은누이인 나탈리아 니키치쉬나는 병자인 소년에게 무척 상냥하게 대해 주었다는 것이었다. 「그후 둘이 다 어느 현(縣)에서 살고 있었는데,」하고 그는 설명했다. 「과연 지금까지 살아 있는지 어떤지는 잘 모르겠습니다. 그 현에는 파블리시체프 씨가 두 사람에게 남겨 준 아주 좋은 조그마한 영지가 있지요. 마르파 니키치쉬나는 수도원에 들어갈 작정이라는 말을 들었지만 이건 확실한 얘기가 아닙니다. 혹시 다른 사람의 얘기였는지도 모르니까요……. 아참, 그건 내가 바로 얼마 전에 들은 어느 의사 부인의 이야기였군요…….」

공작은 환희와 감격에 사뭇 두 눈을 번쩍이며 이 신사의 이야기를 듣고 있었다. 그는 지난 6개월 동안에 중부 지방의 여러 현을 여행했으면서도 옛날의 양육자들을 찾아 볼 기회를 갖지 않았음을, 자신이 스스로 용서할 수 없다고 열띤 어조로 고백했다. 「매일같이 찾아가 봐야겠다고 생각은 하고 있으면서도 여러 가지 사정 때문에 못 갔습니다. 그러나 이번만은 무슨 일이 있더라도…… 그 현(懸)까지 꼭 다녀오겠습니다……. 그러니까 당신은 나탈리아 니키치쉬나를 알고 계시는군요? 아아, 아름답고 매우 거룩한 여자였지요! 하지만 마르파 니키치쉬나도…… 실례지만 당신은 마르파 니키치쉬나를 잘못 보신 것 같습니다. 사실 그 분은 너무 엄격했습니다. 그러나 …… 그 당시의 나 같은…… 백치에게는 그렇게 대할 수밖엔 없었을 겁니다. 히, 히! 정말이지 나는 그때 문자 그대로의 백치였으니까요. 당신은 믿지 않으시겠지만. 히, 히! 하지만…… 하지만 당신은 그 당시의 나를 알고 계신데 어째서 나는 당신을 기억하지 못할까요? 이 점에 대해 말씀해 주실 수 없겠습니까? 그러니까 당신은…… 아아, 그러니까 당신은 정말로 파블리시체프의 친척이란 말씀이군요?」

「그렇습니다, 틀림없어요.」 이반 페트로비치는 공작을 훑어 보며 빙긋 웃었다.

「아니, 나는 결코…… 의심스러워서 이런 말을 한 것은 아닙니다……. 그리고 어디 의심할 여지가 있는 일입니까? 헤, 헤! 털끝만큼이라도 말이에요! 헤, 헤! 내가 그런 말을 한 것은 다름 아니라 작고하신 파블리시체프 씨가 매우 훌륭한 분이었기 때문입니다! 그야말로 도량이 넓은 분이었습니다. 틀림없습니다.」

공작은 『아름다운 정애(情愛)로 가슴이 벅찬 듯했지만』 숨이 가쁘지는 않았다. 이것은 이튿날 아침 아젤라이다가 미래의 남편인 S공작에게 한 말이었다.

「호오……, 이거 참!」 이반 페트로비치는 소리를 내어 웃었다. 「나같은 인간은 도량이 넓은 사람의 친척이 될 수가 없단 말인가요?」

「천만의 말씀을!」 공작은 당황하여 더욱더 흥분하며 소리쳤다. 「나는 …… 난 또 바보 같은 소리를 했습니다. 그러나…… 이것은 당연한 일이에요. 왜냐하면 나는…… 나는…… 나는 아니 내가 또 조리도 없는 말을 지껄이고 있군요! 더욱이 이처럼 흥미있는 사실 앞에서…… 이처럼 중요하고 흥미있는 사실 앞에서……. 말씀 좀 해보십시오. 나 자신에 얘기 같은 건 해서 뭣하겠습니까! 더군다나 그처럼 도량이 넓은 분에 비한다면 더욱 그렇습니다. 정말이지 그 분은 비길 데 없이 도량이 넓은 분이었으니까요. 그렇잖습니까? 그렇죠?」

공작은 온몸을 후들후들 떨고 있었다. 어째서 그가 명백한 이유도 없이 갑자기 이렇게 흥분했을까. 그리고 화제 자체로 미루어 보아 도저히 이해할 수 없으리만큼 감격한 이유가 무엇인지 이것은 말하기가 곤란했다. 어쨌든 그의 마음이 절로 그런 상태에 쏠렸다고나 할까.

그는 이 순간 무엇 때문인지는 모르지만 누구에겐가 열렬하고도 감상적인 감사를 느끼는 것이었다. 어쩌면 그 감사는 이반 페트로비치에게, 아니 이 자리에 모인 손님 전체에게 향해진 것인지도 모른다. 그는 이미 『행복의 절정』에 있었던 것이다. 페트로비치는 마침내 더욱 주의 깊게 찬찬히 그를 바라보기 시작했다. 『노정치가』도 정색을 하고 그를 응시하고 있었다. 벨로콘스카야 부인은 분노에 찬 시선을 그에게 쏟으며 입술을 지그시 물고 있었다. N공작, 예브게니 파블로비치, S공작, 그리고 아가씨들도 이야기를 멈추고 이쪽에 귀를 기울이고 있었다. 특히 아글라야는 몹시 놀란 표정을 하고 있었다. 리자베타 프로코피예브나 부인으로 말하면, 그녀는 아주 겁에 질려 있었다. 이들 모녀들은 참으로 이상한 사람들이었다. 그들은 공작이 저녁내 잠자코 앉아 있는 편이 좋을 것이라고 제멋대로 결정하고서는, 공작이 계속 혼자 앉아서 만족하고 있는 것을 보자 금세 조바심을 하기 시작했다. 조금만 더 있었으면 알렉산드라가 살그머니 그의 곁으로 다가가서 그를 벨로콘스카야 부인 옆으로 옮겨 앉게 하여 N공작을 중심으로 한 그룹에 한몫 끼워 주려던 참이었다. 그런데도 지금 공작이 말을 하기 시작하자 그들은 또 더한층 애를 태우는 것이었다.

「훌륭한 사람이었다는 건 옳은 말입니다.」 이반 페트로비치는 자못 위엄 있는 어조로 말을 받았다. 「암, 옳은 말이지요……. 참으로 좋은 사람이었어요! 어디로 보나 훌륭하고 가치 있는 사람이었습니다.」 잠시 숨을 돌리고 나서 그는 이렇게 덧붙였다. 「그보다도 온갖 존경을 받을 만한 사람이었지요!」 그는 또다시 말을 끊었다가 더욱 위엄 있는 어조로 덧붙였다. 「그리고…… 그리고 나는 당신을 만나 보게 되어 더없이 유쾌합니다.」

「언젠가 가톨릭의 수도원장과 관련된…… 기묘한 사건을 일으킨 사람이 바로 그 파블리시체프 씨가 아니었던가요?」 갑자기 무엇인가 생각난 듯이 『노정치가』가 이렇게 물었다. 「가톨릭의 수도원장……, 어느 수도원의 원장인지는 잊어버렸지만, 그때는 모든 사람들이 그것에 대해 이야기했죠.」

「그건 예수회(1535년에 로욜라가 창립한 가톨릭 수도회)의 수도원장인 구로우라는 사람이었습니다.」 하고 이반 페트로비치가 상기시켰다. 「그렇습니다. 그는 존경을 받을 만한 훌륭한 분이었습니다. 가문 좋고 재산 있고. 계속해서 관직에 있었으면, 시종관(侍從官)쯤은 지냈을 텐데…… 갑자기 관직이고 뭐고 다 팽개치고 가톨릭으로 개종하여 예수회에 입회했지요. 더욱이 큰 일이나 하는 것처럼 공공연하게 선전하고 다니고 우스운 행동을 취했으니……. 생각해 보면 잘 죽었지요! 그렇구말구요. 그때는 아주 화제가 되었었습니다…….」

공작은 깜짝 놀라서 제정신을 잃었다.

「파블리시체프 씨가요……. 파블리시체프 씨가 가톨릭으로 개종했단 말씀입니까? 절대로 그럴 리가 없습니다!」 하고 공작은 펄쩍 뛰며 소리쳤다.

「아니, 『절대로 그럴 리가 없다』구요!」 이반 페트로비치는 어디까지나 위엄 있게 말을 받았다. 「믿어지지 않으십니까, 공작님? 당신 자신도 알고 있겠지만…… 당신은 그 사람을 매우 존경하고 있는 모양입니다. 사실 그 사람은 더할 나위 없이 착한 인간이었지요. 실은 그 때문에, 그 구로우라는 놈 때문에 얼마나 애를 먹었는지, 고통을 당했는지 정말 들려 드리고 싶은 심정입니다.」 하며 그는 『노정치가』에게로 얼굴을 돌렸다. 「글쎄, 그 친구들이 유산 분배상의 요구까지 제기하지 않겠어요? 나는 부득이 비상 수단에 호소하지 않을 수 없습니다. 그놈들에게 혼을 내주기 위해서……. 정말 그렇게 비위가 좋은 놈들은 처음 보았다니까요! 다행히 이 사건은 모스크바에서 일어났기 때문에 나는 곧장 친분이 있는 백작한테로 달려가서 놈들에게 따끔한 맛을 보여 주었지만…….」

「이렇게 말하면 당신께서는 곧이 안 들을지 모르겠지만 당신은 나에게 슬픔과 충격을 주셨다는 것을 모르실 겁니다!」 공작은 또다시 소리쳤다.

「거 참 안됐군요. 그러나 실제에 있어 이 사건은 다른 모든 것처럼 그리 문제삼을 만한 것이 못 된다고 확신합니다.」영국식 신사는 다시 노정치가 쪽으로 얼굴을 돌리며 말을 이었다. 「작년 여름에 K백작 부인 역시 외국의 어느 가톨릭 수도원에 들어갔다고 하더군요. 우리 러시아 사람들은 그런 …… 사기꾼한테 걸려 들었을 때 그걸 이겨 내는 힘이 부족한 것 같습니다 ……. 특히 외국에 가 있는 사람들이 그렇지요.」

「그건 러시아 사람의 권태증에 기인한 것이라 생각되는군.」노정치가는 얼굴을 찌푸리고 우물쭈물 말했다.

「게다가 그 친구들의 전도 방법이…… 아주 교묘하단 말이야. 다분히 협박조의 방법이란 말이야. 나도 1832년에 비엔나에서 한 번 걸려 들 뻔했지만 바싹 정신을 차리고 그 친구들한테서 도망을 쳐버렸지. 핫, 핫! 정말 도망을 쳤다니까!」

「내가 듣기에 그때 당신은 예수회의 사람들을 피해 달아난 게 아니라, 레비스카야 백작 부인이라는 미인과 함께 비엔나에서 파리로 도망쳤다고 하던데요?」벨로콘스카야 부인이 불쑥 끼여 들었다.

「그렇지만 결과적으론 아무래도 예수회 사람들로부터 달아난 셈이라 할 수 있지요.」노정치가는 옛날에 있었던 즐거웠던 기억을 상기하고 껄껄 웃으며 이렇게 받아넘겼다. 「당신은 요즘 젊은 사람치고는 상당히 종교적 경향이 농후한 것 같군요.」그는 허심탄회한 얘기를 듣고 충격까지 받은 레프 니콜라예비치 공작을 향해 상냥한 어조로 말했다. 노정치가는 어떤 의미에서 공작에게 몹시 흥미를 느꼈기 때문에 이 청년의 사람됨을 좀더 알고 싶었던 것이다.

「파블리시체프 씨는 현명한 그리스도교인이었습니다. 진짜 그리스도교 신자였습니다.」갑자기 공작이 말했다. 「그런 사람이 어떻게 반그리스도적인 신앙에 굴복하겠습니까? 가톨릭은 반그리스도와 마찬가지니까요!」그는 갑자기 눈을 번쩍이며 마치 그들에게 호소하는 눈빛으로 좌중을 둘러보면서 이렇게 덧붙였다.

「말이 좀 지나친 것 같군.」노정치가는 이렇게 중얼거리며 놀란 얼굴로 이반 표도로비치에게 눈길을 주었다.

「어째서 가톨릭이 반그리스도적이란 말이지요?」의자를 돌리며 이번에는 이반 페트로비치가 물었다. 「그럼 그건 어떤 신앙이란 말입니까?」

「첫째로 비그리스도적인 교지를 들 수 있습니다!」공작은 극도로 흥분하여 터무니없이 언성을 높였다. 「이것이 첫번째이고 두번째로 로마 가톨릭은 무신론보다 더욱 나쁩니다. 이것이 나의 의견이지요. 그렇습니다. 나는 확신합니다! 무신론은 다만 무를 해명하는 데 불과하지만 가톨릭은 반그리스도적입니다! 나는 확신합니다! 확신한단 말입니다! 이건 나 자신을 오랫동안 괴롭혀 온 것입니다. 오래 전부터 갖고 있던 나의 신념입니다. 로마 가톨릭은 통일 세계의 국가적 권력 없이는 지상에 교회를 확립할 수 없다고 선언하고, 『우리에겐 그럴 능력이 없다(로마 교황의 권리
를 주장하는 말)』라고 외치고 있습니다. 나의 의견으로는, 로마 가톨릭은 종교라기보다는 서로마 제국의 계속에 불과합니다. 거기서는 종교를 비롯하여 그밖의 모든 것이 이러한 사상에 지배되고 있습니다. 교황은 땅과 지상의 왕좌를 획득하고 손에 칼을 쥐고 있습니다. 그때부터 그러한 상태를 계속해 오고 있을 뿐더러 다시 그 위에 허위와 중상과 기만과 환상과 미신과 악행을 부가(附加)했습니다. 그리하여 가장 신성하고 정직하며 소박하고 열렬한 민중의 감정을 회롱했고 모든 것을 금전과 바꾸었고 낮은 지상의 권력과 바꾸었습니다. 이래도 반그리스도적이 아니라고 할 수 있을까요? 이런 것 속에서 무신론이 나오는 것은 당연하다고 할 것입니다. 따라서 무신론은 무엇보다도 바로 로마 가톨릭에서 나온 것입니다. 이러니 어떻게 그들이 자기 자신을 믿을 수 있겠습니까? 그래서 무신론은 그들의 자기 혐오에 기초를 두었던 것입니다. 무신론은 그들의 허위와 정신적 무력에의 산물입니다. 무신론! 우리 나라에서 신을 믿지 않는 것은 다만 특수한 계급뿐입니다! 일전에 예브게니 파블로비치가 훌륭한 비유를 들었습니다만, 우리 나라에서는 송두리째 뿌리가 뽑힌 사람들만이 신을 믿지 않고 있을 뿐입니다. 그런데 저쪽 구라파에서는 민중의 대부분이 신앙을 잃어 가고 있습니다. 그것도 예전에는 암흑과 허위 때문이었지만, 지금은 교회와 그리스도교 신앙에 대한 증오 때문입니다.」

공작은 숨을 돌리려고 말을 멈췄다. 그는 굉장히 빨리 말했다. 안색은 창백해지고 호흡이 거칠어졌다. 일동은 서로 얼굴을 바라보고 있었으나 이윽고 노정치가가 거리낌없이 웃음을 터뜨렸다. N공작은 손잡이 안경을 꺼내 들고 공작의 얼굴을 유심히 바라보고 있었으며, 독일 태생 시인은 한쪽 구석에서 기어 나와 입가에 짓궂은 미소를 띠며 탁자 곁으로 다가왔다.

「당신은 지나치게 과장하고 있어요.」이반 페트로비치는 약간 따분하다는 눈치로 무언가 수치를 느끼는 것 같은 표정을 짓고 말꼬리를 끌면서 지적했다. 「저쪽 교회에도 역시 존경할 만한 덕망 높은 성직자들이 있습니다……. 」

「나는 결코 개개의 성직자를 두고 하는 말이 아닙니다. 나는 로마 가톨릭의 본질을 논한 것입니다. 도대체 교회라는 것이 아주 소멸해 버릴 수 있는 걸까요? 나는 결코 그런 말을 하지는 않았습니다. 」

「그 점은 나도 동감입니다. 하지만 그것은 새삼스럽게 말할 필요가 없는 문제입니다……. 더욱이 그것은 신학에 속한 문제니까요……. 」

「아, 아닙니다, 아닙니다……. 결코 신학에만 속한 문제가 아니라고 확신합니다. 이것은 당신네들이 생각하고 계신 것보다 훨씬 깊이 우리들과 연관된 문제지요. 이것이 단순한 신학적인 문제만은 아니라는 것을 깨닫지 못하는 데에 우리들의 오류가 있는 겁니다. 왜냐하면, 사회주의라는 것 역시 가톨릭교 내지는 가톨릭 종교 본질의 산물이니까요. 이것은 그와 형제적 관계에 있는 무신론과 마찬가지로 절망으로부터 생겨난 것입니다. 그리고 정신적인 의미에서 가톨릭과는 반대적인 입장을 취함으로써 잃어버린 종교적인 정신을 대신하여 메마른 인류의 정신적 갈증을 없애 주고 그리스도로서가 아니라 폭력으로써 인류를 구제하자는 것입니다! 이것 역시 폭력을 통한 자유이며 칼과 피를 통한 결합입니다! 『신을 믿지 마라. 재산을 소유하지 마라. 개성을 가지지 마라. 죽음으로 결합하자, 2백만 민중이여!』라고 그들은 외치고 있습니다! 그런 걸 해롭지 않다고, 우리에게는 아무런 위협도 될 수 없다고 생각하지 마십시오. 우리는 지금 당장 그것에 대항해서 싸워야 합니다. 잠시도 지체해서는 안 됩니다! 우리가 지켜 온, 여태까지 모르고 있던 러시아의 그리스도를, 그들의 서구라파 문명에 대항하여 빛내지 않으면 안 됩니다! 호락호락 가톨릭교도들의 올가미에 걸려 들 것이 아니라, 우리는 러시아의 문명을 높이 받들어 지금 당장 그들 앞에 출현해야 할 때가 온 것입니다. 그리고 지금 어느 분인가가 말씀하신 것처럼 그들의 전도 방법이 교묘하다느니 어쩌니 하는 핑계를 대는 사람이 더 이상은 우리 나라에 없도록 해야 할 것입니다……. 」

「실례지만, 실례지만!」이반 페트로비치는 몹시 허둥거리며 주위를 둘러보면서, 매우 불안한 듯이 말했다. 「당신의 사상은 물론 애국심에 충만된 훌륭한 것입니다. 그러나 지나치게 과장되었군요……. 차라리 이 문제는 이만 끝내는 편이 좋을 것 같습니다」

「아닙니다, 과장되기는커녕 오히려 부족될 지경입니다, 나는 표현력이 워낙 부족하니까요. 그러나……」

「잠—깐—만!」

공작은 입을 다물었다. 그는 의자 위에 몸을 젖힌 채 움직이지 않고 이글이글 타오르는 눈길로 이반 페트로비치를 응시했다.

「당신은, 당신 은인에 대한 이야기라 몹시 충격을 받은 모양이군요.」노정치가는 아직도 인내심을 잃지 않고 부드러운 어조로 말했다. 「어쩌면 당신은…… 고독한 몸이기 때문에 홍분하기가 쉬운…… 것 같군요……. 그러나 좀더 세상 사람들과 사귀게 되고 훌륭한 청년이라고 환영을 받게 되면, 그런 당신의 홍분은 쉽게 가라앉을 것이고, 세상 일이란 지금까지 생각했던 것보다는 매우 단순하다는 걸 깨닫게 될 것입니다……. 더욱이 나의 견해로는 그런 보기 드문 사건도, 일부는 우리의 포만(飽滿)에서, 일부는…… 권태에서 오는 것인지도 모르니까……. 」

「맞았어요, 바로 그겁니다!」공작은 소리쳤다. 「참으로 훌륭한 의견이십니다! 바로 권태 때문이지요, 우리의 권태 때문입니다. 그러나 포만 때문은 아닙니다. 오히려 그 반대로 갈망에서 오는 것이지 결코 포만에서 오는 것은 아닙니다. 이 점은 당신이 잘못 생각하셨습니다! 단순히 갈망 때문만이 아니라, 불 같은 충동에서 나오는 점화(點火)인 것입니다! 그리고 …… 이것은 그저 간단히 웃어 넘길 수 있는 사소한 양상을 띠고 있다고 생각하지 마십시오. 주제넘은 말 같습니다만 사물을 미연에 통찰하는 힘을 가지지 않으면 안 됩니다! 우리들은 육지에 도달하여 이것이 육지라고 믿기만 하면 완전히 환희에 도취되어 극단적인 경지에까지 내닫고야 맙니다. 대체 이건 무엇 때문일까요? 당신네들은 파블리시체프 씨의 행위에 경악을 표시하고, 그 원인을 그 분의 광적인, 혹은 착한 성격에서 찾고 있습니다만 그것은 틀린 생각입니다. 그러한 경우는 비단 우리들뿐만 아니라 전 구라파가 우리 러시아 사람의 열정(熱情)에 깜짝 놀라는 것입니다. 러시아 사람이 일단 가톨릭으로 개종하게 되면 그 사람은 반드시 예수회 회원이 되게 마련입니다. 그것도 가장 과격한 예수회 회원이 됩니다. 그리고 러시아 사람이 일단 무신론자가 되면 그 사람은 반드시 폭력으로…… 다시 말해서, 칼로 신에 대한 신앙의 근절을 요구하게 마련입니다. 대체 이것은 무엇 때문일까요? 무엇 때문에 그렇게 갑자기 미치광이가 되어 버리는 걸까요? 당신네들은 이것을 모르십니까? 왜냐하면 그들은 여기서 찾지 못한 고국을 거기서 발견하려 하기 때문입니다. 그들은 기뻐합니다. 육지다, 마침내 육지를 발견했다, 이렇게 외치며 미친 듯이 덤벼들어 거기다 입을 맞추는 것입니다. 러시아의 무신론자나 예수회 회원은 단순한 허영심…… 더럽고 공허한 감정 때문이라기보다는 정신적인 고통, 정신적인 갈증 때문에 생겨난다고 보아야 할 것입니다. 즉 인생의 가장 존귀한 사업, 견고한 육지, 일찍이 한 번도 알 기회를 가지지 못해서 믿을 수 없었던 조국에의 동경 때문에 생겨나는 것입니다. 지금 러시아 사람들은 고향땅을 믿지 않게 되었습니다만, 그것은 여태까지 한 번도 눈으로 본 적이 없기 때문입니다. 그래서 러시아 사람들은 세계 어느 나라 국민보다는 가장 쉽사리 무신론자가 되어 버립니다. 무신론자가 되는 데 그치지 않고 반드시 무신론을 신앙합니다. 자기가 무(無)를 신앙하고 있다는 사실을 전혀 모르며 무슨 새로운 종교나 되는 것처럼 그것을『믿습니다』. 우리들의 갈망은 이 정도에까지 이른 것입니다! 『자기 발 밑에 지반을 갖지 않은 자는 신을 갖지 못한 인간이다.』이건 내 말이 아닙니다. 내가 여행중에 만난 분리파 신자인 어느 상인의 말입니다. 실은 그렇게 말한 것이 아니라, 『자기의 고향땅을 저버린 자는 자기의 신을 저버린 인간이다.』라고 말했지요. 러시아에서는 최고의 교육을 받은 사람까지 신(新)분리파(13세기에 일어난 종교의 한 파. 속죄하기 위하여 채 몸을 매질하는 광신적인 종파로 무지한 농민에 의한 교파)로 전향한 사실을 상기해 보십시오……. 그렇지만 이러한 경우, 신분리파가 허무주의나 예수회나 무신론보다 못한 점이 무엇일까요? 어쩌면 그런 것들보다 훨씬 깊이가 있을는지도 모릅니다! 아무튼 우리들의 고뇌는 이런 단계에까지 이른 것입니다! 목마르고 갈증난 콜럼버스의 동반자들에게『신세계』의 육지를 계시해 주십시오! 러시아 사람들에게 러시아의『세계』를 계시해 주십시오! 러시아 사람들로 하여금 땅 밑에 묻힌 황금과 보화를 캐내게 해주십시오! 그리스도에 의해서만 이룩될 수 있는 전 인류의 경신과 부활을 미래에 있어 계시해 주십시오. 그것은 다만 러시아의 사상과 러시아의 신과 러시아의 그리스도에 의해서만 성취될 것입니다. 그때야말로 강력하고 성실하고 지혜 있고 공정한 거인(巨人), 러시아가 홀연히 그 위대한 자태를 나타내서 온 세계를 놀람과 공포에 떨게 할 것입니다. 그도 그럴 것이, 저들이 우리 러시아에 기대하고 있는 것은 오직 검(劍)과 폭력뿐이기 때문입니다. 저들은 주관적으로 남을 판단하기 때문에 야만적인 것을 빼놓은 러시아를 상상할 수 없는 것입니다. 여태까지 그랬지만, 앞으로도 이 경향은 더욱 현저하게 나타날 것입니다. 그리고……. 」

그러나 이때 돌발적인 사건이 일어났기 때문에 공작의 열변은 도중에서 중단되고 말았다.

이 열띤 장광설, 무섭게 혼란되어 맞부딪치며 서로 먼저 튀어나오려는 괴이한 말들과 환희에 찬 사상의 분류(奔流)는, 겉으로는 이렇다 할 아무런 원인도 없이 갑작스레 흥분한 이 청년의 내부에 무엇인가 위험한, 무엇인가 특수한 것이 발생하고 있음을 예고하는 것 같았다.' 현재 객실에 있는 손님들 중에서 공작을 아는 모든 사람들은 그의 소심한 성격이며 보기드문 이례적인 사교술, 상류사회의 예의에 대한 본능적 민감 등과는 어울리지 않는 그의 폭발 때문에 위구심을 느끼며, 개중에는 수치를 느끼며, 그를 바라보고 있었다. 대체 어찌하여 이렇게 되었는지 그들은 이해가 가지 않았다. 설마 파블리시체프 씨에 관한 뉴스가 원인이 되었다고 생각할 수 없을 것이다. 부인들은 마치 미친 사람을 보듯 그를 바라보고 있었다. 벨로콘스카야 부인은 후에 「1분만 더 계속되었더라면 나는 도망을 치려 했었다.」고 자백했다. 『노인들』은 처음에 몹시 놀라서 거의 까무러칠 뻔했다. 장군은 엄격한 표정으로 자못 불만스럽게 자리에 앉아 있었으며 공병 대령은 옴짝달싹 않고 조용히 앉아 있었다. 독일 태생의 시인은 창백한 얼굴이었으나, 그래도 남들이 어떻게 나오는가를 보려는 듯이 주위를 둘러보며 입가에 쓴웃음을 짓고 있었다.

그러나 이처럼 『거북한 분위기』도 한 1분간 더 계속되었더라면 원만하고 자연스럽게 해결될 수 있었을는지도 모른다.

이반 표도로비치는 당황했으나, 누구보다도 먼저 정신을 가다듬고, 벌써 몇 번이나 공작의 말을 중단시키려 했다. 그러나 아무런 진전이 없자 마침내 그는 확고하고 단호한 결심을 하고 공작에게로 다가갔다. 1분만 더 기다려 보고, 그래도 안 되면 공작의 병을 핑계삼아 친구로서의 입장에서 그를 객실로부터 끌어 내기로 결심했던 것이다. 그의 병이라는 건 어쩌면 정말인지도 모른다고 이반 표도로비치는 마음속으로 단정을 내리고 있었던 것이다……. 그러나 사태는 전혀 다르게 발전하고 있었다.

처음 공작이 객실에 들어왔을 때 그는 아글라야가 그렇게까지 그를 겁먹게 한 중국제 꽃병에서 되도록이면 멀리 떨어져 앉았었다. 어제 아글라야한 테 그런 말을 들은 공작은 그 꽃병을 멀리하려고 노력했고 또 그런 재액을 피하려고 얼마나 애썼는지 모른다. 그럼에도 결국은 그 꽃병을 깨뜨리고 말 것이라는 이상하고 불합리한, 일종의 예감이 그의 마음속에 깊이 뿌리를 박 고 말았던 것이다.

그런 일이 정말 일어날 수 있을까? 그러나 일은 일어나고야 말았던 것 이다. 야회가 진행됨에 따라 그것과는 별개의 강렬하고도 명쾌한 인상들이 그의 마음에 가득 차기 시작하면서부터 이미 말한 바와 같이 그는 자기의 예감을 완전히 잊어버리고 말았다. 그가 파블리시체프의 이름을 들었을 때, 그래서 이반 표도로비치가 다시 그를 이반 페트로비치에게 소개했을 때 그 는 탁자에 가까운 곳으로 자리를 바꾸어, 거기 놓인 안락의자에 옮겨 앉았 었다. 바로 그 옆에는 아름답고 값비싼 중국제 꽃병이 받침대 위에 놓여 있 었는데 그것은 그의 팔꿈치와 거의 같은 높이에 있었다.

자기의 열변의 마지막 몇 마디와 함께 공작은 무엇 때문인지 어깨를 으쓱 해 보이며 무심코 한쪽 손을 내저었다……. 순간, 경악의 외침이 모든 사 람의 입을 뚫고 터져 나왔다. 꽃병은 처음엔 어디로 떨어질지 알 수 없 었다. 노인 쪽으로 떨어질 듯이 기우뚱거리더니 갑자기 반대쪽으로, 기겁을 하고 물러난 시인 쪽으로 기울어져서 마룻바닥 위에 떨어져 박살이 났다. 병이 깨지는 요란한 음향! 일동의 외침, 양탄자 위에 흩어진 파편, 공포, 경악……. 아아, 이 순간 공작의 심중이 어떠했는가는 도저히 형언할 수 없지만, 굳이 형언할 필요도 없을 정도로 대단한 것이었다. 그렇지만 이 순 간 그에게 오는 날카로운 감촉, 혼란된 다른 모든 기묘한 감각들 속에서도 한층 더 강하고 밝게 두드러진 하나의 감촉에 대해서만은 몇 마디 설명을 가할 필요가 있다. 그의 마음을 강타한 것은, 돌발적으로 일어난 사건 때문 에, 실수로 인한 당황이라든가 공포가 아니었다. 그것은 예감이 적중했다는 사실이었다. 과연 이렇게 그의 마음을 사로잡았던 예감 속에는 무엇이 있었 을까? 그는 다만 간담이 서늘해지도록 놀란 채 거의 신비적인 공포를 느끼 면서 장승처럼 우뚝 서 있었다. 다음 순간 그는 갑자기 눈앞이 환하게 트이 는 것 같았다. 공포 대신에 광명의 환희가 솟구쳐 오른 것이었다. 어쩐지 숨이 꽉 막혀 오는 듯싶었다. 그리고…… 그러나 그 한 순간도 지나갔다. 아아, 다행히 그것은 아니었구나! 그는 주위를 둘러보았다.

그는 자기 주위에 일어난 혼란을 오래도록 이해하지 못하는 듯싶었다. 아니 모든 것을 보고 모든 것을 완전히 이해하기는 했지만 그는 마치 이 사건과는 관계가 없는 사람처럼 멍청히 서 있을 뿐이었다. 그것은 흡사 옛날 얘기에 나오는, 보이지 않는 옷을 입은 사내가 남의 방에 들어가서 자기와는 아무런 관계도 없는 굉장히 흥미있는 사람들을 바라보고 있는 광경과도 같았다. 그는 하인들이 파편을 치우는 것을 보았고 사람들의 부산스런 대화를 들었다. 그리고 창백하고 이상한 눈으로 자기를 바라보고 있는 아글라야를 보았다. 그녀의 눈에는 증오의 빛도 없고 털끝만한 분노도 없었다. 그녀는 겁에 질린 것 같으면서도 호의가 넘치는 동정 어린 눈으로 공작을 바라보고 있었다. 그리고 다른 사람들에게는 이상스럽게 번쩍이는 시선을 던지고 있었다. 그의 가슴속엔 갑자기 달콤한 감정이 꿈틀거리기 시작했다. 이윽고 그는 사람들이 마치 아무 일도 없었던 것처럼 웃기까지 하며 다시 자리에 앉는 것을 보고 적이 놀라지 않을 수 없었다. 1분 후에는 웃음소리가 더욱 커졌다. 모두들 화석이 된 것처럼 버티고 서 있는 그를 보며 웃어 댔지만 그것은 우호적인 유쾌한 웃음들이었다. 많은 사람들이 그에게 말을 걸었는데 그것은 아주 상냥스럽게 들렸다. 그 중에서도 특히 리자베타 프로코피예브나 부인은 그에게 웃으며 말을 했고 무엇인가를 매우 친절하게 이야기했다. 문득 그는 이반 표도로비치가 다정하게 자기 어깨를 툭 치는 것을 느꼈다. 이반 페트로비치 역시 웃고 있었다. 그러나 그보다도 더욱 친절하고 유쾌하며 동정적인 태도를 보여 준 것은 노정치가였다. 그는 공작의 손을 가볍게 잡고 다른 한 손으로는 그의 어깨를 툭툭 두드리면서, 마치 어린애한테 하는 것처럼 정신을 차리라고 타이르는 것이었다. 공작은 이것이 아주 마음에 들었다. 노정치가는 공작을 자기 곁에 끌어다 앉혔다. 공작은 기쁨에 찬 눈으로 그 얼굴을 바라보았으나 어쩐지 숨이 막히는 것 같아서 말을 할 수가 없었다. 노정치가의 얼굴이 그에게는 더없는 만족을 주었던 것이다.

「그럼,」 하고 그는 간신히 중얼거리듯 입을 열었다. 「당신은 정말 나를 용서해 주시는 건가요? 그리고…… 리자베타 프로코피예브나 부인, 당신도?」

웃음소리가 크게 울려퍼졌다. 공작은 눈물이 글썽해졌다. 그는 이 행복을 좀처럼 믿을 수가 없어서 마치 무엇에 홀린 사람처럼 멍청히 있었다.

「그야 물론 꽃병은 아주 훌륭한 것이었지만……. 나는 벌써 15년 전부터 그 꽃병을 알고 있어요……. 그렇군요, 15년……. 그러나…….」이반 페트로비치가 이렇게 입을 열었다.

「정말 큰일날 뻔했어요! 그까짓 도자기 하나 때문에 하마터면 사람이 까무러칠 뻔했으니 말예요!」리자베타 프로코피예브나 부인이 큰 소리로 말했다. 「정말로 당신은 그렇게까지 놀라셨나요, 레프 니콜라예비치?」하고 그녀는 몹시도 염려되었다는 어조로 물었다.

「그런 것을 가지고 너무 걱정하지 마세요. 나는 오히려 당신이 염려될 지경이에요.」

「그럼, 모든 것을 용서해 주신단 말씀입니까? 꽃병 이외의 모든 것도 다 아?」공작은 벌떡 일어서면서 물었다. 그러나 노정치가는 얼른 공작의 손을 잡아끌었다. 그는 공작을 놓아 주고 싶지는 않았던 것이다.

「이건 참으로 진기하고도 중대한 일이다!」하고 노정치가는 탁자 너머로 이반 페트로비치에게 속삭였다. 그러나 꽤 큰 음성이었으므로 어쩌면 공작의 귀에도 들렸는지 모른다.

「그럼 나는 아무에게도 실례될 짓을 하지 않았군요! 내가 얼마나 기쁜지 당신은 모르실 겁니다. 하지만 그것은 당연한 일입니다! 사실 내가 어떻게 이 자리에서, 어느 분에게 실례되는 짓을 할 수 있겠습니까? 만일 그렇게 생각을 한다면 나는 또다시 여러분들을 모욕하는 일이 될 것입니다.」

「진정하십시오. 그건 매우 과장된 표현입니다. 그렇게 감사할 필요는 조금도 없어요. 물론 그것은 아름다운 감정이기는 하지만 지나치게 과장된 것입니다.」

「나는 감사하고 있는 게 아닙니다. 다만…… 당신들을 찬미하고 있습니다. 당신들을 보는 것만으로도 행복합니다. 내 말이 우스꽝스럽게 들릴는지 모르겠습니다만, 나는 말을 해야겠습니다……. 나 자신에 대한 존경을 표시하는 뜻에서만이라도 나는 설명해야 합니다…….」

그의 언동은 돌발적이었고 혼돈되어 있었으며 열에 뜬 것처럼 열광적인 것이었다. 어쩌면 그의 입을 뚫고 나오는 말의 대부분은 정작 그가 하려던 말이 아니었는지도 모른다. 그의 눈길은, 계속해서 말해도 좋겠느냐고 묻고 있는 것 같았다. 순간 그 시선은 벨로콘스카야 부인에게 가서 멎었다.

「괜찮아요, 어서 계속하세요. 그러나 숨을 돌려 가며 얘기하도록 하세요.」하고 부인은 말했다. 「아까는 숨이 차게 떠들어 대는 바람에 그렇게 되었으니까. 그렇다고 말하기를 꺼려할 필요는 없어요. 여기 계신 분들은, 당신보다 몇 배나 더 이상한 사람들을 자주 보아 온 분들이니까 이 정도로는 별로 놀라지 않을 거예요. 당신은 아직 그렇게 심한 편은 아닙니다. 다만 꽃병을 깼기 때문에 깜짝 놀랐을 뿐이지요.」

공작은 미소를 띤 채 그녀의 말에 귀를 기울이고 있었다.

「헌데, 그게 아마 당신이었지요?」하고 그는 노정치가에게 불쑥 말을 걸었다. 「석 달 전에 포드쿠모프라는 대학생과 쉬바브린이라는 관리를 유형에서 구출해 준 것 말입니다.」

노정치가는 약간 얼굴을 붉히며 좀더 진정하는 것이 좋을 거라고 중얼거렸다.

「그리고 당신에 대한 소문도 들은 일이 있습니다.」하며 그는 곧 또 이반 페트로비치에게로 얼굴을 돌렸다. 「당신은 당신에게 온갖 못된 짓을 다한 농부들이 해방(1861년의 농노해방)된 후 화재를 당했을 때, 집 지을 나무를 당신 산에서 무상으로 베어 가게 하셨다더군요.」

「아니, 그건…… 과, 과장된 소문입니다.」이반 페트로비치는 약간 당황한 어조로 대답했으나 그래도 마음속으로는 적이 유쾌한 모양이었다. 그러나 그의 『과장된 소문』이란 말은 사실이었다. 공작은 와전된 소문을 들었던 것이다.

「그런데 공작 부인, 당신께서는,」공작은 미소를 담뿍 머금은 얼굴을 벨로콘스카야 부인에게로 돌렸다. 「반 년 전에 모스크바에서 리자베타 프로코피예브나 부인의 편지 한 장으로 저를 친아들처럼 보살펴 주시지 않았습니까? 당신은 그때 친아들에게 하시는 것처럼 나한테 충고를 해주셨습니다. 저는 그 은혜를 언제까지나 잊지 않을 것입니다.」

「어째서 당신은 실성한 사람처럼 그렇게 횡설수설하는 거죠?」벨로콘스카야 부인은 못마땅하다는 얼굴로 쏘아붙였다. 「당신은 착하긴 하지만 좀 우둔한 데가 있어 탈이에요. 동전 두 개만 던져 주면 마치 생명의 은인이나 되는 것처럼 고마워할 사람이란 말이에요. 당신은 그걸 잘하는 일로 생각하고 있는지 모르지만 그것은 매우 혐오감이 드는 일입니다.」

그녀는 사뭇 화를 낸 것같이 보였으나 어떻게 생각했는지 갑자기 웃음을 터뜨리고 말았다. 더욱이 그 웃음은 선량하기 짝이 없는 것이었다. 이것을 본 리자베타 프로코피예브나 부인의 얼굴은 금세 환하게 빛나기 시작했다. 이반 표도로비치의 얼굴에도 화색이 돌았다.

「나도 그렇게 말했습니다. 레프 니콜라예비치란 사람은…… 숨이 차게 떠들어 대지만 않으면 아무 일도 없을 거라고 말입니다! 지금 공작 부인께서 말씀하신 것처럼…….」장군은 벨로콘스카야 부인의 말에 감격해서 이렇게 말했다.

아글라야만은 어쩐지 우울했으나 그 얼굴은 아직도 상기되어 있었다. 어쩌면 그것은 마음속에 끓어오르는 분노 때문이었을지도 몰랐다.

「저 사람은 정말 귀여운 데가 있어.」노정치가가 또다시 이반 페트로비치에게 소곤거렸다.

「나는 가슴에 고뇌를 안고 이 자리에 들어왔습니다.」공작은 시시각각으로 더해 가는 혼란 속에서 더욱 빠르고 더욱 이상하고 더욱 생기 있게 말을 계속했다. 「나는…… 나는 당신네들이 두려웠습니다. 나 자신도 두려웠습니다. 무엇보다도 나 자신이 두려웠습니다. 이번에 페체르부르그에 돌아왔을 때 나는 어떻게 해서든지 상류층의 사람들을 만나 보자고 결심했습니다. 사실은 나 자신도 이런 사람들 중의 하나라고 할 수 있지요. 가문으로 본다면 제1급에 속하니까요. 나는 지금, 나 자신과 같은 공작들과 자리를 함께 하고 있는 겁니다. 그렇잖아요? 나는 당신네들을 알고 싶습니다. 그것이 필요했습니다! 매우 매우 필요했습니다! 나는 당신네들에 대하여 좋은 것보다는 나쁜 말들을 너무나 많이 들어 왔습니다. 즉 당신네들은 하잘것없는 일에만 관심을 갖고 있다느니, 성미가 편협하다느니, 교육이 천박하다느니……, 그도 그럴 것이 당신네들에 대한 이런 비판이 도처에서 일어나고 있는 형편이니까요! 나는 오늘 호기심과 불만을 품고 여기 왔습니다. 과연 러시아의 상류 계급은 그 황금 시대가 지나가고 오랜 생명의 원천마저도 고갈되어, 이제는 죽어 갈 수밖에 없는 무용지물이 되어 버렸으니까요! 과연 그들은 어째서 자기들이 죽어 가고 있음을 깨닫지 못하고, 미래를 가진 사람들과 경박한 싸움을 계속함으로써 그 사람들의 진보를 방해하고 있는 걸까? 이런 것을 나는 자신의 눈으로 분명히 확인하고 싶었던 것입니다. 나는 전부터 그러한 의견을 전적으로 믿지 않았습니다. 왜냐하면 우리 나라에서는 관등을 나타내는 제복이라든가 혹은…… 우연히 맺어진 궁정 계급을 제외하면 상류 계급이라는 것은 실질적으로 존재한 일이 없기 때문입니다.

특히 오늘날에는 완전히 소멸해 버리고 말았습니다. 그렇지 않습니까? 여러분, 그렇잖을까요?」

「천만에! 그건 잘못된 생각입니다.」이반 페트로비치는 코웃음을 쳤다.

「저것 봐, 또 저러는군!」벨로콘스카야 부인은 참지를 못하고 이렇게 말했다.

「어서 말하라고 내버려 둬요! 온몸을 후들후들 떨고 있는걸.」또다시 노정치가가 낮은 소리로 소곤거리듯이 이렇게 말했다.

공작은 이미 이성을 잃고 있었다.

「그런데 말입니다. 오늘 나는 여기서 우아하고 순박하고 현명한 사람들을 발견했습니다. 나 같은 사람의 말을 귀담아 들어 주시는 덕망 높은 어르신네를 보았습니다. 서로 이해하고 서로 용서할 수 있는 사람들, 내가 저쪽에 있을 때 만난 사람들과 똑같은 선량하고 성실한 러시아 사람들을 보았습니다. 내가 얼마나 환희에 찬 놀라움을 느꼈겠는지 한 번 상상해 보십시오! 오오, 내 말을 끝까지 들어 주십시오! 나는 여태까지 하도 많이 들어 왔기 때문에 나 자신도 그런 말들을 믿고 있었습니다. 다름 아니라, 사교계에서는 모든 것이 낡아빠진 격식에 얽매어 있을 뿐 그 본질은 이미 고갈돼 버렸다는 것입니다. 그러나 나는 지금 모든 것을 자신 있게 말할 수 있습니다. 그것은 다른 나라의 이야기이지 결코 러시아의 이야기는 아니다라고. 도대체 당신네들이 모두 예수회 회원과 같은 거짓말쟁이들이라고 말할 사람이 어디 있겠습니까? 아까 N공작의 이야기를 들었습니다만, 그것은 순박하고도 감동 어린 말, 성실하고도 아름다운 유머가 아니겠습니까? 과연 그런 아름다운 말들이…… 마음도 재능도 고갈돼 버린 죽은 자의 입에서 나올 수가 있을까요? 지금 여러분들이 내게 보여 준 것과 같은 그러한 태도를 과연 죽은 사람이 보여 줄 수가 있을까요? 이것은 참으로…… 미래를 위한, 희망을 위한 소재가 아닙니까? 이러한 사람들이 사물을 이해 못하고, 시대적으로 퇴보한다는 것은 있을 수 없는 일이 아니겠습니까?」

「이젠 그만 진정하시오. 그 얘기는 다음 기회에 또 하기로 합시다. 그때는 나도 기꺼이…….」하고 노정치가는 쓴웃음을 지었다.

이반 페트로비치는 떠들썩하게 지껄이다가 옆으로 돌아앉아 버렸다. 이반 표도로비치는 초조하게 몸을 움직이기 시작했다. 그의 직속 상관인 장군은 공작에게는 전혀 주의를 돌리지 않고 정치가 부인에게만 말을 건네고 있

었다. 그러나 정치가 부인은 연상 공작을 홀끔홀끔 바라보면서 귀를 기울이
고 있었다.

「아니, 말이 나온 김에 죄다 말해 버리는 편이 좋을 것입니다!」공작은
새로운 흥분과 함께 신뢰 어린 어조로 노정치가를 향하여 말을 이었다.
「어제 아글라야 이바노브나는 나한테 말을 하지 말라고 주의를 주면서, 심
지어는 말해서는 안 될 논제까지 지정해 주었습니다. 그런 논제를 논하게
되면 내가 우스꽝스럽게 보인다는 것을 저 분은 알고 있기 때문입니다. 나
는 스물일곱 살입니다만 아직 모든 면에서 어린애와 같다는 것을 나 자신도
잘 알고 있습니다. 나는 남에게 자기의 사상을 말할 권리를 가지고 있지 못
합니다……. 이건 벌써부터 내가 알고 있는 점입니다. 나는 오직 모스크바
에서 로고진과 솔직히 이야기한 일이 있을 뿐입니다……. 우리 두 사람은
함께 푸시킨의 책을 읽었습니다. 그 친구는 아무것도 심지어는 푸시킨의 이
름조차 몰랐습니다……. 나는 항상 나의 어리석은 태도 때문에 나 자신의
사상이나 『중요한 관념』을 훼손시키게 되지나 않을까 두려워하고 있었습
니다. 내게는 화술이라는 것이 없습니다. 있다면 그것은 언제나 제 뜻과는
반대되는 제스처이기 때문에 웃음을 불러일으키고 나 자신의 관념을 더럽
힐 뿐입니다. 또한 내게는 감정의 척도가 없습니다. 이것이 문제란 말입
니다. 이것이 가장 중요한 문제입니다. 나 같은 사람은 아무 말 않고 가만
히 앉아 있는 편이 좋다는 것도 알고 있습니다. 말을 하지 않고 가만히 있
으면 오히려 분별 있게 보이거든요. 뿐만 아니라, 사물을 깊이 생각할 여유
가 있으니까요. 그러나 지금은 말을 하는 편이 좋습니다. 내가 이렇게 지껄
이기 시작한 것은 당신네들이 그처럼 아름다운 눈으로 나를 바라보고 계시
기 때문입니다. 당신네들은 참으로 아름다운 얼굴들을 하고 계십니다! 어
제 나는 저녁내 잠자코 있겠노라고 아글라야 이바노브나한테 약속했었습
니다.」

「그게 정말이오!」하고 노정치가는 빙긋이 웃었다.

「그러나 난 이따금 제 생각이 틀린 것이 아닌가 하고 생각할 때가 있습
니다. 즉 진실성이라는 것은 화술(話術)보다 더 가치가 있는 것이 아닐까,
하고 말입니다……. 그렇잖을까요?」

「때론 그럴 수도 있겠지.」

「나는 죄다 설명하고 싶습니다. 모든 것을, 모든 것을 죄다! 당신네들은

나를 관념론자 오, 그렇군요! 나를 유토피안이라 생각하십니까? 오오, 절대로 그렇지 않습니다. 나의 생각은 지극히 단순한 것입니다……. 왜, 곧 이들리지가 않습니까? 어째서 당신들은 웃고만 계십니까? 나는 이따금 비열하게 될 때가 있습니다. 그것은 신뢰를 잃기 때문입니다. 아까도 이리로 오는 도중에 나는 이러한 생각을 했습니다. 『대체 그 사람들과 어떻게 이야기를 시작할까? 그 사람들을 조금이라도 이해시키려면 무슨 말부터 꺼내는 게 좋을까?』하고 얼마나 걱정했는지 모릅니다. 그것은 나 자신을 위해서도 염려했습니다만 특히 당신들을 위해서 더 염려했던 것입니다. 하지만 과연 내가 그런 걸 염려할 자격이 있었는가를 생각하면 나 스스로 부끄러워지는군요. 한 사람의 탁월한 인간에 대해서 무수한 못난이가 있다고 한다면 그것이 대체 어떻단 말입니까? 이들은 무수한 못난이가 아니라, 그 모두가 살아 있는 소재(素材)라는 것을 확신하고 있기 때문에 나는 오히려 그것을 기뻐하는 것입니다. 우리는 자기가 가소로운 존재라 해서 그것을 부끄러워할 필요는 조금도 없다고 생각합니다. 그렇잖아요? 사실 우리들은 가소롭고 경솔하며 나쁜 습관에 젖어 있을 뿐더러 사물을 통찰할 줄도 이해할 줄도 모릅니다. 우리들은 모두, 당신들이나 나나 세상 사람들이나 모두가 다 이와 비슷한 인간들입니다! 헌데 내가 맞대놓고 당신네들을 우스운 인간들이라고 말해도 당신네들은 조금도 화를 내시지 않는군요? 그렇다면 당신네들은 그 살아 있는 소재(素材)가 아니라고 할 수 있을까요? 아시다시피 내 생각에 우습게 보인다는 것은 경우에 따라서 오히려 좋은 일인 것 같습니다. 왜냐하면 그래야만이 서로가 빨리 용서하게 되고, 쉽게 자신을 억제할 수가 있으니까요. 사실 말이지 한꺼번에 모든 것을 이해할 수는 없는 일이며, 처음부터 완전하게 시작할 수는 없는 일입니다. 완전에 도달하기 위해서는 그 전에, 많은 것을 이해하지 못하는 과정이 필요합니다! 너무 빨리 이해하면 간혹 잘못 이해하게 되는 수도 있으니까요. 내가 여러분에게 말을 하는 것은 여러분이 많은 것을 이해하고 또…… 많은 것을 이해하지 않고 있기 때문입니다. 나는 이제 당신들에 대하여 염려하거나 걱정하지는 않습니다. 당신네들은 이런 애송이가 당신들한테 이런 말을 한다고 해서 화를 내시지는 않으시겠죠? 이반 페트로비치 씨, 당신은 웃으시는군요──하고 그는 영국식 신사에게 말했다──당신은 내가 그 사람들, 평민 계급을 염려하고 있다고 생각하십니까? 내가 『그 사람들』의 옹호자이며 민주주의자이며 평등의 선동자라고 생각하십니까?」그러고 나서 그는 미친 사람처럼 웃었다. 그는 쉴새없이 환희에 찬 짧은 웃음소리를 내는 것이었다. 「나는 당신들을 염려하고 있는 것입니다. 당신네들 모두를, 또한 우리들 모두를 염려하고 있는 것입니다. 나도 유서 깊은 집안의 공작입니다. 그리고 지금 나는 많은 공작들과 자리를 함께하고 있습니다. 내가 이런 말을 하는 것은 당신들 전체를 구하기 위해서입니다. 우리들 계급이 아무것도 깨닫지 못하고 모든 것을 남용하다가 모든 것을 상실하고 암흑 속으로 사라져 버리지 않게 하기 위해섭니다. 탁월하고도 선구적인 지도자로 남아야 할 이때, 무엇 때문에 남에게 자리를 양보하고 사라져 버린단 말입니까? 선구적인 인간이 됩시다. 그리고 지도자가 됩시다！ 지도자가 되기 위해 종이 됩시다！」

그는 자꾸만 의자에서 일어나려 했으나 그때마다 옆에 앉은 노정치가가 그를 제지했다. 노정치가는 점점 더해 가는 불안을 품고 그에게서 눈을 떼지 않고 있었다.

「들어 보세요！ 나도 말만 앞세우는 게 좋지 않다는 걸 알고 있습니다. 그보다는 실례를 보여 주는 것이 더 좋은 일이고, 착수하는 것이 더욱 좋습니다……. 그래서 나는 이미 착수했습니다……. 그리고…… 그리고 진정으로 불행할 수가 있을까요? 내게 행복을 누릴 능력이 있다면 현재의 슬픔이나 불행 같은 건 문제가 아닙니다！ 아시다시피 나는 한 그루의 나무 옆을 지나갈 때 그것을 보고 행복을 느낄 줄 모르는 사람들의 마음을 이해할 수 없습니다. 남과 이야기를 할 때에는 내가 그 사람을 사랑하고 있다는 생각만으로도 행복을 느낍니다. 아아, 뭐라고 표현할 수가 없군요……. 하지만 의기소침한 사람의 눈에조차 아름답게 보이는 것이 이 세상에는 얼마든지 있지 않습니까? 갓난아기를 보십시오, 새벽놀을 보십시오, 자라고 있는 한 포기 풀을 보십시오. 당신들을 사랑하고, 당신들을 바라보고 있는 눈들을 보십시오……. 」

그는 오래 전에 자리에서 일어나서 열을 올리며 지껄이고 있었다. 리자베타 프로코피예브나 부인이 제일 먼저 눈치를 채고, 「아유, 저걸 어째！」하고 소리치며 손뼉을 쳤다. 노정치가도 이제는 겁먹은 눈으로 그를 바라보고 있었다. 아글라야는 황급히 달려가서 그를 두 손으로 끌어안았는데, 형언할 수 없는 공포에 얼굴을 일그러뜨리고 이 불행한 청년을 『전율케 하고 나락에 떨어뜨린 악령』의 야수 같은 울부짖음을 들었던 것이었다. 공작은 양탄자 위에 쓰러져 있었다. 누군가가 재빨리 그의 머리에 베개를 괴어 주었다.

이것도 또한 누구도 예기치 못했던 일이었다. 15분 가량 지나서 N공작과 예브게니 파블로비치, 그리고 노정치가가 야회의 분위기를 회복하려고 시도했으나 30분도 지나기 전에 손님들은 모두 가버렸다. 여러 가지 동정의 말과, 불평 비슷한 말과, 몇 가지 의견이 토로되었다. 그 중에서도 특히 이반 페트로비치는, 「이 사람은 슬라브주의자거나 아니면 그와 유사한 종류의 사람이군요. 그렇지만 결코 위험한 건 아닙니다.」라고 했다. 노정치가는 아무 말도 하지 않았다. 실은 이삼 일 후에 가서야 모두들 약간 화를 냈던 것이다. 이반 페트로비치는 모욕을 느끼기까지 했으나 그것도 대단한 것은 아니었다. 예판친의 직속 상관인 장군은 얼마 동안 이반 표도로비치에게 약간 냉정한 태도를 보였다. 그 가정의 『보호자』인 노정치가도 역시 교훈적인 어조로 이 집 가장에게 뭐라고 웅얼거렸으나, 아글라야의 운명에 대해서는 아주 깊은 관심을 가지고 있노라고 덧붙였다. 실제에 있어 그는 꽤 좋은 사람이었다. 야회 석상에서 그가 공작에게 품었던 호기심의 원인 중 하나는 전에 나스타샤 필립포브나와 공작 사이에 있었던 사건이 그 중 중요한 원인이었다. 이 사건에 대해선 여러 번 들은 일이 있었으므로 거기에 대해 물어 보고 싶을 만큼 비상한 흥미를 느끼고 있었던 것이다.

벨로콘스카야 부인은 야회에서 돌아갈 때 리자베타 프로코피예브나 부인을 잡고 이렇게 말했다.

「글쎄요, 좋은 점도 있지만 나쁜 점도 있군요. 내 의견을 듣기를 원한다면…… 나쁜 점이 더 많다고나 할까. 당신도 보아서 알겠지만 그 사람은 병자예요!」

리자베타 프로코피예브나 부인도 마침내 사윗감으로서는 『도저히 안 되겠다』고 단언을 내려 버렸다. 그리고 그날 밤 안으로 『내가 살아 있는 한 아글라야를 공작한테 줄 수 없다.』고 속으로 굳게 맹세했다. 이러한 결심과 함께 그녀는 이튿날 아침 자리에서 일어났다. 그러나 정오가 지나서 식탁에 식구들과 마주앉았을 때 그녀는 야릇한 자가당착에 빠지고 말았다.

언니들이 제기한 조심스런 하나의 질문에 대하여 아글라야가 갑자기 냉정하고도 거만한 어조로 잘라 말했기 때문이었다.

「난 그이한테 약속 비슷한 말을 한 적은 한 번도 없어요. 여태까지 그이를 미래의 남편으로 생각한 적이 한 번도 없단 말예요. 그이는 다른 모든 사람들처럼 나와 아무런 관계도 없는 사람이에요.」

리자베타 프로코피예브나 부인은 와락 성을 냈다.

「그런 말이 네 입에서 나올 것이라고는 생각하지 않았다.」하고 부인은 분한 어조로 말했다. 「네 신랑감으로서는 당치도 않은 사람이라는 건 나도 알고 있어. 그리고 일이 그렇게 된 걸 하느님께 감사하고 있어. 그러나 네 입에서 그런 말이 나올 줄은 정말 꿈에도 생각지 못했다. 그래도 너한테서만은 다른 말이 나올 줄 알았다. 나는 말이다. 엊저녁에 왔던 사람들을 죄다 쫓아 버리는 한이 있어도 그 사람만은 붙잡아 두고 싶은 심정이야. 그 사람은 그런 분이란 말이다 !」

여기서 그녀는 자기가 한 말에 깜짝 놀라 멈칫 입을 다물어 버렸다. 그러나 그녀는 그 순간 자기가 딸에게 얼마나 불공평한 말을 했는가 하는 것은 전혀 느끼지조차 못했던 것이다. 아글라야의 머릿속에서는 이미 모든 것이 결정되어 있었다. 그녀 역시 모든 것이 결정될 최후의 순간이 오기를 기다리고 있었던 것이다. 때문에 사소한 암시나 무심코 입밖에 낸 말 한 마디라도 가슴을 에는 것 같은 고통을 그녀에게 주는 것이었다.

8

공작에게 있어서도 이 날 아침은 짓누르는 불길한 예감과 함께 시작되었다. 그 예감은 그의 심신의 병적인 상태로도 설명할 수 있었지만 그러나 그는 너무나도 막연한 우수에 사로잡혀 있었다. 이것이 그에게는 무엇보다 괴로웠던 것이다. 그 앞에는 괴롭고도 조소적인 사실들이 엄연히 존재하고 있었으나, 그 우수는 그가 상기하고 상상할 수 있는 한계를 넘어 멀리 앞서 나아가고 있었다. 그는 자기 혼자만의 힘으로는 도저히 이 불안 상태에서 벗어날 수 없음을 깨달았다. 오늘 중으로 무엇인가 결정되는 비상한 사건이 자기에게 일어날 것이라는 기대가 점차로 그의 마음에 뿌리를 박기 시작했다. 엊저녁에 일으킨 발작은 비교적 가벼운 것이었다. 억누르는 듯한 기분과 약간 머리가 무거운 것과 팔다리의 통증과 우울증을 제외하면 그밖에는 아무런 이상도 느껴지지 않았다. 머리는 정상적으로 움직였으나 가슴이 아팠다. 그는 느지막히 자리에서 일어나자마자, 곧 엊저녁 일을 똑똑히 상기했다. 물론 하나도 남김없이 분명하게 상기할 수는 없었으나 그래도 발작을 일으키고 30분 가량 지나서 집으로 돌아온 것까지는 생각났다. 예판친 댁에서는 벌써 사람을 보내 그의 병세를 물어 보고 갔다는 것이었다. 11시 반쯤에 다시 사람이 왔다. 이것이 그를 기쁘게 했다. 이 집에서는 레베제프의 딸 베라 레베제프가 제일 먼저 문병을 왔다. 그녀는 공작을 보자마자 울음을 터뜨렸으나 공작이 염려할 거 없다고 달래자, 곧 명랑하게 웃음을 지었다. 이 뜨거운 동정에 감동되어 공작은 처녀의 손을 잡고 입을 맞췄다. 베라는 얼굴을 확 붉혔다.

「어머나, 이게 무슨 짓이에요!」손을 빼며 겁먹은 듯이 소리쳤다. 곧 이어 그녀는 무엇 때문인지 몹시 허둥거리며 방에서 나갔다. 그러나 밖으로 나가기 전에 그녀는 자기 아버지가 새벽같이 『고인』——레베제프는 이볼긴 장군을 이렇게 불렀다——이 간밤에 죽지나 않았나 알아봐야겠다면서 급히 그 집으로 갔다는 얘기며, 장군은 곧 죽을 것 같다는 소문이 돌고 있다는 얘기를 했다. 정오가 거의 되었을 떄 레베제프가 집에 돌아와서 공작에게 문안을 하러 나타났다. 그러나 실제로는 『잠시 존체(尊體)의 건강이 어떠신지 알아보기 위해서』와, 그리고 『찬장』 속을 잠깐 들여다보기 위해서 나타난 것이었다. 그는 다만 『아아』니 『오오』니 하면서 한숨만 쉬고 있었기 때문에 공작은 그를 곧 밖으로 쫓아 버리고 말았다. 레베제프는 엊저녁의 발작에 대하여 자세히 물어 보려는 눈치였으나 그의 태도로 보아 이미 상세하게 알고 있는 모양이었다. 레베제프가 나가자 이번에는 콜랴가 역시 1분 정도만 뵙자고 하면서 들어왔다. 소년은 신중하고 어두운 불안에 휩싸여 성급하게 서둘러 대는 것이었다. 그는 모든 사람이 자기에게 숨기려고만 드는 그 사건의 설명을 직선적이고 끈덕지게 요구하기 시작했다. 아버지와 관련된 이 사건은 그에게 격렬하고 깊은 충격을 준 모양이었다.

공작은 그가 할 수 있는 최대한의 동정을 표시하면서 사실을 정확하게 열거하여 사건의 전모를 설명했다. 가엾게도 소년은 마치 벼락이라도 맞은 것처럼 되어 입을 열지도 못하고 그냥 울음을 터뜨리고 말았다. 이것은 십대 소년의 마음속에 영원히 지워 버릴 수 없는 그늘을 남김으로써 그의 생애의 전환점이 될 인상의 하나로 존재할 것이라고 공작은 생각했다. 그는 이 사건에 대한 자기의 의견을 서둘러 말하고, 장군의 병환은 주로 그 사건이 마음속에 던진 공포에 기인하는 것인지도 모른다, 이러한 심리 과정은 누구든지 쉽사리 경험할 수 있는 것은 아니라고 덧붙였다. 공작의 말을 다 듣고 났을 때 콜랴의 눈이 갑자기 번쩍이기 시작했다.

「가니카도 바랴도 프치스인도 모두 돼먹지 못했어요! 나도 그 사람들과 싸울 생각은 없지만 오늘 이 순간부터 그 사람들과는 다른 길을 갈 결심이에요! 아아, 공작님, 나는 어제부터 너무나 많은 새로운 것을 알았어요. 이것은 나한테 좋은 교훈이었어요! 이제는 어머니도 내가 맡아서 봉양하지 않으면 안 된다고 생각해요. 비록 어머니는 바랴한테서 잘 살고 계시지만 그것과는 의미가 다릅니다…….」

그는 집에서 자기를 기다리고 있을 것을 생각하고 후다닥 자리에서 일어나 급하게 공작의 건강 상태를 물었다. 공작의 대답을 듣자 그는 황급히 이렇게 덧붙였다.

「그밖의 무슨 별일은 또 없었나요? 어제 들었는데…… 아니, 나로서는 그런 걸 물을 권리가 없습니다. 그러나 언제든 무슨 일로 충실한 종이 필요하시게 되면, 그 사람은 지금 당신 앞에 있는 이 사람입니다. 당신이나 나나 둘이 다 그리 행복한 처지는 못 되는 것 같군요. 그렇지 않습니까? 나는 묻지 않겠어요……. 묻지 않겠습니다.」

콜랴는 돌아갔다.

공작은 더욱더 깊은 생각에 잠겨 버렸다. 모든 사람이 불행을 예고하고 모든 사람이 이미 결론을 내리고 모든 사람이 네가 모르고 있는 것을 나는 알고 있다, 하는 것같이 자기를 들여다본다. 레베제프는 무엇인가를 캐내려 들었고 콜랴는 맞대놓고 암시를 주었으며 베라는 눈물을 흘렸던 것이다. 마침내 그는 자기 자신이 원망스럽다는 듯 손을 내저으며 『이 저주스러운 병적인 시의심!』하고 생각했다. 오후 1시가 지나서 『잠깐 동안』의 예정으로 문병을 온 예판친 댁 사람들은 그야말로 『잠깐 동안』의 예정으로 들른 것이었다. 리자베타 프로코피예브나 부인은 점심 식사를 마치자 지금 곧 모두 함께 산책을 나가자고 했다. 이 말은 명령 형식으로, 갑작스럽고 대담하게 아무런 부언도 없었다. 일행은, 즉 리자베타 프로코피예브나 부인과 딸들, 그리고 S공작은 곧 집을 나섰다. 리자베타 부인은 여느 때와는 반대되는 방향으로 걷기 시작했다. 일동은 부인의 심중을 알아챘으므로 그녀의 기분을 건드리지 않으려고 묵묵히 그 뒤를 따랐다. 그러나 부인은 딸들의 비난이나 항의를 피하려는 듯이 뒤도 돌아보지 않고 앞장을 서서 급히 걸어 나갔다. 마침내 아젤라이다가 참다 못해, 「산책을 하러 나와서 그렇게 뛸 것은 없잖아요. 어디 어머니를 쫓아갈 수가 있어야죠.」하고 불평을 말했다.

「애들아,」리자베타 프로코피예브나 부인은 갑자기 뒤를 돌아보며 말했다. 「마침 그 사람네 집 앞에 왔구나. 아글라야가 어떻게 생각하든 그리고 후에 무슨 일이 일어나든 그 사람은 우리들에겐 남이 아니야. 더욱이 그는 지금 불쌍하게도 앓고 있으니, 나만이라도 들러 보고 와야겠다. 나를 따라오고 싶은 사람은 따라오고 싫은 사람은 그냥 가거라. 길에 담이 쳐 있지는 않으니까…….」

물론 일동은 부인을 따라 들어갔다. 공작은 예의를 차려 엊저녁에 깨뜨린 꽃병과 자기의 추태에 대해 또 한 번 용서를 빌었다.

「아니, 그런 건 괜찮아요.」리자베타 프로코피예브나 부인은 대답했다. 「꽃병이 아까운 게 아니고 당신이 가엾어요. 지금 말하는 걸 보니 당신도 이제는 추태를 보였다고 생각하는가보군요. 『이튿날 아침에……』라는 말은 이걸 두고 한 말인가 보죠? 그렇지만 그런 건 아무것도 아닙니다. 당신을 탓해 봐야 소용 없다는 건 누구나가 다 알고 있으니까. 그럼 이만 실례하겠어요. 기운이 나면 산책이라도 좀 하고 한잠 푹 자도록 하세요……. 이것이 나의 충고입니다. 생각나시면 그 전처럼 또 놀러 오세요. 이것만은 확신합니다. 앞으로 무슨 일이 어떻게 돼도 당신은 우리들과는, 적어도 나와는 영원히 친구라는 것을 말예요. 적어도 나는 자기가 한 말에 책임을 질 수 있으니까요…….」

일동은 이 어머니의 도발(挑發)적인 말에 끌리어 자기들도 모두 동감이라는 뜻을 표시했다. 모두 돌아갔으나, 무엇이든 상냥한 말로 원기를 회복시켜 주려고 하는 것 같은 부인의 성급한 언행 속에는 잔인한 요소가 적지않게 잠재해 있었다. 그것에 대해서는 리자베타 프로코피예브나 부인 자신도 미처 생각이 미치지 못했다. 『그 전처럼 또 놀러 오라』느니, 『적어도 나와는 영원한 친구』라느니 하는 말 속에는 무엇인가 예언적인 것이 숨어 있는 것 같았다. 공작은 아글라야에 대해 회상하기 시작했다. 들어올 때와 돌아갈 때 그녀가 경탄할 만한 미소를 지어 보인 것만은 사실이지만 그러나 일동이 우정을 맹세했을 때 그녀는 한 마디도 하지 않았다. 하기는 두 번인가 공작을 뚫어지게 바라보기는 했지만, 그녀의 얼굴은 간밤에 잠을 못 잤는지 여느 때보다 창백해 보였다. 공작은 오늘 저녁에라도 곧 『그 전처럼』 놀러 가기로 결심하고 열심히 시계를 들여다보았다.

예판친 댁 사람들이 돌아가고 꼭 3분이 지나서 베라가 들어왔다.

「레프 니콜라예비치 님! 방금 아글라야 이바노브나가 당신한테 전해 달라면서 나한테 몰래 부탁하고 갔어요.」

공작은 저도 모르게 몸을 긴장시켰다.

「메모를?」

「구두로 말을 전했어요. 거의 들릴까 말까 한 소리로 오늘 저녁 7시까지, 가능하면 9시까지는 한 걸음도 밖에 나가지 말고 집에 계셔 주셨으면 좋겠다는군요. 확실히는 듣지 못했습니다만.」

「그러나…… 무엇 때문에? 도대체 무슨 뜻일까?」

「그건 저도 모르겠어요. 틀림없이 그렇게 전해 달라고만 했으니까요.」

「『틀림없이』라고 했단 말이지?」

「아니, 분명히 그렇게 말하지는 않았습니다. 나에게 돌아서서 이야기할 시간이 거의 없었지요. 다행히 그녀한테 다가가서 얼굴 표정을 보고 알 수 있었어요, 틀림없는가 아닌가를……. 심장이 마비될 것 같은 눈으로 나를 바라보았거든요…….」

공작은 좀더 물어 보았으나, 다만 불안만이 증대되었을 뿐 그 이상은 아무것도 알아 낼 수 없었다. 베라가 나가고 방안에 혼자 남게 되자 공작은 소파에 누워 또다시 깊은 생각에 잠기기 시작했다.

『어쩌면 오늘 저녁 9시까지 그 집에 누군가가 방문할는지도 모른다. 그래서 내가 또 손님들 앞에서 추태를 부릴까봐 걱정이 되어 그런 말을 하고 갔을 것이다.』라는 생각이 떠올랐다. 그는 저녁이 되기를 초조하게 기다리며 시계만 들여다보고 있었다.

그러나 이 수수께끼는 저녁이 되기 훨씬 전에 해결되었다. 그 해답은 역시 새로운 내방의 형식을 취하여 나타났는데, 그것은 새롭고 괴로운 수수께끼였다. 예판친 댁 사람들이 다녀가고 정확히 30분이 지났을 때 이폴리트가 공작을 찾아 들어왔다. 그는 지칠 대로 지친 듯 기진맥진한 꼴이 되어, 들어오기가 무섭게 안락의자에 가서 털썩 주저앉더니, 아무 소리도 없이 심한 기침을 하기 시작했다. 숨이 넘어가게 기침을 하다가 나중엔 피까지 토했다. 그 눈은 이상하게 번뜩이고 두 볼에는 붉은 반점이 나타났다. 공작이 뭐라고 중얼거렸으나 그는 아무 대꾸도 없었다. 한참 동안은 대답 없이 한 쪽 손만 내저으며 잠시 동안 그냥 내버려 둬 달라는 시늉을 했다.

마침내 그는 원기를 회복하더니 「가겠습니다.」라고 말했다.

「원하신다면 내가 바래다 드리죠…….」하며 공작은 자리에서 일어나려다가 밖에 나가지 말라던 아글라야의 말이 생각나서 말끝을 흐려 버리고 말았다.

이폴리트는 웃었다.

「나는 여기서 돌아가겠다는 게 아닙니다.」그는 숨을 헐떡이고 쿨룩거리면서도 이렇게 말을 이었다. 「반대로 당신한테 할말이 있어 왔습니다. 또 한 사업상……. 그렇지 않고서야 뭣 때문에 이렇게 당신을 놀라게 했겠습니까! 내가 지금 『저기로』 가겠다고 한 것은 저승을 두고 한 말입니다. 이번만은 틀림없을 거예요. 드디어 끝장이 나는 겁니다! 당신한테 동정을 얻기 위해서가 아닙니다. 실은 『그때』가 올 때까지는 다시 일어나지 않을 생각을 하고 오늘 아침 10시부터 자리에 드러누워 있었어요. 그러나 생각나는 게 있어서 다시 일어났습니다. 즉, 그럴 필요가 있었단 말입니다.」

「당신을 보고 있노라면 애처로운 생각이 드는군요. 일부러 여기까지 오는 것보다 차라리 사람을 시켜 나를 불러 주셨으면 좋았을 걸 그랬어요.」

「아니, 고맙습니다만 사교적인 예의 때문에 하시는 말씀이라면 유감입니다……. 아 참, 잊어버리고 있었군요, 당신의 건강은 어떠신지?」

「괜찮습니다. 엊저녁에는 좀…… 뭣 했지만, 그러나 대단한 건 아닙니다.」

「그 얘긴 나도 들었습니다. 중국제 꽃병만 혼이 난 셈이군요. 내가 그 자리에 없었던 것이 유감입니다! 그건 그렇고, 나는 당신한테 용무가 있어서 찾아온 것입니다. 첫째로, 나는 오늘 가브릴라 아르달리오노비치가 녹색 벤치에서 아글라야 이바노브나와 밀회하고 있는 장면을 즐겁게 목격했습니다. 인간이 그렇게까지 얼빠진 얼굴을 할 수 있을까 하고 나는 놀라지 않을 수 없었습니다. 이 점을, 나는 가브릴라 아르달리오노비치가 돌아간 후 아글라야 이바노브나한테 직접 말했습니다만……. 헌데, 당신은 전혀 놀라지 않는군요. 어떤 일에도 놀라지 않는 것이 총명하기 때문이라고 말하는 사람도 있습니다만, 내 생각으로는 그만큼 우둔하다는 증거가 될 수도 있는 것 같습니다……. 그렇다고 당신을 두고 하는 말은 아닙니다. 용서하십시오……. 어쩐지 오늘은 나의 말이 빗나가는군요.」

「나는 이미 어제부터 알고 있었어요. 가브릴라 아르달리오노비치가…….」 공작은 상대방이 실망하는 눈치인 것을 알아채고 어물어물 말끝을 흐려 버렸다.

「알고 계셨다구요! 거 참, 새로운 뉴스로군요! 하지만 그 이상 말씀하실 필요는 없습니다……. 그럼, 오늘 밀회 현장을 목격하셨나요?」

「당신이 만일 거기 갔었다면 내가 거기 없었던 것을 아시지 않습니까?」

「그렇지만 나무 뒤 어딘가에 앉아 계셨을지도 모르잖습니까. 어쨌든 당신으로 봐선 반가운 일입니다. 나는 틀림없이 가브릴라가 선택된 줄 알았으니까요!」

「이폴리트, 내 앞에선 그 일에 대해 더 이상 말하지 말아 주었으면 좋겠습니다. 더욱이 그런 표현으로는 말예요.」

「이미 다 알고 계신단 말씀이군요?」

「그건 잘못된 생각이에요. 나는 거기 대해선 아무것도 모르고 있는 형편이니까. 아글라야 이바노브나도 내가 아무것도 모른다는 걸 확실히 알고 있을 겁니다. 나는 그 밀회 자체에 대해서도 전혀 모르고 있었으니까요……. 당신은 그걸 밀회라고 하셨죠? 좋습니다, 이젠 그 얘긴 집어치우기로 합시다……. 」

「아니, 그게 무슨 말씀입니까, 알고 계신다고 했다가, 또 모른다고 하시니……. 당신은 『좋습니다, 그럼 그 얘긴 집어치우기로 합시다.』라고 말하셨지요? 아, 안 됩니다. 그렇게 믿어서는 안 됩니다. 더욱이 아무것도 모르고 계시다면 말입니다. 당신이 그렇게 잘 믿으시는 건, 모르시기 때문입니다. 그런데 그 두 사람 사이에, 즉 오빠와 여동생 사이에 어떤 속셈이 있는지 아십니까? 당신도 그 정도는 눈치 채고 계시겠죠? 그러나 좋습니다. 그만두기로 하죠……. 」 공작이 더 이상 묻고 싶지 않다는 듯이 손을 내젓는 것을 보고, 그는 이렇게 덧붙였다. 「나는 자신의 용무 때문에 왔으니까, 이제는 그 얘기를 쭉 설명하고 싶습니다. 나는 설명해 드리지 않고는 죽을 수 없을 것만 같군요. 그럼, 들어 주시겠습니까?」

「말해 보시오, 나는 듣고 있으니까.」

「하지만 다시 한 번 예정을 바꾸어서 가냐의 얘기부터 시작해야겠습니다. 실은 나도 오늘 녹색 벤치에 가기로 약속이 돼 있었습니다. 솔직히 말하면,

만나 달라고 간청했던 겁니다. 어떤 비밀을 알려 주겠다는 약속을 하고 말입니다. 내가 그곳에 너무 일찍 갔는지 모르겠습니다만——정말 약속 시간보다 빨랐던 것 같습니다——어쨌든 내가 아글라야 이바노브나의 곁에 자리를 잡고 앉자마자, 곧 가브릴라 아르달리오노비치와 바르바라 아르달리오노브나가 서로 손을 잡고 마치 산책을 나온 것같이 나타났습니다. 나를 발견하자 둘은 깜짝 놀라더군요. 전혀 뜻밖이었는지 몹시 허둥거리기까지 하였습니다. 아글라야 이바노브나는 얼굴을 붉히며, 곧이 안 들으실는지 모르지만 약간 당황하는 것 같았습니다. 내가 거기에 있었기 때문인지 아니면 가브릴라 아르달리오노비치의 모습을 발견했기 때문인지 그건 잘 모르겠습니다만 가냐의 풍채는 정말 볼 만하더군요. 아무튼 아글라야 이바노브나는 얼굴이 빨개져 가지고 불과 1초 동안에 일을 끝내 버리고 말았습니다. 매우 우스웠던 것은 약간 몸을 일으키면서 가브릴라 아르달리오노비치의 인사와 바르바라 아르달리오노브나의 장난스러운 미소에·대답하고는 느닷없이 딱 잘라 버리는 것 같은 어조로, 『나는 다만 당신들의 성의 있는 우정에 대하여 직접 감사의 말을 드리고 싶었을 뿐이에요. 만일 내가 앞으로 당신들의 우정이 필요하게 되면, 그때는 꼭 찾아가 뵙겠습니다.』라고 말하면서 고개를 숙여 보이더군요. 그것으로 그만입니다. 두 사람은 그냥 돌아가 버렸습니다. 바보라고 생각했는지, 혹은 의기양양한 기분이 되었는지 그것은 잘 알 수 없는 일입니다만 가냐는 스스로를 바보 같았다고 생각했을 것입니다. 도대체 영문을 모르겠다는 듯이 얼굴이 새우같이 새빨갛게 되어 있더군요. 가끔 그 사람은 얼굴에 경이적인 표정을 짓곤 하니까요. 그러나 바르바라 아르달리오노브나는, 한시바삐 돌아가는 게 상책이다, 아무리 아글라야 이바노브나라도 이건 너무하지 않느냐고 생각했는지 오빠를 잡아 끌다시피하며 가버렸습니다. 그 여자는 분명히 오빠보다 영리합니다. 내가 믿는 바로는 그녀는 지금 의기양양해 있을 겁니다. 그건 그렇고, 내가 거기 간 것은 나스타샤 필립포브나와의 면담에 관하여 아글라야 이바노브나와 상의하기 위해서였습니다.」

「나스타샤 필립포브나와?」 하고 공작은 의아해 물었다.

「아아! 이제야 냉정한 태도를 버리시고 약간 놀라기 시작하시는군요? 당신이 초조해지는 기색이 보이기 시작한 건 참으로 반가운 일입니다! 그러면 당신을 기쁘게 해드리겠습니다. 헌데 품위 있는 청년이나 젊은 아가씨

들의 마음을 맞춰 주기란 용이한 일이 아니더군요. 나는 오늘 그 아가씨한
테 뺨을 얻어맞았습니다.」

「정…… 정신적으로 말입니까?」 공작은 저도 모르게 이런 질문을 했다.

「물론 육체적인 것은 아니지요. 나 같은 인간에게 손질을 할 사람은 없을
테니까요. 이제는 여자까지도 나한테는 손을 대지 않습니다. 가냐 같은 인
간도 나를 때리지는 않습니다. 하기는 어제 그 사람이 나한테 달려들지나
않을까 하는 생각이 잠깐 떠오른 일이 있기는 했습니다만……. 지금 당신
이 무엇을 생각하고 계신지 나는 다 알고 있다고 확신합니다. 내기라도 할
용의가 있습니다. 지금 당신은『비록 이녀석을 때려 줄 수는 없다 하더라도
그대신 자고 있을 때 베개나 물걸레 따위로 질식시킬 수도 있고 또 그렇게
할 필요가 있다.』고 생각하고 계시지요? 당신 얼굴에 그렇게 씌어 있어요,
지금 이 순간 그렇게 생각하고 있다고 말입니다.」

「뭐라구요? 난 그 따위 생각은 절대로 하지 않았소!」공작은 혐오의 빛
을 나타내며 말했다.

「그런데 말입니다. 나는 어제 꿈을 꾸었습니다. 어떤 사람이 물걸레로 나
를 질식시켜 죽이는 꿈을. 그 사나이가 누군지 말할까요, 누구라고 생각하
세요? 로고진이란 말입니다! 어떻게 생각하세요, 과연 사람을 물걸레로
질식시킬 수 있을까요?」

「모르겠소.」

「듣기엔 그럴 수 있다고 하더군요. 좋습니다. 이 얘기는 그만둡시다. 헌
데 어째서 내가 헛소문을 퍼뜨리고 다니는 놈이란 말입니까? 오늘 왜 그녀
는 나보고 헛소문을 퍼뜨리는 놈이라고 욕설을 했을까요? 더욱이 내 말을
마지막 한 마디까지 죄다 듣고 나서, 몇 마디 물어 보기까지 한 다음에 그
런 심한 욕설을 했을까요? 여자란 다 그런가 보죠! 그 여자와 흥미있는
사나이인 로고진과의 연락을 취해 준 것은 저였는데 말입니다. 그리고 나스
타샤 필립포브나와의 면담을 알선한 것도 바로 저였어요. 이것은 모두 그
아가씨를 위해서였어요. 경우에 따라서는 내가, 당신은 나스타샤 필립포브
나가 남기고 간『퇴물』을 가지고 감지덕지하고 있는 거요라고 은근히 비꼬
아, 그 아가씨의 자존심을 건드렸기 때문일까요? 그러나 나는 그 아가씨를
위해서 여러 가지로 충고를 해주었을 뿐더러 그런 내용의 편지를 두 통이나
써보냈습니다. 그래서 결국 오늘은 직접 만나기로 한 것입니다. 『퇴물』이

란 말도 실은 내가 한 말이 아니라, 다른 사람의 말입니다. 적어도 가냐네 집에서는 모두들 그렇게 말하고 있습니다. 이 점은 그 아가씨 자신도 긍정하고 있더군요. 자, 이런데도 나는 어떻게 돼서 그 아가씨로부터 헛소문을 퍼뜨리고 다니는 놈이란 말을 듣는 거지요? 오오, 알고 있습니다. 알고 있어요. 당신의 눈에는 지금 내가 아주 우스꽝스럽게 보이고 있군요. 당신은 틀림없이 나한테 저 엉터리 같은 시(詩)를 적용하고 계시는군요.

사랑은 서러운 나의 일몰(日沒)에
화사한 이별의 미소를 보내리라. (푸시킨)

핫, 핫, 하!」
별안간 그는 히스테리라도 일으킨 듯이 한바탕 웃어 대더니 기침을 하는 것이었다.
「헌데 말입니다,」 하고 그는 기침을 하면서 말했다. 「가냐란 인간, 『퇴물』이라고 말하면서도 이제는 자기가 그것을 얻어 가지고 싶어서 애를 태우고 있단 말입니다!」
공작은 오랫동안 말이 없었다. 그는 공포감에 휩싸여 있었던 것이다.
「당신은 나스타샤 필립포브나와 만나게 될 거라고 말한 것 같은데?」 그는 간신히 이렇게 중얼거렸다.
「아니, 그럼 정말 모르고 계셨나요? 오늘 아글라야 이바노브나와 나스타샤 필립포브나가 만나게 되어 있다는 걸? 그것 때문에 나스타샤 필립포브나는 아글라야 이바노브나의 초대와 나의 중간 연락으로 로고진의 손을 거쳐서 일부러 페체르부르그에서 이리로 왔다니까요! 그래서 지금 그녀는 로고진과 함께, 여기서 그다지 멀지 않은 그 전에 유숙하던 다리야 알렉세예브나라는 부인네 집에 있습니다. 오늘 아글라야 이바노브나가 그 집으로 가게 되어 있습니다. 나스타샤 필립포브나와 직접 만나서 여러 가지 문제를 해결하고 싶다는 겁니다. 다시 말해서 『산수 공부』를 하자는 거죠. 정말로 당신은 모르고 계셨나요?」
「믿어지지 않습니다!」
「못 믿으시겠다면 할 수 없는 일이죠. 당신이 그걸 어떻게 알겠습니까? 하기는 이 고장은 파리 새끼 한 마리가 날아와도 모든 사람이 죄다 아는 곳인데……. 어쨌든 이번 일을 미리 알려 드린 건 나니까, 당신은 나한테 감사를 해야 할 것입니다. 그럼 안녕히 계십시오. 다음엔 저승에서나 만나게 되겠죠. 아 참, 또 한 가지 할말이 있습니다. 만일 내가 당신한테 아첨을 했다 하더라도……, 하기는 무엇 때문에 내가 모든 것을 잃어버려야 한단 말입니까? 말해 보십시오! 그것이 당신한테 무슨 이익이 된단 말입니까? 나는 그 아가씨에게 『고백』을 바쳤습니다. 당신은 아마 모르시겠죠? 그랬더니 그걸 어떻게 받았는지 아십니까! 헤! 헤! 헤! 그러나 나는 그 아가씨한테는 절대로 비굴한 짓을 하지 않았습니다. 어쨌든 절대로 나쁜 짓을 하지는 않았단 말입니다. 그런데도 그 아가씨는 내게 모욕을 주고, 또 나를 속이고……. 어쨌든 나는 당신한테 절대로 양심의 가책을 느낄 일은 하지 않았다고 봅니다. 설사 『퇴물』이니 뭐니 하는 말을 했다 하더라도 그 대신 그 사람들이 만나는 장소며 날짜며 시간까지 죄다 알려 드렸으니까요……. 물론 당신한테 그걸 알려 드린 건 결코 관용에서가 아니라 원망에서 나온 것입니다만……. 그럼, 안녕히 계십시오. 내가 말더듬이나 폐병 환자처럼 너무 지껄인 것 같군요. 그러나 빨리 무슨 방법을 강구하십시오, 만일 당신이 인간이라 불릴 자격이 있다면 말입니다……. 면담은 오늘 저녁입니다, 틀림없어요.」

「그러니까, 오늘 아글라야 이바노브나 자신이 나스타샤 필립포브나가 있는 집으로 갈 거란 말이죠?」하고 공작은 물었다. 붉은 반점이 그의 두 볼과 이마에 나타났다.

「정확한 건 모르지만 아마 그럴 겁니다.」반쯤 몸을 돌리며 이폴리트는 대답했다. 「다른 방법이 없을 테니까요. 나스타샤 필립포브나가 그녀에게 갈 수는 없지 않겠습니까. 그렇다고 가냐네 집에서 만날 수도 없는 일이고……. 그 집에는 거의 죽어 가는 사람이 있잖아요. 장군이 어떤지는 당신도 아시죠?」

「그러니까 도저히 있을 수 없는 일이란 말이오!」공작은 말을 받았다. 「설사 아글라야가 그 여자를 만나고 싶다 하더라도 어떻게 그녀가 그 집에 갈 수 있단 말입니까? 당신은 그 집의…… 습관을 모르기 때문에 그런 말을 하지만 그녀는 아마 혼자서 나스타샤 필립포브나를 찾아갈 수는 없을 겁니다. 그건 잘못 판단한 것입니다!」

「그렇지만 생각해 보세요, 공작님. 보통때 창문을 뛰어넘는 사람은 아무도 없습니다. 그러나 화재라도 일어나는 날엔 창문을 뛰어넘게 마련이죠. 그럴 필요가 생기면 할 수 없는 일이 아니겠어요? 그러니까 우리들의 그 아가씨도 반드시 나스타샤 필립포브나한테 가게 될 겁니다. 도대체 그들은 …… 당신의 그 아가씨는 외출도 마음대로 못 한단 말인가요?」

「아니, 내 말은 그게 아니라…….」

「그게 아니라면, 그 아가씨는 자기 집 현관 층계를 내려와서 곧장 가면 그만 아닙니까? 그 다음엔 다시 집에 돌아가지 않아도 무방하죠. 경우에 따라서는 배수진을 치고 집에 돌아가지 않을 수도 있는 일이니까요. 이 삶이란 것은 결코 점심이나 저녁 또는 공작 같은 것만으로 성립되어 있는 것이 아닙니다. 내가 보기에 당신은 아글라야 이바노브나를 단순한 아가씨나, 기숙사에 있는 여학생처럼 생각하고 계신 것 같군요. 이 점에 대해서 나는 그 아가씨한테 직접 말했습니다만, 저쪽에서도 동감인 모양입니다. 그럼 저녁 7시나 8시쯤이라 생각하고 기다려 보십시오. 내가 당신 입장이라면 그 집 현관 층계에서 내려오는 것을 포착해야 한다고 생각합니다. 물론 당신을 위해서 하는 거죠……. 당신한텐……, 그럴 만한 이유가 있으니까요. 콜라라도 보내 보십시오. 그는 당신을 위해서라면 기꺼이 그 일을 할 겁니다. 핫, 핫, 핫!」

이폴리트는 나가 버렸다. 공작에게 있어서는 누구를 간첩으로 보낸다는 것이, 설사 그에게 그럴 만한 이유가 있다고 하더라도 필요 없는 일이었다. 집에서 나가지 말라는 아글라야의 이상한 전갈도 이제는 거의 설명이 된 듯싶었다. 아마도 그녀는 그를 동반하려고 그에게 들를 생각을 하는지도 모른다. 혹은 또 쓸데없이 끼여 드는 것을 원치 않기 때문에 꼼짝 말고 집에 있으라고 명령한 것인지도 모른다. 이것 역시 있을 수 있는 일이 아닌가. 그의 머리는 현기증을 일으켰다. 방안이 빙글빙글 도는 것 같았다. 그는 소파에 드러누워 눈을 감았다.

아무튼 이 문제는 모든 것을 결정하는 중대한 계기가 될 것임에 틀림없었다. 공작은 결코 아글라야를 보통 아가씨나 여학생 정도로 생각한 것은 없었다. 지금 와서 생각해 보면 그는 이미 오래 전부터 그녀가 이런 종류의 대담한 행위를 감행하지나 않을까 염려하고 있었던 것이다. 그러나 무엇 때문에 아글라야는 그녀를 만나려는 것일까? 오한이 공작의 전신을 스치고 지나갔다. 그는 또다시 열병을 앓기 시작했던 것이다.

　그렇다, 그는 결코 그녀를 어린애로 취급해 본 적은 없었던 것이다! 요즘 와서 그는 이따금 그녀의 시선이나 언어에 가슴이 섬뜩할 때가 있었다. 때때로 그녀가 지나치게 마음을 도사리고 너무나 자기 자신을 억제하고 있는 것같이 생각되어서 그것이 그를 겁나게까지 했다. 사실 말이지 그는 지난 며칠 동안 되도록이면 괴로운 상념을 머릿속에서 몰아 내려고 애썼다. 그런데 도대체 무엇이 그녀의 영혼 속에 숨겨져 있는 것일까? 공작은 그녀의 영혼을 믿고 있으면서도 이러한 의문이 오래 전부터 그를 괴롭혀 왔다는 것을 느꼈다. 그러나 오늘은 이러한 모든 의문이 해결되고 폭로되는 날이다. 생각만 해도 무서운 일이다! 뿐만 아니라 또다시 『그 여자』가 등장하는 것이다. 무엇 때문인지 그는 항상 이러한 상념에 시달려 왔던 것이었다.

　『이번에도 마지막 순간에 그 여자가 나타나서 나의 운명을 삭아 버린 실오라기처럼 끊어 버리고 말 것이다…….』 그는 몽롱한 정신 상태에서도 이러한 상념이 언제나 떠오르곤 했다는 것만은 분명히 상기할 수 있었다. 만일 그가 최근에 와서 『그 여자』를 잊으려고 애썼다면 그것은 다만 그 여자가 무서웠기 때문이었다. 도대체 자기는 그 여자를 사랑하고 있는 것일까, 혹은 증오하고 있는 것일까? 그는 이러한 질문을 한 번도 자기 자신에게 제기해 본 일이 없었다. 이 점에 대해서도 그의 마음은 명확했다. 그는 자기가 누구를 사랑하고 있는가를 잘 알고 있었기 때문이다……. 그가 두려워하는 것은 두 여인의 면담 그 자체가 아니다. 또한 그 결과도 아니다. 그런 것은 어떻게 되든 간에 두려울 것이 없다. 그는 나스타샤 자체를 두려워하고 있는 것이었다. 이 참을 수 없는 괴로운 몇 시간 동안 거의 쉴새없이 그녀의 눈과 그녀의 주시, 그리고 그녀의 말소리가 그의 귀에 들려 오고 있었던 것을 공작은 며칠 후에 가서야 상기했다. 하지만 이 괴로운 몇 시간을 어떻게 보냈는지는 거의 기억에 남아 있지 않았다. 예를 들면 베라가 식사를 가져다 줘서 자기가 먹은 것도, 식사 후 잠을 잤는지 안 잤는지, 그런 것도 기억에 희미했다. 이 날 저녁 그가 모든 것을 분명히 식별할 수 있었던 것은 아글라야가 느닷없이 그의 테라스에 나타난 바로 그 순간부터였다. 그는 소파에서 뛰어 일어나 그녀를 맞으려고 방 한가운데로 걸어 나갔다. 그때가 오후 7시 15분이었다. 아글라야는 혼자였다. 급히 서둘렀기 때문인지 옷차림이 간소했으며 얇은 외투를 걸치고 있었다. 얼굴은 아침처럼 창백했으나 두 눈은 이상한 빛을 발하며 날카롭게 빛나고 있었다. 그녀가 이런 눈을 하고 있는 것을 공작은 여태까지 한 번도 본 일이 없었다. 그녀는 주의 깊게 공작을 자세히 바라보았다.

「만반의 준비를 갖추고 계시는군요.」 그녀는 침착한 어조로 나직히 말했다. 「옷도 갈아입으시고 모자까지 손에 들고 계신 걸 보니 아마 누가 미리 알려 드렸는가보죠. 누군지 알고 있어요. 이폴리트죠?」

「네, 그 사람이 와서 말하기를……..」 공작은 거의 죽어 가는 사람처럼 이렇게 중얼거렸다.

「그럼 함께 가세요. 당신은 꼭 나와 함께 가셔야만 해요. 외출하실 기력은 있으신 것처럼 생각되는데요?」

「기력은 있지만, 그러나…… 그런 일이 있어도 괜찮을까요?」

공작은 말을 마쳤다. 그 이상 아무 말도 할 수 없었다. 그 한 마디가 이성을 잃은 처녀를 제지해 보려는 유일한 시도였던 것이다. 그는 죄지은 사람처럼 그녀의 뒤를 따라서 걷기 시작했다. 머릿속은 어지럽게 헝클어져 있었다. 그러나 어차피 아글라야는 그가 없더라도 기어코 가고야 말 것이니까, 아무래도 그녀를 따라 나설 수밖에 없다는 것을 공작은 잘 알고 있었다. 아글라야의 결심이 얼마나 대단한 것인가를 그는 알아챘던 것이다. 그는 그녀의 격렬한 충동을 중지시킬 수가 없었던 것이다. 그들은 한 마디도 하지 않고 길을 묵묵히 걸었다.

공작은 다만 그녀가 길을 잘 알고 있다고 생각했을 뿐이었다. 그는 그 길이 너무 황량했기 때문에 골목길을 하나 더 우회하고 싶어서 그것을 아글라야에게 제의했다. 그녀는 세심한 주의를 기울여 듣더니 단호한 어조로 「어느 쪽이든 마찬가지예요!」 하고 잘라 말했다.

두 사람이 다리야 알렉세예브나 부인의 집——집은 꽤 큼직한 낡은 목조건물이었다——에 거의 다다랐을 때, 화려한 옷차림의 귀부인 하나가 젊은 처녀를 데리고 현관 층계를 내려왔다. 그들은 커다란 소리로 웃으며 말을 주고받으면서, 가까이 다가오는 두 사람은 거들떠보지도 않고 층계 아래에 기다리고 있던 호화로운 마차에 올라탔다. 마차가 떠나자 또다시 현관문이 열리더니 그들을 기다리고 있던 로고진이 공작과 아글라야를 집 안으로 안내한 다음 문을 닫아 버렸다.

「지금 이 집에는 우리 네 사람밖에는 아무도 없다네.」 로고진은 커다란 소리로 이렇게 말하고는 야릇한 눈으로 공작을 바라보았다.

현관 다음 방에는 나스타샤 필립포브나가 기다리고 있었다. 위아래가 온통 검은, 검소한 옷차림이었다. 그녀는 손님을 맞으러 자리에서 일어났으나 미소도 지어 보이지 않았을 뿐더러 공작에게 손을 내밀려 하지도 않았다.

어딘지 불안이 어린, 여유 없는 듯한 그녀의 시선이 초조한 듯 아글라야에게로 쏠렸다. 두 여인은 약간 거리를 두고 마주앉았다. 아글라야는 한쪽 구석에 놓인 소파에, 나스타샤는 창 옆에 자리를 잡고 앉았다. 공작과 로고진은 선 채로 있었다. 그러나 나스타샤는 그들에게 앉으란 말도 하지 않았다.

공작은 당황하고 고통스러운 표정으로 또다시 로고진을 바라보았으나 로고진은 여전히 그 독특한 미소를 입가에 흘리고 있었다. 몇 초 동안의 침묵이 또 계속되었다.

마침내 어떠한 불길한 그림자가 나스타샤 필립포브나의 얼굴을 스치고 지나갔다. 그 눈초리에는 집요하고도 확고한 결심의 빛이 흐르고 있었는데 차차 증오에 찬 빛을 띠면서 한시도 손님의 얼굴에서 떠나지 않았다. 아글라야는 약간 당황한 기색이었으나 그렇다고 겁을 먹은 것 같지는 않았다. 그녀는 방에 들어설 때 흘낏 자기의 경쟁자의 얼굴에 시선을 던졌을 뿐, 지금은 무슨 생각에 잠긴 듯이 눈을 내리깔고 잠자코 앉아 있었다. 어쩌다 한두 번 우연히 하는 것처럼 눈을 들어 방안을 둘러보고는 마치 이런 데 있다가는 자기 몸이 더럽혀질 것 같다는 듯이 얼굴에 혐오의 빛을 나타냈다. 또 그녀는 기계적으로 옷매무시를 고치고 있었으나 한 번은 불안한 듯이 소파 한쪽 귀퉁이로 옮겨 앉기까지 했다. 더욱이 그러한 동작을 자기 자신이 전혀 의식하지 못하는 듯싶었다. 그러나 그 무의식이 오히려 그들을 모욕하는 것 같았다. 마침내 그녀는 나스타샤 필립포브나의 얼굴을 똑바로 바라보았다. 순간 그녀는 자기의 경쟁자의 악의에 찬 표정이 불꽃을 퉁기고 있는 것을 분명하게 읽을 수 있었다. 여자는 여자를 알아볼 수 있었던 것이다. 아글라야는 몸을 부르르 떨었다.

「물론 알고 계시겠죠? 내가 무엇 때문에 당신과 만나자고 했는지?」드디어 아글라야는 입을 열었다. 그러나 그 음성은 아주 낮았다. 그리고 그 짧은 말을 하는데도 힘이 드는 듯 두어 번 음절을 끌었다.

「아아뇨, 아무것도 몰라요.」 하고 나스타샤 필립포브나는 퉁명스럽고 무뚝뚝하게 대꾸했다.

아글라야는 얼굴을 붉혔다. 아마도 갑자기 그녀는 『이 여자』 집에서 지금 자기가 이 여자와 마주앉아 이 여자의 답변을 요구하고 있다는 사실이 이상하며, 있을 수 없는 괴이한 일로 생각되었던 모양이다. 나스타샤 필립포브나의 말소리의 최초의 음향과 함께 전율이 그녀의 등골을 타고 흘러내린 것 같았다. 이것을 『이 여자』는 물론 재빨리 눈치 챈 것이다.

「당신은 죄다 알고 있습니다……. 그러나 일부러 모르는 체 시치미를 떼고 있는 거예요.」 아글라야는 시무룩하게 방바닥을 내려다보며 입속말처럼 중얼거렸다.

「뭣 때문에 내가 시치미를 떼겠어요?」 나스타샤 필립포브나는 피식 웃었다.

「당신은 자기의 유리한 위치를 이용하려는 거예요……. 내가 당신네 집에 와 있으니까……. 」 아글라야는 어색한 어조로 약간 우스꽝스런 말을 했다.

「그런 위치에 당신이 처해 있다는 건 내 탓이 아니잖아요? 설사 이런 위치에 있다손치더라도 당신의 위치가 유리하지 내가 유리하지는 않습니다!」 나스타샤 필립포브나는 발끈 성을 냈다. 「내가 당신을 부른 게 아니라, 당신이 나를 찾았으니까요. 더욱이 무엇 때문에 만나자는지도 나는 아직 모르고 있는 형편이에요. 」

아글라야는 거만스럽게 머리를 쳐들었다.

「말씀 삼가하세요! 나는 그런 무기를 가진 당신과 싸우러 온 건 아니니까요……. 」

「어머! 그러고 보니 역시 당신은 『싸우러』 온 모양이군요? 그래도 난 당신이…… 좀더 영리한 분인 줄 알고 있었는데……. 」

두 여인은 이미 증오를 숨기려 하지도 않고 서로 노려 보고만 있었다. 이 두 사람 중의 하나는 바로 며칠 전까지만 해도 다른 하나한테 그와 같은 편지를 써보냈던 장본인인 것이다. 그런데 지금 최초의 상봉에서 최초의 발언과 함께 모든 것은 안개처럼 사라져 버리고 말았다. 도대체 어찌된 영문일까? 그러나 이 순간 이 방안에 있는 네 사람은 이러한 사실을 조금도 이상하게 생각하지는 않는 것처럼 보였다. 어제까지만 해도 이런 일이 가능하리라고는 생각도 못 했는데, 공작까지도 지금은 마치 오래 전부터 이것을 예감하고 있었던 것처럼 멍청히 서서 둘의 얼굴을 번갈아 보면서 그들의 말을 듣고 있었다. 더없이 환상적이던 꿈이 바야흐로 뚜렷한 형상을 갖추고 현실로 변하여 홀연히 나타난 것이다. 이때 두 여인 중 한 사람은 상대를 극도로 경멸하고 있을 뿐더러 그것을 말하려고 단단히 벼르고 있었기 때문에——어쩌면 오로지 이것만을 목적으로 왔는지 모른다. 이튿날 로고진은 이렇게 말했다——다른 한 사람이 제아무리 특출한 여자라고 하더라도 머릿속이 뒤엉키고 마음이 병들어 있었으므로, 설사 미리부터 충분히 각오하고 있었다 하더라도 자기의 라이벌의 표독스럽고 지극히 여성적인 모멸을 막아 내기란 쉬운 일이 아니었을 것이다. 공작은 나스타샤 필립포브나 자신이 그 편지 얘기를 꺼내지는 않으리라 확신하고 있었다. 지금 그 편지가 그녀에게 있어 어떠한 의미를 지니고 있는가는 무섭게 번쩍이는 그 시선만 보아도 능히 짐작할 수 있었다. 그래서 그는 아글라야 이바노브나로 하여금 그 편지 얘기를 꺼내지 않게 하기 위해서라면 자기의 반을 내던져도 아깝지 않을 것 같았다.

그러나 아글라야는 잔뜩 마음을 도사린 듯 갑자기 관용을 보이기 시작했다.

「그건 당신이 잘못 생각했어요.」하고 그녀는 말했다. 「나는 당신과…… 싸움을 하러 온 건 아녜요. 하기는 당신을 좋아하는 건 아니지만요. 내가…… 내가 여기 온 건…… 인간적인 이야기를 하기 위해서예요. 당신한테 면담을 제의했을 때 나는 이미 당신한테 할말을 결정하고 있었어요. 그래서 당신이 나를 이해하지 못한다 하더라도 나는 그 말을 하지 않을 수가 없어요. 내가 만일 말을 안 하면 그것은 당신 자신에게 이롭지 못할 뿐이지 내게 해로운 건 아니니까요. 나는 당신과 직접 만나서 당신의 편지에 대해 대답하고 싶은 거예요. 그 이유는 그렇게 하는 편이 당신을 위해 좋을 것이라 생각했기 때문이죠. 그럼, 당신의 편지에 대한 내 대답을 들어 주세요. 나는 처음으로 레프 니콜라예비치 공작님과 인사를 나눈 그 날부터, 그리고 당신의 야회에서 일어난 사건을 전해 들은 그때부터 공작님을 불쌍히 여겨 왔어요. 왜냐하면 이분은 너무나 순진하고 착해빠진 분이어서 어리석게도…… 그런 성격의 여성과…… 결혼하면 불행하게 될 것이라 믿어 버렸기 때문이죠. 내가 이 분에 대해서 걱정했던 것은 사실이 되어 나타났어요. 당신은 공작님을 끝까지 사랑하지 못하고 실컷 괴롭혀 주기만 하다가 끝내는 무자비하게 차버리고 말았으니까요. 당신이 공작님을 사랑할 수 없었던 것은 당신이 지나치게 교만하기 때문이에요……. 아니, 교만하기 때문이 아녜요. 내가 말을 잘못했군요. 교만 때문이 아니라 당신의 그 허영심 때문이죠. 아니, 그것도 아녜요. 당신은 이기주의자예요……. 미쳐 버리기까지 한……. 그 증거로는 나한테 보내 준 편지에서 알 수 있어요. 당신은 그처럼 순진한 분을 사랑할 수 없었을 뿐더러 내심으로는 그분을 경멸하고 조소하고 있었던 거예요. 당신은 다만 자기의 오욕밖에는 사랑할 줄 몰랐던 거예요. 자기는 더럽혀진 인간이다, 자기는 욕을 본 인간이다, 그런 생각밖엔 사랑할 수 없었단 말예요. 만일 당신의 오욕이 그보다 덜했든가 전혀 없었더라면, 아마 당신은 더욱 불행했을 것임에 틀림없어요……. 」

아글라야는 성급히 솟구쳐 나오는 이런 말들을 시원시원히 유쾌한 듯이 이야기했다. 이러한 말들은 이미 오래 전부터, 아직 오늘의 회견을 꿈에도 상상하지 못하고 있던 때부터 마음속에 준비되어 있었던 것이다. 그녀는 악의에 찬 눈으로 자기가 한 말의 효과를 나스타샤 필립포브나의 흥분해서 일그러진 얼굴에서 찾고 있었다.

「기억하고 있겠죠,」 하고 그녀는 계속했다. 「언젠가 그가 나한테 편지를 쓴 것을. 그가 말하던데, 당신도 알고 있었다더군요. 아니 그것을 읽어 보기까지 했다면서요? 그 편지로 나는 모든 사정을 깨달았어요. 정확히 깨달았단 말이에요. 바로 얼마 전에 공작님 자신이 그것을 확인해 주셨어요. 내가 지금 당신에게 하고 있는 한마디 한마디를 말이에요. 그 편지를 읽고 나서 나는 기다리기 시작했어요. 당신이 반드시 이리로 되돌아올 것이라고 생각했던 거죠. 당신은 페체르부르그를 떠나서는 살 수 없는 여자니까요. 시골에 있기엔 아직 너무나 젊고 예쁘거든요. 하긴 이것 역시 나 자신의 말은 아니지만요……. 」

그녀논 심히 얼굴을 붉히며 이렇게 덧붙였다. 이 순간부터 말이 끝날 때까지 그녀의 얼굴에서는 붉은 빛이 잠시도 사라지지 않았다. 「나는 두번째로 공작님을 만나 뵈었을 때 그 분으로 인해서 심한 괴로움과 모욕을 느꼈어요. 웃지 마세요. 만일 당신이 웃는다면 그건 당신에게 이러한 심정을 이해할 만한 가치가 없다는 증거예요.」

「보시다시피 나는 웃고 있지 않아요.」 하고 나스타샤 필립포브나는 침울하고도 날카로운 어조로 말했다.

「하긴 웃거나 말거나 내가 상관할 바 아니군요. 어서 맘대로 웃으세요. 어쨌든 내가 공작님한테 직접 물어 보았을 때 그 분은 이렇게 말하셨어요. 자기는 이미 오래 전부터 그 여자를 사랑하지 않는다, 그 여자에 대해서 생각하는 것조차 자기로서는 괴로운 일이다, 다만 자기는 그 여자를 생각하기만 하면 그 여자가 불쌍해서 마치 심장을 영원히 찔린 것 같은 아픔을 느낀다는 거예요. 나는 당신에게 한 마디 더 해야겠어요. 나는 고결한 순진성과 무한한 신뢰성을 가졌다는 점에서 공작님과 비길 만한 사람을 내 생애에 한 번도 본 일이 없어요. 나는 공작님의 말을 들은 후에 깨달았어요. 즉, 그를 속이기를 바라는 자나, 그를 속인 자가 누구든 간에 그분은 결국 모두 용서해 주고 마십니다. 바로 이런 성격 때문에 나는 공작님을 사랑하게 된 거예요……. 」

아글라야는 스스로 놀란 것처럼, 이런 말을 할 수 있으리라고는 자기 자신도 생각지 못했던 것처럼 잠시 하던 말을 끊었다. 그러나 이와 때를 같이 하여 한량없는 자존심이 그 눈 속에 반짝이기 시작했다. 이렇게 된 이상 그녀는 지금 자기가 무심코 내뱉은 말에 『이 여자』가 웃건 말건 이제는 어차피 매한가지라고 말하고 싶은 표정이었다.

「나는 당신에게 모든 것을 말했어요. 그러니까 당신은 물론 내가 무엇을 원하고 있는지 이제는 아셨겠죠? 」

「알 것도 같군요. 그렇지만 당신 자신이 말해 보세요. 」하고 나스타샤 필립포브나는 조용히 대답했다.

「나는 당신한테 알고 싶은 게 있습니다. 」하고 그녀는 확고하고 단호하게 말했다. 「무슨 권리로 내게 대한 공작님의 감정에 간섭하는 거예요? 무슨 권리로 나한테 편지를 보냈죠? 무슨 권리로 당신이 그 분을 사랑하고 있다는 걸 나나 그 분한테 자꾸만 광고하려 드느냐 말예요? 그 분을 버리고, 말못할 모욕과…… 오욕을 퍼붓고 그 분에게서 도망친 당신이 ! 」

「내가 공작님을 사랑하고 있다는 말은 그이에게도 당신에게도 하지 않았어요. 」나스타샤 필립포브나는 간신히 이렇게 말했다. 「하지만 내가 그 분을 버리고 도망쳤다는 건 옳은 말이에요……. 」들릴락말락한 소리로 그녀는 덧붙였다.

「어째서 『그이한테도 나한테도』 말한 적이 없다는 거죠? 」하고 아글라야가 언성을 높였다. 「당신의 편지는 뭐죠? 누가 당신한테 우리들의 중매를 부탁했으며 나를 설득시켜 그와 결혼하게 하라던가요? 이것이 광고가 아니고 뭐겠어요? 무엇 때문에 우리들 사이에 끼여 드느냐 말예요? 나는 처음엔 반대로 생각했었어요. 그 여자가 우리들 사이에 끼여 들려는 것은 내 마음속에 공작님을 혐오하게 하는 씨를 뿌려서 나로 하여금 공작님을 포기하도록 하려는 속셈이 아닌가 하고 말예요. 그러나 얼마 후 나는 진상을 파악했어요. 당신은 그런 주제넘은 짓을 가지고 마치 무슨 장한 일이나 하는 것처럼 생각하고 있었던 거예요. 그처럼 자기의 허영심을 사랑하는 당신이 어떻게 그 분을 사랑할 수 있겠어요? 그 따위 가소로운 편지를 나한테 써 보내는 대신에 어째서 깨끗이 이곳을 떠나 버리지 못하죠? 그리고 그렇게까지 당신을 사모하여 당신한테 구혼까지 한 훌륭한 청년과는 어째서 결혼을 하지 않았죠? 그 이유는 명백해요. 로고진과 결혼하면 아무런 오욕도 남지 않기 때문이죠? 오히려 과분하리만큼 많은 명예를 얻게 되기 때문이죠? 당신에 대해 예브게니 파블로비치도 이런 말을 하더군요. 그 여자는 시(詩)를 너무 많이 읽어서 그 여자의 신분으로서는 지나칠 만큼 교육이 돼 있다, 그 여자는 문학적인 여자이며 일을 안 한 하얀 손을 가진 여자라고 말예요. 여기다 당신의 그 허영심까지 보태면 이유는 충분히 설명된다고 생각해요…….」

「그럼 당신은 일을 안 하는 하얀 손의 한가한 여자가 아니란 말인가요?」

사태는 너무나도 급격히 노골적으로 이렇게 뜻하지 않은 데까지 도달하고야 말았다. 참으로 예기치 못했던 일이었다. 왜냐하면 나스타샤 필립포브나는 파블로프스크로 오는 도중 좋은 일보다는 나쁜 일을 예기하고는 있었지만 그래도 좀더 다른 것을 공상하고 있었기 때문이다. 그러나 아글라야로 말하면, 그녀는 순식간에 분노의 정점으로 치솟아 마치 절벽에서 굴러떨어지듯 무서운 복수의 쾌감 앞에 스스로를 제지할 수가 없었다. 나스타샤 필립포브나에겐 이러한 아글라야를 발견한 것이 오히려 이상할 지경이었다. 그녀는 자기 눈을 의심하는 것처럼 상대방의 얼굴을 응시하고 있었다. 첫순간은 매우 당황했다. 어쩌면 그녀는 예브게니 파블로비치가 상상한 것처럼 많은 시를 읽은 여자인지도 모른다. 아니면 공작이 말하고 있는 것처럼 단순한 미친 여자였는지도 모른다. 그러나 어쨌던 그녀는 이따금 무례하고 냉소적인 태도를 취하기도 했지만 실제에 있어서는 남들이 생각하는 것보다 훨씬 수줍움을 타고 상냥하고 순진한 여자였던 것이다. 물론 그녀에게는 문학적이며 공상적이며 배타적인 특출한 점이 한두 가지가 아니었다. 하지만 그대신에 깊이 있고 굳센 면도 있었던 것이다. 공작은 그것을 이해하고 있었던 것이다. 고뇌의 빛이 그의 얼굴에 떠올랐다. 아글라야는 그것을 눈치채고 울컥 치미는 증오 때문에 몸을 떨었다.

「당신이 감히 나한테 그런 말을 함부로 할 수 있을까요?」 말할 수 없이 거만한 태도로 그녀는 나스타샤 필립포브나에게 반문했다.

「내 말을 잘못 들은 모양이군요.」 하고 나스타샤 필립포브나는 놀라는 표정을 지었다. 「내가 뭐라고 당신한테 이야기했는데요?」

「당신이 정직한 여자가 되고 싶었다면 어째서 그때 자기의 유혹자를……, 토스키 씨를 깨끗이……, 그 따위 연극 흉내 비슷한 짓을 하지 않고 깨끗이 버리지 못했죠?」 느닷없이 아글라야는 이렇게 쏘아붙였다.

「당신은 얼마나 내 처지를 알고 있기에 감히 그런 말을 함부로 하는 거죠?」 나스타샤 필립포브나는 창백한 얼굴로 몸을 떨었다.

「당신은 일터에는 나가지 않고 타락한 천사인 양 돈 많은 로고진 같은 사람과 달아나 버렸다는 걸 나는 알고 있어요. 토스키 씨가 그 타락한 천사 때문에 권총 자살을 기도했다는 건 이상할 것도 없는 일이군!」

「닥쳐요!」 나스타샤 필립포브나는 고통을 꾹 참으며 혐오에 찬 어조로 말했다. 「당신은 마치…… 요전에 자기 약혼자와 함께 치안재판에 회부되었던 다리야 알렉세예브나 부인네 하녀와 똑같은 해석을 하고 있군요. 아니, 그 하녀 쪽이 훨씬 영리한지도 모르죠…….」

「그 하녀는 아마 결백한 처녀였을 거예요, 자기 자신의 노동으로 살아가고 있으니까요. 당신은 무엇 때문에 하녀에 대해 그처럼 경멸적인 태도를 취하는 거죠?」

「나는 노동에 대해서가 아니라 노동이란 말을 함부로 입에 올리고 있는 당신에 대해 경멸적인 태도를 취하는 거예요.」

「나는 만약 결백한 여자가 될 수만 있다면 세탁부의 일이라도 즐겨 하겠어요.」

두 여인은 자리에서 일어나 창백해진 얼굴로 서로를 노려 보고 있었다.

「아글라야, 그만두시오! 그건 떳떳하지 못하오!」 하고 공작은 얼빠진 사람처럼 소리쳤다.

로고진은 더 이상 웃지 않고 입술을 꼭 깨문 채 팔짱을 끼고서 묵묵히 듣

320

고 있었다.

「이 여자 좀 보세요!」나스타샤 필립포브나는 분노에 온몸을 떨며 이렇게 말했다. 「이 숙녀를 봐요! 나는 이런 사람을 천사처럼 생각하고 있었다니까요! 이봐요, 아글라야 이바노브나, 왜 가정교사는 안 데리고 왔죠? 아직은 데리고 다녀야 할 것 같은데……. 당신은 왜 여기에 있지요? 만일 원한다면 내가 가르쳐 드릴까요? 속시원하게……. 당신은 겁이 난 거예요. 그래서 나를 찾아온 거란 말예요.」

「내가 당신한테 겁을 낸다구요?」아글라야는 이 여자가 어떻게 감히 이따위 소리를 할까, 하는 방약무인하면서도 순진한 놀라움에 미친 듯이 소리쳤다.

「물론이죠! 나한테지 누구에게겠어요? 당신이 나한테 오기로 결심한 건 그만큼 나한테 겁을 먹고 있다는 증거예요. 자기가 무서워하고 있는 사람을 경멸할 수는 없는 법이죠. 하지만 생각할수록 어이가 없군요. 생각해 보면 조금 전까지만 해도 나는 당신 같은 사람을 존경하고 있었습니다! 그런데 어째서 당신이 나한테 겁을 내고 있는지, 그리고 당신이 나를 찾아온 주요한 목적이 어디 있는지 이제 알 것 같군요. 다름 아니라 당신은 공작님이 나를 당신보다 더 사랑하고 있는지 어떤지 그걸 자기 눈으로 확인하고 싶었던 거예요. 그도 그럴 것이 당신은 매우 질투심이 강하니까요…….」

「그 분은 이미 나한테 말했어요. 당신을 미워하고 있다고…….」아글라야는 간신히 입을 놀려 이렇게 말했다.

「아마, 아마 나는 그 분의 사랑을 받을 자격이 없을 겁니다……. 그렇지만…… 그렇지만 지금 당신이 한 말은 거짓말일 거예요! 그 분은 나를 미워할 수 없어요. 또한 그렇게 말할 수 없어요! 당신을 용서해 줄 수도 있어요……. 당신의 처지를 고려할 때 말예요. 아무튼 내가 당신을 실제 이상으로 평가하고 있었던 것만은 사실이에요. 나는 좀더 영리하고 좀더 예쁜 아가씨인 줄 알고 있었는데……. 자, 어서 당신의 보물을 데리고 가세요……. 보세요. 얼빠진 얼굴을 하고 당신을 열심히 바라보고 있군요. 어서 당신이 맡아 가지세요. 그대신 당장 이 집에서 나가 주세요, 자, 어서!」

나스타샤 필립포브나는 안락의자에 주저앉아 울음을 터뜨렸다. 그러나 갑자기 그 어떤 이상한 광채가 그 눈에 빛나기 시작했다. 그녀는 뚫어질 듯 아글라야를 쏘아보고 있다가 벌떡 의자에서 일어섰다.

「그렇지만 만일 원한다면 나는 당장에라도…… 명령할 수 있어요. 들으세요? 내가 명령하기만 하면 공작님은 당신을 버리고 영원히 내 곁에 남을 거예요. 그리고 나와 결혼할 거예요. 그렇게 되면 결국 당신은 혼자 집으로 도망쳐 버릴 수밖엔 없겠죠. 원합니까? 원해요?」하고 그녀는 미친 듯이 소리쳤다. 그녀 자신도 자기가 이런 말을 하리라고는 꿈에도 생각하지 못했을 것이다.

아글라야는 겁에 질린 듯 밖으로 뛰쳐나가려 했으나 문 앞에까지 가서 우뚝 못박힌 것처럼 멈춰 서서 귀를 기울였다.

「원한다면 나는 로고진을 내쫓겠어요! 당신은 내가 당신을 기쁘게 하기 위해서 로고진과 결혼하는 걸로 생각했나요? 그러나 나는 지금 당신이 보는 앞에서 이렇게 명령하겠어요, 『내 앞에서 없어져 버려요, 로고진!』그리고 공작님에게는『나한테 한 약속을 기억하시죠?』라고 말할 테니 두고 보세요, 아아! 나는 무엇 때문에 이 사람들 앞에서 그렇게까지 자기 자신을 낮춰 왔을까? 공작님, 그건 당신이 아니었나요? 나한테 당신 자신이 말했잖아요? 저의 신상에 어떤 일이 일어난대도 당신은 반드시 나의 뒤를 따라오겠다고. 그리고 절대로 나를 버리지 않겠다, 사랑한다고. 또 내가 하는 일은 무엇이든지 용서하겠다, 그리고 당신은 나를 존, 존경한다고 그랬잖아요! 그런데도 나는 당신을 자유로운 몸이 되게 하려고 당신 곁을 떠났던 거예요. 그렇지만 인제는 그러고 싶지 않아요! 헌데 저 아가씬 어째서 나를 부정(不貞)한 여자처럼 취급하고 있을까요! 지금 저 아가씨가 당신이 보는 앞에서 내게 온갖 모욕을 다 주었으니까 당신도 아마 나를 떠나서 저 아가씨의 손을 잡고 돌아가 버릴는지도 모르겠군요. 만일 그렇다면 이 사건 후에 당신은 아마 저주를 받을 거예요. 자, 썩 없어져 버려요, 로고진, 당신도 필요 없어요!」

그녀는 일그러진 얼굴에 바싹 마른 입술을 움직여 간신히 가슴에서 짜내는 것 같은 어조로 정신없이 고함을 지르는 것이었다. 그녀는 이러한 자기의 허세를 털끝만큼도 믿지 않고 있었으나 한편으로는 잠시나마 더 오래 자기 자신을 속이고 있고 싶었다. 그녀의 흥분은 너무나 격렬했으므로 이러다가 그냥 죽어 버리는 거나 아닌가 하고 공작은 생각했다. 「보세요, 여기 그이가 있습니다!」마침내 그녀는 손을 들어 공작을 가리키며 아글라야를 향해 소리쳤다. 「만일 이 분이 지금 곧 내 곁으로 달려와서 나를 잡아 주지 않는다면 그리고 당신을 버리지 않는다면 그때는 당신이 이 분을 차지하세요, 양보하지요! 나는 그를 원하지 않으니까…….」

나스타샤와 아글라야는 둘 다 공작을 바라보며 결과를 기다리고 있었다. 그러나 이 도전적인 말이 지금 어떠한 힘을 갖고 있는 것인지 공작은 이해하지 못한 것 같았다. 아니, 확실히 몰랐다고 단정하는 편이 옳았다. 그는 다만 자기 눈앞에 있는 미치광이와도 같은 절망적인 얼굴을 봤을 뿐이었다. 그것은 언젠가 그가 아글라야에게 말한 것처럼 『영혼의 심장을 찌르는 것 같은』얼굴이었다. 그는 더 이상 견디어 낼 수가 없었다. 애원과 비난이 뒤섞인 얼굴로 나스타샤 필립포브나를 가리키며 그는 아글라야를 향해 「아아, 대체 이게 무슨 짓들이란 말입니까! 이 여자는…… 불쌍한 사람이 아닙니까!」라고 말했다.

그러나 공작이 아글라야의 무서운 시선을 받고 온몸이 마비를 일으킨 것처럼 되어 겨우 입밖에 낼 수 있었던 말은 이것뿐이었다. 아글라야의 두 눈에는 헤아릴 수 없는 고통과 증오가 서려 있었다. 공작은 두 손을 쳐들고 소리를 지르며 그녀에게로 달려갔다. 그러나 이미 때는 늦었다! 그녀는 공작이 동요하는 꼴을 한 순간도 참아 낼 수 없었다. 두 손으로 얼굴을 가리며 「아아, 어쩌면 좋아!」라고 외치기가 무섭게 몸을 날려 방에서 뛰쳐나갔다. 로고진이 현관 문을 열어 주려고 그 뒤를 쫓아 달려 나갔다.

공작도 쫓아 나가려 했으나 문턱에서 누군가의 손에 붙잡혔다. 절망에 이그러진 나스타샤 필립포브나의 얼굴이 빤히 그를 쳐다보고 있었다. 그리고 창백한 그 입술이 움직이며 이렇게 물었다.

「저 여잘 취하겠어요? 그 여자를?」

그녀는 의식을 잃고 공작의 팔 안에 쓰러졌다. 그는 그녀를 방안으로 안고 들어가서 안락의자에 뉘었다. 그리고는 담담한 기대를 품고 그 옆에 서 있었다. 탁자 위에는 물이 든 컵이 놓여 있었다. 다시 돌아온 로고진이 그것을 집어 그녀의 얼굴에 끼얹었다. 그녀는 눈을 떴으나 1분 가량은 아무것도 생각나지 않는 모양이었다. 그러나 갑자기 주위를 돌아보고 몸을 떨더니 소리를 지르며 공작에게 달려들었다.

「당신은 내것이야, 내것!」 하고 그녀는 외쳤다. 「그 거만한 아가씨는 돌아가 버렸나요! 하! 하! 하!」 하고 그녀는 히스테리를 일으킨 듯 웃어 댔다. 「핫! 핫! 하! 하마터면 나는 당신을 그 아가씨한테 내줄 뻔했

어요! 그렇지만 어째서? 무엇 때문에? 나는 미쳤어! 미쳤단 말야! 이
봐요, 로고진, 당장 나가세요! 핫! 핫! 하!」

　로고진은 열심히 두 사람을 바라보고 있었으나 한 마디 말도 없이 모자를
집어들고 밖으로 나가 버렸다. 10분 후, 공작은 나스타샤 필립포브나의 곁
에 붙어 앉아서 한시도 눈을 떼지 않고 그녀를 바라보며, 마치 어린애에게
하듯 두 손으로 머리와 얼굴을 쓰다듬어 주고 있었다. 그는 그녀가 웃을 땐
같이 웃고, 그녀가 눈물을 흘리는 것을 보고서는 자기도 눈물을 흘렸다. 그
는 아무 말도 하지 않고 그녀의 발작적인, 환희에 찬 두서없는 말에 열심히
귀를 기울였다. 그리고 그 말의 의미를 거의 이해하지 못하면서도 그저 점
잖게 미소짓는 것이었다. 그러다가 그녀가 또다시 슬퍼하거나 울거나 자기
를 비난하거나 혹은 불평하기 시작하면 그는 곧 여자의 머리를 쓰다듬기도
하고 두 손으로 그녀의 볼을 어루만져 주기도 하며 어린애를 다루듯 그녀를
위로하고 진정시키는 것이었다.

9

　앞의 장(章)에 서술한 사건이 있은 후 두 주일이 지났다. 그 동안에 등장
인물들의 처지는 현저한 변화를 일으켰다. 따라서 특별한 설명이 없이 다음
얘기를 계속한다는 것은 매우 곤란한 일이다. 그러나 가능한 한 특별한 설
명은 생략하고 사실을 기술하는 데 그치는 편이 좋을 것 같다. 그 이유는
매우 간단하다. 필자 자신이 사건의 설명에 곤란을 느끼는 경우가 많기 때
문이다. 필자의 입장에서 이런 변명 비슷한 말을 한다는 것은 독자에게는
이해할 수 없는 괴이한 변명으로 생각될 수도 있을 것이다. 그러나 사건에
대한 명확한 이해와 독자적 의견도 없이 어떻게 그것을 서술할 수 있겠는
가? 그래서 나는 더 이상 자기 자신에게 불신을 초래하지 않기 위해서 실
례를 들어 가며 설명하도록 노력하는 편이 좋겠다고 생각했다. 그렇게 하면
호의적인 독자는 그 곤란이 어디 있는가를 이해해 줄 것이기 때문이다. 더
욱이 그 실례라는 것은 직접적으로 이야기를 계속하는 것이다.

　2주일 후, 그러니까 그 두 주일 동안에 —— 이때는 벌써 7월 초순이
었다 —— 이 소설의 주인공들에 관한 이야기, 특히 이 이야기의 마지막 사
건은, 이상하고 믿을 수 없을 만큼 재미있는 그러면서도 흥미로운 일화가

되어 레베제프, 프치스인, 다리야 알렉세예브나, 예판친 등의 별장과 이웃한 모든 거리, 다시 말해서 파블로프스크 시(市) 전체는 물론, 그 교외(郊外)에까지 차례로 퍼져 나갔다. 파블로프스크에 사는 거의 모든 사람들은, 간단히 말하면 원주민들도 피서객들도 악대의 연주를 들으러 오는 사람들도 모두가 다 이 한 가지 이야기를 놓고 여러 가지 형태로 말을 만들어 이야기를 하기 시작했던 것이다.

예를 들면 다음과 같다. 어느 공작 하나가 명예 있는 유명한 집에서 추태를 부린 끝에 이미 약혼까지 한 바 있는 그 집 아가씨를 버리고, 이름난 바람둥이 여자한테 반해서 맺어 오던 모든 교우 관계를 파기하고 말았다. 그리고 사람들의 힐책과 분개에도 불구하고 가까운 장래에 이 파블로프스크에서 공공연히 공중 앞에서 자기를 쳐다보라는 듯이 머리를 들고 그 추잡한 계집과 결혼식을 올리려 하고 있다는 식이었다. 이러한 이야기에는 여러 가지 추문이 곁들여지고 덕망 있고 숭고한 사람들까지 얽혀져서 환상적이고 수수께끼같이 느껴질 뿐더러 한편으로는 부정할 수 없는 명백한 사실에 기초를 두고 있으므로 세상 사람들의 호기심이나 엉터리없는 험구 같은 것도 모두 그럴 듯하게 듣지 않을 수가 없었던 것이다. 그 중에서도 아주 정교하고 재치가 있는 동시에 그럴 듯한 해석을 붙인 이야기는 소수의 진지한 비평가들의 입에서 나온 말들이다. 이 소수의 비평가들이란 비교적 이성이 발달한 계급에 속한 사람들로 어느 사회에서나 제일 먼저 새로운 뉴스를 다른 사람들에게 설명하려고 서두를 뿐더러, 그것을 자기의 천직으로 생각하고 언제나 만족하는 법이다.

그들의 해석에 의하면 이 청년은 명문 출신의 돈 많은 공작인데다가 바보스럽긴 하지만 투르게네프에 의해 전형화(典型化)된 허무주의에 빠진 자유주의자(투르게네프의 소설 〈아버지와 아들〉에 나오는 성격)이며, 러시아 말조차도 제대로 할 줄 모르는 사나이라는 것이었다. 그는 예판친 장군 댁 딸한테 반해서 마침내 그녀의 신랑 후보자 자격으로 그 집에 드나들 수 있게 되었다는 것이었다. 그것은 마치 언젠가 신문에 난 프랑스 신학생의 에피소드와 흡사했다. 이 신학생은 고의적으로 성직에 들어가기로 결심하고 채용을 탄원하여 국궁(鞠躬) 배례, 서약 등의 모든 의식과 절차를 밟고 나서는, 바로 그 이튿날 주교에게 공개장을 보내어 자기는 신을 믿지도 않으면서 민중을 기만하여, 아무 대가도 없이 민중한테 얹혀 산다는 것은 파렴치한 짓이라 생각하기 때문에 어제 받은 성직을 포기하겠다는 편지를 몇몇 자유주의적 신문에 게재했던 것이다. 공작은 이 무신론자와 비슷한 수법으로 사랑을 했던 것이다. 그는 여자 집에서 야회가 있기를 고의로 기다렸을 거라는 풍문이 나돌았다. 그 야회에서 그는 많은 사회 명사들에게 소개되었다. 그것은 다만 손님들 앞에서 자기의 사상을 큰 소리로 피력하고 존경할 만한 명사들에게 욕설을 퍼붓고 자기의 약혼녀를 공공연히 모욕함으로써 혼담을 파기하려는 데 목적이 있었다. 자기를 끌어 내려는 그 집 하인들에게 반항하다가 값진 중국제 꽃병까지 깨뜨려 버렸다. 사람들은 이러한 소문에다 현대적 기질의 특징이라는 주석과 함께 다음과 같은 익살을 덧붙였다.

이 얼간이 같은 공작은 실제로 자기의 약혼녀인 장군의 딸을 사랑하고 있었으나 그가 이 혼담을 거절한 것은 오직 허무주의에서 나온 소행으로 이번과 같은 추문을 퍼뜨리려는 의식적인 행동에서였던 것이다. 즉, 타락한 여자와 결혼함으로써, 자기의 사상에는 타락한 여자도 정숙한 여자도 있을 수 없다, 다만 자유로운 여자가 있을 뿐이다, 자기는 낡아빠진 세속적 관념을 불신하고 다만 한 가지 『여성 문제』만을 믿을 뿐이라는 것을 증명하고 싶었던 것이다. 뿐만 아니라 그의 눈으로는 타락한 여자가 타락하지 않은 여자보다 오히려 훌륭하게까지 보였던 것이다.

이와 같은 설명은 가장 그럴 듯하게 여겨졌으므로 대부분의 피서객들은 거의 믿다시피했다. 더욱이 날마다 발생하는 사건들은 더욱더 이런 말을 확실한 것으로 믿게 했다. 물론 아직도 많은 사건들이 풀리지 못한 채 남아 있기는 했다. 말하자면 가엾은 처녀는 진심으로 자기의 약혼자, 어떤 사람은 『유혹자』라고도 불렀지만, 그를 사랑하고 있었으므로 파혼을 선언당한 이튿날, 사내가 정부와 만나고 있는 현장에 뛰어들었다라고 말하는 사람이 있는가 하면, 또 어떤 사람은 그와는 반대로 사내가 일부러 그녀는 유혹하여 자기 정부의 집에 갔던 것인데, 그것은 다만 허무주의에서 나온 행동으로 그녀에게 오욕과 모멸을 주기 위한 의도에서였다고 주장하는 것이었다. 아무튼 사건에 대한 흥미는 날이 갈수록 더해 가기만 했다. 그도 그럴 것이 그 추잡스런 결혼식이 정말로 거행될 것이라는 사실은 이제 의심할 여지도 없게 되어 버렸기 때문이다.

만일 여기서 우리에게 사건의 설명을 요청하는 사람이 있다면——절대로 사건의 허무주의적인 성격에 관해서가 아니라, 다만 이 결혼이 어느 정도까지 공작의 참된 욕구를 만족시킬 수 있을까, 그리고 그 욕망은 현재 어떠한 점에 있을까, 현재의 공작의 심정을 어떻다고 단정할까 하고 우리에게 설명을 요청한다면——솔직히 말해서 우리는 그 답변에 곤란을 느끼게 된다. 우리가 지금 알고 있는 바로는 다만 결혼이 정말로 결정되어 공작이 교회 관계와 집안일에 대한 모든 일들을 레베제프와 켈레르, 그리고 이 일 때문에 공작에게 소개된 레베제프의 친구에게 위임했다는 것이다. 비용은 조금도 아끼지 말라고 했고, 결혼식을 서두른 것은 나스타샤 필립포브나였다는 것, 공작의 들러리로는 켈레르가 열심히 간청하여 지명되었다는 것, 나스타샤 필립포브나의 들러리로는 부르도프스키가 기꺼이 이를 수락했다는 것, 결혼식은 7월 초순으로 결정되었다는 것 등이었다.

그러나 이상과 같은 정확한 사실 이외에도 우리들을 오리무중(五里霧中) 속에 헤매게 하는 몇 가지 소문이 있었는데, 이것은 앞서 기술한 사실들과는 모순되는 소문이었던 것이다. 예를 들면, 레베제프와 여러 사람들에게 결혼에 관한 모든 일을 위임했음에도 불구하고, 공작은 자기에게 의식을 주관할 사람이라든가 들러리가 결정되어 있다는 것도, 결혼식을 올리게 되어 있다는 것도 모두 그날 중으로 거의 잊어버린 것 같다는 것이다. 사실 그가 성급하게 모든 일을 남에게 위임해 버린 것은 단지 자기가 그 일을 생각하지 않기 위해서, 아니, 한시바삐 그 일을 잊어버리고 싶었기 때문이 아니었을까 하는 생각도 든다. 우리는 이러한 의혹도 품어 보지 않을 수 없는 것이다. 그런 경우 공작 자신은 도대체 무엇을 생각하고 있는 것일까? 무엇을 상기하려 하고, 무엇을 목적으로 그처럼 서두르고 있는 것일까? 그에 대하여 어떤 사람의, 예를 들어 나스타샤 필립포브나의, 강제성도 없었다는 것은 또한 의심할 여지도 없는 일이다.

하기는 결혼을 하자고 서두른 것은 공작이 아니라 나스타샤 필립포브나였지만, 그러나 공작도 가볍게 승낙했던 것이다. 마치 대수롭지 않는 일을 부탁한 것처럼 아무렇지도 않은 태도로 쉽사리 승낙해 버렸던 것이다. 이러한 괴이한 사실들은 그 밖에도 얼마든지 있다. 그런 것을 일일이 설명하는 것은 앞으로 전개될 이야기에 오히려 혼돈만을 초래할 우려가 있다고 생각된다. 그러나 여기에 한 가지 예를 더 들기로 하자.

다름이 아니라 우리가 확실히 아는 바와 같이 지난 2주일 동안 공작은 계속해서 밤낮 나스타샤 필립포브나와 함께 시간을 보냈다. 그리고 그녀는 자주 공작을 산책이나 악대의 연주회에 끌어 내곤 했다. 공작은 공작대로 매일 같이 그녀를 데리고 마차로 나다녔다. 어쩌다 1시간만이라도 그녀가 보이지 않으면 곧 걱정을 하기 시작하였다. 이 모든 징후로 미루어 보아 공작은 그녀를 진심으로 사랑하고 있었다. 공작은 입가에 잔잔한 미소를 머금은 채 자기는 한 마디도 말을 않고 그녀가 무슨 소리를 지껄이든 끝까지 듣고 있는 것이었다. 우리는 또한 다음과 같은 사실도 알고 있다. 지난 며칠 동안 그는 몇 차례나 아니 그보다도 빈번히 예판친 댁을 찾아가곤 했다. 더욱이 그것을 나스타샤 필립포브나에게 숨기려 들지 않았으므로 그녀는 거의 미칠 듯한 상태에 빠지곤 했다는 사실이다. 그런데 우리가 아는 바로는, 예판친 댁 사람들이 파블로프스크를 떠나는 날까지 한 번도 공작을 받아들이지 않았다는 것이다. 그리고 아글라야 이바노브나를 만나게 해달라는 그의 청은 번번이 거절당했다. 그는 한 마디 말도 없이 발길을 돌리곤 했으며, 이튿날이 되면 어제 거절당한 것을 까맣게 잊은 양 또다시 그 집을 찾아가서는 거절당하고 돌아오는 것이었다. 그밖에도 우리는 다음과 같은 사실을 알고 있다. 즉, 아글라야 이바노브나가 나스타샤 필립포브나네 집에서 뛰쳐나간 한 시간 후, 어쩌면 좀더 빨랐을는지도 모르지만, 여하튼 공작은 예판친 댁에 나타났던 것이다. 물론 그곳에서 아글라야를 만날 수 있으리라 믿었기 때문이었다. 그러나 그의 출현은 예판친 댁 사람들에게 말할 수 없는 공포와 소동을 불러일으키게 했다. 왜냐하면 아글라야는 그때까지도 집에 돌아와 있지 않았을 뿐더러 이 집 사람들은 아글라야가 공작과 함께 나스타샤 필립포브나네 집에 갔었다는 것을 그로부터 비로소 들었기 때문이었다.

소문에 의하면 리자베타 프로코피예브나 부인도, 딸들도, 심지어는 S공작까지도, 그 당시 공작에게 적의에 찬 냉담한 태도를 취하여 더없이 심한 언사로 절교를 선언했다는 것이었다. 더욱이 그 자리에 갑자기 바르바라 아르달리오노브나가 나타나서 리자베타 프로코피예브나 부인한테, 아글라야는 한 시간 전에 자기 집에 와서 지금 무서운 상태에 빠져 있으며 집에 돌아가길 싫어하는 것 같다고 말하자, 공작에의 냉담은 더욱더 심해졌다. 바르바라의 이 보고는 리자베타 프로코피예브나 부인에게 말할 수 없이 심한 충격을 주었다. 실제에 있어 이 보고는 사실이었던 것이다. 즉, 나스타샤 필립포브나네 집에서 나왔을 때 아글라야는 집안 식구들한테 얼굴을 쳐들고 나타나느니보다는 차라리 죽어 버리는 편이 낫다고 생각하고, 그 길로 니나 알렉산드로브나 부인에게로 달려갔다. 바르바라 아르달리오노브나는 지체없이 이것을 아글라야의 집에 알려 줄 필요가 있다고 느꼈던 것이다. 어머니와 딸들은 즉시 니나 알렉산드로브나 부인에게로 달려갔다. 방금 집에 돌아온 예판친 장군도 뒤따랐다. 그리고 그 뒤로, 레프 니콜라예비치 공작도 사람들의 무자비한 비난에도 불구하고 허둥지둥 쫓아갔다. 그러나 바르바라 아르달리오노브나의 명령 때문에 여기서도 그는 아글라야를 만날 수 없었다. 아글라야는 어머니와 언니들이 자기를 조금도 꾸짖지 않고 우는 것을 보자 와락 달려들어 그들을 포옹했다. 그리고는 즉시 그들을 따라 집으로 돌아왔다.

하기는 그리 명백한 것은 아니지만 이런 소문도 사람들의 입에 오르내렸다. 다름 아니라, 가브릴라 아르달리오노비치가 여기서도 호되게 골탕을 먹었다는 얘기였다. 바르바라 아르달리오노브나가 리자베타 프로코피예브나 부인에게 달려간 사이에 그는 아글라야와 얼굴을 맞대고 자기의 사랑을 고백하였던 것이다. 그러나 그의 말을 듣고 나자 아글라야는 자기의 슬픔이나 비탄을 잊은 채 느닷없이 깔깔 웃어 대더니 불쑥 기묘한 질문을 던졌다는 것이다.

그의 사랑을 증명하기 위해 지금 곧 손가락을 촛불에 지질 수 있느냐는 것이었다. 들리는 바로는 이 요구에 가브릴라 아르달리오노비치는 아연실색하며 아무 대답도 못 하고 쩔쩔맸는데, 그것을 보자 아글라야는 히스테리를 일으킨 듯 웃어 대며 2층에 있는 니나 알렉산드로브나 부인의 방으로 달려 올라가 버렸다. 거기서 그녀는 자기의 양친을 만났다는 것이다.

이 에피소드는 이튿날 이폴리트를 통해 공작의 귀에 들어갔다. 이폴리트는 병상에 있었기 때문에 이 얘기를 전하려고 일부러 사람을 보내어 공작을 자기 집으로 불렀던 것이다. 이폴리트가 이 얘기를 어떻게 들었는지는 알 수 없지만 공작은 그에게서 촛불과 손가락 얘기를 들었을 때, 이폴리트가 놀랄 정도로 큰 소리로 웃음을 터뜨렸다. 그러다 갑자기 몸을 떨기 시작하더니 눈물을 흘렸다는 것이었다……

대체로 그는 요 며칠 동안 무서운 불안과 격심한 마음의 동요를 느끼고 있었다. 그것은 막연하면서도 고통스러운 것이었는데, 이폴리트는 공작이 제정신이 아니라고 단정했지만 그 점에 대해서는 아직 어떻다고 잘라 말할 수는 없는 일이었다.

이상과 같은 사실들을 제시하면서도 설명을 생략했지만 그렇다고 해서 나는 이 얘기의 주인공을 독자의 면전에서 정당화할 생각은 추호도 없다. 뿐만 아니라 우리는 공작이 자기 친구들 사이에 불러일으킨 분노를 함께 나눌 용의가 있다. 말이 나왔으니 말이지만 심지어 베라 레베제프도 얼마 동안 공작의 처사에 분개하고 있었고, 콜랴 역시 분개하고 있었다. 켈레르도 들러리로 선정되기까지는 약간 불만스러운 표정이었다. 레베제프에 대해서도 새삼스레 말할 필요는 없다. 그는 분개한 나머지 공작에 대하여 모종의 흉계를 꾸미기까지 했었다. 그것은 그의 분개한 진심에서 우러나온 것이었다. 그러나 여기에 대해선 나중에 말하기로 하자. 대체로 우리는 예브게니 파블로비치의 심각하고도 강력한 말에 전적으로 동감을 표시하고 싶다. 그것은 나스타샤 필립포브나네 집에서의 사건 후 1주일 가량 경과한 어느 날, 그가 공작과 허물없는 얘기를 주고받는 자리에서 솔직히 토로한 말이었다.

여기서 한 가지 지적해 두어야 할 것은 예판친 댁 사람들뿐 아니라 직접 간접으로 그 집과 관련이 있는 모든 사람들이 공작과의 교제를 끊어 버려야 한다는 것을 절실히 느꼈다는 것이다. 예를 들면, S공작 같은 사람은 공작과 마주치게 되면 인사도 하지 않고 이내 외면을 해버렸던 것이다. 그러나 매일같이 예판친 댁에 드나들며 전보다 더욱 환대를 받게 되었음에도 불구하고 예브게니 파블로비치만은 자기의 입장이 불리하게 될 것도 개의치 않고 공작과 만났다. 그것은 예판친 댁이 파블로프스크를 떠난 바로 다음날이었다. 공작을 방문하기 전에도 그는 항간에 떠도는 소문을 모두 알고 있었을 뿐 아니라 어쩌면 그 자신도 그 소문의 전파를 도왔을는지도 모른다. 공작은 그를 기쁘게 반기며 곧 예판친 댁 얘기를 꺼냈다. 이렇게 순진하고도 솔직한 태도에 예브게니도 일체의 허식을 버리고 즉시 본론으로 들어갔다.

공작은 예판친 댁이 떠났다는 것을 아직 모르고 있었다. 그는 놀라며 얼굴이 창백해졌다. 그러나 1분 후 마음이 동요되어 생각에 잠기는 표정으로 고개를 끄덕이며 「하긴 떠나는 것이 당연하죠.」라고 말했다. 그리고는 「그래 어디로 갔나요?」 하고 성급히 물었다. 예브게니 파블로비치는 얼마 동안 세밀히 공작을 관찰하고 있었다. 성급한 질문, 순진성, 당황, 동시에 이상할 정도의 솔직성, 불안과 흥분…… 이런 점들이 적잖이 그를 놀라게 했다. 그러나 그는 친절한 어조로 공작에게 모든 것을 상세히 이야기했다.

공작은 아직 많은 것을 모르고 있었다. 하기는 이것이 예판친 댁에서 나온 첫소식이었던 것이다. 공작은 아글라야가 정말로 병에 걸려 사흘 동안이나 계속해서 열이 올랐고 밤새 잠을 못 잤다는 소문을 확인했다. 그러나 지금은 상당히 회복되어 그리 염려할 정도는 아니지만 아직도 신경질을 부리고 히스테리의 상태에서 벗어나지 못하고 있다는· 것이었다.

「그렇지만 집안이 편안해진 것만도 다행이죠! 지난 이야기를 아글라야 앞에서뿐 아니라 본인이 없는 데서도 일체 입밖에 내지 않기로 하고 있답니다. 부모들 사이에서는 아젤라이다의 결혼식이 끝나는 즉시 이번 가을엔 외국 여행을 떠나도록 결정했답니다. 아글라야는 처음으로 이 얘기가 나왔을 때 침묵으로 수락했답니다.」예브게니 파블로비치 자신도 외국으로 떠날지 모른다는 것이었다. S공작 역시 사정이 허락하는 대로 아젤라이다와 함께 2개월 가량 여행을 하고 돌아올 예정이지만 장군만은 남아 있을 것이라 했다. 이번에 예판친 댁이 옮겨 간 곳은 페체르부르그에서 20베르스타(약 22킬로) 가량 떨어진 콜미노라는 마을로 그곳에는 예판친 댁 소유지와 널따란 지주 저택이 있다. 벨로콘스카야 부인은 아직 모스크바에 돌아가지 않은 걸 보니 아무래도 일부러 지체하고 있는 것 같다. 리자베타 프로코피예브나 부인은 그런 일이 있은 후 파블로프스크에는 더 이상 머물러 있을 수 없다고 강경하게 주장했다. 그것은 예브게니 파블로비치 자신이 날마다 이곳에서 떠도는 소문을 부인에게 전했기 때문이었다. 그렇다고 예판친 댁이 옐라긴의 별장으로 옮겨 간다는 것도 역시 안 될 말이었다.

「사실, 생각해 보십시오.」하고 예브게니는 덧붙였다. 「더 이상 견딜 수 없었다는 것은 당신도 인정해야 합니다……. 특히 여기 당신네 집에서 일어나는 일들을 알고 있을 뿐만 아니라 번번이 거절하는데도 불구하고 당신이 매일같이 그 집을 방문했으니 말입니다…….」

「그렇습니다, 당신 말이 옳아요. 나는 아글라야 이바노브나를 만나고 싶었기 때문에…….」공작은 또다시 고개를 끄덕였다.

「아아, 여보시오. 공작!」갑자기 예브게니 파블로비치는 흥분과 우수가 뒤섞인 음성으로 이렇게 소리쳤다. 「어쩌자고 당신은 그때 그런 일이 일어나게 내버려 두었습니까? 그야 물론 일이 그렇게까지 되리라고는 당신도 예상하지 못했겠지만……. 나도 당신이 당황했던 것은 당연한 일이라고 생각합니다. 뿐만 아니라 그 미치광이 같은 여자를 제지할 수는 없었겠죠!

당신 힘으로는 안 되는 일이었지요! 그러나 그 아가씨가 얼마나 진지하고도 열렬하게…… 당신을 대하고 있었는가를 당신은 마땅히 이해했어야 할 겁니다. 그 아가씨는 당신이 다른 여자와 함께 사랑을 나누기를 원치 않았던 거예요. 그런데도 당신은…… 당신은 그와 같은 보물을 내던져 깨뜨려 버리고 말았단 말입니다!」

「옳은 말입니다. 내가 나빴어요.」공작은 또다시 깊은 우수에 잠긴 어조로 말을 받았다. 「뿐만 아니라, 나스타샤 필립포브나를 그런 눈으로 본 것은 아글라야 한 사람뿐이었습니다……. 다른 사람은 아무도 그런 눈으로 보지 않았으니까요.」

「더욱이 사건 전체가 그렇게 된 것은 진지한 면이 조금도 없었기 때문입니다!」예브게니는 소리쳤다. 「실례지만 공작, 나는 이 문제에 대해 여러 가지로 생각해 보았습니다. 나는 그 전에 있었던 일까지도, 그러니까 반년 전에 있었던 일까지도 모두 알고 있습니다. 그것은 절대로 진지한 것이 못 됩니다. 그것은 다만 머릿속에서만의 열정이었습니다. 그림이었고, 환상이었고, 연기였습니다. 그것을 무슨 심각한 일처럼 생각할 수 있었던 것은 세상 물정을 모르는 순진한 처녀의 놀라운 질투심이었을 뿐입니다!」

여기서 예브게니 파블로비치는 예의를 생각지 않고 거침없이 자기의 분노를 공작 앞에 털어놓았다. 그는 합리적이고도 명확하게 그리고 뛰어난 심리 해부까지 제시하면서 공작과 나스타샤 필립포브나의 관계를 그 시초부터 한 폭의 그림처럼 공작 앞에 펼쳐 보였다. 예브게니 파블로비치는 언제나 화술이 능란했으나 이때는 거의 웅변이라 할 수 있을 정도였다. 「당신들의 교제는 허위로 시작되었던 것입니다. 허위로 시작된 것은 결국 허위로 끝나고 마는 것입니다. 그것이 자연의 법칙이니까요. 나는 사람들이──그것이 누구이든 간에──당신을 백치라고 부르는 데는 절대로 동의할 수 없습니다. 당신은 매우 이상한 데가 있고, 너무 현명해서 그런 명칭으로 지칭될 수는 없습니다. 그러나 당신은 자신이 좀 이상하다는 것도 인정해야 합니다. 내 의견에 의하면 과거에 발생한 사건 전체의 기초는 첫째로 당신의 선천적인 무경험과──공작님! 『선천적인』이라는 말에 유의해 주시기 바랍니다──당신의 지극한 순진성과 성실성과 감정 안배(感情按排)의 극단적인 결핍──이것도 자신이 여러 번 시인했던 것이라지만──그리고 머릿속에서 만들어 낸 신념의 복잡한 누적, 이러한 것들로 이루어져 있습니다. 당신은 자기의 고결한 성품 때문에 지금까지도 이러한 신념을 진실되고 순수하며 무한한 것이라 생각하고 있단 말입니다! 공작님! 스스로 인정하십시오. 나스타샤에 대한 당신의 태도에는 처음부터 조건적 민주주의라는 것이——나는 간결하게 하기 위해서 이렇게 표현했습니다——잠재해 있었습니다. 더욱 간결하게 말한다면『여성 문제』라는 것에 현혹되어 있었다고 해도 무방하겠지요. 나는 나스타샤 필립포브나네 집에서 있었던 그 괴상망측하고 창피스러운 야회의 전말을 알고 있습니다. 즉 로고진이 돈을 가지고 와서 난장판을 이루어 놓았다는 그 야회의 전말을 세세한 점에 이르기까지 정확하게 알고 있습니다. 원하신다면 손바닥을 뒤집어 보이듯 당신 자신을 해부해 보여 드리죠. 마치 거울을 보듯 당신 자신을 보여 드릴 수 있습니다. 그만큼 나는 사건의 진상이 어떻게 해서 지금과 같이 됐나를 정확히 파악하고 있단 말입니다! 젊은 청년인 당신은 스위스에 살면서 애타게 조국을 그리워하다 약속된 미지의 나라나 되는 것처럼 기쁜 마음으로 러시아에 돌아온 겁니다. 저쪽에 있을 때 당신은 러시아에 관한 책을 많이 읽었을 겁니다. 그 책들은 사실 훌륭한 것이었는지는 모르지만 당신에게는 해로운 것이었습니다. 당신은 우선 의기양양하게 정열에 찬 실천욕을 품고 조국에 돌아왔습니다. 당신이 도착한 바로 그 날, 당신은 가슴을 저며 내는 듯한 서글픈 얘기를——오욕을 받은 여인의 얘기를——들었습니다. 아직도 동정(童貞)을 잃지 않은 순결한 기사인 당신은 그날 중으로 그 여인을 만났고 환상적이고도 악마적인 아름다움에 매혹되어 버렸습니다. 사실 나도 그 여자가 미인이라는 점은 인정합니다. 여기다가 당신의 신경과 당신의 병, 그리고 신경도 파괴하는 해빙기 특유의 기후를 첨가해 보십시오. 게다가 환상적인 이미지의 도시에서의 그 하루를 첨가해 보십시오. 또 몇 개의 해후와 극적인 사건과 뜻하지 않았던 교우와 예상조차 못했던 현실과 아글라야도 포함된 예판친 집안의 세 미인…… 이런 것으로 충만된 그 하루를 첨가해 보십시오. 다시 게다가 피로와 현기증을 나스타샤 필립포브나네 객실과 객실의 분위기에 첨가해 보십시오……. 이런 경우 당신은 자기가 어떻게 되길 기대했습니까? 어떻게 생각하고 계십니까?」

「맞습니다, 맞았어요.」 공작은 점점 얼굴을 붉히며 고개를 끄덕였다. 「거의 당신이 말한 대로였습니다. 게다가 나는 그 전날 밤 기차 속에서 거의 한잠도 자지 못했기 때문에 형편없이 혼란되어 있었지요…….」

「물론 그랬겠지요. 나는 바로 그 점이 관심의 대상입니다.」하고 예브게니 파블로비치는 열띤 어조로 계속했다. 「당연한 것입니다. 당신은 환희에 도취되어 자기가 유서 있는 집안의 공작이며 결백한 인간이라는 자기의 고결한 감정을 공공연히 설명할 수 있는 최초의 기회에 미친 듯이 덤벼든 것입니다. 다시 말해서 자기의 잘못에서가 아니라 상류사회의 저주스런 도락가에 의해서 더럽혀진 여자는 결코 타락한 인간이 아니다라는 것을 사람들에게 알려 주고 싶었던 것입니다. 이것은 명백한 얘기입니다! 그러나 중요한 점은 당신의 감정 속에 진실성이 있었는가, 성실함이 있었는가, 필연성이 있었는가, 아니면 다만 지적인 감격에 불과한 것이 아니었느냐 하는 데 있습니다. 공작, 당신은 어떻게 생각하십니까? 전에 그런 종류의 여자가 교회에서 용서를 받은 일은 있지만 그렇다고 그녀가 좋은 일을 해서 존경을 받은 것은 아니잖느냐 말입니다. 그때부터 3개월이 지난 후에도 건전한 생각이 당신 자신에게 사건의 진상을 가르쳐 주지 않았습니다. 지금 그 여자가 순결하다고 해둡시다. 나는 그것을 가지고 다투고 싶지는 않습니다. 그러나 과연 그 여자의 행위가 그 악마 같은 교만한 태도와 그 뻔뻔스럽고 탐욕스런 이기주의적인 마음을 변호할 수 있을까요? 용서하십시오, 공작, 내가 너무 흥분한 것 같군요…….」

「그렇습니다, 어쩌면 그럴지도 모르죠. 당신 말이 맞을 거예요…….」공작은 중얼거리듯 말했다. 「사실 그 여자는 매우 성을 잘 내지요. 물론 당신의 말이 옳습니다. 그러나…….」

「그러나 공작, 그 여자는 동정을 받을 가치가 있다는 거겠죠? 그렇게 말하려 하지 않았습니까? 하지만 오직 동정과 만족 때문에 다른 한 사람의 고결하고 순진한 처녀를 모욕해도 좋을까요? 그 교만하고도 증오에 찬 눈을 가진 여자가 순결한 처녀에게 굴욕을 주어도 좋다는 말입니까? 그러다가는 그 동정이라는 것이 어디까지 갈는지 모르지 않겠습니까? 그것은 믿을 수 없는 과장입니다! 당신 자신이 진심으로 사랑하는, 결혼 신청까지 한 처녀를 경쟁자의 면전에서 그렇게까지 모욕한 다음, 다른 사람 때문에 그녀를 버리다니! 과연 그럴 수가 있을까요? 당신은 아글라야한테 결혼 신청을 하셨죠? 양친과 언니들이 보는 앞에서 정식으로 청혼을 하시지 않았느냐 말입니다! 그런 일이 있은 후에도 당신은 스스로를 명예로운 사람이라고 생각하실 수 있었습니까? 당신은 그래도…… 그 순결무구한 처녀를 보고 『나는 당신을 사랑합니다.』라고 한 말이 기만이 아니었다고 확언할 수 있느냐 말입니다!」

「그렇습니다. 어디까지나 당신의 말이 옳습니다. 정말 나는 진심으로 내가 죄를 범했다고 생각합니다!」 공작은 형언할 수 없는 비애에 싸여 이렇게 대답했다.

「아니, 그럼 어떻게 하겠다는 겁니까? 그것으로 다입니까?」하고 예브게니 파블로비치는 분격한 어조로 소리쳤다. 「그래 『내가 죄를 범했다.』라고 한 마디 외치면 그것만으로 모든 것이 해결되느냐 말입니다! 당신은 입으로는 나빴다고 하면서도 계속 그 태도를 고집하고 있습니다! 대체 당신의 그 『그리스도교적』인 마음은 어디로 가버렸죠? 그때 당신은 아글라야의 얼굴을 보셨겠죠? 대체 당신은 그녀가 저쪽 여자보다도 덜 괴로웠을 것이라 생각하십니까? 어째서 당신은 자신의 눈으로 빤히 보면서도 그냥 내버려 두었느냐 말입니다. 어째서?」

「하지만…… 그냥 내버려 둔 건 아닙니다…….」불쌍한 공작은 중얼거렸다.

「내버려 둔 게 아니라구요?」

「절대로 그냥 내버려 둔 건 아닙니다. 하지만 어째서 일이 그렇게 되어 버렸는지 아직도 나는 이해하지 못하겠습니다. 그때 나는…… 나는 아글라야 이바노브나의 뒤를 쫓아 나오려 했습니다. 그러나 나스타샤 필립포브나가 졸도해 버렸기 때문에……. 그리고는 여태까지 아글라야 이바노브나를 만나지 못했습니다.」

「결국은 매일반이에요! 설사 다른 사람이 졸도했더라도 당신은 역시 아글라야의 뒤를 쫓아갔어야 했습니다.」

「그렇습니다……. 쫓아가야만 했을 거예요……. 그렇지만 그냥 내버려 두었다면 나스타샤 필립포브나는 아마 죽었을 거예요……. 당신은 그 여자를 잘 모르시겠지만 틀림없이 그녀는 자살해 버렸을 겁니다. 그리고…… 아니 그런 건 아무래도 좋습니다. 나중에 아글라야 이바노브나한테 죄다 이야기하기로 하죠. 그런데…… 예브게니 파블로비치, 내가 보기에 당신은 사건의 전모를 모르시는 것 같군요. 도대체 무엇 때문에 아글라야 이바노브나를 만나지 못하게 하는 걸까요? 나는 그 사람한테 모든 것을 설명하고 싶습니다. 그때는 두 사람이 모두 터무니없는 말들만 하고 있었습니다. 그래서 일이 그렇게 되어 버리고 말았지요. 그 점에 대해서 당신한테는 이해가 가도록 설명할 수 없습니다만, 아글라야한테만은 이해가 가도록 설명할 수 있을 것도 같습니다……. 아아, 나는 어찌하면 좋겠습니까! 당신은 그 사람이 달려 나가던 순간의 얼굴을, 아, 나는 그 얼굴을 기억하고 있습니다! 자, 갑시다! 나와 함께 갑시다!」하고 그는 팔을 잡아 끌면서 의자에서 벌떡 일어났다.

「어디로?」

「아글라야 이바노브나한테로 갑시다! 지금 곧!」

「아글라야는 이미 파블로프스크를 떠났어요. 헌데 뭣하러 간다는 거죠?」

「그 사람은 이해할 겁니다. 틀림없이 이해해 줄 겁니다!」공작은 기도라도 드리듯 두 손을 합장하며 말했다. 「모든 것이 그렇지 않다는 것을, 전혀 사정이 다르다는 것을 이해해 줄 겁니다!」

「전혀 사정이 다르다구요? 그렇지만 당신은 역시 그 여자와 결혼을 하겠죠? 계속 결혼을 고집하시는 겁니까? 대체 당신은 결혼을 할 작정입니까, 하지 않을 작정입니까?」

「그야 물론…… 해야죠. 하구말구요.」

「그럼, 사정이 다르다는 건 뭡니까?」

「오오, 다릅니다, 다르고 말고요! 내가 결혼을 하건 말건 결국은 매한가집니다. 그런 건 문제가 아니에요!」

「어째서 문제가 아니란 말입니까? 이건 절대로 사소한 문제가 아닙니다. 당신은 자기가 반한 여자와 결혼하여 그 여자에게 행복을 주려 하고 있습니다. 그런데 아글라야 이바노브나는 그것을 직접 눈으로 보았기 때문에 잘 알고 있단 말입니다. 그런데도 매한가지란 말입니까?」

「행복을 주려 한다구요? 천만에! 나는 아무런 생각 없이 그저 결혼하는 겁니다. 그 여자가 원하기 때문이죠. 내가 결혼한다는 것이 어떻다는 겁니까? 나는…… 아니 이것 역시 아무래도 좋습니다! 그 여자는 틀림없이 죽고 말았을 겁니다. 이제야 분명히 알았습니다만 그 여자가 로고진과 결혼하려 한 건 제정신으로 한 것이 아니었단 말입니다! 나는 전에 미처 몰랐던 일들을 죄다 알게 되었습니다. 그때 두 사람이 얼굴을 맞대고 섰을 때 나는 차마 나스타샤 필립포브나의 얼굴을 쳐다볼 수 없었습니다. 당신은 모

르십니다——그는 신비스러울 정도로 목소리를 죽여 가며 말했다——이
건 여태까지 아무한테도, 아글라야한테도 말하지 않았습니다만 나는 나스
타샤 필립포브나의 얼굴을 볼 때마다 참을 수 없는 어떤 것을 느끼곤 했답
니다. 아까…… 당신이 나스타샤 필립포브나네 집에서 열렸던 야회에 대해
서 한 말은 사실입니다. 그러나 당신이 몰라서 한 가지 빠뜨린 게 있습
니다. 나는 그 여자의 얼굴을 지켜보고 있었단 말입니다! 이미 그 날 아침
에 여자의 사진을 봤을 때부터 나는 참을 수 없는 이상한 기분을 느꼈던 것
입니다……. 그 여자는, 예를 들어 말하면 레베제프의 딸 베라와 같은 처
녀의 눈과는 전혀 다른 눈을 가지고 있습니다. 나는…… 그 여자의 얼굴을
보면, 무서워집니다!」그는 형언할 수 없는 공포를 나타내며 이렇게 덧붙
였다.

「무서워진다구요?」

「네, 무서워집니다. 그 여자는 미치광이란 말입니다!」그는 창백하게 질
린 얼굴로 속삭이듯 대답했다.

「당신은 그걸 분명히 알고 있습니까?」예브게니는 매우 흥미있게 물
었다.

「네, 분명히…… 이제는 분명히 알았습니다. 요 며칠 사이에 그렇다는
확신을 얻었습니다!」

「도대체 당신은 자기 자신을 어떻게 하겠다는 겁니까?」예브게니 파블로
비치는 겁먹은 어조로 소리쳤다. 「그럼 당신은 그 여자가 무서워서 결혼한
단 말인가요? 무슨 영문인지 하나도 모르겠군요……. 그 여자를 사랑하지
않는단 말인가요?」

「오오, 아닙니다! 나는 온 마음을 기울여 그 여자를 사랑하고 있습
니다! 왜냐하면 그 여자는 지금 어린애이니까요……. 지금 그 여자는 어
린앱니다! 아아, 당신은 아무것도 모르십니다!」

「그런데도 당신은 아글라야 이바노브나한테 사랑을 맹세하고 싶단 말인
가요?」

「네, 그렇습니다. 맹세합니다!」

「뭐라구요? 그럼 양쪽을 다 사랑하고 싶다는 겁니까?」

「네, 그렇습니다!」

「이것 보세요. 공작, 그런 말이 어디 있어요! 정신을 좀 차리십시오!」

「나는 아글라야 없이는……. 나는 그 사람을 꼭 만나야만 합니다! 나는 …… 나는 잠을 자다가 그냥 곧 죽어 버릴 것만 같습니다. 오늘 밤에라도 잠이 든 채 그냥 죽어 버릴 거라 생각됩니다. 아아, 아글라야가 이것을 알아 준다면……. 이러한 경우에는 모든 것을 알 필요가 있어요! 정말로 모든 것을 알아 준다면…… 이것이 무엇보다 중요한 일입니다! 왜 우리는 누구에게 죄가 있을 때, 우선 그 사람에 관한 모든 것을 알아야 할 필요가 있음에도 불구하고 어째서 그것을 알려 하지 않는지 모르겠습니다……. 그러나 내가 지금 무슨 소리를 지껄이고 있는지 나 자신도 잘 모르겠군요. 자꾸 당황하게 되는군요. 당신은 나에게 너무 큰 충격을 주었습니다……. 그런데 그녀는 아직도 그때 달려 나가던, 그때와 같은 얼굴을 하고 있나요? 아아, 내가 나빴습니다! 모든 점에서 내가 나빴다는 것만은 틀림없습니다. 과연 내가 무엇을 잘못했는지는 모르겠습니다만 어쨌든 내가 나빴습니다……. 이 사건에는 무언가 당신에게 설명할 수 없는, 설명하기엔 적당한 말을 찾을 수 없는 것이 있습니다. 그러나…… 아글라야 이바노브나는 이해해 줄 겁니다! 그녀만은 반드시 이해해 줄 거라고 난 항상 믿고 있습니다.」

「아닙니다, 공작, 이해하지 못할 겁니다! 아글라야 이바노브나는 여자로서, 인간으로서 당신을 사랑한 것이지 결코……. 어째서 당신은 추상적인 생각만 하시죠? 결국 당신은 두 사람 중의 어느 쪽도 사랑하지 않았다는 편이 옳겠군요!」

「모르겠습니다……. 어쩌면 그럴지도 모르죠. 많은 점에 있어 당신의 해석이 정확했으니까요. 예브게니 파블로비치, 당신은 매우 현명한 분입니다. 아아, 또다시 머리가 아프기 시작하는군요. 그녀한테로 갑시다. 부탁입니다, 제발 함께 가주십시오!」

「아까 내가 말하지 않았습니까? 그녀는 지금 여기 없다고. 그 집 사람들은 콜미노 마을로 떠났습니다.」

「그럼 콜미노 마을로 갑시다. 자, 어서!」

「그건 불가능한 일입니다!」 예브게니 파블로비치는 의자에서 일어나면서 말끝을 끌며 말했다.

「들어 보세요, 그럼 내가 편지를 쓸 테니 그걸 전해 주십시오!」

「안 됩니다, 공작! 그런 심부름은 사양하겠습니다!」

　그들은 헤어졌다. 예브게니 파블로비치는 이상한 확신을 품고서 돌아갔다. 그는 공작의 머리가 정상이 아니라고 판단했다. 그리고, 그처럼 무서워하면서도 사랑하고 있다는 그녀의 얼굴이란 도대체 무엇을 의미하는 걸까? 그건 그렇다치고, 공작은 아글라야가 없으면 정말 죽어 버릴는지도 모른다. 그런데 아글라야는 그가 그렇게까지 자기를 사랑하고 있다는 것을 모르고 있을지도 모른다. 하! 하! 그런데 어떻게 두 여자를 동시에 사랑한단 말인가? 서로 성질이 다른 각각의 일이다! 하지만 가엾은 백치야! 대체 저 사나이는 장차 어떻게 될까?

10

　그러나 공작은 결혼식날까지, 예브게니 파블로비치가 예상한 것처럼 깨어 있는 동안에도 『잠을 자는 사이』에도 죽어 버리지는 않았다. 아마도 그는 밤에 잠을 잘 이루지 못하고 악몽만 꾸고 있었는지 모르지만 낮에 사람들을 대할 때는 제법 친절했을 뿐더러 만족한 기분인 것같이 보이기도 했다. 하기는 이따금 명상에 잠긴 얼굴을 할 때도 있었으나, 그것은 다만 혼자 있을 경우에 한해서였다. 결혼식은 준비를 서둘러 예브게니 파블로비치가 공작을 방문한 날로부터 1주일 후로 결정되었다. 공작이 이처럼 결혼식을 서두르는 것을, 그를 아끼는 가까운 친구들이 보았다면 어떻게 했을까? 그는 가까운 친구도 없었지만, 설사 있다손치더라도 이 불행한 철부지를 구하려는 노력은 그에게 아무런 도움도 되지 못했을 것이다. 예브게니 파블로비치가 공작을 방문한 것도 실은 이반 표도로비치 장군과 그의 부인 리자베타 프로코피예브나의 부탁을 받았기 때문이라고 말하는 사람들도 있었다. 그러나 설령 그들이 한없이 친절한 심정에서, 타락의 구렁텅이로 빠져들어가려는 가엾은 미치광이를 구해 주고 싶었다 하더라도 그와 같은 효과 없는 소극적인 방법밖에 강구할 수 없었다. 장군 부처의 처지도, 애정이 깃든 동정도——그것은 지극히 자연스런 일이다——그 이상의 신중한 노력을 허용하지 않았던 것이다. 앞에서도 기술한 바와 같이 공작의 측근자들도 어느 정도 그에게 반항적인 태도를 취했다. 게다가 베라 레베제프는 공작과 상면하는 시간이 별로 없었다. 그녀는 혼자 눈물을 흘린다든가 대부분의 시간을 자기 방에 틀어박혀 공작의 방에 얼굴을 잘 내밀지 않았었다. 콜려는 그때 아버지가 돌아가셨기 때문에 공작을 찾아다닐 겨를이 없었다. 영감은 최초의 발작이 있은 후 여드레 만에 두번째의 발작을 일으켜 영영 세상을 떠나고 만 것이다. 공작은 상가를 방문하여 심심한 조의를 표하고, 처음 며칠 동안은 하루에 몇 시간씩이나 니나 알렉산드로브나 부인의 옆에서 보냈다.

장례식 때는 교회에도 갔다. 장례식에 참석한 군중은 공작의 일거일동을 저희들끼리 수근거렸다. 이와 똑같은 일들이 한길에서도 공원에서도 되풀이되었다. 도보나 마차로 공작이 길을 지나갈 때도, 그때마다 사람들은 그를 보고 쑥덕거렸고, 그의 이름을 부르기도 하고 손가락질을 하기도 했다. 때로는 나스타샤 필립포브나의 이름이 들려 올 때도 있었다. 사람들은 장례식에서 그녀를 찾아 보려 했으나 그녀는 장례식에 참석하지 않았었다. 고인과 관계가 있던 대위 부인도 장례식에 오지 않았다. 레베제프가 미리 설득하여 나타나지 못하게 했기 때문이었다. 이 장례식은 공작에게 강렬하고도 괴로운 인상을 주었다. 그는 교회에서 레베제프의 어떠한 질문에 대답하여, 자기가 러시아 정교의 장례식에 참석하는 것은 이번이 처음이라고 했다. 다만 어릴 때 시골 어느 교회에서 있었던 장례식을 어렴풋이 기억하고 있을 뿐이라고 속삭였다.

「헌데 어쩐지 우리가 얼마 전에 의장으로 뽑았던 바로 그 사람이 이 관 속에 들어 있다고는 믿어지지가 않는군요. 기억납니까?」하고 레베제프는 공작에게 소곤거렸다. 「그런데 공작님, 혹시 누구를 찾고 계신 것은 아닙니까?」

「아니오, 아무것도……. 누가 언뜻 보인 것 같아서…….」

「로고진이 아니었나요?」

「그 사람이 여기 와 있단 말이오?」

「네, 교회 안에 들어와 있습니다.」

「아하, 그래서 그 사람의 눈 같은 게 보였었군…….」하고 공작은 당황한 어조로 중얼거렸다. 「그러나 어째서 그 사람이 여기 있을까? 부고라도 받았을까요?」

「그럴 리가 있겠어요? 전혀 그를 부를 생각도 안 했을 텐데……. 저기 저 구경꾼들을 보십시오. 그런데 뭣 때문에 그렇게 놀라십니까? 나는 요즘 그 사람을 여러 번 보았습니다. 지난주에도 여기 파블로프스크에서 네 번이나 만났으니까요.」

「나는 한 번도 못 봤어요……. 전번에 그 일이 있은 후로는.」하고 공작은 중얼거렸다.

나스타샤 필립포브나 역시『그 일이 있은 후로는』로고진과 만났다는 말을 한 번도 한 일이 없었으므로, 공작은 요즘 로고진이 무슨 일 때문에 일부러 나타나지 않는다고 단정하고 있었던 것이다. 그래서 그는 그 날 하루 종일 몹시 우울한 얼굴을 하고 있었다. 그러나 나스타샤 필립포브나는 온종일 저녁때까지도 전에 없이 명랑했다.

자기 아버지가 죽기 전에 이미 공작과 화해한 바가 있는 콜랴는 켈레르와 부르도프스키에게 들러리를 부탁하라고 권했다. 그것은 시급히 결정해야 할 문제였기 때문이다. 그는 켈레르가 매우 예절바른 행동을 할 뿐 아니라 어쩌면 『최적임자』일는지도 모른다고 장담을 했다. 부르도프스키로 말하면 원래가 조용하고 온순한 인간이니까 왈가왈부할 필요조차도 없었다. 니나 알렉산드로브나 부인과 레베제프는 공작에게 설사 결혼이 결정되었다고 하더라도 구태여 파블로프스크에서, 더욱이 사람들이 많이 모이는 피서지에서 그렇게까지 떠벌릴 필요가 어디 있겠느냐고 충고했다. 그보다는 페체르부르그에서나 집에서 식을 올리는 편이 좋지 않겠느냐는 것이었다. 그들의 이러한 심려가 무엇을 의미하는 것인가는 공작에게는 너무나 명백한 것이었다. 그러나 그는 그것이 나스타샤 필립포브나의 간절한 희망이니 할 수 없지 않느냐고 간단히 대답해 버렸다.

다음날, 들러리로 지명되었다는 기별을 받은 켈레르가 공작을 찾아왔다. 그는 들어오기 전에 문턱 앞에서 걸음을 멈췄다. 그리고 공작의 모습을 발견하자 오른손을 높이 쳐들고 서약이라도 하듯이 소리쳤다.

「요새 나는 술을 입에 대지도 않았습니다!」그리고 공작에게 다가가서 손을 잡고 흔들었다. 그도 물론 처음엔 반대자의 한 사람이었다. 당구장에서 선언한 것처럼 그가 이번 결혼을 반대한 것은 애타는 친구의 마음으로서, 공작의 부인으로는 적어도 드로강 공주 같은 분을 보게 되기를 학수고대하고 있었기 때문이었다. 하지만 이제 그들은, 공작의 생각이 깊고 고상하다는 걸 깨달았다. 왜냐하면 그는 영화도 부귀도 명예도 바라지 않고 오직 진실만을 구하고 있기 때문이었다. 고상한 인간일수록 동정심이 많다는 것은 잘 알려진 바이지만, 일반적으로 말해서 공작은 고상한 인간이 되지 않을래야 않을 수 없을 만큼 그 교육이 높고도 깊다고 생각하는 것이었다. 「쓰레기 같은 비열한 인간들은 그와는 다른 생각들을 하고 있습니다. 집 안에서, 별장에서, 음악회장에서, 술집에서, 당구장에서도 닥쳐 올 사건에 대해 시끄럽게 떠들고들 있습니다. 내가 듣기에는 첫날밤에 창문 밑에서 한바탕 소동을 일으키려고 계획한다는 말도 있더군요. 공작님, 만일 결백한 인간의 권총이 필요하게 되면 나는 당신이 이튿날 아침에 일어날 때까지, 정의의 탄환을 한 반 다스쯤 놈들을 향해 쏘아 버릴 용의가 있습니다.」 그는 공작에게 말하기를, 교회에서 식을 끝내고 나올 때 짓궂은 군중들이 난폭하게 밀어닥칠 것에 대비해서 집 앞에다 소화 펌프를 준비하도록 권했지만, 레베제프가 그랬다가는 『이 집을 부수어 뜯어 버리고 말 것』이라면서 반대했다는 것이다.

「레베제프는 당신한테 음모를 꾸미고 있는 게 분명합니다 ! 그들은 당신을 금치산자로 만들려고 획책하고 있습니다. 그것은 재산뿐만 아니라 당신의 자유 의사까지, 다시 말해서 우리 인간을 네 발 가진 동물과 구별할 수 있는 두 가지 요소를 죄다 빼앗아 버리자는 겁니다 ! 실제로 들은 이야기니까 틀림없는 사실입니다 ! 」

공작 자신도 언젠가 이와 비슷한 말을 들은 것을 회상했다. 그러나 그때는 물론 전혀 주의를 기울이지 않았었다. 지금도 그는 껄껄 웃고는 금세 잊어버리고 말았다. 사실 레베제프는 그 일 때문에 얼마 동안을 분주하게 쫓아다녔었다. 그의 계획은 언제나 영묘한 착상이었으나 그럴 때마다 지나치게 열중하기 때문에 매우 복잡하게 가지가 뻗어 당초의 목적에서 아주 동떨어진 것이 되어 버리고 말기가 일쑤였다. 이것이 그가 이렇다 할 성공을 보지 못한 주요 원인이었다. 그는 거의 결혼식 당일에 공작에게 자기의 죄를 고백하기 위해 찾아와서는——그는 타인에게 음모를 꾸몄을 때마다 회오의 정을 표시하기 위해 나타나곤 했는데 물론 그것은 음모가 실패로 돌아갔을 경우에 한해서였다——본시 자기는 탈레이랑(프랑스의 유명한 외교가)으로 태어났음에도 불구하고 말못할 이유로 인하여 현재와 같은 레베제프로 썩고 있다고 허두를 꺼내 놓고 나서, 공작의 비상한 흥미를 끌기 위해서 자기가 꾸몄던 음모의 전말을 모두 털어놓았다. 그의 말에 의하면 그는 우선 필요한 경우 자기가 의지할 수 있을 만한 명사의 보호를 구하기로 했다는 것이었다.

그래서 이반 표도로비치 장군을 찾아갔더니 장군은 의아한 표정으로 자기는 진심으로 『그 젊은이』가 잘 되기를 바란다, 그러나 당신이 하는 일을 도와 주고 싶은 마음은 간절하지만, 여기서 그런 운동을 벌인다는 것은 바람직하지 않다며 완곡히 거절했다 한다. 리자베타 프로코피예브나 부인은, 그를 만나는 것은 물론 그에 대한 말도 듣기 싫다고 했다는 것이다. 예브게니 파블로비치도 S공작도 난처하다는 듯이 두 손을 벌려 보일 뿐이었다. 그러나 레베제프는 낙심하지 않고 어느 노련한 법률가를 찾아가서 의논했다. 이 법률가는 상당한 지위에 있는 노인으로 그의 옛친구라기보다는 은인이나 다름없는 사람이었다. 이 사람의 결론에 의하면 공작을 금치산자로 선고하는 것은 전혀 불가능한 일은 아니지만 우선 권위 있는 사람이 공작의 지능착란과 정신이상을 증명해야 하며 그밖에도 명사의 보호라는 것이 무엇보다도 필요하다는 것이었다. 이 말에도 레베제프는 낙심하지 않고, 한 번은 공작한테 의사를 데려 온 일까지 있었다. 이 의사 역시 상당한 지위에 있는 노인으로 피서길에 거기에 왔으며 안나 훈장까지 받은 사람이었다. 이 방문의 목적은 다만 공작과 인사도 나누고 공무상이 아니라 친구의 입장에서 자기의 진단을 알려 주려는 데 있었다. 이 의사의 내방을 공작은 기억하고 있다. 그 전날 저녁에 레베제프는 공작의 건강 상태가 좋지 않다고 말하면서 귀찮게 굴었으나 공작은 일체의 의약을 단호히 거절했었다. 그런데 갑자기 의사를 데리고 온 것이었다. 그 구실로는 방금 둘이서 병세가 대단히 나빠진 체렌치예프를 방문하고 오는 길인데 환자의 상태를 의사가 직접 공작에게 알려 주기 위해서 왔다는 것이었다. 공작은 레베제프에게 고맙다고 하고 친절하게 의사를 대접했다.

곧 이폴리트가 화제에 올랐다. 의사는 이폴리트의 자살 소동에 관해 이야기해 달라고 했다. 공작은 이야기와 설명으로 그를 도취시켰다. 화제는 페체르부르그의 기후, 공작 자신의 건강, 스위스와 슈네이제르에 관한 것으로 옮겨져 갔다. 슈네이제르 선생의 치료 방법을 비롯하여 그밖의 여러 가지 얘기에 의사는 완전히 도취되다시피하여 두 시간 가까이나 주저앉아 있었다. 그 사이에 공작의 최고급 담배를 피웠으며, 한편 레베제프는 베라를 시켜서 내온 맛좋은 과실주로 그들에 대접했다. 술이 나왔을 때 처자까지 거느리고 있는 의사가 베라에게 어떤 야릇한 말을 건네어 그녀의 분노를 샀다. 의사는 친구가 방문했던 것처럼 이야기를 하다가 돌아갔다.

공작과 헤어진 후 의사는 레베제프에게, 만일 저런 사람을 금치산자로

한다면 대체 누구를 후견인으로 정할 수 있겠느냐고 했다. 레베제프가 목전에 임박한 일에 대해 심각한 태도로 설명하니까 의사는 음흉하게 고개를 끄덕이다가, 마침내 문제와는 동떨어진 말을 했다. 「사람은 누구나 결혼을 할 수 있는 거예요. 하지만 그것은 차치하더라도 적어도 내가 듣기에 그 유혹적인 여자는 그야말로 절세의 미인이기 때문에 그것만으로도 신분 있는 남자를 매혹하기에 충분하지만, 토스키와 로고진한테서 받은 재산까지 가지고 있다 하더군요. 진주니 다이아몬드니 숄이니 가구 등속 같은 값진 물건들을 말입니다. 따라서 이번의 그의 선택은 그렇게 우매하다는 것을 나타내 보이는 것이 아니라 정밀하고도 타산적인 두뇌의 소유자라는 걸 보여 주고 있어요. 그래서 이번의 결혼은 공작에게는 매우 유리한, 즉 세론과는 다른 정반대의 결론을 촉구하는 셈이 되는 거라고 할 수 있어요.」 이 말은 레베제프에게 결정적인 타격을 주었으므로 단념하고 말았다.

　결국 그는 공작을 찾아와 모든 것을 고백한 후, 「이제는 정말 당신을 위해 피를 흘릴 수 있는 충성심 이외에는 아무것도 발견하지 못하실 겁니다. 이것을 말씀드리기 위해 이렇게 찾아왔지요.」라고 덧붙였다.

　최근 며칠 동안 이폴리트는 공작의 기분을 풀어 주었다. 그는 자주 사람을 보냈다. 그의 가족은 가까운 곳에 있는 조그마한 집에서 살고 있었다. 이폴리트의 어린 동생들에게는 병자를 피해 공원에 나가 놀 수 있는 것만으로도 즐거웠던 것이다. 그러나 가엾게도 대위 부인은 마치 아들의 희생물인 양 그에게 무조건 복종하고 있었다. 공작은 매일같이 그들 모자의 싸움을 말리고 화해시켜 주어야만 했던 것이다. 그래서 이폴리트는 그를 보모라 부르고 있었지만 한편으론 조종자로서의 그의 역할을 경멸하고 있었다. 그는 콜랴가 보고 싶어 무척 애를 태우고 있었다. 그것은 콜랴가 처음엔 빈사 상태에 빠진 아버지를 간호하느라고 그랬으나, 최근에는 홀몸이 된 어머니 때문에 거의 나타나지 않았기 때문이었다. 마침내 이폴리트는 목전에 다가온 공작과 나스타샤 필립포브나의 결혼을 냉소의 대상으로 삼아서 결국에 가서는 공작에게 심한 모욕을 주었으므로, 공작은 발길을 끊어 버리고 말았다. 그로부터 이틀 후 아침에 대위 부인이 공작을 찾아와서 눈물을 글썽이며 자기 집에 와달라고 애원했다. 그렇지 않으면 자기는 아들 성화에 죽어 버릴 것 같다는 것이었다. 그리고 자기 아들이 공작에게 굉장한 비밀을 털어놓으려 하고 있다고 덧붙였다. 공작이 가보았더니, 이폴리트는 눈물을 흘리며 화해를 청했다. 울음을 터뜨리고 나서는 전보다도 심한 노여운 마음을 일으키는 모양이었으나 그래도 그는 그 노여움을 겉으로 나타내지 않으려고 애쓰는 눈치였다. 그의 병세는 몹시 악화되어 앞으로 죽을 날이 멀지 않았다는 것은 의심할 여지가 없었다. 비밀이란 아무것도 없었다. 다만 흥분해서, 어쩌면 일부러 흥분한 체했는지도 모르지만, 숨을 헐떡이며「로고진을 경계하십시오.」라고 당부했을 뿐이었다. 「그 사람은 절대로 포기할 사내가 아닙니다. 공작님, 그는 우리와는 다릅니다. 무엇이든 일단 마음만 먹으면 꼭 이루고야 마니까요……. 」하고 여러 가지로 이와 비슷한 말을 했다. 공작은 무엇인가 확실한 근거라도 있는가 해서 자세히 물어 보았으나 이폴리트 자신의 느낌과 인상 이외에는 아무런 사실도 없음을 알았다.

이폴리트는 정말 공작을 놀라게 해주었다고 생각했는지 더없이 만족한 기분인 것 같았다. 처음에 공작은 그의 말에 대꾸하고 싶지 않았으나「정 그러시다면 외국으로라도 도망쳐 버리십시오. 러시아 정교의 신부는 구라파 도처에 있으니, 아무데서도 결혼할 수 있을 테니까요.」하는 충고에 대해서는 그냥 미소를 지어 보일 뿐이었다. 그러나 이폴리트는 끝으로 다음과 같은 의견을 말했다. 「나는 단지 아글라야 이바노브나가 걱정될 뿐입니다. 당신이 그 아가씨를 매우 사랑하고 있다는 걸 로고진은 알고 있으니까——사랑엔 사랑으로——다시 말해서, 당신이 로고진한테서 나스타샤 필립포브나를 빼앗았으니까 그 친구는 아글라야 이바노브나를 죽일 겁니다. 물론 아글라야 이바노브나는 지금 당신의 사람이 아니지만 그래도 역시 당신은 마음이 괴로울 것입니다. 내 말이 어떻습니까?」마침내 이폴리트는 목적을 달성했다. 공작은 기분이 매우 상해서 돌아갔다.

로고진에 대한 이와 같은 경고를 들은 것은 결혼식 바로 전날의 일이었다. 그러니까 결혼 전에 공작이 나스타샤 필립포브나를 만난 것은 이 날 저녁이 마지막이었다. 그러나 나스타샤 필립포브나는 그에게 위안을 주지 못했다. 그와는 반대로 요새 와서는 점점 그의 불안을 더해 주고 있었다. 최근 며칠 전까지만 해도 그녀는 공작과 공작의 침울한 얼굴을 보기가 몹시 두려웠던 것이다. 그래서 때로는 노래를 불러 주기까지 했으나 대부분의 경우 자기가 기억하고 있는 우스운 얘기를 들려 주었던 것이다. 공작은 언제나 재미있다는 표정을 일부러 지어 보였지만, 그녀가 얘기에 열중할 때 나타나는 그 빛나는 기지와 명랑한 감정에 자기 자신도 끌려들어갈 때는 진심으로 미소를 띠기도 했던 것이다. 사실 그녀는 곧잘 얘기에 열중하곤 했다. 공작의 웃는 얼굴과 자기가 공작에게 주는 감명을 보고는 기쁨과 긍지를 느끼는 것이었다. 그러던 것이 그녀의 얼굴에는 우수와 오뇌의 빛이 시시각각으로 짙어만 갔다. 나스타샤 필립포브나에 대한 공작의 견해는 이미 확고하게 굳어 있었다. 그렇지 않았던들 지금 그녀에게 나타난 모든 것이 그에겐 수수께끼처럼 불가해하게 여겨졌을 것이다. 그러나 나스타샤 필립포브나는 아직도 갱생(更生)할 수 있다고 그는 믿어 의심치 않았다. 그는 예브게니 파블로비치에게 그녀를 진심으로 사랑하고 있다고 매우 진실하게 이야기했다. 그의 애정 속에는 마치 가엾고 병든 어린애에게 주는 따사로운 애착심 같은 요소가 잠재해 있었다. 그러한 어린애를 그냥 내버려 둔다는 것은 매우 곤란한 일일 뿐더러 심지어는 불가능한 일만 같았다. 그는 그녀에 대한 자기의 감정을 아무에게도 말하지 않았다. 그런 얘기를 회피하기 어려운 경우에서도 그는 말하지 않았다. 뿐만 아니라 상대방인 나스타샤 필립포브나와도 그렇게 약속이나 한 듯이 서로의 『애정』을 한 번도 말한 적이 없었다. 두 사람의 유쾌하고 활기 있는 대화에는 아무라도 끼여 들 수 있었다. 다리야 알렉세예브나는 후에 이때의 일을 회상하며, 그 당시의 두 사람을 보고 있으면 옆사람도 저절로 흐뭇해지고 즐거워졌다고 술회했다.

　아무튼 나스타샤 필립포브나의 정신적 내지 지적 상태에 관한 공작의 이러한 견해는 그밖에 여러 가지 의혹으로부터 어느 정도 그를 구할 수 있었다. 현재의 그녀는 약 3개월 전에 그가 알고 있던 그녀와는 전혀 다른 사람처럼 되어 있었다. 예를 들면, 그도 이제는 그 당시 자기와 결혼을 하지 않으려고, 눈물과 저주와 비난을 퍼붓고 달아났던 여자가 어째서 이번에는 오히려 그녀 자신이 결혼을 재촉하게 되었을까 하는 따위의 생각은 더 이상 하지 않는 것이었다.

　『그러니까 그녀는 그 당시처럼 이 결혼이 나한테 불행을 가져올 것이라는 염려는 하지 않게 된 것이로구나.』라고 공작은 생각했다. 그에게는, 이처럼 급격하게 생긴 그녀의 신뢰(信賴)가 아무래도 자연스러운 것이라고는 생각되지 않았다. 아글라야 이바노브나에게 대한 증오만으로 그와 같은 신뢰가 생길 리는 없었다. 나스타샤 필립포브나는 좀더 깊은 직감력을 가지고 있었다. 그것은 로고진과 함께 살게 될 경우를 생각하는 공포심 때문만도 아닐 것이다. 한마디로 말해서, 이러한 원인들이 다른 모든 것과 연관되어 있는 것이다. 그러나 그에게 있어서 명확한 사실은 이미 오래 전부터 예기했던 것과 같이 그녀의 가엾고 병든 영혼은 그다지 오래 견딜 성싶지 않다는 것이었다. 이와 같은 추론이 여러 가지 의혹에서 그를 해방시켜 준 것은 사실이지만 그렇다고 그의 마음에 휴식과 안정을 주지는 못했다. 이따금 그는 아무것도 생각하지 않으려고 애쓰곤 했다. 사실 그는 이 결혼을 대수롭지 않은 하나의 형식으로만 생각했고 자기 자신의 운명을 너무나 값싸게 평가하고 있는 것이었다. 예브게니 파블로비치와의 대화에서도 그는 항의와 토론에 아무런 대꾸도 할 수 없었고 또 자기 자신은 그러한 자격이 없음을 느끼고 있었으므로 그는 되도록 그러한 종류의 대화를 회피하고 있었다.

그러나 아글라야라는 존재가 공작에게 어떠한 의미를 가지고 있는가를 나스타샤 필립포브나는 너무나 잘 알고 있었다. 공작도 벌써부터 이것을 눈치 채고 있었다. 물론 그녀는 그런 말에 대해서는 한 마디도 언급하지는 않았지만 공작이 예판친 댁을 찾아가려고 나설 때, 그는 그녀의 얼굴을 보고 충분히 짐작할 수 있었던 것이다. 예판친 댁 사람들이 떠나가 버렸을 때 그녀는 희색이 완연했다. 공작은 그리 눈치가 빠른 편은 못 되었지만 그래도 그녀가 아글라야를 파블로프스크에서 쫓아 버리려고 무슨 비상한 행동을 취할는지도 모른다는 생각에 은근히 겁을 먹고 있었다. 사실은 파블로프스크 전체를 떠들썩하게 한 이번의 결혼에 관한 소문도 어느 정도는 나스타샤가 라이벌에게 심리적 타격을 주기 위해 계속적으로 그 자료를 제공하고 있었던 것이다. 그녀는 예판친 가족을 만나기가 힘들자 한 번은 자기 마차에 공작을 태우고는 예판친 댁 별장 창문 밑을 통과하도록 마부에게 지시했다. 이것은 공작에게 있어 참으로 놀라운 일이었다. 그는 언제나 그렇듯이, 이미 돌이킬 수 없을 때인, 마차가 창 밑을 통과할 때에야 비로소 알았던 것이다. 그는 아무 말도 하지 않았으나 그 후 이틀 가량은 계속해서 앓다시피 했다. 나스타샤 필립포브나도 다시는 그런 시험을 되풀이하지는 않았다.

결혼식 며칠 전부터 나스타샤 필립포브나는 몹시 깊은 생각에 잠기게 되었다. 그래도 언제나 나중에는 우울한 생각을 털어 버리고 다시 명랑해지곤 했으나 그 전만큼 명랑하지도 않았고 조용했으며, 그다지 흥겹고 행복스러워 보이지 않았다. 공작은 더욱 주의력을 기울이기 시작했다. 그녀가 한 번도 자기에게 로고진 얘기를 꺼내지 않는 것도 이상하게 여겨졌다. 다만 한 번, 결혼식 닷새 전에 갑자기 다리야 알렉세예브나한테서 나스타샤 필립포브나가 이상하니까 곧 오라는 기별이 와서 가보았더니, 그야말로 미친 사람처럼 고함을 지르며 떨면서 로고진이 자기 집 정원에 숨어 있는 것을 지금 자기 눈으로 보았다, 밤중에 들어와서 틀림없이 자기를 칼로 찔러 죽일 것이라고 소리치는 것이었다.

그녀는 그 날 저녁 공작이 잠깐 이폴리트한테 들렀을 때, 사업상으로 페체르부르그에 다녀온 대위 부인이, 오늘 낮에 페체르부르그에 있는 자기 숙소로 로고진이 들러서 파블로프스크에 관해서 물었다고 했다. 그것이 몇 시경이었느냐는 공작의 물음에 대해 대위 부인이 대답한 시각은 나스타샤 필립포브나가 아까 정원에서 로고진을 보았다는 시각과 같았다. 그래서 그것은 착각에 지나지 않았음이 밝혀졌다.

나스타샤 필립포브나는 매우 활기에 넘쳐 있었다. 페체르부르그의 양장점에서 이튿날 입을 의상이며 장신구 등이 도착했던 것이다. 공작은 그녀가 그렇게까지 결혼식 의상에 만족스러워하리라고는 예기치 못했었다. 그는 모든 것을 좋다고 해주었다. 그의 칭찬을 듣고 그녀는 전에 없이 행복해 했다. 그래서 안 해야 할 말을 얼결에 했던 것이다. 즉 그 도시 사람들이 분개하고 있으며, 몇몇 짓궂은 사람들은 일부러 지은 풍자시를 음악에 맞춰서 한바탕 떠들어 대려고 계획을 하고 있는데, 이 계획을 세상 사람들은 기대하고 있다는 것이었다. 그래서 그녀는 그들 앞에서 얼굴을 번쩍 쳐들고 자기는 의상의 호화롭고도 고상한 취미로 그들의 기를 꺾어 버려야겠다고 했다. 『소리를 지르든 휘파람을 불든, 제멋대로들 해보라지!』이런 생각에 그녀의 눈은 번쩍이기 시작하는 것이었다. 그녀는 또 하나의 공상을 품고 있었으나 입밖에 내지는 않았다. 그녀는 아글라야든가, 아니면 아글라야가 보낸 어떤 사람이 몰래 군중 속에 끼어서 결혼식을 보러 교회에 올 것이라 상상했다. 그래서 그녀는 스스로 여기에 대한 준비를 하고 있었다. 이러한 상념을 가슴속에 가득 품은 채 그녀는 밤 11시에 공작과 헤어졌다. 그러나 자정이 되기도 전에 공작은 다리야 알렉세예브나가 급히 보낸 사람에 의해서 『몹시 기분이 좋지 않으니 급히 와주십시오』라는 전갈을 받았다.

그는 신부가 침실 문을 잠그고 히스테리의 발작과 절망 속에서 울고 있는 것을 발견했다. 그녀는 방문 밖에서 사람들이 자기에게 하는 말을 귀담아 들으려 하지도 않았으나, 마침내 방문을 열고 공작 한 사람만 들어오게 하고는 이내 문을 닫아 버렸다. 그리고는 공작 앞에 무릎을 꿇고 —— 다리야 알렉세예브나는 그렇게 말하고 있었다. 그녀는 잠깐 방안을 엿볼 수 있었던 것이다——「아아, 내가 무슨 짓을 하는 걸까요! 무슨 짓을! 대체 당신에게 무슨 짓을 하는 걸까요!」라고 경련을 일으킨 듯 그의 다리를 잡고 외쳤다.

공작은 그녀와 꼭 한 시간 동안 앉아 있었다. 우리는 두 사람이 무슨 말을 주고받았는지는 알 길이 없다. 다리야 알렉세예브나는, 그들은 한 시간 후 평온하고 행복한 표정으로 헤어졌다고 했다. 공작은 이날 밤에 다시 사람을 보내어 그쪽 상태를 알아보았으나 나스타샤 필립포브나는 이미 잠들어 있다는 회답이 왔다. 다음날 아침 일찍 그녀가 자리에서 일어나기도 전에, 다리야 알렉세예브나네 집에는 계속 두 번이나 공작이 보낸 사람이 다녀갔다. 세번째로 갔던 심부름꾼은 다음과 같은 소식을 가지고 돌아왔다. 지금 나스타샤의 주위엔 페체르부르그에서 온 양재사며 미용사가 매우 많이 모여 있어, 어제의 흔적을 찾아 볼 수 없다, 그만한 미인의 결혼식이 아니면 도저히 볼 수 없을 만큼 정성을 들여 신부 단장에 열중하고들 있다. 지금 어느 다이아몬드를 어떻게 낄까, 하는 것으로 한참 의논이 벌어지고 있는 중이다라고. 그래서 공작은 완전히 안심해 버렸다.

이 결혼에 관한 최후의 에피소드는 사정에 밝은 사람들에 의해 다음과 같이 전해지고 있었는데 그것은 아마도 틀림없이 사실이리라.

결혼식은 오후 8시에 거행하기로 되어 있었다. 나스타샤 필립포브나는 이미 7시에 결혼식 준비를 모두 끝내고 있었다. 6시쯤부터 구경꾼들이 레베제프의 별장과 다리야 알렉세예브나의 집 주위에 모여 들었다. 7시부터는 교회에도 사람들이 차기 시작했다. 베라 레베제프와 콜랴는 혹시 공작에게 무슨 일이 생기지나 않을까 몹시 염려하고 있었다. 그러나 그들은 공작의 집에서 손님을 접대하는 일을 맡고 있었으므로, 눈코뜰새없이 바빴다. 하긴 식이 끝난 후 많은 손님들을 초대할 계획은 없었다. 결혼식에 꼭 참례할 사람들 외에, 레베제프, 프치스인 부처, 가냐, 안나 훈장을 목에 걸고 다니는 의사, 그리고 다리야 알렉세예브나를 초청했을 뿐이었다. 공작이 무엇 때문에 알지도 못하는 의사를 초대했느냐고 물었을 때 레베제프는 거드름스런 어조로 「목에 훈장을 걸고 다니는 점잖은 사람 하나쯤은 미관상 필요하다.」고 대답하여 공작을 웃겼다. 연미복에 장갑을 긴 켈레르와 부르도프스키도 제법 의젓하게 보였다. 그러나 켈레르는 집 앞에 모인 구경꾼들을 무서운 눈으로 노려 보며 싸우려는 듯한 태도를 노골적으로 표시하여 공작을 비롯한 그의 친구들을 적잖이 당황케 했다.

드디어 7시 반이 되었으므로 공작은 마차를 타고 교회를 향해 출발했다. 덧붙여 말해 둘 것은 공작 자신도 종래의 전통이나 관습을 하나도 생략하지 않기로 결심하고 있었기 때문에 모든 일이『격식대로』의연하게 진행되었다는 사실이다. 교회에서 공작은, 구경꾼들의 수군거림과 외침이 들려 오는 사이를 뚫고 좌우를 무서운 시선으로 노려 보는 켈레르에게 인도되어 얼마 동안 제단 뒤로 자취를 감추었다. 켈레르는 곧 신부를 맞으러 갔다. 다리야 알렉세예브나의 집 앞에 모인 군중은 공작의 집 앞보다 이삼 배나 많을 뿐 아니라 서너 배나 더 짓궂은 것같이 보였다. 현관 층계를 올라갈 때 도저히 참을 수 없는 소리가 귀에 들려 왔으므로 켈레르는 적당히 한 마디 해주려고 군중 쪽으로 돌아섰다. 그러나 다행히도 부르도프스키와 현관에서 달려나온 다리야 알렉세예브나가 억지로 그를 안으로 끌고 들어가 버렸다.

켈레르는 안절부절못하면서 서둘러 댔다. 나스타샤 필립포브나는 의자에서 일어나 다시 한 번 거울을 들여다보면서, 후에 켈레르가 말했듯이『찌푸린』미소를 띠면서, 「죽은 사람 얼굴처럼 창백하군!」하고 말했다. 그리고는 성상(聖像)을 향해 배례하고 나서 현관으로 나왔다. 그녀가 나타나자 함성이 터졌다. 처음 한 순간은 웃음소리와 박수와 휘파람 소리가 들렸지만 다음 순간에는 그와는 또다른 소리가 퍼져 갔다.

「야아, 굉장한 미인이다!」라는 외침이 군중 속에서 들렸다.

「제일 잘생긴 게 아니라 제일 못났군!」

「결혼식을 올리기만 하면 그만이라고 생각하는 모양이지, 바보같으니라구!」

「뭐라구? 저렇게 굉장한 미인이 또 어디 있겠나? 와아!」제일 앞의 패거리가 소리쳤다.

「공작 부인이시다! 저런 미인을 위해서라면 목숨도 팔겠다!」라고 관청 서기 정도로 보이는 사내가 외쳤다. 「하룻밤을 위해 내 목숨 바치리(^{푸시킨의}_{시 의 일절})라는 말이 있잖아!」

나스타샤 필립포브나는 정말 백지장처럼 창백한 얼굴을 하고 나왔다. 그러나 그 검은 눈은 군중을 향해 석탄불처럼 이글이글 타오르고 있었다. 이 시선에 군중은 놀라 버린 모양이다. 군중의 분개는 환호성으로 변했다. 마

차의 문이 열리고 켈레르가 신부에게 손을 내민 순간, 별안간 그녀는 날카
로운 고함 소리와 함께 층계로부터 군중 속으로 뛰어들어갔다. 그녀와 동반
했던 모든 사람들은 깜짝 놀라 정신을 차릴 수가 없었다. 군중은 그녀 앞에
갈라섰으며, 층계에서 대여섯 걸음 떨어진 곳에 갑자기 로고진이 나타났다.
나스타샤 필립포브나가 군중 속에서 발견한 것은 그의 눈이었다. 그녀는 그
의 곁으로 달려가서 두 손을 덥석 움켜쥐었다.

「나를 구해 줘요. 나 좀 데려가 주세요! 아무데라도 좋으니 어서 빨
리!」

로고진은 그녀를 두 손으로 번쩍 안다시피하여 마차 안에 집어넣더니 재
빨리 지갑에서 백 루블짜리 지폐 한 장을 꺼내서 마부에게 내주었다.

「정거장으로 가세. 기차 시간 전에 대면 백 루블을 더 주지!」

이렇게 말하고 자기도 나스타샤 필립포브나의 뒤를 따라 마차에 뛰어오
르더니 문을 쾅 닫아 버렸다. 마부는 지체없이 말잔등에 채찍질을 했다. 예
기치 못했던 일이라 켈레르는 몹시 당황했다.

「1초 동안만 여유가 있었더라면 나도 정신을 차려 그 따위 짓을 하게 내
버려 두지는 않았을 텐데!」그때의 상황을 묘사하며 이렇게 말했다. 그는
부르도프스키와 함께 때마침 지나가던 다른 마차를 타고 뒤를 쫓았으나 도
중에서 생각을 바꾸었다. 「아무래도 이젠 늦었어. 강제로 잡아 올 수는 없
는 일이니까!」

「공작도 그것을 원하지는 않을 거야!」부르도프스키는 충격을 받고 이렇
게 말했다.

로고진과 나스타샤 필립포브나는 시간 전에 정거장에 도착했다.

마차에서 내린 로고진은 기차에 오르려다 말고 지나가는 처녀를 잡아 세
웠다. 처녀는 허름하기는 했지만 그리 흉하지 않은 검은 망토에 비단으로
만든 스카프를 쓰고 있었다.

「당신의 망토를 50루블에 사겠습니다!」그는 느닷없이 처녀 앞에 돈을
내밀었다. 처녀가 생각하기도 전에 그는 그녀의 손에 50루블을 쥐어 주고
망토와 스카프를 벗겨 나스타샤 필립포브나의 어깨와 머리에 씌워 버렸다.
너무나 화려한 그의 의상이 기차 속에서 손님들의 눈을 끌 것 같았기 때문
이었다. 그 처녀는 아무런 가치도 없는 자기의 낡은 옷을 그처럼 비싼 값으
로 사간 이유를 훨씬 나중에 가서야 짐작할 수 있었다.

이 사건에 관한 소문은 비상한 속도로 교회까지 퍼져 갔다. 켈레르가 공작이 있는 쪽으로 걸어 들어가는 도중에 안면도 없는 많은 사람들이 그에게 덤벼들어 캐물었다. 왁자지껄한 소리로 떠드는 사람, 고개를 끄덕이는 사람, 개중에는 커다란 소리로 웃어 대는 사람도 있었다. 교회에서 나갈 생각을 하지 않았고 신랑이 이 소식을 어떻게 받아들이는가를 보려고 기다리고 있었다. 공작은 얼굴이 창백해졌으나, 들릴 듯 말 듯한 소리로 「나도 웬일인지 걱정이 되기는 했지만 그래도 이렇게 될 줄은 미처 생각을 못했소.」라고 말했을 뿐, 지극히 침착한 어조로 이 보고를 받았다. 그는 잠시 침묵을 지키고 있다가 이윽고 이렇게 덧붙였다. 「하기는…… 그 여자의 처지로서는…… 당연한 일인지도 모르지요.」 공작의 이런 응답을 가리켜, 켈레르는 후에 『비길 데 없는 철학』이라고까지 평했다.

공작은 겉으로 보기엔, 침착하고도 원기 있는 태도로 교회를 나섰다. 적어도 많은 사람이 그렇게 보았고 나중에도 그렇게들 말하고 있었다. 그는 집에 빨리 돌아가서 혼자 있고 싶었던 모양이었으나, 옆의 사람들이 그것을 허용하지 않았다. 그의 뒤를 따라 몇몇 초청객들이 방에 들어왔다. 그 중에는 프치스인과 가브릴라 아르달리오노비치가 있었다. 그밖에는 안나 훈장의 그 의사도 끼어 있었는데, 이 사람도 역시 돌아가려는 기색을 전혀 보이지 않았다. 뿐만 아니라 집 전체가 한가한 구경꾼들로, 문자 그대로 포위되어 있었다. 공작이 테라스에 있는 동안 켈레르와 레베제프는 부유층 사람들로 보이는 몇몇 낯선 사내들과 핏대를 세우면서 다투고 있었다. 왜냐하면 그들은 무슨 일이 있어도 꼭 테라스로 올라가고 싶다고 고집을 부렸기 때문이다. 공작은 논쟁하는 곳으로 다가가서 왜들 그러느냐고 물어본 다음, 레베제프와 켈레르를 점잖게 옆으로 밀어 내고 맨 앞에서 들어오려고 하는 사람들 중에 일행의 우두머리격인 머리가 희끗희끗하고 몸집이 뚱뚱한 신사를 향해, 이렇게 찾아 주신 것을 영광으로 생각한다고 인사를 하고 나서 공손히 그를 맞아들였다.

신사는 어리둥절하였으나 그래도 어쨌든 들어왔다. 그의 뒤를 따라 두세 사람이 들어오고 그밖에도 군중 속에서 칠팔 명의 방문 지망자가 나타나서 역시 테라스로 안내되었는데 그들은 될 수 있는 대로 허물없는 태도를 취하려고 애썼다. 그러나 그 이상의 불청객은 받지 않았다. 얼마 후 군중들은 안으로 들어간 사람들을 비난했다.

들어온 사람들은 앉아서 차 대접까지 받았다. 더욱이 이러한 대접은 더할 나위 없이 점잖고도 공손하게 진행되었으므로 그들은 적잖이 놀라는 눈치였다. 물론 대화에 활기를 주고 적당한 화제로 들어가려는 시도도 몇 번인가 있었다. 또한 몇몇의 무례한 질문이나 위험한 발언도 나왔으나 공작은 거기에 대해서 지극히 솔직하고 친절하게, 동시에 의젓한 태도로, 상대방의 신분에 적합한 신뢰를 표시하는 한편, 자기의 위신을 떨어뜨리지 않게 대답했으므로 점잖지 못한 질문은 저절로 들어가 버리고 말았다. 대화는 점점 진지해져 갔다. 어떤 방문객 하나는 무슨 말끝에 갑자기 비분강개하는 표정으로, 자기는 무슨 일이 있어도 소유지를 팔 생각은 없다, 팔기는 커녕 기다리며 관망중이다, 「돈보다는 사업이 중요하니까요. 이것이 나의 최상의 경제 방침이라는 것을 말씀드려 두고 싶습니다.」라고 기염을 토하기도 했다. 이것은 공작을 보고 한 말이었으므로, 공작은 레베제프가 자기 귀에다 입을 갖다 대고 저 사람은 돈도 집도 재산도 없는 사람이라고 속삭였음에도 불구하고, 그 방문객을 열심히 칭찬해 주었다. 이렇게 하여 한 시간 가량이 지났다. 이제는 차도 다 마셨다. 차를 다 마시고 나니 손님들도 더 이상 눌러앉아 있기가 거북해졌다. 의사와, 머리가 희끗희끗한 신사는 정중히 공작에게 작별을 고했다. 나머지 방문객들도 친절하지만 떠들썩하게 작별 인사를 하기 시작했다. 「낙심하실 것은 없습니다, 전화위복(轉禍爲福)이니까요.」라는 따위의 의견이나 희망을 말하는 사람도 있었다. 하기는 샴페인을 얻어 마시려는 치들도 있긴 했으나 나이가 지긋한 손님들이 젊은 패들을 제지했다. 모든 손님들이 돌아가자 켈레르는 레베제프에게 다가가 이렇게 말했다.

「당신이나 나 같으면 이런 경우 소동을 피우거나 주먹질을 하거나 하면서 추태를 연출하여 경찰에 끌려 가고 말았을 거요. 그렇지만 공작은 저렇게 새로운 친구들을 만들지 않았소! 친구들이라도 아주 훌륭한 친구들이지. 나는 그들을 알고 있거든요!」 이미 적당한 말을 준비하고 있던 레베제프는 한숨을 내쉬며 이렇게 말했다.

「현명하고 지혜 있는 자들에게는 숨기고, 어린아이들에게는 보여 주시는 도다——그 전에 나는 그 분에 대해서 이런 말을 한 적이 있지만, 이번엔 이렇게 덧붙이고 싶군요. 하느님은 바로 저 어린아이를 지켜 주시어 깊은 구렁텅이에서 구해 주셨도다. 하느님과 그의 모든 제자들에게 영광이 있을

지어다 ! 」

　마침내 저녁 10시 반경에야 공작은 혼자 남게 되었다. 머리가 쑤시는 것처럼 아팠다. 콜랴는 실내복으로 갈아입는 것을 거들어 주고 제일 늦게 돌아갔다. 그들은 뜨거운 작별의 인사를 나누었다. 콜랴는 오늘 일어났던 사건에 대해서는 한 마디의 말도 하지 않고 내일은 일찌감치 오겠노라고 약속했다. 그는 후에, 공작이 헤어질 때까지 자기한테 아무런 말도 하지 않는 것을 보면 자기한테까지 그 의지를 숨기고 있었던 게 분명하다고 주장했다. 얼마 후에는 집 안에 거의 아무도 남아 있지 않았다. 부르도프스키는 이폴리트의 집으로 가버렸고, 켈레르와 레베제프도 어디론지 나가 버렸다. 베라 레베제프만이 당분간 혼자 남아서 잔칫집 같던 집 안을 여느 때의 모양으로 고쳐 놓고 있었다. 베라 레베제프가 일을 끝내고 자기 방으로 돌아가는 길에 공작의 방을 들여다보니 공작은 탁자 위에 팔꿈치를 세우고 두 손으로 머리를 움켜쥔 채 꼼짝않고 앉아 있었다. 그녀는 조용히 그에게 다가가서 그의 어깨를 건드려 보았다. 공작은 의아한 눈으로 그녀를 바라보았으나, 1분 가량은 아무 생각도 머릿속에 분명히 떠오르지 않는 모양이었다. 마침내 제정신으로 돌아와 모든 일을 상기하자, 그는 갑자기 흥분하기 시작했다. 그가 한 말이라고는 내일 아침 첫기차를 탈 수 있게 7시쯤 방문을 노크해 달라고 신신당부했을 뿐이었다. 베라는 그것 역시 약속했다. 그녀가 돌아가려고 방문을 열었을 때, 공작은 세 번씩이나 그녀를 세워 두 손을 잡고 그 손에 키스를 했다. 그러고 나서 이번에는 이마에 키스를 하고는 무언가 이상한 표정으로 「그럼 내일까지 안녕 ! 」이라고 말했다. 후에 베라는 이상과 같이 말했던 것이다. 그녀는 공작의 신상을 염려하며 밖으로 나왔다.

　이튿날 아침 약속대로 7시에 공작의 방문을 노크하고 페체르부르그 행 기차를 타려면 15분밖에 남지 않았다고 알렸을 때 공작은 완전히 원기를 회복하여 얼굴에 미소까지 띠면서 문을 열었으므로 그녀도 약간 기분이 좋았다. 공작은 전날 저녁에 입고 있던 옷을 거의 그대로 입고 있었으나 그래도 잠을 잔 모양이었다. 그는 당일로 집에 돌아올 수 있을 것이라 생각한다고 말했다. 이것으로 미루어 보아 공작은, 자기가 도시에 간다는 것을 그녀에게만은 알려도 무방하다, 아니 알리지 않으면 안 된다고 생각한 것이었으리라.

한 시간 후, 공작은 이미 페체르부르그에 와 있었다. 그리고 9시가 지난 시각에는 로고진의 집 초인종을 누르고 있었다. 그는 정면 현관을 통해서 들어왔으나, 아무리 기다려도 대답이 없었다. 얼마 후 로고진의 어머니가 거처하는 쪽 방문이 열리더니 단정한 옷차림의 중년 하녀가 나타났다.

「파르펜 세묘노비치는 집에 안 계십니다.」그녀는 문 안에 선 채 이렇게 말했다. 「누구를 찾으시는지요?」

「파르펜 세묘노비치입니다.」

「집에 안 계십니다.」

하녀가 호기심 어린 험악한 눈초리로 공작을 바라보았다.

「그럼, 간밤엔 집에서 주무셨나요? 그것만이라도 가르쳐 주십시오. 그리고…… 엊저녁엔 혼자 돌아오셨나요?」

하녀는 여전히 공작을 훑어 보며 아무 대답도 하지 않았다.

「그럼, 어젯밤 나스타샤 필립포브나와 함께 여기서 지내지 않았던가요?」

「실례지만, 댁은 누구신가요?」

「레프 니콜라예비치 뮈시킨 공작입니다. 우리들은 절친한 사이입니다만…….」

「그 분은 집에 안 계십니다.」하며 하녀는 눈을 내리깔았다.

「그럼, 나스타샤 필립포브나는?」

「저는 그런 건 모릅니다.」

「잠깐만! 혹시 언제 돌아오시는지 모르십니까?」

「저희는 그런 건 모릅니다.」

문이 닫혔다.

공작은 한 시간 후에 다시 와보기로 했다. 뜰 안을 잠깐 들여다볼 때 그는 문지기와 마주치게 됐다.

「파르펜 세묘노비치는 집에 계시오?」

「네, 계십니다.」

「그런데 어째서 지금 나한테는 안 계시다고 했을까요?」

「그의 하인이 그런 소릴 하던가요?」

「아니, 마님 방의 하녀가 그러더군요. 초인종을 울렸는데도 파르펜 세묘노비치 방에선 아무 인기척이 없었소.」

「어쩌면 외출하셨는지도 모르겠습니다.」하고 문지기는 말했다. 「언제나 아무 말씀도 하지 않고 외출하시곤 하니까요. 어떤 땐 열쇠까지 가지고 나가 버리셔서 사흘씩이나 잠겨 있을 때도 있습니다.」

「그럼, 어제 집에 들어오셨던 것만은 확실하오?」

「네, 하기는 정면 현관으로 들어오셔도 제가 못 볼 때가 있기는 하지만요.」

「혹시 나스타샤 필립포브나가 어제 그 사람과 함께 들어오지 않았소?」

「그건 잘 모르겠는데요. 그리 자주 오시지는 않으니까요. 만일 오셨다면 제가 뵈었을 것도 같은데…….」

공작은 밖으로 나와서 생각에 잠긴 채 얼마 동안 보도를 오락가락했다. 로고진이 쓰는 방들의 창문은 모조리 닫혀져 있었으나 그의 어머니가 거처하는 방의 창문은 거의 전부 열려 있었다. 화창하고 무더운 날씨였다. 공작은 차도를 건너 반대쪽 보도로 올라섰다. 그리고 또 한 번 더 로고진의 창문을 쳐다보았다. 창문은 모두 닫혀져 있을 뿐 아니라 흰 커튼까지 드리워져 있었다.

그는 1분 가량 그대로 서 있었다. 그러자 그 중 한 창문에 드리워진 커튼 한쪽 귀퉁이가 들리며 로고진의 얼굴이 나타나는가 했더니 순식간에 다시 사라져 버리는 것같이 느껴졌다. 그는 좀더 기다려 보다가 다시 올라가서 초인종을 울려 볼까 생각했으나 곧 생각을 고쳐 한 시간 후에 올라가 보기로 했다. 『어쩌면 그저 그렇게 느껴졌을 뿐인지도 모르지…….』

그러나 그 주요한 이유는, 그 사이에 이즈마일로프 연대(聯隊) 근처에 있는 나스타샤 필립포브나의 집에 빨리 가보고 싶었기 때문이었다. 그녀가 공작의 희망을 받아들여 3주일 전에 파블로프스크를 떠날 때, 이즈마일로프 연대 근처에 사는 자기 친구네 집으로 옮겨 왔다는 것을 공작은 알고 있었다. 그녀의 친구는 독신이 된 교원 부인으로, 가족도 있고 신분도 상당한 여자였지만 화려한 가구로 장식한 방을 세놓고 그것으로 생계를 유지하고 있었다. 이번에 다시 파블로프스크로 옮겨 갈 때 나스타샤 필립포브나는 자기 방을 그대로 놓아 두고 갔을 것이다. 이것은 얼마든지 있을 수 있는 일이다. 틀림없이 어젯밤은 거기에서 잤으리라. 로고진이 그리로 데리고 갔을 테니까. 공작은 마차를 잡아 탔다. 그리고 마차에 앉아 생각했다. 『그녀가 밤에 곧장 로고진의 집으로 갔을 리는 없다. 그러니까 우선 여기서부터 행동을 시작해야겠다.』 나스타샤 필립포브나는 그리 자주 오시지는 않는다고 하던 문지기의 말도 머리에 떠올랐다. 만일 그렇다면, 이런 판국에 로고진네 집에 있을 리는 만무하지 않은가. 이런 상념에 용기를 얻은 공작은 매우 불안에 싸여 이즈마일로프 연대에 도착했다.

그러나 놀랍게도 교원 부인의 집에서는, 어제 오늘 나스타샤 필립포브나의 얘기는 들어 보지도 못했다면서, 마치 공작을 기적이라도 보는 것 같은 놀란 눈으로 맞이했다. 교원 부인의 대가족——15세부터 7세까지 연년생인 모든 딸들이 어머니의 뒤에서 한꺼번에 쏟아져 나와 입들을 반쯤 벌리고 공작을 에워쌌다. 그 뒤를 따라 검은 머릿수건을 두른 야위고 누렇게 뜬 아이들의 아줌마와 마지막으로 안경을 쓴 할머니가 나왔다. 교원 부인이 좀 들어왔다가 가라고 하도 권하는 바람에 공작은 안으로 들어갔다. 이 집 식구들은, 그가 누구라는 것도, 어제가 결혼할 날이었다는 것도 모두 알고 있었기 때문에 그 결혼식에 대해서 여러 가지로 물어 보고 싶었고, 또 그와 함께 파블로프스크에 있어야 할 나스타샤 필립포브나의 행방을 신랑 자신이 물으러 온, 이상한 상황에 대해서도 이것저것 묻고 싶어서 안달을 하는 것 같았으나 예의를 지키느라고 참고 있는 성싶었다. 공작은 이런 사실을 곧 눈치 챘다. 그는 간략하게나마 결혼에 관한 그들의 호기심을 만족시켜 주었다. 그러자 경악과 탄식과 한탄의 소리가 터져 나왔고, 그는 하는 수 없이 요점만을 간추려 모든 사정을 이야기하지 않을 수가 없었다. 마침내 흥분한 부인들은 여러 가지로 의논을 하더니, 우선 로고진을 다시 찾아가서 모든 문을 두드려 그로부터 확실한 것을 알아볼 것, 만일 그가 집에 없든가——이것도 정확히 확인해야만 한다——또는 집에 있으면서도 만나기를 거부하면 그때는, 어머니와 함께 세묘노프 연대 근처에 살고 있는 나스타샤 필립포브나의 친구인 독일 부인한테 찾아가 보라고 말했다. 어쩌면 나스타샤 필립포브나는 흥분하고 불안스러워서 그들과 같이 지냈는지도 모를 일이라는 것이었다. 공작은 비탄에 빠져 의자에서 일어났다. 「안색이 몹시 창백하더군요.」 하고, 후에 이 집 부인들은 말했다. 사실 그는 다리가 휘청거려 제대로 서 있을 수조차 없었다.

그는 그들의 더듬거리는 말 속에서 자기들도 적극적으로 협력할 테니, 도시에 머무르는 동안의 그의 주소를 알려 주었으면 좋겠다는 뜻을 알아냈다. 그러나 주소가 없다는 것을 알자 그들은 우선 적당한 호텔에 거처를 정하라고 권했다. 공작은 잠시 생각하고 나서 약 5주일 전에 발작을 일으킨 일이 있는 그 호텔 주소를 알려 주었다. 얼마 후 그는 또다시 로고진의 집으로 갔다. 그러나 이번에도 로고진의 방문은 열리지 않았을 뿐만 아니라, 그의 어머니의 방문조차도 열리지 않았다. 공작은 뜰 안에서 문지기를 겨우 찾아냈다. 문지기는 뭐가 바쁜지 대답도 제대로 하려 들지 않거니와 공작을 거들떠보려 하지도 않았다. 그는 「파르펜 세묘노비치 씨는 아침 일찍이 파블로프스크로 떠나셨습니다. 아마 오늘은 돌아오시지 않을 것 같군요.」라고 잘라 말했다.

「하여튼 기다려 보겠소, 저녁땐 돌아오실 게 아니오?」

「하지만, 1주일 내내 돌아오시지 않을는지도 모릅니다. 어디 알 수가 있어야죠.」

「그러니까, 엊저녁부터 오늘까지는 있었단 말이죠?」

「그야 물론 어제 저녁부터, 어제 저녁부터……. 」

모든 것이 미심쩍었고 불분명했다. 문지기는 필시 그 사이에 무슨 새로운 명령을 받은 모양이었다. 아까는 오히려 말이 많은 편이었는데 지금은 단순히 피하려고만 했다. 그러나 공작은 두 시간 후에 또 한 번 와보고, 만일 필요한다면 집에서 망을 보기로 결심했다. 우선은 독일 부인의 집에 희망을 걸고 세묘노프 연대 쪽으로 마차를 몰았다.

그런데 독일 부인은 그가 하는 말조차도 도무지 알아듣지 못하겠다는 것이었다. 간간이 한 마디씩 하는 말로 미루어 보아 이 아름다운 독일 부인은 2주일 전에 나스타샤 필립포브나와 다투고 나서부터는 그녀에 대해 아무것도 들은 것이 없는 모양이었다. 「설사 그 여자가 온 세상의 공작을 전부 남편으로 삼는대도 내게는 아무런 흥미도 없는 일이다.」라는 자기의 심정을 알리려는 데만 전력을 기울이는 것이었다. 공작은 허둥지둥 밖으로 나왔다. 이때 갑자기, 어쩌면 나스타샤 필립포브나는 그때처럼 모스크바로 도망쳤는지도 모른다, 로고진도 뒤를 쫓아갔거나 혹은 함께 갔을지도 모른다는 생각이 들었다. 『무슨 단서라도 잡아야 한다.』그러나 지금은 호텔에 머물러야 한다는 생각이 들어 그는 급히 리체이나야 거리로 갔다. 호텔에서는 즉시 방을 정해 주었다. 급사가 식사를 원하느냐고 물었을 때 그는 무심코 가져오라고 대답했다. 그리고는 식사를 하는 데 30분은 허비해야 할 것을 생각하면서 스스로 화를 냈으나, 다음 순간, 가지고 온 것을 먹지 않으면 되겠다고 생각하고 마음을 가라앉혔다. 공작은 이 호텔의 어두컴컴하고 숨이 막히는 복도에서 그 어떤 기묘한 느낌에 사로잡히는 자신을 의식했다. 그 느낌은 하나의 뚜렷한 상념으로 변하려고 몸부림치는 것 같았으나, 그 새로운 안타까운 상념은 아무리 해도 파악할 수가 없었다. 마침내 그는 미친 듯이 호텔을 나섰다. 머리가 빙글빙글 돌았다. 그러나 도대체 어디로 간단 말인가? 그는 또다시 로고진의 집으로 마차를 몰았다.

로고진은 아직도 돌아와 있지 않았다. 여전히 안에는 인기척이 없었다. 그의 어머니 방 쪽의 초인종을 울렸더니 문이 열리기는 했으나 역시「파르펜 세묘노비치는 집에 안 계십니다. 아마 삼사 일 동안은 돌아오시지 않을 것입니다.」라는 대답이 전부였다. 공작은 자기를 훑어 보는 호기심 어린 시선에 안절부절못했다. 이번에는 문지기의 모습도 보이지 않았다. 그는 아까처럼 반대편 보도로 건너 가서, 창문을 쳐다보며 숨막히는 더위 속을 반 시간 이상이나 오락가락했다. 그곳은 다만 희끄무레한 커튼이 꼼짝않고 드리워져 있을 뿐이었다. 마침내 그는 마음속으로 아까본 것은 착각에 지나지 않았을는지 모른다. 창문은 오랫동안 닦지 않아 먼지로 뿌옇게 흐려져 있으니까 누가 정말로 유리창을 통해 밖을 내다본다 해도 아무것도 분간하지 못할 것이라고 결론지었다. 그는 이 생각으로 어느 정도 마음을 가라앉히고 나서 또다시 교원 부인 집 쪽인 이즈마일로프 연대를 향해 떠났다.

거기서는 그가 오기를 기다리고들 있었다. 교원 부인은 그 사이에 벌써 서너너덧 군데를 돌아, 로고진의 집에까지 들려 보았으나, 도대체 종적을 모르겠다는 것이었다. 공작은 말없이 듣고 나서 방안으로 들어가 소파에 앉아서 그들의 말을 못 알아듣겠다는 것처럼 사람들을 둘러보고 있었다. 이상하게도 그는 이따금 비상한 주의력을 발휘하는가 하면 갑자기 말이 아닐 만큼 멍청해지기도 하는 것이었다. 후에 이 집 모든 사람들은「참으로 사람이 이상해진 것 같았습니다. 그러니까 그때부터 벌써 그런 기색이 있었던 거예요.」라고 단언했다. 마침내 그는 자리에서 일어나더니 나스타샤 필립포브나의 방을 보여 달라고 했다. 그녀가 쓰는 두 개의 방은 널찍하고 밝은 방으로, 천장이 높은데다가 제법 훌륭한 가구 등속이 비치되어 있어 적지 않은 돈이 들었을 것 같았다. 후에 모든 부인들이 말하기를 공작은 방안의 물건들을 하나하나 살펴보다가, 문득 탁자 위에 놓여 있는, 도서관에서 빌려 온 것 같은 프랑스 소설 《보바리 부인》이 펼쳐진 채로 있는 것을 발견하였다. 그는 펼쳐져 있는 책장 귀퉁이를 접어 놓고는, 자기가 가지고 가는 것을 승낙해 달라고 했다고 한다. 도서관의 책이기 때문에 안 된다는 말을 듣지도 않고 그는 그냥 호주머니에 책을 넣어 버렸다고 했다. 그러고 나서는 열려진 창문 옆에 가서 앉더니 분필로 표시된 카드 테이블을 보며 누가 여기서 트럼프놀이를 했느냐고 물었다. 이 집 사람은 나스타샤 필립포브나가 저녁마다 로고진을 상대로 드라크(바보)니, 먼저 따기니, 호이스트니, 코즈이디니 하는 따위의 노름을 했다는 것이었다. 나스타샤가 트럼프를 시작한 것은 최근 파블로프스크에서 페체르부르그로 온 후부터였다. 하루는 나스타샤 필립포브나가 시간을 보내기가 따분하다고 하면서, 무슨 사람이 저녁마다 꾸어 온 보릿자루처럼 우두커니 앉아서 이야기도 제대로 하지 못한다고 짜증을 내자, 그 이튿날 저녁 로고진이 호주머니에서 트럼프를 꺼내 놓았다는 것이다. 그러자 나스타샤 필립포브나는 기분이 좋아서 웃어 대며 그를 상대로 트럼프놀이를 시작했다는 것이었다.

그들이 쓰던 트럼프가 지금 어디 있느냐고 공작은 물어 보았으나, 그것은 방에 없었다. 트럼프는 로고진이 저녁마다 새것을 호주머니에 넣어 가지고 왔다가는 돌아갈 때 다시 가지고 가곤 했기 때문이다.

부인들은 공작에게 다시 한 번 로고진의 집에 가서 좀더 세차게 문을 두드려 보면 어떨까, 그러나 지금 곧 가지 말고——눈치를 채게 될지도 모르니까——저녁에 가라고 했다. 그리고 교원 부인은 자기가 직접 오늘 중으로 파블로프스크에 가서 다리야 알렉세예브나를 만나 보고 오겠다, 혹시 무언가 알고 있을는지 모르니까라고 하면서 공작에게 내일 일에 대해 의논을 해야 하니까, 무슨 일이 있더라도 저녁 10시까지는 꼭 와달라고 당부하였다. 이 집 사람들의 위로와 희망적인 말에도 불구하고 극도의 절망이 공작을 사로잡았다. 그는 형언할 수 없는 고민에 싸인 채 호텔로 돌아왔다. 먼지가 자욱한 무더운 페체르부르그의 여름은 무거운 압착기처럼 그를 짓눌렀다. 무엇 때문인지 잔뜩 얼굴을 찌푸린 사람들과 술취한 사람들 사이를 헤치고 걸으면서, 그는 아무런 목적도 없이 사람들의 얼굴을 들여다보았다. 아마도 필요 이상의 길을 우회한 것 같았다. 공작은 저녁때가 되어 자기 방으로 돌아왔다. 그는 좀 쉬고 나서 충고받은 대로 로고진의 집에 가보리라 생각하고, 소파에 주저앉아 팔꿈치를 탁자 위에 세운 채 생각에 잠겼다.

대체 얼마나 시간이 지났는지, 무엇을 생각하고 있었는지 그것은 아무도 알 수 없다. 그는 여러 가지 일을 두려워하고, 자기가 심한 공포에 쫓기고 있다는 것을 확실히 느끼면서 마음 아파했다. 갑자기 베라 레베제프의 모습이 눈앞에 떠올랐다. 그러자 어쩌면 레베제프가 이 사건에 대하여서 뭔가 알고 있는지도 모른다, 설사 알고 있는 게 없다 하더라도 자기보다는 좀더 빨리, 좀더 쉽게 알아 낼 수 있을 것이라는 생각이 들었다. 그리고 이폴리트가, 그 다음에는 로고진이 이폴리트를 찾아다녔다는 사실이 머리에 떠올랐다. 그러자 로고진의 모습이 연상되었다. 요전 장례식 때 그리고 공원에서 만났을 때의 얼굴, 그 다음에는 바로 이 호텔 계단 구석에 숨어, 손에 칼을 들고 자기를 노리고 있을 때의 그 얼굴이 퍼뜩 눈앞에 떠올랐다. 그의 눈이, 그때 어둠 속에서 주시하고 있던 눈이 떠올랐다. 공작은 몸을 부르르 떨었다. 아까 머릿속에서 맴돌고만 있던 상념이 갑자기 정확하게 떠오르는 것이었다.

그 상념이란 대개 이런 것이었다. 만일 로고진이 페체르부르그에 있다면 당분간은 몸을 숨길는지 몰라도 결국은 스스로 공작을 찾아올 것이다. 그가 좋은 의도에서 올 것인지, 아니면 나쁜 의도에서 올 것인지는 알 수 없지만 아무튼 반드시, 전에 그러했듯이 찾아올 것이다. 만일 로고진이 무슨 일 때문에 그를 만날 필요를 느낀다면, 그때는 곧장 이 호텔로 올 것이 틀림없다. 그는 주소를 모르니까, 공작이 전에 들었던 호텔에 유숙하고 있으리라는 생각에서 이 호텔로 찾아올 것이 분명하다. 그래서 그는 나를 여기서 찾을 것이다……. 물론 이것은 만날 필요를 절실히 느낄 경우의 이야기이지만. 그러나 어쩌면 그는 이미 그럴 필요를 느끼고 있는지도 모른다.

공작은 이 상념이 충분한 개연성을 내포하고 있다고 생각했다. 그러나 그가 이 상념 속으로 좀더 깊이 파고들었다 하더라도『무엇 때문에 내가 갑자기 로고진에게 필요한 존재가 될까? 그리고 어째서, 로고진과 나는 결국에 가서는 의기상투하지 않을 수 없단 말인가!』라는 생각까지 미치자 아무래도 그 이유를 알아 낼 수가 없었을 것이다. 『만일 그 친구가 행복하면 그는 나를 찾아오지 않을 것이지만…….』공작은 계속 생각했다. 『행복하지 못하다면 찾아올 가능성은 더욱 많아진다. 하지만, 그 친구는 행복하지 못할 이유가 없지 않은가…….』

이렇게 생각하는 것으로 보아서는 호텔방에서 로고진을 기다리는 게 당연했겠지만, 그는 이 새로운 상념을 더 이상 견디어 내지 못하고 벌떡 일어나 모자를 집어들고 방을 뛰쳐나왔다. 복도는 이미 어두컴컴했다. 『만일, 로고진이 지금, 느닷없이 저 구석에서 튀어나와 나를 계단 위에서 불러 세운다면?』하는 생각이 이전에 그가 칼을 맞을 뻔했던 곳에 다다랐을 때 문득 그의 머리를 스치고 지나갔다. 그러나 튀어나오는 사람은 아무도 없었다. 그는 정문으로 해서 보도로 나갔다. 그리고 일몰과 함께 한길로 쏟아져 나온 무수한 인파에 놀랐다. 하기 휴가 때의 페체르부르그에서는 언제나 볼 수 있는 광경이었지만. 그는 고로호바야 거리 쪽을 향해 걸음을 옮기기 시작했다.

호텔에서 50보 가량 되는 네거리까지 왔을 때, 누군가가 인파 속에서 그의 팔꿈치를 건드리며 귀에다 낮은 소리로 속삭였다.

「레프 니콜라예비치, 나를 따라오게, 할말이 있으니까.」

그것은 로고진이었다.

그런데 이상한 일이었다. 공작은 갑자기 기쁨에 휩싸여 혀가 잘 돌지 않아 더듬더듬거리면서, 방금 호텔 복도에서 자네가 나타나지 않을까 생각했었다는 말을 했다.

「그래? 거기 있었어.」뜻밖에도 로고진은 이렇게 대답했다. 「자, 가세.」

공작은 그의 대답에 놀랐으나, 그것은 적어도 2분 가량 지나서 생각을 가다듬은 다음의 일이었다. 이 대답에 내포되어 있는 의미에 생각이 미치자 그는 소스라치게 놀라 로고진의 얼굴을 찬찬히 들여다보기 시작했다. 로고진은 이마 반 걸음쯤 앞장을 서서, 지나가는 사람은 거들떠보지도 않고 기계적으로 앞만 바라보며 걷고 있었다.

「호텔에 있었다면…… 왜 나한테 오지 않았나?」공작은 불쑥 이렇게 물었다.

로고진은 걸음을 멈추고 상대방의 얼굴을 보며 잠시 무엇을 생각하더니, 물음의 뜻을 알아듣지 못하기라도 한 듯 딴소리를 했다.

「여보게, 레프 니콜라예비치, 자넨 이쪽 길로 해서 곧장 우리 집으로 가게, 알았나? 나는 저쪽 길로 해서 갈 테니. 하지만 뒤떨어지지 않도록 해야 하네, 나와 함께 가야 하니까…….」

이렇게 말하고 그는 길을 건너가 버렸다. 건너편 보도에 올라선 로고진은 공작이 걸어가고 있는가 어떤가를 확인하려는 듯 이쪽을 봤다. 그리고 공작이 걷고 있는 것을 보자, 고로호바야 거리 쪽을 손으로 가리키고 나서 걷기 시작했다. 그리고는 연방 공작 쪽을 돌아보면서 빨리 따라오라고 손짓을 하는 것이었다. 공작이 그의 뜻을 이해하고 길을 건너 자기에게 오지 않고 그대로 걸어가는 것을 보고 그는 힘이 나는 모양이었다. 그는 필시 누군가를 찾고 있는 게 분명했다. 그래서 혹시 그 사람을 놓치지 않으려고 저쪽 길로 건너갔을 것이라는 생각이 공작의 머리에 떠올랐다. 『그렇다면 누구를 찾고 있다는 말을 왜 하지 않을까.』 이렇게 한 5백 보 가량 걸었을 때 공작은 왜 그런지 갑자기 몸이 떨려 왔다. 로고진은 처음보다 좀 뜸해지기는 했으나 여전히 공작을 돌아다보기를 게을리하지 않았다. 공작은 더 이상 참지를 못하고 손짓을 해서 그를 불렀다. 그는 곧 한길을 건너 공작의 옆으로 왔다.

「나스타샤는 지금 자네 집에 있나?」

「우리 집에 있어.」

「그럼, 아까 커튼 틈으로 내다본 건 자네였나?」

「나였어…….」

「그렇다면, 어째서 자넨…….」

그러나 공작은 무슨 말을 더해야 할지, 어떻게 자기의 물음을 끝내야 할지 몰랐다. 게다가 심장의 고동이 격심해져서 말하기도 힘들었다. 로고진 역시 아무 말 않고 여전히 생각에 잠긴 눈으로 공작을 바라보고만 있었다.

「난 건너 가겠네.」 그는 또다시 건너편으로 건너 가려고 하면서 이렇게 말했다. 「자넨 이쪽 길을 혼자 가게. 우리는 이렇게 따로 가야 하는 걸세, 그게 좋을 것 같으니까……. 알아들었나?」

이윽고, 두 사람은 각각 다른 쪽 보도를 걸어서 고로호바야 거리에 접어들어 로고진의 집 가까이까지 왔을 때, 공작은 또다시 다리가 휘청거려 걷기가 힘이 들었다. 시간은 오후 10시쯤 되어 있었다. 로고진의 어머니 방 창문은 아까처럼 열려져 있었으나, 로고진의 방 창문은 모두 닫혀 있었고, 흰 커튼이 한결 두드러지게 보였다. 공작은 건너편 보도로부터 집 쪽으로 다가갔다. 로고진이 길 반대쪽에서 건너 와 이미 정면 계단에 올라서서 그를 손짓해 부르고 있었다. 공작은 한길을 건너 계단 밑으로 갔다.

「내가 돌아온 건 지금 문지기도 모르고 있어. 아까 파블로프스크에 간다고 말해 놓았으니까……. 어머니한테도 그렇게 말했지.」로고진은 교활하면서도 만족스런 미소를 띠면서 공작에게 속삭였다. 「우리가 들어가도 누구 하나 눈치 챌 사람은 없을 거야.」

그의 손 안에는 이미 열쇠가 쥐어져 있었다. 층계를 올라가며 그는 뒤를 돌아보고 조용히 따라오라는 시늉을 해보였다. 그리고 소리가 나지 않게 자기 방문을 조용히 열고 공작을 들여보낸 다음에 자기도 조심스레 뒤따라 들어오더니 방문을 잠그고 열쇠를 호주머니에 넣었다.

「들어가세, 안으로……. 」그는 나직히 속삭이듯 말했다.

그는 아까 리체이나야 거리를 걸을 때부터 속삭이듯이 말하고 있었다. 겉으로는 침착했으나 속으로는 무언가 심한 불안을 느끼고 있는 성싶었다. 큰 거실에 들어가 서재에 다다랐을 때 그는 창문으로 다가가서 자못 비밀스런 손짓으로 공작을 가까이 불렀다.

「아까 자네가 초인종을 울렸을 때 나는 곧 그것이 자네라는 걸 알았지. 그래서 발꿈치를 들고 살그머니 문 옆으로 가서 들었더니 자네가 파피누치 예브나와 얘기하고 있더군. 하지만 나는 벌써 새벽녘에 하녀한테 단단히 일러 놓았거든……. 만일 자네가, 아니면 자네가 보낸 사람이 나를 찾아오면 절대로 입을 열어서는 안 된다고 말야. 만일 자네가 직접 나를 찾아오면 더욱 조심하라고 말하고, 자네 이름도 알려 주었지. 그러고는, 자네가 나가고 나자 나는 다음과 같은 생각이 머리에 떠오르더란 말일세. 혹시 밖에서 감시를 하고 있지나 않을까, 한길에서 망을 본다면 큰일인데…… 하고 말이야 그래서 나는 이 창문에 다가서서 살짝 커튼을 쳐들고 내다보았더니, 자네가 거기 서서 이쪽을 바라보고 있더군……. 상황은 이렇게 되었었지.」

「그런데 어디…… 나스타샤 필립포브나는 어디 있나?」공작은 숨찬 소리로 물었다.

「나스타샤 필립포브나는 여기 있어.」로고진은 약간 대답을 망설이듯 느릿느릿 말을 받았다.

「어디 말인가?」

로고진은 공작에게 눈을 들어 뚫어지게 그를 응시했다.

「들어가 보세……. 」

그는 여전히 침울한 표정을 한 채 줄곧 속삭이는 것 같은 낮은 소리로 서두르지도 않고 천천히 말하는 것이었다. 방금 커튼 얘기를 할 때만 하더라도 이야기를 조용하게 했는데, 그런 그의 태도에는 아무래도 별다른 의미가 숨어 있는 듯했다.

두 사람은 서재로 들어갔다. 전에 공작이 왔을 때에 비해 이 방에는 약간의 변화가 있었다. 방 한가운데를 가로질러 녹색 비단 휘장이 드리워져 있는데, 이것은 로고진의 침대가 놓여 있는 곳과 서재를 갈라 놓고 있었다. 그리고 양쪽 끝도 묵직한 휘장으로 막혀 있었다. 방안은 매우 어두웠다. 페체르부르그 여름밤의 백야는 차차 어두워지기 시작하고 있었으므로, 만일 보름달이 떠 있지 않았더라면 로고진의 방안은 아무것도 분간하지 못할 만큼 캄캄했을 것이다. 그러나 분명치는 못해도 얼굴 정도는 간신히 분간할 수 있었다. 로고진의 얼굴은 여느 때처럼 창백했다. 공작을 응시하고 있는 두 눈은 날카로운 빛을 띠고 있었으나, 꼼짝도 하지 않았다.

「촛불이라도 켰으면 좋겠군.」 하고 공작이 말했다.

「아니, 필요 없어.」 로고진은 공작의 손을 잡아 탁자 쪽으로 끌어다 앉히고는 자기도 마주앉아 거의 무릎이 맞닿을 만큼 의자를 앞으로 당겼다. 두 사람 사이에는 조그만 원탁이 한쪽 옆에 놓여 있었다. 「앉게, 잠깐 앉아 !」 로고진은 잠깐 말을 끊었다가 다시 계속했다. 「나도 자네가 그 호텔에 들거라고 생각했지.」 일반적으로 중요한 화제에 들어가기 전에는 흔히 본론과는 직접적인 관계가 없는 말부터 꺼내는 것처럼, 그도 역시 그런 식으로 말을 꺼내는 것이었다. 「아까 그 호텔 복도에 들어갔을 때, 어쩌면 그도 나처럼 바로 이 순간에 나를 기다리고 앉아 있을는지 모른다는 생각이 들더군. 그래, 교원 부인네 집에는 갔었나 ?」

「갔었네.」 격심한 심장의 고동 때문에 공작은 이 한 마디를 간신히 했다.

「나는 그것도 생각했었지……. 그리고 이런 생각도 해보았네. 자네를 이리로 데려다가 오늘 밤은 함께 지내야겠다고 말이야……. 」

「로고진, 나스타샤 필립포브나는 어디 있나 ?」 공작은 갑자기 이렇게 속삭이고는 몸을 부들부들 떨면서 의자에서 일어났다. 로고진도 자리에서 일어났다.

「저기.」 하고 그는 턱으로 휘장을 가리키면서 낮은 소리로 속삭였다.

「자고 있나 ?」 공작은 물었다.

로고진은 또다시 아까처럼 시선을 모아 공작을 응시했다.

「그럼 이젠 들어가 볼까 ! 단지 자네는……. 아니 그냥 들어가지 !」

　그는 휘장을 쳐들고 서더니, 공작한테 다시 돌아서서「어서 들어가게！」하는 듯이 휘장 저쪽을 턱으로 가리켰다. 공작은 휘장 안으로 들어갔다.
　「여긴 어둡군.」공작은 말했다.
　「그래도 보일 걸세！」로고진은 중얼거렸다.
　「침대밖에…… 안 보이는데…….」
　「좀더 가까이 가보게나！」로고진은 낮은 소리로 일렀다.
　공작은 한걸음 또 한걸음 앞으로 나아가서 멈춰 섰다. 그는 꼼짝 않고 선 채, 한 일이 분 동안 눈을 크게 뜨고 침대를 바라보았다. 두 사람은 모두 한 마디의 말도 없이 침대 옆에 서 있었다. 공작의 심장은, 쥐죽은 듯 조용한 방안의 침묵 속에서 귀에 들릴 만큼 세차게 고동치고 있는 것 같았다. 이윽고 그는 눈이 어둠에 익숙해지자 침대 위에 있는 것을 죄다 분간할 수 있게 되었다. 침대 위에는 누군가 꼼짝 않고 잠들어 있었다. 바스락 소리나 숨결 소리 하나 들리지 않았다. 잠자는 사람은 머리서부터 흰 홑이불을 뒤집어쓰고 있었으나, 손발도 잘 분간할 수 없었다. 다만 침대 위에 누군가가 몸을 쭉 뻗고 누워 있다는 것만을 알 수 있을 뿐이었다. 침대 위에도, 발치에도, 침대 옆에 놓인 안락의자에도, 그리고 방바닥에도, 아무렇게나 벗어 던진 의상이, 화려한 흰 비단옷이며, 꽃이며, 리본 등이 되는 대로 흩어져 있었다. 머리맡에 놓인 조그만 탁자 위에서는 벗어 던진 다이아몬드가 반짝거리고, 발치에는 구겨진 레이스 같은 것이 아무렇게나 접혀 있었는데 그 하얀 레이스 위에는 홑이불 끝에서 드러난 맨발의 발톱 부분이 나타나 보였다. 그것은 마치 대리석을 깎아 놓은 것 같았고 꼼짝도 하지 않았다. 공작은 눈을 크게 뜨고 바라보고 있었는데, 바라보면 볼수록 죽음과도 같은 정적이 더욱 방안을 무겁게 억누르는 것 같았다. 갑자기 파리 한 마리가 붕 소리를 내며 침대 위를 날더니 곧 머리맡에 가서 앉았다. 공작은 부르르 몸을 떨었다.
　「나가세.」로고진이 그의 손을 건드렸다.
　그들은 밖으로 나와서 조금 전에 앉았던 의자에 다시 마주앉았다. 공작은 점점 더 격렬히 몸을 떨면서 무언가 묻고 싶어하는 눈으로 로고진의 얼굴만 바라보고 있었다.
　「이 사람아. 자네 몹시도 떨고 있군그래！ 레프 니콜라예비치.」마침내 로고진이 입을 열었다. 「그때, 모스크바에서 자네가 발작을 일으켰을 때와 똑같군그래. 그때 생각이 나나? 혹시 발작을 일으키려는 건 아닌가? 정말 그렇게 되면 난 자네를 어떻게 하면 좋을는지 모르겠는걸…….」

공작은 그의 말의 의미를 파악하려고 모든 주의력을 기울여, 눈으로 모든 것을 묻고 있었다.

「저건 자네가 한 짓인가?」턱으로 휘장 쪽을 가리키며 마침내 그는 이렇게 물었다.

「응……, 내가 했어……. 」낮은 소리로 대답하고 로고진은 눈을 내리깔았다.

5분 가량 침묵이 흘렀다.

「그러니까 말이야,」로고진은 자기의 말이 중단되었다는 것도 모르는 양 불쑥 이렇게 계속했다. 「그러니까 만일 자네가 병이 나서 발작을 일으키며 큰소리를 치거나 하면 마당에서나 길에서 누가 듣고 이 방에 사람이 있다는 걸 알게 될 거 아니냔 말야. 그렇게 되면 누군가가 문을 두드리고 들어올 걸세……. 모두들 내가 집에 없는 줄 알고 있으니까, 뜰에서나 길에서 눈치 채지 못하게 하기 위해서 나는 촛불도 켜지 않았단 말야. 나의 습관대로 나는 어디 갈 때마다 내 방 열쇠를 가지고 가기 때문에 사흘이고 나흘이고 이 방엔 청소를 하러 들어오는 사람도 없거든. 그래서 지금도 우리가 여기 들어와 있다는 걸 알아채지 못하게 하려고…….」

「잠깐만!」하고 공작은 제지했다. 「아까 나는 문지기와 하녀한테 나스타샤 필립포브나가 여기 오지 않았느냐고 물어 보았는데……. 그럼 다들 알고 있군그래.」

「자네가 그런 말을 묻는 것은 나도 들었네. 나는 파피누치예브나한테 어제, 나스타샤 필립포브나가 집에 들렀었지만 10분 가량 앉아 있었을 뿐, 곧 파블로프스크로 돌아가 버렸다고 이야기했지. 그러니까 그녀가 간밤을 여기서 보낸 건 아무도 모르지. 어제 우리는 지금 자네와 내가 들어온 것처럼 몰래 들어왔거든. 그때 나는 속으로, 그녀는 남의 눈을 피해 가며 몰래 들어오기를 싫어할 거라고 생각했었는데……. 웬걸! 작은 소리로 소곤소곤, 발꿈치를 들고 소리가 안 나게 옷자락까지 감싸 쥐고서 말야. 층계를 올라올 때는 오히려 나를 보고 조심하라는 듯이 손가락을 제 입에 세워 보이지 않겠나? 그녀가 겁낸 것은 자네였지. 기차 속에서는 정말 미치광이나 다름 없더군. 모든 것이 공포감 때문이었어. 여기서 밤을 보내기로 한 것도 그녀 자신이 원했기 때문이었어. 처음에 난 교원 부인네 집으로 데리고 가려고 했는데, 나스타샤는『그런데 가 있다가는 날이 새기도 전에 공작이 찾아 내고 말 거예요. 그보다도 당신 집에 숨겨 주세요, 내일 새벽에 모스크바로 떠나겠어요.』하잖겠나. 거기서 오리욜 쪽으로 가겠다고 하더군. 잠자리에 들어가서도 자꾸만 오리욜로 가자고 하더란 말이야……」

「하지만 파르펜, 자넨 인제 어떡할 셈인가? 어떡하길 원하나?」

「아니, 자넨 떨고 있는 게 아닌가? 오늘 밤은 여기서 함께 자세. 침대는 저쪽 것 하나밖엔 없으니까 두 개의 소파에서 쿠션을 모두 떼어 내서 저기 휘장 옆에다 깔고 둘이서 함께 자기로 하세. 혹시 사람들이 들어와서 방안을 살피거나 수색하면 저건 당장에 발견되어 실려 나가게 될 거 아닌가. 나는 조사를 받게 되고……. 나의 소행이라고 자백해 버린다……. 그렇게 되면 나는 그 자리에서 연행되어 갈 게 아닌가. 그러니까 지금은 저기다 그대로 눕혀 두기로 하세. 우리 둘 곁에, 나와 자네 곁에 말야……」

「음 좋아……」

「즉, 우린 자수하지 말잔 말일세! 그녀 곁을 떠나지 말잔 말일세!」

「암, 그래야지! 무슨 일이 있더라도!」하고 공작은 결심해 버렸다. 「절대, 절대로!」

「그렇다면 나도 결심했네. 절대로 누구에게도 그녀를 내주지 않기로 말야! 그럼, 조용히 밤을 새우기로 하세. 나는 오늘 아침에 한 시간 가량 밖에 나갔다 왔을 뿐, 온종일 집에 있었고 나머지 시간은 그녀 곁에 있었네. 그리고 저녁때 자네를 부르러 갔었지. 그런데 한 가지 걱정되는 것은 무더워서 냄새가 나지 않을까 하는 건데, 자네는 냄새가 나는 것 같지 않나?」

「날는지도 모르지만 아직은 모르겠네. 내일 아침엔 틀림없이 날 거야.」

「그래서 미국제 고급 유포(油布)로 몸뚱이를 싸고 그 위에 홑이불을 씌워 놨네. 그리고 마개를 뽑은 방부제 병을 네 개씩이나 준비해 놓았어. 지금도 저기 그대로 있네.」

「그건 마치…… 모스크바에서 있었다는 그 사건과 똑같군그래?」

「이 사람아, 냄새가 나면 곤란하지 않아……. 아무튼 그녀는 저기 잠든 것처럼 누워 있어……. 아침이 밝거든 들여다보게. 아니, 왜 그래, 일어서지 못하겠나?」공작이 몸을 일으킬 수 없을 만큼 무섭게 떨고 있는 것을 보고 로고진은 불안과 놀라움을 나타내며 이렇게 물었다.

「다리가 떨어지지 않는군.」 공작은 중얼거리듯이 말했다. 「공포감 때문이야, 그건 나도 알고 있어……. 공포감이 사라지면 일어설 수 있을 거야.」

「그럼 내가 잠자리를 준비할 테니 잠깐만 기다리게. 자넨 눕는 편이 좋을 거야……. 나도 자네 곁에 눕기로 하지……. 이야기를 들어 보세……. 나는 아직도 모르는 게 많으니까……. 자네한테 미리 말해 두겠는데, 나는 정말 아직도 잘 모르는 게 많아…….」

이렇게 알쏭달쏭한 말을 중얼거리며 로고진은 잠자리를 펴기 시작했다. 이 잠자리는 이미 아침부터 그렇게 펴기로 생각하고 있었음에 틀림없는 것 같았다. 어젯밤에는 소파 위에서 잤지만, 소파 위에서는 둘이 나란히 누울 수는 없었다. 더욱이 그는 지금 공작과 나란히 눕고 싶었던 것이 확실했다. 그래서 그는 두 개의 소파에서 크고 작은 여러 가지 모양의 쿠션을 떼어 내 휘장 옆에다 늘어 놓았다. 그럭저럭 잠자리가 마련되었다. 그는 감동 어린 눈으로 공작에게 다가가서, 정답게 손을 잡아 그를 일으켜 세워 잠자리 쪽으로 끌고 갔다. 공작은 스스로 걸을 수 있을 것 같았다. 말하자면 공포감이 사라진 것이다. 그러나 그의 몸은 여전히 떨리고 있었다.

「그런데, 여보게.」 공작을 왼쪽 좀 나은 잠자리에 눕히고, 자기는 오른쪽에 옷도 갈아입지 않고 드러누워 두 손을 머리 밑에 깍지 끼면서 로고진은 불쑥 입을 열었다. 「꽤 더운 날씨이니까 반드시 냄새가 날 거야……. 그렇다고 창문을 열기는 두렵고……. 어머니 방에 화분이 있는데 꽃이 가득 피어 있어. 제법 향기가 풍기거든. 그래서 그걸 가져올까 생각해 봤지만 파피누치예브나가 눈치를 챌 것 같아서……. 호기심이 강한 여자니까…….」

「내가 보기에도 그 여잔 호기심이 강하겠더군.」 하고 공작은 말을 받았다.

「그럼 사올까? 꽃으로 온통 덮어 줄까? 하지만 생각하면 가엾군, 꽃 속에 묻히다니!」

「그보다도…….」 하고 공작은 입을 열었으나, 자기가 무엇을 물으려 했는지 생각이 잘 나지 않는 것처럼 말을 더듬었다. 「이야기 해봐……. 자넨 대체 무엇으로 그녀를? 나이프로? 그때 그 나이프로?」

「맞았어, 그 나이프야…….」

「잠깐만 파르펜, 더 물어 볼 말이 있어……. 아니, 자네한테 모든 것에 대해 많은 것을 물어야만 하겠어……. 그러나, 그보다도 자네가 처음부터 얘기해 줄 수 없겠나? 자넨 우리의 결혼식 직전에 그녀를 죽이려 했지? 교회 문 앞에서 그 나이프로……. 그렇지 않은가?」

「그랬는지는 나도 잘 모르겠어…….」로고진은 이 질문에 약간 당황한 듯 마치 그 뜻을 알아듣지 못한 듯한 표정을 지으며, 냉담하게 말했다.

「파블로프스크에 그 나이프를 가지고 온 일은 전혀 없었나?」

「갖고 간 적은 전혀 없네, 레프 니콜라예비치! 그 나이프에 대해 자네한테 말할 수 있는 건 이것뿐이야.」잠시 입을 다물었다가, 그는 이렇게 덧붙였다. 「나는 오늘 새벽에 서랍에서 그 나이프를 꺼냈어. 일이 일어난 것은 새벽 3시에서 4시 사이였으니까. 나이프는 여전히 내 책 속에 끼어 있었지……. 그런데…… 그런데 아무래도 이상한 것은 나이프가 7센티…… 아니 10센티 가까이나 왼쪽 젓가슴 밑에 꽂혔는데도…… 피라고는 겨우 반 숟갈 정도 속옷에 흘러내렸을 뿐, 그 이상은 나오지 않는단 말야……. 」

「그건, 그건, 그건……. 」공작은 별안간 무섭게 흥분하며 잠자리에서 일어섰다. 「그건, 그건 내가 알아. 그런 걸 읽은 적이 있어……. 그건 내출혈이라는 거야……. 어떤 땐 한 방울도 나오지 않을 때도 있다더군. 만일 심장을 정확하게 찔렀다면 말야!」

「가만! 들리나?」갑자기 그의 말을 중단시키고 로고진은 겁먹은 듯 자리 위에 일어나 앉았다. 「들리나?」

「걷고 있어! 들리지? 홀이야……. 」

두 사람은 귀를 바싹 기울였다.

「들려.」공작은 분명한 어조로 속삭였다.

「걷고 있지?」

「문을 닫을까, 말까?」

「닫게나……. 」

방문은 닫혀졌다. 그들은 다시 드러누웠다. 그리고는 한참 동안 말이 없었다.

「아 참!」퍼뜩 떠오른 하나의 새로운 상념을 또다시 놓쳐 버릴까봐 몹시 두려워하면서 공작은 자리 위에 일어나 앉으며 갑자기 아까와 같은 흥분 속에서 다급한 어조로 속삭였다. 「자네한테 물어 보고 싶은데……, 그 트럼프 말일세! 자넨 그녀와 트럼프놀이를 했다고 들었는데?」

「음, 했지.」 잠시 침묵을 지키고 있다가 로고진은 이렇게 대답했다.

「어디 있나? 그 트럼프는⋯⋯.」

「아아, 그 트럼프. 여기 있지⋯⋯.」 한참 만에야 비로소 로고진은 입을 열었다. 「보게, 이거야⋯⋯.」

그는 종이 조각에 싸두었던 트럼프 뭉치를 호주머니에서 꺼내 공작 앞에 내밀었다. 공작은 그것을 받아 들었으나 어쩐지 좀 어리둥절한 표정이었다. 새로이 쓸쓸하고 서글픈 감정이 그의 가슴을 짓누르기 시작했다. 문득 그는, 자기가 이 순간 아니, 오래 전부터 마땅히 해야 할 말을, 그리고 해야 할 일을 하지 않고 있었음을 깨달은 것이었다. 지금 반갑게 손에 받아 든 이 트럼프도 이젠 결코 아무 소용이 없는 것이 아닌가. 그는 자리에서 일어나 손뼉을 쳤다. 로고진은 그의 동작을 보지도 듣지도 못하는 듯 여전히 자리에 누워 있었다. 그러나 크게 뜬 두 눈은 꼼짝도 않고 어둠 속에서 번쩍이고 있었다. 공작은 의자에 걸터앉아서 공포를 느끼며 그를 바라보기 시작했다. 30분이 지난 후 별안간 로고진은 크고 갑작스런 비명을 지르고 커다란 소리로 웃어 댔다. 아까 자기가 작은 소리로 말해야 한다고 한 말은 까맣게 잊어버린 모양 같았다.

「그 장교 말야, 그 장교를⋯⋯ 기억하고 있나? 그때 음악회장에서 그녀가 뺨을 갈겨 주었지! 핫, 핫, 하! 그래서 견습 사관이⋯⋯ 견습 사관이 뛰어나오지 않았느냐 말야⋯⋯.」

공작은 새로운 공포에 싸여 의자에서 벌떡 일어났다. 로고진이 잠잠해지자──그는 갑자기 잠잠해졌다──공작은 살그머니 허리를 굽히고 그의 곁으로 가 앉아서 무겁게 숨을 몰아쉬며 찬찬히 그의 얼굴을 들여다보았다. 심장이 무섭게 고동치기 시작했다. 로고진은 마치 공작의 존재를 잊은 듯 그에게는 얼굴도 돌리려 하지 않았다. 시간이 지나고 날이 새기 시작했다. 로고진은 이따금 갑자기 높고 날카로운 소리로 두서없는 말을 뇌까리곤 했다. 그럴 때면 공작은 저도 모르게 떨리는 손을 뻗어 그의 머리며 볼을 조용히 쓰다듬어 주었다.

그로서는 그 이상의 도리가 없었던 것이다. 공작 자신도 다시 몸이 떨려오고, 갑자기 다리가 말을 듣지 않는 것 같은 느낌을 의식했다. 새로운 어떤 상념이 무한한 애수와 함께 그의 마음을 휩쓰는 것이었다. 그러는 사이에 어느덧 날은 완전히 밝았다. 마침내 공작은 절망의 극한점에 달한 것처럼 기진맥진하여 방석 위에 쓰러져서 꼼짝도 않는 로고진의 얼굴에 자기 얼굴을 갖다 댔다. 눈물이 공작의 눈으로부터 로고진의 볼로 흘러내렸으나, 이때 공작은 이미 자기의 눈물과 그들에 대해서 자각할 수 있는 힘을 상실하고 있었는지도 모른다…….

어쨌든, 몇 시간이 지난 후 문이 열리고 사람들이 들어왔을 때는, 살인자는 완전히 의식을 잃고 열병 환자와도 같은 상태에 빠져 있었다. 공작은 그의 옆에 꼼짝도 않고, 방석 위에 앉아서 환자가 비명이나 헛소리를 지를 때마다 황급히 떨리는 손을 뻗어, 마치 갓난아기에게 하듯이 그의 머리와 얼굴을 쓰다듬어 주곤 하였다. 그러나 그는 사람들이 묻는 말도 알아듣지 못했고, 자기 주위를 에워싼 사람들도 알아보지 못했다. 이때 만일 시네이제르 선생 자신이 스위스로부터 나타나서 자기의 환자이며 동시에 제자였던 공작을 보았다면, 그 옛날 공작이 스위스에 도착했던 첫해의 병상을 상기하고는, 그때처럼 손을 내저으며 이렇게 말했을 것이다. 「백치다 !」

12

교원 부인은 파블로프스크에 도착하자 곧장 다리야 알렉세예브나를 찾아가서 자기가 알고 있는 모든 것을 상세하게 보고했다. 상대편은 이 보고를 듣고 까무러칠 듯이 놀랐다. 두 부인은 우선 레베제프한테 가서 의논하기로 했다. 레베제프 역시 공작의 친구로서, 또는 집을 세놓고 있는 주인으로서 어제부터 몹시 염려하고 있었던 것이다. 베라 레베제프는 자기가 알고 있는 모든 것을 그들에게 얘기했다. 레베제프의 제의에 따라 세 사람은 『있을 수 있는 비극』을 한시바삐 미연에 방지하기 위해 페체르부르그에 가기로 결정했다. 그리하여 이튿날 오전 11시쯤에 로고진의 집 방문은, 레베제프와 두 부인, 그리고 로고진의 동생 세몬 세묘노비치 로고진의 입회하에 경찰의 손으로 열려졌다. 수사의 성공적인 결정은, 엊저녁에 로고진이 손님과 함께 비밀스럽게 소리 없이 들어가는 것을 보았다는 문지기의 증언이었다. 이 증언을 듣고는 아무런 의심도 없이 초인종을 울렸지만 반응이 없자 마침내 열리지 않는 그 방문을 두드려 부쉈던 것이다.

로고진은 두 달 동안 뇌염을 앓았다. 병이 완쾌되어 예심과 공판이 시작되었을 때 그는 사건의 전말을 빠짐없이 명쾌하게 진술했다. 그 결과 공작은 처음부터 불기소 처분을 받았다. 재판이 진행되는 동안 로고진은 침묵을 지키고 있었다. 언변 좋고 총명한 변호사가 이 범죄는 겹친 슬픔 때문에 범죄가 이루어지기 훨씬 전부터 일어난 뇌염의 결과라는 것을 논리적으로 명확하게 증명한 데 대해서도, 아무런 반박도 하지 않았고 또한 그 의견을 확고히 하려고 보충하려 들지도 않았다. 그는 다만 범죄의 사정을 세세한 점에 이르기까지 상기하여 분명하고도 간결하게 진술할 뿐이었다. 여러 가지 정상을 참작하여 그에게는 15년의 시베리아 중노동이 선고되었다. 그는 의연하고, 조용하게, 『꿈을 꾸듯이』 선고문의 낭독을 듣고 있었다. 그의 막대한 재산은, 처음 방탕할 때 소비한 비교적 근소한 액수를 제외하고는 고스란히 동생 세묜 세묘노비치 로고진에게로 넘어가 버렸다. 세묜 세묘노비치 로고진이 크게 기뻐한 것은 말할 것도 없다. 로고진의 늙은 어머니는 여전히 살아 남아서 이따금 그리운 파르펜을 생각하곤 하는 모양이었지만, 그것은 확실한 평가가 못 되는지도 모른다. 신은 가엾은 노파의 지혜와 마음을 그 음산한 집에 찾아든 공포의 의식으로부터 구출해 준 것이었다.

레베제프, 켈레르, 가냐, 프치스인, 그리고 그밖의 많은 인물들은 별일 없이 전과 같은 생활을 계속하고 있으므로 새삼스럽게 독자에게 전할 만한 말은 없다. 이폴리트는 예상했던 것보다 약간 빨리, 무섭게 흥분한 가운데 숨을 거두었다. 그것은 나스타샤 필립포브나가 죽은 지 2주일 뒤였다. 콜랴는 이번 사건으로 깊은 충격을 받고 전보다 더욱 자기 어머니를 소중히 여기게 됐다. 니나 알렉산드로브나 부인은 그가 나이에 비해 깊은 생각에 잠기곤 하는 것을 염려하고 있다. 어쩌면 그는 장차 쓸모 있는 인물이 될 수도 있을 것이다. 말이 나왔으니 말이지만, 공작의 장래가 만족스럽게 된 것은 어느 정도 그의 노력 때문이었다고 할 수 있다. 콜랴는 최근에 사귀게 된 사람들 중에서, 처음부터 예브게니 파블로비치 라돔스키를 높이 평가하고 있었으므로 제일 먼저 그를 찾아가, 이번 사건에 대해 자기가 알고 있는 최근의 모든 사정과 공작의 처지를 상세하게 전했다. 그의 말은 틀린 것이 아니었다. 예브게니 파블로비치는 불행한 『백치』의 운명에 뜨거운 동정을 표시했다. 그의 노력의 결과와 배려에 힘입어 공작은 또다시 스위스의 시네이제르 병원에 들어가게 되었다. 예브게니 파블로비치 자신도 외국으로 여행을 떠났다. 그는 공공연하게 자기 자신을 『러시아에서는 전혀 필요 없는 인간』이라 부르면서 장기간 외국에 체류할 예정으로 있었는데, 적어도 몇 개월에 한 번은 시네이제르 병원으로 병든 친구를 방문했다. 그러나 시네이제르 선생은 점점 더 미간을 찌푸리고 고개를 갸웃거리며 환자의 지능 조직이 결정적으로 파괴되었다는 것을 암시했다. 그리고 아직은 불치라고 단언하지는 않았지만 어쨌든 매우 불행한 사태에 이를지도 모른다는 암시를 했다. 이런 말을 들을 때마다 예브게니 파블로비치는 가슴이 메어지는 것 같았다. 사실 그로서는 진심이었다. 그러한 것은 그가 가끔 콜랴로부터 편지를 받기도 하고, 또 자기 쪽에서도 답장을 써보내고 있다는 사실만으로도 증명된다.

그밖에도 그에게는 기묘한 성격의 일면이 있다는 것이 차차 알려지게 되었다. 그 일면이란 좋은 성질의 것이므로 여기에 소개하기로 한다. 시네이제르 병원을 방문하고 돌아올 때마다 그는 콜랴에게 보내는 편지 이외에 또 한 통의 편지를 페체르부르그에 있는 어떤 사람에게 보내곤 했다. 그 편지에는 공작의 병상이 더없이 친절한 필치로 상세하게 기술되어 있다. 그리고 이 편지에는 정중한 신뢰의 표현 이외에 때때로 자기의 관찰이며 이해며 감정의 노골적인 설명이 나타나기 시작했다. 횟수를 거듭함에 따라 더욱 빈번해졌다. 한마디로 말해서 무언가 우정과도 비슷한 정다운 감정이 나타나기 시작한 것이다. 이렇게 예브게니 파블로비치와의 서신 왕래——그리 자주 오간 것은 아니지만——를 계속하여, 그렇게까지 그의 관심과 존경을 획득한 사람은 베라 레베제프였다. 어찌하여 이와 같은 관계가 그들간에 이루어졌는지 정확한 것은 알 길이 없지만 공작과 관련된 그 불행한 사건 때문에 베라 레베제프가 상심한 나머지 앓아눕기까지 했을 때, 두 사람은 우연히 연결되었을 것임에 틀림없다. 그러나 실제로 어떻게 알게 되고 친구가 됐는지 우리는 자세히 알 수 없다. 이 편지에 대해 언급한 주요한 목적은 그 속에 예판친 댁 가족들, 그 중에서도 아글라야 이바노브나 예판친에 관한 소식이 포함되어 있기 때문이다. 예브게니 파블로비치는 파리에서 발송한 두서없는 한 통의 편지 속에서, 아글라야에 관해서 다음과 같이 전하고 있다. 그녀는 폴란드의 망명객인 어느 백작을 열렬히 사모하던 끝에 부모의 뜻을 어기고 그 백작과 결혼해 버렸다는 것이다. 부모도 마침내는 결혼을 허락했지만, 그것은 강경하게 반대할 경우, 그 어떤 무서운 추태가 연출될는지 알 수 없었기 때문이었다. 그 후 반 년 가까운 침묵 끝에 최근 예브게니 파블로비치가 시네이제르 병원을 방문했을 때 거기서 예판친 댁 가족들과——사업 관계로 페체르부르그에 남아 있는 이반 표도로비치는 제외하고——S공작을 만난 전말을 상세하게 전했다.

이 해후(邂逅)는 기묘한 것이었다. 예브게니 파블로비치는 그들로부터 열렬히 환영을 받았다. 아젤라이다와 알렉산드라는 불행한 공작을 천사와도 같이 돌봐 주었다면서 감사의 뜻을 표했다. 리자베타 프로코피예브나 부인은 공작의 가련한 정상을 보고 뜨거운 눈물을 흘렸다. 이것을 보면, 공작은 모든 것을 용서받았음이 틀림없었다. S공작은 꽤 재미있고 지적인, 자명한 이치를 피력했다. 예브게니 파블로비치에게는 S공작과 아젤라이다가 정신적으로 아직 충분히 결합되지 못한 것처럼 보였다. 그러나 머지않은 장래에 열정적인 아젤라이다는 S공작의 재지(才智)와 경험에 기꺼이 심복하게 될 것이다. 더욱이 그들 일가족이 받은 무서운 교훈, 특히 아글라야와 망명객 백작 사이에 일어난 최근의 일들은 그녀에게 강한 영향을 주었던 것이다. 온 가족이 아글라야를 망명객 백작에게 맡길 때 걱정했던 일들은 반 년이 못 가서 전부가 사실이 되어 나타났다. 뿐만 아니라 그때는 상상조차 못 했던 의외의 사실까지 드러나게 되었다. 이 백작은 백작도 아무것도 아니며 설사 망명객이라는 것이 정말이라 하더라도, 무언가 음침하고 수상한 경력의 소유자라는 것이 밝혀졌다. 그가 아글라야를 사로잡은 것은 조국을 그리워하며 괴로움에 시달리고 있는 존귀하고 고결한 정신이라는 것이었다. 그는 아글라야를, 결혼하기 전에 벌써 폴란드 부흥 해외 위원회의 회원으로 입회시킬 정도로 매혹시켰으며, 그녀는 백작의 친구 중 어느 유명한 가톨릭 신부를 열광적으로 숭배하여 그의 고해실에 드나들었던 것이다. 백작이 리자베타 프로코피예브나 부인과 S공작에게 의심할 여지가 없을 만큼 정확한 증거를 제시했던 막대한 재산은 전혀 터무니없는 것이었음이 판명되었다. 뿐만 아니라 결혼 후 반 년도 지나기 전에 백작과 그의 친구인 가톨릭 신부는 교묘하게 아글라야를 부추겨 가족들과 싸움을 벌이게 하는 데 성공했으므로 벌써 몇 달째나 서로 만나지 않고 있다는 것이었다.

한마디로 말해서, 얘기할 말은 이밖에도 많이 있었지만, 리자베타 프로코피예브나 부인과 그녀의 딸들과 S공작까지도 이 『공포』 때문에 매우 혼이 나서 예브게니 파블로비치와의 대화에서 감히 그 전모를 말하지는 못했다. 하기는 자기들이 말하지 않더라도 예브게니가 아글라야에 관한 최근의 소식을 잘 알고 있다는 것은 그들도 눈치 채고 있었다. 가엾은 리자베타 프로코피예브나는 러시아로 돌아가고 싶은 눈치였다. 예브게니 파블로비치의 말에 의하면, 그녀는 외국의 것이라면 무엇이든 무조건 짜증을 내며 깎아 내리더라는 것이었다. 「어딜 가나, 빵 하나도 제대로 구워 내는 걸 못 보았다니까요! 그리고 겨울이 되면, 모두들 쥐새끼처럼 지하실 속에서 떨고들 있지 않겠어요?」하고 그녀는 말하였다. 「그래도 여기서 이렇게, 불행한 사람의 처지를 러시아 말로 개탄할 수 있다는 게 다행이라고나 할까요!」그리고 또, 이제는 아무것도 알아보지 못하는 공작을 가리키며 그녀는 흥분한 어조로 이렇게 덧붙였다. 「이제는 정신을 똑바로 차릴 때도 되었으련만! 게다가 이 모든 건 죄다 하나의 환상이에요. 외국이라는 것도 그렇고, 유럽이라는 것도 마찬가지예요. 그리고 외국에 있는 우리들도 하나의 환상이란 말예요……. 내 말을 잘 기억해 두세요, 머지않아 당신 자신도 느끼게 될 테니까요!」예브게니 파블로비치와 작별하면서 그녀는 거의 분노에 가까운 어조로 이렇게 말을 맺었던 것이다.

1869년 1월 17일

□ 감상과 해설

편집부

도스토예프스키는 톨스토이와 아울러 19세기 러시아 문학을 대표하는 작가이며 오늘에 이르기까지 그 영향은 지극히 강렬하다. 무릇 문학에 뜻을 둔 사람이라면, 한 번쯤은 받지 않으면 안될 『문학적 세례』라고 할 수 있다.

사람에 따라 각기 뉘앙스의 차이는 있더라도 이 『도스토예프스키 체험』은 그 사람에게 있어서 본질적인 의미를 가져다 줄 것이다. 아니, 도스토예프스키 문학에 대해서는 오늘날에도 여전히 모든 나라의 모든 작가, 평론가들에 의해 뜨겁게 논의되고 있다.

때로는 그것이 너무나 그의 철학적 측면에 치우친 경향을 드러내기는 하지만, 전후(戰後) 유럽 문학 기수의 한 사람인 카뮈는 《시지프스의 신화》 속에서 도스토예프스키 문학에 대해 다음과 같이 언급하고 있다.

「우리는 거기에서 자기들의 일상적인 고뇌를 발견할 수 있다. 아마도 도스토예프스키만큼 이 부조리한 세계에서, 이토록 친근하고 이토록 고통을 맛보게 하는 마력을 준 소설가는 단 한 사람도 없을 것이다.」

확실히 도스토예프스키의 문학 세계는 앞으로도 조금의 퇴색하는 일 없이 전인류의 정신적 유산으로서 불멸의 생명을 유지해 나갈 것이 틀림없다.

표도르 미하일로비치 도스토예프스키는 1821년 10월 30일(신력 11월 11일) 모스크바에서 태어났다. 아버지 미하일은 마리라 빈민 시료 병원의 외과 과장이며 어머니 마리아는 모스크바의 상가(商家) 출신이었다.

어머니는 도스토예프스키가 16세 때 폐결핵으로 죽었으나, 아버지는 그 2년 뒤 도스토예프스키가 페체르부르그 공병 사관 학교에서 공부하고 있던

18세 때, 영지 다로보에 마을에서 농노들에 의해 참살되었다. 이 가슴 아픈 사건은 그의 일생에 미묘한 흔적을 남기게 하였다.

도스토예프스키는 공병 사관 학교를 졸업하고 소위에 임관했으나 문학에의 열정을 버릴 수 없어, 발자크의 《으제니 그랑데》의 번역 출판이 결정된 것을 계기로 만 23세 때 군대를 떠났다. 이것은 그의 일생을 좌우하는 큰 모험이었으나 다행히도 《가난한 사람들》의 성공으로 행복스러운 문학적 출발을 할 수 있었다.

그러나 그 뒤 1847년 봄부터 혁명 사상가 페트라셰프스키의 서클에 가담, 다음해인 4월 23일 그 급진적인 멤버의 일원으로서 체포되었다. 재판 결과 『4년의 도형, 그 뒤의 기간(2년)을 병졸 근무』라는 형량을 언도받았다(이때의 체험은 《백치》의 뮈시킨 공작에 의해 이야기되고 있다). 이렇게 해서 도스토예프스키의 시베리아 체험이 시작되는데, 이『체험』은 그 뒤, 도스토예프스키의 인간과 문학을 만들어 냈다고 해도 과언이 아니다.

1854년 봄, 형기를 마친 도스토예프스키는 세무 관리의 미망인 마리아 이사예바와 맺어졌으나, 그 결혼 생활은 아내의 죽음으로 7년 만에 끝났다.

1859년 12월, 도스토예프스키는 시베리아 유형 이래 10년 만에 수도 페체르부르그에 귀환, 문단에 복귀했다.

그는 형 미하일과 함께 잡지 〈브레미야(시대)〉를 창간, 문예·사회 평론에도 손을 댔다. 그런 뒤에는 외유를 하거나 타고난 도박력에 시달리면서도 잇따라 작품을 발표해 나갔다.

그 사이 아폴리나야 수스로바, 마르파 브라운 등과 이루어지지 않는 사랑을 체험한 뒤 1867년, 46세 때 속기사였던 안나 스니토키나와 결혼, 마침내 가정적 안정을 찾았다.

《가난한 사람들》로 출발한 도스토예프스키는 《학대받은 사람들》, 《지하실의 수기》, 《죄와 벌》, 《백치》, 《악령》, 《미성년》, 《카라마조프 가의 형제》, 《작가의 일기》 등 숱한 명작을 남기고 1881년 1월 28일 페체르부르그에서 60년의 생애를 마쳤다. 유해는 알렉산드르 네프스키 사원 묘지의, 시인 쥬코프스키 무덤 옆에 안장되었다.

《백치》는 작가 도스토예프스키가 수많은 자기 작품 중에서도 가장 아끼고 사랑한 작품이다. 친구 마이코프에게 보낸 편지에서 「내가 이 작품을 구하는 데 성공하면 나 자신을 구한 것이 되겠지만 만일 성공하지 못한다면 나도 멸망하고 말 것입니다.」라고 고백하고 있다.

1868년 1월 1일, 도스토예프스키는 사랑하는 조카인 소피아 이바노브나 앞으로 보낸 편지 속에서 《백치》의 주제에 대하여 다음과 같이 설명하고 있다.

〈……나는 3주일쯤 전부터(신력 12월 18일) 다른 장편에 착수하여 지금은 밤낮을 가리지 않고 작업을 하고 있다. 이 장편의 의도는 내가 벌써부터 남모르게 가다듬어 온 것인데 너무나 어려운 작업이어서 오랫동안 착수를 하지 못하고 있었던 것이란다.

이번에 이 작업을 시작하게 된 계기는 생활이 거의 절망적인 상태에 있었기 때문이다. 이 장편의 주요한 의도는 무조건 아름다운 인간을 그리려는 것이란다. 이것보다 더 어려운 일은 이 세상에 없을 것이다. 특히 지금에 있어서는 말이다. 모든 작가들이, 단지 우리 나라뿐만 아니라 모든 유럽의 작가들도, 이 무조건 아름다운 인간을 그리려다 항상 실패하고 있으니까.

왜냐하면 이것은 한량없이 큰 작업이기 때문이다. 아름다운 것은 이상이기는 하지만, 그 이상은 우리 나라의 것도, 또 문명화된 유럽의 것도 아직까지 실현되고 있지는 않단다.

이 세상에는 단 한 사람 무조건적으로 아름다운 인물이 있단다 —— 그것은 그리스도이지 —— 따라서 이 무한히 아름다운 인물의 출현은 말할 것도 없이 영원한 기적이란다(요한 복음은 모두 그러한 의미의 것이란다. 요한은 그 화신 속에, 아름다운 것의 출현 속에 모든 기적을 발견하고 있단다).

그러나 나는 너무 쓸데없는 얘기를 늘어놓은 것 같구나. 다만, 다음 사항만은 더 말하기로 하겠다. 그리스도교 문학에 나타난 아름다운 사람들 가운데서 가장 훌륭하게 완성된 것은 돈키호테란다. 그러나 그가 아름다운 것은 동시에 그가 우스꽝스럽기 때문이란다. 디킨즈의 피크위크 —— 돈키호테보다도 한없이 무력한 의도이지만 역시 위대한 것이지 —— 도 역시 우스꽝스럽고 단지 그렇기 때문에 사람을 매혹시킨단다. 타인으로부터 조소를 받으면서 자기의 가치를 모르는 아름다운 것에 대한 연민이 표현되어 있기 때문에 독자의 내부에도 동정이 싹트는 거란다.

이 동정을 불러일으키는 기술 속에 유머의 비밀이 있는 것이지. 장발장도 역시 힘찬 시도이지만 그가 동정을 불러일으키는 것은 그 엄청난 불행과 그에 대한 사회의 부정 때문이란다.

내 작품에는 그러한 것이 전혀 결여되어 있단다. 그래서 나는 그것이 결정적인 실패로 끝나지 않을까 몹시 두려워하고 있단다. 약간의 세부적인 면에서는 물론 그렇게 나쁜 것은 아닐 테지만…….〉

도스토예프스키는 이 편지 속에서 《백치》의 주제에 대해 꽤 명확하게 설명하고 있지만, 실은 그 전날에도 이것과 거의 비슷한 의견을, 마이코프 앞으로 보낸 편지 속에서 술회하고 있었다.

〈……오랫동안 나를 괴롭혀 온 하나의 의도가 있지만 나는 그것을 소설로 쓰기를 두려워하고 있었습니다. 왜냐하면 그 의도가 너무나도 어려운 것이었으므로 그것이 매력적인 것이기도 하고 내가 사랑하고 있는 것임에도 불구하고 준비할 수가 없었던 것입니다.

그 사상이란 완전히 아름다운 인간을 그리는 것입니다. 내 생각으로는, 특히 지금에 있어서 나는, 이토록 어려운 일은 없을 것이라고 여겨집니다. 당신은 물론 이 점에 대해서 전적으로 동감하리라고 생각합니다.

이 사상은 지금까지만 보아도 약간의 예술적 형상 속에 그 편견을 보이고 있지만, 그것은 어느 정도에 지나지 않고 따라서 완전한 형상이 필요한 것입니다. 다만, 나의 절망적인 생활 상태가 이 어려운 의도에 착수하지 않을 수 없게 만들었습니다. 룰렛에 거는 기분으로 위험을 무릅쓴 것입니다. 『어쩌면 펜을 통해서 나타날는지도 모릅니다!』 이런 일은 물론 용서될 수 없는 일이기는 합니다만…….〉

이 두 개의 편지는 《백치》의 주인공 뮈시킨 공작을 이해하는 열쇠를 부여해 줄 뿐만 아니라 작가가 이 작품에 건 은밀한 비원(悲願)까지도 극히 명료하게 밝혀 주고 있다.

다만, 여기에서 사용되고 있는 『무조건 아름다운 인간』 또는 『완전히 아름다운 인간』이라는 표현에 대해서는 약간의 설명을 가해 둘 필요가 있을 것이다.

『무조건 아름다운 인간』이라는 러시아 어는 『포로지첼리노 프레크라스느이 첼로베크』이다. 이 『포로지첼리노』는 『포로지첼리느이(긍정적인)』의 부사형인데 이 경우에는 다음의 『프레크라스느이』를 강조하고 있을 뿐으로서 긍정 운운의 뜻은 전혀 없다(종전에 이것이 『긍정적으로 아름다운 인간』이라고 오역된 경우가 있으므로 주의를 환기해 둔다). 다음의 『프레크라스느이』에는 대별하여 두 가지 뜻이 있다. 첫째는『매우 아름답다』『미려하다』이고, 둘째는『멋지다』『훌륭하다』이다. 보통 러시아 어에서『아름답다』라는 형용사는『크라시브이』고『아름다운 여자』는『크라시바야 젠시치나』가 된다. 이 경우『프레크라스나야 젠시치나』라고 하면 미인이냐 아니냐와는 별도로『훌륭한 여인』『멋진 여성』이라는 뜻이 된다.

따라서『포로지첼리노 프레크라스느이 첼로베크』는『무조건(또는 논란의 여지가 없을 만큼) 멋진 인간』이라는 뜻이다.

도스토예프스키는 처음에 마이코프 앞으로『후파르네(완전히) 프레크라스느이 첼로베크』라고 쓰고 그 다음날에는『후파르네』대신『포로지첼리노』를 쓴 것이다.

이 경우『프레크라스느이』를 단지『아름답다』고 번역하는 것은, 우리 말이 가지는 시적인 폭넓은 뜻을 생각하면 용납이 될 것이고 특히 그것이 여성에게가 아니라, 남성에게 씌어져 있으므로 부질없는 오해는 피할 수 있을 것이라고 생각한다. 이 도스토예프스키의 표현은 매우 중대한 의미를 가지고 있으므로 축어적인 설명을 가한 것이다.

그렇다면 도스토예프스키가 의도한 이『무조건 아름다운 인간』의 이미지가 과연 주인공 뮈시킨 공작 속에 형상화되어 있는 것일까?

이 물음에 대한 대답에 따라 이 작품의 평가는 결정되는 셈인데 지금은 무엇보다도 우선 작가가 이 주인공을 어떻게 설정하고 있는가를 상기해 보기로 하자.

조그만 보따리 하나를 가지고 스위스에서 페체르부르그로 돌아오는 뮈시킨 공작은 그 최초의 대화에서 자기가 백치와 다름없었다는 것을 고백한다. 그리고 이제는 정상적인 인간이면서도, 그는 이『백치』라는 달갑지 않은 별명으로 전편을 일관하고 마지막에는 다시 진짜『백치』로 돌아간다.

이 설정은 매우 의미심장하다. 결국 뮈시킨 공작 같은 인물은 이 세상에 존재할 수 없다는 것을 암시하고 있기 때문이다.

그러나 이 장편에 등장하는 인물들은 정도의 차이는 있으나 모두 한결같이 뮈시킨 공작의 불가사의한 매력에 사로잡히고 그에 의해 휘둘림을 당하는 것이다. 얼핏 그의 적인 것처럼 보이는 로고진도, 자기의 사랑을 위장하고 있는 나스타샤도, 자존심 많은 아글라야도, 아니 세상 일에 능숙한 레베제프까지도 그러하다. 그것은 즉 뮈시킨 공작이 단순한 작자의 관념적 산물이 아니라, 훌륭한 육체를 가진 피가 통하고 있는 인간으로 그려져 있다는 증거를 보여 주는 것이다.

관용과 온화에 의해 지배되고 있는 뮈시킨 공작에 대해 로고진은 에고이즘과 거칠고 난폭한 성격의 소유자로 등장한다. 그러나 두 사람 모두 나스타샤 필립포브나라는 한 여성에 대한 애정으로 굳게 맺어져 있다. 확실히 로고진은 교육받지 못한 난폭한 사나이이지만 막대한 유산이 굴러들어온 뒤에도 다른 여성은 거들떠보지도 않고 오직 나스타샤에 대한 애정 하나로 살아가고 있는 남자다.

소련의 비평가 그로스만에 의하면 작가는 이「분방하고 무모한 성격을 가진 민중적 인물을 그림에 있어서 자기가 좋아하는 셰익스피어의 주인공 오델로를 목표로 삼고 있다.」고 한다.

그건 그렇더라도 뮈시킨과 로고진이 사랑하는 나스타샤의 시체 옆에서 조용히 밤샘을 하는 이 장편의 피날레는 얼마나 힘차고 비극적인『결말의 파국(도스토예프스키의 용어)』을 나타내고 있는 것인가. 작가 자신도 그 점에 언급하여 이 장편이 거의 완성되어 갈 무렵, 「이 소설을 쓴 것은 이 결말을 쓰고 싶었기 때문이라고 해도 좋을 정도입니다.」라고 고백하고 있을 정도이다.

나스타샤 필립포브나는 도스토예프스키가 창조한 흔치 않은 여성상의 하나이다. 그녀는 운명에 시달리면서도 그 마음속 깊이 순결한 영혼을 간직하고 있는 자존심 강한 여성으로 그려져 있다. 그 무서울 정도의 미모는『환상적이고 악마적인』아름다움으로 빛나고 있지만 때로는『거리의 여인』처럼 행동하고 그 엉뚱한 행동으로 사람들을 놀라게 한다.

그러나『참된 인간』으로서의 뮈시킨 공작의 가치를 맨 먼저 인정한 것은 다름아닌 나스타샤 필립포브나인 것이다. 아니, 그녀를 《백치》의 주인공이라고 불러도 결코 빗나간 얘기는 아닐 것이다. 실제로 작가도 그 사실을 인정하여『두 사람의 주인공』이라는 표현을 쓰고 있다.

그밖에 나스타샤의 분신이라고도 할 수 있는 아글라야, 보통이 아닌 레베제프, 니힐리즘에 빠진 철학 청년 이폴리트 등 열거하려면 문학적으로 매력이 있는 인물은 끝이 없다. 원래 도스토예프스키는 조연 인물의 묘사에 기막힌 재능을 발휘한 작가이다.

어쨌거나 《백치》는 도스토예프스키의 5대 장편 중에서도 가장 서정적인

작품이며, 이 장편을 읽은 레프 톨스토이는 주인공 뮈시킨 공작에 대해「이
것은 다이아몬드다. 그 값어치를 알고 있는 사람에게 있어서는 몇천 개의
다이아몬드와도 맞먹는다.」라고 격찬하고 있다.

　끝으로 제명인『백치(이지오트)』라는 러시아 어에 대해서 잠깐 설명하기
로 한다. 이 러시아 어는 순수한 병명으로서의『백치』외에『바보』『멍청
이』라는 뜻으로 일상적으로 사용되는 러시아 어다. 너무 깊이 생각하는 독
자가 이 말을『때묻지 않은 사람』이라는 뉘앙스로 받아들이는 일이 없도록
주의해 둔다. 작가는『무조건 아름다운 인간』을 주위 사람들에게『백치』라
고 불리게 함으로써 독자에게 도전하고 있는 셈이다. 우리는 대체 어떤 인
물을『백치』라고 부르고 있는가라고.

도스토예프스키 연보

1821년   10월 30일, 모스크바의 마리아 빈민 시료 병원의 관
         사에서 일등군의(一等軍醫) 미하일 안드레예비
         치 도스토예프스키의 차남으로 출생하다. 어머니
         마리아는 모스크바의 상가(商家)출신이었다.

1831년   양친이 다로보에 마을에 영지를 샀기 때문에 해마다
(10세)   여름에는 그곳에서 지내다.

1834년   모스크바의 체르마크 기숙학교에 입학하다.
(13세)

1836년   문학사(文學史) 선생의 감화로 푸시킨에 심취되다.
(15세)

1837년   2월 27일, 어머니 마리아는 폐결핵으로 사망하다.
(16세)   9월, 육군 공병학교 입학이 허가되다.

1838년   1월 16일, 정식으로 공병학교에 입학하다.
(17세)   발자크, 위고, 호프만 등의 소설을 탐독하다.
         가을의 진급시험에 낙제하다.

1839년   6월, 아버지가 다로보에 마을의 영지에서 농노들의
(18세)   원한을 사, 살해당하다. 이 가슴 아픈 사건은
         도스토예프스키의 일생에 미묘한 흔적을 남기고
         있다.

1840년   11월 29일, 하사관이 되다.
(19세)   12월 27일, 견습사관이 되다.

1841년   《마리아 스튜아르트》,《보리스 고두노프》등 극작을
(20세)   시도했으나 현존하지 않다.
          8월 5일, 공병소위로 임관되다.

1843년   8월 12일, 공병사관학교 졸업하다. 지원에 의해
(22세)   제도과(製圖課)에 근무하다.

1844년   발자크의《으제니 그랑데》번역을 계기로 문학에
(23세)   열정을 쏟기로 결심하다.
          10월 19일, 중위로 승진하여 제대하다.

1845년   5월 초,《가난한 사람들》완성하다. 이 작품으로
(24세)   네크라소프, 벨린스키의 격찬을 받다.

1846년   1월 15일,《가난한 사람들》을〈페체르부르그 문집〉에
(25세)   발표하다.
          3월 1일,《분신》을 발표하다.
          10월,《프로하르틴 씨》를 발표하다.

1847년   《9통의 편지에 실린 소설》과《주부》를 발표하다.
(26세)   《가난한 사람들》단행본으로 출판하다.

1848년   《포르즌코프》,《약한 마음》,《유부녀》,《정직한 도둑》,
(27세)   《백야》,《크리스마스와 결혼식》등을 발표하다.

1849년 《네트치카 네즈바노프》 발표하다.
(28세)   3월, 혁명 사상가 페트라셰프스키의 서클에서
        고골리에게 보내는 벨린스키의 편지를 낭독하다.
        4월 23일, 페트라셰프스키 사건에 연류되어 페트로
        파브로프스크 요새에 감금되다.
        12월 22일, 사형선고를 받았으나, 특사로 4년의
        시베리아 유형, 2년의 병졸 근무의 형으로 변경되어
        24일 밤, 페체르부르그를 떠났다. 이때의 체험은
        《백치》의 뮈시킨 공작에 의해 이야기되고
        있다.

1850년 1월, 시베리아 수형지 옴스크에 도착하다.
(29세)

1854년 2월 15일, 형기 만료되다.
(33세)   3월 2일, 병졸로 시베리아 국경경비대에 배속되다.
        가을, 근무지에서 교원이었던 마리아 이사예바와
        연애를 시작하다.

1857년 6월 6일, 마리아 이사예바와 쿠즈네츠크에서 결혼
(36세)   하다.
        4월 18일, 복권되다.
        8월, 《작은 영웅》 발표하다.

1859년 3월 18일, 소위로 임명되어 제대하다.
(38세)   3월, 《백부님의 꿈》, 《스체판치코보 마을과 주민》
        발표하다.
        12월 27일, 페체르부르그로 귀환하여 문단에
        복귀하다.

1860년   《죽음의 집의 기록》의 서문을 〈러시아 세계〉에
(39세)   발표하고, 모스크바에서 《저작집》 두 권 출판되다.

1861년   1월, 잡지 〈브레미야(시대)〉를 형(兄) 미하일과 함께
(40세)   창간하다.
           《학대받은 사람들》을 〈시대〉의 1~7월호에 연재
              발표하다.
           이해에 《학대받은 사람들》 단행본으로 출판되다.
           《죽음의 집의 기록》을 〈시대〉로 옮겨 서문부터
              다시 게재하다.

1862년   6월 7일, 파리, 런던, 제네바 등지를 여행하다. 런던에서
(41세)   게르첸을 만나다.
           8월 말에 귀국하여 《죽음의 집의 기록》 단행본으로
              출판하다.

1863년   《겨울에 쓰는 여름의 인상》 발표하다.
(42세)   〈시대〉 발행 정지당하다.
           여름, 애인 아폴리나야 수스로바와 마르파 브라운
              등과 함께 유럽을 여행하다.
           10월, 모스크바로 돌아와 병석의 아내 마리아
              이사예바를 극진히 간호하다.

1864년   3월 24일, 〈에포하(세기)〉 창간하다. 여기에
(43세)   《지하생활자의 수기》 연재하다.
           4월 16일, 아내 마리아 이사예바 사망하다.
           6월 10일, 형 미하일 사망하다.
           이해 말부터 다음해에 걸쳐 마르파 브라운과의
              연애 사건 있었다.

1865년
(44세)
〈세기〉2월 호에《이상한 사건, 일명 통조림 공장의
　　춘사》발표하다.
안나 크리코프스카야에게 청혼했다가 거절당하다.
〈세기〉발매 금지당하다.
7월 말, 세 번째 외국 여행에 나가 다시 수스로바와
　　연애에 빠지다.
11월 귀국하여 저작권을 팔고, 다음해까지《전집》
　　3권을 출판하다.

1866년
(45세)
《죄와 벌》을 〈러시아 보도〉 1,2,4,6,8,11,12월 호에
　　연재 발표하다.
10월,《도박자》를 구술 필기시켜《전집》제3권에
　　수록하고, 단행본으로 출판하다.

1867년
(46세)
2월 15일, 20세의 속기사였던 안나 토스토키나와
　　재혼하다.
4월 14일, 새 부인을 데리고 외국으로 나가 그후 4년
　　동안 국외에 머물다.
6월, 드레스덴에서 투르게네프와 언쟁을 벌이다.
　　한편, 노름에도 열중하다.
8월, 제네바로 옮기다.
《죄와 벌》단행본으로 출판하다.

1868년
(47세)
《백치》발표하다. 후에 단행본으로 출판하다.
2월 22일, 제네바에서 장녀 소피아 출생했으나 5월에
　　폐렴으로 사망하다.
스위스를 떠나 12월, 피렌체에 도착하다.

1869년 8월, 이탈리아를 떠나 드레스덴에 체재하다.
（48세） 9월 14일, 드레스덴에서 차녀 뤼보피 출생하다.
        12월초, 《영원한 남편》을 완성하다. 이 당시 생활이
            몹시 곤궁하여 돈을 벌기 위해 이 작품을 쓴 것으
            로 알려졌다.

1870년 《영원한 남편》 발표하다.
（49세） 《죄와 벌》 제4판 나오다.

1871년 《악령》을 〈러시아 보도〉에 연재, 제2편을 완결했으나
（50세）   1년 동안 발표를 중단하다.
        7월 8일, 페체르부르그로 돌아오다.
        7월 16일, 장남 표드로 출생하다.
        《영원한 남편》 단행본 나오다.

1872년 《악령》 제3편을 〈러시아 보도〉에 발표하여 완결하다.
（51세） 메쉬체르스키 공작이 경영하는 극우 주간신문
            〈시민〉의 편집장으로 입사하다.

1873년 《작가의 일기》를 〈시민〉 1호부터 50호에 걸쳐 1년
（52세）   동안 연재하다.
        《악령》을 개정하여 단행본으로 하다.

1874년 2월 말, 〈시민〉 편집장을 그만두다.
（53세） 3월 말, 검열 조례 위반으로 구속되다.
        가을부터 겨울, 페체르부르그 남쪽의 광천지
            스타라야 루사에 머물다.
        《백치》 재판 나오다.

1875년　크라소프의 권유로 〈조국의 기록〉에 《미성년》을
(54세)　　연재하여 완결하다.
　　　　여름, 독일의 바드 엠스에 머물다.
　　　　8월, 차남 알렉세이 출생하다.
　　　　《죽음의 집의 기록》 제4판 나오다.

1876년　1월, 개인 잡지 〈작가의 일기〉 간행하다.
(55세)　　《그리스도의 욜키에 불려간 소년》, 《농부 말레이》,
　　　　《100세의 노파》, 《현대의 부인에 은총을 받은
　　　　남자 한 사람》, 《선고》, 《얌전한 여자》, 《아이의
　　　　생활에서 따온 일화》 등을 1월 호부터 계속
　　　　발표하다.
　　　　《미성년》 단행본으로 출판하다.

1878년　5월, 차남 알렉세이 사망하다.
(57세)　　《죄와 벌》 제5판 나오다.

1879년　《카라마조프가의 형제》를 〈러시아 보도〉에 연재
(58세)　　발표하다.
　　　　1876년 〈작가의 일기〉 재판 나오다.
　　　　《학대받은 사람들》 제5판 나오다.

1880년　《카라마조프가의 형제》를 〈러시아 보도〉에 계속
(59세)　　연재 발표하다.
　　　　5월 25일, 러시아의 작가, 저널리스트 주최의
　　　　도스토예프스키를 위한 축하회 열다.
　　　　6월 8일, 푸시킨 기념제에서 푸시킨에 대해 강연하다.
　　　　8월, 〈작가의 일기〉를 복간하고, 강연 『푸시킨』
　　　　게재하다.

1881년 1월, 〈작가의 일기〉 최종호 나오다.
(60세) 1월 28일 오후 8시 30분, 페체르부르크에서 사망하다.
        1월 31일, 페체르부르크의 알렉산드르 네프스키
          대사원 묘지에 안장되다.
        《카라마조프가의 형제》가 단행본으로 출판되다.

세계명작학술문고　　　　일신 그랜드 북스

① 여자의 일생	⑤ 싯다르타
② 데미안	② 이방인
③ 달과 6펜스	⑤③⑤④ 무기여 잘 있거라(ⅠⅡ)
④ 어린 왕자	⑤⑤⑤⑥ 지와 사랑(ⅠⅡ)
⑤ 로미오와 줄리엣	⑤⑦⑤⑧ 생활의 발견
⑥ 안네의 일기	⑤⑨⑤⑩ 생의 한가운데(ⅠⅡ)
⑦ 마지막 잎새	⑥①⑥② 인간 조건(ⅠⅡ)
⑧ 젊은 베르테르의 슬픔	⑥③ 이반 데니소비치의 하루
⑨⑩ 부활(ⅠⅡ)	⑥④⑥⑤ 25시(ⅠⅡ)
⑪⑫ 죄와 벌(ⅠⅡ)	⑥⑥〜⑥⑧ 분노의 포도(ⅠⅡ)
⑬⑭ 테스(ⅠⅡ)	⑥⑨ 나의 생활과 사색에서
⑮⑯ 적과 흑(ⅠⅡ)	⑦⑩〜⑦② 누구를 위하여 종은 울리나(ⅠⅡ)
⑰⑱ 체털리 부인의 사랑(ⅠⅡ)	⑦③ 주홍글씨
⑲⑳ 파우스트(ⅠⅡ)	⑦④ 슬픔이여 안녕
㉑㉒ 셜롬홈즈의 모험(ⅠⅡ)	⑦⑤ 80일간의 세계일주
㉓ 이솝 우화	⑦⑥ 물과 원시림 사이에서
㉔ 탈무드	⑦⑦ 람바레네 통신
㉕㉖ 한국 민화(ⅠⅡ)	⑦⑧〜⑧⑩ 인간의 굴레(Ⅰ〜Ⅲ)
㉗ 철학이란 무엇인가	⑧① 독일인의 사랑
㉘ 역사란 무엇인가	⑧② 죽음에 이르는 병
㉙ 인생론	⑧③ 목걸이
㉚㉛ 정신 분석 입문(ⅠⅡ)	⑧④ 크리스마스 캐럴
㉜ 소크라테스의 변명	⑧⑤ 노인과 바다
㉝ 금오신화·사씨남정기	⑧⑥⑧⑦ 허클베리 핀의 모험(ⅠⅡ)
㉞ 청춘·꿈	⑧⑧ 인형의 집
㉟ 날개	⑧⑨⑨⑩ 그리스 로마 신화(ⅠⅡ)
㊱ 황토기	⑨① 인간론
㊲ 백범 일지	⑨② 대지
㊳ 삼대(上)	⑨③⑨④ 보봐리 부인(ⅠⅡ)
㊴ 삼대(下)	⑨⑤ 가난한 사람들
㊵ 조선의 예술	⑨⑥ 변신
㊶㊷ 조선 상고사(ⅠⅡ)	⑨⑦ 킬리만자로의 눈
㊸ 백두산 근참기	⑨⑧ 말테의 수기
㊹ 선과 인생	⑨⑨ 마농 레스꼬
㊺㊻ 삼국유사(ⅠⅡ)	⑩⑩ 젊은이여, 시를 이야기하자
㊼ 욕망이라는 이름의 전차	⑩① 피아노 명곡 해설
㊽ 리어왕·오셀로	⑩② 관현악·협주곡 해설
㊾ 도리안그레이의 초상	⑩③ 교향곡 명곡 해설
㊿ 수레바퀴 밑에서	⑩④ 바로크 명곡 해설

판형 / 4·6판 ✽ 면수 / 평균 256면

판형 / 4 · 6판 ✱ 면수 / 평균 256면

백 치 Ⅱ

■ 저 자 / 도스토예프스키
■ 역 자 / 맹 은 빈
■ 발행자 / 남 용
■ 발행소 / 一信書籍出版社

주소 : 121－110 서울 마포구 신수동 177－3
등록 : 1969. 9. 12. NO. 10－70
전화 : 영업부 703－3001～6
　　　편집부 703－3007～8
　　　FAX 703－3009
대체구좌 / 012245－31－2133577